Kim Rabe

Berlin Monster – Ein Dieb kommt selten allein

Weitere Titel der Autorin:

Berlin Monster – Nachts sind alle Mörder grau

Über die Autorin:

Kim Rabe wurde Weihnachten 1981 im verschneiten Alpenvorland geboren. Heute lebt und schreibt sie in der schönen Stadt Nürnberg. Sie arbeitet als Wissenschaftsjournalistin in einem Forschungsinstitut und nutzt jede freie Minute, die ihr neben Arbeit und Familie bleibt, zum Schreiben von magischen Geschichten. Ihr neuster kreativer Ausflug führt die Leser:innen nach Berlin.

KIM RABE

BERLIN MONSTER

ROMAN

EIN DIEB KOMMT SELTEN ALLEIN

lübbe

Dieser Titel ist auch als Hörbuch-Download und E-Book erschienen.

Die Bastei Lübbe AG verfolgt eine nachhaltige Buchproduktion. Wir verwenden Papiere aus nachhaltiger Forstwirtschaft und verzichten darauf, Bücher einzeln in Folie zu verpacken. Wir stellen unsere Bücher in Deutschland und Europa (EU) her und arbeiten mit den Druckereien kontinuierlich an einer positiven Ökobilanz.

FSC www.fsc.org
MIX
Papier aus verantwortungsvollen Quellen
FSC® C014496

Originalausgabe

Lektorat: Hanka Leo
Einband-/Umschlagmotive: © shutterstock: Marco Richter | alamella | Kconstantine | Sabphoto | Kozyreva Elena | solar22 | TRONIN ANDREI
Umschlaggestaltung: Massimo Peter-Bille
Satz: Dörlemann Satz, Lemförde
Gesetzt aus der Adobe Garamond
Druck und Verarbeitung: GGP Media GmbH, Pößneck
Printed in Germany
ISBN 978-3-404-18804-8

2 4 5 3 1

Sie finden uns im Internet unter luebbe.de
Bitte beachten Sie auch: lesejury.de

Inhaltswarnung:

Dieses Buch enthält Szenen mit folgenden Themen, die für Leser:innen belastend sein könnten: Alkoholkonsum, Drogenkonsum, Gewalt, Rassismus, Gefangenschaft, Ersticken, Suizidversuch, Mord.

1

Es gibt diese Tage, an denen nichts geschieht. An denen wir die Zeit für Wochen anhalten könnten oder vorspulen, ohne in der Erinnerung einen Unterschied zu bemerken.

In meinem Fall waren es zwei frustrierende Monate und zwei mickrige Fälle. Ich hatte eine wochenlang schmerzlich vermisste Siamkatze gesucht, die sich als treuloses Biest entpuppte und mich blutig kratzte, als ich sie fett gefressen aus der Nachbarwohnung zurücktrug. Und ich hatte eine ebenso treulose Ehefrau beschattet, deren Mann nach meinen Enthüllungen so untröstlich war, dass er sich mit meinem Honorar nach Teneriffa davonmachte. Etwa vierzehn Mal musste ich meine Vermieterin beschwichtigen, weil ich mit der Miete im Rückstand bin.

Wenn es so weitergeht, wird auf meinem Grabstein stehen: *Keine besonderen Vorkommnisse* – und das wäre eine Schmach, als Privatdetektivin in einer Stadt, in der kaum ein Vorkommnis nicht besonders ist.

Aber weil die Zeit zum Glück ein verrücktes Konstrukt ist, gibt es auch diese Tage, an denen dann alles auf einmal geschieht.

So wie heute. Es ist eigentlich ein Sonntag zum Ausschlafen und Kater kurieren. Stattdessen stehe ich im Treppenhaus am Fenster, ein Umzugskarton unter dem Arm, und gähne Zigarettenrauch in die Morgendämmerung – als ein Schatten vor dem Fenster vorbeirauscht. Ein Knall schlägt mir wie eine Faust auf die Ohren, gefolgt von einem misstönenden Scheppern und Klimpern. Zeitgleich schrillt in meiner Tasche das Telefon los, und vom oberen Stockwerk rast eine Palme auf mich zu.

Ich werfe die Kippe aus dem Fenster und gehe in Deckung. Die Palme poltert an mir vorbei die Stufen hinab. Wedel kratzen über meine kurzen Locken, als versuchten sie, sich daran festzukrallen. Zehn Stufen tiefer geht der Tontopf zu Bruch. Scherben klirren, Blähtonkügelchen kullern durchs Treppenhaus.

»Oh Lucy, Entschuldigung!« Cosimas Gesicht taucht über mir auf, fast so pink leuchtend wie ihr Trainingsanzug. Locken ringeln sich aus ihrem Pferdeschwanz, Mascara gerinnt mit Schweiß zu schwarzen Streifen an ihren Schläfen. Trotzdem vollbringt sie das Kunststück, bei ihrem Umzug zauberhaft auszusehen.

»Mir ist die Palme vor Schreck aus den Händen gerutscht«, ruft sie. »Was war das für ein Knall?« Schon springt sie zu mir herab und beugt sich aus dem Fenster.

»Mein Klavier!« Ihre Stimme klirrt vor Entsetzen.

Ich schaue hinaus auf eisbereifte Platanen und dösende Häuserzeilen, dann hinunter zur Straße. Zwischen umgenieteten Pfosten und dem Grünstreifen des Sparrplatzes parken Cosimas rostgrüner Mini und der zerbeulte Sprinter der Spedition *Trylle*. Und auf dem Kopfsteinpflaster liegt Cosimas Klavier – besser gesagt das, was einst ihr Klavier gewesen ist.

Ein Trümmerhaufen zerschmetterter Holzplanken, aus denen Drahtsaiten baumeln. Weiße und schwarze Klaviertasten verteilen sich übers Pflaster wie ausgeschlagene Zähne.

Cosima stößt eine Reihe unflätiger Worte aus, dann schlägt sie die Hände vor den Mund. Ich recke die Faust und füge ihren Flüchen noch ein paar meiner eigenen hinzu. Das Dutzend Pixies, das über dem Debakel in der Luft herumsaust, wird still und lugt zu uns herüber.

Nur das Telefon in meiner Tasche schrillt immer noch.

»Ihr elenden Nichtsnutze«, brülle ich. »Ich hoffe, ihr seid versichert!«

Dem entsetzten Blick des Trolls, der soeben aus dem Transporter steigt, entnehme ich, dass dem nicht so ist.

Verdammt. Es war meine Idee gewesen, *Trylle* eine Chance zu geben. Ein Umzugsunternehmen, geleitet von einem schwedischen Felstroll und einem fliegenden Kobold, hielt ich für eine unterstützenswerte Sache. Stifs haben es immer noch schwer, eigene Geschäfte aufzuziehen. Außerdem waren sie günstig.

»Casrentin wars«, schreit einer der Pixies los, ein rothaariger Kerl mit Libellenflügeln. »Der hat dit Klavier losjelassen.«

»Dit war Melmuyres Schuld«, keift ein Blonder. »Der hat mir ins Ohr jebissen.«

»Weil du zujegeben hast, dass du Gwenny den Ring jeschenkt hast«, kreischt ein anderer und versetzt Casrentin einen Hieb.

»Na und?« Casrentin senkt den Kopf und rammt ihn Melmuyre in den Bauch, der packt ihn und wirft ihn zurück durch die Luft, dass er einen Salto hinlegt. »Sie is meene Freundin!«

»Warum weeß se dann nüscht davon?«

Flügelschlagend prallen sie gegen die anderen Pixies, und im Nu ist eine luftige Keilerei im Gange.

Ich will in Grund und Boden versinken. »Oh Mann, diese Trottel. Das tut mir so leid.«

Tränen glitzern in Cosimas Augen. »Kannst du nichts für, Lucy.«

Doch, das kann ich. »Ich klär das für dich.«

Wir eilen die Treppe hinunter. Sie richtet unterwegs die Palme auf, ich schalte mein Telefon stumm.

Wir sind nicht die Einzigen, die sich das Desaster aus der

Nähe anschauen. Bei Müllers im zweiten Stock wackeln entrüstet die Gardinen, im ersten Stock hat Frau Can ihr Fenster geöffnet. Vom Späti kommen Volkan und seine Tochter herbeigeeilt. Zwei Rentnerinnen in Daunenmänteln nehmen auf der Parkbank Platz, Vogelfuttertüten als Alibi auf den Knien, und vom Sparrplatz schlappen ein paar Teens heran, wahrscheinlich auf dem Heimweg von irgendeiner Party. Sie fläzen sich mit Augenringen und Bierflaschen auf Cosimas Stühle, die hinter dem Heck des Transporters im steif gefrorenen Gras stehen. Der Erste macht sein Handy startklar.

»Willkommen im Wedding«, murmele ich. »Gleich baut jemand 'nen Grill auf.«

Cosima betrachtet schluchzend die Reste ihres Klaviers.

Ich verschränke die Arme und brülle: »Trylle!«

Er kommt auf uns zumarschiert, seine Omega-Strahlung brummend wie ein Bergwerk. Schwarze Augen stechen unter felligen Brauen hervor, und sein Kiefer ist so breit, dass er ein Croissant quer essen könnte.

Trolle wirken auf die meisten Leute finster bis bedrohlich, doch ihre Mimik kennt feine Nuancen. Trylles Nase bebt, und er zerknüllt sein Käppi mit dem grünen Firmenlogo zwischen den Fingern. Er ist äußerst zerknirscht.

Einer der Pixies landet auf seiner Schulter und lässt sich zu uns transportieren. Rotblond, vielleicht irisch, das gleiche Käppi in Klein. Trylles Geschäftspartner. Er schaut deutlich giftiger drein, und sein Omega surrt wie ein Moskito. Ich hüte mich, ihn zu unterschätzen. So zierlich wie die Kobolde wirken, sind sie doch stark genug, um zu viert ein Klavier durch die Luft in den fünften Stock zu tragen. Außerdem ist ihre Spucke ätzend.

»Tut mir leid, Frau«, grollt Trylle in Cosimas Richtung, woraufhin sie einen Schritt zurückweicht. »Sehr leid.«

»Dieses Klavier«, zische ich. »War Cosimas Ein und Alles.

Ihr habt es kaputt gemacht. Ihr habt ihr diesen wunderbaren Tag versaut.«

»Ich weiß.« Er knetet seine Kappe so fest, dass der Stoff quietscht.

»Ihr kriegt 'nen Nachlass«, sagt der Pixie auf seiner Schulter. »Dreihundert Euro.«

»Dreihundert Euro?« Ich stoße den Atem aus, dass er wie ein empörter Geist zwischen uns in der Luft schwebt. »Hast du jemals Klavier gespielt? Weißt du, wie viel so ein Instrument wert ist? Da hängen Erinnerungen dran!«

Trylle stöhnt auf. Die Teens filmen, Cosima kniet sich aufs Pflaster und streicht über das zerschmetterte Holz.

»Fünfhundert.« Der Pixie verschränkt die Arme. »Mehr war der Holzkasten nich wert.«

»Achthundert«, sage ich. Hinter mir nehme ich plötzlich eine weitere Präsenz wahr. Ein Omega-Schnurren, das mich so wohlig umfängt, dass ich mich direkt hineinkuscheln könnte.

»Außerdem räumt ihr die Straße wieder astrein sauber und entsorgt alles«, füge ich hinzu.

»Und sobald Cosima ein neues Klavier erworben hat, liefert ihr es kostenfrei in den fünften Stock«, ergänzt eine kultivierte Männerstimme. »Ohne es fallen zu lassen.«

Aki. Er tritt lautlos neben mich. Mit seinem eleganten Mantel sieht er aus, als käme er von einem Geschäftstermin, dabei ist er Schriftsteller und trägt statt einem Aktenkoffer eine Katzentransportbox, aus der zwei neugierige Augen blinken. Sie gehören zu Professor, Cosimas Kater. Doch das Schnurren stammt von Aki, und ich bin die Einzige, die es wahrnehmen kann.

Akaman Div – eigentlich *Akwân-e Dîw* – ist ein Dämon. Genauer gesagt, der persische Erzdämon der bösen Gedanken, entsprungen aus dem Aberglauben einiger Wüstenvölker.

Man sieht es ihm nicht an. Er ist schmal, nur ein Daumen breit größer als ich. Sein schwarzes Haar ist leicht wellig und sein Gesicht auf eine unaufdringliche Weise attraktiv. Nur seine geschwungenen Augenbrauen verraten ihn. Je nach Mienenspiel geben sie ihm etwas Katzenhaftes – oder etwas Teuflisches.

Aber vor allem ist er mein Mitbewohner und bester Freund. Seine Omega-Strahlung würde ich aus jeder noch so großen Menge herausspüren.

»Könnt ihr vergessen!«, schimpft der Pixie.

Trylle hebt die Pranke, als wolle er ihn fortwischen. »Gut, achthundert.« Er streckt die Hand Richtung Cosima aus, ignoriert das fauchende Gezappel auf seiner Schulter.

Cosima zögert.

»Nimm es an«, sage ich, und auch Aki nickt ihr zu. Achthundert kostet der gesamte Umzug. Da Trylle keine Versicherung hat und der Deal steuerfrei lief, haben wir keine Chance, mehr herauszuschlagen. Außerdem will ich niemanden übers Ohr hauen. Zumindest niemanden, der eigentlich in Ordnung ist.

»Okay.« Cosima hält Trylle die Hand hin und guckt mit ängstlicher Miene zu, wie er sie drückt. Das Publikum zieht murrend von dannen, es hatte wohl mehr erwartet.

»War das nicht ein bisschen hart?«, raunt Cosima. »Die haben es doch nicht mit Absicht fallen lassen. Und ich kann mir ein Neues kaufen. Ich meine, sie sind eben …«

»Sie sind in erster Linie Geschäftsleute«, flüstere ich zurück. »Und wenn du sie respektierst, solltest du sie auch so behandeln. Außerdem war das Klavier mehr wert.«

Ich weiß, dass sie uns zuhören. Ihr Gehör ist deutlich feiner als unseres. Die Pixies beginnen aufzuräumen, zischen sich dabei gegenseitig Beleidigungen zu. Trylle schnappt sich einen Stapel Kisten und stampft durchs Treppenhaus.

Aki hebt die Box mit dem maunzenden Professor hoch.

»Ihr friert«, stellt er fest. »Kommt, ich mache euch einen Kaffee.«

»Tee ist auch in Ordnung«, sagt Cosima. »Ihr trinkt doch lieber Tee? Ich hab in der Küche den Stapel Earl-Grey-Packungen gesehen.«

Aki und ich wechseln einen Blick, dann schaut er weg.

»Kaffee passt schon«, sage ich.

Earl Grey war Lores Lieblingsgetränk. Mit einer Prise Meersalz.

Letzte Woche ist Lore bei uns ausgezogen. Sie ist eine Sirene – ein Wasserwesen mit betörender Stimme – und war so etwas wie unser Schützling. Eigentlich Akis Schützling. Was Freundschaften angeht, bin ich nicht so der Knüller. Und daran ist meine Arbeit nur zum Teil schuld.

Dabei dachte ich vor drei Monaten noch, ich wäre auf der Gewinnerseite. Ich hatte ein paar emotionale Schluchten durchschritten, okay, aber dafür hatte ich immerhin eine Mordserie aufgeklärt. Darüber hinaus hatte ich erfolgreich mit meinen Ex-Kollegen bei der ÜSG 9 zusammengearbeitet, ein paar neue Seilschaften geknüpft – und die Affäre mit meinem Ex-Boss Tom Thomsen wieder aufleben lassen.

Doch nach dem Rausch des Erfolgs kam der Kater. Fast das gesamte Beraterhonorar der Polizei ging für die Renovierung meines Büros und einen neuen Laptop drauf, weil beides von ein paar wütenden Nazis zerlegt worden war. Meine Ex-Kollegen meldeten sich nicht mehr – bis auf Tom, aber der hatte kein dienstliches Anliegen. Weil es sich doch nicht bewährte, alte Flammen aufzuwärmen, ignoriere ich seit Wochen seine Anrufe.

Auch eine der neuen Seilschaften entpuppte sich als Fluch. Denn ich schulde seither der Faerie-Königin einen Gefallen – und das tut niemand, ohne es zu bereuen.

Meine Mitbewohnerin Lore nahm die Geschehnisse zum Anlass, um all ihren Mut zusammenzukratzen, ihren lausigen Job zu kündigen und sich für ein Studium in Kopenhagen einzuschreiben. Ich hätte nicht gedacht, dass sie mir so fehlt. Mit ihr zusammen waren Aki und ich ein Dreiergespann, wenn auch ein oftmals hinkendes.

Und Aki? *Zwischen die beiden passt kein Blatt Papier,* hätte meine Tante Greta über uns gesagt. Doch aktuell passt ein ganzes Buch unausgesprochener Dinge zwischen uns.

Wir gehen die Treppe hoch. Frau Can schenkt uns ein Zahnlückengrinsen. Sie kehrt unsere Scherben im Treppenhaus zusammen und lässt sich auch von meinem Protest nicht davon abbringen.

»Entschuldigt mich.« Jäh drückt Aki Cosima die Katzenbox in die Hand, springt gewandt die Stufen empor und schlüpft im zweiten Stock gerade noch an der Wohnungstür vorbei, ehe die sich öffnet. Sein Dämonen-Talent, böse Gedanken zu lesen, hat ihn offenbar vorgewarnt.

Schon streckt Müller den Unterhemdbauch aus der Tür. »Stifs als Umzugshelfer«, schimpft er mir entgegen. »Nehmen uns die Arbeit weg und könnens nicht mal. Und Sie lassen die auch noch in unser Haus? Ick gloobs nich! Zählen Se ja Ihre Schlüssel nachher.«

Cosima stapft mit der Katzenbox die Stufen hinter mir hinauf.

»Guten Tag, ich bin Cosima Jansen, Lucys neue …« Ihre Stimme verebbt.

Er starrt sie an, von oben bis unten, dann wieder mich. »Dit zieht bei Ihnen ein? Na, halleluja. Aber wenigstens is dit 'n Mensch.«

»Wenigstens kann man sich seine Mitbewohnerinnen aussuchen«, knurre ich. »Im Gegensatz zu seinen Nachbarn.«

Er bläht seine Brust auf. Ich trete einen Schritt vor. Ich bin ein Meter siebenundsiebzig, und wenn ich will, kann ich sehr grimmig dreinschauen – ein Vermächtnis meiner Zeit als Polizistin. Müller weicht zurück und schlägt die Tür zu.

Cosima zieht mich weiter. »Du musst nicht jeden Kampf für mich kämpfen.« Als sie meine Miene sieht, lächelt sie. »Denkst du, ich lass mich von so was kleinkriegen? Egal, was heute noch passiert, ich bin froh, aus meinem schimmligen Kellerloch raus zu sein. Souterrain-Loft, so steht es seit heute beim Immobilienportal, kannst du das glauben? Klavier konnte ich dort auch nicht spielen, weil die Vermieter es nicht wollten.« Sie guckt auf einmal besorgt. »Lucy, ich muss mir kein neues Klavier besorgen, wenn es euch stört. Ich kann ja nur abends spielen. Wegen meiner Schichten schlafe ich tagsüber wie ein Stein. Der arme Professor findet mich total langweilig.«

»Ach was«, sage ich. »Hier kannst du auf die Tasten hauen, wann du willst. Und Professor wird sich den ganzen Tag auf Akis Schoß rekeln und ihn vom Schreiben abhalten, wirst sehen.«

»Oh Honey.« Sie lacht ihr kratziges Lachen, aus dem kurz die Person hervorblitzt, von der ich anfangs glaubte, sie wäre alles, was sie ausmacht. Vor ein paar Monaten habe ich sie kennengelernt, an ihrer Arbeitsstätte, dem mondänen Nachtclub Elite. Sie half mir dort bei einem Fall.

Cosima ist in der Clubszene der Berliner Schickeria äußerst populär; eine hinreißende trans Frau und Barkeeperin, ironisch und eine Prise verrucht, die jedem Gast einen einzigartigen Cocktail mixt. Allein vom Trinkgeld könnte sie leben. Müsste sie für jeden blöden Spruch, den sie zusätzlich einsteckt, Geld zurückgeben, käme sie allerdings bei null raus. Sie mag ihren Job trotzdem, sagt sie. Für sie ist er wie ein schillerndes Kostüm, das sie allmorgendlich in der Garderobe zurücklassen kann. Doch Kostüme kann man in die Reinigung geben, Gefühle nicht. Und Cosima ist ein feiner, mitfühlender Charakter. Ich bin mir sicher, dass sie Trylle nachher heimlich Lohn für die Schufterei zustecken wird.

»Ich rieche Kaffee«, sage ich und hake sie unter. »Komm.«

Mit dem Fuß schiebe ich Umzugskartons beiseite, dann die Tür auf. Unsere Wohnung ganz oben im fünften Stock ist auf behagliche Weise heruntergekommen. Stuck blättert an der Decke, Holzbohlen knarzen, und der winzige Balkon hängt so windschief, dass wir ihn lieber nicht alle gleichzeitig betreten. Es ist die größte Wohnung im Haus, um die uns die Nachbarn jedoch nicht beneiden – die meisten von ihnen sind alt genug, um Treppen zu meiden. Wer sagt, unser Kiez sei hip, nur weil jedes Jahr ein paar neue Trendlokale und Ateliers öffnen und wieder schließen, hat keine Ahnung von der Zähheit der alten Weddinger. Nur die Stifs sind zäher – aber bisher hat es sich neben Aki nur eine Handvoll von ihnen in unserem Viertel heimisch gemacht.

Ich wühle in meiner Tasche, weil mein Handy schon wieder vibriert. Drei Anrufe in Abwesenheit. Jemand meint es ernst. Das kann gut oder schlecht sein.

Ich bin eher auf das Schlechte eingestellt.

Genieße das Leben, solange deine Würfel noch in der Luft sind, sagte die Faerie-Königin Maeve vor drei Monaten zu mir. *Bald werden sie fallen.*

Der Teufel, so heißt es, will deine Seele. Ein Faerie will einen Gefallen. Schuldzettel-Deals mit ihnen sind illegal, und das aus gutem Grund. Sie geben dir das, was du willst – Geld, Rache, einen Karrieresprung oder die Heilung eines Angehörigen, aber irgendwann fordern sie deine Schulden ein. Als ich noch bei der Polizei arbeitete, hatten wir ein paar dieser Fälle, bei denen unbescholtene Bürger Morde für einen Faerie ausführten oder ihre neuen Posten für Betrug missbrauchten. Wir konnten ihnen nie etwas nachweisen. Denn es läuft wie bei der

Mafia: Wenn du nicht tust, was sie einfordern, bist du dran, ebenso, wenn du plauderst. Und wenn du abhaust, wird deine Familie bestraft.

Meine Familie ist sowieso schon fragil genug.

»Was ist los?« Aki drückt mir eine Kaffeetasse in die Hand. Sein Spürsinn für meine Probleme ist übernatürlich. Doch er weiß nichts von meinem Deal mit Maeve, den ich damals einging, um ihn zu retten. Und so muss es bleiben.

Ich zucke mit den Schultern. »Irgendwer versucht den ganzen Morgen schon, mich zu erreichen.«

»Vielleicht will er dich engagieren.«

»Oder es ist meine Vermieterin. Bin ein bisschen mit der Büromiete im Rückstand.«

»So schlimm, dass sie an einem Sonntag anruft?« Aki runzelt die Stirn.

Cosima, die gerade Professor aus der Box lässt, den prächtigen, flammend roten Kater, hält inne. »Laufen deine Aufträge nicht gut, Lucy?«

Um Zeit zu schinden, krame ich in der Parkatasche nach meiner Zigarettenschachtel. Nur um festzustellen, dass sie leer ist.

»Gut ist relativ«, murmele ich. Beschissen wäre die Wahrheit. Oder das Geständnis, dass ich mir erst mal keine neuen Zigaretten leisten kann.

»Nimm meine.« Cosima reicht mir ihre Schachtel. Professor, der auf ihrem Arm sitzt, schlägt mit den Krallen danach.

»Ich hab's noch immer aus den roten Zahlen geschafft«, sage ich. »Ihr werdet sehen, bis heute Abend habe ich einen neuen Fall. Ich spüre es in den Knochen.«

Ich mache mich auf den Weg zum Balkon, bevor sie weiterfragen können. Weil ich nämlich Bullshit rede. Ich spüre gar nichts. Seit mehr als zwei Jahren balanciere ich über dem Abgrund zwischen abgebrannt und pleite, ohne dass sich nen-

nenswert was ändert. Gerade als ich die Balkontür öffne, vibriert mein Handy erneut.

Aki und Cosima blicken von Professor auf, der geduckt sein neues Revier erkundet.

»Ich spendiere eine Flasche Champagner«, ruft Cosima. »Wenn das dein neuer Fall ist.«

Ich trete hinaus in die Kälte, schließe die Tür hinter mir und nehme den Anruf an.

»Spreche ich mit Lucy Wayne?« Eine barsche Frauenstimme.

»Ja.«

»Warten Sie, ich stelle Sie durch.« *Klick.*

Ich zünde mir die Zigarette an, ziehe die Kapuze über den Kopf und blicke über den Hinterhof. Zwei Matratzen voller Schimmelflecken lehnen neben ausgeschlachteten Fernsehern. *Everything's possible,* hat jemand mit euphorischem Schwung auf den Müllcontainer gesprüht – entweder war er naiv oder high.

Oder vielleicht ist am Telefon tatsächlich ein Klient. Die Hoffnung stirbt zuletzt.

Klick.

Hinter mir stecken Aki und Cosima über Professor die Köpfe zusammen und lachen über irgendwas. Cosima ist größer als Aki, ihre Schultern sind kantiger als seine – und doch lugt sie scheu zu ihm hinüber, als wäre sie ein Reh und er ein Panther. Wenn sie ihn besser kennenlernt, wird ihre Befangenheit verschwinden. Die beiden haben mehr miteinander gemeinsam als mit mir.

Ich ziehe an meiner Zigarette und fluche. Hat mich die Telefonfrau in einer toten Leitung geparkt?

Klick.

Die Hoffnung hat mich mal wieder aufs Kreuz gelegt. Gerade als ich die Verbindung beenden will, meldet sich ein Mann in der Leitung.

»Du meine Güte«, schnauft er. »Frau Wayne. Gott sei Dank erreichen wir Sie endlich. Ich weiß, das ist kurzfristig und auch noch Wochenende, aber uns ist jemand ausgefallen. Wir würden Sie gerne für heute Abend buchen.«

Mir fällt fast die Zigarette aus dem Mund. »Worum geht es?«

»Um die Verifizierung der Echtheit von magischen Artefakten.« Er hat ein zittriges Tremolo in der Stimme. Er ist alt. »Sie sind doch die Ermittlerin mit der Fähigkeit, die Omega-Strahlung von manifestierten Wesen und Dingen wahrzunehmen?«

»Die bin ich. Und wer sind Sie, wenn ich fragen darf?«

»Entschuldigen Sie.« Er lacht nervös auf. »Ich bin Direktor Ludwigshof. Vom Pergamonmuseum. Hier geht es drunter und drüber. Die neue Ausstellung wird übermorgen eröffnet. *The Art of Artefacts.* Eine exklusive Sammlung manifestierter Gegenstände. Sie haben bestimmt davon in der Zeitung gelesen.«

»Da können Sie sicher sein.« Er muss nicht wissen, dass ich den Kulturteil nur dafür nutze, um meine Schuhe zu trocknen. »Ich würde Ihnen gerne helfen. Doch ich müsste andere Termine absagen, und …«

»Es würde nur etwa zwei Stunden beanspruchen«, unterbricht er mich. »Die Artefakte sind mit technischen Scannern überprüft. Wir wissen, dass sie echt sind. Aber heute Abend sind die Sammler zu einem Vorabempfang eingeladen. Wichtige Persönlichkeiten, die uns mit ihrer Leihgabe einen großen Gefallen erweisen. Für sie sollte Professor Hafke vom Nationalarchiv eine Führung halten. Leider fällt er aus. Die Führung übernehme ich, doch wir brauchen jemand, der sozusagen«, er zögert, »für die menschliche Note sorgt?« Es klingt, als wäre ihm sein Anliegen ein bisschen peinlich. Zu Recht.

»Ich bin Ermittlerin«, sage ich. »Keine Darstellerin, die irgendwelchen Gegenständen die Hände auflegt.«

»Das verstehe ich, Frau Wayne.« Er seufzt. »Wir entschädigen Sie selbstverständlich. Das übliche Sachverständigenhonorar beträgt bei uns fünfundneunzig Euro pro Stunde. Plus Anfahrt.«

Fünfundneunzig? Ich ächze. Was er prompt falsch versteht.

»Aufgrund der Kurzfristigkeit können wir auf hundertdreißig erhöhen«, sagt er eilig. »Zwei Stunden Vorbereitung müssten Sie vielleicht auch noch einplanen ...«

»Einverstanden«, sage ich ebenso eilig wie er.

Er redet weiter, doch ich höre nicht mehr hin. Über fünfhundert Euro für vier Stunden Arbeit. Das deckt die Büromiete vom November und meine Ausgaben für die nächsten zwei Wochen. Wenn ich nur Reis esse, sogar für drei.

»Schicken Sie mir die Details bitte per E-Mail«, sage ich.

Als ich auflege, starren mich die anderen beiden durch die Balkontür an.

Ich stoße die Tür auf und spüre selbst, wie das Grinsen mein Gesicht in die Breite zieht. »Hol den Champagner, Cosima!«, rufe ich. »Ich habe einen Auftrag.«

Sie strahlt. »Von wem?«

»Vom Direktor des Pergamonmuseums. Ich soll heute Abend für eine Ausstellung ein paar Gegenstände auf Omega-Strahlung abklopfen.«

»Wie schön für dich!« Sie freut sich mit mir.

»Welche Ausstellung?«, fragt Aki.

Als ich es ihm sage, wandern seine Augenbrauen nach oben.

»Übermorgen soll sie eröffnet werden«, sage ich. »Heute Abend ist eine Vorabveranstaltung für die Sammler. Da sind fantastische Stücke dabei!« Ich krame in meiner Erinnerung an das Telefonat. »Fliegende Teppiche, historische Glücksmedaillons, der Dreizack des Poseidon ...«

»... das Schwert Excalibur«, fügt er hinzu. Eine senkrechte Falte gräbt sich in seine Nasenwurzel.

»Genau«, sage ich. »Sie haben sie technisch längst überprüft. Aber der Museumsdirektor sagte, er wolle dem Ganzen eine menschliche Note verleihen.«

»Er will eine Show.« Cosima schmunzelt. »Mit dir als Attraktion.« Damit kennt sie sich aus.

»Das ist kein Zirkus, sondern das Pergamonmuseum«, erwidere ich. »Eine seriöse Bildungseinrichtung.«

»Aber warum engagieren sie dann dich?«

Ich reiße die Augen auf. »Hältst du mich etwa nicht für seriös?«

Wir prusten. Nur Aki bleibt ernst.

»Ich hab kein gutes Gefühl bei der Sache«, sagt er. »Cosima hat recht. Das ist nicht dein Metier. Außerdem ist die Ausstellung unter Stifs umstritten. Einige Exponate gelten als Raubgut.«

»Würde ich bei meinen Aufträgen jedes moralische Detail abklopfen, wäre ich längst arbeitslos«, entgegne ich.

Er runzelt die Stirn. »Vorgestern hast du den Geschäftsmann weggejagt, der dich mit einem Schmiergeldkoffer nach Dahlem schicken wollte.«

»Das war etwas anderes«, sage ich. »Niemandem schadet es, wenn ich heute Abend ein paar Artefakte für echt erkläre.«

»Es geht nicht darum, wem du schadest«, sagt er. »Es geht darum, wem du damit nutzt.«

»Es geht darum, dass ich die Miete bis nächste Woche zahlen muss, sonst verliere ich mein Büro«, fauche ich. »Du bist ein verdammter Moralapostel, Aki.«

Er blickt zu Boden. Und ich beiße mir auf die Zunge.

Im Gegensatz zu mir wird er nie laut, wenn er wütend ist, sondern ganz leise. Mir wäre es lieber, er würde die Beherrschung verlieren und mir all die Dinge an den Kopf werfen, die in ihm brennen.

»Bitte.« Cosima lugt aufgeschreckt zwischen uns hin und her. »Beruhigen wir uns doch.«

Auch Trylle, der soeben mit drei Umzugskartons auf der Schulter die Küchentür aufstemmt, wirft uns irritierte Blicke zu. Ein roter Kater erkennt seine Chance und entfleucht maunzend ins Treppenhaus.

»Professor!« Cosima stürzt ihm hinterher, Aki folgt ihr. Chaos bricht unten auf der Straße aus, als die Pixies versuchen, den Kater einzufangen, der sie seinerseits für Beute hält.

Und ich nutze das Chaos, um zu verschwinden.

2

Am U-Bahnhof Kurt-Schumacher-Platz ist sonntagvormittags der Hund begraben. Eine Handvoll verkaterter Leute schlurft mit gesenkten Köpfen an mir vorbei. Die Dealer sitzen auf ihrem Stammplatz, die riesigen weißen Sneaker vor sich geparkt wie Segelschiffe, und nicken mir brüderlich zu.

Der alte Dirk an seinem Zeitungskiosk ist nicht zu sehen. Schade, er hätte mir bestimmt im Tausch gegen einen Plausch eine zerknickte Schachtel Zigaretten zugesteckt.

So sieht der neue Fünfhunderteuroschein aus, titelt die Boulevardpresse. *Fälschungssicher und säurefest – sogar gegen Pixie-Speichel.*

Mir ist es egal, wie ein Schein aussieht, den ich eh nie in Händen halten werde. Doch die EU setzt auf Bargeld, seit die digitalen Finanztransaktionen durch die Wirtschaftskrisen von USA und China zunehmend an Stabilität verlieren. Zumindest begründet die Regierung damit die Grundüberholung unserer Geldscheine. Dass sie auch das Wasserzeichen austauschen, erwähnen sie seltener. Das Porträt der Europa ist als Symbol nicht mehr tragbar, seit die Stif als Pornodarstellerin berühmt wurde.

Ich marschiere die kaputte Rolltreppe hinauf ans Tageslicht. Der Verkehr ist ein Brausen ohne Gesicht. Es ist halb zehn, doch der Dezemberhimmel hängt so tief, als ob sich der Tag schon wieder verabschieden will.

Die Ampel winkt mich rüber auf den winzigen Platz. Eine

Lichterkette blinkt an einem zerfledderten Weihnachtsbaum, über der Tür des DPD-Shops flattern rot-goldene Zipfelmützen.

Noch acht Tage bis Weihnachten.

Eine frostige Bö braust mir auf der Scharnweberstraße entgegen. Die Stifs haben ihre eigenen Feste. Letztes Jahr tanzte ich mit Aki und Lore in diversen Clubs den 21. Dezember hindurch: die Wintersonnenwende, die längste Nacht des Jahres. Ab da beginnen die Raunächte, die Zeit der Geister und Hexen, der Dämonen und der Wilden Jagd.

Ich hüpfe über zugefrorene Schlaglöcher. Das L der ARAL-Tankstelle grüßt mich mit dem üblichen Wackelkontakt, hundertfünfzig Meter weiter schickt die Dönerbude meines Freunds Ali ihr warmes Licht in die Dämmerung. Der Gedanke an meinen leeren Geldbeutel verdrängt den Hunger.

Seufzend schließe ich die Tür neben Manfreds KFZ-Werkstatt auf. Darüber befindet sich mein Detektivbüro. Fünfundzwanzig Quadratmeter Bürofläche mit mintblauer Tapete, leidenden Grünpflanzen, meerblauem Sofa und einer Ozeanwelle auf Leinwand. (Lore hat mein Büro eingerichtet.) Mein ganzer Stolz ist das antike Ungetüm von Schreibtisch, das mir Tante Greta vererbt hat. Außerdem gibt es eine Küche mit einer Kaffeemaschine und einem Schrank voller leerer Weinflaschen, und ein Bad, das so beengt ist, dass ich mich hinters Waschbecken zwängen muss, um die Tür zu öffnen.

Ich werfe mich auf den Schreibtischstuhl und schalte den PC an. Direktor Ludwigshof hat mir bereits eine Mail mit allen Unterlagen für heute Abend geschickt: ein Beratervertrag über vier Stunden, den bebilderten Ausstellungskatalog der Exponate und eine Liste weiterer Hintergrundinformationen.

Bevor ich die Unterlagen durcharbeite, gehe ich allerdings Akis Warnung nach und wühle mich online durch die Gerüchteküche der Stifs. Manifestierte oder Monster – sie haben viele Namen, doch Stif hat sich durchgesetzt, abgeleitet vom englischen Wort Superstitionists. *Abergläubige.*

Die meisten Menschen haben sich mit ihnen arrangiert, wie mit dem merkwürdigen Nachbarn, den sie im Treppenhaus ab und zu grüßen, aber niemals zu einer Party einladen würden. Außer die Stoupies natürlich – so nennen die Berliner abschätzig die Groupies von Stifs. Was die einen fürchten, verzückt die anderen. Es gibt ganze Untergrund-Clubs mit Fetischen für Kobolde, Zwerge oder Nixen, was für die Stifs nicht unbedingt schmeichelhaft ist.

Manche behaupten, auch ich ginge lieber mit Stifs auf Partys als mit Menschen, und hätte mich deshalb auf übernatürliche Fälle spezialisiert. Aber das stimmt nicht. Ich gehe gar nicht mehr auf Partys. Und mit meinem Job fülle ich eine Marktlücke. Zugegeben, es ist eine ziemlich kleine Lücke, doch sie ist meine, und ich hüte sie wie einen Schatz. Anscheinend bin ich nämlich der einzige Mensch auf der Welt, der die Omega-Strahlung der Stifs wahrnehmen kann – und sie daher zuverlässig erkennt.

Außerdem fiel es mir immer schon leichter, zu helfen, als selbst Hilfe anzunehmen. Und sei es nur, weil ich dumm genug bin, um eine Schuld tilgen zu wollen, die ich niemals werde tilgen können: die Schuld meines Vaters.

Vor dreißig Jahren und drei Monaten explodierte eine Bombe in Tegel, im Institut für Psychotronik. Mein alter Herr – Amerikaner, groß, elegant, Schwarz und angeblich mit dem IQ von Einstein – arbeitete dort als führender Wissenschaftler für die CIA.

Es war die Zeit im Kalten Krieg, als alle in der Politik paranoid waren und neben einem Nuklearanschlag den einzigen Ausweg in transzendentalen Waffen suchten. In Berlin forschten die Amerikaner an der Omega-Drüse, einer winzigen Einheit in unserem Stammhirn, in der ganz bestimmte neuromagnetische Impulse geformt werden: unsere abergläubischen Ängste. Jahrelang arbeiteten sie daran, diese Impulse mittels einer Maschine in Materie umzuwandeln und damit den Feind zu verwirren. Nun, der Feind war verwirrt genug, um inmitten eines der Experimente die Bombe zu zünden – auch wenn er das bis heute leugnet.

Die Explosion pulverisierte meinen Vater innerhalb einer Millisekunde. Meine deutsche Mutter traf die Druckwelle einen Bruchteil später und zwei Kilometer entfernt. Sie lebte gerade noch lange genug, um mich auf die Welt zu bringen. Mein Leben begann, während um mich herum in den Ruinen des einstigen Tegels beinah zweihunderttausend Menschen starben.

Doch im CIA-Labor hatte die Explosion nicht nur alles Leben ausgelöscht, sondern eine Kettenreaktion erzeugt: Die radioaktiven Neutronen der Bombe und die manifestierten Photonen der Maschine traten in Wechselwirkung – und erschufen eine gänzlich neue Strahlung. Sie war kaum noch radioaktiv, hatte jedoch eine andere bahnbrechende Wirkung. Wie eine Flutwelle jagte sie um unseren Planeten und verlieh den Omega-Drüsen der Menschen für wenige Minuten Superkräfte. Die Omega-Strahlung.

Abergläubische Ängste und Vorstellungen, die in genug menschlichen Gehirnen herumspukten, manifestierten sich plötzlich. Kobolde plumpsten aus irischen Hügeln, Heilige stolperten an bayrischen Wallfahrtsorten herum, Bigfoot verirrte sich heillos in den Rocky Mountains.

Und manche Menschen veränderten sich. Frauen, die von ihren Nachbarn für Hexen gehalten wurden, wurden zu ihrem eigenen Schreck wirklich zu Hexen, indische Sadhus konnten tatsächlich durchs Feuer gehen. Und mein Neugeborenen-Gehirn mutierte zum Strahlungsdetektor. Zumindest glaube ich das.

Tante Greta, die Schwester meiner Mutter, hielt nichts davon, irgendwelche medizinischen Fachkräfte in meinen Kopf gucken zu lassen. Sie zog mich auf, bis ich dreizehn war, dann starb sie an unbehandeltem Lungenkrebs. Ich vermisse sie heute noch.

Ich habe ihr Misstrauen gegenüber medizinischem Personal übernommen, gemeinsam mit ein paar Möbeln und einem echten Artefakt. Einer Hasenpfote, die ich an einer Kette um meinen Hals trage. Ich weiß nicht, ob sie mir je wirklich Glück gebracht hat. Doch auf dem Schwarzmarkt wäre sie einiges wert, denn der Besitz von magischen Gegenständen ist streng reglementiert.

Vor dreißig Jahren befeuerten die Artefakte den Tumult. Beispielsweise manifestierte sich der Stein der Weisen in London und entfesselte einen Mafiakrieg, der erst endete, als sich die Tochter des russischen Clanchefs mitsamt dem Stein in die Luft sprengte. Das gigantische Graffito von Banksy am Trafalgar Square, das ein Mädchen mit einem goldenen Stein und einem Luftballon zeigt, ist heute ein Londoner Wahrzeichen.

Die Welt hat sich angepasst. Es gibt inzwischen eine Vielzahl globaler Abkommen. Die Wissenschaft entwickelte technische Omega-Scanner. Jemanden zu verfluchen wird mit hohen Strafen geahndet, die Zucht schwarzer Katzen ist verboten, und die Zahl Dreizehn nur noch in der höheren Mathematik erlaubt. Außerdem gibt es vorgeschriebene Gefahrkennzeichen, die etwa an Leitern angebracht werden, damit niemand aus Versehen darunter hindurchgeht.

Und alle, die reisen, kennen die regionalen Informationstafeln und Hinweise auf Google Maps: *Wer in dieser Quelle badet, wird drei Jahre Pech haben. Wer bei Überquerung dieses Gipfels schmutzige Schuhe hat, trägt das Verderben mit nach Hause.*

Stifs, die für Menschen gefährlich waren und sich nicht anpassen wollten oder konnten, wie Vampire oder Werwölfe, wurden massakriert. Die überlebenden Stifs bleiben bis heute ein Rätsel. Die meisten sind stärker als wir, und ihre Wunden heilen schneller. Außerdem altern sie nicht. Aki kam in der gleichen Nacht auf die Welt wie ich. Damals wie heute sieht er aus wie Anfang dreißig. Bald werde ich ihn äußerlich überholen – aber darüber will ich nicht nachdenken.

Die meisten Stifs in Berlin wohnen in der ZONE – dem Gebiet rund um den verstrahlten Einschlagkrater in Tegel, das die Regierung in den Neunzigern als vorübergehendes Auffanglager deklarierte. Zum einen brummten die Vereinten Nationen Deutschland auf, alle übernatürlichen Flüchtlinge aufnehmen zu müssen. Zum anderen heißt es, dass die Strahlung der ZONE sie anzieht. Vor allem, wenn der Rest der Welt sie abstößt. Fünfzigtausend Stifs sind es inzwischen. Und noch immer kommen mehr.

Wenn der Wind von Nordwesten kommt, kann ich die ZONE von meinem Büro aus hören. Ein pulsierendes Summen und Zischen, wie ein Kraftwerk voller Elektrizität. Und auch wenn ich es nie zugeben würde, mich zieht die Strahlung ebenfalls an. Manchmal, wenn ich aus meinem Bürofenster starre, wünschte ich mir, ich wäre dort. Als eine von vielen, die ich nicht bin. Genau deshalb bleibe ich lieber allein.

3

Es ist siebzehn Uhr, als ich die U-Bahn an der Friedrichstraße verlasse und mich durch dämmriges Schneegestöber Richtung Museumsinsel kämpfe.

Auf einem vorbeibrausenden Bus wirbt der gelbe Schriftzug der BVG mit *Ungeheuerlich günstig – das Tagesticket für die Metropole des Übernatürlichen.*

Die Fußwege in Berlin-Mitte sind länger als in jedem anderen Viertel. Ausladende Bauwerke erheben sich an den Straßen wie eine Sammlung von Statussymbolen, zwischen ihnen veröden tot betonierte Plätze. In Kreuzberg würden sich die Investoren um so viel Freifläche duellieren. In Mitte gilt Platzverschwendung als schick.

Ich ziehe die Kapuze des Parkas in die Stirn und trotte vorsichtig am Flussufer entlang. Der Gehsteig ist eisglatt. Auf der anderen Seite der Spree erhebt sich das Pergamonmuseum wehrhaft wie eine Burg gegen den Winterhimmel, dahinter folgt der weiße Kolonnadengang der Simon-Galerie.

Eine Gestalt kommt mir entgegen, genauso vermummt wie ich. Das Surren von Omega eilt ihr ein paar Schritte voraus. Ein Stif. Es macht einen Schritt zur Seite, um mir auszuweichen.

In dem Moment, als wir aneinander vorübergehen, Schulter an Schulter, trifft mich ein Stoß. Ich pralle gegen das Geländer und halte mich gerade noch fest.

»He, was soll das?«

Als Antwort ein weiterer Stoß. Meine Finger krampfen um das eisige Metall, meine Füße rutschen über das Pflaster.

Ein Zischen. »Geh nach Hause, Lucy.«

Ich ahne den nächsten Stoß, bevor er kommt. Er wird mich über die Brüstung katapultieren. Das Spreewasser wogt unter mir, ein schwarzer, wartender Schlund.

Ich trete mit den Fersen nach hinten, so fest ich kann.

Treffer. Jemand keucht auf. Ich schwinge mich halb herum, ein Drehkick mit dem linken Fuß. Ich erwische das Stif an der Hüfte. Es weicht zurück, rutscht aus und geht zu Boden.

»Was soll das?«, schreie ich. Mein Puls galoppiert wie ein wild gewordenes Pferd. »Wer bist du?«

Wortlos steht das Stif wieder auf. Mütze, Daunenmantel und Schal verdecken alles bis auf die Augen. Es kommt auf mich zu.

Ich will weg von der Brüstung, doch ich komme nicht los. Meine Finger krampfen sich um das Metall wie festgefroren.

»Aufhören!«, rufen zwei Passantinnen, die den Gehsteig entlangkommen. »Lass sie in Ruhe!«

Die Gestalt wendet sich ab, sprintet und schlittert in halsbrecherischem Tempo über die Straße. Bremsen quietschen, Reifen gleiten ohne Halt über die Fahrbahn. Im letzten Moment schlüpft das Stif zwischen den Autos hindurch.

Ich stehe gekrümmt und halte mich immer noch fest.

»Brauchen Sie Hilfe?« Eine der Passantinnen beugt sich zu mir. »Kannten Sie Ihren Angreifer? War es ein Mensch?«

Ich schüttle den Kopf. Hole Luft. »Keine Ahnung. Es geht schon.«

»Diese verdammte Stadt«, murmelt die Frau. »Die macht die Leute verrückt.«

»Danke für Ihre Hilfe.« Endlich kriege ich die Finger vom Geländer. Während die Frauen davongehen, reibe ich meine aufgerissenen Hände, bis sie wieder warm sind.

Was zum Teufel war das? Dieses Stif war nicht verrückt. Es war ziemlich entschlossen. Hätte ich mich nicht gewehrt, hätte es mich ins Wasser katapultiert. Umgebracht hätte mich das kalte Bad in der Spree wahrscheinlich nicht, aber der Abend wäre gelaufen gewesen.

Geh nach Hause, Lucy. Ich kannte die Stimme nicht, doch sie kannte mich. Allerdings nicht besonders gut, sonst wüsste sie, dass mich jeder Widerstand nur noch entschlossener macht.

Wachsam lege ich die letzten Hundert Meter zur Brücke zurück. Dort erwartet mich das Surren von Omega. Vielleicht dreißig oder vierzig Gestalten harren auf dem Grünstreifen rechts von der Freitreppe aus, Streifenwagen blockieren die Straße.

Zwei Frauen mit Pelzumhängen und Flechtfrisuren wirken, als seien sie einem russischen Wintermärchen entstiegen. Wahrscheinlich sind sie das auch. Sie diskutieren mit einem Faun. Der Anblick seines nackten Oberkörpers lässt mich frösteln.

Unsere Kunst gehört uns, steht auf dem flatternden Banner, das über ihnen zwischen den Eichen vertäut ist. Daneben lümmeln ein paar Trolle, und unter einem Dach aus Planen sitzen zwei Harpyien mit mürrisch eingezogenen Flügeln. Einige Stifs halten die leuchtend roten Standarten ihrer Bürgerrechtsbewegung in den Wind, darauf der Hashtag *#WAAP – We Are All People.*

Die WAAP ist ein Netzwerk, das sich ursprünglich gegen Gewalt an Stifs einsetzte – und inzwischen auch dafür, dass sie die vollen Staatsbürgerrechte erhalten. Obwohl sie von vielen Menschen unterstützt werden, hält sich ihr Erfolg bisher in Grenzen. Ihre letzte Kundgebung im Herbst bekam zwar internationale Aufmerksamkeit, aber vor allem wegen der Ausschreitungen.

Eine der Harpyien war damals ganz vorne dabei. Ich kenne sie. Sie heißt Harpy, und das Voodoo-Skelett mit dem Panamahut, das neben ihr an der Säule lehnt und so tut, als würde es eine Zigarre paffen, heißt Jim.

Vielleicht war der Spree-Schubser gerade noch hier, um mit ihnen zu demonstrieren. Bis er oder sie die Sinnlosigkeit einsah – und seinen Frust an mir abließ.

Doch ich glaube es nicht. Wir alle wählen unsere Rollen, mehr oder weniger unbewusst. Meine war noch nie die eines zufälligen Opfers.

Ich ziehe den Kopf zwischen die Schultern und eile die breite weiße Freitreppe zur Simon-Galerie hinauf, dem offiziellen Drehkreuz, das die Museen der Insel miteinander verbindet.

»Jeschlossene Jesellschaft«, grunzt der Sicherheitsmann. Als ich ihm meinen Ausweis unter die Nase halte, hakt er mich nur unwesentlich freundlicher auf einer Liste ab.

Die Glastür vor mir ist genau vier Meter zwanzig hoch – die normierte Größe eines Riesen. Auf dem Schild steht, dass die Renovierungsarbeiten abgeschlossen sind. Der ganze Bau wurde grunderneuert, unter anderem wegen der Bestimmungen zur Barrierefreiheit für Stifs. Heute dürfen sie trotzdem nicht hinein.

Drinnen empfängt mich die Leere von Glasfronten und anthrazitfarbenen Betonwänden. Hinter einem weißen Tresen steht eine Empfangsdame und lächelt mich an, flankiert von vier Wachleuten, die nicht lächeln. Auf ihren Blazern haben alle vier das gleiche Emblem aufgedruckt; es sieht aus wie ein doppelt durchgestrichenes Dreieck.

Einer durchsucht meinen Turnbeutel, ein anderer prüft meinen Ausweis, dann winken sie mich durch die Körperscanner. Der Omega-Detektor piepst wegen meiner Hasenpfote, und nachdem ich sie vorgezeigt habe – samt dem offiziellen

Vermerk in meinem Ausweis, der mich als seine Besitzerin ausweist –, darf ich passieren. Brav folge ich den Anweisungen und trage Parka und Turnbeutel zur Garderobe, dann stehe ich in meinem in Ehren gealterten Nadelstreifenanzug herum und studiere fröstelnd die Inschriften an den Wänden. Die Häufung von Jahreszahlen sind neben einem Steinlöwen der einzige Hinweis, dass ich mich in einem Museum befinde.

Irgendwann klappert ein Paar Pumps heran. Sie gehören zu einer kleinen Frau in einem Seidenanzug, der so stark glänzt, dass ich mich fast darin spiegeln kann. Der Blick der Frau spiegelt allerdings nichts als Missbilligung.

»Frau Wayne?« Sie verzieht ihr Mausgesicht, wegen dem sie sicherlich oft unterschätzt wird. »Ich bin Uta Koralewksi, Leiterin der Sicherheitsabteilung.« Sie reicht mir nicht die Hand. Hat sie gehofft, dass ich nicht auftauche? Weil sie jemanden engagiert hat, um mich in die Spree zu schubsen?

»Folgen Sie mir.« Schon stöckelt sie los, ihre silbernen Armkettchen klirren.

Ich eile an ihre Seite. Ihre Armkettchen klirren schneller, ich halte mit.

»Das ist sehr beeindruckend«, merke ich an, als wir vor einer weiteren Riesentür aus Glas stehen bleiben, die Koralewski mit einem Handabdruckscanner öffnet. »Sie haben eine zentrale Sensoriksteuerung und automatisch verriegelnde Türen. Wie im Metropolitan. Verfügen Sie auch über Lichtschranken?«

»Natürlich.« Sie wirft mir einen scharfen Blick zu. »Und über ein eigenes Evakuierungssystem.«

»Wie haben Sie das hinbekommen, all die Technik in ein Weltkulturerbe zu stopfen?«

»Nur das Ensemble ist geschützt«, sagt sie herablassend. »Wir konnten bei der Renovierung der Einzelgebäude die weltweit modernsten Sicherheitsstandards etablieren. Deshalb ist die Ausstellung auch bei uns.« Sie rümpft die Nase. »Und nicht im Metropolitan.«

»Ich dachte, die Artefakte wären in Berlin ausgestellt wegen der besonderen Stadtgeschichte?«

Sie hebt die Augenbrauen.

»Na, die Explosion«, sage ich. »Die ZONE, die Stifs …«

Sie wirft mir einen vernichtenden Blick zu. »Genau deshalb brauchen wir die Sicherheitstechnik.«

Hinter dem nächsten Durchgang wird das Licht weicher und die Schatten länger, als wäre die Uhr ein ganzes Stück weitergedreht worden. Hier endet die Moderne und es umfängt mich der Geruch des Altertums – trocken und staubig, ein kaum wahrnehmbarer Duft wie von Weihrauch.

Wir durchschreiten ein prächtiges Monument, eine Burgpforte aus einer anderen Zeit. Blau glasierte Fliesen leuchten von den Wänden, bemalt mit jahrtausendealten Löwen und Symbolen: das Tor von Ischtar, das nördliche Stadttor von Babylon. Als Kind war ich mit Tante Greta ein paarmal hier. Sie nannte das Tor ein Mahnmal. *Da könnten sich die Berliner mal 'ne Scheibe Weltgeschichte abschneiden*, spottete sie. *Wie es begann, und wo es endete.*

Babylon, der Hort der Sünde und Dekadenz, und Berlin, die Stadt der Monster. Greta zog sicher nicht als Einzige den Vergleich. Ich mochte Museen noch nie – zu viel fremdartige Vergangenheit, in der es keine Stifs gab, dafür umso mehr Aberglaube. Manche Menschen sehnen sich nach dieser Zeit zurück. Mir schwant, Frau Koralewski ist eine von ihnen.

Marmor klackert unter ihren Absätzen, sie kläfft Anweisungen in den Knopf in ihrem Ohr.

»Es heißt, Sie sind eine Mutierte«, sagt sie über die Schulter. Ich brauche einen Augenblick, um zu merken, dass sie mich meint. »Ist das so eine afrikanische Voodoosache?«

»Nicht im Geringsten.«

»Woher kommen Sie ursprünglich?«

»Aus Berlin.«

»Ach.« Sie klingt skeptisch.

Ich spare mir die Erklärung. Es ist sinnlos, mit Leuten zu diskutieren, deren Horizont nicht über den eigenen Tellerrand hinausreicht.

Wir kommen an einem dämmrigen Saal vorbei, in dem halb nackte Frauenstatuen mit blinden Gesichtern Richtung Oberlicht starren, dann halten wir am Fuß einer Treppe.

»Wer auch immer Sie Doktor Ludwigshof empfohlen hat«, sagt Koralewski. »Mich können Sie mit Voodoo-Sprüchen nicht täuschen.«

Sie eilt, ohne eine Erwiderung abzuwarten, die Treppe empor.

»Es bringt Unglück«, rufe ich hinter ihr her. »Die letzte Stufe zu überspringen. Habe ich in meiner Ausbildung als Polizistin gelernt.«

Sie ignoriert mich. Doch beim nächsten Treppenabsatz überspringt sie keine Stufe mehr.

Reingelegt. Meine Laune hebt sich wieder etwas.

Im ersten Stock folgen wir einem breiten Flur voller Fresken, dann halten wir vor einem Flügeltor an.

»Sie warten hier.« Ein strenges Nicken zum postierten Sicherheitsmann, der das gleiche Emblem trägt wie seine Kollegen, dann verschwindet sie durch den Torspalt.

Drinnen murmelt irgendein Vortragsredner, abgelöst von Applaus. Ein alter Mann kommt heraus. Pergamenthaut, Hornbrille. Früher war er hochgewachsen, aber jetzt sind seine Schultern gebeugt und der Anzug schlottert um die dünnen Gliedmaßen.

»Frau Wayne?« Sein Blick gleitet über mich hinweg und kehrt dann wieder zurück.

Ich erkenne die Stimme vom Telefon. »Direktor Ludwigshof.«

»Schön, dass Sie da sind.« Seine Hand ist kalt wie ein Fisch. »Soeben hat der Bürgermeister ein paar Worte gesprochen. Nun wird die Staatsministerin für Kultur reden – und dann sind wir dran. Ich erläutere die Exponate, und Sie setzen Ihre Fähigkeiten ein.« Er redet hastig. »Bestätigen Sie die magische Kraft unserer Stücke, und finden Sie ein paar schöne Worte.«

»Was ist mit dem Professor, der eigentlich die Führung machen sollte?«

»Er kam heute Morgen mit einer Lebensmittelvergiftung ins Krankenhaus. Das ist so ein Pech.«

Fast so viel Pech, wie in die Spree geschubst zu werden. Ja, ich bin paranoid, das bringt mein Berufsstand mit sich.

»Wie kamen Sie so kurzfristig auf mich?« Das hätte ich schon beim Telefonat fragen sollen.

»Ihr Ruf eilt Ihnen voraus, Frau Wayne.« Ludwigshof blinzelt hinter seiner Hornbrille, dann schaut er mich zum ersten Mal richtig an. »Unter uns Artefaktisten erscheint Ihre Fähigkeit, Strahlung zu spüren, äußerst beneidenswert.«

»Artefaktisten?«, wiederhole ich. »Meinen Sie damit die Gruppe der Sammler?«

»Nun, manche von uns sind Sammler, manche sind historisch Interessierte und andere sind Wissenschaftler.« Er lächelt. »Wir sind vielfältig, doch uns eint die Faszination an der Welt der magischen Materie. Ich leite eine kleine, bescheidene Gruppe, die sich hier im Museum regelmäßig trifft. Professor Hafke ist ebenfalls Teil davon. Vielleicht wollen Sie eines Tages zu einem unserer Treffen stoßen?«

»Das klingt sehr ehrenvoll«, sage ich unverbindlich. Ich kann mir bessere Hobbys vorstellen, als mit einer Gruppe älterer Herren Konversation über tote Dinge zu betreiben. Aber vielleicht bezahlt er mich ja dafür.

Im Saal klingelt jemand mit seinem Sektglas.

»Kommen Sie«, sagt Ludwigshof nervös. »Gesellen wir uns zu den Gästen.«

Galant bittet er mich vor sich durchs Tor. Ich trete in den Saal – und bleibe jäh stehen, weil die Wucht der Omega-Strahlung mir ins Gesicht prallt wie eine unsichtbare Wand.

Marmorsäulen, Deckengewölbe, Bogenfenster. Der Saal erinnert mich an eine Kirche. In seiner Mitte liegen sie aufgebahrt: die Artefakte.

Ihr Omega dröhnt so tief, dass mein Brustkorb vibriert.

So viel Macht in einem Raum.

Ich merke kaum, wie Ludwigshof davoneilt. In meiner Vorstellung lege ich einen Riegel vor meinen Geist, mache meine mentalen Schotten dicht, bis das Dröhnen zu einem erträglichen Brummen herabsinkt.

Drei Dutzend Exponate präsentieren sich königlich auf rotem Samt, arrangiert in Glaskästen und bewacht von einem Dutzend Sicherheitsleuten. Ich sehe ein prunkvolles Schwert neben einer Lederscheide. Excalibur. Sein Foto war im Ausstellungskatalog. Daneben ein Bogen aus Holz und ein goldener Speer, der in seinem Kasten zu flimmern scheint. Reliquien und Heiligtümer, zum Leben erwacht.

Der zweite Teil der versammelten Macht gruppiert sich im hinteren Teil des Raumes. Dort glänzen Manschettenknöpfe und Seidenkleider kaum weniger königlich. Etwa dreißig Menschen stehen dort herum. Nur wenige Namen im Dossier kenne ich, doch sie alle haben Geld und Einfluss genug, um Artefakte zu sammeln wie andere Leute Autogramme.

Die Kulturministerin bedankt sich gerade in wohlfeilen Worten dafür, dass sie ihre Schätze für kurze Zeit mit dem Plebs teilen. Links flüstert der Bürgermeister mit dem Stif-Minister und einigen anderen Herren. Ludwigshof steht etwas verloren daneben.

Ich stelle mich neben einen der Stehtische, an dem sich zwei Damen vor allem ihren Getränken widmen, und spähe nach einem freien Sektglas für mich.

Applaus folgt den Worten der Ministerin. Zugleich schieben drei Kellner im Frack Büfettwagen mit Abdeckhauben herein. Ein Knistern in der Luft schreckt mich auf. Sind die Kellner Stifs?

Ich will näher treten, als mich eine der Frauen am Tisch aufhält. Sie drückt mir ihr leeres Sektglas in die Hand. »Bringen Sie mir ein neues.«

Perplex sehe ich sie an; ihre glatt gebügelte Haut, den stahlgrauen Bob, der genauso perfekt sitzt wie ihre Perlenkette. Sie schaut gleichgültig durch mich hindurch.

»Wir beginnen mit der Führung«, ruft Ludwigshof mit einem aufgeregten Tremolo in der Stimme. »Frau Wayne, kommen Sie bitte zu mir.«

Ich drücke der Frau das Glas zurück in ihre Hand und mache mich auf den Weg nach vorn.

»Frau Wayne ist Sachverständige der Sonderpolizei für Übernatürliches«, liest der Direktor von einem Zettel ab. »Außerdem arbeitet sie als private Sicherheitsberaterin. Sie verfügt neben ihren fachlichen Qualifikationen über einen angeborenen Biosensor für Omega-Strahlung, vom BMSMODG-Ministerium zertifiziert.«

Das Publikum mustert mich, als wäre ich eines ihrer Exponate. Ich habe Mühe, mein Lächeln aufrechtzuerhalten, während Ludwigshof weitere hochgestochene Worte von sich gibt.

Unter Applaus nimmt er schließlich meinen Arm und führt mich zu den Artefakten. Eigentlich führe ich ihn. Seine Hand bebt auf meinem Ärmel wie ein ängstliches Tierchen.

Jemand von der Technik dimmt das Licht. Leuchtspots bestrahlen die Artefakte. »Ahs« und »Ohs« ertönen, auch ich halte den Atem an.

Hinter der ersten Glasscheibe ruht der Dreizack von Poseidon. Sein rohes Metall hat etwas Gewalttätiges. An der Spitze der Zacken schimmern Wassertropfen. Ich atme ein und öffne meine Schotten. Das Dröhnen der Artefakte schwillt an, der Klang des Dreizacks schält sich aus dem Chor. Sein Rauschen erinnert mich an die Brandung des Ozeans.

Und da ist es wieder – das Rascheln und Knistern einer Omega-Strahlung, die irgendwo hinter mir unbemerkt vor sich hin schwelt.

Ich wirble herum. Über den Köpfen des Publikums zischen bunte Fontänen senkrecht in die Luft. Dutzende Pixies sind es, die aus den offenen Hauben der Büfettwagen emporsteigen.

»Passen Sie auf!«, rufe ich.

Ein Feuerwerk aus Lachen und hysterischem Johlen antwortet mir. Schon surren sie im Zickzackflug über uns, handtellergroß, die Libellenflügel in allen Farben schillernd. In ihren Händen sehe ich rote Beutel. Verdammt.

Ich reiße die Arme über den Kopf, als das Bombardement auf uns herabgeht. Kleckse platzen um mich herum auf wie Blutrosen bei einer Schießerei.

Leute schreien. Neben mir sinkt die Ministerin dem Bürgermeister in die Arme, ihre Locken triefen rot. Ludwigshof stolpert gegen mich. Ich packe ihn an den Armen, damit er nicht umfällt. Er keucht, sein Pergamentgesicht ist voller roter Spritzer.

Nur Farbe. Das Hämmern in meiner Brust behauptet das Gegenteil. Ich gehe hinter dem Glaskasten des Dreizacks in Deckung, ziehe Ludwigshof mit mir.

»Mörder, Mörder!«, kreischen die Pixies. Ein Beutel klatscht über uns ans Glas, Farbe regnet auf uns herab. Wären wir nicht in Deckung gegangen, hätte er Ludwigshof voll an der Brust erwischt.

»Das ist ein Überfall«, wimmert er.

»Das ist eine Protestaktion«, widerspreche ich. »Sehen Sie!«

Die Pixies haben ihre Munition verschossen und entrollen Transparente in der Luft.

Unser Erbe, unsere Kultur, lese ich auf den wogenden Stoffbahnen. *Die Artefakte gehören den Stifs.*

Zwei Kellner streifen ihre Haare ab und präsentieren kahle Schädel mit Hörnern. Der dritte Kellner verzieht den Mund zu einem Grinsen, das weit auseinanderstehende Zähne zeigt, tänzelt auf Zehenspitzen hin und her und richtet sein Handy auf uns. Er filmt.

»Blut an euren Händen!«, skandieren die Pixies. Ein Wachmann springt hoch, sie weichen johlend seinem Griff aus. »Blut an euren Händen!«

Menschen rennen und rutschen auf den Farbschlieren Richtung Tür. Koralewski schreit irgendwas. Ihr Anzug sieht aus, als hätte sie einen Schlachthof geschrubbt.

Ein Trupp Sicherheitsleute rückt auf die Büfettwagen zu. Weitere Stifs kraxeln dort heraus. Zwei davon laufende Meter im Quadrat, die bärtigen Gesichter wie grob behauener Stein. Zwerge. Neben ihnen purzeln spitznasige Gnome hervor – und aus dem letzten Wagen krabbelt Inka. Sie ist schmal, kaum größer als ein Meter sechzig, doch ihr Gesicht ist Gestalt gewordener Albtraum. Einer der Sicherheitsmänner brüllt bei ihrem Anblick auf und schlägt einen Haken wie ein Kaninchen.

Berlins Schundblatt lichtete sie kürzlich auf einer Kundgebung ab und brachte das Bild unter dem Titel: *Diese Bestien wollen unsere Bürgerrechte.*

An ihrer Stelle würde ich uns alle hassen.

»Wir fordern unsere Artefakte zurück!«, hallt ihre Stimme wie aus einem Brunnenschacht. Der Kellner mit dem Handy tritt neben sie. Sicher streamt er live. »Sie sind unser Vermächtnis, unsere Identität. Ihr habt unsere Leute massakriert, und dann habt ihr euch ihr Erbe unter den Nagel gerissen!«

»Mein Gott«, flüstert Ludwigshof. Seine Augenlider flattern. »Was für eine Kreatur ist das?«

»Eine altdeutsche Drude«, flüstere ich. »Stammt aus Gutenachtgeschichten.«

Inka schaut zu mir herüber. Verdammt, sie hat mich gehört.

»Diese Ausstellung ist mit unserem Blut bezahlt worden«, dröhnt sie. »Auch von dir, Lucy Wayne, alte Freundin.«

Ihre Augäpfel sind pechschwarz, und sie fletscht Zahnstummel, die aussehen wie abgefaulte Leichenfinger. Sie grinst. Ich hasse es, wenn sie das tut.

»Sie kennen sie?« Der Direktor greift sich an die Brust.

Koralewski, die sich hinter Excaliburs Kasten verschanzt hat, starrt mich an, dann schreit sie nach vorne: »Zugriff!«

Schon packt ein Sicherheitsmann einen Zwerg und drückt ihn zu Boden. Die anderen Stifs weichen zurück. Inka streckt die Hände aus, posiert mit düsterem Blick für den Livestream der Kamera.

Wahrscheinlich wäre es gewaltfrei ausgegangen. Wäre Ludwigshof nicht umgekippt. Sein langer Körper klappt zusammen wie ein Zollstock, er prallt gegen das Glas mit dem Dreizack.

Klirren zerreißt die Luft. Tausend Scherben von Sicherheitsglas prasseln um ihn zu Boden. Und das Sicherheitssystem erweist sich als zuverlässig. Ohrenbetäubend schrillt der Alarm los. Am Fenster rasseln Gitterstäbe nach unten, rotes Licht beginnt zu rotieren.

»He!« Ich packe Ludwigshof an der Schulter und drehe ihn um. Seine Augen sind ins Weiße verdreht. »Direktor, hören Sie mich?«

Mein Herz poltert. Bei all dem Lärm und dem Licht erkenne ich nicht, ob er atmet.

»Raus hier«, brüllt irgendwer. »Die Türen schließen sich automatisch!«

»Dann helfen Sie mir«, schreie ich. Doch niemand hört mich. Leute rennen, das rotierende Licht lässt mich schwindeln. Ich reiße Ludwigshofs Hemd auf und presse meine Handballen auf seine Brust. Stocke. Höre ihn stöhnen. Er schnappt nach Luft. Ein Betonklotz hätte nicht schwerer von meinem Herz plumpsen können. Ich packe ihn unter den Armen und schleife ihn Richtung Tor.

Noch wenige Meter. Pixies schwirren, die beiden Dämonenkellner setzen mit riesigen Sprüngen an uns vorbei. Ich bin zu langsam. Die Torflügel schieben sich unaufhaltsam aufeinander zu. Dann sind zwei Sicherheitsleute bei uns. Und Koralewski.

Die Wachmänner reißen mir Ludwigshof so heftig aus den Armen, dass ich stolpere. Das Tor ist nur noch eine Armlänge offen. Koralewski fluppt hindurch, als wäre ihr Anzug aus Gummi. Ich folge ihr. Und stolpere erneut. Über einen ausgestreckten Fuß.

Ich gehe zu Boden. Meine Ellbogen und Knie schrammen über die Marmorfliesen. Das Letzte, was ich im Türspalt sehe, ist Koralewskis gehässiger Blick.

Der Mensch ist gut, nur die Leute sind schlecht. Das schrieb einst einer von Berlins größten Dichtern. Er hatte keine Ahnung, als wie schlecht sich der Mensch entpuppt, wenn er seine Welt mit anderen Spezies teilen muss.

Stöhnend reibe ich mir die Knie. Als die Tür geschlossen ist, erlischt der Alarm und das Standardlicht schaltet sich wieder ein. Immerhin.

»Wayne also.« Eine hohle Stimme über mir.

»Ich bin keine alte Freundin«, murmele ich.

Sie schnaubt. »Ich weiß. Was machst du hier?«

»Einen Auftrag erledigen.«

»Du arbeitest für diese Leute? Warum wundert mich das

nicht?« Inka bringt ihre schwarzen Augen ganz nah an mein Gesicht. Lila Äderchen verästeln sich auf ihren Wangen, ihr Haar sieht aus wie ein Eintopf aus Würmern. Ich halte ihrem Blick stand, bis mir ein Rudel Schauer den Rücken hinunterjagt. Sie kann nichts für ihr Aussehen. Trotzdem schaue ich weg.

»He!« Ich richte mich auf und hämmere an das massive Holz des Tors. »Hier ist Lucy Wayne. Lasst mich raus!«

Stille auf der anderen Seite. Höhnische, lauschende Stille. Sie werden nicht öffnen, bevor die Polizei angerückt ist. Nicht für mich. Und außer mir ist kein Mensch mehr da.

Langsam drehe ich mich um. Um Inka haben sich inzwischen die Gnome und Zwerge geschart. Ihre Blicke sind alles andere als freundlich.

»Mitgefangen, mitgehangen, heißt es so schön.« Mein Grinsen verhungert auf halber Strecke, als sich einer der Zwerge bückt und eine große Scherbe aufhebt.

»Ganz ruhig, okay?«, sage ich. »Ich hab mit dem Ganzen hier nichts zu tun.«

Glaube ich zumindest. Manchmal denke ich, dass ich den Ärger anziehe. Oder der Ärger mich. Das Ergebnis ist das Gleiche.

»Kein einziger Balken mehr«, schreit der Kellner und wirft das Handy zwischen uns auf den Boden. »Die Liveübertragung ist abgebrochen.«

»Das liegt am Störsender«, sage ich. »Der unterbricht jedes Signal.«

»Woher weißt du so was?«, mault er und tänzelt dabei auf den Zehen. Aus der Nähe haben sein blondes Wuschelhaar und die auseinanderstehenden Zähne etwas Kindliches, und die Art, wie er den Kopf in den Nacken legt, wirkt schlitzohrig. Neben mir könnte er als Einziger hier als Mensch durchgehen. Aber das Surren um ihn herum verrät ihn.

»Ich bin Privatdetektivin«, sage ich. »Das gehört zu meinem Job. Dieses Museum ist der feuchte Traum eines jeden Sicherheitsexperten. Seht ihr die Kameras?«

Ich zeige auf die Glitzerpunkte in den Ecken des Saales. Wenn ich mich nützlich mache, lässt der Zwerg die Scherbe vielleicht sinken. Tatsächlich, er tut es. Außerdem schwirren ein paar Pixies nach oben und treten auf die Kameralinsen ein.

»Wenn ihr mich jetzt entschuldigt? Ich brauch was zu trinken.« Ich humple los, über zersplittertes Glas, blutrote Schlieren. Hinter mir diskutieren sie, doch zum Glück folgt mir niemand.

Ich komme am zerstörten Schrein von Poseidons Dreizack vorbei. Auch einige andere Glaskästen wurden bei der Flucht der Leute demoliert. Sorgfältig steige ich über einen Revolver hinweg, der inmitten der Scherben am Boden liegt. Sein Omega ist ein dunkles, metallisches Scheppern.

Ich hasse Schusswaffen. Diese hier ist ein Colt 44 mit verschrammtem Griff, sie nennen ihn auch den Peacemaker. Er gehörte Jesse James – und schießt niemals daneben. Im Ausstellungskatalog stand, das Museum wolle ihn als eine der Hauptattraktionen präsentieren.

Übermorgen wird es allerdings keine Eröffnung geben. Und mein Honorar ist sicherlich auch futsch. Mal wieder.

An den Tischen schnappe ich mir eine Sektflasche und nehme einen selbstmitleidigen Schluck. In der Ferne ertönen Sirenen. Ein Rettungswagen für Ludwigshof?

Die gepanzerten Wagen der ÜSG 9 rollen für gewöhnlich ganz still an. Ein schaler Geschmack macht sich in meinem Mund breit, der erst verschwindet, als ich fast die ganze Flasche getrunken habe.

Inka kniet sich ein Stück entfernt von mir vor einen Büfettwagen. Sie holt einen Rucksack heraus, schüttet Stahlketten in allen Größen auf den Boden. Der Kellner tänzelt um sie herum.

»Hättet ihr nicht einfach nur ein paar Plakate schwenken können?«, frage ich. »Das mit den Farbbeuteln war nicht nur Landfriedensbruch, sondern Sachbeschädigung. Und wenn ihr Pech habt, auch Körperverletzung. Dafür könnt ihr ins Gefängnis wandern.«

»Du hast noch nie was für eine andere Sache riskiert als deine eigene, oder?«, zischt sie.

Ich rülpse als Antwort. Sie hat keine Ahnung.

»Kettet euch fest«, weist sie die anderen Stifs an. »So schnell werden sie uns nicht los. Till, hüpf nicht so. Mach lieber Fotos. Und wo zum Teufel sind Belial und Asasel?«

»Eure Dämonen sind abgehauen«, sage ich.

Sie fletscht die Zähne. »Feiglinge. Wie du, Wayne.«

Trotzdem bleibt sie bei mir stehen. Wir schauen zu, wie sich die anderen im Saal verteilen. Till turnt zwischen ihnen herum und schießt Bilder. Die Pixies schrauben in fünf Metern Höhe an den Lüftungsschächten herum. Scheppernd kracht einer der Schachtdeckel zu Boden. Ein Zwerg springt gerade noch beiseite und reckt fluchend die Fäuste. Im Gewölbe gähnt jetzt ein Loch, aus dem die Pixies feixend herunterwinken. Die Feuerwehrleute werden einen Kran hereinschaffen müssen, um sie dort oben wieder loszusägen. Ihre Gesichter würde ich zu gerne sehen.

»Ich kann Tills Handy rausbringen«, biete ich an und beiße mir sofort auf die Lippen. Warum habe ich das gesagt? »Ihn werden sie durchsuchen, mich vielleicht nicht.«

Inka starrt mich an. Ich hoffe, sie sagt Nein. Leider nickt sie.

»Aber erst hilfst du mir, mich anzuketten.« Sie schultert mühelos die schwerste der Ketten und geht zu den Glaskästen.

Draußen vor der Tür rumpelt etwas. Die schweren Jungs

bringen sich in Stellung. Fünf Minuten noch, schätze ich. Mein Herz poltert, als ich hinter Inka herstolpere.

Vor Poseidons Dreizack bleibt sie stehen.

»Fass ihn nicht an«, warne ich. »Sonst können sie dich wegen versuchten Raubes anklagen.«

Sie zuckt mit den Schultern und geht weiter. Unverwandt starrt sie in die Glaskästen, und könnte ich in ihren Augen etwas lesen, schwöre ich, es wäre Ehrfurcht. Vor einem Paar abgetretener Lederstiefel hält sie erneut inne.

»Die Siebenmeilenstiefel«, raunt sie. »Damit könntest du mit einem Schritt hier raus sein, Wayne.«

»Du nicht?«

»Vergiss es. Das Artefakt funktioniert nur bei Stifs aus dem gleichen Märchen. In dem Fall ein Oger von Perrault. Ihm hätten diese Stiefel gehört, er hätte mit ihnen die ganze Welt bereisen können. Nur dass er wohl keinen Platz in der Matrix gewonnen hat.«

Fasziniert sehe ich Inka an. »Aber was ist mit den Glücksbringern?«, frage ich. »Die Menschen besaßen sie und glaubten an sie, bevor die Bombe explodierte – und dann erst erhielten sie ihre magische Wirkung. Die könnt ihr nicht für euch beanspruchen.«

»Natürlich nicht.« Ihre schwarzen Augen blicken grimmig. »Keiner hat gesagt, dass wir eure Glückspfennige und Hufeisen und Halbedelsteine wollen. Es geht um die Artefakte, die mit unseren Legenden verwoben sind. Die wir mitbrachten, als wir uns manifestierten.«

Ich denke unwillkürlich an meine Hasenpfote. Die zu meiner Geschichte gehört.

Inka deutet auf das prächtige Schwert, das im nächsten Glaskasten ruht, neben der Schwertscheide. »Jeder kennt Excalibur. Es hat Stif-König Artus gehört. Das Schwert hat ihm übermenschliche Kräfte verliehen, und die Schwertscheide machte ihn unverwundbar. Allerdings haben es ihm die Briten vor dreißig Jahren abgeknöpft. Sie haben ihm seine Unverwundbarkeit geklaut und ihn danach umgebracht. Und kennst du den Zauberspiegel aus Schneewittchen?«

Als ich nicke, deutet sie auf den quadratischen Kerl, der sich gerade an einem der Tische festkettet.

»Bash ist einer der sieben Zwerge. Der letzte, der noch lebt. Weil er aus dem gleichen Märchen stammt, könnte er im Spiegel jeden sehen, den er sehen will. Ebenso wie unsere Witti. Und die Menschen, klar. Ihr habt uns ja ausgedacht. Ihr habt eh das große Los gezogen. Und ihr glaubt, dass euch das das Recht gibt, unser Eigentum zu beanspruchen. Aber diese Artefakte gehören zu *unserer* Identität, nicht zu eurer.« Ihre Augen sind Abgründe ohne Boden. »Artus kann nicht mehr für sich sprechen, aber Witti und Bash leben in der ZONE. Mit ihrer Klage, den Spiegel zurückzuerhalten, sind sie schon in erster Instanz gescheitert. Dem Spiegel wurde vom Ministerium Gefährdungsstufe drei zugeteilt. Witti und Bash verfügen weder über die dafür vorgeschriebenen Sicherheitsvorkehrungen noch haben sie angeblich das nötige Know-how für ihren Spiegel. Klar, sie sind ja nur Stifs. Das ist neorassistisch. Und es sichert die Privilegien derer, die keinen Cent auf uns geben.«

Da hat sie recht. »Der Spiegel ist allerdings gar nicht Teil dieser Ausstellung.«

»Nö, der ist seit Jahren in Dubai.« Sie zuckt grimmig mit den Schultern. »Im Tresor des dortigen Geheimdienstministers.«

»Verdammt.«

»Verdammt«, bestätigt sie finster. »Bei Witti wäre er deutlich besser aufgehoben.«

Till springt zwischen uns. »Was philosophiert ihr herum?«

Er knipst uns mit seinem Handy. Ich hebe die Hand vors Gesicht. Plötzlich ist er ganz nah vor mir, und seine Miene hat nichts Spitzbübisches mehr. »Willst nicht mit uns fotografiert werden, was?«

Er starrt mich an, als überlege er, ob er sich mit mir anlegen will oder nicht. Ich starre zurück, doch eigentlich spüre ich seinem Omega nach. Es hat etwas Lichtscheues, Unbestimmtes, so flüchtig, dass ich es nicht greifen kann.

Plötzlich weicht er zurück. »Wenn du nicht auf die Bilder willst, Menschlein, stell dich an die Tür und warte auf deine Retter. Dort hat meine Kamera einen blinden Fleck.«

»Ich mag keine blinden Flecken«, sage ich. »Ich schaue der Realität lieber ins Auge.«

»Welche Realität meinst du?« Sein Grinsen hat etwas Abgefeimtes. »Deine oder unsere? Ist die Realität nicht immer eine Frage der Perspektive?«

»Wer philosophiert jetzt?«, entgegnet Inka. Sie nimmt mir die Sektflasche aus der Hand und trinkt den Rest auf Ex.

»Meine Realität jedenfalls«, sagt sie, »die sieht so aus, dass ich wegen alledem hier in den Knast geh. Hätte ich mal besser nachgedacht.« Ihre Stimme klingt trocken. »Aber ich bereue es nicht. Geht nichts über eine spontane Aktion.«

»Von wegen spontan«, erwidere ich. »Die Büfettwagen? Die Farbbeutel? Ihr habt das sorgfältig geplant.«

Sie schüttelt den Kopf und geht weiter, ich folge ihr.

»Wir sind hier, weil wir eine Gelegenheit ergriffen haben«, sagt sie. »Und weil mein Gesicht Wiedererkennungswert hat.« Sie fletscht ihre Zahnstummel. »Likes, Klicks, Reichweite. Das sind die Waffen des Widerstands. Unser Video der Aktion ist draußen. Das können sie nicht mehr aufhalten.« Sie hebt ihre Kutte und steigt über weitere Scherben hinweg. »Sieh mal«, sagt sie plötzlich und geht in die Knie. »Da sind *Megingiard,* der Kraftgürtel von Thor, und die Hadeskappe.« Sie seufzt. »Hades ist ein dufter Typ. Ich wünschte, er würde sich mal wieder in der ZONE blicken lassen.«

Ich trete neben sie und blicke auf die zerschmetterten Glaskästen hinab. Eine braune Kappe in Teddyfell-Optik lugt heraus, die meiner Tante Greta hätte gefallen können. Daneben ruht zusammengerollt ein schwarzer Ledergürtel mit silberner Schnalle, der mir gefällt. Beide wirken zweckmäßig, ein bisschen abgetragen. Und etwas fehlt. *Das kann doch nicht wahr sein.* Ich schiebe Inka beiseite und gehe ein bisschen schwankend auf die Knie, öffne meine Schotten ganz weit.

»Was hast du vor, Wayne?«, fragt sie. »Willst du dir die Kappe aufsetzen und dich unsichtbar aus dem Staub machen?«

Ich schüttle den Kopf. Schlagartig bin ich nüchtern, nur mein Herz rutscht vor mir auf den Boden, glitscht durchs rote Nass.

»Dieses Ding macht niemanden unsichtbar«, flüstere ich. »Der Gürtel und die Kappe sind Fälschungen.«

4

Was tut ein Staat, wenn er mit etwas Bahnbrechendem, nie Dagewesenem konfrontiert wird? Er führt entweder Krieg dagegen – oder er gründet eine Behörde, um es in Bürokratie zu ersticken. Nachdem vor dreißig Jahren klar wurde, dass die Stifs nicht wieder verschwinden würden, gründete die Regierung das BMSMODG – das Bundesministerium für Manifestierte Subjekte, Manifestierte Objekte, Determinierungen und Glaubenssätze – und pflanzte es in den alten Palast der Republik auf der Spreeinsel.

In dessen grunderneuerten Büros pflegen heutzutage fleißige Beamtinnen und Beamte die zentrale Datenbank, in der alle Nichtmenschen akribisch vermerkt werden. Sie fördern oder blockieren je nach Regierungsvorsitz verschiedene Integrationsmaßnahmen, und wenn das bei irgendwelchen undankbaren Stifs nicht fruchtet, schaltet sich die polizeiliche Sonderabteilung für übernatürliche Strafverfolgung ein, im Volksmund ÜSG 9 genannt.

Mit vierundzwanzig fuhr ich jeden Tag Streife als Schupo im Polizeibezirk 48 – Plattenbauten, kläffende Hunde, häusliche Gewalt. Ich wohnte bereits bei Aki. Außer ihm hatte ich keine Freunde und tat so, als wollte ich auch keine. Stattdessen stemmte ich jeden Feierabend Gewichte, und danach schrieb ich Bewerbungen an die ÜSG 9.

Ich hatte die Hoffnung schon aufgegeben, als sie mich doch noch rekrutierten. Dezernat V, Schwerkriminalität. Die harten

Jungs. Menschen und Stifs in gemischten Teams, die meisten groß und breitschultrig, mit Muskeln wie Drahtseile. Wir fuhren gepanzerte VW-Busse und trugen Kevlarwesten, und wenn wir ausrückten, wussten wir nie, wie der Einsatz enden würde. Das schweißte uns enger zusammen als jeder Lötkolben. Ich war die meiste Zeit die einzige Frau in der Einheit – und ihr Stif-Detektor. Mehrmals enttarnte ich übernatürliche Bösewichte, noch bevor die mechanischen Omega-Detektoren ausschlugen, und rettete uns damit das Leben. Ich hatte nie etwas anderes gewollt. Dachte ich zumindest.

Die menschlichen Jungs von Dezernat V halten im Schnitt zehn Jahre durch. Dann sind sie entweder zu alt für den Job, oder der Job hat sie alt gemacht. Für mich wurden schon nach dreieinhalb Jahren die Einsätze zu hoch. Ich schmiss hin.

Mein Ausstieg war richtig, doch er fühlte sich damals an, als hätte ich mir selbst ein Bein ausgerissen. Es dauerte, bis ich wieder laufen konnte. Und die Wunde schmerzt immer noch. Vor allem, wenn ich hier bin.

Deshalb fläze ich mich jetzt breitbeinig auf den Verhörstuhl und tue so, als wäre ich absolut cool. Weil ich nicht will, dass irgendwer hinter der Spiegelscheibe merkt, dass ich gerade ertrinke. In Zeitlupe, so langsam, dass es kaum auffällt, aber irgendwann werde ich unter den Tisch sinken und fortgetrieben von den Erinnerungen an damals. Die nur so lange gut sind, bis mir die Toten wieder einfallen.

Vielleicht liegt das Gefühl, zu ertrinken, auch daran, dass hier alles dumpf klingt, als hätte ich Wasser im Ohr. Die Wände sind nämlich aus Sicherheitsgründen mit Blei versiegelt. Blei absorbiert Omega-Strahlung – und damit auch meinen übernatürlichen Hörsinn.

Für die beiden Männer mir gegenüber brauche ich ihn allerdings nicht. Dezernatsleiter Tom Thomsen und Oberkommissar Bláinn – die Crème de la Crème des Dezernats V.

Bláinn ist mein ehemaliger Ausbilder. Außerdem ist er ein Zwerg, dem so viel steinerner Grimm in den Bart gemeißelt wurde, dass es für einen ganzen Gebirgszug genügt. Er reicht mir bis zum Kinn, hat die grobschlächtige Statur eines Minenarbeiters und den Humor einer Grabschaufel. Vor ein paar Monaten glaubte ich, wir könnten wieder Freunde werden, aber so einfach war es nicht. Er nimmt mir immer noch übel, dass ich den Polizeidienst verlassen habe.

Tom ist ein Mensch. Zu meiner Zeit im Dienst war er mein Teamleiter (und mein Lover). Während ich die Leiter hinabfiel, ist er sie hinaufgestiegen. Jetzt sitzt er nur noch am Schreibtisch, doch sein Image als Bad Boy hat er bewahrt. Dazu gehört eine beim Boxen gebrochene Nase, die ebenso schief und charmant daherkommt wie sein Grinsen. Zumindest in meiner Erinnerung. Aktuell guckt er so grimmig wie Bláinn.

»Tut mir leid, dass ihr euch am Sonntagabend damit herumschlagen müsst.« Ich bemühe mich um einen ruhigen Tonfall. »Aber ihr kennt mich. Ich habe nichts damit zu tun.«

»Wir kennen dich«, sagt Tom.

Mehr sagt er leider nicht. Immerhin ignoriere ich seit Wochen seine Anrufe. Inzwischen ist er sogar geschieden. Wegen mir, behauptet er. Das glaube ich ihm nicht. Das Problem ist, er sieht nicht ein, dass es mit uns nicht funktionieren würde. Freunde würde klar gehen, Sexpartner auch. Doch für eine ernsthafte Beziehung sind unsere Ansichten einfach zu verschieden. Zu einer platonischen Freundschaft ist er allerdings nicht bereit, sagt er – was schon ziemlich viel über seine Denke verrät.

Und jetzt ist er in der Position, meine Karriere zu zerschlagen. Er wird es nicht tun, denke ich. Aber ich kann mir nicht sicher sein. Macht und Sex sind eine verdammt miese Kombination.

»Prüft die Fakten«, erwidere ich schroff. »Direktor Ludwigshof hat mich erst heute Morgen angerufen und beauftragt.«

»Als sogenannte Expertin für Kunstfälschungen.«

»Ich kann euch den Vertrag zeigen.«

»Er muss verzweifelt gewesen sein, dass er dich als letzte Möglichkeit sah, die Eröffnung zu retten.«

»Sehr schmeichelhaft«, knurre ich. »Wie geht es ihm denn?«

»Er wird wieder«, sagt er. »Es heißt, du hättest ihn gerade noch rechtzeitig aus dem Saal geschleppt, bevor sich das Tor schloss. Du bist dann aber aus irgendeinem Grund zurückgegangen. Hör zu, Lucy.« Er krempelt die Ärmel hoch. Eine Kobra schlängelt sich seinen linken Ellenbogen hinunter. Das Tattoo zieht sich über seinen gesamten Körper, wie ich nur allzu gut weiß. »Uns liegen die Daten der Omega-Scanner des Museums vor«, sagt er. »Heute Morgen haben die Artefakte die technischen Tests noch mit Bravour bestanden. Danach wurden sie alarmgesichert in den Schaukästen untergebracht. Kein Herankommen. Bis die Stifs die Veranstaltung sprengten und den Alarm auslösten.«

»Ludwigshof hat den Alarm ausgelöst«, sage ich. »Weil er in den Glaskasten fiel.«

»Fiel er oder wurde er geschubst?«, grollt Bláinn mit einer Stimme, als würden Steine poltern.

»Es war niemand in der Nähe, der ihn …« Ich stocke ungläubig. »Beschuldigt ihr mich, ihn geschubst zu haben?«

»Wir haben einen entsprechenden Hinweis erhalten.«

»Lasst mich raten«, sage ich. »Von Koralewski. Die Frau hat was gegen mich.«

»Was könnte das sein?«

»Sie hält mich für eine Hochstaplerin. Sie ist eine Rassistin.«

»Das ist ein heftiger Vorwurf.« Tom verzieht das Gesicht.

»Und nichts, was du hören willst, schon klar«, erwidere ich.

Seit es die Stifs gibt, lockt man mit Rassismus keinen Hund mehr hinter dem Ofen hervor. Logisch, wenn plötzlich Monster durch deine Stadt laufen, ist es nicht mehr so entscheidend, wie die Leute aussehen oder woran sie glauben, Hauptsache, sie sind menschlich. Deshalb hat zumindest in Berlin die strukturelle Diskriminierung von Menschen deutlich abgenommen – zulasten der Stifs allerdings.

»Ich habe nichts getan«, sage ich. »Ludwigshof wurde ohnmächtig. Ich habe ihn aus den Glasscherben gezogen und zur Tür geschleppt, damit er medizinisch versorgt wird. Fragt die Sicherheitsleute.«

»Das tun wir.« Tom beugt sich vor. »Aber dein Verhalten bleibt fragwürdig. Du bist als einziger Mensch drinnen geblieben, Lucy. Bei den Stifs. Von denen eine dich öffentlich als Freundin bezeichnet hat.« Sein Blick forscht mich aus.

Bláinn starrt mich dagegen so finster an, als hätte er sein Urteil bereits gefällt. Ich weiß, das ist seine Masche. Er kann nicht ernsthaft glauben, dass ich damit was zu tun habe.

»Hat euch das auch Koralewski erzählt?«, entgegne ich. »Ich wollte ja raus. Aber sie hat mir ein Bein gestellt!«

»Schon wieder Koralewski.« Tom seufzt. »Fällt dir nichts anderes ein? Was sagst du zum Beispiel dazu?«

Er dreht sein Tablet zu mir herüber. Ein Kamerabild flackert auf, schwarz-weiß, doch gestochen scharf. Ich sehe mich selbst am geschlossenen Tor stehen. Inka und die anderen Stifs stehen vor mir. Wir führen eine stumme Unterhaltung, dann deute ich nach oben, zeige direkt auf die Kamera. Im nächsten Augenblick fliegt ein Pixie auf den Bildschirm zu. Das feingliedrige Gesicht mit den spitzen Ohren füllt das Bild aus. Es streckt die Zunge raus. Das Bild wird schwarz.

»Verdammt«, sage ich.

»Das kannst du laut sagen«, meint Tom finster. »Auf deine

Anweisung haben sie die Überwachungskameras zerstört. Es folgen zwölf Minuten, zu denen es keine Aufzeichnungen gibt. Zwölf Minuten, in denen ihr in aller Ruhe die echten Artefakte durch Kopien ersetzen konntet.«

»Und wie hätten wir sie dort rausbringen können? Der Raum war komplett abgeriegelt.«

»War er nicht«, sagt er. »Es gab eine Schwachstelle im Sicherheitssystem. Und die Stifs kannten sie.«

Er starrt mich an, wartet, dass ich selbst darauf komme.

Meine Kehle schnürt sich zu.

»Die Lüftungsschächte«, sage ich. »Die Pixies haben sich dort festgekettet.«

Oder zumindest so getan. Der Schachtdeckel, der zu Boden krachte, das schwarze Loch in der Decke. Tom hat recht, es gab einen Fluchtweg.

»Was ist in den zwölf Minuten passiert?«, knurrt er. »Was habt ihr dadrinnen gemacht?«

»Nichts«, sage ich. »Das sind Aktivistinnen und Aktivisten, keine Kriminellen.«

Tom knallt die Faust auf den Tisch, dass ich zusammenzucke. »Du hast mir nicht zugehört! Wenn du uns jetzt die Wahrheit sagst, und nichts als die Wahrheit, können wir vielleicht einen Deal mit der Staatsanwältin für dich raushandeln. Aber dann musst du uns sagen, auf was du dich da eingelassen hast. Ich bin mir sicher, dass du einen Grund hattest. Ich kenne dich, Lucy. Du tust nichts ohne Grund.« Er hält inne. Denkt er daran, dass ich ihn nie zurückrufe?

»Aber es muss ein verdammt guter Grund sein«, fügt er hinzu. »Wenn du dich freiwillig so in die Scheiße reitest.«

Seine honigbraunen Augen starren mich an. Sie könnten gekränkt oder wütend dreinschauen, weil er Privates und Berufliches mischt. Doch sie tun es nicht. Sie sind völlig gefühllos. Das macht mich besorgter als jede Drohung.

Ich rutsche auf dem festgeschraubten Metallstuhl herum und schaue zur Spiegelwand. Hinter der speckigen Scheibe rutschen fraglos weitere Hintern auf bequemeren Stühlen. Und wieder habe ich das Gefühl zu ertrinken.

Frank, Sascha, Bobo – meine Ex-Kollegen haben sich monatelang nicht gemeldet, aber jetzt sind sie bestimmt alle da. Bobo hat sicher eine Wette laufen, ob ich gestehe. Die andern verbergen ihr Bedauern hinter grimmigen Mienen.

Nein. Ich kann nicht glauben, dass sie mich für schuldig halten. Sie kennen mich doch!

»Denk noch mal nach«, sagt Tom. Als ob ich das nicht schon fieberhaft täte. »Wir wissen, dass ihr das Täuschungsmanöver durchgezogen habt. Wie groß war deine Rolle dabei? Das ist die Frage.«

Waren es fünf Pixies gewesen am Lüftungsschacht, oder vier? Ich hatte sie die ganze Zeit im Blick gehabt. Oder doch nicht?

Sie hätten die Fälschungen in einem Büfettwagen reintransportieren können. In Inkas Rucksack voller Ketten. Ich schließe die Augen. Das Wuseln der Gnome überall. Die Art, wie Inka ihre Kutte hob, als sie über die Scherben stieg. Das perfekte Versteck für eine Fellkappe. Wie sie mich mit ihrem Gespräch ablenkte. So viel Ablenkung brauchte es gar nicht. Ich hatte eine halbe Flasche Sekt beinah auf Ex geleert. Unfähig und angetrunken. Tolle Detektivin. Es war ein abgekartetes Spiel gewesen. Mit mir als Wildcard.

Fast bin ich versucht, das zu glauben. Weil Tom und Bláinn es glauben. Weil es so logisch ist. Aber wenn alle Gewissheit dahin ist, vergiss die Logik. In unserer übergeschnappten Wirklichkeit ist sie eine bebrillte Versagerin, ein blasiertes Nerdgirl auf einer Discoparty, die klugscheißt, während alle andern sich johlend betrinken. Mein Instinkt ist vielleicht immer noch betrunken, jedenfalls johlt er, dass es in meinem Kopf dröhnt.

Die Stifs waren es nicht. Sie waren es nicht!

Ich kann keine Unschuldigen ans Messer liefern, um mich selbst zu retten. Ich schlucke gegen den Kloß in meinem Hals an, dann lehne ich mich vor und lege die Hände auf den Tisch, Handflächen nach oben. Absolute Offenheit.

»Ich hab einen Fehler gemacht«, sage ich.

Ich schaue zu Bláinn, dessen steinerne Miene keinerlei Reaktion zeigt, dann zu Tom. Mein Ex-Lover lehnt sich zurück, die Hände im Nacken verschränkt, die goldenen Augen weit geöffnet.

»Der Fehler war, dass ich Ludwigshofs Auftrag angenommen habe«, sage ich. »Obwohl wir alle wissen, dass ich keine Expertin für Kunst bin. Ich bin außerdem pleite, aber das ist noch lange kein Grund, irgendwelche Tricks vorzuführen wie ein Zirkuspferd.« Ich atme tief durch. »Du glaubst, ich hätte immer gute Gründe für mein Tun? Ernsthaft, Tom, du solltest mich besser kennen.« Ich seufze. »Ich eiere herum und hangle mich von Fall zu Fall – und ich ziehe den Mist an, wie der Mist die Fliegen. Ja, ich habe die Stifs auf die Sicherheitskameras aufmerksam gemacht. Das war ein Reflex, weil ich nicht wollte, dass sie auf mich losgehen – und ich habe sie dadurch mit in die Scheiße geritten. Das tut mir leid. Sie haben nichts angestellt in den zwölf Minuten, außer sich an die Stahlstreben zu ketten. Ich hatte sie im Blick. Meine Güte, Inka hat mich selbst auf Gürtel und Kappe aufmerksam gemacht. Ihnen ging es allein darum, ein Unrecht öffentlich zu machen. Niemand von ihnen hat etwas gestohlen. Und ich auch nicht. Aber wenn ihr schon jemanden für die Aktion hinter Gitter stecken müsst, dann mich.«

Ich schließe den Mund. Innerlich zittere ich wie ein Kaninchen. Wenn sie mich tatsächlich festnehmen, kann ich mein Büro dichtmachen. Aber ich lasse mir nichts anmerken. Glaube ich zumindest. Bis ich Toms Zwinkern sehe, und sein schiefes Grinsen.

»Komm schon, Lucy«, sagt er. »Glaubst du wirklich, wir verhaften dich?« Er zeigt auf den Spiegel. »Wir wissen, dass du mit dem Diebstahl nichts zu tun hast. Alle Hinweise zeichnen ein eindeutiges Bild.«

»Ihr wisst es?« Ich balle die Hände zu Fäusten und springe auf. »Ihr Mistkerle! Ihr wolltet mich betteln hören.«

»Wir wollten hören, was du über die Stifs sagst, wenn wir dich unter Druck setzen. Ob du sie deckst. Oder dir wenigstens unsicher bist. Aber offenbar haben sie dich ebenfalls ausgetrickst.«

Ich starre ihn an. Deshalb hat er mich persönlich verhört. Er hat ausgenutzt, dass er mich so gut kennt. Er ist ein verdammt guter Bulle. Ich hätte es nicht anders gemacht. Doch es tut verflucht weh. Nicht weil ich darauf reingefallen bin. Sondern weil ich nicht irgendeine Dahergelaufene bin, bei der sie ihre Tricks anwenden können. Ich dachte, sie hätten Respekt vor mir.

Bláinn sieht mich immer noch finster an. Ich will nicht, dass er merkt, wie verletzt ich bin. Er soll mich nicht für schwach halten. Außerdem weiß ich, dass ich recht habe.

»Die Stifs sind unschuldig, Bláinn«, sage ich.

Er schüttelt den Kopf. Er glaubt nicht daran.

»Bitte setz dich wieder«, sagt Tom versöhnlich. »Bláinn wird mit dir deine Aussage noch mal durchgehen. Jede Minute in diesem Saal. Jedes Detail.«

Am liebsten würde ich einfach hinausmarschieren. Aber das würden sie mir als kindisch auslegen. Außerdem muss ich an Inka und die anderen Stifs denken, die wahrscheinlich gerade in den Nachbarzimmern verhört werden. Und an all die menschlichen Beteiligten, die sich ihre Hintern in den Polizeirevieren platt sitzen. Und deren Aussagen später mit meiner abgeglichen werden. Tausende Stunden offizieller Ermittlungen. Und wahrscheinlich Tausende Tweets, die bereits durch die Medienlandschaft rauschen. Widerstrebend schiebe ich meinen Hintern wieder auf den Stuhl.

»Ist die Nachricht von den gefälschten Artefakten bereits durchgesickert?«, frage ich.

Tom seufzt. »Was glaubst du denn.«

»Und die Ausstellung?«

»Die Eröffnung ist vorerst abgesagt. Eine Menge einflussreicher Leute sind deshalb sehr sauer. Wie schaffst du es nur, dich immer wieder mit den Mächtigsten dieser Stadt anzulegen?«

»Und wie schaffst du es nur, es dir in ihren Reihen so bequem zu machen?«, entgegne ich.

Das ist unfair und auch nicht wahr. Doch mit meinem Groll sorge ich dafür, dass der Abschied von Tom so kurz ausfällt wie der Gruß eines Fremden.

Bláinn nimmt den Rest meiner Aussage auf. Wie ein Maulwurf gräbt er sich durch jeden meiner Sätze, dreht und wendet meine Worte und hakt so lange nach, bis ich mir selbst widerspreche. Nur, um dann wieder von vorn anzufangen. Seine Geduld ist so endlos, wie meine am Ende ist.

Es ist zwanzig Uhr, als der Behördenkram fürs Erste erledigt ist. Ich bin müde und hungrig und immer noch verletzt.

Bláinn walzt aus dem Verhörzimmer, ich schlurfe hinterher. Auf dem Handy sehe ich, dass Cosima und Aki versucht haben, mich zu erreichen. Meine Laune hebt sich ein bißchen. *ÜSG-Verhör endlich zu Ende,* texte ich in unseren WG-Chat. *Hunger!!*

Mit etwas Glück erbarmt sich jemand und kocht mir etwas.

»Lucy!« Eine Stimme reißt mich aus den Gedanken.

Mein Ex-Kollege Bobo springt beschwingt aus dem Technikraum. Wir nennen ihn wegen seiner abstehenden Ohren und seines kindischen Humors wie die Kinderfigur – allerdings hat er die Statur eines Stiers.

»Ick hab jewettet, dass dir die Muffen sausen bei Tom«, dröhnt er. »Dit hat mir zehn Piepen einjebracht.«

Ich atme durch. *Schwamm drüber, Lucy.* So sind sie nun mal. »Na, dann rück mal fünf rüber«, knurre ich.

Er lacht bloß. Dabei könnte ich das Geld gut gebrauchen.

Frank taucht ebenfalls auf, und da ist auch Sascha.

Das Klopfen von Schultern, die üblichen Sprüche. Die Welt könnte untergehen, die Jungs würden ihre Rituale bis zum Schluss durchziehen, wie die fiedelnden Musiker auf der Titanic. Und für ein paar nostalgische Minuten geben sie mir das Gefühl, als spielte ich noch mit in der Band.

»Expertin für Kunstkram«, brummt Frank. »Meine Güte, Lämmchen, das haben sie dir abgekauft?«

»Ich bin jetzt seriös«, behaupte ich und ernte ein Grölen. »Aber ihr seid immer noch die alten Halunken. Habt euch nie mehr gemeldet.« Ich knuffe Frank in die Seite und pralle von seinem Sixpack ab, das straff sitzt wie ein Trampolin.

»Du aber auch nicht«, brummt er und wischt meine Hand mühelos beiseite. Sie sind austrainierte Jagdhunde, die Senioren vom Dezernat V.

Nur Sascha erinnert eher an einen Kranich, der sich unter der Decke zusammenfalten muss, zu groß und zu dünn für die überkommenen menschlichen Maßstäbe. Sein weißes Haar steht ab wie gesträubtes Gefieder. Unser Computergenie ist ein Stribog, ein slawischer Windgott. Wenn er wollte, könnte er uns aus dem Stand umpusten, aber er versteckt sich lieber hinter seinen Bildschirmen.

»Du bist in dem Video der WAAP-Aktion«, sagt er. »Auf Youtube. Es hat schon hunderttausend Klicks.«

»Du bist berühmt!«, ruft Bobo.

»Du solltest mehr darauf achten, dass du dich nicht parteiisch zeigst.« Bláinn. Er steht immer noch da, Teil der Gruppe, aber nicht ihres Spiels, und beobachtet mich.

»Weißt du, Bláinn«, entgegne ich. »Ich bin schon groß.«

Die anderen grölen.

»Aber nicht, dass du dir mit solchen Aktionen deine Kundschaft vergraulst«, sagt Frank.

Ich schnaube. »Mein Geschäft ist nicht eure Baustelle.«

»Warum schlagen wir uns dann gerade mit seinen Folgen herum?«

»Das tut mir leid.« Ich meine es ernst, und weil die Jungs das wittern, hören sie sofort auf zu lachen. »Diese Wendung konnte niemand vorhersehen«, sage ich. »Die protestierenden Stifs am Allerwenigsten. Sie sind unschuldig. Wenn ihr euch in der ZONE über sie umhören wollt, ich kann meine Netzwerke für euch anzapfen.«

Sie wechseln Blicke. Und schütteln die Köpfe.

»Du darfst dich nicht einmischen, Lucy«, sagt Sascha. »Du bist keine Beraterin in diesem Fall, sondern eine Zeugin.«

»Aber zumindest doch keene Verdächtige, wa.« Bobo feixt. »Sascha hat recht. Halt dich raus. Tom hat schon jesagt, dass er den Fall an Bláinn überträgt. Wenn der dich noch mal in die Mangel nimmt, is der Spaß vorbei.«

Ich schaue zu Bláinn, der zurückstarrt wie ein Felsblock. Hasst er mich? Oder will er sich nur nicht anmerken lassen, dass ihm doch noch was an mir liegt? Manchmal wünschte ich, ich könnte die Zeit zurückdrehen.

»Ich drück euch die Daumen«, sage ich und meine es ernst. »Dass ihr die Artefakte bald auftreibt. Bevor die Diebe sie nutzen, um eine Bank zu überfallen oder so. Ich muss jetzt weiter. Der Feierabend wartet.«

»Nicht eher irgendeen hübscher Kerl?« Bobo zwinkert. »Wart 'ne halbe Stunde, dann geb ick dir für die zehn Piepen noch 'n Bier aus.«

Wieder Schulterklopfen, lachen. Ich habe mich endlich losgeeist, als die Tür des Nachbarzimmers aufgeht. Tom kommt heraus. Er wirkt durch den Wind, als hätte er sich stundenlang gegen Saschas Pusten gestemmt. Als ich sehe, wer hinter ihm aus dem Raum tritt, verstehe ich ihn. Inka, die Fäuste in Handschellen und eskortiert von zwei Beamten.

Ihr grimmiger Blick bleibt an mir hängen. Alles, was ich hätte sagen können, bleibt in meiner Kehle stecken.

Tom nickt den Beamten zu, sie packen Inka an den Armen und führen sie in die entgegengesetzte Richtung davon. Nicht wie eine Verdächtige, sondern wie eine Verurteilte. Verdammt, das kann ich nicht zulassen!

»Leute, ich muss dann wirklich mal los«, sage ich.

Tom macht eine Geste mit Daumen und kleinem Finger, sein Blick hat etwas Melancholisches. *Ich ruf dich an.*

Ich weiß. So wie er weiß, dass ich nicht rangehen werde.

Ich stecke die Hände in die Hosentaschen und schlendere den Korridor entlang zum Treppenhaus, das hinauf zum Foyer der Behörde führt. Nur dass ich nicht hochsteige, sondern nach einem Blick über die Schulter einen Haken schlage.

Am Aufzug hole ich Inka ein. Der rechte Beamte drückt gerade den Knopf, der nach unten fährt. Zu den unterirdischen Zellen. Den linken Beamten kenne ich.

»Markus«, sage ich. »Wie geht's?«

»Lucy.« Er grinst. »Lang nicht mehr gesehen. Ist das Blut?«

Ich schaue an meiner Bluse herunter. »Nicht meins.«

»Na dann. Was verschlägt dich hierher?«

»Nur ein paar Aussagen zu eurem Fall.«

»Greifst den Kollegen mal wieder unter die Arme, wa?«

Ich nicke unverbindlich.

»Ist das die Hauptverdächtige?«, frage ich. »Sieht nach 'nem harten Brocken aus.«

»Kannste laut sagen.« Er seufzt.

Inka starrt mich aus zusammengekniffenen Augen an. Ich blinzle ihr auffordernd zu.

»Wir waren es nicht«, stößt sie aus. »Aber sie werden es uns in die Schuhe schieben.«

»Wer war's denn dann?«, frage ich augenrollend.

Die Beamten feixen. Inka presst die Lippen zusammen.

»Im Zweifel gilt immer noch die Unschuldsvermutung«, sage ich. »Frag deinen Anwalt.«

Sie schüttelt den Kopf. »Hab keinen.«

Ich nicke. Darum kann ich mich kümmern. Der Aufzug hält, die Türen öffnen sich. Markus bugsiert Inka hinein.

»Wer bringt euch von der WAAP auch immer auf so Schnapsideen?«, rufe ich.

»Cheerio, Lucy«, sagt Markus.

Als sich die Aufzugtür schließt, schaut Inka mit weit geöffneten Augen über seine Schulter zurück.

Die Dämonen, formen ihre blauen Lippen. *Finde sie.*

5

Als ich die Wohnungstür aufschließe, duftet der Flur nach Safran und geschmortem Hähnchen, außerdem schnurrt Akis Omega. Er ist zu Hause. Und er hat tatsächlich für mich gekocht, so wie früher.

»Hallo, Azizam.« Er gibt mir drei persische Wangenküsse und einen flüchtigen Hauch Wüstenwärme. »Ich frag lieber nicht?«

Ich nicke. Zehn Minuten später komme ich frisch geduscht, in Joggers und Strickpulli zu ihm in die Küche. Und ziehe den Pulli sofort wieder aus.

Früher war es in unserer Wohnung im Winter immer fünf Grad zu kühl. Aki und Lore macht die Kälte nichts aus, und ohne mich hätten sie wahrscheinlich nur geheizt, um Lores Pflanzen nicht erfrieren zu lassen. Doch jetzt ist Cosima da und hat offenbar alle Heizungen aufgedreht. Sie sitzt mit dem halben Po auf einem Küchenstuhl und schlüpft gerade in ihre Turnschuhe. Ihre mahagonifarbenen Locken rollen über ihre Schultern wie auf dem Cover eines Hochglanzmagazins, und ihr scharlachrotes Kleid wäre unter anderen Umständen einfach atemberaubend. Ich habe heute jedoch schon zu viel rote Farbe gesehen. Die ebenfalls roten High Heels, die auf meinem Stuhl stehen, geben mir den Rest.

»Honey, du meine Güte«, sagt Cosima und nimmt die Schuhe von meinem Stuhl. »Du bist ganz blass. Wir haben uns Sorgen gemacht.«

»Ich weiß«, sage ich und lasse mich auf meinen Platz sinken. »Dieser Abend ist anders gelaufen, als ich dachte.«

Sie wartet darauf, dass ich weiterspreche. Als ich das nicht tue, fragt sie nicht nach – was zeigt, dass sie mich bereits besser kennt, als ich dachte. Stattdessen beugt sie sich herüber und haucht mir einen Kuss auf die Wange.

»Das tut mir leid.« Ihr Parfum duftet luftig-leicht wie eine Sommerblumenwiese. »Ich muss zur Arbeit, bei uns steigt heute die Weihnachtsfeier des Springer-Konzerns.«

»Tut mir auch leid«, sage ich.

Sie zuckt mit den Schultern. »Viele Mojitos, wenig Trinkgeld. Aber sonst ganz okay. Weck mich morgen früh, wenn du mich brauchst. Ich bin für dich da.«

Sie streichelt den maunzenden Professor, teilt mit Aki drei Wangenküsse und ist fort.

Aki stellt die neuen Prioritäten in diesem Haushalt klar, indem er erst einmal Professors Schüssel mit Katzenfutter füllt, bevor er mir einen Teller mit Safran-Hähnchen und ein Glas Wein bringt. Er lächelt, als ich mich über den Tisch beuge, die Nase über das Essen halte und aufseufze.

»Erst essen, dann reden?«

»Erst essen, dann reden«, bestätige ich.

Während ich das Mahl in mich hineinschaufle, blättert er in den Notizen seines Manuskripts und lässt mich in Ruhe. Allmählich fällt die Anspannung von mir ab. Ich mag es, Aki beim Denken zu beobachten – seine feingliedrigen Schriftstellerhände, die über die eng beschriebenen Zeilen huschen, seine grüblerisch gerunzelte Stirn.

Zehn Minuten später schiebe ich den Teller zurück, hole meinen Parka aus dem Flur und zwei zerknickte Kippen, die ich am Grund meines Turnbeutels fand.

Als ich auf den Balkon gehen will, stoßen meine Finger in den Parka-Taschen auf ein Handy. Das Handy von Till.

Inka hat es mir vor ihrer Festnahme zugesteckt.

Ich habe ganz vergessen, es Tom auszuhändigen. Vielleicht wollte ich es auch vergessen. Ich klicke aufs Display, doch es ist aus.

»Hast du dafür ein Ladekabel?«, frage ich Aki.

»Bestimmt«, murmelt er über seinen Notizen. »Brauchst du es gleich?«

»Später reicht. Kommst du mit?« Ich schnappe mein Weinglas, er folgt mir auf den Balkon.

Unser Atem flauscht Eiswölkchen in den Nachthimmel. Die Fenster gegenüber blinken in bunten LED-Mustern, unten glitzern Froststerne auf den Müllcontainern.

Aki hört sich meinen Bericht an, ohne einen Kommentar. Ich schätze ihn dafür, dass er niemals sagen würde, er hätte es ja vorher gewusst.

»Du hast es ja vorher gewusst«, sage ich. Seufzend beerdige ich meine vorletzte Kippe im Aschenbecher.

»Du hattest trotzdem Glück«, erwidert er.

»Glück?«, schnaube ich. Vor ein paar Monaten hätte ich jetzt laut lamentiert, eine Flasche Wein geleert und von ihm die Bestätigung erwartet, wie übel die Welt mir mitspielt. Damit bin ich inzwischen vorsichtiger.

Aki denkt, dass ich mich aus dem Fall ausklinke. Ich weiß das, weil er von mir wegtritt und die blinkenden Lichter im Fenster gegenüber anstarrt, als würden sie ihm düstere Botschaften morsen. Und genau deshalb will ich ihn davon überzeugen, dass ich besser bin, als er glaubt.

»Hattest du in letzter Zeit Kontakt mit Gordafarid?«, frage ich. »Ich will sie fragen, ob sie Inka als Mandantin vertritt.«

Endlich schaut er mich an. Wäre sein Lächeln ein Glühen, ich bräuchte nie wieder eine Heizung.

»Gute Idee«, sagt er. Gordafarid ist eine gerissene Anwältin und seine älteste Freundin. Gemeinsam flohen sie vor dem

Ajatollah übers Mittelmeer. Der tiefgründige Erzdämon und die Kriegerin aus dem iranischen Nationalepos wären in jeder Geschichte das perfekte Paar. Aber Gordafarid ist zum Glück lesbisch. Ich zücke mein Handy und tippe die Nummer, die er mir diktiert.

»Ich kann mit ihr reden«, bietet er an. Es folgen vier Minuten in so weichem Persisch, dass ich mich schnurrend zu seinen Füßen zusammenrollen will, dann reicht er mir das Telefon.

»Schön, von dir zu hören, Lucy«, sagt Gordafarid. Im Hintergrund höre ich Lachen und Geschirrklappern, offenbar ist sie in einem Restaurant. Nachdem sie mich zehn Minuten verhört hat, bete ich, nie bei ihr im Zeugenstand zu landen. Doch sie willigt ein, Inkas Verteidigung zu übernehmen – und die der anderen Stifs. »Ich plädiere auf Artikel 48 und mangelnde Fluchtgefahr aufgrund der Datenbankführung«, sagt sie. »In spätestens einer Woche sind sie aus der Untersuchungshaft raus.«

Ich packe das Handy weg, atme tief aus – und mit dem weißen Lufthauch verdunstet in der Nacht ein Teil meiner Sorgen. Mit der Kriegerin an ihrer Seite stehen die Chancen der Stifs wesentlich besser, nicht unschuldig verurteilt zu werden.

»Gut gemacht.« Aki legt das erste Mal seit Tagen den Arm um mich.

Ich kuschle mich an ihn.

»Du frierst ja«, stellt er fest, mit dem typischen Staunen der Stifs über die Fragilität unserer menschlichen Körper. »Gehen wir rein.«

Während er uns einen von Lores zurückgelassenen Ostfriesentees aufbrüht, kauere ich mich auf meinen Stuhl. Der Tag ist überstanden. Ich könnte ihn zu den Akten legen.

Aber Inkas Unschuld ist noch nicht bewiesen. Außerdem

haben Rätsel die nervige Angewohnheit, sich an mich zu hängen. Ich kann sie mir nur vom Hals schaffen, indem ich sie löse.

»Kennst du zwei Dämonen namens Belial und Asasel?«, frage ich Aki. »Kleine Hörner, lassen gerne Freunde im Stich?«

Seine Hände, die gerade Tee in eine Tasse füllen, verharren. »Warum?«

»Die waren im Museum dabei. Doch sie sind abgehauen, als der Alarm ertönte.«

»Hast du das der ÜSG erzählt?«

»Natürlich.« Ich zucke mit den Schultern. »Nur hatte ich da ihre Namen vergessen.«

»Du vergisst nie einen Namen.«

»Inka hat zuerst behauptet, die Protestaktion wäre ganz spontan zustande gekommen. Aber das glaube ich ihr nicht. Bei der Polizei hat sie angedeutet, dass der Plan von den beiden Dämonen stammt.«

»Von Beli und Assel?« Aki hebt die Brauen. »Es wäre mir neu, dass die beiden irgendeinen Plan haben.«

»Dann hat jemand sie instruiert«, folgere ich. »Weißt du, wo ich die beiden Dämonen finde?«

»Du willst dich in der Sache weiter engagieren?«

»Ich will nur noch ein bißchen stochern.«

»Azizam, führ mich nicht an der Nase herum«, sagt er streng. Azizam heißt auf Persisch Schatz, deshalb nehme ich ihm seinen Ton nicht allzu krumm. »Solltest du dich nicht schleunigst um ein paar bezahlte Aufträge kümmern?«

»Jaja.« Ich seufze, und weil ich den Gedanken an meinen leeren Geldbeutel nicht aushalte, schiebe ich ihn direkt wieder beiseite. »Aber Inka ist meine Freundin.«

»Ist sie nicht.« Akis Augen funkeln. »Du ärgerst dich, weil du glaubst, jemand hätte dich ausgetrickst.«

»Ändert das was an der Sache?«

»Nein«, sagt er und wirkt zufrieden. »Ich finde für dich heraus, wo Assel und Beli stecken.«

»Danke. Sag mal, da du sie kennst und so …« Meine Stimme wird dünn. Ich habe Angst, mein unerwartetes Glück bei ihm zu sehr zu strapazieren. »Würdest du mich vielleicht zu ihnen begleiten?«

Hätte ich gewusst, was Akis Zusage bedeutet, hätte ich mich nicht ganz so gefreut. Ich hatte vergessen, dass Stifs weniger Schlaf brauchen. So ist es sieben Uhr morgens an diesem Montag, als wir gemeinsam mit zwei Dutzend winterlich vermummter Leute aus dem Bus 156 steigen. Haltestelle Rennbahnstraße, die letzte Station vorm Industriegebiet in Weißensee.

Wir passieren eine Sportanlage, grüner Gitterzaun hinter blattlosen Büschen und ein von Schrotkugeln zerlöchertes Schild vom Baseballplatz des SV Blau-Gelb. Die Erde unter unseren Schuhen knirscht. Ich verkrieche mich in meinem Parka, aber die Kälte kriecht hinterher.

Aki, dem die Kälte egal ist, trägt seinen eleganten Trenchcoat. Im Bus ist er damit mehr aufgefallen als jeder Mensch im T-Shirt.

Hinter der Sportanlage beleuchten Straßenlampen vorbeirollende Lkw-Kolonnen und hingeduckte Lagerhallen. Die vermummten Leute verschwinden in Zweier- und Dreiergruppen durch Gittertore oder huschen zwischen den Autos hindurch, auf den Weg zu ihren Jobs.

Hinter Backsteinhallen und einer Wellblechhütte mit dem Schild *KFZTEILE24* taucht endlich unser Ziel auf: ein riesiger quadratischer Kasten, dessen eidottergelbe Fassade auch im Dunkeln nicht zu übersehen ist. Wir drücken uns hinter einer Reihe ebenso gelber Vierzigtonner vorbei. An der Gebäudeecke halten wir inne.

»Vordereingang oder Hintereingang?«, fragt Aki.

Ich luge um die Ecke nach vorn, wo Männer Rollbehälter voller Pakete von offenen Lkw-Ladeflächen zu Hebebühnen schieben und die Ladung mit einem scheppernden Surren zu den Ladetoren hochtransportieren. Zwei Wachleute gucken mit Kippen in den Mundwinkeln zu.

»Lass es uns hinten versuchen.«

Aki nickt und grinst. Meine Fälle wären seine beste Inspiration als Schriftsteller, hat er früher ab und zu gesagt. Freut mich, dass das auch heute noch gilt.

Nach dem Anblick der Lastwagen wirken die gelben Zustellfahrzeuge klein, die vor geschlossenen Garagentoren auf ihre Beladung warten wie Küken auf ihre Fütterung.

Eine Rampe führt ein Stockwerk hinauf. Eher erwartungslos ziehe ich oben an der Sicherheitstür und bin umso erfreuter, als sie aufgeht.

Lärm und Licht prallen wie ein Faustschlag gegen meine Sinne. Fließbänder rattern über zwei Stockwerke, Rollwagen rumpeln über Gitterroste, weiter unten piepen Scanner so schrill und anhaltend wie ein ganzer Tierpark voll weiterer Küken.

Und überall sind Pakete. Große und kleine, hohe und schmale, übereinanderpolternd auf den Bändern wie Dominosteine.

Manche von ihnen machen viel Aufhebens, mit Stickern auf grünem und goldenem Geschenkpapier, roten Rentiernasen und pausbackigem Weihnachtsmannschmunzeln. Da ich zwei echte Weihnachtsmänner kenne, wirken die Karikaturen auf mich eher gruselig. Das wahre Geschäft ist heutzutage sowieso den Profis überlassen, den schmucklosen braunen Massenware-Kartons der Online-Versandhäuser, die den Hauptteil der Pakete ausmachen.

Unter dem Gitterrost zu unseren Füßen hantieren Leute

herum. Gelbe Käppis, rote und gelbe Polohemden – von oben sind sie nicht voneinander zu unterscheiden. Sie fluchen und schreien gegen den Lärm der Maschinen an, empfangen die Pakete am Ende der Rollbänder mit Handscannern, schichten sie in einem undurchschaubaren System auf ihre Wägen.

»Laut meiner Quelle teilen sich Assel und Beli einen Zustellbezirk«, sagt Aki so dicht an meinem Ohr, dass ich zusammenzucke. »Sie sind sicher dort unten und sortieren die Ladung für ihre Fahrzeuge.«

»Kannst du sie zu mir lotsen?«

»Kein Problem.« Er schlüpft aus seinem Mantel. Darunter trägt er Schriftstellerkluft: Rollkragenpulli, Jeans. Von einem Haken an der Wand schnappt er sich eine gelbe Kappe und drückt sie sich aufs schwarze Haar. Er zwinkert mir zu. »Wie sehe ich aus?«

Zum Anbeißen. »Wie ein geköpftes Ei.«

Er lacht.

»Wie kriegst du sie dazu, mit dir zu kommen?«, frage ich.

Er überrascht mich damit, dass er zwei Zwanziger aus seiner Jeanstasche zieht. »Ich bezahle sie.«

Ich wende den Blick ab. »Das sind deine sauer verdienten Tantiemen.«

»Genau. Mein Geld, meine Entscheidung.« Er drückt mir seinen Mantel in die Hand und eilt die Treppe hinunter, in solch perfekt dosierter Eile, als arbeite er schon seit Jahren hier.

Nur eine Minute später schlurfen mit ihm zwei junge Typen die Treppe hinauf. Hellbraune, glatte Haut, hagere Züge. Ihre Hörner haben sie unter den Käppis versteckt. Oberflächlich könnten sie wie Aki als Menschen durchgehen.

»Was willst du von uns, Akaman?«, murrt einer. »Wir sollen unsere Schicht nicht verlassen.«

»Dauert nicht lang, Assel.« Akis Stimme, weich wie Honig. »Ein kleines Gespräch unter acht Augen.«

»Acht? Wir sind doch nur drei«, widerspricht Assel mit gerunzelter Stirn.

Einen Moment später erblicken sie mich.

»Die Schnalle von der Ausstellung?« Assel weicht zurück.

Der andere – Belial – wirbelt auf den Fersen herum – und prallt gegen Aki.

»Ich hab nur ein paar Fragen«, sage ich. Offenbar nicht überzeugend genug.

Assel schlägt einen Haken hinter den Container, Beli holt aus, um Aki eine zu verpassen. Der kontert mit Handkante, Fußtritt, Drehung. Eine Mischung aus Pahlavani-Kampf und Kickboxen. Er braucht meine Hilfe nicht.

Ich renne hinter Assel her, der mit einem Sprung um einen Container herum und über ein Absperrband hinwegsetzt. Auf freier Fläche hätte ich keine Chance gegen ihn. In diesem Labyrinth vielleicht schon. Rechts und links rollen voll beladene Förderbänder. Ein Rollwagen rauscht mir scheppernd entgegen, ich weiche gerade noch aus.

»He, Assel, Mann«, schreit jemand. »Hast du 'n Vollschuss?«

Ich folge der Stimme um eine Metallkante. Ein junger Kerl brüllt eine Förderrutsche hinab, auf der die Pakete zu den Zustellern hinunterpoltern. Dazwischen ein gelb-roter Rücken. *Na warte.*

Ich hechte ebenfalls auf die Rutsche. Eine Kartonkante bohrt sich in meine Hüfte, über mir rauschen Rohre vorbei. Noch mehr Männer brüllen. Mein Hintern schrammt über einen Metallrand, dann prallt er auf harte Fliesen.

Der Schlag raubt mir den Atem. Aber ich bin unten.

Assel ist direkt vor mir. Ich packe ihn am Bein, er stolpert und geht zu Boden. Mit einem Zischen dreht er sich um. Seine Pupillen sind geschlitzt wie bei einer Viper. Er reißt den Mund weit auf, viel zu weit, und zeigt mir seinen Rachen. Der ist schwarz wie der Höllenschlund.

Reflexhaft reiße ich mir ein Paket vors Gesicht.

Im nächsten Moment prallen Flammen dagegen. Glühende Hitze rast durch meine Finger. Ich stolpere schreiend zurück. Dieser Schuft kann Feuer spucken! Warum hat Aki mich nicht gewarnt?

»Was ist hier los?«, brüllt jemand.

Assel schließt den Mund und bleibt wie angewurzelt sitzen. Ein Mann wetzt auf uns zu. Seine Plauze wogt unter einem zornroten Gesicht.

»Ich rieche Rauch!«, brüllt er. »Welcher von euch beiden Pappnasen fackelt hier meine Bude ab?«

Der Dämon hebt tatsächlich die Hände. »Asasel«, sagt er. »Ich bin Asasel. Sorry, Boss, ich –« Er schiebt sich die Kappe in die Stirn, wodurch die beiden Hörner zum Vorschein kommen. »Das Feuer war nur ein Reflex.«

»Ein Reflex?«, brüllt der Boss. »Hast du wieder ein Paket in die Luft gejagt? Du Sackgesicht von einem Stif, warum soll ich mir noch den Arsch für dich aufreißen?«

Die anderen Paketboten grinsen. Ich lasse so unauffällig wie möglich das verbrannte Paket hinter mir zu Boden gleiten, dann puste ich mir die Finger. Von der Gittertreppe kommt Aki herab, eine Hand auf Belials Schulter.

»Hören Sie, das ist unsere Schuld«, sage ich. »Wir haben Asasel und Belial überrumpelt.«

Der Boss fährt zu mir herum. »Wer zum Teufel sind Sie? Und was wollen Sie von meinen Leuten?«

»Lucy Wayne.« Ich zücke meine Visitenkarte. »Beraterin der polizeilichen Sondereinheit. Ihre Angestellten sind Zeugen in einer unserer Ermittlungen.«

»Was haben die beiden angestellt?«

»Überhaupt nichts«, lüge ich. »Wir brauchen ihre Aussage nur sehr dringend. Deshalb sind wir hierhergekommen, statt sie vorzuladen.«

Aki springt mir zur Seite. »Leider verlangen die Ermittlungen absolute Vertraulichkeit.« Er lächelt entschuldigend. »Haben Sie hier einen Raum, in denen wir kurz und ungestört mit Ihren Angestellten reden können?«

»Zu allen weiteren Punkten kontaktieren Sie bitte Dezernat V«, füge ich hinzu.

Endlich nimmt mir der Manager die Visitenkarte aus der Hand. Ich hoffe, er ruft nicht wirklich bei der Polizei an. Doch statt auf meine Karte wirft er einen Blick auf seine Armbanduhr und stößt die Luft aus. Zeit ist Geld, das gilt in keiner Branche so sehr wie hier. Und in dem Fall spielt die Zeit auf unserer Seite.

»Gehen Sie in den Pausenraum«, sagt er. Dann verengt er die Augen. »Aber Sie werden meinen Jungs nichts anhängen, nur weil sie Stifs sind. Sonst kriegen Sie es mit mir zu tun.«

Ehe mir eine passende Erwiderung einfällt, funkelt er die beiden Dämonen an. Sie sinken in sich zusammen wie Luftballons, denen die Luft entweicht. »Ihr sagt ihnen, was sie wissen müssen. In fünf Minuten rollt die erste Fuhre auf die Straße, in zwanzig Minuten rückt die zweite Fuhre an. Bis dahin müsst ihr eure Fahrzeuge weggeschafft haben. Das hier ist High Season, Männer!« Er brüllt wieder. »Ihr werdet hier nicht fürs Rumstehen bezahlt!«

Während überall wieder hektisch die Scanner lospiepsen, eilt er von dannen. Ein paar Postler werfen uns neugierige Blicke zu, andere zeigen Assel und Beli feixend Victoryzeichen.

Ich schaue auf das rauchende Päckchen, das mir vorhin Deckung gab. Der Pappdeckel ist zu Asche zerbröselt. Darunter lugt das angeschmorte Gesicht einer Plastikbarbie hervor.

»Irgendein Kind wird Weihnachten sehr traurig sein«, murmelt Aki.

»Das hätte mein Gesicht sein können«, zische ich. »Du hast mich nicht vorgewarnt.«

Immerhin blickt er angemessen zerknirscht drein.

Im Pausenraum sind drei Tische zwischen Kühlschrank und Kaffeemaschine gequetscht, die Wände hat jemand dekoriert mit Schichtplänen, einem Autokalender und einer riesigen Uhr. Neonröhren ersetzen die Fenster.

»Fast so gemütlich wie 'ne Schultoilette.«

Ich öffne den Kühlschrank. Eine gestapelte Dosen-Kompanie aus Red Bull und Cola blinkt mir blau und rot entgegen, dahinter vergammeln Wurst und Käse neben Brotdosen mit undefinierbarem Inhalt. Ich entscheide mich für eine abgelaufene Packung Fetakäse, drücke sie mir als Kühlung auf die Brandblasen an den Fingern, dann setze ich mich zu den anderen.

»Reden wir über gestern.«

Beli und Assel starren knapp an mir vorbei an die Wand. Assel öffnet den Mund weit.

»Kein Feuer!«, zische ich.

Er klappt den Mund wieder zu.

»Er wollte sich nur entschuldigen«, nuschelt Beli und nimmt seine Kappe ab. Aus der Nähe sehen die Stummel auf seiner Stirn beinah putzig aus, wie die Hörner eines Ziegenböckleins. »Du hast ihn vorhin erschreckt.«

»Ist ja entzückend.« Ich verschränke die Arme. »Seid ihr deshalb gestern abgehauen? Weil ihr euch erschreckt habt?«

Sie schauen mir immer noch nicht in die Augen. Jetzt, da sie nicht mehr fliehen, wirken sie auf eine alterslose Art verbraucht, wie es nur Stifs sein können. Ihre Arme baumeln ohne Spannkraft, und ihre Bewegungen wirken träge und ruckartig, als müssten sie sich bei jedem Schritt erst von den Spinnfäden der Ewigkeit lösen. Wenn Aki ab und zu in diesen Zustand fällt, macht es mir Angst. Bei den beiden nervt es mich. So schauen nämlich keine Drahtzieher eines Kunstraubs aus.

»Jetzt redet schon«, fauche ich. »Oder soll euer Boss noch länger warten?«

Das bringt zumindest Assel auf Trab.

»Wir wollten unsre Jobs nicht verliern«, sagt er. »Deshalb sind wir gestern abgehaun. Mann, der Boss is ein Brüllaffe, aber der hängt sich echt für uns rein. Das ist 'ne gute Truppe hier, wie 'ne Familie. Und Jobs gibts für uns ja auch nicht wie Sand in der Wüste.«

Ich glaube ihm. »Inka sagt, ihr habt die Aktion gestern ausgeheckt. Die Kellneruniformen, die Büfettwagen, das richtige Timing – ich zieh den Hut vor eurer Planung.«

Die beiden wechseln einen Blick.

»Joa«, sagt Assel gedehnt.

»Dumm nur, dass ich das nicht glaube«, sage ich. »Wer hat euch den Plan gesteckt?«

»Niemand«, sagt Beli.

Ich schnelle über den Tisch und packe ihn am Kragen. Er schiebt die Lippe hoch und zeigt spitze Zähne, ich ziehe ihm den Kragen zu, dass er japst. Törichte Spielchen.

»Von wem habt ihr den Plan?«

Er dreht das Gesicht weg und zischt.

Aki seufzt. »Hört mal, *Divs.* Meine Freundin hier ist richtig sauer. Aber noch ist sie gewillt, die Polizei rauszuhalten.«

»Scheiße, da war so 'n Typ«, sagt Beli. Ich lasse ihn los, und er reibt sich die Kehle. »Der wollte nicht, dass Inka weiß, dass er die Sache ausbaldowert hat.«

»Er wollte, dass ihr die Artefakte austauscht«, hake ich nach.

»Was? Wir haben gar nichts gemacht!«, ruft er.

»Wir wollten nur protestieren«, sagt Assel. »Die Leute erschrecken und ein paar Schlagzeilen für die WAAP machen.«

»Habt ihr die Schlagzeilen heute gesehen?«

»Jaaa.« Beli zögert. »Aber damit haben wir nichts zu tun.«

»Wer war es dann?«

»Kein Plan.« Er zuckt mit den Schultern. »Niemand von uns. Wir sind doch keine Kunstfälscher oder so.«

Ich will ihm glauben. Nicht nur weil das Inka entlastet, sondern auch weil es bedeutet, dass ich meinen Sinnen noch trauen kann.

»Was war das für ein Typ?«, frage ich. »Der mit dem Plan?«

»Der war schnieke. Mit Mantel. So wie du.« Beli nickt zu Aki hinüber. »Nur dass er blond war und deutsch.«

»Ein Mensch?«

Er zuckt mit den Schultern. »Schätze schon. Er hat auf Kumpel gemacht, ziemlich gönnerhaft. Typisch Alman. Und er trug eine Hornbrille. Ich hab noch nie ’n Stif mit Brille gesehen.«

Wenn es so einfach wäre. Manchmal wünschte ich, alle hätten einen Omega-Sensor wie ich. Andererseits hätte ich dann noch weniger Aufträge. »Wo hat er euch angesprochen?«

»Vorm Museum«, antwortet Assel. »Gestern Vormittag. Wir haben sonntags frei. Wir wollten schauen, ob schon was geht. Inka hat uns von der Demo erzählt. Die kennen wir noch aus der ZONE. Sie hat ’ne Bude im Div-Sektor, wir haben zusammen Party gemacht. Die hats drauf, die Drude. Wir –«

»Der blonde Mann«, unterbreche ich.

»Der hat uns erzählt, wo die Kellnerkluft und die Wagen sind. Er hat uns ’ne Schlüsselkarte gegeben für den Hintereingang und genau gesagt, was wir machen sollen. Er redete wie so ein Obermacker. ›Pläne sind nichts, Planung ist alles.‹ Der Spruch würde auch zu unserem Boss passen.« Assel grinst. »Er sagte, dass das unsere Chance wäre, unseren Ruf zu retten. Und er hat uns Geld gegeben. Sechshundertfünfundsiebzig Euro. Genau unsere Monatsmiete. Ziemlich strange.«

»Euren Ruf zu retten?«, frage ich. Doch sie führen das nicht aus. »Habt ihr die Schlüsselkarte noch?«

Assel zieht sie aus seiner Jeanstasche und reicht sie mir. Ich drehe das unbeschriftete weiße Plastik nachdenklich zwischen den Fingern. Die Karte wirkt nicht geklaut, sondern wie eine Kopie.

»Warum berappt ihr eigentlich so viel Miete?«, frage ich. »Ich dachte, in der ZONE gäbs einen Mietendeckel.«

»Ach, wer wohnt schon in der ZONE«, entgegnet Beli stolz. »Wir haben uns was Eigenes gesucht. Eineinhalb Zimmer in Pankow. Damit kommen wir klar.«

»Sie wurden von den anderen Divs aus der ZONE geworfen«, ergänzt Aki. »Weil sie ständig gelogen haben.«

Er verabscheut Lügen.

»Was weißt du schon!« Beli funkelt ihn an. »Du bist ja eh fein raus.«

Aki erwidert nichts. Ich werfe einen Blick auf die Uhr. Noch drei Minuten, wenn ich mein Versprechen an ihren Boss halten will.

»Weiß außer euch noch jemand von dem Blonden?«, frage ich. »Hat euch jemand mit ihm reden sehen?«

Sie schütteln den Kopf.

»Und er sagte explizit, ihr sollt die Aktion mit Inka durchziehen?«

»Ja«, sagt Beli.

»Nö«, sagt Assel. »Er meinte nur, *Ihr wisst, wer euch am besten helfen kann.*«

»Und damit meinte er Inka«, sagt Beli. »Sie ist ’ne echte Schwester. Sie hat uns geholfen bei unserem Umzug. Außerdem hat sie bei der WAAP was zu melden.«

»Genauso wie Till«, ergänzt Assel.

»Till?«, hake ich nach. »Der Junge, der den dritten Kellner gespielt hat? Der die Fotos gemacht hat?«

Verdammt, sein Handy hängt immer noch zu Hause am Ladekabel.

»Ich glaub, den hab ich dort gesehen.« Assel reibt seine Hörnchen. »Kurz nachdem wir mit dem Blonden geredet haben, ist er aufgetaucht. Und als wir Inka unseren Plan verkauft haben, hampelte er direkt neben uns herum, als ob er nichts verpassen wollte. Inka wollte nämlich erst nicht. Aber Till fand die Idee so gut, dass er sie überredet hat, mitzumachen. Und er hat auch die Pixies an Land gezogen.« Er schnaubt, woraufhin Rauch aus seiner Nase steigt wie aus einer kleinen Dampflok. »Ich bin sicher, Till hat was gewusst! Der ist erst seit ein paar Wochen bei der WAAP. Dass ein Clown wie der bei so einer Aktion mitmacht, war eh komisch.«

»Im Gegensatz zu euch Veteranen.« Ich kann meine Skepsis nicht verhehlen.

»Ja, wir kämpfen für unsere Rechte!« Belis Empörung ist echt. »Was bleibt uns denn anderes übrig? Du bist zwar ein Mensch, aber du hängst mit Stifs ab. Du solltest das kapieren.«

Natürlich kapiere ich das. Nur dass ihr Kampf heute nicht mein Kampf ist. Mein Job teilt meine Welt in zwei einfache Kategorien: relevant für den Fall oder nicht.

»Till, der Clown«, hake ich nach. »Wie heißt er mit Nachnamen?«

»Lady, das weißt du nicht?« Assel grinst. »Das ist Till Eulenspiegel.«

6

Während die beiden Dämonen zu ihren Zustellfahrzeugen sprinten, verlassen Aki und ich das Gebäude durch den Vorderausgang. Draußen dämmert der Morgen. Transporter donnern vom Hof, Eissplitter zugefrorener Pfützen fliegen umher. Hinter der Wagenkolonne marschieren wir Richtung Sportplatz zurück, unser Atem dampft im blaugrauen Winterlicht.

»Die beiden sind zwar chronische Lügner, aber gerade haben sie die Wahrheit erzählt«, sagt Aki. »Oder zumindest das, was sie dafür halten. Was wirst du jetzt tun?«

»Die Infos an die ÜSG 9 weitergeben.« Ich seufze. »Ich habe Assel und Beli zwar versprochen, sie rauszuhalten, doch sie sind nun mal Zeugen, die Inka entlasten.«

Aki stößt Atem in einer Wolke aus. »Vielleicht kann die ÜSG sie außerhalb ihrer Arbeitsschicht vorladen. Damit sie ihre Jobs nicht verlieren.«

Ich weiß, was er meint. Zwei Dämonen, die ständig auf die Schnauze fliegen – und doch bei der Post eine Familie gefunden haben. Zumindest auf Zeit.

Die Barbiepuppe mit ihrem verschmorten Gesicht kommt mir in den Sinn. Irgendwo wartet irgendjemand vergebens auf sie, bis er die Hoffnung aufgibt und eine neue Puppe bestellt. Nichts ist auf Dauer, und die Merkwürdigkeiten nehmen kein Ende.

An der Bushaltestelle trete ich in Akis Windschatten. Über den Sportplatz treiben eisige Böen neue Schneeflocken heran.

Der Bus 156 hat Verspätung, nur ein Schulbus rattert vorbei. Die Kids, die hinter beschlagenen Scheiben müde an den Stangen lehnen, tragen in dieser Saison gefütterte Oversize-Jeansjacken, von denen ich drei übereinander bräuchte, um den Winter zu überstehen.

Mit frostigen Fingern tippe ich auf meinem Handy herum und verfluche meine Brandblasen, Aki summt gedankenverloren *Jingle Bells*.

Weder Aki noch ich hatten je mit Till Eulenspiegel zu tun – und bis die mobile Website der Stif-Datenbank Tills Profil geladen hat, ist der 156 wahrscheinlich einmal um den Äquator gefahren. Ich gebe die Recherche auf und rufe bei der Person an, die um diese Zeit sicherlich schon in ihrem Glaskasten bei der ÜSG 9 sitzt und die Luft mit ihrem Intellekt zum Rotieren bringt.

»Guten Morgen, Lucy.« Sascha klingt überrascht. Wind braust durch die Leitung, im Hintergrund klappert seine Tastatur.

»Guten Morgen«, sage ich. »Wie geht es euren Inhaftierten?«

Aki hört zu summen auf.

»Sie haben jetzt eine Anwältin«, sagt Sascha. »Sie spricht gerade mit ihnen. Sie hat bereits einen Termin mit Richterin und Staatsanwalt verlangt, um die U-Haft zu beenden.«

Akis Rücken erzittert unter lautlosem Lachen.

»War die Anwältin auch schon bei Till Eulenspiegel?«

»Der wurde heute Nacht verlegt in die JVA Moabit«, sagt Sascha. »Es gab nicht genug Zellen für alle Festgenommenen.«

Ach was. »Warum habt ihr ausgerechnet ihn verlegt?«

Tastaturklappern. »Die Staatsanwaltschaft hat die Entscheidung unterzeichnet. Ich prüfe seine Akte. Er hat bisher keine Einträge im Vorstrafenregister. Und auch sonst keine Vermerke.«

»Ha! Denn der Narr ist ein unbeschriebenes Blatt.«

»Das stimmt«, sagt Sascha. Ironie gehört nicht zu seinem Repertoire. »Hier ist ein Dokument verlinkt. Die Bitte zur Verlegung kam von Moabit.«

»Die JVA hat selbst beantragt, ihn zu verwahren?«

»Sie haben auch zwei Beamten geschickt, die ihn abgeholt haben. Gestern abend noch. Das ist sehr unüblich.« Sein Aufruhr schwingt durch den Hörer. »Ich muss das prüfen. Wie bist du auf ihn aufmerksam geworden?«

»Ein paar Zeugen haben ihn erwähnt.«

Aki dreht sich zu mir um.

»Welche Zeugen?«, fragt Sascha. »Wenn du etwas weißt, das relevant für die Ermittlungen ist, musst du es Bláinn melden.«

»Ich weiß.« Mein Seufzen rauscht durch den Äther. »Wo kann ich ihn erreichen?«

»Er ist vorhin Richtung Museum aufgebrochen. Du darfst aber nicht dorthin –«

»Apropos Museum, was ist mit Direktor Ludwigshof?«, frage ich. »Ist er noch im Krankenhaus?«

»Er war nicht im Krankenhaus«, sagt Sascha. »Er hat nach der medizinischen Erstversorgung eine stationäre Einweisung abgelehnt.«

»Er steht doch bestimmt im Telefonbuch?«

Tastaturklappern. »Nein«, sagt er, und dann: »Lucy, als Zeugin ist es dir verboten, Einfluss auf die Ermittlungen –«

»Danke, Sascha«, entgegne ich. »Ich bin dir was schuldig.«

Ich lege auf, weil der Bus kommt. Im hinteren Teil sind zwei Platzreihen für Stifs ausgewiesen. In fünf Normgrößen, mit eigenem Einstieg. Auch wenn Aki als Mensch durchgeht, setzt er sich stets dorthin. Ich setze mich neben ihn und gucke den Schneeflocken zu, die draußen vorm Fenster vorbeitrudeln. Schnee in Berlin ist nur schön, während er in der Luft ist – am Boden verwandelt er sich meist sofort in braune Suppe.

»Du fährst ins Museum«, stellt Aki fest.

»Zuerst nach Hause.« Ich lege den Kopf an seine Schulter und genieße die alte Vertrautheit. Vielleicht wird doch wieder alles so wie früher.

Akis Schweigen ändert sich, von abwartend nach in sich gekehrt. Sicher schreibt er in Gedanken weiter an seinem Krimi, den er Ende des Jahres abgeben muss.

Ich sollte auch ins Büro. Anrufbeantworter checken, auf Kundschaft warten. Keine verlockende Aussicht.

An der Prenzlauer Allee steigen wir in den Stif-Waggon der Ringbahn um und fahren bis Wedding.

In unserer Wohnung verschwindet Aki in seinem Zimmer, bald darauf sirrt sein PC. Cosimas Tür ist verschlossen. An der Klinke hängen ihre roten High Heels – das vereinbarte Zeichen, dass sie schläft.

Ich schiebe mir den Rest Hühnchen von gestern in die Mikrowelle, dann schnappe ich mir Tills Handy von der Küchenablage. Professor springt auf meinen Schoß, schaltet sein Schnurren ein und ich streichle geistesabwesend über sein rotes Fell.

Kein Passwort erforderlich. Tills Bildschirm blinkt blau mit wenigen anonymen Icons, der Akku ist voll – und der Fotospeicher ist leer.

Ich bin so überrascht, dass ich kaum bemerke, wie Aki zur Küchentür hereinblickt.

»Lucy!« Seine Stimme klingt seltsam rau. »Ich muss weg.«

»Ist gut.« Ich hebe die Hand, ohne vom Handy aufzuschauen.

Aki mag noch eine Weile dagestanden haben, denn als die Haustür klappt, habe ich mich bereits zweimal durch Tills sämtliche Dateien geklickt, inklusive Papierkorb. Keine Fotos.

»Aki, warte mal«, rufe ich.

Doch er ist fort.

Falls Till irgendwas fotografiert hat, hat er es direkt wieder gelöscht.

Dieser Mistkerl hat uns alle reingelegt.

Dafür, dass das Pergamonmuseum montags geschlossen ist, herrscht auf dem Hof ganz schön viel Trubel. Vor dem Eingang parken die dunkelgrauen VW-Busse der Spurensicherung. Uniformierte unterhalten sich mit Leuten, die interessierte Bürgerinnen sein könnten, wären ihre Posen nicht so entspannt. Die Presse. Offenbar suchen sie nach den Schlagzeilen für morgen.

Ich werde ihnen keine liefern. Ich schlage einen Bogen zum Hintereingang am Ende des Nordflügels und nutze dort Assels Schlüsselkarte. Von hier führt ein Treppenhaus hinauf zum halb leeren Bürotrakt der Museumsangestellten im ersten Stock. An einer weiteren Sicherheitstür halte ich Assels Karte ans Lesegerät. Einmal biege ich falsch ab, ein anderes Mal weiche ich ein paar Sicherheitsleuten aus. Endlich erreiche ich den Ausstellungssaal über dem Mittelbau.

Immer noch hat er etwas von der übertriebenen Drehkulisse eines Katastrophenfilms. Ein rotes Spritzmuster bedeckt die Wände, dazwischen glitzert ein Meer aus Glasscherben. Statt Filmleuten wuseln jedoch Technikerinnen in weißen Schutzanzügen herum. Ein Stahlgerüst steht unterhalb der Lüftungsklappen, an denen die Pixies sich festgekettet hatten. Direktor Ludwigshof ist nirgends zu sehen. Dafür Koralewski. In ihrem Seidenanzug sieht sie ebenso wie aus dem Ei gepellt aus wie gestern. Entweder sie hat ihn über Nacht reinigen lassen, oder sie hat den gleichen Anzug mehrfach im Schrank. Sie trägt Plastikhauben über ihren Pumps. Aus jeder Pore strahlt ihr Widerwille, sich mit ihrem Gegenüber auseinandersetzen zu müssen. Ihr Gegenüber ist Bláinn.

Mit seinem betonfarbenen, kantig gestutzten Bart wirkt

er mehr denn je wie ein Felsblock, an dem Koralewskis Abneigung abprallt. Wie wird er reagieren, wenn ich ihm meine neuen Hinweise präsentiere? Unauffällig schiebe ich mich näher heran.

»Wir können den Saal frühestens in achtundvierzig Stunden freigeben«, sagt er.

»Und die Ausstellung?«, ruft sie. »Wir haben die Artefakte nur für vier Wochen zur Verfügung.«

Gesteinsmassen verschieben sich knarrend, als er mit den Schultern zuckt.

»Dann verhindern Sie wenigstens, dass in dieser Zeit noch mehr Informationen an die Presse durchsickern!«, sagt sie. »Die ziehen den Ruf unseres Museums in den Schmutz. Haben die Stifs denn schon gestanden?«

»Über laufende Ermittlungen spreche ich nicht.«

»Wir wissen doch alle, wie das gelaufen ist.« Jetzt kläfft sie wie ein Zwergpinscher. »Was ist mit dieser angeblichen Stif-Ermittlerin? Sie ist hoffentlich festgenommen worden?«

Statt einer Antwort nimmt er die Hände hinter den Rücken und verflicht seine klobigen Finger ineinander, als wolle er sie festhalten. Ein Warnzeichen für die, die ihn kennen. Wird er wütend, weil er nicht mag, wie sie über mich redet? Ich wage es nicht zu hoffen.

»Wir werden jeden Sachverhalt ordnungsgemäß …«, beginnt er, dann endet sein Satz in einem Grollen. Er hat mich erblickt.

»Ihr redet über mich?«, frage ich.

»Sie!«, kläfft Koralewski. »Was wollen Sie hier?«

»Den zuständigen Ermittlungsleiter sprechen«, sage ich. Weil Bláinn schweigt, rede ich weiter. »Ich habe Hinweise, dass der Diebstahl den Stifs in die Schuhe geschoben werden soll.«

»Dass Sie das sagen!«, ruft sie. »Sie stecken doch selbst über beide Ohren mit in –«

»Stopp«, grollt Bláinn.

Koralewski zuckt zusammen und schließt den Mund.

»Hör mir zu, Bláinn«, sage ich. »Ich habe wirklich wichtige –«

»Raus. Beide!« Seine Worte dröhnen durch den Saal wie herabpolternde Felsen und prallen gegen meinen Magen. »Verlassen – Sie – den – Tatort!«

Dann fegt sein Omega über uns hinweg, eine Steinlawine, die alles zum Wanken bringt. Die Technikerinnen lassen ihre Instrumente fallen und ducken sich. Koralewski stolpert rückwärts, dreht sich um und flieht.

Ich stemme mich gegen den Sturm und starre in die grimmigen Tiefen von Bláinns Blick. Laut Legende ist er der Goldschatzhüter aus dem norwegischen Jotunheimen, dem Heim der Riesen. Er kann Feinde in lichtlosen Höhlen erspähen und mit der Wucht seines Schlags ganze Felsen entzweihauen. Oder mich.

»Du – hältst – dich – raus«, stößt er hervor.

»Hör mir zu«, keuche ich.

»Verschwinde«, grollt er. »Sonst lasse ich dich verhaften.«

Breitbeinig marschiert er von dannen, und obwohl meine Blicke versuchen, ein Loch in seinen sturen Rücken zu brennen, dreht er sich kein einziges Mal um. Ich habe mich geirrt. Für ihn bin ich nur noch eine Störung der Abläufe.

Ich hasse ihn. Ich will ihm hinterherrennen und ihn anbrüllen, oder ihn anflehen, mir wieder zu vertrauen, ich weiß es nicht. Deshalb lasse ich beides bleiben.

Als ich draußen vor dem Saal ankomme, ist Koralewski schon weg. Ich bin nicht überrascht, dass mich zwei ihrer Wachleute zum Ausgang des Museums eskortieren. Eine dünne Wachfrau mit Ponyfransen und strengem Blick, die das übliche Emblem mit dem durchgestrichenen Dreieck auf ihrer Brust trägt, dreht mir tatsächlich den Arm auf den Rücken.

Dass sie mir im Auftrag ihrer Chefin auch noch Hausverbot erteilt, versetzt meiner Laune eine weitere Kerbe.

Mit der Kapuze tief in der Stirn trotte ich an der Presse vorbei Richtung Spree.

Natürlich wird Bláinn den Fall auch ohne meine Hinweise lösen. Er ist ein guter Polizist. Unbeirrbar, gründlich, fantasielos. Wer Motiv und Gelegenheit hatte, hat die Tat begangen. Damit ist er erfolgreich – achtundneunzig Prozent aller Fälle lassen sich auf diese Weise lösen. Die letzten zwei Prozent löst er früher oder später auch.

Allerdings hat er einen klaren Bias bei Stifs. Ihnen gegenüber legt er wesentlich gnadenlosere Maßstäbe an.

Wir müssen besser sein als die Menschen, hat er einmal gesagt. *Jeder von uns, der ein Verbrechen begeht, vergiftet das Klima für uns andere. Weil die Menschen uns so lange in Gruppenhaftung nehmen werden, bis wir ihre Vorurteile überwunden haben.*

Es kann nicht die Aufgabe der Stifs sein, hatte ich erwidert, *Vorurteile zu überwinden, indem sie bis zur Selbstverleugnung nett sind.* Aber für Bláinn bleiben die Protestler von der WAAP ein rotes Tuch. Und jetzt hat er sie in Gruppenhaftung genommen, so wie er es den Menschen vorwirft.

Von der Brücke blicke ich nach Osten, wo sich hinter der knochigen Baumallee ein braun-weißer Kasten abzeichnet. Das Stif-Ministerium sieht von hier aus wie ein riesiges Retro-Sideboard. Doch in seinen Kellern schmoren Inka und ihre Freunde.

Verdammt soll Bláinn sein! Ich kann nicht warten, bis er einsieht, dass er sich verrannt hat. Ich habe seinen Respekt doch eh schon verloren, oder nicht? Es tut weh. Aber hier geht es nicht um mich.

Ich muss weiterermitteln. Aber wo soll ich ansetzen?

Ich verharre am Geländer der Spree. Dort, wo der Fremde gestern versucht hat, mich ins Wasser zu werfen.

Die losen Fäden ungelöster Rätsel sind stets ineinander verschlungen. Wenn ich versuche, sie von der falschen Seite aufzuschnüren, entsteht ein Knäuel von Knoten. Aber wenn es mir gelingt, am richtigen Faden zu ziehen, löst sich das Geheimnis fast wie von selbst.

Der Spree-Schubser ist nicht der richtige Faden. Aber ich habe eine Idee, welcher der richtige sein könnte.

Ich zücke mein Handy und wähle die Nummer, von der aus Direktor Ludwigshof mich gestern früh angerufen hat.

»Pergamonmuseum, Büro des Direktors«, meldet sich eine barsche Frauenstimme.

»Sondereinheit manifestierte Objekte, Dezernat V«, erwidere ich ebenso barsch. »Stellen Sie mich zum Direktor durch.«

Gleich darauf klickt es zweimal in der Leitung.

»Ja?«, seufzt Ludwigshof.

»Hier ist Lucy Wayne. Ich muss mit Ihnen sprechen. In Ihrem Büro.«

»Das passt gerade schlecht«, sagt er. »Rufen Sie morgen wieder an.«

Ich trete gegen das Geländer. »Sie reden mit mir! Jetzt. Sie sind mir etwas schuldig. Sie haben mir das alles eingebrockt.«

Sein Schweigen klingt müde. »In zehn Minuten«, sagt er.

Zwölf Minuten später habe ich mich mittels Assels Karte über das Hausverbot hinweggesetzt. Ludwigshofs Büro ist ein Relikt wie er selbst, bisher verschont vom Modernisierungswahn des Museums. Viktorianische Regale ächzen unter dem Gewicht antiquarischer Bücher; auf den vergilbten Buchrücken prangen römische Ziffern und altgriechische Buchstaben.

Ludwigshof sortiert irgendwelche Akten. Sein gekrümmter Rücken sieht aus wie ein Fragezeichen, seine Wangen wirken noch eingefallener als gestern.

»Danke, dass Sie mich hier empfangen.« Beim Händeschütteln habe ich das Bedürfnis, ihn zu stützen.

»Natürlich.« Er ringt sich ein Lächeln ab. »Ich habe Ihnen meine gestrige Rettung zu verdanken.«

»Ach was, Sie sind ja schon wieder auf den Beinen«, sage ich und denke: *Sie gehören ins Bett, nicht ins Büro.*

»Setzen Sie sich.« Er deutet auf den Besucherstuhl, bleibt selbst jedoch stehen. Ein wenig verletzt blickt er mich an. »Ich habe Ihnen das nicht eingebrockt. Als ich Sie engagierte, konnte ich nicht damit rechnen, dass so etwas passieren würde.«

»Ich weiß«, sage ich. »Ich hatte ein paar schwierige Stunden.«

»Nicht nur Sie.« Endlich geht er um seinen Schreibtisch herum und lässt sich auf seinen Stuhl sinken. »Die beiden Artefakte: gestohlen. Sie ahnen nicht, wie schrecklich das ist. Der Sammler, dem sie einst gehörten, war Mitglied unserer bescheidenen Artefaktisten-Gruppe – und vor allem war er ein Freund von mir. Er ist vor einiger Zeit gestorben. Seine Witwe willigte ein, die beiden Artefakte auszustellen, zu seinem Gedenken. Er würde sich im Grab umdrehen, wüsste er, dass sie fort sind. Zum Glück ist sein kostbarstes Artefakt weiterhin in Sicherheit …« Er hält inne. »Sie sind nicht hier, um sich das Geschwafel eines alten Mannes anzuhören.«

»Oh doch.« Ich setze mich ebenfalls. »Ihre Meinung interessiert mich sehr.«

»Weil Sie Detektivin sind«, sagt er. »Sie wollen herausfinden, wie die Stifs die Täuschung durchgeführt haben. Warum überlassen Sie diese Aufgabe nicht der Polizei?«

»Weil die Polizei aktuell nur in eine Richtung denkt. So wie Sie.«

»Sie halten die Stifs für unschuldig?«

»Ich halte sie für ein Ablenkungsmanöver.«

Seine Miene spiegelt Skepsis, aber er widerspricht mir nicht. »Sie wollen sicher noch einmal Zugang zum Saal. Doch der ist als Tatort abgesperrt.«

»Ich war schon im Saal. Dort finde ich keine Antworten.« Ich beuge mich vor. »Was können Sie mir über die Omega-Tests sagen, mit denen die Artefakte geprüft wurden?«

Er runzelt die Stirn. »Die Tests hat heute Nacht die ÜSG 9 durchgeführt. Bis auf die beiden Fälschungen wurde bei allen die Echtheit bestätigt. Sie sind jetzt im Tresor im Keller. Dort, wo –«

»Ich rede von den Tests vorher«, unterbreche ich ihn. »Als Sie mich engagiert haben, sagten Sie, die Echtheit wäre am Morgen überprüft worden. Von wem?«

»Von unseren eigenen Geräten. Das übliche Standardprozedere, wir stellen ja immer wieder übernatürliche Exponate aus. Wenn auch normalerweise nicht in dieser Zahl und Vielfalt.« Er hält inne. »Meinen Sie, die Tests waren falsch? Das würde ja bedeuten –« Er wird bleich und greift zum Hörer. »Ich rufe sofort Frau Koralewski an.«

»Warten Sie.« Ich schnelle vor und packe seine Hand. »Hat Koralewski die Tests durchgeführt?«

»Sie verdächtigen sie?«

»Ich verdächtige alle außer Ihnen.« Vor allem will ich nicht, dass Koralewski mich erneut hinauswirft.

Er schüttelt den Kopf und entwindet sich meinem Griff. »Für die Tests sind externe Techniker zuständig. Alpha Security heißt die Firma, die unser System wartet und uns auch die Scanner und Kamerasysteme dauervermietet. Frau Koralewski hat gestern noch die Personalfluktuation bemängelt, da uns die Agentur allzu oft neue Arbeitskräfte schickt.«

Da ist er, mein Hinweis. Ich halte die Luft an. »War der Techniker ebenfalls neu?«

Ludwigshof hebt die Schultern. »So habe ich Frau Koralewskis Kommentar aufgefasst. Ich war nicht dabei.« Er reißt die Augen so weit auf, dass die Fältchen in seinem Gesicht Tangram spielen. »Wir müssen die Polizei informieren.«

»Lassen Sie uns erst noch ein paar Dinge überprüfen«, sage ich. »Vielleicht ist das falscher Alarm. Können Sie Informationen über den gestrigen Techniker abrufen?«

Er nickt. »Unser Sicherheitssystem sollte alle Besucherinnen und Besucher aufzeichnen.«

Er meldet seiner Sekretärin, er wolle nicht gestört werden, und schließt die Bürotür ab. Weil er deutlich besser im Diktieren als im Tippen ist, überrede ich ihn, mich an die Tastatur seines Rechners zu lassen.

Während dem alten Mann neben mir allmählich die Augen zufallen und er schließlich in seinem Bürostuhl eindöst, klicke ich mich durch die Dokumente und Kameraaufnahmen.

Wolfhart von Metz. Diesen Namen hat der Techniker laut Sicherheitsprotokoll an der Rezeption angegeben. Die Aufzeichnungen der Tests zeigen einen schlanken Mann mit Karohemd und Kappe tief in der Stirn, der mit dem Scan-Gerät die Reihen der Artefakte abgeht. Mir fällt auf, dass er niemals stillsteht. Ruhelos hantiert er mit seinem Gerät herum, stakst ruckartig durch den Raum. Zwischendurch hakt er etwas auf einem Klemmbrett ab. Koralewski stöckelt hinter ihm her, flankiert von zwei Sicherheitsleuten. Kein Gesicht zu sehen.

Doch die Kamera im Foyer filmt ihn, als er an der Garderobe kurz die Kappe abnimmt. Er dreht für einen Augenblick sein Gesicht Richtung Kamera, und ich schwöre, er lächelt. Ich drücke die Stopptaste.

»Heilige Scheiße«, flüstere ich.

Ludwigshof schreckt hoch, um gleich wieder einzudösen.

Der Techniker hat blondes, nach hinten gegeltes Haar, unauffällige, schmale Züge. Die obere Hälfte seines Gesichts ist verborgen hinter der Spiegelung einer großen Hornbrille. Ich wette, dass das der »Alman« ist, der den beiden Dämonen den Plan für die Protestaktion eingetrichtert hat.

Ich fotografiere mit dem Handy den Bildschirm ab, dann rolle ich Ludwigshof auf seinem Bürostuhl vorsichtig in eine dunkle Ecke, um ihn nicht zu wecken, und wähle von seinem Apparat aus die Nummer von Alpha Security.

Einer Frau Meier von der Personalstelle stelle ich mich als Ludwigshofs Sekretärin vor.

Nachdem ich ihr eine kleine Tränendrüsengeschichte über eine im Museum aufgefundene Armbanduhr mit Gravur – *Wolfhart für immer* – aufgetischt habe, erfahre ich, dass sich Wolfhart von Metz gestern nach der Arbeit im Museum krankgemeldet hat. So ein Zufall. Obwohl ich sorgenvolle Anteilnahme heuchle, händigt mir Frau Meier nicht seine Kontaktdaten aus. Wenn ich ihr verdattertes Gemurmel beim Aktenstöbern richtig verstehe, hat sie nämlich gar keine Kontaktdaten von ihm. Noch so ein Zufall.

»Vielleicht fragen Se mal die SiFa-Kollegen, ob se Metz Bescheid geben können«, sagt sie. »Dit sind die gleichen wie gestern früh, und die haben gleich Schichtwechsel.«

»Wen meinen Sie?«, frage ich.

»Na, die Sicherheitsfachkräfte. Unser Leihpersonal.« Ihr Ton ist ungeduldig. »Wegen der Ausstellung ham Se doch die Schicht auf zehn Mann von uns aufstocken lassen. Sagen Se bloß, die sind ooch nich da heute.«

»Doch, natürlich«, versichere ich rasch. »Danke für Ihre Hilfe.«

Die Wachleute mit dem Emblem auf der Uniform. Ich würde mir die Hand vor die Stirn klatschen, aber ich will Ludwigshof nicht wecken. Das doppelt durchgestrichene Dreieck erkenne ich jetzt als stilisiertes griechisches A. Für Alpha Security.

Ich springe auf und stoße dabei aus Versehen einen Brieföffner um, einen kleinen ziselierten Dolch in einem Ständer, der klirrend auf dem Parkett landet. Ludwigshof schreckt hoch. Während er noch verschlafen blinzelt, mache ich mich davon.

Tatsächlich muss ich am Hinterausgang nicht lange warten, bis drei SiFas mit Winterjacken über ihren Uniformen hinaustreten. Eine Frau mit hellbraunem Fransenhaar, das quasi nahtlos in eine Kunstpelzjacke übergeht, ein Schnauzbärtiger älteren Kalibers und ein Mittzwanziger mit neongrüner Daunenjacke; Statur und rasierter Kopf wie Vin Diesel. Während die anderen den Zuliefererweg zur Spree hinuntermarschieren, steckt sich der Jüngere eine Zigarette an. Ich nutze die Chance und hüpfe an seine Seite.

»Endlich Feierabend, was?«

Ihm fällt fast die Zigarette aus dem Mund. Obwohl die Frau schon drei Meter weiter ist, wirbelt sie herum. Unter dem aufklaffenden Pelz ist sie dürr wie eine Lanze, und sie ist auf Zack.

»Ihnen hab ick doch vorhin Hausverbot erteilt!«

»Sind Se von der Journaille?«, fragt der Schnauzbärtige.

Ich öffne den Mund.

»Nee«, sagt die Frau. Der Blick aus ihren schmalen Augen könnte Käfer aufspießen. »Dafür sind Se nich elaboriert jenug. Ick hätt ja auf Polizei jetippt. Aber dann hätten Se sich ausjewiesen. Außer Sie sind undercover, haha.« Sie lacht nicht. Aus jeder Pore strahlt ihre Überzeugung, dass ihr niemand etwas vormacht. Deshalb, und weil sie mir vorhin beim Rausschmiss den Arm auf den Rücken gedreht hat, halte ich sie für einen Ex-Cop.

Sie wird mir nicht helfen. Ich drücke Vin Diesel junior meine Visitenkarte in die Hand und lächle ihn an. »Ich bin

Privatermittlerin und heiße Lucy Wayne«, sage ich. »Du kannst Lucy sagen. Frau Koralewski war vorhin wegen meiner Fragen leider etwas empfindlich.«

Er wirft einen ratlosen Blick auf die Karte und gibt sie mir zurück. »Und was willst du von mir?«

»Red nich mit der, Malik«, ruft die Frau. »Außer du willst Ärger mit der Kläffski.«

Ich muss ein Lachen unterdrücken. Malik schnaubt, weil er wohl keine Ratschläge will, und nimmt einen unschlüssigen Zug von seiner Zigarette.

»Ich geh nur ein paar Schritte in die gleiche Richtung«, sage ich. »Du gehst doch zum Bahnhof?«

Malik nickt hinter seiner Qualmwolke. Die Frau marschiert wortlos los, der Schnauzbärtige an ihrer Seite. Malik folgt ihnen mit ein paar Metern Abstand. Er wartet nicht auf mich, aber zumindest verjagt er mich auch nicht.

Wir umrunden eine Schranke und folgen dem Weg unter den Bahngleisen hindurch, eine Fußgängerbrücke über die Spree. Es geht am Bode-Museum vorbei, dann passieren wir die Monbijou-Brücke, eine kleine, gepflasterte Aussichtsstelle am westlichsten Teil der Insel. Ich kenne sie, weil ich zu Füßen der hässlichsten Odysseus-Skulptur der Welt Tom zum ersten Mal geküsst habe. Die Uhrzeiger haben sich seitdem weitergedreht, aber das wulstige Statuengesicht glotzt weiterhin ungerührt über unsere Köpfe hinweg.

»Hast du eine Zigarette für mich?«, frage ich Malik. »Ich könnte jetzt echt eine brauchen.«

»Klar.« Er hält mir seine Marlboros hin.

Den ersten Zug inhaliere ich hastig, den zweiten genieße ich und sehe meiner Rauchwolke nach, die über der Spree vom Wind zerstreut wird.

»Ist das eigentlich ein guter Job? Im Museum?«

Er zuckt mit den Schultern. »Geht so. Zumindest sind die

Arbeitszeiten nicht so spät wie beim Werkschutz. Willste auch bei uns anfangen?«

»Glaubst du, eure Agentur stellt mich ein?«

»Nee.« Er lacht. »Wachdienst ist keine Arbeit für Frauen.«

»Pass auf, wat de sagst!«, ruft die Frau vor uns. Offenbar lauscht sie die ganze Zeit in unsere Richtung.

»Ja, pass lieber auf«, sage ich. »Du hast keine Ahnung, wozu wir imstande sind. Ich war außerdem schon in der Sicherheitsbranche tätig.«

»Echt?« Er hebt die Augenbrauen und mustert mich.

»Ja. Aber nun bin ich meine eigene Chefin. Keine Frau Koralewski, die mich rumscheucht.«

»Cool«, sagt er. »Kläffski hat mich vorhin ermahnt, meine Schuhe zu putzen. Als wären wir auf einem Laufsteg.«

»Dort wärste aber vielleicht besser aufjehoben«, schreit die Wachfrau von vorne.

»Stimmt.« Ich zwinkere ihm zu. Er ist tatsächlich gut aussehend. Vorausgesetzt, man mag Vin Diesel – und das tue ich.

Er grinst, steckt aber die Hände in seine Neontaschen. Kein Interesse.

»Genug Vorgeplänkel?«, frage ich. »Soll ich zur Sache kommen?«

Er nickt. Ich bleibe stehen. Weil er ein netter Junge ist, bleibt er ebenfalls stehen – und die Wachfrau auch. Nur der Schnauzbärtige hebt die Hand zum Gruß und trabt weiter.

Die Frau durchbohrt mich aus der Entfernung mit ihrem Blick. Ich bin nicht sicher, ob sie noch hilfreich wird oder nur nerven will. Um Malik nicht zu offensiv anzugehen, lehne ich mich an die rostige Brüstung und blicke auf den Fluss.

»Ich brauche deine Hilfe«, sage ich. »Ich verfolge eine Spur zu den Diebstählen.«

Statt einer Antwort schnauft er und rubbelt sich die Glatze, eine ängstlich wirkende Geste.

Pelz schiebt sich auf meine andere Seite.

»Bevor Malik irgendwas ausspuckt, was er später bereut, redest du mal Klartext«, sagt die Frau. »Für wen arbeitest du?«

Ich kenne ihren Blick, weil ich ihn selbst manchmal habe. Für sie ist Neugier genauso ein Überlebensinstinkt wie ihr Misstrauen. Ich hätte gleich zu ihr gehen sollen. Ich gebe ihr meine Visitenkarte, und sie studiert sie grimmig.

»Ich wette, du warst mal Polizistin«, sage ich zu ihr.

»Fast«, erwidert sie. »Hab alle praktischen Prüfungen jeschafft und bin dann zweemal durch die Schriftliche gerasselt. Single-Mom und Nebenjob, dit mit dem Büffeln hab ick nich hinjekriegt.«

»Ich war drei Jahre auf Streife«, sage ich. »Bezirk 48.«

»Gropius?« In ihrer Stimmung schwingt Achtung. »Weeß nich, ob ick das jepackt hätte.«

Hätte sie. Und genau deshalb beschließe ich, ihr zu vertrauen.

»Ich arbeite für die Stifs«, sage ich. »Sie sind nämlich unschuldig.«

Malik reagiert gar nicht, nur seine Ohren und Wangen färben sich in der Kälte allmählich rot.

Die Augenbrauen der Wachfrau schießen dafür bis unter ihren fransigen Pony. »Haste Beweise dafür?«

»Genau deshalb bin ich hier«, sage ich. »Die Sachlage ist noch unübersichtlich. Klar ist aber, dass jemand uns alle gewaltig verladen hat.«

»Dit gloob ick ooch«, sagt sie grimmig. »Vielleicht wars einer von den Sammlern. Geld verdirbt den Charakter, wa. Die klaun ihr eigenes Zeug wegen der Versicherung und schieben anderen die Schuld zu.«

»Es gibt einige Möglichkeiten«, sage ich unbestimmt. »Aber die Polizei verdächtigt bisher nur die Stifs.«

»Und solange alle zu denen kieken, bleiben die Artefakte

futsch.« Sie verschränkt die Arme. »Ick sag dir was, Lucy. Ick hab es von Anfang an allen jesagt. Diese Artefakte sind nich für unsere Welt bestimmt. Wir hättn sie vor dreißig Jahren gleich vernichten sollen. Ick mein, die Stifs könn ja nüscht dafür, dasse so sind, wie se sind, jefährlich oder nich. Aber die Waffen, die könn nur Schlimmes anrichten. Sie jetz ooch noch allen präsentieren, als wärn se was Besonderes, da könnense doch den Kriminellen gleich mit 'ner Karotte vor der Nase rumwedeln. Und wir SiFas stehen an der Front für acht Euro fuffzich die Stunde.«

»Neun Euro fünfzig«, sagt Malik.

»Du vielleicht«, schnaubt sie.

Und so, wie sie dastehen, sie wütend in der übergroßen Pelzjacke, aus der unten ihre Storchenbeine staken, er mit roten Ohren, die prallen Schultern in Daunen gezwängt, hätten sie beide mehr verdient.

»Ick bin die Nicole, übrijens.« Die Frau streckt die Hand aus. »Die Schichtleiterin von den janzen Quatschköppen.«

Ich schüttle ihre Hand fest.

»Ganz ehrlich, Lucy«, sagt Nicole. »Wenns nich jetzt passiert wär, dann in een paar Wochen. Wenigstens is keener schlimm verletzt worden, gestern. Aber die Kollegen hats hart getroffen. Und an die denkt wieder keener. Außer wenns heißt, sie hättens vermasselt.«

»Eure Leute haben gestern überhaupt nichts vermasselt«, erwidere ich. »Weil der Austausch der beiden Artefakte nämlich schon vorher stattgefunden hat. Das versuche ich zumindest zu beweisen.«

Sie runzelt die Stirn. »Die wurden doch jetestet.«

Ich nicke. »Deshalb suche ich Metz.«

»Den Techniker?«, fragt Malik überrascht. »Was hat der damit zu tun?«

Nicole wendet sich ab und starrt über die Spree.

»Niemand verpfeift gern Kollegen«, sage ich. »Aber Metz hat nicht nur die Tests gefälscht. Er hat sich eingeschlichen bei Alpha und euch alle belogen. Wir müssen ihn festnageln, bevor Unschuldige dafür verurteilt werden.«

»Ich wusste, dass mit dem was nicht stimmt«, sagt Malik.

»Er hat recht.« Nicole dreht sich zu mir. »Metz ist irgendwie schräg. Keener von uns kannte den vorher. Er hat ständig überall rumhantiert. Die Sachen, die er gesagt hat, waren immer überzeugend. Erst als er weg war, fiel mir auf, dass es manchmal komisches Zeug war. Dass se Kurt einfach durch ihn ersetzt haben, hat nich gepasst. Heute ist Metz dann nicht mehr aufgetaucht. Aber warum solln wir uns deshalb wundern?« Sie zuckt mit den Schultern. »In der Leiharbeit weißte nie, wo se dich morgen hinschicken.«

»Wer?«, frage ich. »Wer schickt euch wohin?«

»Anton macht das«, brummt Malik.

»Jaaa, dein Kumpel Anton.« Nicole wirft ihm einen schrägen Blick zu. »Ooch so 'n junger Kerl. Der ist fürs Recruiting zuständig. Und für die Museen. Aber gestern hab ich den Schichtplan von der Meier jekriegt, nich von ihm.«

»Weil Anton im Urlaub ist«, sagt Malik. »Und er ist nicht mein Kumpel! Er ist ein Angeber. Wenn er mit mir und meinen Leuten abhängt, protzt er die ganze Zeit mit seiner neuen Karre herum. Vorgestern ist er last minute nach Thailand geflogen, da hat er auch rumgetönt. Bestimmt alles auf Pump.«

»Ein spontaner Urlaub in einem Land ohne Auslieferungsabkommen?«, vergewissere ich mich. »Und ein neues Auto?«

»Ja, seit zwei Wochen. Ein roter Audi TT.«

Ich wechsle einen Blick mit Nicole. Keine von uns spricht laut aus, was Malik noch nicht eingefallen ist. Aber als ich mich mit Antons Handynummer in der Tasche verabschiede, gibt sie mir die Hand und schärft mir ein, Metz und Anton nicht davonkommen zu lassen.

»Ick drück dir nachher die Daumen«, ruft sie mir hinterher, als ich gehe. Und das sagt heutzutage niemand mehr einfach so.

»Danke!«, rufe ich zurück. »In fünfzehn Minuten ungefähr.«

Die Fortuna lässt sich nicht austricksen. Daumendrücken führt nur zum Erfolg, wenn derjenige, der sie drückt, es auch ernst meint – genauso wie vierblättrige Kleeblätter nur Glück bringen, wenn man sie selbst findet.

Dies ist wissenschaftlich belegt. Es gibt einen akademischen Fachbereich, der sich damit auseinandersetzt: die Omega-Wissenschaft. Ihre Studien zeigen tatsächlich einen signifikanten Effekt von Glücksritualen – wenn auch keinen so durchschlagenden, wie manch einer vielleicht gehofft hat. Denn ziemlich rasch nach der Manifestationswelle hatten Geschäftstüchtige den Sektor der Glücksmacherei für sich entdeckt. Klee-Farmen, die horrenden Eintritt verlangten, schossen ebenso aus dem Boden wie Hinterhofkaschemmen, in denen Leute ihre Daumen stundenweise vermieteten. Außerdem kauften Unternehmen tonnenweise Geschirr auf, um es von zahlungskräftiger Kundschaft zerschmettern zu lassen. Weil Porzellan knapp wurde und die Geschäfte immer weiter ausarteten, schritt der Staat ein. Magische Rituale sind nur noch für den Hausgebrauch oder als Freundschaftsdienst erlaubt, eine kommerzielle Nutzung verboten. Wer mit angeborenen magischen Fähigkeiten Geld verdienen will, braucht eine Lizenz, die genau reglementiert, was erlaubt ist und was nicht. Man fragt die Neuköllner Hexenclans lieber nicht danach. Auch meine Omega-Spürfähigkeit musste ich umständlich zertifizieren lassen, bevor ich sie offiziell als Arbeitswerkzeug einsetzen durfte.

In fünfzehn Minuten wird mir Nicole also ein kleines zusätzliches Quäntchen Glück verschaffen. Das kann ich gut brauchen, wenn ich Anton am Telefon die Informationen über Metz entlocken will.

Fünf Minuten brauche ich, um sorgfältig nach einem Platz zu suchen, der für meine Zwecke passt. Hinter dem Tränenpalast werde ich fündig. Ich hocke mich auf den kalten Beton an seinem verschlossenen Hinterausgang, über mir die Glasfront mit der blauen Keramikverkleidung, die an ein Hallenbad erinnert. Ein Busch schirmt mich vor den Blicken der Passanten ab, die auf dem Platz am Zeitungskiosk vorbei Richtung Bahnhof Friedrichstraße eilen.

Es reicht nicht, sich allein auf Glück zu verlassen.

Die nächsten fünf Minuten experimentiere ich mit meinem Ärmel und meinem Handy. Wenn ich den Stoff des Parkas vor dem Mikro hin und her schiebe, klingen die abfahrenden S-Bahnen von der Friedrichstraße ein bisschen wie startende Flugzeuge. Genau der Effekt, den ich brauche.

Die meisten Leute glauben bezüglich meines Jobs das, was sie glauben wollen – oder was sie bei Sherlock, Monk und Mentalist sehen. Mein neuer Kumpel Malik wird den Rest des Tages stolz sein, bei wichtigen Ermittlungen geholfen zu haben. Zumindest so lange, bis ihm schwant, woher sein Buddy Anton das Geld für seinen Thailand-Trip hat. Die Wachfrau hingegen macht sich keine Illusionen über meine Methoden – aber trotzdem ist sie idealistisch genug, um zu glauben, dass meine Arbeit in dieser Welt einen Unterschied bewirkt.

Ich weiß es besser. Aber ich weiß auch, dass ich keinen Plan habe, was ich sonst tun soll. Ex-Cops werden Wachfrauen oder Detektivinnen. Egal wie sehr wir scheitern, immerhin erfüllen wir die Klischees.

Ich warte eine maulende Horde Schulkinder ab, die von ihrem Lehrer Richtung Reichstag getrieben wird. Ein paar Kids scheren aus der Reihe und treten gegen die Zeitungsständer des Kiosks.

Raubüberfall im Pergamonmuseum!, schreit die Titelzeile der Boulevardpresse. *Aufrührer-Stifs greifen Promis an.*

Der *Tagesspiegel* titelt ein wenig zurückhaltender: *Stif-Ausschreitungen bei »Art of Artefacts«-Ausstellung/Artefakte verschwunden.*

Nur das *Handelsblatt* scheint gestern geschlafen zu haben, denn es schreibt erneut über die neuen Fünfhunderteuroscheine. Offenbar kann seine Leserschaft es nicht erwarten, ab übermorgen mit den neuen Banknoten um sich zu werfen.

Ich warte, bis der Lehrer seine Schützlinge weggescheucht hat. Dann aktiviere ich die Unterdrückung meiner Rufnummer, stülpe den Ärmel übers Mikro und wähle Antons Anschluss.

»Was geht?« Eine junge, völlig entspannte Stimme. Im Hintergrund meine ich, Barmusik zu hören, dazu Wellenrauschen. In Thailand ist es gerade sonniger Nachmittag, und obwohl mich keine zehn Pferde aus Berlin rauskriegen, platze ich vor Neid.

»Anton«, knurre ich. »Du verdammtes Aas. Dachtest, du könntest dich verstecken.«

Er ringt nach Atem. »Wer –«

Eine Bahn fährt ein. Perfektes Timing. Ich ziehe meinen Ärmel hoch, lasse das S-Bahn-Rauschen vorbeiziehen.

»Vor mir steht ein hüscher roter TT.«

»Sie sind am Flughafenparkplatz? Wer sind Sie?«

»Vier Zylinder, Ledersitze. Nicht schlecht, Anton. Schade, dass du nicht da bist.«

»Aber wer –«

»Wir wissen, dass du ihm geholfen hast. So ein Auto ist allerdings eine empfindliche Geldanlage.«

»Nein, bitte –«

»Sag mir, wo Wolfhart von Metz ist.«

»Metz?«, japst er. »Ich weiß nichts über Metz. Das Recruiting macht die Frau Meier bei uns.«

»Fährt Frau Meier auch so ein Auto, Anton? Kennt sie das Geräusch, wenn ein Schlüssel über roten Lack kratzt?«

»Sind Sie verrückt?«, schreit er. »Lassen Sie mein Auto in Ruhe!«

»Ach, ein Auto kann man reparieren. Meine Kumpels und ich würden auch gern Urlaub machen. In fünfundsiebzig Minuten geht der nächste Flug nach Phuket.«

Er schweigt und schnauft abgehackt. Ich bin mir nicht sicher, ob er rennt – oder ob er weint. Er kauft mir die Nummer jedenfalls ab. Es geht doch nichts über ein zusätzliches Quäntchen Glück.

»Wir wissen, dass du Metz eingestellt und zum Dienst eingeteilt hast.« Ich gebe meiner Stimme einen etwas sanfteren Ton. »Du hast dich mit dem Falschen eingelassen.«

»Ich weiß nichts über ihn.« Seine Stimme schrillt. »Er ist vor drei Wochen zu mir gekommen und hatte schon alles dabei. Die passende Stellenausschreibung, den Arbeitsvertrag mit seinem Namen darauf. Das Geld für 'ne neue Stelle war im Budget auch schon angewiesen, und er hatte sogar den Schichtplan. Und ein Bündel Scheine. Er sagte, ich muss nur zugreifen, das wär alles narrensicher. Er war so überzeugend. Oh Mann, das war wohl der Fehler meines Lebens!« Er stößt einen Schluchzer aus. »Aber mit allem anderen hab ich nichts zu tun.«

»Dann verrat mir, wo wir Metz finden«, sage ich. »Und ich lasse dein Auto in Ruhe und storniere den Flug.«

»Ich weiß es nicht! Er hat sich immer nur bei mir gemeldet. Er sagte, ich müsste mich um nichts kümmern.«

»Anton Kielke«, knurre ich. »Verkauf uns nicht für blöd.«

»Tu ich nicht!«, beteuert er. »Nur einmal hab ich ihn gefragt, wie ich ihn erreichen kann. Da hat er gelacht und gesagt, wenn was ganz Dringendes sein sollte, finde ich ihn im Telefonbuch.«

»Im Telefonbuch?«

Schon lange war ich nicht mehr so verblüfft. Ich würge Antons weitere Beteuerungen ab und lege auf. Dann öffne ich den Browser in meinem Handy und steuere das Örtliche an.

Tatsächlich. Es gibt Waltraud Metz, Wolfgang Metz und einen Eintrag für W. Metz. Mit Telefonnummer und Adresse.

Ich lehne mich an die Wand des Tränenpalasts.

Vergiss es. So einfach kann es nicht sein. Aber dann wähle ich trotzdem die Nummer. Und lausche einer Weile lang dem Freizeichen eines Festnetztelefons. Nach fünfzehn Mal tuten lege ich auf.

Bleibt die Adresse. Ich sollte sie direkt an die Polizei durchgeben und ihnen von Anton erzählen. Schon allein, damit er am Strand von Phuket keinen Mist baut.

Oder ich fahre zu dieser Adresse. Weil ich bin, was ich bin. Wenn ich ein Rätsel löse, ist mein Leben keine lose Aneinanderreihung von Katastrophen – sondern eine Straße, die mich zu einem Ziel führt.

Außerdem habe ich eine kleine, irrwitzige Hoffnung: Wenn ich Metz dingfest mache, wird Bláinn einsehen, dass er mich falsch einschätzt. Er und die anderen Kollegen sollen mich endlich wieder mit Achtung im Blick anschauen.

Google Maps zeigt mir ein Reihenendhaus in der Nähe vom Wannsee. Nibelungenstraße. Ich mache mich auf den Weg.

7

Von der Friedrichstraße sind es neunundzwanzig Minuten mit der S-Bahn zum Wannsee. Ich setze mich in einer freien Vierergruppe auf die abgewetzten Sitze. Schuhe aus, Füße hoch.

VERKACK'S NICHT hat jemand mit Kugelschreiber auf die beige Wandverkleidung gekritzelt.

Ich packe die Reste von Akis Hähnchen aus der Tüte, ignoriere die Blicke der anderen Fahrgäste und gehe im Kopf noch einmal durch, was ich herausgefunden habe.

Der Gürtel des Thor und die Hadeskappe waren von Anfang an Fälschungen – doch das sollte niemand wissen.

Wolfhart von Metz hat Anton bestochen, damit der ihm Job und Gelegenheit gab, die Kopien als echt zu deklarieren. Kunstexperte Hafke, dem die Fälschungen vielleicht aufgefallen wären, wurde aus dem Weg geräumt.

Mit mir hatten sie es auch versucht. Schlicht, einfach, effektiv. Ich wette, der Spree-Schubser war Till. Allerdings ist er gescheitert.

Ich beiße ins Hähnchen und blicke aus dem Fenster, wo Schneeflocken über den Gleisen wirbeln. Der Zug rattert gerade am Zoologischen Garten vorbei, braune Baumwipfel vor verwaschenem Grün.

Pläne sind nichts, Planung ist alles.

Für den Fall, dass sie mich nicht aufhalten konnten, hatten sie das Ablenkungsmanöver der Stifs in der Hinterhand. Hätte ich gestern klatschnass und verkühlt meinen Museumsauftrag sausen lassen, hätte Till die Protestaktion sicher gestoppt. Die Eröffnung hätte ihren normalen Gang genommen, ohne dass die Fälschungen enttarnt worden wären. Morgen hätten die Bürgerinnen und Bürger scharenweise die Ausstellung besucht, die Feuilletons hätten lobende Worte gefunden. Und Till hätte sich ins Fäustchen gelacht. *Der boshafte Schalk und Narr, der den Menschen Streiche spielt.*

Aber ich habe es gestern ins Museum geschafft. Deshalb fand die Protestaktion statt – damit die Eröffnung platzte und ich keine Chance hatte, Kappe und Gürtel näher zu begutachten.

Wieso all der Aufwand? Früher oder später hätte jemand die Artefakte doch sowieso als Fälschungen erkannt.

Die S-Bahn quietscht in den Kurven, draußen brausen graue Böschungen voller Brombeerhecken vorbei. Ich nehme mein Handy und öffne den Kalender.

Gestern war Sonntag. Heute ist das Museum wie immer geschlossen. Morgen, am Dienstag, wäre die Ausstellung gestartet. Und so lange erfolgreich gelaufen, bis jemand die Fälschungen bemerkt hätte.

Jeder Tag eine Frist, um die Spuren der Diebe zu verwischen. War das ihr Ziel – Zeit zu gewinnen, um abzuhauen?

Vor drei Wochen schon wedelte Metz mit dem Bündel Geldscheine vor Anton herum. Da lagen die Artefakte noch brav zu Hause in ihren Privatsafes. Oder waren es damals schon ihre Kopien?

Ich klicke mich durch meine Mails bis zur Liste, die mir Direktor Ludwigshof schickte. Eine Tabelle der Artefakte und ihrer Besitzer. Beziehungsweise Besitzerinnen.

Der Gürtel des Thor und die Hadeskappe gehören einer Elisabeth Wagner. Was hatte Ludwigshof noch mal über sie gesagt? Die Witwe eines alten Freundes. Der Artefaktist gewesen war wie er.

Als ich die Frau google, erkenne ich sie. Die Dame mit der Stahlfrisur und der Perlenkette, die mich beim Empfang für eine Bedienstete hielt – und mir ihr leeres Sektglas aufschwatzen wollte.

Ein bisschen Schadenfreude ist doch erlaubt, oder?

Die Suchmaschine spuckt wenige Informationen über sie aus. Treppenfotos vor Finanzinstituten, ihr Bob leuchtet grau zwischen rosa Halbglatzen. Die drei großen Gs – Golfen, Galas, Geschäftsabschlüsse –, dazwischen ab und zu Gastgeberin von Preisverleihungen an andere Unternehmerinnen. Sie ist das einzige Kind von Carl Wagner, der eine Bank besaß und ein großes Ensemble an Immobilien, aber keinen ruhmreichen Wikipedia-Eintrag, weil er ein treuer Diener im Dritten Reich war. In den Sechzigern beging er Selbstmord. Schöne deutsche Großbourgeoisie.

Zu den Immobilien gehörten Liegenschaften am Wannsee. Vielleicht in der Nibelungenstraße? Das wäre ein allzu großer Glücksfall.

Ich schaue hoch.

Die S-Bahn summt nun durch Grunewald. Links erhebt sich das Tennisstadion des Villenviertels, rechts die Autobahn – und dahinter wird sich gleich das schüttere Grünbraun des Forsts erstrecken, der Teufelsberg. Für Eingeweihte ist er der Feenhügel.

Weitgehend unbemerkt von der Öffentlichkeit hat die Feenkönigin Maeve ihn in Besitz genommen. Seither ist er für menschliche Ausflügler abgeriegelt, angeblich wegen Erdrutschgefahr.

Ich wünschte mir, ich müsste ihn nicht sehen. In seinen Höhlen rettete ich das Leben meiner Freunde – und verpfändete meine Zukunft an Maeve. *Du gehörst jetzt zu meiner Familie, Lucy.* Ihr Kichern schrillt in meinem Kopf wie rostige Glöckchen. Ich werde ihr aus dem Weg gehen, solange ich kann. Denn irgendwann wird sie zu mir kommen und ihren Gefallen einfordern.

Vielleicht ist die Wucht dieses Gedankens der Grund, dass ich mit dem Finger aus Versehen auf die Telefonnummer in Ludwigshofs Liste tippe. Und erst registriere, dass mein Telefon wählt, als auf der anderen Seite bereits das Freizeichen ertönt.

»Wagner.« Die kühle, geschäftsmäßige Stimme reißt mich aus meiner Erstarrung. »Wer sind Sie und warum haben Sie diese Nummer?«

»Lucy Wayne«, sage ich, und während ich rede, sammle ich meine Gedanken auf wie einen Stapel herabgefallener Spielkarten. »Frau Wagner, Ihre Nummer steht in einer Liste mit den Artefakten der Ausstellung. Wir haben uns auf dem Empfang im Pergamonmuseum getroffen.«

»Frau Wayne, ja.« Ihre Stimme verliert etwas von der Geschäftsmäßigkeit, vielleicht erinnert sie sich an den Sektglas-Zwischenfall. Doch sofort hat sie sich wieder gefasst. »Die Omega-Beraterin.«

»Ich rufe an wegen des Diebstahls Ihrer Exponate«, sage ich. »Wie Sie wissen, arbeite ich als Privatermittlerin, und ich habe einige interessante Erkenntnisse sammeln können.«

»Ist dies ein Bewerbungsgespräch?« Ich weiß nicht, ob Spott oder Neugier in ihrer Stimme mitklingt. »Wenn ja, dann –«

In diesem Augenblick bricht die Verbindung ab.

Ein Funkloch. Mitten in Berlin. Nun ja, nicht so mittendrin, wie ich es bevorzugen würde. Draußen vor den Fenstern erstreckt sich inzwischen auf beiden Seiten der Wald, Baum an Baum endlose Monotonie. Maeves Revier. Ein Schauer läuft mir über den Rücken. Die Zeit der Funklöcher ist dank des 5G-Flächenausbaus längst vorbei.

Ich schaue mich um. Ein paar ältere Leute, zwei Frauen mit Hidschab und Buggys und eine gackernde Touristengruppe mit Tchibo-Allwetteroutfit und schwäbischem Dialekt. Keine Faeries.

Ich schaue wieder aufs Telefon, das immer noch keinerlei Netzempfang aufweist.

Ein Bewerbungsgespräch. Es zeugt viel von Frau Wagners Geschäftssinn und wenig von meinem, dass ich darauf noch nicht selbst kam.

Just in dem Moment, als mein Handy wieder Netz hat und ich sie erneut anrufen könnte, bremst die S-Bahn mit mörderischem Quietschen.

»Wannsee«, verkündet eine blecherne Stimme. »Ausstieg in Fahrtrichtung links.«

Ich schlüpfe in meine Schuhe und verschiebe das Telefonat auf später.

Außer mir steigt nur die schwäbische Touristengruppe aus, deren entschlossene Mitglieder etwas von »Des isch a Wedda wie auf dr Alb« schwätzen und dass sie sich jetzt erst recht aufs Ausflugsschiff freuen.

Als Einzige strebe ich nicht Richtung See, sondern folge dem Tunnel unter den Gleisen hindurch zum Südausgang.

Schnee peitscht mir ins Gesicht. Ich stülpe meine Kapuze über und fluche, weil die abgewetzten Ärmel meines Parkas die schmelzenden Flocken aufsaugen.

Unter dem Matsch ist das Kopfsteinpflaster spiegelglatt, doch um die wenigen Fahrradständer stapeln sich Dutzende Fahrräder – keine ausgeschlachteten Skelette wie in Wedding, sondern schicke, fahrtüchtige Exemplare. Ich würde bei dem Wetter kein Rad besteigen. Ich habe gar kein Rad. Die rustikalen Wannsee-Bewohner haben mehr mit den Schwaben gemeinsam als mit mir.

Die Nibelungenstraße entpuppt sich als schnurgerade Allee. Das Kopfsteinpflaster ist so vollgeparkt mit Familienkutschen, dass Assel und Beli mit ihrem Postfahrzeug kaum durchkämen. Links verläuft hinter kahlen Bäumen und Buschwerk die Bahnlinie, rechts wechseln sich hinter Vorgartenzäunen Einfamilienhäuser mit Reihenhäusern ab, alle Zugangswege sorgfältig gegen die Glätte gestreut.

Die Adresse aus dem Telefonbuch führt mich zu einem Reihenendhaus mit beiger Front, die bei diesem Wetter schlammfarben aussieht. Ich rutsche vorsichtig über die Granitplatten der Einfahrt, die als einzige nicht gestreut ist. Auch sonst macht das Haus einen unbewohnten Eindruck – die Fenster sind dunkel, die Büsche hätten im Herbst beschnitten gehört und vor der Garage stapeln sich Blumenkübel mit totem Unkraut. Lackfetzen von der Haustür sammeln sich auf der obersten Stufe wie verblichene Blütenblätter. Auf dem Briefkasten prangt ein graviertes Metallschild. *W. Metz.*

Ich drücke auf die Klingel. Das Läuten hallt im Hausinneren von leeren Wänden wider.

Ich klingle noch einmal. *Wäre auch zu schön gewesen.*

Als ich zurücktrete, um einen Blick durch die Scheiben zu werfen, klappt ein Fenster am Nachbarhaus auf. Eine Frau in meinem Alter beugt sich heraus. Blasse Haut, Pferdeschwanz, eine Designerbrille hängt so schief über Augenringen wie ein verzogener Fahrradrahmen.

»Vergessen Sie's«, ruft sie brüsk. »Das Haus steht nicht zum Verkauf.«

Schon will sie das Fenster wieder zuknallen.

»Warten Sie«, rufe ich zurück. »Ich will das Haus nicht kaufen. Ich will Metz besuchen.«

»Oh.« Sie hält inne und rückt ihre Brille gerade.

»Tut mir leid«, sagt sie. »Bei uns klingelt ständig jemand. Immer dann, wenn Kaya eingeschlafen ist. Andere werfen uns Zettel in den Briefkasten.«

»Das ist die Immobilienblase«, erwidere ich. »Ein Haus, das unbewohnt aussieht, zieht die Interessenten an wie die Fliegen.«

Sie nickt. »Bei Metz wohnt zurzeit tatsächlich niemand.« Im Hintergrund weint ein Baby los. Sie verzieht das Gesicht.

»Ist Wolfhart von Metz ausgezogen?«, rufe ich noch, doch sie ist nicht mehr da.

Ich warte, bis sie mit dem Kind auf dem Arm wiederauftaucht. Klein-Kaya hat runde Fäuste, die Äuglein zusammengekniffen und Pausbacken, die offenbar gleich wieder zum Angriff blasen.

»Hallo, Kaya«, sage ich wachsam. »Hast du schlechte Laune?«

»Sie hat Hunger.« Ihre Mutter tätschelt ihr die Wangen. »Haben Sie auch Kinder?«

»Gott bewahre.« Ich schüttle eilig den Kopf.

Kaya fängt an zu brüllen, und das Lächeln der Mutter verpufft.

»Ich kenne keinen Wolfhart«, ruft sie. »Aber Wilma Metz ist vor ein paar Monaten ins Pflegeheim gekommen.«

Als sie das Fenster schließt, hängt ihre Brille wieder schief.

W. Metz. Verdammt. Ich glaube, Till Eulenspiegel kichern zu hören, aber als ich mich umdrehe, ist da nichts als Schneegeriesel und gedämpftes Babygeschrei.

Ich ziehe mein Handy aus der Tasche, um Fotos zu machen, als es hinter der Tür poltert. Überrascht presse ich mein Ohr ans abblätternde Holz und lausche. Es poltert wieder. Jemand ist in Wilmas Haus.

Ich könnte die Polizei rufen. Ich könnte auch einfach gehen und erst mal Elisabeth Wagner einen teuren Exklusivvertrag für die Aufklärung abschwatzen.

Stattdessen stecke ich das Handy ein, streiche sicherheitshalber über meine Hasenpfote und schiebe mich zwischen der Garagenwand und der Thujahecke des Nachbargrundstücks hindurch in den Garten hinter dem Haus – ein schmaler Streifen braunfleckigen Grases zwischen Buschwerk und Mauer, eine betonierte Terrasse und eine Garnitur rostiger Gartenstühle, die klapprig aneinanderlehnen wie Alterchen vor der Geriatrie. Die Terrassentür steht offen. Irgendwo im Haus poltert es erneut.

Am Nachbarhaus bewegt sich ein Vorhang. Damit mich Kayas Mutter nicht herumstehen sieht, sprinte ich über die Terrasse und über die Schwelle.

Ein staubiger Perserteppich verschluckt meinen Schritt. Von der holzgetäfelten Decke baumelt ein verlassener Lampenschirm, an den Tapeten zeugen fahle Rechtecke von abgehängten Bildern. Es gibt wohl kaum etwas Melancholischeres als ein leeres Haus, das auf eine Person wartet, die nicht mehr zurückkommen wird.

Wieder das Poltern, ein Stockwerk über mir.

Ich atme den Geruch von Wilmas Mottenkugeln und Einsamkeit ein, dann schleiche ich die Treppe hoch. Als eine Stufe unter mir knarrt, wird es oben still. Es ist eine Ruhe, die lauscht. Ich wurde gehört.

Leise Schritte ertönen, die Ahnung eines Atemzugs. Ich spüre das Omega, noch bevor ich ihn sehe.

Till Eulenspiegel beugt sich über die Balustrade. Seine blauen Augen werden erst groß, dann verengen sie sich.

»Was für eine Überraschung.« Er verzieht seine Lippen zu einem freudlosen Grinsen.

»Die Überraschung ist ganz auf meiner Seite«, sage ich. »Solltest du nicht in der JVA Gitterstäbe zählen?«

Statt einer Antwort grinst er breiter, seine auseinanderstehenden Kinderzähne strahlen mich spöttisch an.

Irgendjemand muss ihm eine Gefängnis-frei-Karte ausgestellt haben. Jemand, der Zugriff hat auf Polizeicomputer, auf Uniformen und Wachfahrzeuge. Jemand mit unglaublichem Einfluss. Ich werfe unwillkürlich einen Blick über die Schulter.

»Hast du die Kavallerie mitgebracht?«, fragt er.

»Was glaubst du denn?«, knurre ich und schiebe mich drei Stufen zu ihm nach oben.

»Du arbeitest allein.« Er hüpft auf einem Bein drei Schritte zurück.

»Ich wollte dir dein Handy zurückgeben«, sage ich. »Interessante Bilder, Scherzkeks.«

Er legt den Kopf schief. »Wie hast du mich gefunden?«

»Wie sollte ich euch nicht finden, bei den Brotkrumen, die Metz und du ausgestreut habt? Das Telefonbuch, ernsthaft?«

Endlich bin ich am obersten Absatz. Die Zimmertüren stehen offen. Fischgrätenparkett, gemusterte Tapeten, ein Bad mit curryfarbenen Kacheln. Auch hier keine Möbel. Was hat dann vorhin so gepoltert?

Till tänzelt noch ein Stück zurück, ich folge ihm. Links von mir das größte Zimmer, Wilmas Schlafzimmer vielleicht. Staub flirrt in der Luft, Dellen in Blumentapeten zeigen die Umrisse halbhoher Schränke.

»Wo ist Metz?«, frage ich.

»Du Dummerchen!« Till lacht. Dann steht er plötzlich ganz aufrecht und still. Schließt den Mund, verengt die Augen und starrt mich abwartend an. Und auf einmal sieht er ganz anders aus.

Die Realität ist eine Frage der Perspektive, sagte er im Museum. Noch bevor er das Gebiss ausspuckt und die Hornbrille aus der Tasche zieht, weiß ich es.

»Du bist Metz.«

Er nickt und blickt nach rechts.

Und in dem Moment erkenne ich meinen zweiten Irrtum.

Das Omega-Summen kommt nämlich auch aus dem Schlafzimmer. Ich fahre herum. Ich sehe niemanden. Und doch ist da plötzlich eine Präsenz, ein Gefüge im Raum. Und es rast auf mich zu.

Die Hadeskappe macht unsichtbar. Noch während ich das

denke, reiße ich die Arme vors Gesicht. Ein großer Körper prallt mit voller Wucht gegen mich. Ich knalle mit dem Rücken gegen die Wand. Während mir der Schmerz für einen Augenblick den Atem raubt, packt mich jemand an den Schultern. Das Omega-Surren klingt wie ein Hornissenschwarm.

»Lass mich los!«

Ich winde mich, schlage mit den Knien aus, treffe auf Widerstand. Das verschafft mir Luft, meinen Arm zu befreien. Ich bekomme etwas Felliges, Weiches zu packen. Die Kappe? Wer auch immer daruntersteckt, windet sich und meine Finger rutschen ab.

Jäh wird mir etwas auf Mund und Nase gepresst. Ein nasser Stoff, der einen widerlich süßen Geruch verströmt. Ich schreie gegen das Tuch an, kämpfe und strample. Irgendwann kriege ich eine Hand frei, kralle meine Finger erneut in das Fell und reiße daran.

Ein kräftiger Arm taucht plötzlich aus dem Nichts vor mir auf, eine breite Hand, helle Haut.

»Verdammte Scheiße!«, brüllt jemand, doch statt mich loszulassen, presst die Hand den Stoff nur noch fester auf mein Gesicht. Ich kann nicht mehr anders, als einzuatmen. Die widerliche Süße flutet meine Lungen, das Fell entgleitet meinen Fingern. Jemand zieht mich nach hinten, rückwärts die Treppe hinab. Ich sehe noch, wie meine Füße über die Stufenkanten poltern, aber ich spüre sie nicht mehr. Dann kippt die Welt zur Seite und wird schwarz.

8

Ich fahre hoch und sinke mit einem Stöhnen wieder zurück, weil die Welt verschwimmt. Hinter dem Nebel ist sie verdammt hell und weiß, diese Welt. Ich blinzle, versuche, das Bild scharf zu stellen.

»Lucy?« Ein Gesicht schält sich heraus, schwankt wie eine Laterne auf hoher See. »Lucy!«

In meinen Ohren dröhnt es, als fahre tatsächlich ein Frachtschiff an mir vorbei. Ich blinzle noch einmal. Cosima? »Sie wacht auf!«

Scharren, Schritte.

»Sie ist noch desorientiert.« Jemand greift nach meiner Hand. »Frau Wayne. Hören Sie mich?«

»Ich bin ja nicht taub.« Ich lalle. Meine Zunge fühlt sich an wie ein riesiger Kaugummi. »Wo bin ich?«

»Im Krankenhaus.«

»Verdammt!« Ich schwinge den Kopf herum. Das war keine gute Idee. Alles dreht sich noch schneller, dann schießt Galle in mir hoch. Ich übergebe mich in ein Gefäß, das mir jemand ans Kinn drückt.

»Armes Schätzchen.« Cosimas Hand auf meiner Stirn, kühl.

Irgendwann bin ich leer. Das Frachtschiff in meinem Kopf dröhnt immer noch. Doch als ich die Augen öffne, ist das Bild klar.

Weiße Wände, beige Jalousien. Eine Uhr, die falsch gehen

muss. Ein Sauerstoffmessgerät blinkt, und jemand Weißgewandetes verschwindet gerade durch eine Tür.

Cosima sitzt neben mir auf dem Bett, mit ihrem pinken Trainingsanzug und besorgtem Blick. Eine weitere Frau beugt sich über mich, graue Strähnen auf Schwarz, sachliche Miene. Sie liest die Werte an dem blinkenden Display ab, dann korrigiert sie den Sitz meines Fingerclips, mit dem Puls und Sauerstoff gemessen werden. Ich zucke zusammen, weil sie auf Assels Brandblasen drückt.

»Ich bin Doktor Özdil«, sagt sie. »Sie sind im Hubertus-Krankenhaus in Zehlendorf. Wie fühlen Sie sich?«

»Als hätte mir jemand in den Kopf geschossen«, lalle ich und massiere mir mit der nicht verkabelten Hand die Schläfe. »Wie bin ich hier gelandet?«

»Die Polizei hat dich hergebracht«, sagt Cosima.

»Eine Überdosis Sufentanil«, sagt Doktor Özdil. »Das ist ein –«

»Ein Narkosemittel.« Ich stöhne. Mit Opioiden kenne ich mich aus. Vorsichtig richte ich mich noch mal auf, dieses Mal ohne Schwindel. Dafür wirbeln meine Gedanken umso mehr.

Till Eulenspiegels Grinsen. Nein, Metzens. Sie sind ein und derselbe. Und da war noch jemand. Unsichtbar. Er presste ein Tuch auf mein Gesicht.

»Diese Schweine«, stoße ich aus. »Zuerst haben sie Chloroform benutzt, um mich zu betäuben. Und dann …«

Ich drehe meinen Arm um und finde, wonach ich suchte: eine blutverkrustete Einstichstelle. Ich presse die Hand darauf und unterdrücke ein Würgen. Jemand hat mich angefasst, als ich bewusstlos war. Hat mir eine Nadel in den Arm gerammt.

»Sufentanil wird intravenös verabreicht«, bestätigt die Ärztin.

Sufentanil. Ausgerechnet. »Und sie, ich –« Ich würge immer noch. »Was haben sie mit mir gemacht?«

»Ihnen wurde sonst keine Gewalt angetan.« Sie reicht mir ein Glas Wasser. »Abgesehen von der Betäubung natürlich.«

Ich trinke, bis die Übelkeit nachlässt. »Das reicht als Körperverletzung. Ganz zu schweigen von der Freiheitsberaubung.«

Die professionelle Fürsorge in ihrem Blick weicht Neugier. »Sie sind Privatermittlerin?«

Ich nicke.

»Wir können in Ihrem Blut nach Spuren von Chloroform suchen, aber wahrscheinlich sind sie nicht mehr nachweisbar.«

Mir schwant Böses. »Wie lange war ich weggetreten?«

»Es sind zweieinhalb Stunden vergangen, seit Sie gefunden wurden.«

Offenbar geht die Uhr an der Wand doch nicht falsch. »Wann können Sie mich entlassen?«

»Wir müssen noch einmal Ihre Werte überprüfen. Ich denke …« Sie sieht meinen Blick und seufzt. »Sie sehen alles andere als fit aus. Außerdem wurde die Narkose nicht fachgerecht durchgeführt, Sie haben fast die doppelte Dosis als üblich erhalten. Ihr Kreislauf muss sich erholen, und wir können noch nicht sagen, ob Sie weitere Schäden davongetragen haben. Eine Nacht in der Klinik ist angebracht.«

Ich werde keine Nacht hierbleiben. Aber diese Diskussion führe ich lieber im Stehen – am besten, wenn ich schon halb aus der Tür bin. Außerdem will ich dieses komische T-Shirt loswerden, das mir irgendwer angezogen hat, und mir unter der Dusche das Gefühl wegschrubben, dass Fremde mich angefasst haben. Doch selbst dafür fühlt sich mein Körper zu schwach an.

»Du musst dich ausruhen.« Cosima legt mir ihre Hand auf den Arm.

»Bist du mit dem Auto da?«, frage ich. Das würde die Flucht vereinfachen.

Sie nickt. »Du hattest in deinem Portemonaie unsere Festnetznummer als Notfallnummer hinterlegt. Ich bin sofort los.«

»Und wo –« *zum Teufel steckt Aki,* will ich fragen. Es gibt Traditionen, die nimmt man erst wahr, wenn sie fehlen. Zum Beispiel, dass Aki mich nach solchen Zwischenfällen immer auffängt. Dass sich in seiner Gegenwart alle Blessuren weniger schlimm anfühlen.

Doch ehe ich darüber nachdenken kann, geht die Tür auf. Bláinn walzt herein, gefolgt von einem jungen Beamten in grauer ÜSG-Montur.

»Ist sie verhörfähig?«, fragt Bláinn Doktor Özdil.

»Absolut«, lüge ich, bevor sie den Kopf schütteln kann. »Glaubst du, mich kriegt so 'ne Dosis klein?«

»Na dann.« So finster, wie er dreinschaut, wünscht er sich wohl, ich wäre gar nicht mehr aufgewacht. Er zückt sein Diktiergerät wie eine Waffe und platziert es auf meinem Nachttisch. Dann stellt er sich ans Fenster und durchbohrt alle Anwesenden abwechselnd mit seinem Blick.

»Ich lasse Sie allein«, sagt Doktor Özdil wie gewünscht und erhebt sich. »In zwanzig Minuten schicke ich einen Pfleger, um Ihnen noch einmal Blut abzunehmen.«

Cosima erhebt sich ebenfalls. »Ich warte draußen.«

»Nein, du bleibst«, sage ich. »Bitte.«

Warum nur ist Aki nicht hier? Mein Kopf dröhnt immer noch, mein Körper fühlt sich an, als wäre er mit Watte ausgestopft. Ich will Bláinn Kante zeigen, weiß aber jetzt schon, dass dieses Vorhaben zum Scheitern verurteilt ist.

Der junge Beamte schließt die Tür und nimmt daneben Stellung, die Daumen in seiner Kevlarweste verhakt. Bláinn fragt nicht mal, wie es mir geht. Er startet das Diktiergerät, dann starrt er aus dem Fenster und wartet, dass ich etwas sage.

Dieser Mistkerl. Ich kenne seine Taktik, früher hab ich ihn dafür bewundert. Was auch immer die Verdächtigen nervös in sein Schweigen hineinplapperten, verriet ihm oft mehr als all ihre späteren Antworten.

Er betrachtet mich als Verdächtige. Ich starre auf das Diktiergerät, das im Takt mit meinem Sauerstoff-Display blinkt. Außerdem zeigt das verdammte Display an, dass mein Herz bricht und mein Puls steigt.

»Danke fürs Retten«, sage ich. »Ihr habt mich doch gerettet, oder?«

Keine Antwort. Ich will mich aufsetzen, was jedoch einen Stich durch meine Stirn jagt, also sinke ich unauffällig wieder zurück. »Wer hat mich gefunden?«

Er grummelt, aber dann bequemt er sich doch zu einer Antwort. »Eine Streife. Eine Nachbarin hat sie gerufen. Du hast dir widerrechtlich Zutritt ins Haus von« – er schaut auf seinen Notizblock – »Wilma Metz verschafft. Du erhältst eine Anzeige wegen Einbruch.«

»Es war Gefahr im Verzug«, sage ich. »Till Eulenspiegel war in dem Haus.«

Bláinn sagt nichts, doch er macht eine Handbewegung zu seinem Kollegen, der prompt etwas in sein Handy tippt.

»Ihr fahndet bereits nach Eulenspiegel«, sage ich. »Weil er aus dem Gefängnis abgehauen ist.«

»Und du bist die Erste, die ihn seither gesehen hat.« Bláinn starrt mich an, als würde er alles, was ich sage, einer ziemlich langen Liste hinzufügen. Einer Liste namens *Dinge, die Lucy Wayne dringend tatverdächtig machen.*

Vielleicht ist der Typ an der Tür gar nicht hier, um Bláinn zu assistieren. Sondern, um mich an der Flucht zu hindern.

Mein Herzschlag auf dem Display schlägt hohe Zacken. Ich reiße mir den Fingerclip ab und stecke ihn unter die Bettdecke.

»Wie habt ihr mich in dem Haus vorgefunden?«

»Im Keller«, sagt Bláinn. »Auf einem Sofa, Kanüle in deinem Arm. Der Infusionständer mit dem Sufentanil neben dir. Außerdem lag eine Tüte Gras auf dem Tisch, und ein Bündel Bargeld. Das perfekte Winterversteck für Junkies.«

»Das ich mir eingerichtet habe, um mich da selbst an den Tropf zu hängen?«, entgegne ich. »Glaubst du das? Und vorher würde ich noch mit der Nachbarin einen Plausch halten?«

Ich will aufspringen und ihn schütteln. Stattdessen verharre ich mit zitternden Händen.

Bláinn kennt meine Geschichte. Ab und zu halfen mir früher ein paar Mittel beim Nachdenken. Oder beim Vergessen. Aber nicht so. Das muss er doch einsehen!

»Wolfhart von Metz«, stoße ich aus. »Der Techniker. Ich hab ihn dort in dem Haus gesucht. Wisst ihr von ihm? Hat Ludwigshof euch angerufen?«

»Hat er«, sagt Bláinn. »Der Direktor gab zu, dir Zugriff auf interne Kameraaufnahmen gegeben zu haben. Als du gegangen warst und er die Aufzeichnungen prüfen wollte, waren sie gelöscht.«

»Gelöscht?«, schreie ich entsetzt. »Das war ich nicht. Ich habe die Aufnahmen nur gesichtet und ein paar Screenshots gemacht. Die findet ihr auf meinem Handy.«

»Du hattest im Keller kein Handy bei dir«, sagt Bláinn. »Nur einen leeren Geldbeutel.«

Meine Hand tastet unwillkürlich an meine Brust. Unter dem fremden T-Shirt nur nackte Haut. »Was ist mit meiner Hasenpfote?«, flüstere ich.

Er schüttelt den Kopf.

Diese Nachricht zieht mir die Füße weg.

Die Pfote ist mehr als ein Glücksbringer. Sie ist meine wichtigste Erinnerung. An all das, was ich war, was ich sein wollte.

Mein besonderes Mädchen, hatte Greta gesagt, wenn sie meine Locken entwirrte. Mit ihren kräftigen, nach Nikotin riechenden Fingern, an die ich so gern meine Wange schmiegte. Sie trug die Pfote an einer Schnur am Handgelenk. Als sie im Sterben lag, gab sie sie mir. *Du hast mir mehr als Glück gebracht, Kindchen.* Da bekam sie schon intravenös Sufentanil. Gegen die Schmerzen.

Bláinns nächste Worte verschwinden in einem Brausen, als wäre ich unter Wasser. Irgendwann nimmt Cosima meine Hand und drückt sie so fest, dass es wehtut, und das lässt mich wieder nach Luft schnappen.

»Wir haben keine Bilder von diesem Metz«, höre ich ihn sagen. »Ohne diese Aufzeichnungen bleibt er ein Phantom.«

»Er ist tatsächlich ein Phantom«, flüstere ich. »Metz ist Till Eulenspiegel.«

Bláinn erstarrt.

»Im Haus waren er und –« Ich schlucke. »Ein unsichtbarer Helfer. Der die Hadeskappe trug. Wahrscheinlich war der kurz nach mir im Museum und hat die Aufnahmen gelöscht.«

Ich habe keine Ahnung, ob Bláinn mir glaubt.

»Erzähl mir alles«, knurrt er jedoch. »Von Anfang an.«

Als er eine halbe Stunde später endlich geht, sitze ich in einem Bad aus kaltem Schweiß. Meine Gedanken rasen im Kreis. Es werde noch eine offizielle Vorladung geben, hat er zum Schluss gesagt. Ob ich eine Anwältin hätte. Als ob ihn das interessiert.

Cosima bringt mir einen Waschlappen, und ich scheuere mir damit übers Gesicht, bis es brennt. Ich will mir am liebsten den ganzen Körper damit abreiben. Und danach aufspringen und rausrennen und irgendetwas kaputt schlagen. Jemand keucht, und ich merke, das bin ich.

»Du bist völlig fertig«, sagt Cosima. »Du solltest eine Runde schlafen.«

»Ich habe genug geschlafen«, stoße ich aus. »Ich muss etwas gegen die Vorwürfe unternehmen, bevor sie rechtskräftig werden. Ich brauche nichts weiter als – mein Handy.« Und dann steigt ein Schluchzen in meiner Kehle hoch.

»Oh Honey.« Sie nimmt meine Hand. »Das ist nur ein Telefon. Hauptsache, du bist am Leben.«

Sie hat keine Ahnung. Ich kann mir kein neues Handy leisten. Ich weiß ja nicht mal, ob ich noch eine Krankenversicherung habe. Und ohne Telefon werde ich auch keinen weiteren Auftrag an Land ziehen und keine Rechnungen bezahlen können. Ganz abgesehen davon, dass die Polizei gegen mich ermittelt.

Die Pfote ist weg. Mein Glück ist versiegt. Ich bin am Ende.

Ich ziehe meine Hand aus ihrer und starre blinzelnd aus dem Fenster. Draußen hält die Abenddämmerung Einzug. Der Schnee ist zu Regen geworden, der Himmel weint an meiner Stelle.

Cosima wendet sich rücksichtsvoll ab und nimmt einen Schminkspiegel aus ihrer Tasche. Sie zieht ihren Lidstrich nach und tupft sich die Lippen rot, dann frisiert sie sich das Haar.

Ich beobachte sie aus den Augenwinkeln, fasziniert davon, wie wunderschön sie aussieht. Wenn sie wüsste, dass ich ein bisschen für sie schwärme, wäre uns das beiden peinlich. Aber zugleich hat es etwas Tröstendes.

»Ich frage mich«, sagt sie irgendwann nachdenklich, »ob sie wussten, dass du kommen wirst.«

Sie will mich zum Reden bringen und damit ablenken. Sie kennt mich besser, als ich dachte.

So wie Aki.

Du trägst Herz und Verstand auf der Zunge, Azizam, meinte er einmal. *Deshalb bist du am klügsten, während du redest.* Es war in einer dieser zeitlosen heißen Sommernächte, die wir auf unserem Balkon verbrachten. Ich trank Weißwein, er trank Eistee, und wir schwiegen abwechselnd, bis der Morgen Berlins Dächer mit rosarotem Glanz überzog.

Du solltest erst mal hören, wie klug ich bin, wenn ich mit mir selbst rede, hatte ich erwidert. Und Aki hatte gelacht.

Er hätte ebenfalls versucht, mich mit einem Gespräch über den Fall abzulenken.

Ich wische mir übers Gesicht.

»Du meinst, Till wusste, dass ich zu Wilmas Haus kommen würde?«, frage ich Cosima. »Woher?«

Sie lehnt sich zurück, und ihr Lächeln leuchtet wie Mohn.

»Metz hat doch diesem Recruiting-Jungen den Hinweis aufs Telefonbuch gegeben«, sagt sie. »Er tat das, um die Kontrolle zu behalten. Wenn du weißt, dass du früher oder später gejagt werden wirst, kannst du dir nur einen Vorteil verschaffen: Herausfinden, wer deine Jäger sind und wie nah sie dir auf den Fersen sind.«

»Klingt, als hättest du Erfahrung damit.«

Sie rollt mit den Augen. »Idyllisches Landleben. Als Kinder haben wir ein paar wilde Spiele gespielt.«

Über manche Dinge redet sie wenig. Dazu gehört ihr Leben vor diesem. Sie kommt aus MeckPomm, und das hat sich wie alle ländlichen Regionen von der Wirtschaftskrise, die die Ankunft der Stifs weltweit auslöste, nie mehr erholt. Seither herrschen auf dem Land andere Regeln als in der Stadt. Es wird zum Beispiel jede auffällige Fremde mit Argusaugen betrachtet. Und Leute ballern auf Papageien, nur weil sie aussehen wie Pixies. Die Waffendichte ist dort im gleichen Tempo gestiegen, wie der Tourismus zurückging.

Auch Cosima besitzt aus ihrer Jugend einen Waffenschein und einen Revolver – mit den eingravierten Initialen ihres Deadnames, nach dem ich sie niemals gefragt habe. Sie hat mit diesem Lebensabschnitt abgeschlossen, als sie vom Land in die Stadt kam, um endlich sie selbst zu sein. Und das ist sie. Als ich sie kennenlernte, dachte ich, sie sei so kaputt wie die meisten Leute um mich herum. Aber etwas an ihr ist heller und heiler, als ich es jemals war, und darum beneide ich sie. Sie weiß genau, wer sie ist, und auf ihre sanfte, zurückhaltende Art wird sie sich das von niemandem mehr absprechen lassen.

Doch manches aus ihrer Vergangenheit kann auch sie nicht ablegen. Sie weigert sich zum Beispiel, ihren Revolver loszuwerden, weil sie immer noch glaubt, eine Waffe diene ihrer Verteidigung.

»Ein Königreich für deine Gedanken, Honey«, sagt sie jetzt.

»Sorry.« Ich spüre, wie erschöpft ich bin. »Also, die Brotkrumen.«

»Genau.« Sie grinst. »Wenn du wissen willst, ob dir jemand folgt, streust du sie aus. Und überwachst sie. Als du diese Telefonnummer gewählt hast, hat bei Till bestimmt ein Alarm geklingelt. Damit hast du den ersten Brotkrumen aufgepickt, den die Diebe hinterlassen haben. Die Adresse war der zweite. Als du bei dem Haus in der Nibelungenstraße ankamst, wartete Till dort bereits, um herauszufinden, wer es war, der seine Spur aufgenommen hat. Er hat dich sicherlich in dem Moment erkannt, als du dort ankamst. Wärest du unverrichteter Dinge wieder gegangen, wäre der Vorteil auf seiner Seite geblieben.« Sie kraust die Stirn. »Und deshalb verstehe ich nicht, warum er dich ins Haus gelockt hat. Warum zeigte dir Till sein Gesicht, warum haben sie dich betäubt, statt einfach abzuhauen?«

Sie hat recht. Ich schließe die Augen.

»Vielleicht weil …« Ich will reden, ich will dabei klug sein, aber ich schaffe es nicht. Wieder fühle ich mich, als wäre ich allein auf hoher See. Die Antwort ist irgendwo da draußen. Vielleicht ist sie schon an mir vorbeigeschwommen. Vielleicht war sie ein Narr, der Buh rief und lachte, weil ich mich erschreckte. Der dann in die Tiefen abtauchte und mich an den Füßen packte, um mich erst zu kitzeln und dann hinunterzuziehen. Weil für ihn das alles nur ein Spiel ist. Ich bin zu erschöpft, um zu spielen.

»Vielleicht schlafe ich doch 'ne Runde«, murmele ich.

Cosima nickt und kippt das Fenster, dann setzt sie sich wieder neben mich. »Ich bleibe noch eine Weile hier, okay?«

Meine Augen fallen schon zu. Das Kichern von Till mischt sich mit dem Rauschen des Regens. Sein Schatten huscht an mir vorbei, ich will ihn festhalten, doch er hüpft und tanzt mühelos vor meinem Griff davon, setzt über Schnee hinweg, der im Sprung zu Pfützen schmilzt, und sie zeigen sein Spiegelbild, nein, es sind Spiegelbilder von Aki und Inka, die ebenfalls rennen, und je weiter sie von mir fortstreben, desto lauter klopfen ihre Schritte. Sie klopfen und klopfen.

»Psst.« Cosimas Stimme schreckt mich auf. »Gehen Sie bitte wieder. Sie schläft.«

Ich fahre mit aufgerissenen Augen hoch, keuchend, als hätte ich mitten im Lauf gebremst, und starre zur Tür. Eine Frau steht dort. Ihr Stirnrunzeln zeigt, dass sie es nicht gewohnt ist, von irgendwem fortgeschickt zu werden. Sie trägt einen stahlgrauen Bob zur Seite gescheitelt und einen weißen Blazer, und vielleicht mag sie fünfzig Jahre zählen oder siebzig, ihre glatt gebügelte Haut verrät nichts.

»Wir haben telefoniert, Frau Wayne«, sagt sie.

Und während ich meinen Mund schließe und die Decke über das fremde T-Shirt bis an die Brust ziehe, gibt es nur eine mögliche Reaktion.

»Frau Wagner«, sage ich. »Kommen Sie herein.«

Fünf Sekunden später steht sie neben meinem Bett und taxiert das Zimmer. Die Selbstverständlichkeit, mit der sie dadurch den Raum in Besitz nimmt, haben nicht einmal Bláinn und sein Beamter zu toppen vermocht.

Sie stellt einen dampfenden Becher auf meinen Tisch. Schwarze Pappe mit weißen japanischen Schriftzeichen, und daraus steigt ein Duft auf wie aus dem Himmel.

»Das Essen in diesen Krankenhäusern soll ungenießbar

sein. Meine Assistentin hat allerdings das Besteck vergessen.« Sie schaut zu Cosima, und als die nicht reagiert, hebt sie die Augenbrauen. »Können Sie ihr eines bringen?«

Cosima wartet ab, bis ich nicke, dann geht sie hinaus. Ich hole tief Luft, um meinen Kopf klarzukriegen.

Frau Wagner stellt sich ans Fenster und mustert mich aus professionellem Sicherheitsabstand. »Sie sehen krank aus.«

»Sie wissen, was passiert ist?«

»Sie haben sich den Dieben entgegengestellt.«

Ich nicke. »Und jetzt wollen Sie mich engagieren.«

Es gibt Türen, die sich schließen, um andere zu öffnen. Türen, durch die man geht, weil man will, und andere, durch die man gehen muss, weil einem keine andere Wahl bleibt. In diesem Fall weiß ich nicht, was zutrifft, und es ist mir egal. Wenn einem Strom und Heizung abgedreht werden, wäre es dumm, die einzige Tür zu hinterfragen, die einen zurück in die Wärme führt.

»Warum ich?«, frage ich trotzdem.

Sie sieht mich an, als wäre sie von der Frage völlig irritiert. »Weil Sie genug Biss bewiesen haben, um mir meine Artefakte wiederzubeschaffen. Koste es, was es wolle.«

9

»Was denkst du über sie?«, frage ich später.

Es ist dunkel im Krankenzimmer, die Suppe gluckert in meinem Bauch. Cosima liegt hinter mir, auf meiner Decke, ihr Arm hält mich fest.

»Über Elisabeth Wagner?«, fragt sie schläfrig. »Ich habe sie doch kaum gesehen.«

»Aber du kennst Leute wie sie. Aus dem Club.«

»Leute wie sie.« Sie lacht leise. »Lucy, sag bloß, sie hat dich verunsichert?«

Ich zögere. »Ich glaube, mit der Abwesenheit von Geld kann ich besser umgehen, als wenn zu viel davon im Zimmer ist.«

»Dann schenke ihm nicht zu viel Aufmerksamkeit«, murmelt Cosima. »Reiche Leute sind auch nur Leute. Mit ihren eigenen Problemen.«

»Was denn für welche?«, schnaube ich.

»Glaubst du etwa, Geld macht glücklich?«

»Sein Fehlen macht jedenfalls unglücklich.«

Sie seufzt. »Ich weiß, du hältst nicht allzu viel von meinem Job, weil du glaubst, dass ich mich dort verstelle. Aber ich mag es, mich in die aufregende rote Lady zu verwandeln. Meine ganz eigene Show, die ich mir selbst ausgedacht habe. Und eine Sache an meinem Job liebe ich besonders: Er lässt mich hinter die Fassade der Leute sehen. Vor allem früh am Morgen, wenn die meisten Gäste schon weg sind. Dann sitzen sie bei mir am Tresen, die verkaterten Fußballspieler, die verbitterten Erbinnen. Ich bin für sie da. Ich mixe ihre letzten Cocktails, meistens alkoholfrei, ohne dass sie es merken. Limette gegen die Bitterkeit, Minze und eine Prise Salz gegen den Kater. Sie sehen, dass meine Hände beschäftigt sind, das entspannt sie. Sie denken, sie reden mit mir. Doch eigentlich reden sie mit sich selbst. Und eines haben mich ihre Geschichten gelehrt: Niemand ist ängstlicher als die Reichen.«

»Warum?«

»Wer hoch steigt, kann tief fallen. Außerdem gibt es Werte, die man nicht kaufen kann: Familie, Liebe, Gesundheit. Und darum geht es schlussendlich, oder?« Sie streicht mir über den Arm. »Aber die meisten Reichen haben ein krasses Vertrauensproblem. Was denkst du, warum mich deine Frau Wagner aus dem Zimmer geschickt hat?«

»Sie ist nicht *meine* Frau Wagner.«

»Dann mach sie zu deiner«, flüstert sie. »Leg deine Vorurteile zur Seite und lass dich auf ihre Welt ein. Sie will etwas von dir, nicht du von ihr.«

»Doch«, sage ich leise. »Ich will ihr Geld.« Ich kann meine Augen nicht mehr offen halten. »Aber vor allem will ich Till schnappen.«

»Dann weißt du, was du zu tun hast.« Die letzten Worte von Cosima verwischen.

Ich schlafe ein.

Nur am Rand bekomme ich mit, dass Cosima aufsteht und zur Arbeit geht. Danach quälen mich Albträume. Doch am nächsten Morgen lobt Doktor Özdil fast schon euphorisch meine Werte.

Würde sie mich kennen, wäre sie nicht so überrascht. Mein Körper ist wie eins dieser Hundespielzeuge, bissfest und zäh. Einmal warnte mich eine Polizeisanitäterin – eine sauertöpfische altgriechische Stif namens Kassandra –, meine gute Konstitution und mein ständiger Umgang mit Übernatürlichen würden mich eines Tages zu sorglos machen, was meine Sterblichkeit angeht. Und dies würde mein Tod sein. Aber Kassie hat trotz ihrer Legende eine chronisch schlechte Trefferquote bei Prophezeiungen. Und selbst wenn sie irgendwann recht behält – bis dahin ist mein Körper ziemlich gut darin, all die Plagen auszuhalten, die das Leben und ich ihm zufügen.

Ich entlasse mich selbst, indem ich alle Bedenken weglächle und ein Epos aus Formularen unterzeichne, dann fahre ich mit dem Bus ins Wedding.

Zu Hause hängen Cosimas Arbeits-Heels an der Türklinke ihres Zimmers. Es ist still bis auf Professors Schnurren, der mir von Zimmer zu Zimmer folgt. Ein anderes Schnurren wäre mir lieber, doch Aki ist nach wie vor fort.

Er mag es nicht, wenn ich allein in seinem Zimmer bin, weil ich die Angewohnheit habe, überall zu wühlen, wo ich mich aufhalte. Deshalb strecke ich nur ausgiebig den Kopf durch seine Tür und überziehe alles mit einer Musterung aus der Ferne.

Sein Schreibtisch steht vor dem einzigen Fenster. Der Krimi, der vor ein paar Jahren sein größter Bestseller war, liegt zugeklappt neben dem Laptop. *Das Geheimnis der Dame.*

Ein schmales Bett, eine handgeschnitzte Truhe. Ein überbordendes Bücherregal und eine Tafel, eng bedeckt mit Notizen, halb Deutsch und halb Farsi.

Das Zimmer ist wie Aki – still, kultiviert und aufgrund der Kargheit ein bisschen melancholisch. Als wäre es nur das Gewicht der unzähligen Bücher, das ihn hier hielte, der Rest ist nicht wichtig genug.

Ich schließe die Augen und denke an ihn. Wie er mit dem Rücken zu mir am Schreibtisch sitzt und schreibt. Sein vom Grübeln zerwühltes schwarzes Haar, schimmernd im Licht seiner Arbeitslampe, das Klackern seiner Finger auf der Tastatur. Eine vertraute Melodie. Manchmal hält er inne, um über das Geschriebene zu sinnieren, manchmal seufzt er, und dann rattert eilends die Löschtaste. Doch ab und zu lacht er auch leise und zufrieden, und ich weiß jedes Mal, das Buch, das er schreibt, wird erneut mein Lieblingsbuch werden.

Als ich meine Augen wieder öffne, pocht es hinter meiner Stirn, als trommele ein Gedanke dringlich um meine Aufmerksamkeit. Etwas im Zimmer ist seltsam, aber ich komme nicht darauf, was.

»Passiert das häufiger?«, hatte mich Cosima gestern im Krankenhaus beunruhigt gefragt. »Dass er einfach abtaucht und nicht Bescheid sagt?«

Und ich hatte nicht gewusst, was ich darauf antworten sollte. Mit Aki zu leben, bedeutet, mit seinem Verschwinden zu leben. Ich habe mich nie daran gewöhnen können. Manchmal geht er für Wochen fort, manchmal nur für Tage, und ich weiß nie, wann es passiert.

Vielleicht weiß er es selbst vorher nicht. Er hat immer eine gepackte Reisetasche unter seinem Bett, und ab und zu musste ich am Telefon seine Lektorin beruhigen, weil sein Verschwinden mitten in Buchdeadlines fiel. Dabei ist er sonst eine sehr gewissenhafte Person.

Wir alle haben unsere Geheimnisse. Meine sind mir peinlich. Doch seine machen mir Angst.

Taucht er wieder auf, ist er oft tagelang bedrückt. Oder er wirkt abgekämpft wie nach einem Marathonlauf. Früher glaubte ich, dass er in irgendwelche Fehden zwischen Dämonen verwickelt sei. Vor acht Jahren tauchte er just am Tag meiner Abschlussprüfung als Polizistin wieder auf und humpelte noch tagelang – dabei heilen die Wunden von Stifs schnell. Seither habe ich Angst, dass er häufiger verletzt ist, als ich erfahren soll, weil er mit seiner Rückkehr wartet, bis die Knochen wieder zusammengewachsen sind. Andererseits ist Aki nicht der Typ, der Konflikte mit Fäusten klärt.

Wo auch immer er ist, und was auch immer er dort tut, er nutzt in dieser Zeit weder sein Handy noch zahlt er mit Kreditkarte – das weiß ich, weil ich bereits mehrmals vergeblich meinen Job genutzt habe, um ihn aufzuspüren.

Wenn ich ihn darauf anspreche, blockt er ab. Wenn ich keine Ruhe gebe, wird sein Blick feindselig. »Wenn du dich nicht damit arrangieren kannst, musst du gehn«, hat er einmal gesagt. Aber meine Angst ist nicht, dass ich deshalb gehen werde. Sondern dass er einmal nicht zurückkommen wird.

Lucy! Seine Stimme an der Küchentür gestern Vormittag. *Ich muss weg.* Es macht mich rasend, dass ich nicht einmal aufgeblickt habe, um mich zu verabschieden. Falls er danach noch eine Nachricht geschickt hat, landete sie auf meinem geklauten Handy. Und Eulenspiegel macht sich wahrscheinlich darüber lustig.

Die Wut darüber bringt mich in die Gegenwart zurück. *Arschbacken zusammenkneifen und weitermachen,* hätte Tante Greta gesagt. Aki wird wiederkommen. Das muss er einfach. Und ich habe einen Auftrag.

Ich klaue mir den Fünfzigeuroschein, den Aki in einer Kaffeedose im Küchenschrank für absolute Notfall-Einkäufe deponiert hat (das ist doch ein Notfall, oder?), und werfe mir eine Ibuprofen gegen das Pochen hinter meiner Stirn ein. Dann klebe ich Cosima einen Zettel an den Kühlschrank, nehme mir einen von Akis Mänteln vom Haken und gehe.

Auf der dunkelorangenen Kachelwand des U-Bahnhofs Wedding zeigt das Infodisplay erst den Wetterbericht, dann zum Trost einen Werbeclip.

The Art Of Artefacts. Excalibur blinkt auf samtrotem Tuch, gefolgt von Odins Ring Draupnir und einem Glücksamulett mit dem Auge des Horus. *Heute Eröffnung,* steht auf dem eingeblendeten Banner. *Staunen Sie über die Mysterien unserer Welt.*

Ein Witz aus dem Universum verschenkter Möglichkeiten. Doch ich lache nicht, und die Leinwand wird schwarz. Die U-Bahn rauscht ein.

Fünf Haltestellen später steige ich am Kutschi aus und kaufe mir beim Handyking das billigste Gebrauchtgerät samt Prepaidguthaben, hole mir an der ARAL-Tankstelle zwei Schachteln Zigaretten und investiere die letzten fünf Euro in eine Cola und eine Currywurst im Sonderangebot. Derart ausgerüstet verziehe ich mich in mein Büro.

Erst essend, dann rauchend lasse ich mein altes Handy sperren und prüfe meine E-Mails. Dann starre ich drei Minuten auf mein Onlinekonto, darauf hoffend, dass Elisabeth Wagners Überweisung die tiefroten Zahlen in hellrote verwandelt. Aber offenbar ist ihre Assistentin nicht so zuvorkommend, das Geld schon vor dem Vertrag zu senden.

Also lese ich mich erneut durch alle Notizen, die ich bisher zu diesem Fall habe, dann greife ich zum Hörer.

Die Polizei mag ihre Streife haben und ihre Undercover-Beamten. Ich habe meine Verbindungen. Ein halbes Dutzend Leute telefoniere ich ab, von denen zumindest drei mir versprechen, Augen und Ohren nach Till Eulenspiegel offen zu halten. Darunter eine Wiesennymphe namens Marlene beim Registrieramt, die mir was schuldet, weil ich den Mord an ihrer Schwester aufgeklärt habe, und meine heilige Freundin Brigida von Kildare, meine Anlaufstelle in der ZONE.

Ich probiere es sogar bei Bláinn, um ihm von Frau Wagners Auftrag zu erzählen. Er wird die Neuigkeit hassen. Aber er soll mir nicht vorwerfen können, dass ich nicht fair spiele. Allerdings bin ich erleichtert, als er nicht rangeht.

Als Letztes rufe ich die Kriegerin/Anwältin Gordafarid an. Sie meldet sich sofort.

»Gibt es eine Möglichkeit, heute mit Inka zu sprechen?«, frage ich.

»Auf gar keinen Fall«, sagt sie. »Sie ist noch in Untersuchungshaft. Und du bist eine Zeugin. Du könntest das Ermittlungsverfahren gefährden.«

»Ich doch nicht«, behaupte ich.

Ihr Lachen klingt wie dunkler Samt. »Was willst du von ihr?«

»Ich will alles wissen, was sie über Till Eulenspiegel weiß. Ich vermute, die Polizei hat sie das ebenfalls gefragt. Und du hast ihr geraten, sich auf ihr Aussageverweigerungsrecht zu berufen.«

»Selbstverständlich.«

»Ich bin weiter an dem Fall dran, Gordafarid. Ab jetzt mit offiziellem Mandat.«

Ich berichte ihr davon. Sie gratuliert mir eher zurückhaltend. Nicht mein Wohl steht für sie an erster Stelle, sondern das ihrer Mandantin, und offensichtlich wägt sie gerade ab, ob mein Engagement ihr mehr Nutzen oder mehr Schaden bringt.

»Wenn ich auf etwas stoße, was dir bei der Verteidigung hilft, lasse ich es dich als eine der Ersten wissen«, verspreche ich. »Aber im Gegenzug bitte ich dich, ein Wort für mich bei Inka einzulegen.«

»Einverstanden«, sagt sie. »Morgen kannst du selbst mit ihr reden. Da habe ich den Termin bei der Richterin und werde sie hoffentlich rausholen.«

»Danke«, sage ich und zögere.

»Ist noch etwas?«, fragt sie.

»Weißt du, wo Aki ist?«

»Hängt euer Haussegen schief?« Sie lacht. »Oder ist er wirklich fort?«

»Letzteres.«

Ihr Lachen verebbt. »Ich habe keine Ahnung, wo er ist. Und du, Lucy, solltest keinesfalls den Fehler begehen, nach ihm zu suchen.«

Wenn sie nicht weiß, wo er ist, warum verbietet sie mir dann die Suche nach ihm? Ich zerbreche mir den Kopf darüber, während ich alle Dämonen-Websites nach ihm durchkämme – und mich sogar in seinen Buchclub einlogge, weil ich mir sein Passwort mal heimlich gemerkt habe. Meine Suche führt jedoch zu keinem Ergebnis. Und obwohl draußen die Sonne nicht ein einziges Mal durch die Wolkendecke blinzelt, ist es plötzlich später Nachmittag. Ich schmeiße mich in Schale, um meine neue Auftraggeberin zu besuchen.

Mit Jeans, Jackett und Bluse, darüber Akis eleganten Herrenmantel, besteige ich eine Stunde später die S-Bahn Richtung Wannsee. Wie gestern saust sie quietschend über die Gleise, draußen peitscht der Wind Regen gegen die Fenster. Bis das Funkloch wieder zuschlägt, suche ich ergebnislos auf der Website des Berliner Nahverkehrs nach einer Verbindung zu Wagners Adresse.

VERGISS ES, hat jemand mit Kugelschreiber neben meinem Sitz gekritzelt.

Kurz darauf klappe ich meinen Regenschirm auf und marschiere im Stockdunkeln eine elend lange Waldstraße entlang, die von der Bahnstation zum See führt. In Akis Manteltasche finde ich eine Mütze, die ich mir über die Locken stülpe. Nach kürzester Zeit sind meine Schuhe durchweicht. Ein paar Limousinen spritzen Matsch nach mir, während die Insassen mich aus beleuchteten Fenstern verwundert anstarren. Ich starre zunehmend bissig zurück. Wie hatte ich auch erwarten können, dass nach Bonzenwerder ein öffentlicher Bus fährt. Das nächste Mal leihe ich mir Cosimas Auto.

Ich trotte bergab aus dem Wald heraus, als gerade der Regen aufhört. Endlich gibt es Straßenlaternen, die ihr Licht auf kahle Hecken und Zäune werfen. Ich erahne die Masten und Fahnen vom Berliner Jachtclub. Dahinter glitzert der See.

Die Straße führt geradeaus auf die schmale Brücke zur Insel. Flutlicht beleuchtet einen hochgeklappten Schlagbaum und eine einsame Gestalt mit triefendem Regencape. Von einem Pfosten blinkt eine Sicherheitskamera.

»Wo wolln Se denn hin?«, raunzt der Typ. Sein schwarzes Cape trägt das Emblem von Alpha-Security. Diese Firma ist wirklich überall.

»Ist das keine öffentliche Brücke?«, frage ich.

»Doch, klar«, sagt er gedehnt. »Aber es jibt dort drüben nur Privatgrundstücke. Und auf der janzen Insel herrscht Parkverbot. Mein Job isset, die ankommenden Fahrzeughalter darauf aufmerksam zu machen, damit se nich umsonst rinfahren.«

»Gut, dass ich zu Fuß da bin«, sage ich und stapfe an ihm vorbei. »Schönen Abend noch.«

Während meine nassen Schuhe auf dem Kopfsteinpflaster platschen, höre ich ihn in ein Funkgerät nuscheln. Natürlich ist die Insel nicht offiziell für Besucherinnen und Besucher gesperrt. Aber offenbar sind die dort Wohnenden reich und argwöhnisch genug, um ein paar inoffizielle Aufpasser zu finanzieren.

Schwanenwerder, dit is eben exklusiv, sagen die Berlinerinnen. Dabei war das Inselchen vor hundertvierzig Jahren noch eine Kuhweide. Ein gewitzter Kreuzberger Lampenfabrikant kaufte es für siebenundzwanzigtausend Mark, warf die Rinder vom Grundstück, setzte eine wilhelminische Prunkvilla darauf und parzellierte das restliche Land. Mehrere Jahre rührte er die Werbetrommel, bis die betuchten Berliner Großbürger, Stars und Industriellen herbeiströmten, die ein paradiesisches Plätzchen für ihre Landsitze suchten.

Im Dritten Reich verlor die Anwohnerschaft deutlich an

kultureller und religiöser Vielfalt. In den enteigneten Villen machten sich Nazigrößen breit, feierten rauschende Feste und verboten das Spiel Monopoly, weil in der deutschen Version noch nicht die Schlossstraße, sondern die Insel Schwanenwerder das teuerste Grundstück war. Als der Krieg endete und die Nazis den gleichen Rausschmiss von der Insel erlebten wie sechzig Jahre zuvor die Rinder, war das Interesse an teuren Immobilien im unsicheren Westberlin jedoch so abgeflaut, dass viele Villen verfielen.

Wären die Zeiten anders verlaufen, wäre die Insel vielleicht zu einem Naherholungsparadies geworden, mit Jugendheimen und Sportplätzen. Doch vor dreißig Jahren kamen die Stifs. Und während ihr Auftauchen die Regeln der alten Welt niederriss und ganz Tegel dem Erdboden gleichgemacht wurde, entdeckten die Reichen die einsamen Landsitze vor Berlins Toren neu, und die Preise schossen in die Höhe. Schwanenwerder entpuppte sich als das perfekte Refugium in all dem Chaos – zumindest für jene, die es sich leisten konnten.

Die Insel liegt still in der Winternacht. Mein Stif-Sensor ist ebenfalls ruhig, als ich die Brücke hinter mir lasse. Die schmale Straße führt sachte bergauf und ist gesäumt von Zäunen und Mauern, hinter denen Eichen und Buchen ihre kahlen Äste in die Nacht recken. Flache, seltsam asymmetrische Gebäudeumrisse lauern hinter beleuchteten Auffahrten wie feindliche Raumschiffe. Von den Jugendstilvillen alter Zeit sind nur noch wenige übrig, und Namensschilder scheinen ebenfalls von vorgestern zu sein.

Ich weiß, dass die Inselstraße im Kreis verläuft, und habe mir den Standort von Wagners Adresse eingeprägt. Just als ich den unbeschrifteten Klingelknopf an einem breiten Tor drücke, schlingert der Schein einer Taschenlampe hektisch die Straße entlang. Noch ein Aufpasser. Der Mann bremst mit einem Keuchen und packt mich am Arm.

»Haun Se ab!«, ruft er und spuckt mir seine Puste ins Gesicht. »Wir wollen hier keen Mediengesocks!«

»Die haben aber mehr Manieren als Sie«, gebe ich zurück und reiße mich aus seinem Griff. Ich beuge mich zur Kameralinse, die surrend auf mich zufährt.

»Guten Abend, Frau Wayne«, grüßt eine Stimme aus einem versteckten Lautsprecher. »Kommen Sie herein.«

Mit einem Summen öffnet das Tor. Ich zeige dem Aufpasser den Mittelfinger und gehe hinein.

10

Elisabeth Wagners Villa ist ein verschnörkelter Prachtbau mit Erkern wie aus einem Rosamunde-Pilcher-Film. An einem sonnigen Tag wirkt er sicherlich weniger gruselig, aber jetzt habe ich das Gefühl, als ballten sich die Schatten dichter um das Haus zusammen als anderswo.

Auf dem Hof parkt ein Porsche Hybrid neben einer Tesla-Limousine, und der Weg zur Eingangstür ist von Baumskulpturen gesäumt, dunkelgrüne Zwergenhüte, die mit Lichterketten geschmückt sind.

Ein beleibter Mann eilt mir über den Kies entgegen. Er hat einen schwarzen Spitzbart, und seine Brauen sind ein dicker Balken des Missfallens.

»Frau Wayne!«, ruft er. »Sie müssen uns anrufen, wir holen Sie ab.« Er hat einen indischen Akzent, und in seiner Omega-Strahlung schwingt ein klimpernder Klang – als spiele jemand mit Geldmünzen.

»Wir sind Kubera.« Als er anhält, treibt sein Lächeln die Brauen auseinander. »Frau Wagners Chauffeur und Leute für alles.«

Ich lächle zurück. »Ich wollte Ihren Fahrdienst nicht beanspruchen.«

»Chandal!« Er verengt die Augen. »Ist sie vom Affen gebissen?«

»Nicht dass ich wüsste«, sage ich.

Er stockt, reißt die Augen auf.

»Sei still«, trillert es aus ihm heraus. »Sie wusst' es nicht besser!«

Seine Brauen tanzen zusammen und in die Höhe, Zähne knirschen in zuckenden Mundwinkeln. Ich bin so fasziniert von seinem Mienenspiel, dass ich ihn mit offenem Mund anstarre. Mir schwant, er ist ein Konglomerat verschiedener regionaler Gottheiten, die in seinem Inneren um die Vorherrschaft kämpfen. Wie viele es wohl sind?

Sein Lächeln gewinnt, und es wirkt ein wenig peinlich berührt.

»Unser Fehler, Frau Wayne«, sagt er. »Wenn Sie zurück zum Bahnhof wollen, Sie rufen uns. Wir lassen Sie nicht im Regen gehen.«

Er führt mich an den beiden Autos vorbei, die so akkurat nebeneinander geparkt sind, als hätte jemand ihre Plätze mit dem Zollstock markiert. Der Rest des Kieshofs ist von Fahrspuren zerfurcht.

Kubera geleitet mich mit einer Verbeugung ins Haus, dann schüttelt er sich und späht finster zurück auf den Hof.

Ich trete auf die Marmorfliesen der Eingangshalle und verharre. Der Raum ist riesig, so hoch wie breit, und ebenso gruselig wie das Gebäude von außen. Eine pompöse Treppe, aus Marmor wie die Bodenfliesen, verschwindet nach oben ins Dunkel einer Galerie. Auf Emporen thronen Vasen, in denen Kerzen flackern. Tannenzweige sind ums Geländer gewunden, Christbaumkugeln hängen an unsichtbaren Fäden herab. Es ist wie eine Filmkulisse – *Royales Weihnachten auf Gut Wagnersham.* Gleich kommt der Regisseur und schneidet mich aus dem Bild.

Ich atme durch. Ich werde sarkastisch, wenn ich aufgeregt bin. Cosima hatte recht. Ich sollte meine Vorurteile ablegen. Aber die Anwesenheit von Geld macht mich nun mal nervöser als seine Abwesenheit.

»Das Signal, das Signal«, murmelt Kubera und schmettert den Türklopfer auf das messingbeschlagene Holz. Das Dröhnen geht mir durch Mark und Bein, doch statt von den Wänden widerzuhallen, versiegt es, als würde es vom Dunkel aufgesogen. Zwei Personen manifestieren sich am oberen Ende der Treppe und steigen zu uns hinab.

Die erste ist eine alte Frau mit einem straffen Dutt und einer enorm großen Nase. Der Nasenrücken wirkt scharf wie ein Sägeblatt. Ihre Hände stecken in weißen Handschuhen.

Sie stellt sich mir vor als Frau Perchta, Köchin und Haushälterin, und auch ohne ihren harschen Ton und den kupferglänzenden Augen hätte ich sie als Märchenfigur erkannt. Außerdem hat sie einen singenden österreichischen Dialekt, der im Gegensatz zu ihrer grimmigen Miene steht.

»Himmisakra! Sie sind aber ned per pedes hermarschiert!« Sie schaut auf meine schlammigen Schuhe.

»Sie wusst' es nicht besser«, trillert Kubera beschwichtigend.

»Sie sind doch Berlinerin.«

»Nun, ich –«

»Melden S' sich des nächste Mal vorher an«, raunzt sie. »Wenn Sie heimlich hier einschleichn und ich halt Sie für die Zeitungs-Bagage, dann kann ich für nix garantiern.«

Die Frau neben ihr räuspert sich. »Perchta ist nicht nur für die Ordnung, sondern auch für die Sicherheit dieses Hauses verantwortlich«, sagt sie mit zaghafter Stimme. Sie wirkt alterslos, hat etwa meine Statur und trägt einen weiten, taubengrauen Anzug. Dunkel umrandete Augen spähen hinter einem Vorhang blonden Haars an mir vorbei. »Ich bin Uhrd. Büroassistentin von Frau Wagner.«

»Sie wissen, wofür mich Ihre Chefin engagiert hat?« Eine rhetorische Frage.

»Freilich«, sagt Perchta.

Irre ich, oder rücken sie alle drei näher? Perchta studiert mich unheilschwanger, Kuberas Gesicht zuckt, Uhrd fixiert einen Punkt an der Wand. Mir ist ein bisschen unbehaglich zumute. Daran sind aber nicht die Stifs schuld, sondern die tiefen Schatten in all den unbeleuchteten Ecken. Ich hasse es, im Dunkeln stehen gelassen zu werden.

»Ich schlage vor, wir unterhalten uns morgen früh«, sage ich. »Am besten in Einzelterminen. Stimmen Sie untereinander die Reihenfolge ab. Wenn Sie mit mir zusammenarbeiten, werde ich Ihnen nicht lange auf die Nerven gehen.«

»Unsere Zeit ghört der gnädigen Frau Wagner«, knurrt Perchta. »Sie müssens um Erlaubnis fragn. Und ziehn S' Pantoffeln an, ich will ned hinter Ihnen herputzn. Ich muss mich jetz eh ums Fleisch kümmern.« Sie dreht sich um und rauscht davon, und ich bemerke, dass sie ebenfalls Pantoffeln trägt. So wie Uhrd und Kubera.

Schon hält mir der Chauffeur ein eingeschweißtes Paar hin und gurrt: »Dreck, Dreck, Dreck ist am Schuh.«

»Wie meinen?«

»Verzeihung.« Seine Stimme klingt dünn. »*Bechain,* wir sind unruhig heute.«

Behutsam nehme ich ihm die Pantoffeln aus der Hand. »Kein Wunder, dass Sie nervös sind. Ich habe die Fahrspuren auf dem Hof gesehen. Die ÜSG 9 war bereits hier, stimmts? Hat die Polizei Sie verhört?«

»Sie haben nur mit der Herrin gesprochen«, sagt Uhrd leise.

Kubera nickt. »Sie sagen, wir müssen zur Polizeistation kommen.«

»Ein absolut übliches Vorgehen«, lüge ich und packe die Pantoffeln aus der Plastikfolie. »Wenn Sie mit dem Diebstahl nichts zu tun haben, haben Sie nichts zu befürchten.«

Sie wechseln einen Blick und erwidern nichts. Wäre ich ein Stif, hätte ich auch kein Vertrauen in die Polizei.

Ich schlüpfe in die Pantoffeln. Flauschige Bremsklötze an meinen Füßen, ich verabscheue sie jetzt schon.

»Geben Sie mir.« Kubera nimmt mir Akis Mantel und meine Schuhe aus den widerstrebenden Händen. Er will auch meinen Beutel nehmen, aber den gebe ich nicht her. Wenn ich schon nicht rennen kann, will ich wenigstens mein neues Handy im Blick haben.

»Ihre Sachen sind nass wie Flusskrebse«, ruft er. »Das kommt vom Herumwandern, Sie müssen das sein lassen. Wir trocknen sie, ich kann Ihnen zeigen, wo –«

»Kubera«, flüstert Uhrd. »Die Herrin wartet schon im Salon.« Sie öffnet eine Tür, von der ich vorher gar nicht wusste, dass sie existiert.

»Sie rufen, wenn fertig«, trillert Kubera, dann knurrt er: »Wir warten auf Sie.«

Im Salon empfängt mich endlich richtiges Licht. Es strahlt von einem Kronleuchter, spiegelt sich in barocken Möbelchen. Die Wände sind cremefarben, Stuckornamente zieren die Decke, eine Standuhr tickt neben Orchideenregalen. Der Raum hat etwas überaus Weibliches.

»Na endlich, Frau Wayne.«

Frau Wagner trägt Handschuhe wie ihre Köchin – in ihrem Fall allerdings Gartenhandschuhe. Einen zieht sie aus und streckt mir die Hand hin. Ihr Haar liegt in einer perfekten Welle um ihren Kopf, und ihr Tweedkostüm ist so zartrosa wie die Orchideenblüten. Auch sie trägt Pantoffeln. Doch ihr Händedruck ist aus Eisen.

»Du kannst gehen, Uhrd«, sagt sie. »Gib der Küche Bescheid, dass in einer Dreiviertelstunde das Filet serviert wird. Und sag Johann, seine Anwesenheit beim Essen ist erwünscht.«

Während Uhrd die Tür hinter sich schließt, zieht Frau Wagner wieder ihren Handschuh an. Sie nimmt ein Skalpell aus ihrer Gürteltasche und hält es prüfend ins Licht, dann mustert sie mich, als überlege sie, ob ich als Filet geeignet wäre. Ehe ich etwas Unbedachtes sagen kann, geht sie zu ihren Orchideen hinüber.

»Meine Angestellten haben Sie bereits kennengelernt«, sagt sie über die Schulter. »Ich bat sie, Sie persönlich zu begrüßen. Üblicherweise halten sie sich im Hintergrund. Ich habe mich bewusst dafür entschieden, nur Stifs anzustellen. Sie sind nicht sonderlich präsentabel, aber werden zumindest nicht ständig krank, und niemand wirbt sie mir ab.« Sie streicht über einen Bausch kleiner weiß-pinker Kelche, dann setzt sie das Skalpell an einem kahlen Stängel an. »Ich hoffe, Sie sind ebenfalls verlässlich.«

Ich trete neben sie. Diese Insel ist ein Ort mit festen Regeln. Oben bleibt oben, und unten bleibt draußen. Es sei denn, jemand von unten wird in der Not gerufen, so wie ich. Dann gelten die Regeln nicht mehr. Doch Wagner weiß das noch nicht. Ebenso wenig, wie sie zugeben würde, dass sie in Not ist.

»Schöne Blumen«, sage ich.

»Aerides mitrata«, sagt sie. »Die Mimose unter den Orchideen. Wenn sie nicht regelmäßig gestutzt wird, bleibt sie anfällig.« Ein Schnitt, sie wirft den Stängel zu den anderen in einen Eimer. »Sie sind wieder gesund?«

»Mich wirft so leicht nichts aus der Bahn«, sage ich. »Ihre Suppe war Gold wert.«

Sie nickt, als hätte sie nichts anderes erwartet. »Das Essen heute Abend wird Ihnen ebenfalls zusagen.«

»Danke für die Einladung.«

»Wer Geschäftliches bei einem Dinner bespricht, verbindet das Beste aus zwei Welten, pflegte mein Vater zu sagen.« Sie tritt zur nächsten Pflanze, deren braun gescheckte Blüte mich an ein Insekt erinnert. »*Paphiopedilum esquirolei.* Mein Prachtstück. Aber Sie interessieren sich nicht für Orchideen.«

»Nicht wirklich.« Mein Blick fällt auf die großen Fenster, die tagsüber bestimmt den Raum mit Helligkeit fluten. Jetzt spiegeln sie uns. »Die Polizei hat bereits mit Ihnen geredet.«

Ihr Skalpell hält inne. »Allerdings. Ein Zwerg dieser Sondereinheit. Er war nicht amüsiert, als ich ihm erzählte, dass ich Sie engagiert habe.«

Also weiß Bláinn Bescheid. Ich seufze. »Die Polizei beäugt meine Branche immer schon kritisch.«

»Konkurrenz ist nirgends beliebt.« Sie dreht sich zu mir um. »Der Zwerg forderte mich auf, eine Anzeige zu stellen. Was raten Sie mir?«

»Für die Ermittlungen ist das nicht mehr notwendig.«

»Aber?« Der Blick ihrer blauen Augen durchbohrt mich.

»Es gibt ein paar gute Gründe, den Diebstahl anzuzeigen«, sage ich. »Um den Schaden bei Ihrer Versicherung geltend zu machen, beispielsweise. Und wenn es zu einem Verfahren kommt, können Sie als Nebenklägerin teilnehmen.«

»Und was spricht gegen eine Anzeige?«

»Sie könnten sich aus dem Verfahren ganz und gar heraushalten. Theoretisch könnten Sie sich sogar auf die Seite der Verteidigung schlagen.«

Sie hebt die Augenbrauen.

»Das wäre in den Augen der Ermittler allerdings fast so verdächtig wie ein Schuldeingeständnis«, füge ich hinzu.

»Wirfst du Schächer die Schuld mir vor, die dir so wonnig erwünscht«, sagt sie. »Kennen Sie Wagners Ring-Zyklus?«

»Lange her«, gebe ich freimütig zu.

Jetzt zeigt das Skalpell direkt auf mich. »Fragen Sie.«

»Ich muss nicht fragen«, erwidere ich. »Ich weiß, dass Sie die Artefakte nicht selbst gestohlen haben. Es wäre sonst ziemlich dumm von Ihnen, mich zu engagieren. Und Sie sind nicht dumm.«

»Ebenso wenig wie Sie.« Sie beugt sich zurück zur Orchidee.

Schnipp, schnapp, zwei Stängel ab. »Natürlich habe ich meine Artefakte nicht gefälscht«, sagt sie über die Schulter. »Ich will nur kein langwieriges Verfahren. Keine Öffentlichkeit und keine plumpen Staatsbeamten, die auf meinem Privatbesitz herumtappen.«

»Wollen Sie nicht den Dieb seiner gerechten Strafe zuführen?«

Wen schützen Sie?, will ich eigentlich fragen.

»Ich bin Geschäftsfrau.« Sie schneidet noch einmal. Gleich ist das Prachtstück ihrer Sammlung gänzlich skalpiert. »Ich glaube nicht an Strafen, sondern an Übereinkünfte. *Deals,* wie Sie es nennen. Sonst wären Sie nicht hier.«

Ich bin hier, weil ich das Geld brauche. Und eine Chance sehe, Till erst meine Hasenpfote abzuluchsen und dann in die Eier zu treten.

»Wie sieht Ihr Deal aus?«, frage ich.

»Sie finden für mich heraus, wer meine Artefakte ausgetauscht hat. Und dann heften Sie sich an seine Fersen und beschaffen Sie sie mir wieder. Gleichgültig wie. Nur keine Polizei.«

»Einverstanden«, sage ich. »Unter einer Bedingung.«

Sie lässt endlich die Orchidee in Ruhe und dreht sich zu mir um.

»Ich verschleiere keine Straftat, deren Zeugin ich werde. Außerdem.« Ich hole tief Luft. »Sie werden es nicht glauben, aber ich habe ein paar Grundsätze, was meine Ermittlungen angeht. Ich werde niemanden entführen, foltern oder Ähnliches. Falls Sie sich das so vorgestellt haben.«

»Habe ich das?« Sie packt ihr Skalpell mit den Handschuhen in die Gürteltasche, schnallt sie ab und legt sie zu den Orchideen aufs Regal. Dann lächelt sie zum ersten Mal. »Sie sind erfrischend, Frau Wayne. Ich bin mit all Ihren Bedingungen einverstanden. Mein Rechtsanwalt prüft Ihren Vertragsentwurf bereits. Er wird ihn noch um ein paar Klauseln ergänzen.«

Ich nicke. Natürlich wird er das.

»Kommen Sie«, sagt sie. »Ich zeige Ihnen den Tatort.«

Sie führt mich einen dunklen Gang entlang, ohne Licht anzuschalten. Offensichtlich schätzt sie die Zeit ihrer Vorfahren, die *Deals* noch im Kerzenschein aushandelten.

Mit den Pantoffeln zu gehen, fühlt sich an, als würde ich auf armen Küken herumtrampeln. Weiterhin spüre ich das Surren von Omega, und wieder schaudert es mich. Vielleicht ist das Haus verflucht?

Wir biegen in einen weiteren dunklen Gang ab, als jemand am Ende des Flurs vorbeihuscht. Ich zucke zusammen, Wagner verzieht keine Miene. Endlich schiebt sie eine Tür auf und knipst eine Lampe an.

Trug der Salon weibliche Züge, entspricht dieses Zimmer dem Duktus eines stockkonservativen Mannes. Eines Jägers *und* Sammlers. An den Wänden prangen Jagd- und Schlachtenszenerien, von der Zeit ebenso nachgedunkelt wie die Pokale in den Vitrinen. Das Gemälde neben mir zeigt einen Ritter mit entrückter Miene und kantigen, männlichen Zügen. Blondes Haar wallt aus seinem offenen Visier. Er schwingt ein Schwert gegen ein Reptil, das aussieht wie eine Mischung aus Alligator und Frau Mahlzahn.

Siegfried der Drachentöter, steht an der Bildleiste. Ich mustere die Bücher im Regal – deutsche Dichter, Biografien von Bismarck und Bülow, Heldensagen. Wer interessiert sich heute noch dafür, da die Sagengestalten ihre eigenen Mythen überholt haben?

»Das ist das Arbeitszimmer meines verstorbenen Gatten.« Wagners Miene wirkt weicher und zugleich verschlossen, als wolle sie ihre Erinnerungen an ihn nicht mit mir teilen. Und da ist er wieder, der Schatten. Er ballt sich nicht über dem Haus zusammen, sondern über ihr.

»Waren Sie in letzter Zeit mal bei einem Fluch-Check?«, frage ich.

Jemanden zu verfluchen, ist zwar absolut illegal, wird aber leider trotzdem immer wieder gemacht. Zum Glück gibt es geschultes Fachpersonal, das Flüche sowohl rückverfolgen als auch aufheben kann. Allerdings werden deren Dienste nicht von den Krankenkassen bezahlt und sind dementsprechend teuer.

»Mein letzter Check war vor ein paar Monaten.« Sie runzelt die Stirn. »Warum fragen Sie? Spüren Sie etwas?«

Ich blinzle. Der Schatten ist fort, und Omega-Strahlung geht von Frau Wagner keine aus. Wahrscheinlich habe ich es mir nur eingebildet. Ich mag dieses Haus einfach nicht. Und dieses Zimmer noch weniger.

»Das war nur eine Routinefrage«, sage ich. »Sie sollten sich regelmäßig auf Flüche prüfen lassen, bei Ihrer Position. Bitte erzählen Sie mir von Ihrem Ehemann, dem dieses Zimmer gehörte.«

»Sein Name war Albert von Aufseß, und er ist vor sechs Monaten von uns gegangen.« Sie streicht über die Tischplatte des Schreibtischs. »Seine größte Leidenschaft war das Sammeln der Artefakte.«

Über dem Schreibtisch hängt ein Schwarz-Weiß-Foto von ihm, Trauerflor über der Ecke des Bilderrahmens.

Aufrecht steht Aufseß vor dem Gutshaus, mit Fischgrat-Sakko und Einstecktuch, Falten graben sich wie Ackerfurchen über seine Stirn. Er wirkt wesentlich älter als seine Frau. In seinen Augen glimmt ein arrogantes, beinah hyperrealistisches Funkeln. Er mochte die alten deutschen Recken nicht nur, er hielt sich selbst für einen.

Frau Wagners Schnauben lässt mich herumfahren. Sie hat ihren Finger erhoben und starrt auf die schwarze Spur darauf.

Ich beuge mich über den Lichtschalter und sehe auch dort die Hinterlassenschaften von dunklem Pulver. »Die Spurensicherung war hier?«

»Perchta hatte den Auftrag, anschließend zu putzen«, faucht sie.

»Wo haben die Beamten Fingerabdrücke genommen?«

»Von Alberts Tresor und vom Schreibtisch. Zum Tresor hatte seit seinem Tod niemand Zugang außer mir.«

Ich schaue mich um. »Wo ist denn das gute Stück?«

Ihre Hand wandert den Schreibtisch entlang, dann drückt sie irgendeinen unsichtbaren Knopf. Etwas klickt. Ich mache fast einen Hüpfer, als das Heldengemälde neben mir lautlos aufschwingt. Der Tresor verbirgt sich dahinter. Er ist aus Edelstahl und mit einem modernen Zahlenschloss gesichert, außerdem ist er von außen blitzblank gewischt. Ich blicke weg, während Wagner die Ziffern eintippt.

Das Innere des Tresors ist nahezu leer – bis auf eine dicke Ledermappe, eine Schachtel und ein paar Fahrzeugpapiere. Rußpulver staubt uns entgegen.

»Frau Perchta kennt offenbar nicht die Kombination«, sage ich.

»Natürlich nicht.« Wagner presst die Lippen zusammen. »Obwohl ich Albert davon abriet, lagerte er die beiden Artefakte hier. Sie waren ihm wichtig, er wollte sie stets in der Nähe haben.«

»Sagen Sie nicht, er benutzte sie«, hake ich ungläubig nach.

Sie zögert. »Manchmal. Zur Erheiterung. In diesen Belangen war er wie ein Kind.«

Die private Nutzung von Artefakten ist ab Gefährdungsstufe zwei verboten. Meine Hasenpfote hat Stufe eins. Zaubersprüche haben bereits Stufe zwei. Eine Kappe, die unsichtbar macht, und ein Gürtel, der übermenschliche Kräfte verleiht, sind sicherlich Stufe drei. Stufe vier umfasst magische

Waffen. Stufe fünf bleibt den Artefakten mit Massenvernichtungspotenzial vorbehalten – der Büchse der Pandora zum Beispiel.

»Direktor Ludwigshof vom Pergamonmuseum sagte, er kannte Ihren Mann«, sage ich. »Sie waren beide in einer Art Club. Hat Ihr Mann dort Kappe und Gürtel vorgeführt?«

»Ach ja, die Artefaktisten.« Sie seufzt. »Sie gaben sich diesen Namen, weil es nach einem geheimen Zirkel von Schatzjägern klingt. Doch sie sind nur ein paar alte Freunde, die sich gern im Museum treffen und die gleichen Geschichtsbücher lesen. Und ja, manchmal nahm Albert dorthin seine Artefakte mit. Männer neigen zum Prahlen, nicht wahr?«

»Wer gehört noch zu dieser Gruppe?«

»Das weiß ich nicht«, sagt sie. »Fragen Sie das Ludwigshof. Er ist ein guter Freund unserer Familie. Er beriet Albert bei den Käufen der Artefakte, und bei seiner Bestattungsfeier hielt er eine ergreifende Rede. Und er kam zu mir wegen der Ausstellung. Er bat mich, ihm Exponate zur Verfügung zu stellen. Nur weil er mich persönlich bekniete, ließ ich mich überhaupt darauf ein. *Zu Alberts Gedenken*, sagte er.« Sie schüttelt den Kopf. »Und er insistierte noch, dass ich großzügiger sein könnte, angesichts unseres Ahnherren. Und was hat es mir gebracht? Ein einziges Desaster.«

»Immerhin kam dadurch ans Licht, dass die beiden Artefakte gefälscht waren.« Etwas, das sie sagte, macht mich stutzig. »Was meinten Sie damit, dass Sie großzügiger hätten sein können? Von welchem Ahnherrn sprechen Sie? Und wie viele Artefakte besaß Ihr Mann eigentlich?«

»Etwa zwei Dutzend.« Sie antwortet nur auf meine letzte Frage. »Ich sagte doch, Albert war ein leidenschaftlicher Sammler.«

»Ich hoffe, Sie haben nach den Vorfällen daran gedacht, die anderen Stücke testen zu lassen?«

»So wie ungefähr jeder Sammler in Berlin«, entgegnet sie schroff. »Uhrd telefonierte bereits in meinem Auftrag. Aber die Fachleute sind auf Monate ausgebucht. Die Schutzbestimmungen der Banken, bei denen die Stücke lagern, erfordern darüber hinaus bei jeder Begutachtung meine persönliche Anwesenheit.« Sie richtet sich auf. »Ich arbeite hart. Mein Kalender ist voller Termine.«

»Haben Sie je erwogen, die Artefakte zu verkaufen?«

»Natürlich nicht.« Sie durchbohrt mich mit einem Blick, mit dem sie wahrscheinlich jede Woche Aufsichtsräte in die Knie zwingt. »Sie sind das Vermächtnis meines Mannes. Und zurzeit sind sie die beste Wertanlage. Die Nachfrage ist deutlich höher als das Angebot.«

»Sofern sie echt sind«, murmele ich.

»Sie *sind* echt«, sagt sie entschieden. »Albert hat das regelmäßig prüfen lassen. Und seit seinem Tod hatte niemand Zugang zu seiner Sammlung außer mir. Hier am Tresor änderte ich direkt nach seinem Tod den Zahlencode. Sein Code war das Datum seines Geburtstags.« Sie seufzt. »Jetzt ist es eine zufällige, achtstellige Ziffernfolge. Ich kann immer noch nicht verstehen, wie jemand sie sich beschaffen konnte. Und dann kam vor zwei Wochen diese Sicherheitsexpertin des Museums mit ihren Technikern, um die beiden Stücke abzuholen.«

»Frau Koralewski?«, vergewissere ich mich. Sie nickt. »Wissen Sie noch, wie die Techniker aussahen?« Ich wühle nach meinem Handy und suche aus meiner Cloud ein gespeichertes Bild von Metz. »War er dabei?«

»Weiß ich nicht. Fragen Sie Perchta. Sie sagt, sie vergesse nie ein Gesicht.«

Ich mache mir eine Notiz. Doch ich bin mir jetzt schon sicher, dass Metz hier war. Und dass die Artefakte vor zwei Wochen schon gefälscht waren.

»Sie sollten Ihre anderen Artefakte überprüfen lassen, nur

sicherheitshalber«, sage ich. »Ich könnte das für Sie tun. Meine Methode ist unkonventionell, aber wie sich erwiesen hat, mindestens genauso effektiv.«

»Wenn Sie meinen.« Sie wirkt überraschend unwillig. »Darüber reden wir später.«

Sie schließt die Tresortür. Ich mache mit dem Handy ein paar Fotos von dem Zimmer, zücke meinen Notizblock und stelle ihr die gleichen spaßfreien Standardfragen, die ihr auch schon die Polizei gestellt hat: *Wer hat Zutritt zu diesem Raum? Ist Ihnen etwas Ungewöhnliches aufgefallen?*

Zwischendurch tritt sie zu einer Vitrine und holt ein Glas und eine fast leere Flasche Scotch heraus. Mir bietet sie nichts an. Die Nebensächlichkeit, mit der sie sich einschenkt, noch im Reden ein erstes Glas kippt, ein zweites einschenkt und dann die leere Flasche für das Personal auf den Schreibtisch stellt, lässt mich abschätzen, wie viele Flaschen in diesem Büro bereits geleert wurden.

»Wer auch immer hinter den Diebstählen steckt«, sage ich, »hat keine Angst vor Publikum.«

Ihr Mund verzieht sich, als schmecke der Scotch plötzlich bitter.

Wen verdächtigen Sie, Frau Wagner?

»Es gibt nichts Besseres, um einen Kaufpreis in die Höhe zu treiben«, sagt sie, »als Aufmerksamkeit. Nun weiß jeder Sammler weltweit, dass die Kappe und der Gürtel wieder auf dem Markt sind. Vielleicht laufen bereits erste Auktionen. Der Schwarzmarkt ist unglaublich. Die Artefaktisten konnten ein Lied davon singen.« Sie seufzt. »Sie wissen gar nicht, wie viele unseriöse Angebote mein Mann über die Jahre erhielt.«

»Hat er ebenfalls auf dem Schwarzmarkt gekauft?«

»Davon weiß ich nichts.«

Sie lügt. Deshalb will sie mich die Artefakte nicht testen lassen. Weil einige von ihnen dubioser Herkunft sind.

Blut an euren Händen, skandierten die Pixies im Museum. Jetzt begreife ich, was sie meinten.

»Es ist mir egal, welche Artefakte Sie besitzen.« Ich lüge ebenfalls. »Ich brauche einen Einblick in die Branche. Wer hat Ihrem Mann zweifelhafte Angebote gemacht?«

»Das hat mich nie interessiert.« So verdrossen, wie sie schaut, sagt sie die Wahrheit. »Albert ließ mein Unternehmen in Ruhe, und ich mischte mich nicht in seine Tätigkeiten ein.«

»Wer könnte mir dann weiterhelfen?«

»Fragen Sie die Artefaktisten.« Sie runzelt die Stirn. »Und da war noch ein Mann. Jetzt erinnere ich mich. Ein Kunsthandwerker aus Friedrichshain. Albert hatte ihn am Tag seines Todes hier, um Gürtel und Kappe restaurieren zu lassen. Aber nach einer Stunde warf er ihn hochkant hinaus. Sagte etwas über die mangelnde Kultur der heutigen Handwerker und dass der Mann unverschämt gewesen sei.«

»Am Tag seines Todes, sind Sie sicher?«

»Absolut sicher«, sagt sie entschieden. »Es war Vormittag. Ich habe den Mann gesehen. Er war –« Sie zögert. »Äußerst gut aussehend.«

Kunsthandwerker hat Artefakte getauscht??, schreibe ich auf meinen Block. »Wissen Sie, wie er hieß?«

»Nein. Aber vielleicht hat mein Mann den Namen notiert. Uhrd kann in seinem Kalender nachschlagen.«

Ich nicke. Allmählich habe ich eine ganze Liste an Aufgaben für Uhrd. Und für mich eine Handvoll unerquicklicher Erkenntnisse und neuer Spuren.

Ich mache mir eine weitere Notiz, als es im Flur draußen rumpelt. Etwas geht mit Klirren zu Bruch. Eine Frau kreischt: »Joni, du Tollpatsch!«

Jemand lacht auf.

Frau Wagner ist so rasch durch die Tür, dass mir nichts anderes übrig bleibt, als ihr zu folgen. Wie kann sie in diesen Pantoffeln so schnell sein?

Als ich hinter ihr um drei Ecken gebogen bin, lande ich im Foyer. Das nun taghell erleuchtet ist. Auf den Marmorfliesen glitzern Scherben und die zerschmetterten Reste einer Kerze. Und zwei Batterien. Die Kerzen sind gar nicht echt.

Eine Frau drückt sich mit dem Rücken gegen die Tür. Sie trägt teure Schminke, ein Kleid, das glitzert wie Weihnachtsschmuck, und macht erschrockene Bambi-Augen.

»Was ist in dich gefahren, Johann?«, ruft Wagner.

»War doch nur Deko, Mom«, sagt der Typ auf der Treppe. »Passiert dir doch auch ständig.«

Er lehnt lässig am Geländer. Der Stammhalter, kein Zweifel. Zu einer Trainingsjacke trägt er hochgekrempelte Jeans, Dreitagebart und halblanges, kastanienbraunes Haar, das ihm ins freche Grinsen fällt. Trotz aller Hipness hat er Ähnlichkeit mit seiner Mutter, ihr kantiges Kinn, die blauen Augen.

Wagner blickt zu ihm hoch. So wie ihre Hände zittern, steht sie kurz davor, ihm eine herunterzuhauen. Er beugt sich zu ihr vor, als erwarte er es. Und schnuppert.

»Papas Scotch?«

Sie zuckt zurück. »Kubera!«

Mit einem emsigen Nicken erscheint der Chauffeur auf der anderen Seite des Foyers.

»Bring diese Person zur S-Bahn.« Sie deutet auf das Mädchen. »Und du, Johann, wirst dich sofort benehmen. Wir haben einen Gast.«

Jetzt erst fällt sein Blick über ihre Schulter auf mich. Ohne Umschweife verwandelt sich sein Grinsen in etwas deutlich Charmanteres. Er zwinkert mir zu, und fast bin ich gewillt, zurückzublinzeln. Stattdessen verschränke ich die Arme.

Er ist der Typ arroganter Gaunerjunge, nach dem ich als Teenie verrückt war – zumindest, bis ich Aki kennenlernte.

Und er ist scharfsinniger, als er zugeben will. Denn er wirkt ziemlich zufrieden, als seine Mutter angesichts unseres Blickwechsels zusammenfährt.

Jetzt weiß ich, wen sie vor der Polizei schützen will. Und er weiß es auch.

»Tut mir leid, Mom«, meint er. »Ich habe schon ein Date heute Abend.«

Mit einem Sprung setzt er die Stufen hinab und legt den Arm um die Schultern des Mädchens. »Schwirr wieder ab, Kubera. Ich nehme den Porsche.«

Sein Lachen schwebt durch die Tür davon, doch sein letzter, abschätzender Blick gilt mir.

Frau Perchta räumt im Salon das dritte Gedeck weg und serviert uns ein ausgezeichnetes Filet, bevor sie auf Frau Wagners Anweisung mit Putzlappen und grimmiger Miene Richtung Arbeitszimmer verschwindet.

Frau Wagner trinkt weiter, was man ihr jedoch nicht anmerkt. Ihre blassen Hände bleiben ruhig, ihr Appetit eher freudlos und ihre Miene eisern. Ich muss mich zusammenreißen, nicht so viel zu trinken wie sie, weil man es mir durchaus anmerken würde.

»Ein Gutes hat es, dass wir unter uns geblieben sind«, sage ich und schiebe meinen leeren Teller zurück. Mag Frau Wagner an ihrem Essen nur herumpicken wie ein Vögelchen, ich würde niemals einen Teller halb voll zurückgehen lassen. »Wir können offen über Ihren Sohn sprechen.«

Ihr Glas verharrt in der Luft. »Was ist mit ihm?«

»Sie wissen, was mit ihm ist.«

Viele Klientinnen scheuen sich, ihren Verdacht in Worte zu fassen. Bevor ich ihr Rätsel löse, dessen Antwort sie schon zu kennen glauben, muss ich sie mit ihren Ängsten konfrontieren.

»Sie halten ihn für schuldig«, sage ich. »Ich soll das beweisen, bevor die Polizei das tut. Damit Sie das innerhalb der Familie regeln können.«

Mit einem Knall stellt Frau Wagner ihr Glas ab.

»Bravo, Frau Wayne«, stößt sie sarkastisch aus. »Sie haben es auf den Punkt gebracht. Mein Sohn ist ein Dieb. Er ist starrsinnig und verwöhnt, und er wird es niemals zugeben. Ich sollte ihn festnehmen lassen. Im Gefängnis könnte er lernen, auf eigenen Beinen zu stehen.«

Ihr Ton ist eisern. Doch ihr Bemühen, keine Schwäche zu zeigen, legt ihre Angst umso schonungsloser offen.

»Aber wir sind Wagners«, fährt sie fort. »Unser Name ist unser Kapital. Ich kann nicht zulassen, dass er ihn beschmutzt. Ebenso wenig wie ich zulassen kann, dass wegen seiner Flausen die Andenken seines Vaters auf dem Schwarzmarkt versteigert werden.«

»Also, was wollen Sie tun?« Ich beuge mich vor. »Die Artefakte zurückkaufen und der Polizei erzählen, dass alles nur ein Versehen war? Das wird nicht funktionieren.«

»Wenn Sie das glauben«, sagt sie spöttisch. »Dann haben Sie weniger Ahnung von der Welt, als ich dachte.«

Ihre Überheblichkeit prallt an mir ab, nicht jedoch die Konsequenz ihrer Worte. *Der Teufel scheißt immer auf den größten Haufen,* hätte meine Tante gesagt. Und ich soll ihm noch das Klopapier reichen.

Ich nehme nun doch einen großen Schluck Wein.

Dann frage ich: »Hat Ihr Sohn genug Ahnung von der Welt, um die ganze Aktion einzufädeln?«

»Natürlich nicht«, schnaubt sie. »Die Diebe müssen auf ihn zugegangen sein und ihm ein Angebot gemacht haben. Ihn interessiert nur das Geld.«

»Hat er davon nicht mehr als ausreichend?«

»Sie denken, ich verwöhne ihn?«, entgegnet sie entrüstet.

»Er bekommt nur ein Taschengeld. Nach Alberts Tod ist er wieder zu mir gezogen. Ich dachte, er interessiere sich endlich für das Familienunternehmen. Aber nach vier Wochen Praktikum hat er das Handtuch geworfen. Wie immer. Stattdessen will er, dass ich in Hirngespinste investiere. Verrückte Geschäftsideen aus dieser Kunstszene, in der er sich herumtreibt.«

»Welche Geschäftsideen?«

»Eine Plattform für den Verkauf von Onlinebildern. Krypto-Kunst nennt Johann es. Kunstsammler sollen Geld ausgeben für Computerdateien, die jeder öffentlich im Internet anschauen kann. Sein Vater hätte ihn ausgelacht. Johann hat Kunstwissenschaften studiert, daher hat er die Flausen. Hätte er einen Abschluss in Betriebswirtschaft wie ich, wäre ihm selbst aufgefallen, was das für ein Unsinn ist.«

Sie lässt sich weiter darüber aus, redet, als ginge es um ein Geschäft, doch sie trinkt dabei wie eine Verdurstende, und schaut mich nicht an. Und in diesem Augenblick wird mir klar, dass sie ihren Sohn verachtet – und ihn zugleich bis aufs Blut gegen jeden äußeren Angriff verteidigen wird. Weil Härte die einzige Form von Liebe ist, die sie kennt. Härte gegen sich selbst und gegen die Welt, die den einen schärft wie eine Klinge – und einen anderen zerbricht.

Ich verstehe sie allzu gut. Von diesem Zwiespalt kriege ich Kopfweh. Es ist nicht meine Aufgabe, mir das Familienfiasko dieser privilegierten Frau ans Bein zu binden. Ich will nach Hause. Stattdessen schnappe ich mir die Flasche Wein und fülle mein Glas bis zum Rand.

Etwas lenkt mich ab. Omega-Surren. Diffus aufgrund der Entfernung, aber unverkennbar der gleiche Ton wie vorhin im Flur. Mein Blick bleibt am Fenster rechts von mir hängen. Frau Perchta starrt mich durch die Scheibe an. Perplex starre ich zurück, bis sie die Augen zusammenkneift, sich umdreht und ruckartig in die Nacht zurückzieht. Ich unterdrücke den Impuls, die Fensterläden zu schließen. Stattdessen schiebe ich das Glas weg und unterbreche Frau Wagner.

»Kürzen wir das ab«, sage ich. »Sie sagen, Ihr Sohn war es. Dann müssen wir es beweisen. Und ihn unter Druck setzen, damit er uns die Leute nennt, die dahinterstecken. Dann können Sie Ihren Sohn reinwaschen. Und ich die Artefakte zurückholen.«

An Letzterem habe ich meine Zweifel. Wenn Kappe und Gürtel wirklich auf einem globalen Schwarzmarkt der Superreichen verkauft werden, übersteigt das Wiederbeschaffen deutlich meine Beziehungen. Andererseits habe ich die Erfahrung gemacht, dass fast alles, was in Berlin passiert, auch in Berlin bleibt. Weil unsere Stadt eine eigene Art von verfressenem Monster ist, das kaum etwas freiwillig ausspuckt, das es einmal verschluckt hat. Und wenn jemand Berlins Eingeweiden etwas entreißen kann, dann ich.

»Sie haben recht«, sagt Frau Wagner und kippt ihren Wein hinunter. »Wir brauchen Beweise.« Sie steht auf und hält sich unauffällig an der Stuhllehne fest. »Sie müssen Johanns Abwesenheit nutzen, um seine Zimmer zu durchsuchen.«

»Warten Sie«, rufe ich, doch schon ist sie aus der Tür. Was habe ich da nur angerichtet?

Wie vorhin eilt sie den dunklen Flur entlang, und im Foyer steigt sie die Treppe zur Galerie empor. Bei aller Zielstrebigkeit hat ihr Gang leichte Schlagseite.

Ich bleibe ihr auf den Fersen. Eine heimliche Durchsuchung ist in meinem Metier nie verkehrt. Aber nicht so. Wagner ist meine Klientin, nicht meine Komplizin. Und Mut, den man sich antrinken muss, schlägt mit der Ausnüchterung verlässlich in Reue um – die ich nachher ausbaden darf.

Vor einer großen Doppelflügeltür bleibt Wagner so jäh stehen, als wäre ihr Mut jetzt schon aufgebraucht.

»Halten Sie das für eine gute Idee?«, frage ich. »Ich schlage vor, wir –«

»Der erste Stock des Westflügels.« Sie übergeht meinen Einwand vollkommen. »Das ist sein Wohnbereich. Tun Sie Ihre Arbeit. Ich warte hier.«

Mit einem Seufzen füge ich mich meinem Schicksal. Ich ziehe mir Lederhandschuhe über und schiebe die Tür auf. Ich habe nicht vor, mir mehr als einen Überblick zu verschaffen. Zumindest nicht, bevor ich mit Johann geredet habe. Gespräche verraten mir mehr als Dinge, das ist immer schon so gewesen.

Der Raum ist in Dämmerlicht getaucht. Jemand hat mindestens zwei Wände herausgerissen und das rote Mauerwerk freigelegt, die Fenster vergrößert und den Gebäudeflügel in eine Art Loft von etwa hundert Quadratmetern verwandelt. Zwei Türen führen in Bäder oder Ankleidezimmer. Wobei Johann nicht der Typ zu sein scheint, der ein Ankleidezimmer braucht. Oder zum Sammeln neigt wie sein Vater.

Der Raum ist nahezu karg eingerichtet – wenige Gegenstände, diese dafür im Großformat. An der Wand hängt abstrakte Kunst von der Dimension einer Kinoleinwand. Ein Klavierflügel steht mitten im Raum, drei XL-Sitzkissen samt Spielkonsolen lungern vor einem gigantischen Bildschirm, und den Abschluss bildet ein noch riesigeres Bett.

Ich schalte das Licht an.

Jemand stößt einen spitzen Laut aus. »Jo? Bist du von der Party schon zurück?«

Aus den Bettlaken wühlt sich eine Frau an die Oberfläche. Sie hat dunkelbraune Haut und blond gefärbte Dreadlocks, ist wunderschön – und ziemlich nackt. Verschlafen blinzelt sie mich an. »Wer bist du?«

»Personal«, sage ich. »Entschuldigen Sie bitte die Störung. Schlafen Sie weiter.«

»Ach so, wow.« Sie taucht wieder im Bett ab. »Zum Frühstück mag ich frisch gepressten Orangensaft, okay?«

»Selbstverständlich.« Ich mache das Licht aus und schließe die Tür.

Frau Wagner steht als erstarrter Schatten im dunklen Flur.

»Wir sollten es morgen noch mal versuchen«, sage ich.

»Gehen Sie jetzt«, stößt sie aus. Noch nie habe ich so viel Groll in einem Tonfall gehört. Ich habe hinter ihre Fassade geblickt. Das wird sie mir niemals verzeihen.

»Ich bin morgen um elf wieder hier«, sage ich. »Ich finde alleine raus.«

Von wegen. Kubera steht bereits im geputzten Foyer und streckt mir Schuhe und Mantel hin. Seine Miene ist blank, die Brauen erstarrt wie zwei Säulenbögen. Erst als ich ihm die Schuhe abnehme, kehrt das Leben in ihn zurück.

»Wir fahren Sie.« Er reibt sich frohlockend die Hände.

Ich atme tief durch, als ich das Haus verlasse. Nieselregen fällt vom Nachthimmel. Ich klappe den Kragen hoch, ziehe mir Akis Mütze über die Ohren.

»Wissen Sie was«, sage ich, als Kubera mir die Beifahrertür des Tesla aufhält. »Die Nacht ist so schön, ich mache noch einen Spaziergang über das Grundstück.«

Kubera starrt mich an. Seine Lippen werden schmaler, die Brauen ziehen sich zusammen zu einem dicken Balken der Wut. Ich wappne mich gegen seine Beschimpfung. Aber dann steigt er einfach ins Auto, schaltet Scheinwerfer und Radio an.

Die Lichtkegel schneiden Streifen in die Dunkelheit zwischen den Bäumen. Während die Faerie-Popsängerin Nissa Moonflight eine Coverversion von *Last Christmas* singt und bald darauf eine von Kuberas Persönlichkeiten dazu das Falsett trällert, nehme ich das Haus näher in Augenschein.

Als Erstes blicke ich durch die großen Erkerfenster zurück in den Salon. Perchta räumt gerade den Tisch ab.

Bevor sie mich entdeckt, umrunde ich den Eckturm des Gebäudes. Im zweiten Fenster schimmert Licht. Alberts Arbeitszimmer. Niemand zu sehen, nur die Scotchflasche wartet einsam auf Abholung.

Ich zwänge mich zwischen Thujahecken hindurch ans Fenster. Nach Johanns Loft wirkt das Zimmer seines Vaters noch mehr wie ein vollgestopftes Raritätenkabinett. Außerdem bietet sich von hier ein perfekter Blick auf das Gemälde des Drachentöters. Und damit auf den Tresor.

Ich freue mich, recht zu haben.

Ein zufälliger, achtstelliger Code, den niemand kennt außer mir, hat Wagner gesagt. Doch wer hier steht, kann entspannt zusehen, wie sie ihn eintippt.

Die Thujahecke wirkt unversehrt, keine abgeknickten Äste oder Wegspuren, das Fensterbrett ist leer. Ich taste den Rahmen ab. Weil ich mich anschließend darauf konzentriere, die Spinnweben von meinen Händen zu pflücken, warnt mich das Omega-Surren nicht rechtzeitig.

Perchta schlingt die Arme um um mich und presst mich ans Fenster. Krallen bohren sich in meine Brust.

»He!«, schreie ich. »Lassen Sie mich los!«

Ich ramme mein Bein nach hinten. Aber was einen Mann in die Knie zwingt, beeindruckt eine Frau keineswegs.

»Schleichen S' ned allein im Dunkeln herum, Frau Wayne. Ich habs Ihnen gsagt, ich könnt Sie sonst verwechseln.«

Endlich lässt der Druck nach. Sie gestattet, dass ich mich herumdrehe. Ihr Gesicht ist so nah vor mir, dass ich ihre faltige Haut wie im Brennglas sehe. Ich weiche einen Schritt zurück. Ihre Hände, mit denen sie mich festhält, sind breit und rissig wie riesige Hühnerfüße, die Krallen daran wirken scharf und metallisch. Sind sie aus Eisen?

»Schauen Sie gefälligst besser hin, bevor Sie jemanden attackieren«, motze ich.

Sie hebt die schwarze Oberlippe und zeigt kleine, überaus spitze Zähne. Ebenfalls aus Eisen. Als ich angemessen zusammenzucke, lässt sie mich los.

»Machen S' Ihre Arbeit. Und ich mach meine. Jetz schleichen S' sich scho aus dem Busch.«

»Sagen Sie mir nicht, was ich tun soll.«

Knurrend zieht sie sich in den Schatten zurück. Doch ich weiß, sie ist noch da und beobachtet mich. Das bereitet mir genau das Unbehagen, das sie beabsichtigt.

Ich will ihr folgen, doch dann verharre ich. Mein Fuß ist gegen einen Stein gestoßen. Oder gegen etwas anderes? Ich gehe auf die Knie. Meine Hände rascheln durch feuchtes Reisig. Und stoßen auf etwas. Eine gerundete Metallkante im frostharten Erdreich. Eine Bodenhülse. Für einen Pfosten? Oder für das Stativ einer Kamera. *Bingo.*

Ich ziehe mein Handy aus der Tasche, schalte den Blitz ein und schieße ein paar Fotos. Schritte knirschen auf dem Kies. Kubera starrt mit großen Augen zu mir herüber.

»Was machen Sie da?«

»Bin schon fertig«, sage ich. »Wir können fahren.«

In den Bäumen über mir rauscht es. Für einen Augenblick könnte ich schwören, Perchta sitzt dort oben. Kann sie fliegen? Ihr grimmiges Omega folgt mir jedenfalls aus den tosenden Schatten bis zum Auto.

Endlich versinke ich im Polster des Beifahrersitzes und schlage die Tür hinter mir zu. Während wir losfahren, stimmt Kubera seine eigene, summende Interpretation von *Santa Baby* an. Erst als wir die Insel fast umrundet haben, fällt es mir auf: Kuberas Miene ist weich wie die eines Kinds. Er lächelt, seine Hände ruhen entspannt auf dem Lenkrad. So sanft, wie er den Tesla um die Kurven gleiten lässt, würde es mich nicht wundern, wenn der Wagen zu schnurren begänne.

»Darf ich Sie was fragen?«, sage ich.

»Fünf«, antwortet er und bremst sachte, als wir auf die Brücke und den Aufpasser zurollen. »Wir sind fünf. Aber zwei von uns verstecken sich meistens.«

»Und wie ist das so?«

»Manchmal sehr laut innen drin.« Er winkt dem Aufpasser, und der grüßt zurück. »Wie eine Affenhorde. Vor allem, wenn viele Leute um uns herum sind. Wir sind es gewohnt. Aber die Menschen nicht.« Er deutet sich an den Kopf. »Die halten uns für *doolally.*«

»In meinem Kopf geht es auch manchmal laut zu«, sage ich. »Aber jetzt wirken Sie ganz ruhig auf mich.«

»Weil wir fahren.« Er lächelt. »Wir lieben es. Beim Fahren sind wir alle zusammen eins.«

Ein Gott, der als Chauffeur glücklich ist. Was für eine verrückte Welt. Während der Wagen die Straße entlanggleitet, betrachte ich seine friedvolle Miene. Ich denke an die grimmige Perchta, an das nervöse Huschen von Assistentin Uhrd. An die eiserne Hofherrin, die Scotchflaschen leert, um ihre Einsamkeit zu füllen. Nur der Stammhalter fehlt noch, morgen muss ich ihn kennenlernen. Denn jede Spur in diesem Rätsel ist wie ein neues Augenpaar. Und um das Rätsel zu lösen, muss ich es durch alle betrachten.

11

Beim Einschlafen Erinnerungen nachzuhängen, ist keine gute Idee. Dann entpuppen sie sich nämlich als miese kleine Biester, die deine Unzurechnungsfähigkeit ausnutzen, um dir deine peinlichen, nackten, schäbigen Momente vorzuführen und über verschenkte Chancen zu jammern. Doch manchmal stoßen sie dich auch auf ein Rätsel, das dich schon so lange verfolgt, dass du es tagsüber gar nicht mehr bemerkst.

So wie bei mir. Jedes Mal wenn Aki verschwindet, holt mich in meinen nächtlichen Grübeleien ein Vorfall ein, der sich vor fünfeinhalb Jahren ereignete – und bei meiner Suche nach Antworten erlebe ich ihn seither wieder und wieder.

Ich trug meine Doc Martens und ein Minikleid und ließ mir von einem Typen namens Carl den zweiten Wodka ausgeben. Die Musik wummerte in meinem Bauch, meine Füße wippten auf den Holzbohlen. Carl war Amerikaner. Am meisten an ihm mochte ich, wie wenig er redete, am zweitmeisten seine blauen Augen. Als er den Arm um mich legte, schob ich ihn weg. »I'm not drunk enough yet.«

Er lachte und winkte dem Barkeeper. Ich war nicht sicher, ob was aus uns werden sollte. Sex mit Fremden ist in der Theorie spannender als in der Praxis.

Aki war auch da. Er wiegte sich mit geschlossenen Augen auf der Tanzfläche. Schwarzes Shirt und Eyeliner – ein dunkler Kater zwischen bunten Mäusen. Sowohl eine Frau als auch ein Mann tanzten ihn an, und er vollbrachte das Kunststück, mit beiden zu flirten, ohne die Augen zu öffnen. Falls er mit einem von ihnen nach Hause gehen würde, würde er mir morgen nicht verraten, mit wem. Weil er ebenso diskret ist wie ich direkt.

Es war meine Idee gewesen, zusammen herzukommen, um zu feiern – mit der unausgesprochenen Option, nicht wieder zusammen heimzugehen. Ich trank den dritten Wodka, dann packte ich Carl.

»Let's dance«, rief ich gegen die Musik an. »I have something to celebrate!«

Er wirbelte mich auf die Tanzfläche, sein Lachen blitzte durchs Clublicht. »What are we celebrating?«, schrie er. Aki tanzte für einen Moment neben uns und blinzelte mir zu.

»New Job«, schrie ich. Heute früh hatte ich den Vertrag unterschrieben. Drei Wochen glorreiches Nichtstun lagen vor mir. Überstundenabbau. Dann würde ich bei der ÜSG 9 anfangen. Der Gedanke durchspülte mich mit einer Woge aus Glück.

Ich zog Carl an mich. Lippen, Zunge, alkoholischer Atem. Beat, der in diesem Club weicher klang als in allen anderen, und der uns schwitzend zueinandertrieb und wieder auseinander.

»Come with me«, schrie er irgendwann. »Outside.«

Ich nickte und wollte Aki ein Zeichen geben. Aber ich fand nur die Lücke im Pulk, die er hinterlassen hatte. Seine beiden Tanzpartner schauten sich genauso suchend um wie ich. Dann erblickte ich seinen Haarschopf im Menschengewühl – auf der anderen Seite des Floors. Er schob sich zwischen den Leuten zum Ausgang. Wollte er etwa abhauen, ohne sich zu verabschieden?

»Let's go.« Ich zog Carl hinter mir her zur Tür.

Draußen vorm Kater Blau war es ebenso eng wie drinnen, doch die Luft umfing uns mit klarer Frische. Auf Holzplanken und Hängematten lümmelten Leute, ein Lagerfeuer zuckte vor dem Glitzern der Spree.

Carl legte den Arm um mich. Ich schaute mich nach Aki um. Er ging zwischen den bunt bemalten Holzfassaden hindurch Richtung Ausgang. Er würde nicht einfach verschwinden. Irgendwas stimmte nicht.

»Wait here.« Ich ließ Carl stehen und eilte Aki hinterher.

Ich holte ihn ein, als er in der Warteschlange an einem Kiosk anstand. Lampions schwangen im Wind. Es roch nach Gras, und das internationale Sprachengewirr von Touristen schwirrte durch die Luft wie Konfetti. Bunte, glitzernde Leute, die nach Berlin kamen, um ausgelassen zu feiern – und doch nicht so vielfarbig, wie sie glaubten. Aki war weit und breit der einzige Stif, das konnte ich spüren. Obwohl die Betreiber anderes behaupteten, war der Holzmarkt vor allem ein Wunderland für Menschen.

»Hey.« Ich schob mich neben ihn. »Drinnen hätte es auch Bier gegeben.«

»Ich brauche eine Pause«, sagte er. »Geh wieder in den Club, Lucy. Ich bin gleich zurück.«

Er log. Und er log sonst nie.

»Ich brauch auch 'ne Pause«, sagte ich.

»Aber nicht hier.« Er schaute weg. »Lass mich allein.«

»Erst wenn du mir sagst, was los ist. Bist du sauer auf mich?«

Er beobachtete den Menschenstrom, der sich links von uns vorwärtsschob. Aber er sah die Leute gar nicht. Sein Blick war nach innen gekehrt, sein Gesicht verkrampft, als lausche er einer unheilvollen Nachricht. Vielleicht tat er das. Die Haare auf meinen Armen richteten sich auf.

Jäh löste er sich aus der Warteschlange und eilte durch den Menschenstrom.

»Warte!« Japsend drängelte ich mich hinterher. Er tauchte

unter ein Pavillondach, in dem Paletten als Tische und Bänke dienten. Während er über die ausgestreckten Beine der Sitzenden stieg, holte ich auf.

Jäh blieb er bei einer rothaarigen Frau stehen, die sich kichernd ihre Club-Mate-Flasche an die Lippen hielt. Er schlug ihr die Flasche aus der Hand, das Glas zerschellte am Boden.

»He!«, rief die Frau.

»Er hat dir K.-o.-Tropfen reingetan.« Aki deutete auf den Typ, der neben ihrem Tisch kauerte, eine Hand auf ihrem Knie. »Er plant ein paar schlimme Dinge mit dir.«

Der Typ zuckte hoch. »Was fällt dir ein?«

Doch Aki wandte sich ab und eilte weiter. Mit aufgerissenen Augen sah ihm die Rothaarige hinterher, dann musterte sie den Mann neben sich.

»Der spinnt doch«, rief der Typ. »Ich hab nichts getan.«

»Du lügst«, sagte ich. »Ich habs auch gesehen. Filzt seine Taschen, dann findet ihr die Tropfen.«

Der Typ wich zurück.

»Du Scheißkerl«, schrie die Rothaarige, und während ich hinter Aki herhastete, hörte ich, wie sie und ihre Freundinnen den Typ zur Schnecke machten.

Am Ausgang vom Holzmarkt, unter der riesigen, glitzernden Discokugel, holte ich Aki wieder ein. Die Leute stromerten in kleinen Grüppchen vorbei. Verkehr rauschte die Straße entlang, das Licht der Laternen wirkte trüb. Akis Gesicht blieb im Schatten.

»Du folgst jemandem«, stieß ich aus. »Wem?«

Er gab mir mit einem tiefen Seufzen zu verstehen, dass ich ein nerviges Gör war, das ihn einfach nicht in Ruhe ließ.

»Dort drüben am Fahrradständer«, sagte er endlich. »Blond, weißer Hoodie.«

»Der ist doch noch ein Junge!«

Zusammen mit seinen drei Kumpels stand der Junge da, sie

wirkten wie Studenten im ersten Semester. Schlaksige Beine in Jeans, Frisuren in die Stirn gekämmt, die Ärmel hatten sie alle vier hochgeschoben und sie zündeten sich Zigaretten an. Für mich unterschied sich der Blonde null von den anderen. Doch Aki schaute aus den Augenwinkeln so düster zu ihm hinüber, als litte er Schmerzen. Er konnte die bösen Gedanken von Menschen hören. Das war als Erzdämon des *Schāhnāme* seine Fähigkeit und sein Fluch zugleich.

»Verdammte Axt«, flüsterte ich. »Wie schlimm ist es in seinem Kopf?«

Aki sagte nichts. Mein Herz wurde schwer. Ich konnte mir kaum vorstellen, wie es war, in seiner Haut zu stecken. Niemand kannte die menschlichen Abgründe so wie er – und niemand kämpfte härter, nicht in sie hinabgezogen zu werden. *Deshalb schreibe ich Kriminalromane,* hatte er einmal gesagt. *Wenn ich dem Bösen eine Geschichte gebe, hat es keine Macht über mich.*

Es war ein Fehler gewesen, ihn zu einer Party in einem Menschen-Club zu überreden.

»Warum bist du dem Jungen gefolgt?«, fragte ich. »Ist er wie Melvin?«

Ich schauderte. Melvin war ein sadistischer Verkäufer in einem Späti gewesen. Er hatte mich beim Ladendiebstahl ertappt und vorgehabt, mich in seinem Abstellraum persönlich dafür zu bestrafen – als Aki seine Absichten hörte und mich vor ihm rettete. So hatten wir uns kennengelernt.

»Er ist schlimmer als Melvin«, erwiderte Aki.

»Fuck.« Ich schlang die Arme um mich.

Die Jungs lachten, zwei von ihnen tauschten High Fives aus. Als sie sich in Bewegung setzten, spannte Aki sich an. Er wollte ihnen folgen, aber er zögerte. Wegen mir.

»Was hast du in seinem Kopf gehört?«, fragte ich.

Was hast du vor?, wollte ich eigentlich fragen.

Aki schüttelte den Kopf. »Du frierst«, sagte er. »Deine Jacke ist noch im Club.«

Und während wir aneinander vorbeiredeten, verschwand der böse Junge die Straße hinunter.

»Komm.« Ich stapfte los. »Wenn dieser Typ etwas Fieses plant, müssen wir ihn aufhalten. Und wenn du mir nicht sagst, was es ist, finde ich es selbst raus.«

Aki stieß einen Laut aus, der ziemlich verzweifelt klang, doch er folgte mir.

»Du verstehst es nicht, Lucy«, sagte er. »Böse Gedanken sind keine Vorhersagen. Sie sind wie schlimme Träume, chaotische Bilder, Gefühle, Bruchstücke, die selten zusammenhängen. Ich kann meistens gar nicht sagen, was davon in Realität münden wird und was nicht.«

»Bei dem Typen mit den K.-o.-Tropfen vorhin wusstest du es.«

»Der hatte eine sehr begrenzte Fantasie. Und eine klare Vorstellung seiner nächsten Schritte.«

»Und bei diesem Jungen ist es anders?«

Einen Steinwurf vor uns schlenderten die Studenten, der Blonde in ihrer Mitte. Sie passierten den leuchtenden Schriftzug eines Autohauses. In der Ferne blinkte der Fernsehturm.

Akis Miene verschloss sich. »Ja, ist es. Deshalb musst du dich raushalten. Kehr um. Bitte.«

»Damit du was tust?«, schnaubte ich. »Ihm hinterherschleichst bis zum Sanktnimmerleinstag?«

Er presste die Lippen zusammen. Er würde mir nichts verraten. Weil er entweder glaubte, ich könne mit der Wahrheit nicht umgehen, oder dass er mich beschützen müsse. Beides machte mich verdammt sauer.

»He!«, rief ich. Die Studenten wandten sich zu uns um. »Habt ihr Feuer?«

Schon hatte ich sie eingeholt. Ich investierte meine ganze

Strahlkraft in ein Lächeln für den Blonden. Er guckte zu Boden. Einer seiner Kumpel zündete mir die Zigarette an. Ich kicherte, als er mir dabei nahe kam, hielt mich an seinem Ärmel fest.

»Berliner Party-Jungs!«, rief ich und reckte mein Handy in die Luft für ein Selfie. Automatisch schauten sie in die Kamera, auch der Blonde.

»Geht ihr zur Jannowitzbrücke?«, fragte ich. »Wir wollen mit der S-Bahn zum Berghain.«

Aki blieb ein Stück entfernt stehen, halb abgewandt und das Handy ans Ohr gepresst. Er murmelte, tat so, als ob er telefonierte. Vielleicht telefonierte er auch wirklich. Oder er machte Fotos. Sein Omega klang wie ein Fauchen. Er war wütend auf mich.

»Zum Berghain kannste doch von hier aus zu Fuß gehen«, sagte einer der Jungen und musterte mich. »Außerdem ist das ’n Stif-Club, die lassen euch nicht rein. Ihr seid Touristen, oder?«

»Erwischt.« Ich kicherte. »Habt ihr ’nen anderen Tipp für uns?«

Sie debattierten los, gaben ein bisschen mit ihren Clubkenntnissen an und wägten fachmännisch diverse Türsteher gegen unser Outfit ab. Ich rückte dichter an den Blonden heran. Unter seinem Hoodie wirkte er zierlich, mit kleinen, weichen Händen. Er schaute mich immer noch nicht an.

Was ging in seinem Kopf vor, das Aki so aufwühlte?

»Was haltet ihr davon«, sagte ich. »Wenn wir einfach mit euch mitkommen? Ich schmeiß ’ne Runde Pep für alle.«

»Nee«, sagte der eine. »Wir haben selber welches.«

»Perfekt«, rief ich. »Dann geben wir uns zusammen den Kick.«

Vielleicht hatte ich den Blonden doch einen Moment zu lang angeguckt. Er wandte sich ab, hob die Hand zum Gruß.

»Ich bin raus«, sagte er. »Muss ins Bett.«

Die anderen traten einen Schritt zurück, ihre Mienen wurden vorsichtig. Ich war zu forsch. Innerlich stieg ich mir selbst auf die Zehen. Mir blieb nur eine Option. Ich griff in meine Umhängetasche und zückte meinen Dienstausweis. »Hier geblieben, Jungs.«

»Verdammt, das sind Bullen!« Sie spritzten auseinander wie eine Gruppe Mäuse unter dem Schatten eines Greifvogels. Sollten sie ruhig abhauen. Ich wollte nur einen von ihnen.

Schon war ich beim Blonden und packte ihn an der Schulter. Er wollte sich losreißen, ich drückte ihn nach unten auf die Knie. Ab jetzt war es reine Polizeiarbeit. Ich drehte ihm die Hände auf den Rücken, tastete seine Jeanstaschen ab. Dabei fand ich ein Handy, zehn Euro – und ein Schnappmesser. Bingo.

»Lassen Sie mich los«, rief er. »Ich hab nichts getan. Und Pep hab ich auch keins.«

»Drogen sind mir egal«, knurrte ich. »Was hast du mit dem Messer vor? Wen willst du damit abstechen?«

Wäre er zusammengeschreckt, hätte er entsetzt protestiert, hätte ich Zweifel bekommen. Doch er wurde schlaff. Als hätten meine Worte die Luft aus ihm rausgelassen. Oder von einer Maske befreit. Als ich ihn losließ und um ihn herumtrat, war seine Miene ausdruckslos.

»Sie sind ja verrückt«, sagte er.

»Wie heißt du?«, fragte ich.

»Max Mustermann. Und wie heißen Sie?« Während er mich das fragte, schaute er mir zum ersten Mal direkt in die Augen. Mich schauderte es, ganz tief drin, als ich plötzlich eine Ahnung bekam vom Abgrund, der Aki berührt haben musste. In den Augen des Jungen war nichts außer Leere. Als wäre er innerlich tot.

»Verarsch uns nicht!« Ich drückte seine Schulter so fest, dass er aufschrie. »Wir wissen, dass du was vorhast.«

Eine Gruppe Kids blieb stehen. »He!«, rief ein Mädchen. »Das ist Polizeigewalt!«

»Mach es nicht noch schlimmer, Lucy«, raunt Aki neben mir. Er hatte sein Handy weggesteckt und zog mich am Arm. »Lass ihn gehen.«

Aber das konnte ich nicht. Jetzt nicht mehr. Ich starrte den Jungen an. Er starrte zurück, blinzelte nicht mal. Ich zückte mein Handy.

Fünf Minuten später blinkte der Streifenwagen neben uns auf. Zwei Polizeileute stiegen aus mit den nüchternen Mienen, die unser Job mit sich bringt.

»Sie sind die Kollegin aus dem achtundvierzigsten Revier?«, sagte der ältere Polizist zu mir, während der jüngere den Blonden mit geübten Griffen erneut abtastete.

»Überlassen Se uns ein Abschiedsgeschenk, bevor Se den Dienstbereich wechseln, wa.« Er grinste. Offenbar hatte die Einsatzzentrale über mich geplaudert.

»Waffenbesitz«, sagte ich. »Er hat ein Schnappmesser.«

Plötzlich kam Leben in den Jungen. »Das ist nicht illegal«, wimmerte er mit einer solch jammervollen Grimasse, als hätte ich ihn geschlagen. »Acht Zentimeter Klinge sind erlaubt.«

»Da kennt sich aber einer aus.« Der Polizist nahm mir das Messer aus der Hand, ließ es aufschnappen. Und zuckte mit den Schultern. »Sorry Kollegin. Er hat recht. Die Größe ist gerade noch zugelassen.«

»Aber nicht, wenn er jemanden damit umbringt«, stieß ich aus. »Aki, sag ihnen, was du gesehen hast. Mein Begleiter ist ein Stif. Er kann böse Gedanken lesen und weiß deshalb, dass der Junge was Übles vorhat.«

Aki nickte. Seine Zähne waren so fest aufeinandergepresst, dass seine Wangenknochen hervortraten.

Die Polizisten starrten ihn an, der Junge musterte ihn voller neu erwachtem Interesse. Und in dem Augenblick wurde mir klar, dass ich einen Fehler begangen hatte.

»Gedanken lesen, wa«, schnaubte der ältere Polizist. »Is das jetzt zertifiziert als Ermittlungsmethode?« Er grinste. »Ich dachte, Sie wechseln erst nächsten Monat zur ÜSG, Kollegin. Dort können Se sich damit rumschlagen. Aber nicht bei uns.«

»Nehmen Sie seine Personalien auf«, sagte ich. »Vielleicht gibt es eine Akte über ihn.«

Er schüttelte den Kopf. »Auf welcher Grundlage? Stif-Orakel? Der Jung hat nichts angestellt. Sein Se lieber froh, dass wir kein Protokoll aufnehmen. Wir fahren wieder. Und Sie gehn nach Hause, Kollegin.«

Ich ballte die Hände zu Fäusten. Jedes Wort, das ich sagen könnte, würde es nur noch schlimmer machen.

»Hau schon ab.« Er gab dem Jungen einen Stups.

Der Junge streckte die Hand aus. »Mein Messer, bitte.«

Mit einer geübten Bewegung ließ er es einschnappen und steckte es zurück in seine Tasche. Sein letzter, kalter Blick galt nicht mir, sondern Aki. Dann ging er. Auch die Polizei fuhr wieder, das Publikum zerstreute sich.

Aki und ich blieben auf dem Gehsteig zurück. Ich stieß eine Reihe geflüsterter Flüche aus, stampfte so kleinlaut auf wie ein Kind, das Mist gebaut hatte und seinen besten Freund nicht verlieren wollte.

Aki war eine stumme Statue aus Wut, die mich einfach ignorierte. Er starrte auf die Straße. Ein anthrazitfarbener Audi rollte langsam auf der Fahrspur an uns vorbei. Für einen Moment glaubte ich, Omega zu spüren, ein kühles Knistern wie Tritte auf Eis. Unvermittelt gab der Wagen Gas, Aki trat einen Schritt in den Schatten zurück.

»Tut mir leid«, sagte ich. »Ich wollte nicht –«

»Tu das nie wieder«, fauchte er. »Misch dich nicht in meine Angelegenheiten ein, nutze nie mehr ungefragt meine Fähigkeiten aus. Und verrate keinem dieser *Unmenschen* jemals, dass ich seine bösen Absichten lesen kann. Das bringt uns alle in Gefahr. Wenn ich sage, halt dich raus, dann tust du das. Versprich es mir.«

Ich versprach es ihm.

Auf dem Heimweg schaute ich mich mehrmals um, aber der Junge war weg. Als ich später mein Selfie-Foto checkte, war er darauf nur ein verwischter Schatten.

Doch drei Tage später sah ich ihn wieder. Auf der Titelseite der Zeitungen. Max Mustermann hieß Hendrik, stammte aus Holstein und hatte dort in den letzten Jahren zwei kleine Mädchen getötet. Bei einem weiteren Mordversuch in Berlin wurde er zufällig ertappt und nach einer Verfolgungsjagd von der Polizei erschossen.

Obwohl ich nachrecherchierte, fand ich niemals heraus, wer Hendrik ertappt hat. Und ob es wirklich ein Zufall gewesen war.

Eine Frage treibt mich bis heute um: *Was hättest du getan, wenn ich dir nicht gefolgt wäre?*

Ich habe sie Aki niemals mehr zu stellen gewagt.

12

Ich wache heute mit der beklemmenden Angst auf, etwas Unersetzliches verloren zu haben. Das ist die Strafe dafür, dass ich vor dem Einschlafen über die Vergangenheit gegrübelt habe, über böse Jungs und unangenehme Fragen.

Meine Hand tastet nach der Hasenpfote und greift ins Leere, und als ich später in der Küche alte Brotscheiben in den Toaster stecke, spüre ich den Nachhall von Akis Omega-Schnurren in der Wohnung wie einen Phantomschmerz.

Mein Prepaidhandy verzeichnet null Anrufe. Mir fallen eh nur wenige Leute ein, die mich anrufen würden, ohne mich anzupöbeln oder Geld und Gefallen einzutreiben. Vielleicht ganz gut, eine neue Telefonnummer zu haben.

Professor streicht miauend um meine Beine, doch ich habe keine Ahnung, wo sein Katzenfutter steht. Statt Cosimas High Heels hängt ein gelbes Post-it an ihrem Türgriff. *Weck mich!!!*, steht darauf. Ich ignoriere die drei Ausrufezeichen und schleiche an ihrer Tür vorbei.

Akis Tür steht offen. Ich runzle die Stirn. Gestern Abend war sie geschlossen. Ist Cosima heute Nacht in sein Zimmer gegangen? Aber was sollte sie dort?

Er ist zurück. Mein kleines, dummes Herz macht einen Satz, obwohl mein Verstand längst weiß, dass es sich irrt. Tatsächlich ist sein Zimmer leer, das Bett unberührt bis auf eine Kuhle im Kopfkissen. Offenbar hat Professor einen neuen Schlafplatz. Und vielleicht kann er auch Türen öffnen.

»Du Racker.« Ich bücke mich, um ihn zu streicheln. Mein Blick fällt unter Akis Bett. Mit einem Keuchen schrecke ich zurück.

Seine Reisetasche ist weg. Stattdessen liegt dort eine Barbiepuppe. Genauer gesagt, die Barbie mit dem verschmorten Gesicht, die im Postzentrum von Assel angezündet wurde. Jemand hat sie in Zeitungspapier gewickelt, doch ihr Kopf schaut heraus.

Vorsichtig hole ich sie unter dem Bett hervor.

Wo die Augen waren, ist ein schwarzes Loch, die pinken Lippen bleiben in ewigem Lächeln erstarrt.

Warum zum Teufel sollte Aki sie mit nach Hause nehmen? Außerdem hatte er keine Tasche bei sich. Ich hätte es gemerkt, wenn er sie unter dem Mantel transportiert hätte.

Ich schaue sie an und schaudere. Das hätte mein Gesicht sein können. Der Gestank der Puppe steigt mir in die Nase. Nicht nach verbranntem Gummi, sondern nach verbranntem Fleisch. Etwas kreischt weit entfernt, ein höhnischer, garstiger Klang.

Ihr Lächeln wird breiter.

»Was zum Teufel!« Ich lasse sie fallen.

Professor stößt ein Fauchen aus und springt zurück.

Sie ist uns gefolgt. Ein Schauer jagt durch meinen Körper.

»So ein Quatsch«, widerspreche ich mir selbst empört. Und dann hole ich mir Gummihandschuhe und stopfe die Puppe in eine Mülltüte.

Ich renne die Treppe hinunter, werfe sie in den Müllcontainer im Hinterhof, hole die Post aus dem Briefkasten und renne die Treppen wieder hoch.

Immerhin ist mir jetzt warm. Und mein Kopf ist klarer. Meine überreizte Fantasie hat mir einen Streich gespielt. Aki hat die Puppe mitgebracht, wahrscheinlich als Inspiration für einen Krimi. Wenn er zurückkommt, wird er mich auslachen.

Was weiß ich schon, was im Kopf eines Schriftstellers vor sich geht.

Wusste ich überhaupt jemals, was in Akis Kopf vorging?

Ich verdränge den Gedanken und widme mich der Post. Zwei Rechnungen, die ich direkt im Mülleimer versenke, und ein großer grauer Umschlag. Eine Vorladung.

In der Ermittlungssache der Staatsanwaltschaft Berlin wegen Einbruch und Verstoß gegen das Betäubungsmittelgesetz ist Ihre Vernehmung als Beschuldigte erforderlich.

Der Termin ist heute Nachmittag in Bláinns Büro.

Meine Kehle schnürt sich zu. Er meint es ernst. Wie kann er das tun? Wenn er mich für irgendwas drankriegt, kann ich einpacken. Dann landet meine Karriere im Müll wie die Puppe, und ich lande wahrscheinlich an einem noch schlimmeren Ort.

Da mir der Hunger vergangen ist, halte ich die Brotscheiben Professor hin. Er verschmäht sie mit einem empörten Maunzen und rollt stattdessen den zerknüllten Brief über die Fliesen hin und her. Dabei macht er erstaunlich viel Radau. Bevor er Cosima weckt, schlüpfe ich in Akis Mantel, schnappe mir ihren Autoschlüssel und ergreife die Flucht.

Mein Büro ist eiskalt, und als ich die Heizungen aufdrehe, passiert nichts. Auch das Wasser bleibt kalt. Meine Vermieterin hat mir das Gas abgestellt.

Ich packe mich in alle verfügbaren Kleidungsstücke. Zumindest habe ich noch Strom, um endlich eine Monatsmiete zu überweisen.

Danach wähle ich die Nummer vom Pergamonmuseum.

Die barsche Sekretärin teilt mir mit, dass der Direktor heute nicht im Haus ist.

»Er soll mich zurückrufen«, sage ich. »Sagen Sie ihm, es ist wichtig.«

So abrupt, wie sie auflegt, denkt sie gar nicht daran. Also google ich Ludwigshofs Club der *Artefaktisten.* Null Treffer. Ich widerstehe dem Impuls, auf die Tastatur zu hauen.

Immerhin, die Stif-Datenbank lässt mich nicht im Stich. Frau Perchta ist eine österreichische Personifizierung von Frau Holle aus Grimms Märchen, die wiederum auf ältere Sagen über Wintergöttinnen und dunkle Bestraferinnen zurückgeht.

Kubera ist einer von weltweit mehreren manifestierten vedischen Göttern, dem jedoch in Indien so viele unterschiedliche Legenden zugeschrieben wurden, dass diese nun in ihm streiten.

Uhrd stammt aus altgermanischen Mythen, deren Quellen nicht genau beziffert sind. Ihre Daten sind am lückenhaftesten.

Alle drei arbeiten für eine Zeitarbeitsfirma, und über die hat Frau Wagner sie eingestellt. Vor fünf Monaten. Offenbar hat sie nach dem Tod ihres Mannes mehr geändert als nur den Tresorcode.

Aufseß' Nachruf lobt ihn als *Mäzen der schönen Künste* und bezeichnet seinen Tod als tragischen Unfall. Das Foto ist das gleiche wie über seinem Schreibtisch.

Über den Sohn Johann Wagner finde ich ein paar Erwähnungen in Boulevardmedien und Kunstblogs, doch nichts in den sozialen Medien. Vielleicht hat die Oberschicht ihr eigenes Instagram. Laut *Celebrity* ist er neunundzwanzig, fast so alt wie ich. Ich hätte ihn jünger geschätzt. Sein Abgang gestern hatte bei aller Lässigkeit etwas Verzweifeltes.

In Cosimas Wagen drehe ich die Heizung voll auf. Die erste Hälfte der Fahrt nach Schwanenwerder versuche ich, Sascha zu erreichen. Ich will herausfinden, ob die ÜSG 9 schon Ergebnisse zu den Fingerabdrücken an Wagners Tresor hat. Und außerdem will ich wissen, wie viel Ärger mir heute Nachmittag bei der Vorladung blüht.

Weil er nicht rangeht, grüble ich, ohne dass mir eine brillante Eingebung kommt. Deshalb nutze ich die zweite Hälfte der Fahrt, um zu rauchen und Radio zu hören.

Auf der A 115 passiere ich die Ausfahrt Hüttenweg, wo es nur einsame Waldparkplätze und Jagdschlösschen gibt – und den Teufelsberg. Feenland. Jäh fröstelt es mich.

Der Grunewalder Forst wogt gegen die Straßenböschung wie dunkelgrüne Brandung, als etwas den Himmel verdunkelt. Es rast auf mich zu. Vor Schreck verreiße ich das Lenkrad, das Auto schlingert über den Seitenstreifen. Hinter mir hupt jemand.

Meine Hände krampfen sich ums Lenkrad, während der Wagen den Seitenstreifen entlangrollt. Das war nur ein Vogel. Ein großer, grauer Reiher. Oder ein fliegender Faerie aus Maeves Leibgarde.

Weiß sie, dass ich hier bin?

Das Lenkrad bebt unter meinen Fingern. *Atmen.*

Sorgfältig lenke ich den Wagen zurück auf die Fahrbahn. Als sich meine Hände endlich vom Lenkrad lösen lassen, sind sie schweißnass. Ich mache das Fenster auf und inhaliere die Winterluft, bis mein Puls ruhiger wird.

Erst der Mordsschreck mit der Puppe, dann die Vorladung, jetzt die Feenkönigin. Allmählich habe ich so viele Issues, dass es für eine ganze WhatsApp-Gruppe reicht.

Endlich schimmert vor mir der Wannsee. Die frostige Uferkette von Schwanenwerder blinkt aus dem Nebel wie der Halsschmuck einer mystischen Diva. Ein Aufpasser will auf die Brücke treten, um mir den Weg zu versperren. Ich habe keine Lust, mit ihm zu reden, und als ich kurz aufs Gas trete, sieht er das auch ein.

Bei Tageslicht wirkt Wagners Villa harmloser, trotzdem strahlt sie eine Düsternis aus, die mir nicht behagt. Ich parke

Cosimas Wagen auf dem Hof. Nur der Porsche steht da, der Tesla fehlt, und jemand hat die Furchen im Kies über Nacht glatt geharkt.

Perchta öffnet mir die Tür. Ihr Dutt sitzt so stramm, dass ihre Stirn aussieht wie gebügelt. Sie trägt Handschuhe, ihre Augen gucken genauso böse wie gestern.

»D' gnädige Frau ist in die Stadt gefahrn.« Sie reicht mir ein eingeschweißtes Pack neuer, flauschiger Bremsklötze, das ich aufreiße und hineinschlüpfe. Und mich frage, ob sie die einmal getragenen Pantoffeln jedes Mal wegwerfen.

»Kubera is mitgefahrn«, sagt Perchta. »Sie kommen erst zum Kaffee wieder zrück.«

»Und wo ist Uhrd?«

»Die hat alleweil an Termin.«

»Dann sprechen Sie mit mir.«

»Heut nimmer, sagt d' gnädige Frau. Ich muss für sie noch a Dinner vorbereitn.«

»Ach was.« Dass meine Auftraggeberin mir nach gestern Abend erst mal aus dem Weg geht, wundert mich nicht. Doch sie würde nicht meine Gesprächstermine mit ihren Angestellten sabotieren. Warum lügt Perchta?

Sie führt mich in ein helles Arbeitszimmer, das mit zwei Schreibtischen zweckmäßig eingerichtet ist.

»Der linke ist Uhrds Platz, den rechten können S' nutzen«, sagt sie. »Des WLAN-Passwort finden S' in der Schublade. Wenn S' was brauchen, ich bin in der Küch.«

Ich lege meinen Laptop auf den Tisch. Ich habe nicht die Absicht, mich über das hauseigene WLAN überwachen zu lassen. Trotzdem öffne ich die Schublade. Auf einem Notizzettel steht der handgeschriebene, ellenlange WLAN-Code aus Ziffern und Buchstaben. Darunter liegt der Prototyp eines Flyers. Ich ziehe ihn heraus.

CryptoRocks. Die virtuelle Zukunft der Kunst. Eine Plattform der nächsten Generation, auf der wir digitale Werke verkaufen. Machen Sie mit beim Mega-Trend NFT!

Ist das Johanns Geschäftsidee?

Wolkenkuckucksheim, hat jemand mit steiler Handschrift darübergeschrieben. *Wer soll dafür Geld ausgeben?*

Ich lege den Zettel wieder in die Schublade. Das Fenster gibt den Blick auf eine abschüssige Parklandschaft frei, in der Ferne schimmert der See.

Ich ziehe mir wieder meine Schuhe an, schnappe mir den Mantel und umrunde das Haus. Nur das gefrorene Laub raschelt unter meinen Schritten. Auf dem Land ist es viel zu ruhig für meinen Geschmack. Vielleicht liegt es am Winter, der alles Leben hier draußen auf Eis legt. Zwischen den Eichen blinkt kurz die Sonne hervor. Nirgends Sicherheitskameras. Bis auf die Alarmanlage am Tor scheint sich Wagner einzig auf Perchtas österreichischen Charme zu verlassen. Was vielleicht gar kein Fehler ist.

Ich komme an einer grauen Steinbüste vorbei, die einen Mann mit Backenbart und dem kantigen Kinn der Familie zeigt. Die Inschrift ist zu verwittert, um sie zu lesen.

Unterhalb des Westflügels, wo Johann seine Zimmerflucht hat, bleibe ich stehen und starre zwei Minuten lang hinauf zu seiner Fensterfront.

Dann wähle ich Direktor Ludwigshofs Nummer. Niemand geht ran. Als Nächstes rufe ich bei Inka an – und habe ihre Anwältin Gordafarid in der Strippe.

»Ja, sie ist aus der U-Haft entlassen.«

Im Hintergrund höre ich Motorengeräusch, wahrscheinlich fahren sie gerade zusammen in Gordafarids Dienstwagen.

»Sie kann im Moment nicht mit dir reden«, sagt die Anwältin. »Probier es heute Abend noch einmal.«

Bevor ich nachhaken kann, legt sie auf. So viel zur Dankbarkeit. Verärgert stapfe ich durchs Laub.

»Hast du dich verlaufen?«, fragt jemand hinter mir.

Na endlich. Ich dreh mich um. Johann Wagner lehnt an einer Eiche.

»Schleichen sich hier alle so lautlos an?«, frage ich.

Er grinst. »Soll ich dich herumführen?«

»Gern.« Ich strecke die Hand aus. »Lucy. Aber das weißt du schon.« Wer mich duzt, den duze ich zurück.

»Ich bin Jo.« Er schüttelt meine Hand kräftiger, als ich erwartet habe.

Sein Gesicht ist so bleich, dass Augenringe und Dreitagebart aussehen wie aufgemalt. Wahrscheinlich war seine Nacht deutlich kürzer als meine. In seinem ausgefransten Wollpulli und den löchrigen Jeans sieht er trotzdem auf diese abgefuckte Art gut aus, wie sie nur Leute hinkriegen, die reich genug sind, um arm aussehen zu wollen. Er mustert mich genauso unverfroren wie ich ihn.

»Du bist ja ein Mensch«, sagt er.

»Hast du was anderes erwartet?«

Er grinst. »Angesichts der Stif-Sammlung meiner Mutter? Hätte nahegelegen. Komm mit.«

Er führt mich zielstrebig zum Seeufer. Hinter einer immergrünen Wand aus Schilf verbirgt sich ein langer Steg – und ein zweistöckiges Holzhaus.

»Das ist das Bootshaus«, sagt er. »Mom hat es im Sommer umbauen lassen. Jetzt wohnen hier die Angestellten. Du willst dich sicher in ihren Wohnungen umsehen.«

»Klar«, sage ich. »Aber sie sollten dabei sein.«

»Anders als ich gestern?« Er zieht eine Augenbraue hoch. *Mist.*

»Nimm's nicht persönlich«, sage ich.

»Warum nicht?«

»Weil ich nur meinen Job mache.«

»Und ich wohne nur hier.« Mit den Händen in den Taschen starrt er mich an. Falls er eine Entschuldigung will, ist er an der falschen Adresse.

»Apropos wohnen.« Ich zeige aufs Bootshaus. »Ist das üblich? Dass die Angestellten mit auf dem Grundstück wohnen? Ist das nicht ziemlich –«

Ich halte inne, um ihn den Satz beenden zu lassen.

»Vorsintflutlich«, sagt er. »Ja. Vor ein paar Monaten war es anders.«

»Als deine Mutter noch keine Stifs sammelte. Aber dein Vater seine Artefakte. Was sammelst du?«

Er wirft einen grimmigen Blick über die Wiese, zurück zum Haupthaus. »Abstand.« Er zieht einen Schlüssel aus der Tasche. »Lust auf eine Spritztour?«

Nein. Aber auf seinem Terrain wird er mir mehr verraten als auf meinem. »Klar.«

Im unteren Stockwerk ist das Bootshaus noch das, was es sein soll – eine Garage auf dem Wasser. Ein Ruderboot und eine kleine Jacht schunkeln angebunden am Steg. Wir nehmen die Jacht. Sie ist weiß, mit einem spitzen, hohen Bug und tragt den Namen *Heideröschen*.

Mit einem mulmigen Gefühl steige ich an Deck und setze mich auf die Bank. Jo schnappt sich eine gelbe Regenjacke vom Steuer. Beim Anziehen tastet er rundum durch die Luft, als spielte er eine einsame Variante von Blinder Kuh. Dann lässt er den Motor aufheulen, und wir schießen hinaus ins Freie. Wasser spritzt vom Bug hoch in die Luft, der Wind schlägt mit Eiskrallen zu. Ich ziehe mir die Mütze über die Ohren.

Zwei Steinwürfe vom Land entfernt drosselt Johann den Motor. Wir tuckern die Uferlinie entlang, Enten suchen quakend das Weite. Unauffällig halte ich mich an der Reling fest. Ich hasse die Weitläufigkeit freier Flächen, die alles so klein und den Himmel so groß erscheinen lassen. Außerdem kann ich nicht besonders gut schwimmen.

»Was auch immer du mir sagen willst«, sage ich. »Hier hört uns keiner.«

»Du hältst mich für paranoid.« Er lächelt.

Ich schüttle den Kopf. »Alte Gewohnheiten lassen sich schlecht ablegen. Immerhin hattest du einen Vater mit einer Kappe, die unsichtbar macht.« Sein komisches Blinde-Kuh-Spiel in der Bootsgarage hat mich darauf gebracht.

Sein Lächeln verebbt. »Meine Mutter fand es immer lustig. Aber ihr hat er auch nie aufgelauert.«

»Dir schon«, sage ich. »Du konntest nie sicher sein, ob er in einer Ecke steht und dich beobachtet.«

»So ungefähr.« Er zieht eine Grimasse, die mehr verrät, als er glaubt. »Er sagte immer, er sei Zwergenkönig Alberich mit seiner Tarnkappe. Das war echt peinlich.«

»Die Kappe ist doch von Hades.«

»Schon klar.« Er schnaubt. »Aber Vater baute sich seine eigene Welt. Er war besessen von unserer Familiengeschichte. Unserem geistigen Erbe, sagte er immer. Auch wenn er nur eingeheiratet war.«

»Er meint das Erbe von Richard Wagner, dem Komponisten«, sage ich. »Stellt die Büste im Garten ihn dar?«

»Ja. Er war mein Ururgroßvater.« Johann blickt nicht sonderlich stolz drein. »Er komponierte ein Dutzend Opern. Darunter das große Märchen vom Schicksal der Welt. Blonde Germanen, ein Goldschatz, Drachen und Zwerge. Wie den Zwergenkönig Alberich. Seit es die Stifs gibt, wurden die Festspiele allerdings nicht mehr aufgeführt. Wer will schon einen künstlichen Drachen auf der Bühne sehen, wenn es echte gibt? Klar, dass du von den Nibelungen noch nie gehört hast.«

»Das hat deine Mutter gestern auch schon gesagt«, erwidere ich. »Aber vielleicht hab ich schon davon gehört. Dramatische Musik, pathetische Verse. *Herr der Ringe* für Senioren eben.«

Er lacht.

»Außerdem kenne ich die Nibelungenstraße«, füge ich hinzu.

In Märchen streut jemand Brotkrumen, um wieder nach Hause zu finden. Hier streut sie jemand, um mich in den Wald zu locken. Und ich folge ihnen.

»Wie ist dein Vater gestorben?«, frage ich.

Er hört auf zu lachen. »Er ist betrunken die Treppe im Foyer hinuntergestürzt. Vielleicht hätte man ihn retten können. Aber niemand war da, als er starb. Die Haushälterin hatte schon Feierabend. Ich war in meiner Wohnung in Mitte. Und Mom bei irgendeinem Empfang.«

»Deshalb hat sie die Haushälterin rausgeworfen und die Stifs eingestellt«, sage ich. »Sie will, dass immer jemand hier ist.«

Er schüttelt den Kopf. »Mom hat die Stifs eingestellt, weil sie da drei zum Preis von einem kriegt – und weil sie nicht ständig kündigen. Sie hat nie wissen wollen, dass die Angestellten es hier deshalb nicht lange aushielten, weil ihnen dauernd ein Unsichtbarer an den Hintern fasste.«

»Grundgütiger«, sage ich. »Hast du ihm deshalb die Artefakte gestohlen?«

»Um sie im See zu versenken und dem Grauen ein Ende zu machen?« Er blinzelt mir zu. »Ja, vielleicht.«

»Nein, weil du Geld brauchst«, entgegne ich. »*CryptoRocks.* Ich habe den Flyer gesehen. NFT-Kunstobjekte – das ist *der* Megatrend im Internet. Du willst etwas verkaufen, das jeder kostenlos haben kann. Und sie würden es dir aus den Händen reißen, nicht wahr? Die Reichen, die nicht mehr wissen, was sie sonst kaufen sollen. Die Welt ist verrückt, und du kombinierst einfach die Besessenheiten deiner Eltern und holst das Beste raus. Kunst und Geld.« Fasziniert halte ich inne. »Das ist echt teuflisch. Du brauchst nur das Startkapital. Aber deine Mutter denkt, das ist Spinnerei. Sie hält dich für unfähig.«

»Hat sie das gesagt?« Er lässt den Motor aufheulen.

»Das musste sie nicht.« Sie hat den Flyer in der Schublade platziert. Sie wollte, dass ich dieses Gespräch führe, während sie weg ist.

Nur dass Jo keine Lust darauf hat. Die Wut lässt ihn älter aussehen. Er reißt das Lenkrad herum und drückt den Gashebel durch. Wir rasen über den See, eine Fontäne aus Gischt zischt hinter uns hoch. Er steht breitbeinig, mit flatternden Haaren, und der Wind reißt sein Johlen zu mir.

Ich umklammere die Reling, mein Herz hämmert hoch bis zur Mütze. Das Boot legt sich in den Kurven so schräg, dass ich direkt in den schwappenden Schlund der vorbeirasenden Wellen schaue.

Gerade als ich glaube, dass ich mich übergeben muss, wird das Boot endlich langsamer. Zitternd hole ich Luft.

»Geht's wieder?«, frage ich.

Er zieht den Schlüssel aus der Zündung. Geschickt balanciert er über das immer noch schwankende Deck und lässt sich neben mir auf die Bank fallen.

»Du bist echt unerschrocken«, sagt er beeindruckt. Der Hauptteil seiner Wut ist offenbar mit dem Fahrtwind verflogen.

»Gehört zu meinem Beruf.« Von wegen. Meine Schläfen pochen, und mein Genick fühlt sich an, als hätte jemand versucht, es zu brechen. »Ich lass mich nicht so schnell einschüchtern.«

»Beneidenswert.« Er holt eine Plastiktüte aus seiner Jackentasche und wickelt einen Joint aus. Er zündet ihn an und hält ihn mir hin, grinst, als ich ihn annehme. Während ich daran ziehe, treibt Schwanenwerder hinter uns langsam weg.

»Siehst du den Landstrich dort vorne? An der Mündung der Havel?« Jo deutet auf den dunklen Forst, der sich bis zum Horizont erstreckt. Ich denke erneut an Brotkrumen, die in einen Wald führen. Zu einer Hexe – oder einer Feenkönigin.

»Die meisten der Grundstücke dort gehören meiner Mutter«, sagt er. »Sie hat sie schon als Kind von ihrem Vater geerbt, meinem Großvater Carl. Ein unehelicher Sohn war er, außer dem Namen Wagner hatte er nichts. Aber er schaffte es, die Erbin einer Bankdynastie zu heiraten, und mit ihrem Geld und guten Beziehungen kaufte er das Land. Seither sind Immobilien das Geschäft meiner Familie. Im Moment ist der Uferstreifen dort nicht viel wert. Wenn der Bauboom so weitergeht, wird er vielleicht als Baugrundstück freigegeben, und dann bringt jede Parzelle Millionen. Sagt Mom zumindest. Aber das ist Schmu. Niemand wird dort jemals bauen.«

Ich reiche ihm den Joint, und er zieht daran. Ich frage nicht nach. So wie der Wind das Boot irgendwann Richtung Ufer treiben wird, wird mein Zuhören Johann verlässlich zu seinem wunden Punkt treiben.

»Mein Vater hat Zeug gesammelt wie ein Verrückter«, sagt er. »Und Mom ist auf ihre Weise genauso. Sie sitzt auf ihrem Land, als wären es die Kronjuwelen.«

Er stößt so heftig den Rauch vor uns aus, dass meine Augen zu tränen beginnen.

»Die Aufgabe des Adels ist es, die Schönheit der Welt zu fördern. Das sagte mein Vater. Er war ein verrückter Kauz und ein arroganter Mistkerl. Er hatte keinerlei eigenes Vermögen, und gearbeitet hat er nie. Aber als ich Kunst studiert habe, war ihm das auch nicht recht. Mom wollte immer, dass ich in ihr Geschäft einsteige. Vor fünf Monaten kam ich hierher zurück. Ich stellte keinerlei Ansprüche. Ich wollte ihr nur beistehen. Weil sie traurig war. Weil sie mich brauchte. Was sie aber nie zugeben würde. Statt mit mir zu reden, hat sie mich direkt in die Firma kommandiert.« Er reicht mir den Joint zurück. »Hat sie dir erzählt, wie hart sie arbeitet? Früher hat das gestimmt. Aber jetzt starrt sie nur noch ihre Zahlen an und zählt ihre Aktien, scheucht dieses Assistenten-Stif mit sinnlosen Aufgaben herum. Während die echten Geschäfte längst ihre Anwälte erledigen. Sie kapiert das nicht, weil sie sich ihren Verstand wegsäuft, aber meine Mutter führt inzwischen das gleiche nutzlose Leben wie mein Vater. Und verbaut mir meine Zukunft.«

Sein Gesicht ist hart und verschlossen, und plötzlich hat er mehr Ähnlichkeit mit seiner Mutter, als ihm jemals bewusst sein wird. Weil er genauso lügt wie sie.

Ich gebe ihm den Joint zurück und unterdrücke den Impuls, von ihm wegzurücken. Klar kam er nach Hause – aber nicht, um seine Mutter zu unterstützen. Sondern weil er in ihrer Schwäche seine Chance witterte. Auf ein Teil vom Erbe, auf Aufmerksamkeit, oder auf irgendeinen anderen Bullshit, der ihm seiner Meinung nach zusteht.

Aber die Rollen, die wir in unserem Leben spielen, lassen sich nicht so leicht neu definieren. Nicht seine Mutter verbaut ihm die Zukunft, sondern er selbst. *Weil* er hierhehr zurückgekehrt ist. Er schafft es nicht, die Leine, an der sie ihn hält, zu durchtrennen. Macht das aus ihm einen Dieb? Macht es ihn wütend genug, um Verbrechen zu begehen?

Ich habe keine Ahnung. Ich kann seine dunklen Absichten nicht lesen, wie mein bester Freund es könnte. Und ich sollte darüber froh sein.

Mir tränen die Augen. Bestimmt ist das Dope an der Gefühlsduselei schuld. Doch ich vermisse Aki auf einmal höllisch.

»Mir ist kalt«, sage ich. »Lass uns zum Ufer zurückfahren.«

13

Im Bootshaus wartet Perchta mit einem Fernglas in der Hand. Sie hält den Kopf schräg und beobachtet mit ihren kupferglänzenden Augen, wie ich aus dem Boot klettere.

»Essen ist fertig«, knurrt sie.

»Ich dreh noch 'ne Runde«, sagt Johann. Er wartet kaum ab, bis meine Füße den Steg berühren, und tuckert wieder hinaus auf den See. Nach wenigen Metern drückt er den Gashebel vor und zischt mit heulendem Motor davon.

»Kommen S'?« Perchta hängt das Fernglas an einen Haken, wischt die Hände an ihrer Schürze ab und starrt mich an. Vielleicht will sie sich ernsthaft mit mir unterhalten. Oder mich einfach nur im Auge behalten.

Mein Instinkt rät mir, das Gleiche mit Johann zu tun. Das Motorengeräusch ist nur noch ein fernes Brausen, die *Heideröschen* ein daumengroßer Punkt.

»Gehen Sie schon mal vor«, sage ich, schnappe mir das Fernglas und trete ans Ufer.

Er steuert tatsächlich die andere Seeseite an. Die Grundstücke seiner Mutter. Ein einsamer Sandstreifen vor Nadelgrün, an einer Stelle ein Steg. Kurz bevor die *Heideröschen* dort anlegt, treten Gestalten hinter den Bäumen hervor. Sie sind grau gekleidet und groß, mit Flügeln wie flüssiges Silber. Feenkönigin Maeves Leibgarde.

»Hol's der Henker«, flüstere ich. Mein Instinkt ist ein echter Knüller.

Jo springt leichtfüßig vom Bug. Schon haben ihn die Faeries umringt. Er begrüßt zwei von ihnen mit Handschlag, dann verschwindet er mit ihnen im Wald. Nur ein Faerie bleibt zurück, um die *Heideröschen* an einem Poller festzubinden. Im Gegensatz zu den anderen ist er klein wie ein Kind und hat keine Flügel. Dafür hat er schulterlanges, weißes Haar, ein abgefucktes Camouflage-Shirt und einen durchdringenden Blick, den er über den See genau in meine Richtung wirft. Ich unterdrücke gerade noch den Impuls, ertappt das Fernglas zu senken. Maeves Fahrer. Ich hasse den kleinen Kerl. Er grinst, als wisse er genau, was in mir vorgeht. Lässig flippt er ein Skateboard in die Höhe und springt auf, dann brettert er den anderen hinterher.

Schon ist der Wald wieder ruhig. Aber er ist nicht mehr derselbe wie vorhin. Und ich auch nicht. Ich bin hellwach, und auch, als ich das Fernglas absetze, sehe ich die Welt glasklar und scharf. Weil ich Angst habe. Weil mir keine Wahl bleibt.

»Wenn ich nach der Inselbrücke links abbiege«, frage ich laut. »Kann ich dann am Ufer entlangfahren bis zu dem Steg dort drüben?«

»Der Steg ist in der Lieper Bucht«, tönt Perchta von einem Baumwipfel zu mir herab. Selbstverständlich hat sie mich ebenfalls nicht aus den Augen gelassen. »Folgen S' der Straße am Jachtclub vorbei bis zur Havelchaussee.«

Ich schaue zu ihr hoch. Ihr flatterndes Kleid lässt mich nicht erkennen, ob sie auf einem Ast sitzt oder ob sie schwebt.

»Hinter der Flußmündung biegt die Chaussee ins Hölzl ab«, sagt sie. »Ab da müsstn S' über Forstwege fahrn. Die sind aber für Fahrzeuge gsperrt.«

»Danke«, sage ich. »Könnten Sie das Essen für mich einpacken?«

Zehn Minuten später bremse ich Cosimas Mini ab und schaue mich um. Ich bin mutterseelenallein auf der Havelchaussee –

die Uferstraße, über die sich jeden Sommer die Blechlawine der Ausflügler wälzt, ist im Winter nicht ganz so reizvoll.

Ohne Zeugen biege ich in den Waldweg ein, vorbei am Schild *Forstliches Sperrgebiet – Zutritt gesperrt.* Der Wald wirkt nur auf den ersten Blick licht, auf den zweiten sind die Schatten unter den Bäumen undurchdringlich. Äste schlagen auf das Dach, als wären sie Kumpel, die mitfahren wollen, die Reifen rumpeln durch Pfützen. Ich hoffe, dass der Wagen keinen Schaden davonträgt. Einmal passiere ich ein von Efeu überwuchertes Haus, danach öffnet sich links von mir endlich der Blick auf die Havel.

Die Sandbucht ist aus der Nähe nicht ganz so idyllisch. Der Strand ist von Herbstlaub und Treibgut bedeckt, der Steg wirkt morsch. Die *Heideröschen* dümpelt einsam vor sich hin. Ich habe kein Bedürfnis, das Boot noch mal zu betreten. Stattdessen ziehe ich das Lenkrad nach rechts und biege in einen Weg zwischen den Bäumen ein, der gerade noch breit genug für den Mini ist. Hier ist Johann mit den Faeries in den Wald gegangen.

Ich will nur die ersten zwei Baumreihen hinter mich bringen, um den Mini vor oberflächlichen Blicken zu verstecken, dann werde ich Johann zu Fuß folgen.

Privatgrundstück, sagt ein Schild, deutlich größer als das erste. *Betreten verboten.*

Weil es jäh bergauf geht, gebe ich Gas, sodass die Steine unter den Reifen wegspritzen. Der Mini macht einen Satz, dann noch einen. Ein reißendes Geräusch ertönt unter dem Wagen, dann pfeift es, ein Klang wie sterbende Luftballons. Oder ein sterbender Reifen.

»Oh nein!« Ich springe aus dem Auto. Der linke Vorderreifen ist platt wie eine Flunder. Darunter staken Nägel aus der Erde, groß wie Rechenzinken. Ich stoppe gerade noch rechtzeitig, um nicht mit dem Fuß in einen zu treten. Offenbar hat Maeve ihre Barrikaden aufgestockt.

Ich lausche. Es ist still. Kein Omega. Und mein Handy zeigt kein Netz an.

»Verdammte Scheiße«, schreie ich in den Wald hinein. »Du willst dich über mich lustig machen, Maeve!«

Ergebnislos durchsuche ich den Kofferraum nach einem Ersatzreifen. Soll ich Cosimas Wagen zurücklassen? Ärger mit meiner einzigen Freundin riskieren und zulassen, dass Maeve mich für feige hält? Nein. Ich setze mich ins Auto und warte.

Es dauert immerhin drei Zigaretten, bis sie herangleiten. Ein Dutzend lautloser Schatten, vielleicht mehr. Ich spüre sie, bevor ich sie sehe. Dann ist einer der Schatten plötzlich kein Schatten mehr. Es ist Maeve.

Sie ist wunderschön. Und barfuß. Ihr silbernes Kleid wirkt im Waldlicht wie ein Nebelstreif, weißes Haar schmiegt sich um ihre spitzen Ohren. So zart sieht sie aus, die Personifizierung von Macht. Ich mache mir fast in die Hosen vor Angst.

Sie klopft gegen die Scheibe, ich lasse sie herunter.

»Schön, dass du zu meiner Party kommst, Lucy Wayne. Aber du hättest auch die offizielle Straße nehmen können.« Unter ihrem glockenhellen Kichern tönt der uralte Klang ihres Omegas.

Sobald ich aussteige, umringen sie mich. Graue Augen, spitze Zähne, ihr Omega tost wie Wasserfälle. Maeves Leibgarde. Kalte Hände zerren an meiner Kleidung, durchsuchen mich, dann schubsen sie mich hinaus auf den Weg.

»Von wegen Party«, knurre ich. »Du hast hier eine miese Falle aufgestellt.«

»Und du bist hineingetappt wie eine Anfängerin.«

»Ich bin nur hier wegen Johann Wagner«, sage ich. »Dort hinten steht sein Boot. Er ist mit deinen Leuten im Wald verschwunden.«

»Interessant.« Sie wird keine Fragen beantworten. Das machen Faeries nie. Weil die meisten von ihnen nämlich nicht lügen können – ihre einzige Schwäche. Doch Maeve kann lügen. Ich habe es bereits erlebt. Ich halte ihrem Blick aus blassen Augen einen Atemzug lang stand, aber dann muss ich wegschauen. In ihrer Mimik liegt keinerlei Gefühl. Sie will lediglich sehen, wie ich in dieser Situation reagiere. Als wäre ich ein Insekt unter ihrer Lupe. Und genauso kann sie mich zerquetschen.

»Oh Lucy«, sagt sie weich. »Ich habe mich gefragt, wann du endlich wieder mein Land betrittst.« Schon lügt sie.

»Von wegen«, knurre ich. »Ich steh hier auf Grund und Boden von Elisabeth Wagner.«

Ihr Gesicht verfinstert sich, ihr Omega bekommt einen stählernen Klang. »Wenn du auf diesem Detail bestehst, kann ich Grund und Boden jederzeit ändern.«

Sie schnalzt mit der Zunge, zwei Faeries packen mich unter den Achseln – und reißen mich in die Höhe.

Ich würde schreien, risse mir der Wind nicht jeden Atem von den Lippen. Wie ein Geschwader silberner Pfeile rasen wir über die Wipfel des Grunewalds. Flügelschläge brausen um meine Ohren, Vögel stieben aus unserem Weg. Die Bäume rauschen unter uns. Einmal überqueren wir eine Lichtung voller Schnee, und ich meine, darauf Rentiere äsen zu sehen.

In der Ferne sehe ich die weißen Türme des Lost Place, die Ruinen der einstigen Abhörstation, die aussehen wie riesige Pilze. Wir fliegen zum Teufelsberg.

Ich will da nicht hin. Ich würde mit den Füßen strampeln, wären sie nicht längst eingefroren.

Maeve hält sich an den Schultern eines fliegenden Faeries fest und lacht, und ihr Lachen klingelt in der Winterluft wie tausend Weihnachtsglöckchen.

»Johann ist bereits angekommen«, ruft sie. »Und wir auch gleich.«

In diesem Moment klappen die Faeries ihre Flügel ein. Und

lassen sich einfach fallen. Jetzt gelingt es mir doch zu schreien. Bevor ich die Augen zupresse, erhasche ich noch einen Blick auf ein Mauerrund unter uns, eine schwarze, leere Tiefe wie ein Brunnen. Dann nichts mehr.

Vielleicht hab ich vor Schreck tatsächlich kurz das Bewusstsein verloren. Zumindest bekomme ich von der Landung nichts mit. Als ich die Augen aufreiße, bleibt es schwarz. Ich keuche gegen die Dunkelheit an. Da ist Boden unter meinen Füßen. Herrlicher, fester Boden. Selbst wenn er Maeve gehört. Das Omega-Brausen um mich herum zeigt mir: Sie alle sind noch da.

»Lass die Tricks!«, fauche ich.

Wie als Antwort flammt Licht über mir auf. Ein so gleißend heller LED-Spot, dass ich die Augen zukneifen muss.

»Das ist kein Trick«, sagt Maeve fröhlich. »Nur der Hintereingang.«

Sie nimmt meinen Arm und klopft gegen eine Wand, die sich als Tür entpuppt. Irgendjemand stößt sie von innen auf, ein Schwall Techno und Omega und Wärme schwappt uns entgegen, und Maeve schiebt mich hindurch.

»Willkommen auf meiner Party.«

Dämmerlicht umfängt mich, zerrissen von den zuckenden Blitzen eines Stroboskops. Körper und Schatten und Lichter pulsieren im Stakkato von Technomusik. Der Beat hat etwas vom Herzschlag einer Maschine, und darüber meine ich, ein hohles Flüstern zu hören, den Murmelgesang von rauschendem Blut. Vielleicht höre ich ihn auch nicht wirklich – die Musik mischt sich mit den unglaublich intensiven Klangfarben der Omega-Strahlung, und gemeinsam veranstalten sie einen Ansturm auf meine Sinne, der den Raum taumeln lässt. Ich hole keuchend Luft und schließe meine Luken. All die Körper um mich herum sind Stifs. Oder fast alle.

Aber wer von ihnen auch immer uns die Tür geöffnet hat,

ist nicht mehr da. Maeve und ich stehen auf einer Plattform am Rand einer riesigen Halle. Zumindest glaube ich, dass die Halle riesig ist. Die Wände bestehen aus reflektierenden Fliesen, sodass es schwierig ist, zu sagen, wo der Raum endet und wo er beginnt. Noch dazu sind die Wände zu konkaven Windungen gebogen – die eine Wand verzerrt die Tanzenden zu fadendünnen Riesen, und auf der anderen Seite stehen sie kopf. Der Anblick lässt mich schwindeln.

Maeve hält meinen Arm, und als ich an ihrem Griff ziehe, wird er beiläufig zu Stahl.

»Willkommen im *Fata Morgana*«, sagt sie. »Meinem neuen Ort des Vergnügens.« Und weil das hier Faerie-Musik ist, verstehe ich sie trotz der Lautstärke ausgezeichnet.

»Besitzt du nicht schon genug Nachtclubs?«, frage ich.

Sie wirft vor Lachen den Kopf zurück. »Wie kommst du darauf? Es sind niemals genug. Möchtest du etwas essen?«

Sie zeigt zum pinken LED-Streifen einer Bar. Mein Magen knurrt. Perchta hat sich geweigert, mir ein Lunchpaket mitzugeben. Doch im Feenreich etwas zu sich zu nehmen, kann gefährlich sein. Juristisch ist dem Volk der Hügel zwar untersagt, Menschen in ihren Bann zu ziehen, aber ich bin zu tief in Maeves Reich, um mich darauf zu verlassen, dass hier das gute alte Grundgesetz gilt.

»Nein, danke«, sage ich. »Ich habe nicht viel Zeit.«

Ich werfe einen Blick auf mein Handy, weil ich die Uhrzeit wissen will, doch es ist aus. Und lässt sich auch nicht mehr anschalten.

»Reine Sicherheitsmaßnahme«, sagt Maeve. »Komm.«

Sie dirigiert mich die Treppe hinab und dann durch die Menge. Die Tanzenden gleiten vor uns beiseite. Ich spüre die Blicke wie Nadelstiche. Ihre Königin hat mit einem Zungenschnalzen befohlen, mich hierher zu entführen – und genauso beiläufig kann sie all diesen Faeries befehlen, mich nie wieder gehen zu lassen. Oder Schlimmeres. Ein Schauder durchfährt mich, dann straffe ich die Schultern. Angst war in solchen Situationen noch nie auf meiner Seite.

Wir erreichen die Bar, und in der Spiegelwand daneben schwingt eine Tür auf. Eine Lounge mit weißen Sofas, so nüchtern und kalt, dass sie eines Designpreises würdig wäre. Auf dem Tisch warten Papierstapel und ein Laptop, in der Ecke steht still und steif wie ein Fahnenmast ein grauer Faerie der Leibgarde.

Die Tür klappt hinter uns zu, der Techno endet wie abgeschnitten.

»Setz dich.« Maeve lässt mich endlich los und gleitet mit ihren trügerisch zarten, milchig weißen Gliedern auf eines der Sofas. »Ich bin gleich für dich da.«

Elegant überschlägt sie die Beine, klappt den Laptop auf und steckt sich einen Knopf ins Ohr. »Die Vereinbarung gilt noch«, sagt sie gedämpft. »Sie halten mich auf dem Laufenden.«

Auch wenn sie sich im Wald wie eine barfüßige Nymphe inszenierte – die Feenkönigin leitet ein weltumspannendes Imperium. Die Fatua AG ist der weltweit größte Produzent von Popmusik und Hollywoodfilmen, die wichtigsten Streamingdienste gehören ebenso dazu wie Disney und die Hälfte der deutschen Vergnügungsparks. Und die Nachtclubs natürlich.

Wir Menschen sind selbst schuld. Wir haben die Faeries mit ihrer Schönheit ausgestattet, mit der Neigung zu Tanz und Musik und Täuschung. Andere Stifs haben sich von ihren Legenden gelöst, soweit die Welt das zuließ. Die Faeries haben die letzten dreißig Jahre vor allem genutzt, sowohl ihren Geschäftssinn als auch ihre Legende zu perfektionieren. Sidhe, Feen, Elfen und Alben – so vielfältig ihre Namen sind, Maeve hat sie zu einem Volk geeint. *Das Volk der grünen Hügel.*

Nur dass hier nichts grün ist. Ich drehe mich um. Die verspiegelte Wand entpuppt sich von dieser Seite als Glasscheibe, wie in einem Verhörraum. Die Patina feuchter Aussprache und fettiger Fingerabdrücke fehlt allerdings.

Lichter blitzen, Glieder zucken. Maeves Untertanenschaft tanzt, solange sie es ihnen befiehlt. Wenn sie mir befiehlt zu tanzen, muss ich es ebenfalls. Aber jetzt noch nicht.

Ich zünde mir eine Zigarette an, trete zu ihr und puste ihr den Rauch ins Gesicht. »Eure Majestät. Wenn ich um Eure Aufmerksamkeit bitten dürfte?«

»Sei nicht kindisch.« Sie wedelt den Qualm weg, ohne mich anzuschauen. »Johann ist dort.« Ihre Hand winkt Richtung Scheibe. »Sieh genau hin.«

Ich drehe mich um. Tatsächlich. Wie konnte ich ihn übersehen? Nur drei Meter entfernt lümmelt er an der Bar. Er trinkt etwas aus einem langstieligen Kelch, das aussieht wie ein Martini, und unterhält sich mit zwei weiblich wirkenden Faeries. Seinen löchrigen Wollpullover hat er irgendwo gegen ein Hemd getauscht.

Ich eile zur Tür und reiße am Griff. Abgesperrt.

Maeve tritt zu mir. »Ich will nicht, dass du ihn störst«, sagt sie sachlich.

»Du hast ihn doch nur hergebeten, damit ich ihm folge.«

»Nein. Er kommt alle paar Tage hierher. Von selbst. Schau ihn dir an. Er fühlt sich wohl bei uns. Aber es war ungeschickt von ihm, sich von dir beobachten zu lassen. Ich hätte es wissen müssen. Andererseits hätte ich dich für schlauer gehalten, als ihn des Diebstahls zu verdächtigen.«

Mir wird kalt. »Du weiß gar nichts.«

»Ich weiß alles über dich und deinen Fall«, entgegnet sie lächelnd. »Genauso wie über ihn.«

»Weil er dir auch etwas schuldet«, mutmaße ich.

Sie schweigt.

»Hast du die Artefakte gestohlen?«, frage ich. »Arbeiten Till Eulenspiegel und sein Gehilfe für dich? Oder schiebst du uns alle herum wie Becher in einem Hütchenspiel, und irgendwer dort draußen schließt Wetten ab, wem von uns du den Diebstahl am Ende unterjubelst?«

Sie schaut mich an. Ihre silbrigen Augen sind völlig gefühllos. Sie wird mir nichts sagen. Doch dann verzieht sich ihr Gesicht, als wäre sie gekränkt. Ihr Omega schlägt einen einzelnen dunklen Ton.

»Du irrst dich«, sagt sie. »Diese Artefakte bedeuten mir nichts. Ebenso wenig wie Geld.«

»Das kann nur eine sagen, die genug davon hat.«

Ich schaue hinaus. Johann hat einen Arm um eine Faerie gelegt. Hinter ihm hat sich die Bar gefüllt. Ich ahne, dass noch mehr Menschen unter den Gästen sind. Weitere Mitglieder des Clubs der willigen Opfer. Ein Mann wendet mir den Rücken zu. Schwarzer Rollkragen, schwarzes Haar, den Kopf geneigt, als lausche er jemandem. Mein Herz macht einen Sprung.

»Aki?« Ich presse das Gesicht an die Scheibe. »Aki!«

Ich rüttle an der Tür. »Lass mich hinaus!«

»Zu deinem Wüstendämon?«, fragt sie kühl. »Wo soll der sein?«

Ich folge ihrem Blick. Und halte die Luft an. Der Mann an der Bar hat sich umgedreht. Er ist nicht Aki. Er hat ein breiteres Gesicht und rundere Augen als er. Und er trägt auch keinen Rollkragen mehr, sondern ein schwarzes T-Shirt.

»Wie hast du das angestellt?«, zische ich. »Wo ist Aki?«

»Dein Freund ist nicht hier. Du solltest mehr schlafen. Und weniger Dope rauchen.« Ihr Ton spiegelt nichts als Missbilligung. »Wo du schon hier bist, will ich eines klarstellen, Lucy Wayne. Ich brauche dich in gutem Zustand. Ebenso wie Johann. Hast du das verstanden?«

»Wir sind nicht deine IKEA-Möbel.«

»Nein, du nicht.« Sie tritt ganz nah an mich heran. »Du bist eine Sonderanfertigung.«

»Na toll.«

Unter ihrem Blick tritt mir Schweiß auf die Stirn. Ihre blassen Augen sind wie zwei Teiche mit stählernem Grund, in dem sich was Uraltes regt – ihr Wille, so stark, dass sie die Welt in die Knie zwingen könnte. Und mich.

»Lass Johann einfach in Ruhe«, sagt sie. »Und jetzt geh. Zu deinem Termin. Auch wenn der anders laufen wird, als du glaubst.«

Ich hole Luft. Ich zittere am ganzen Körper, und sie sieht es.

»Das Flickzeug«, sage ich trotzdem. »Für den Reifen. Sonst komme ich nirgendwohin.«

»Ach ja, das Auto.« Ihr Lachen perlt wie Sektblasen in einem Gefäß aus Stahl. »Für seine Reparatur ist gesorgt. Wir wollen deine neue Freundin doch nicht verärgern, nicht wahr? Eine sehr interessante Frau, deine Barkeeperin. Eine Künstlerin hinter den Tresen. Ich könnte hier unten noch jemanden brauchen. Vielleicht will sie ebenfalls für mich arbeiten?«

»Lass die Finger von ihr«, würge ich hervor.

Sie schüttelt den Kopf. »Genau diesen Satz hat vor Kurzem jemand über dich gesagt. Wie könnt ihr euch nur so aneinanderklammern, wenn dein Leben so kurz ist?«

Noch ehe mir eine Antwort einfällt, schnalzt sie mit der Zunge. Jäh ist mein Mund wie zugenäht. Ich bekomme kein Wort mehr heraus.

Draußen vor der Scheibe springt Johann vom Barhocker und stößt die Faerie von sich. Sie geht zu Boden, er setzt ihr nach und holt zum Schlag aus. Sein Gesicht ist wutverzerrt.

Ein anderer Faerie versucht, ihn zu packen, aber Johann wehrt sich, wischt die Gläser von der Theke und wirft einen Barhocker um. Die Faerie auf dem Boden versteckt den Kopf unter den Armen. Schon ziehen die anderen Gäste einen Ring um sie, dann ist Johann hinter all den Leibern nicht mehr zu sehen.

Maeves Leibgardist packt mich und reißt mich nach hinten. Die Wand verschluckt uns wie ein schwarzer Schlund.

Es sind fünfundfünfzig Minuten Fußmarsch von dem Brunnenschacht bis zu Cosimas Auto. Das weiß ich, weil mein Handy wieder funktioniert. Zumindest die Uhr – denn Netz habe ich immer noch nicht. Und an der Uhrzeit, die das dumme Prepaidgerät anzeigt, habe ich auch meine Zweifel. Ich war höchstens zwanzig Minuten in diesem Club. Doch angeblich sind über zwei Stunden vergangen.

Kurz denke ich an Johann. Sein Jähzorn hatte etwas Selbstzerstörerisches. Aber ich bezweifle, dass die Feen ihm wehtun werden.

Maeves Worte lassen mich nicht los. Sie hat ihn für tabu erklärt und ihren Anspruch auf mich erneuert. Außerdem hat sie deutlich gemacht, dass sie nicht mal vor dem Leben meiner Freunde zurückschrecken wird, wenn ich ihr nicht gehorche. Und jetzt komme ich dank ihr zu spät zu meiner Anhörung.

Als ich endlich beim Auto ankomme, schlottere ich.

Hinter dem Wagen kniet Maeves Chauffeur.

»He, Arschloch«, sage ich.

Er wirft mir einen blasierten Blick zu und packt Schraubenschlüssel in einen Werkzeugkasten. Obwohl der Kasten viel zu groß und schwer für ihn scheint, schwingt er ihn auf seine Schulter. Dann wirft er sein Skateboard auf den Boden und rollt so mühelos davon, als fahre er auf Teer und nicht auf einem holprigen Waldweg.

Ich zeige seinem Rücken den Mittelfinger und wende mich dem Wagen zu. Der Reifen ist wie neu, die Beulen in der Stoßstange sind verschwunden, und der Motor springt mit einem solch wohligen Schnurren an, als hätte der Kleine ihn geölt.

Ich drehe die Heizung voll auf und rolle den Forstweg zurück Richtung Havelchaussee. Als der Grunewald im Rückspiegel verschwindet, atme ich tief durch. Im gleichen Augenblick klingelt mein Handy.

»Lucy!« Cosimas atemlose Stimme. »Hast du mein Auto? Wo steckst du?«

»Sorry«, sage ich kleinlaut. »Ich hab mir den Mini geborgt. Brauchst du ihn? Ich bin gerade auf dem Weg nach Mitte. Zur ÜSG.«

»Fahr über den Alex«, sagt sie. »Unter den Linden ist alles dicht.«

»Was ist los?«

»Hast du nichts mitbekommen? Hör dir die News im Radio an. Und dann melde dich wieder. Aber über die Freisprecheinrichtung. Kein Handytelefonieren an meinem Steuer!«

Ich lege auf, schalte das Radio an und klicke mich durch zu den Regionalnachrichten.

»Berlin FM 92 – immer up to date. Wir schalten nun wieder um zu unserem Reporter vor Ort«, sagt eine Sprecherin gerade. »Wie ist der Stand, Lukas?«

In der Leitung rauscht es, im Hintergrund sind Sirenen zu hören. »Danke, Sophia. Die Angestellten der Deutschen Bank sind inzwischen vollständig evakuiert.« Der Reporter redet im abgehackten Stil enthusiastischer Bedeutsamkeit. »Die ÜSG durchkämmt das Gebäude. Doch es scheint, dass alle Täter entkommen sind.«

»Weiß man schon, was sie erbeutet haben?«

»Die Pressesprecherin hält sich bedeckt. Aber erste Gerüchte besagen, dass die gesamte Charge der neuen Fünfhunderteuroscheine fort ist. Sie hätten heute von hier aus an die Filialen verteilt werden sollen.« Er senkt die Stimme, als spräche er nicht mit halb Berlin. »Die Scheine haben sich angeblich einfach in Luft aufgelöst. So wie einer der Bankräuber, der mit einer Fellkappe gesichtet wurde. Es ist unglaublich, Sophia. Die Beschreibung passt zur Hadeskappe. Ein Artefakt, das unsichtbar macht. Es wurde vor drei Tagen im Pergamonmuseum gestohlen, gemeinsam mit Thors Kraftgürtel.«

»Liebe Hörerinnen und Hörer, das ist wirklich unglaublich«, haucht Sophia. Im Hintergrund rauscht es lauter, ein Mann sagt etwas Unverständliches.

»Lukas?«, fragt die Sprecherin. »Bist du noch da?«

»Wiederholen Sie das noch einmal, Herr Schmidt«, sagt der Reporter. »Hier, in das Mikrofon.«

»Schmidt hier, Wachmann«, tönt eine aufgeregte Männerstimme. »Ick hab et selbst jesehn. Der Kerl hat 'nen Bankautomat hochjehoben, als wärs 'ne Pappschachtel. Einfach so. Dit war –«

»Da hörst du es, Sophia«, fällt ihm der Reporter begeistert ins Wort. »Offenbar wurde auch der Kraftgürtel eingesetzt. Das scheint jetzt schon der unglaublichste Bankraub seit dreizehn Jahren …«

14

Dafür, dass das Dezernat V der ÜSG 9 nur zu einem Viertel besetzt ist, ist der Teufel los. Telefone schrillen, Beamtinnen und Sekretäre eilen mit wichtigen Gesichtern über die Flure. Ich sitze auf einem Besucherstuhl und telefoniere mit Frau Wagner.

»Dieser Überfall ist das Schlimmste, was passieren konnte!«, tobt sie. »Es stehen bereits vier Journalisten vor meiner Einfahrt!«

»Lassen Sie Perchta dort aufmarschieren«, rate ich ihr. »Geben Sie kein Statement, lassen Sie keine Fotos zu. Wenn Sie den Kopf unten lassen, wird sich der Sturm wieder legen.«

»Mein Ruf ist die Vertrauensbasis meiner Kunden!« Ihre Stimme zittert. Vor Wut oder vor Sorge, kann ich nicht sagen. »Und die Wahrscheinlichkeit, die Artefakte ohne Aufsehen wiederzuerlangen –« Sie bricht ab. Etwas gluckert. Sie trinkt.

»… liegt aktuell bei null«, führe ich ihren Satz zu Ende. »Hören Sie. Ich bin gerade bei der Polizei. Ich werde herausfinden, wie hier der aktuelle Stand ist. Dann melde ich mich wieder.«

Sie lamentiert und trinkt noch ein bisschen. Mir wäre auch nach einem Schnaps zumute.

Als sie aufgelegt hat, schaue ich aus dem Fenster hinab auf die Spree. Links reckt die Friedrichswerdersche Kirche ihre Ziegeltürme in die Dämmerung, rechts zieht sich die barocke Fassade des Zeughauses am Ufer entlang. Die Prachtstraße ist wie ausgestorben, nur in der Ferne pulsiert ein Heer von Blaulichtern. Offenbar weilt die Hälfte aller Berliner Polizeieinheiten bei dem Prunkbau Unter den Linden 15, in dem die Bank untergebracht ist.

Frau Wagner und ihre Reputation sind mir egal. Ich wünschte, ich wäre dort draußen am Tatort, bei den Kollegen.

Immerhin ist Sascha noch hier, wenn auch hinter Glas. Er murmelt in ein Headset. Seine Finger rasen über die Tastatur, dass sie vor meinen Augen verschwimmen, sein Haar flattert in einem unsichtbaren Sturm. Wir haben ihn damals in diesen Glaskasten verbannt, weil er beim Denken so viel Wind erzeugt, dass unsere Papierakten durchs halbe Büro gefegt sind. Und im Moment ist er so konzentriert, dass er mich noch nicht mal bemerkt hat.

Mich stört es nicht, anderen Leuten auf die Nerven zu fallen, sonst wäre ich niemals gut in meinem Job. Aber nicht Sascha. Unterbrechungen strengen ihn an – und die dort draußen sind auf ihn angewiesen.

Bei all den Einsätzen war seine Stimme in meinem Ohr wie ein Anker, an dem ich mich festhalten konnte. Egal, ob wir einem hysterischen Greif gegenüberstanden oder uns in der Kanalisation vor einer rachsüchtigen Santa Muerte versteckten – nichts war verlässlicher als das Geräusch von Saschas Tastatur, wenn er im Büro sitzend unsere Fluchtroute ausbaldowerte, uns rettete mit einer noch so abseitig erscheinenden Information, einem messerscharf kalkulierten Plan. Doch dafür braucht das Genie unseres Windgotts Routinen und Systemstabilität. Sein Vertrauen ist schwer zu erlangen, aber dann bleibt er treu. Er ist immer noch mein Freund.

Anders als Bláinn. Endlich stürmt der Zwerg durchs Büro – was bei ihm bedeutet, dass er mit einem Papierstapel unterm Arm mit solch wuchtigen Schritten ausschreitet, dass Beamte erschreckt aus dem Weg springen. Bobo folgt ihm in grauer

Kevlarmontur und vor Kälte leuchtenden Segelohren. Offenbar kommen sie direkt vom Tatort. Zwei mittelalte Männer begleiten sie. Sie sehen aus wie Polizeibeamte in Zivil. Und so misstrauisch, wie sie sich umschauen, sind sie nicht von der ÜSG 9.

Bláinn widmet mir keinen einzigen Blick. Mit einer harschen Handbewegung zitiert er Sascha zur Gruppe. Sie verschwinden in einem Besprechungszimmer.

Fünfundvierzig Minuten vergehen, in denen immer wieder Leute in diesem Zimmer verschwinden – und mich schmählich in meiner Ecke ignorieren. Ich bin es nicht gewohnt, unsichtbar zu sein. In mir wächst der trotzige Wunsch, reinzustürmen und »Buh!« zu brüllen. Doch als ich die wesentlich erwachsenere Entscheidung getroffen habe, einfach abzuhauen, da strömen sie just alle heraus – schwallartig, als hätte jemand einen Stöpsel gezogen. Murmelnd schwappen sie an mir vorbei. Alle außer Bláinn, Sascha und Bobo.

Bláinn steht in der Tür und winkt mich heran.

Im abgedunkelten Raum riecht es nach Schweißfüßen und Mansplaining. Bobo hat seine Weste ausgezogen und gähnt, dass seine Ohren wackeln, Sascha tippt auf seinem Tablet. Ich lasse mich ihnen gegenüber nieder, mein Stuhl ist noch warm.

»Du kamst vorhin eine Stunde zu spät«, grummelt Bláinn.

»Zum Glück«, entgegne ich. »Sonst hätte ich noch länger warten müssen.«

Er blättert in seinen Akten. »Einbruch. Und Verstöße gegen das Betäubungsmittelgesetz. Das ist heikel, Lucy. Vor allem mit deiner Vorgeschichte.«

»Das ist nicht dein Ernst.« Ich kann nicht unterdrücken, dass meine Stimme vor Aufregung vibriert. »Du hast doch gar keine Zeit für ein Verfahren gegen mich. Vor allem nicht für eins, von dem du genau weißt, dass kein Staatsanwalt es vor

Gericht bringen würde. Ich kenne die Abläufe hier. Ihr lasst die Vorwürfe fallen, sobald ich mir eine Anwältin nehme.«

Er sagt nichts.

»Du hättest mich längst heimschicken können«, sage ich. »Aber du hast mich warten lassen. Weil du etwas von mir willst. Und zwar wegen dem Banküberfall, an dem ihr mit Hochdruck dran seid. Bei dem die Artefakte benutzt wurden, um einen riesigen Haufen Geld zu erbeuten.«

»Stimmt«, sagt er. »Und zwar drei Stunden, nachdem *deine Freundin* Inka mithilfe deiner Anwältin freikam.«

»Musst du darauf immer noch herumkauen wie auf einem alten Knochen?«, schnaube ich. »Du weißt, dass Inka damit nichts zu tun hat. Es wär deutlich peinlicher für euch, wenn sie noch in der Zelle sitzen würde – jetzt, da klar ist, dass es hier niemals um eine Protestaktion ging.«

Blaínn grunzt verdrossen. Er hat noch nie gern einen Fehler zugegeben. Aber ich will ihn gar nicht länger piesacken. Ich will von ihm Informationen zu seinen Ermittlungen, und das heißt, ich muss selbst etwas liefern. Ich hole tief Luft.

»Das mit den Artefakten war kein Gelegenheitsdiebstahl«, sage ich. »Das war lange geplant. Es ging auch nie um einen Verkauf auf dem Schwarzmarkt. Die Diebe suchten zielgenau diese beiden Artefakte aus, um sich mit ihnen Zugang zur größten Bank Berlins zu verschaffen. Und zwar genau heute. Wegen der Lieferung der neuen Euroscheine.« Ich beuge mich vor. »Deshalb wollten sie auch verschleiern, dass die Artefakte in der Ausstellung gefälscht waren. Es ging ums Timing. Wie viele Millionen lagerten heute morgen in diesem Tresor? Zehn? Ich wette, es war mehr.«

»Danke für die Ausführungen, Miss Marple«, sagt Bláinn sarkastisch. »Es war mehr.« Er guckt mich grimmig an. »Seit Sonntag steckst du deine Nase in meine Ermittlungen. Hast nichts als Dreistigkeit zu bieten und tauchst immer dort auf, wo ich dich nicht brauchen kann. Und dann engagiert dich diese Sammlerin auch noch. Sie hat keine Anzeige gestellt, also geht es darum, etwas vor uns zu vertuschen.«

Ich öffne den Mund, um zu widersprechen, aber er hebt die Hand. »Genug«, sagt er zu meiner Überraschung. »Heute hast du die Möglichkeit, einen sinnvollen Beitrag zu leisten. Wir zeigen dir die Kameraaufnahmen des Überfalls, und du sagst uns, ob du Till Eulenspiegel wiedererkennst.«

Er will meine Hilfe. Ein zartes, warmes Gefühl perlt in mir hoch. Ich kann es kaum glauben.

»Dir ist schon bewusst«, sage ich »dass die meisten deiner Erkenntnisse zu Eulenspiegel bisher auf meiner *Dreistigkeit* basieren?«

Er knurrt etwas Unverständliches. Doch so schnell kommt er mir nicht davon. Immerhin kenne ich die Mechanismen dieser Abteilung gut genug.

»Ihr steht unter Druck«, fahre ich fort. »Ihr müsst schleunigst beweisen, dass ein Stif in den Überfall verwickelt ist, sonst luchsen euch die blauen Jungs die Ermittlung ab, und ihr seid nur noch der Juniorpartner. Ich hab die beiden Beamten in den Pullundern gesehen, die vorhin in eurer Besprechung saßen. LKA?«

»BKA«, knurrt Bláinn.

Die ÜSG 9 als Sondereinheit des Stif-Ministeriums ist für die Fälle zuständig, in denen manifestierte Wesen oder Artefakte maßgeblich involviert sind – die Bundespolizei, die dem Innenministerium untersteht, bekämpft weiterhin die gute alte menschliche Kriminalität. Die beiden Behörden belauern sich im endlosen Meer der Zuständigkeiten ebenso unversöhnlich wie Ahab und Moby Dick. Sie graben sich lieber gegenseitig das Wasser ab, als zusammenzuarbeiten.

»Wenn ich Till Eulenspiegel identifiziere, wäre das wirklich nett von mir«, sage ich und lehne mich zurück.

Sascha blickt mich verständnislos an, doch Bláinn grollt in seinen Bart, und Bobo kratzt sich mit saurer Miene am Kopf. Sie erwarten, dass ich jetzt Forderungen stelle. Wozu ich jedes Recht hätte, so wie Bláinn mich behandelt hat. Und doch verletzt es mich, dass sie mich für so berechnend halten.

»Glaubt ihr echt, ich lass euch hängen?«, stoße ich aus. »Ich bin auf eurer Seite. Das war ich übrigens immer. Also los, Sascha, zeig mir die Aufnahmen.«

Sascha nickt und startet mithilfe seines Tablets einen Monitor an der Wand.

Bláinn guckt immer noch mich an. Offenbar hab ich es tatsächlich geschafft, ihn zu überraschen. Fast glaube ich, in seinen grauen Augen die alte Vertrautheit aufflackern zu sehen, und plötzlich will ich nichts lieber, als ihn wieder stolz zu machen. Als wären die letzten Jahre ausradiert, all die Toten, als wäre ich wieder das Lämmchen, wie sie mich im Team genannt haben, und nicht das schwarze Schaf.

Schon laufen die Bilder ab, und ich wende meine Aufmerksamkeit dem Monitor zu. Der schwarz-weiße, körnige Stummfilm erzählt die Story von drei vermummten Leuten, die in eine Schalterhalle stürmen. Kundinnen weichen zurück, die Münder zu unhörbaren Schreckensschreien aufgerissen. Ein Sicherheitsmann geht auf die Knie, die Pistolenmündung eines Täters an der Stirn. Hinter den Glasscheiben beben die entsetzten Grimassen der Angestellten.

Die drei Täter tragen schwarze Overalls mit Kapuzen, das Gesicht hinter Strumpfmasken versteckt. Würde ich eine Bank überfallen, würde ich mich haargenau so anziehen. Allerdings würde ich die Pistolen weglassen.

»Stopp«, sagt Bláinn, und Sascha hält den Film an. »Schaut auf die Eingangstür. Sie öffnet sich noch mal, aber niemand kommt rein.«

»Doch«, murmele ich. »Der Unsichtbare.«

Er nickt. »Halt das Bild an, Sascha. Lucy, erkennst du Eulenspiegel?«

Ich mustere die drei Gestalten. Eine ist deutlich breitschultriger als die anderen, aber das sieht künstlich aus, als trüge sie Schulterpolster.

»Ich kann es nicht sicher sagen«, muss ich zugeben. Ich deute auf die Gestalt links am Banktresen, die als Einzige unbewaffnet ist. »Aber das ist er nicht. Das ist eine Frau.«

»Das sagt meine Bewegungsanalyse auch«, bestätigt Sascha.

»Nächste Kamera«, sagt Bláinn.

Die gleiche Schalterhalle, anderer Blickwinkel. Die zwei Männer, der breitschultrige und der schmale, halten mit den Pistolen die Kundinnen und Bankangestellten in Schach. Die Frau geht zu einem der Bankautomaten, hebt ihn hoch und trägt ihn quer durch den Raum, um damit die Tür zu barrikadieren. Dann wiederholt sie das Kunststück bei der anderen Tür mit einem zweiten Automaten.

»Sie trägt Thors Kraftgürtel!«, rufe ich. »Sie muss ein Mensch sein. Bei anderen Stifs als Thor würde der Gürtel nicht funktionieren.«

Bláinn nickt. »Thor ist tot. Seit achtundzwanzig Jahren. Und wer auch immer die Hadeskappe trägt, ist auch ein Mensch.«

Ich denke an den unsichtbaren Kerl, der mich in Wilmas Haus betäubt hat. Die Omega-Strahlung, die ich spürte, ging allein vom Artefakt aus, nicht von ihm.

»Ihr habt Hades überprüft?«

»Nach deinem Bericht im Krankenhaus.« Hat er mir also doch geglaubt. »Hades weilt im Südpazifik auf einem Forschungsschiff. Er hilft dem Militär, den Meeresgrund nach Cthulhu abzusuchen.«

Der Gott der Unterwelt sucht ein uraltes, schlafendes Monster. Das passt.

»Dann bleiben noch die beiden Männer mit den Pistolen«,

sage ich. Ich wünschte, ich wäre in der Bank und könnte ihrem Omega nachspüren.

»Einer von ihnen blieb im Kassenbereich bei den Geiseln«, sagt Bláinn. »Die anderen beiden haben sich den Weg ins zweite Untergeschoss gebahnt, durch massive Sicherheitstüren. Sie wussten genau, wo sie hinwollten. Hierher nämlich.«

Eine Kameraaufzeichnung zeigt den Breitschultrigen und die Frau in einem fensterlosen Korridor vor dem Tresorraum. Die runde Hochsicherheitsluke wird von massiven Stahlträgern gehalten, drei mechanische Zahlenscheiben sichern den Zugang.

»Ich dachte, heutzutage wär alles elektronisch«, murmele ich. »So wie im Pergamonmuseum.«

»Im Jegensatz zur Kunst muss man an die Moneten immer ran«, erklärt Bobo und grinst. »Solides Schlosserhandwerk taugt auch bei Stromausfall. Der Stahl hält anjeblich sogar Handgranaten aus. Aber die Frau kriegt ihn klein. Pass uff, Lucy.«

Tatsächlich, die Frau biegt die Stahlträger auseinander, als wären es Strohhalme. Gerade als sie sich müht, die Luke zum Tresorraum aufzustemmen, kommt ein Sicherheitsmann um die Ecke gerannt. Er packt die Frau und will sie wegziehen. Zusammen gehen sie zu Boden. Er reißt an ihrer Kapuze. Doch bevor er sie enttarnen kann, fällt er plötzlich um wie von einer unsichtbaren Axt gefällt.

»Der Olle hatte Mumm in den Knochen«, sagt Bobo bedauernd. »Aber gegen 'nen Unsichtbaren kommt keener an.«

»Ist er tot?«, frage ich betroffen.

»Liegt im Krankenhaus«, meint Bláinn. »Nur ein Schädelbruch.«

»Nur?«, erwidere ich. »Das kannst du sagen, weil du ein Stif bist.«

Wir schauen zu, wie die Frau sich die Kapuze zurechtrückt

und wieder der Luke zuwendet. Der Mann zieht den Sicherheitsmann wie einen Sack beiseite.

»Der Alte und der Mann in der Schalterhalle«, sage ich. »Waren das die einzigen Sicherheitsleute? Im Radio hatte ich den Eindruck, es wären mehr gewesen.«

Bláinn und Bobo wechseln einen Blick.

»Die Medien wissen nicht alles«, sagt Bláinn. Offensichtlich überlegt er, ob ich alles wissen darf.

»Raus damit«, fordere ich. »Ich hab schließlich auch alle Karten auf den Tisch gelegt.«

»Die Bank war nur eine Zwischenstation des Gelds«, erklärt er. »Aus Versicherungsgründen müssen die Hauptbanken das Geld selbst an ihre Filialen ausliefern. Drei Stunden vor dem Überfall wurde das Geld von der Notendruckerei zur Bank gebracht. Drei Stunden nach dem Überfall sollte es in Einzelpaketen den Tresor wieder Richtung Filialen verlassen. Der Überfall fand um vierzehn Uhr statt, genau zum Schichtwechsel des Wachpersonals.«

»Das war auf die Minute geplant«, murmele ich.

Er nickt. »Die Sicherheitsleute trafen sich am Hinterausgang zum Schichtwechsel. Dort parken die Geldtransporter. Bei einem der Wagen ging ein Alarm los. Das lenkte das Wachpersonal ab. Und als sie die Bank wieder betreten wollten, war der Eingang von innen verbarrikadiert.«

»Gab's schon mal ein ähnliches Vorgehen?«

»Prüfen wa noch«, sagt Bobo. »Aber's jibt nich mehr viele Banküberfälle. Die großen Coups heißen heutzutage Cum-ex und werden von den Banken selbst jedreht. Sagen zumindest die Sesselpupser von der Wirtschaftskriminalität.«

»Und wie siehts mit Verbrechen mithilfe von Artefakten aus?«

»Drei im letzten Jahr, zwei in diesem«, antwortet Sascha. »Nur kleinere Delikte mit bisher unzertifizierten Gegenständen. Eine Kristallkugel, eine minderwertige Kopie des Necronomicon, zwei Fluchbringer. Der Besitz der Artefakte ist inzwischen streng geprüft und reglementiert.«

»Und privilegiert«, ergänze ich.

Dann sage ich nichts mehr. Die Frau im Schwarz-Weiß-Film hat nämlich endlich die Luke aufgestemmt. Sie braucht mehrere Anläufe, um den Lukendeckel aus armdickem Stahl beiseitezurollen, und hätten wir Tonaufzeichnungen, würden wir sie keuchen hören.

»Die Tür besteht aus 0,9 Kubikmeter V4A-Stahl«, sagt Sascha. »Das entspricht einem Gewicht von 7,2 Tonnen.«

»Dit is doch irre«, knurrt Bobo. »Die könnte auch eenen Lkw durch die Gegend tragen.«

Die Frau und der sichtbare Mann – und wahrscheinlich auch der unsichtbare – verschwinden im Tresor. Dort gibt es keine Kamera. Eine Ewigkeit sehen wir nur ihre Füße hin und her huschen.

»Sie leeren die Schließfächer«, sagt Bláinn. »Im Tresorraum gibt es etwa dreißig davon. Vermietet als Hochsicherheitsaufbewahrung.«

»Reicht ihnen das Geld etwa nicht?«, frage ich.

»Da geht's um Klunker und Juwelen – und die haben immerhin 'ne Frau im Team«, sagt Bobo grinsend.

»Dir würden die Klunker bestimmt auch stehen«, entgegne ich, und er klimpert mit den Wimpern.

»Es wird noch geklärt, was aus den Schließfächern entwendet wurde«, sagt Bláinn. »Die Spurensicherung ist vor Ort. Immerhin haben wir bereits Haare gefunden. In der Faust des Sicherheitsmanns. Wahrscheinlich hat er sie der Frau beim Handgemenge ausgerissen. Sie sind schon beim DNS-Schnelltest im BKA-Labor.«

»Wäre ich die Frau«, murmele ich, »wäre ich mit meinem Anteil längst auf dem Weg in die Karibik.«

»Wärste nich«, sagt Bobo. »Eenmal Berlinerin, imma Berlinerin. Du würdst dir den Buckel krummlügen, um hierbleiben zu können.«

»Sicher.« Ich verdrehe die Augen. »Wie sind sie entkommen?«

»Die Frau hat ein Loch in die Wand geschlagen. Zum Nebengebäude«, knurrt Bláinn. »Sie sind durch ein Restaurant und einen Herrenfriseur geflüchtet und haben eine weitere Wand zur Behrenstraße durchschlagen. Dort wartete als Fluchtwagen ein gestohlenes Großraumtaxi. Die Polizei nahm die Verfolgung auf, bekam sie jedoch nicht mehr zu fassen.«

»Da ist ein Experte am Steuer gewesen«, sagt Bobo. »Der is quer über den Gendarmenmarkt gebrettert. Einmal ums Schillerdenkmal, Blaulicht hinter sich – und dit Ganze, ohne 'nen einzigen Passanten umzunieten. Dann runter zur Leipziger und in die Tiefgarage von 'nem Bürogebäude. Und durch den Lieferantenausgang spurlos verschwunden.«

»Habt ihr eine Aufnahme von dem Fahrer?«, frage ich.

»Bisher nicht«, sagt Sascha. »Wir scannen noch die Kameras der Umgebung.«

»Ziemlich sicher war das nicht Eulenspiegel«, sage ich grimmig. Ich denke daran, wie er im Museum um die anderen Stifs herumtanzte und feixte, mit seinem Handy fuchtelnd, ohne ein einziges Bild zu schießen. »Er würde nie in einem Auto in einer Hintergasse warten, während die anderen so ein Ding abziehen. Und das ist er auch nicht.« Ich deute auf den breitschultrigen Mann im Tresor. »So ruhig, wie der die Frau ihre Arbeit tun lässt, das würde Eulenspiegel nicht hinkriegen. Selbst als distinguierter Metz wirkte er auf den Kameraaufnahmen wie ein Flummi. Zeig mir den dritten Mann noch mal. Der in der Schalterhalle zurückgeblieben ist, um die Geiseln zu bewachen.«

Sascha klickt durch die Aufzeichnungen. Wir schauen dem

Mann zu, wie er vor den Geiseln mit der Pistole herumfuchtelt. Wie er sie aufstehen und niederknien lässt, um sie sich dann wieder auf den Bauch legen zu lassen, und dabei um sie herumtänzelt. Reine Schikane. Fast meine ich, sein schrilles Kichern zu hören.

»Das ist er!«, sage ich. »Der verdammte Bastard. Jetzt müsst ihr das nur noch beweisen.«

15

Bláinn hat mich mit einem hastigen Dank entlassen. Ich habe meine Aussage gemacht, damit endet meine Beteiligung. Ich tröste mich damit, meine eigenen Beweise zu sichern. Deshalb kauere ich zwei Stunden später mit Cosima vor ihrem Auto.

Bei Volkans Späti blinkt der Schriftzug *Buy & Sell.* In den Platanen des Sparrplatzes pfeift der Wind, die Straße ist leer. Nur Müller ist wie zufällig vorbeigekommen. Er hat über Autos und Frauen gegrummelt und auf Cosimas Hintern gegafft, bis wir ihm rieten, sich einen anderen Ausblick zu suchen. Jetzt sitzt er wahrscheinlich mit den anderen Nachbarn in Sabines Bistro und beschwert sich.

Ich wäre auch gern dort. Mir ist schweinekalt. Die Straße unter meinen Knien fühlt sich an wie eine Eisplatte. Der Schein unserer Taschenlampen huscht über die Unterseite des Minis, Drähte und Metallteile reflektieren das Licht. Ich kontrolliere die Lüftungsschlitze und Einlässe der Stoßstangen, Cosima werkelt an den Reifen herum.

»Da ist nichts«, sage ich schlotternd. »Wie wärs mit 'nem Glühwein?«

»Du glaubst nicht ernsthaft, dass ich aufgewärmten Wein trinke, den jemand mit Zucker gepanscht hat.« Sie richtet sich auf und wischt sich eine Strähne aus der Stirn, was einen schwarzen Streifen hinterlässt. »Jetzt ziehen wir das hier durch. Das linke Hinterrad ist sauber. Fehlt noch das rechte.«

Ich hielt mich schon für argwöhnisch, doch Cosima toppt

mich um Längen. Vielleicht auch, weil ich ihr endlich von Maeve erzählt habe. Und davon, dass ein Faerie an ihrem Auto herumgeschraubt hat.

Sie beugt sich über das rechte Hinterrad und leuchtet von unten ins Fahrwerk. »Ich wusste es.« Ihre Stimme klingt alles andere als erfreut. »Hier.« Sie leuchtet mir den Weg, ich drücke mich neben ihr unter den Wagen. Ihr Pferdeschwanz streift mein Gesicht.

»Siehst du das?«, flüstert sie.

Ein schwarzer Kasten von etwa fünf Zentimetern Durchmesser, der so sachte grün blinkt, dass es aus einer Armlänge Entfernung kaum zu sehen ist.

»Verdammt«, flüstere ich zurück. »Ein Peilsender. Du hattest recht.«

»Wir bringen den Sender gleich zur Polizei.« Sie streckt die Hand aus.

»Warte.« Ich halte ihren Arm fest. »Wenn du ihn entfernst, wissen sie, dass wir ihn gefunden haben.«

»Wenn ich ihn dranlasse, wissen sie jederzeit, wo ich hinfahre«, entgegnet sie.

»Sie sind doch gar nicht hinter dir her«, sage ich.

»Trotzdem.« Sie richtet sich auf. Im Licht der Straßenlaternen sieht sie blass aus, hagerer als sonst – und zugleich zerbrechlicher. »Verflixt, Lucy. Ich wusste ja, worauf ich mich einlasse, als ich bei dir einzog. Aber manche Dinge triggern mich einfach. Und dazu gehört, verfolgt zu werden.«

»Das verstehe ich.« Mein Herz ist plötzlich ganz schwer. Und da ist noch etwas, eine dunkle Angst, ein Schaudern tief auf dem Grund meines Inneren. Ich muss an die Barbiepuppe denken, ihr verschmortes Gesicht unter Akis Bett. Ich denke daran, dass Aki fort ist, und an Maeves Drohungen.

»Weißt du, was mich triggert?«, sage ich und streiche den schwarzen Streifen auf Cosimas Stirn weg. »Freundinnen in

Gefahr zu bringen. Wegen meines verdammten Jobs. Das will ich nie wieder. Du hast recht. Wir entfernen den Sender. Und bringen ihn zur ÜSG 9.«

Wahrscheinlich ist der Peilsender eh einer meiner geringsten Sorgen. Maeve hat ganz andere Wege, jederzeit herauszufinden, wo ich bin. Ich traue ihr durchaus zu, dass sie damit rechnete, dass wir den Sender finden. Dass sie ihn vielleicht genau deshalb anbringen ließ. Um mich einzuschüchtern.

Cosima schaut mich nachdenklich an. Doch offenbar gehen ihre Gedanken genau in die andere Richtung, denn als ich den Arm unters Auto strecke, um den Sender zu entfernen, hält sie mich fest.

»Nein«, sagt sie. »Das würde nichts bringen, außer noch mehr Ärger, weil du bei der Polizei zugeben müsstest, einen illegalen Deal mit der Faerie-Königin zu haben. Wir lassen den Sender, wo er ist.«

»Wenn du es dir anders überlegst, entfernst du ihn, okay?«

Sie nickt. »Jetzt wäre ich absolut bereit für einen Glühwein. Ausgerechnet.«

Das Gute an Berlin ist, dass du aussehen kannst, wie du willst, und trotzdem nicht auffällst. Außer an den Orten, wo man dich so gut kennt, dass du immer auffällst – aber dort ist es erst recht egal, wie du aussiehst.

Wir betreten mit dreckigen Knien und ölverschmierten Händen unsere schummrige Kneipe. Die Luft steht vor Rauch, Spielautomaten blinken, und in den Boxen jault ein in die Jahre gekommener Jagger. Über dem Tresen glimmt eine Lichterkette vor sich hin.

»Lucy!«, ruft Fred, der Wirt. Er trägt tatsächlich eine Nikolausmütze auf dem kahlen Schädel, seine Nase leuchtet allerdings eher blau als rot. »Wo hasde dich denn die letzten Wochen versteckt?«

»Hatte kein Geld«, sage ich. »Liefs hier besser?«

»Plätscherte wie 'ne kaputte Klospülung. Aber will nich klagen.«

Ein paar Stammkunden hocken am Tresen und wirken mit ihren Bandanas, Schnauzern und Lederwesten, als wären sie mit ihren Harleys vorgefahren. Dabei gehen sie die Wege zwischen Wohnung, Kneipe und Jobcenter längst zu Fuß. Ich mag die Art, wie sie rauchen und trinken. Ruhig, entschlossen, niemals hastig. Manchmal wirft einer von ihnen unvermittelt karge Gesprächsfetzen auf die Tresen, Anekdoten vom schöneren Gestern, die die anderen mit einem versonnenen »Prost« quittieren.

Sie nicken mir zu, ich nicke zurück. Cosima wird so diskret gemustert, dass es ein enormes Kompliment für sie ist. Und sie scheint es zu wissen, denn lächelnd raunt sie: »Nett hier.«

Und das ist von einer, die in der nobelsten Club-Bar Berlins arbeitet, wohl auch ein enormes Kompliment.

Wir suchen uns eine Ecke. Auf dem Tisch steht eine Kerze. Tatsächlich eine echte, keine LED-Leuchte aus Plastik. Ein kleines, aufgeklebtes Warnschild zeigt eine Hand mit Zigarette, durchgestrichen.

Bei jeder Zigarette, die jemand an einer Kerze anzündet, stirbt ein Seemann, lautet ein Aberglaube. Die Wissenschaft hat zwar erwiesen, dass der Effekt meist nicht stark genug ist, um mehr als das Unwohlsein eines Seemanns nach sich zu ziehen, trotzdem ist es verboten.

Als ich zwei Finger hebe, bringt Fred uns auch schon zwei Gläser Eschenbräu.

»Mir noch einen Kaffee dazu, bitte«, sagt Cosima.

»Hast du auch Glühwein?«, frage ich Fred und ziehe am Bommel seiner Mütze.

»Sind wir hier uff'm Weihnachtsmarkt?« Er verzieht das Gesicht. »So 'ne Plörre kriegste hier nich.«

Während er wieder zur Theke schlurft, prosten Cosima und ich uns grinsend zu.

»Glaubst du, dass Johann Wagner die Artefakte gestohlen hat?«, fragt sie nach dem ersten Schluck und zündet zwei Zigaretten mit Feuerzeug an, eine davon reicht sie mir. »Beauftragt von dieser Maeve?«

»Vielleicht«, antworte ich. »Vielleicht auch nicht. Ich sammle bisher nur Hinweise. Und hoffe, dass sie ein Muster bilden.«

»Und das Muster verrät dir, wers war?« Skeptisch guckt sie mich an.

Ich zucke mit den Schultern. »Hoffe ich. Manchmal gibt es keine Antwort. Oder eine, die niemand hören will.«

»Du bist die seltsamste Detektivin, die ich kenne.«

»Ich bin die einzige, die du kennst«, stelle ich richtig. Und seufze. »In dem Banküberfall ermittelt jedenfalls jetzt die Polizei. Da hab ich nichts mehr zu melden.«

Cosima betrachtet mich nachdenklich. »Hast du gehofft, die ÜSG nimmt dich wieder an Bord?«

»Kann schon sein.« Es zuzugeben, klingt gar nicht so schmachvoll wie befürchtet. »Ich weiß, dass ich ihnen helfen könnte. Habe ich ja schon.« Ich drehe mein Bierglas. »In meinem Job gibt es keine Orden und kein Schulterklopfen. Dafür bin ich meine eigene Chefin. Das ist viel wert. Aber es macht den Job manchmal auch ziemlich einsam.«

»Ich kann dir helfen«, sagt sie. »Ich kann für dich Nachforschungen anstellen. Was ist zum Beispiel mit Wagners Geschäftsbilanzen? Oder mit diesen anderen Sammlern?«

Ich zögere. Denke an meinen Vorsatz, meine Freunde nicht mehr in meine Arbeit hineinzuziehen.

»Gib dir ’nen Ruck, Honey.« Ihre Augen funkeln. »Mir hast du immerhin den Fund des Peilsenders zu verdanken.«

»Du wärst mir tatsächlich eine Hilfe«, gebe ich zu. »Du

könntest die Grundstückspläne besorgen. Von Wagners Land am See.«

»Erledigt.« Sie hebt strahlend ihr Bierglas. Wie kann sie so unglaublich glücklich darüber sein, mir zu helfen? Ich weiß, eines Tages wird sie mich hassen, weil ich sie ausgenutzt habe. Das ist unvermeidlich.

»Auf deine neue Assistentin«, sagt sie.

»Auf dich«, sage ich. Als sie mir zuzwinkert, schießt mir Glut in die Wangen und Traurigkeit ins Herz.

»Was jibts zu feiern?«, ruft Fred zu uns herüber.

»Meine neue Mitbewohnerin«, rufe ich zurück. »Darf ich vorstellen, das ist Cosima.«

»Auf Cosima.« Biergläser heben sich, die Leute prosten uns zu.

»Auf euch«, ruft sie.

Sie schwenkt lachend ihr Glas in die Runde, an diesem Ort voller Menschen, die diese Nische der verrückten Welt dort draußen abgetrotzt haben. Und plötzlich gehört Cosima mehr hierher als ich, was meine alleinige Schuld ist. Denn ich wünschte, ihr Blick gelte weiterhin nur mir.

16

Akis erfolgreichstes Buch habe ich nie gelesen.

Das Geheimnis der Dame. An dem Tag, als es erschien, wollte ich es noch unbedingt tun. Stattdessen hatte ich mich stundenlang durch Telefonlisten bei der ÜSG 9 gewühlt, um in einem komplizierten Erpressungsfall weiterzukommen, und mit Bláinn ein Heinzelmännchen verhört, das so ausgerastet war, dass es mich in die Backe gebissen hatte. Nach dem Gespött der Kollegen hatte mein Chef Tom versucht, mich zu trösten – indem er mich nach Dienstschluss in einem der Vans in der Tiefgarage vögelte. So heiß meine Affäre mit ihm war, fühlte es sich jedes Mal an wie eine kalte Dusche, wenn er danach zu seiner Frau nach Hause ging. Deshalb war ich nach dem Sex in Sportklamotten geschlüpft und hatte erfolglos versucht, meinen Frust im Sportstudio der ÜSG 9 abzutrainieren.

Auf dem Heimweg war ich fest entschlossen, dem Tag noch irgendwas Positives abzugewinnen. Ich kaufte eine Flasche Champagner, um mit Aki anzustoßen, und schaute im Dussmann vorbei. Sein Buch dort zu kaufen, war mein Ritual – obwohl er mir jedes Mal anbot, mir eins seiner Belegexemplare zu schenken.

Tatsächlich hatten sie drei Stapel seines neuen Krimis aufgeschichtet und darüber ein Plakat gehängt. Ein Porträt von ihm. Sinnend in die Ferne schauend, die geschwungenen Brauen weniger teuflisch, denn verführerisch – eine Karikatur, passend zu seinem Pseudonym.

Akman Black. Der Meister des sanften Todes.

Ich zog mein Handy, um ein Foto für ihn zu schießen.

Zwei Buchhändlerinnen standen neben den Stapeln und unterhielten sich mit glänzenden Augen über sein Buch.

»Das ist sein bisher hintergründigstes Werk«, sagte die eine. »Er erzählt darin so unglaublich menschlich vom Bösen.«

Die andere nickte. »Mich hat es nicht nur gefesselt, sondern richtig berührt. Und über allem schwingt die geniale Prämisse. Als wolle er uns anspornen, selbst bessere Menschen zu werden. Black muss ein unglaublicher Mann sein. Feinsinnig und lebensklug.«

»Und gefühlvoll«, sagte die eine. »Schau dir sein Foto an. Dabei wirkt er so jung.« Seufzend himmelten sie ihn an. Sie kannten weder seinen echten Namen noch wussten sie, dass er ein Stif war. Und trotzdem erhoben sie Anspruch auf ihn. Mich ärgerte das. Noch mehr ärgerte mich, dass sie sein Buch schon gelesen hatten, und ich nicht.

»Sie kennen ihn doch gar nicht«, sagte ich.

Sie fuhren herum. Mit einem Blick erfassten sie mich, und das Glänzen in ihren Augen wurde stumpf. Meine verschlissene Trainingshose, meine Plastiktüte mit der Flasche. Die verpflasterte Bisswunde auf meiner Wange. Meine Hautfarbe.

»Können wir dir helfen?« Ihr Ton war pure Verachtung. Sie glaubten, mich zu kennen. Dabei wussten sie nichts über mich, genauso wenig wie über Aki.

Ich wich zurück. Stolperte gegen einen Tisch, räumte mit ausgestreckten Armen wie aus Versehen mehrere Buchstapel ab. Während die Frauen schimpfend aufräumten, flüchtete ich und hasste mich dabei ebenso sehr wie sie.

Aki trank eh keinen Alkohol. Deshalb trank ich den Champagner in der U-Bahn halb leer, dann schenkte ich den Rest einer Gruppe Punks auf dem Sparrplatz.

Als ich unsere Wohnung betrat, sah Aki mich an und

wusste es. Er wusste, dass ich immer noch wütend war, dass ich zwei Frauen verprügeln wollte und sein Buch nicht gekauft hatte.

Er nahm mich in die Arme, dann kochte er mir Gemüsereis. Ich stand währenddessen neben ihm am Herd, regte mich auf und dann wieder ab, und er hörte mir zu.

»Was sie über dich erzählt haben«, sagte ich. »Am meisten ärgert es mich, dass so viel davon zutrifft. Als würden sie dich wirklich kennen.«

»Lass sie das doch glauben.« Er hielt mir einen Löffel Reis hin, um zu probieren. »Sie haben trotzdem keine Ahnung, wer ich bin.«

Ich kaute verdrossen. »Und wenn du nie älter wirst? Photoshoppt dein Verlag dann Falten auf dein Bild?«

»Vielleicht.« Er zuckte mit den Schultern. »Oder sie geben mir ein neues Pseudonym. Wer weiß, ob in zehn Jahren noch jemand meine Bücher veröffentlicht. Ich schreibe diese Bücher nicht für sie, Azizam.«

Er legte den Löffel weg und schaute mich an. »Ich schreibe sie für mich selbst. Du weißt, warum.«

»Ja, ich weiß. Du balancierst über dem Abgrund vom ganzen menschlichen Bösen, jeden Tag. Die Texte sind deine Brücke, damit du nicht fällst. Aber die Leute kapieren das nicht. Hauptsache, du gibst ihnen eine *geniale Prämisse.*« Ich seufzte. »Was auch immer das heißt.«

In einem Impuls lehnte ich mich an ihn. Er stockte, sein Atem legte eine kleine Pause ein. Dann lachte er leise.

»Lies es nicht«, sagte er.

»Was?« Überrascht schaute ich zu ihm hoch.

»Lies es nicht«, wiederholte er und strich eine Locke aus meiner Stirn. »Du kennst mich auch ohne das Buch besser als all die Leute dort draußen.«

Die Wahrheit ist, ich kenne dich genauso wenig wie sie, wollte ich einwenden. Und dann begriff ich, dass dies der eigentliche Grund war, warum mich die Frauen so aus der Spur gebracht hatten.

Aber ich sprach es nicht aus. Weil er nicht wissen sollte, welche Fragen ich mir über ihn stellte. Wie oft ich ihn verstohlen musterte, dass ich manche Dinge nur tat, um ihn aus der Reserve zu locken.

Er war das Rätsel, das ich nicht zu lösen vermochte. Und manchmal, wenn ich zu viel getrunken hatte, kam es mir fast so vor, als seien all meine Ermittlungen nur ein Weg, um die Lösung zu seinem Rätsel zu finden. Doch ich wollte nicht, dass er mir auf die Schliche kam. Deshalb blieb es mein Geheimnis.

Das Geheimnis der Dame. Ich las das Buch nicht.

Das Klingeln meines Handys reißt mich aus dem Schlaf.

Der schale Nachgeschmack von Bier schwappt in meinem Mund. Meine linke Gesichtshälfte fühlt sich taub an. Ich schiebe das zerfledderte Reclam-Heft weg, auf dem ich geschlafen habe. *Der Ring der Nibelungen,* von Richard Wagner. Ich habe es gestern Nacht noch aus Akis Bücherregal gekramt.

Blind taste ich nach meinem Handy.

Anonymer Anrufer. Wer zum Teufel mag das sein? Der Schreck macht mich wach.

»Ja?«

»Hier ist Sascha.«

»Verdammt, es ist vier Uhr dreißig.« Ich sinke auf mein Kissen zurück. »Was willst du?«

»Ich habe nur eine Frage.« Seine Stimme klingt angespannt. »Wo warst du gestern nachmittag zwischen dreizehn und fünfzehn Uhr?«

»Wo ich war?« Ich richte mich wieder auf. *Bei Maeve im Teufelsberg.* »Keine Ahnung. Spazieren.«

»Hast du Zeugen?«

»Verdammt, nein. Ich war allein. Musste nachdenken. Warum fragst du?«

»Dein Handy war aus.« Er räuspert sich. »Du machst es sonst nie aus.«

»Woher weißt du, dass es aus war?«, frage ich. Und stocke. »Du hast versucht, mich zu orten.«

»Sonntagnacht hast du etwas gesagt.« Sascha merkt sich alles, das überrascht mich nicht. Doch jetzt schwingt sein Unbehagen durch die Leitung. Nein, es ist mehr als Unbehagen. Es ist Angst. »Das war nach dem Zwischenfall im Museum. Du hast gesagt, dass du uns die Daumen drückst, damit wir die Artefakte bald finden. Bevor die Diebe damit eine Bank überfallen.«

»Meine Güte«, entgegne ich ungläubig. »Ich rede ständig komisches Zeug. Deshalb rufst du nicht mitten in der Nacht an und stellst solche Fragen. Was ist los, Sascha?«

Er sagt nichts. Und je länger er schweigt, desto mehr schwant mir, dass etwas im Argen liegt. Und zwar gewaltig.

»Entschuldigung«, flüstert er. »Das BKA hat das DNS-Ergebnis vom Haar der Bankräuberin ermittelt. Es ist deine DNS. Das Haar stammt von dir.«

Etwas Bitteres steigt in meiner Kehle hoch. Angst und Wut und Panik zugleich.

»Das kann nicht sein«, stoße ich aus. »Du glaubst doch nicht, dass ich –«

Im gleichen Augenblick poltert etwas gegen die Wohnungstür.

»Aufmachen«, ruft jemand dumpf. »Polizei.«

»Ich glaube dir«, flüstert Sascha. »Aber ich weiß nicht, ob die anderen das auch tun werden. Lucy, du musst das aufklären. Rasch.«

»Zu spät«, sage ich. »Sie sind hier.«

Es klickt. Er hat aufgelegt.

Ich springe auf die Beine, rutsche Fuß voran in meine Jeans. Handy in die Hüfttasche, hinaus auf den Flur. Blut pocht in meinen Ohren, laut genug, um das Pochen an der Tür zu übertönen.

»Lucy Wayne.« Jetzt bebt die Tür unter einem Faustschlag. Das ist kein Anklopfen mehr, das ist eine Drohung. »Machen Sie die Tür auf!«

Cosima kommt mit aufgerissenen Augen aus ihrem Zimmer. Sie presst Professor an ihr Shirt und ist ungeschminkt, was sie nackt wirken lässt, jünger und älter zugleich.

»Was ist los?«, flüstert sie. »Was wollen die von dir?«

»Mich festnehmen.« Ich halte mich am Türrahmen fest. »Sie glauben, ich habe die Bank überfallen.«

»Die spinnen doch.« Cosima schaut mich entsetzt an.

»Ich muss hier weg.« Meine Stimme klingt seltsam. Als wäre ich tatsächlich eine andere. Eine Frau, die Bankautomaten durch die Luft wirft und Tresore ausräumt. Nein. Maeve hat mich reingelegt. Sie hat mich genau zu dem Zeitpunkt vom Erdboden verschwinden lassen, in dem ich ein Alibi brauchte. Und jetzt hängt sie mir eine Straftat an.

»Polizei«, ruft erneut die Stimme. »Wir wissen, dass Sie da sind. Wenn Sie nicht öffnen, brechen wir die Tür auf.«

Ich schlüpfe barfuß in meine Schuhe, dann in Akis Mantel.

»Ich lenke sie ab«, flüstert Cosima, und ihr Blick wirkt flammend entschlossen. Wie wenig ich jemanden wie sie verdient habe. Sie drückt mir einen Kuss auf die Wange, Professor reibt seinen Kopf an meinem Arm, mir bleibt nichts als ein wortloses Nicken. *Danke.*

Ich haste zurück in mein Zimmer. Stecke das Reclam-Heft und meine Zigaretten in die Manteltaschen, dann drücke ich mich in die Nische hinter der Tür, mit angehaltenem Atem wie ein in die Enge getriebenes Tier.

Türknarren.

»Was ist los?«, fragt Cosima, ihr schläfriger Ton wird sekundiert von Professors Fauchen. »Was wollen Sie von meiner Mitbewohnerin?«

»Ist sie da?«

»Sie schläft. Ihr Zimmer ist ganz hinten links. Aber zeigen Sie mir bitte vorher Ihren –« Sie verstummt mit einem Schmerzenslaut. Schritte poltern über unsere Dielen. Sie haben Cosima einfach aus dem Weg geräumt wie ein sperriges Möbelstück. Ich schließe die Augen. Zwei Mann, nein, drei. Zwei gehen vorbei. Zu Akis Zimmer, wohin Cosima sie geschickt hat. Der Dritte öffnet meine Tür. Donnert sie mir gegen die Hände, die ich schützend vors Gesicht gelegt habe. Schnauft, schaut sich um, geht weiter.

Jetzt. Lautlos haste ich um meine Tür herum. Links steht Cosima mit dem Rücken zu mir. Professor schaut ihr über die Schulter und faucht mich an. Rechts steht die Wohnungstür offen.

Ich springe die Treppe hinab. Drei Stufen auf einmal. Die Holzdielen quietschen unter meinen Gummisohlen.

Das Haus ist heller erleuchtet als tagsüber. Sie haben alle aufgescheucht. Mehrere Wohnungstüren stehen halb offen. Müllers Gesicht fliegt vorbei. Seinen Ruf höre ich kaum, umso lauter die Stimmen über mir.

»Wayne haut ab!«

Die Haustür gähnt Dunkelheit. Freiheit. Ich setze über die Schwelle. *Die Schlacht ist halb gewonnen,* denke ich. Ich hätte mich nicht zu früh freuen sollen.

Ein Mann packt mich am Arm, ein weiterer steht hinter ihm. Zwei wattierte Jacken, zwei Strickmützen über glatt rasierten weißen Gesichtern.

»Hiergeblieben.« Eine kühle Stimme zu einem noch kühleren Blick. »Sie sind also die Schnüfflerin.«

»Und wer sind Sie?«, japse ich. Mein Atem dampft.

»Behrendt, BKA. Sie sind festgenommen.«

Während er mir meine Rechte vorträgt, schaue ich mich panisch nach einem Fluchtweg um. Auf der anderen Straßenseite parkt ein schwarzer BMW quer auf dem Grünstreifen, daneben der Streifenwagen. Rechts und links ist die Straße leer.

Mir fällt auf, dass ich mich haargenau wie eine Schuldige verhalte. Also zwinge ich mich zum Durchatmen. Senke den Kopf, krümme die Schultern, lasse sie in einem verzweifelten Schluchzen beben. Ich bin verzweifelt.

Das ist nur ein Missverständnis, pocht es in meinem Kopf. *Das wird sich im Revier aufklären.* Doch ich weiß es besser. Und Sascha auch. Sonst hätte nicht ausgerechnet er, der jede Vorschrift auswendig zitieren kann, mich gewarnt. Sobald ich auf der Rückbank des Streifenwagens sitze, habe ich verloren.

Hinter mir poltern die Stiefeltritte der anderen Cops die Treppe herunter. Behrendts Griff lockert sich. Sein Kollege geht um mich herum.

»Zeigen Se mal, was Se in den Taschen haben.«

Jetzt oder nie. Ich reiße den Kopf nach vorne, schlage ihn Behrendt vors Kinn. Wollte sein Kinn treffen. Spüre, wie stattdessen seine Zähne in meinen Schädel schlagen, schreie mit ihm gemeinsam auf.

Keine Zeit für Schmerz. Ich drehe mich um, ziehe das Knie an und trete dem anderen Mann in den Bauch, so hoch ich kann. Er wankt zurück und krümmt sich. Ich fahre auf den Fersen herum, am brüllenden, blutenden Behrendt vorbei.

»Stehen bleiben!«

Auf dem Asphalt habe ich keine Chance. Also hetze ich auf den Streifenwagen zu, hechte über seine Motorhaube, lande im Gras. Weiter über gefrorenes Erdreich. Der Sparrplatz ist unbeleuchtet, die Platanen sind schwarze Scherenschnitte vor Dunkelgrau. Dann Splitt unter mir. Der Fußweg.

Meine Turnschuhe trommeln schneller, folgen dem Takt der Anklagepunkte. *Tätlicher Angriff auf Vollstreckungsbeamte. Entzug der Verhaftung durch Flucht.*

Ich kann nicht mehr zurück. Ich setze über eine Betonbank hinweg. Zweige peitschen mir übers Gesicht.

»Stehen bleiben, oder wir schießen!«

Sie werden nicht schießen. Keuchend schiebe ich mich durch den Busch, renne über den Skateplatz. Frost glitzert auf der Halfpipe, die zusammengewürfelten Rampen sehen aus wie Bauklötze. Zwei ausgeweidete Fahrradskelette scheppern in einem Baum.

Ich war nie konzentrierter, nie wacher.

Ein Lichtstrahl streift mich. Taschenlampen. Sie sind schnell. Schon höre ich hinter mir die Äste splittern.

Ich schlage mich durch den nächsten Busch. Vom überquellenden Mülleimer zischen zwei lautlose rote Schatten davon. Füchse.

Etwas tropft mir in die Augen. Ich wische es weg. Keuchend orientiere ich mich. Keiner der Verfolger kennt meinen Kiez so wie ich. Das ist meine Chance.

Auf den nächsten Metern hole ich aus meinem Sprint alles heraus, jage über die Straße und biege in die Einfahrt zwischen einer Kita und einem Studierendenwohnheim. Auf dem Parkplatz ist es dunkel wie in einem Maulwurfsbau. Was bedeutet, ich bin ein paar Sekunden lang außer Sicht. Ich schwinge mich so hastig über den Zaun der Kita, dass ich fast stürze, hetze in den Schatten der Bäume. Keinen Moment zu früh.

Schon ertönen ihre Rufe. Taschenlampenlicht irrt über den Hof.

Ich muss es machen wie die Füchse. Lautlos verschwinden. Während die Männer den Parkplatz absuchen, schiebe ich mich Schritt für Schritt zurück.

Gefrorener Sand knirscht unter meinen Schuhen, ich ducke

mich hinter ein Spielhäuschen. Noch ein Zaun, über den ich diesmal vorsichtiger klettere. Dahinter gehe ich erneut in Deckung. Gedämpfte Stimmen, doch kein Lichtstrahl in meine Richtung. Sie suchen immer noch den Parkplatz ab, wühlen sich durch die Büsche hinterm Wohnheim.

Also schleiche ich weiter. Vorbei an abgedeckten Bierbänken, Sonnenschirmen im Winterschlaf. Ich bin im Hof vom Eschenbräu. Die Brauerei hat um die Zeit längst geschlossen, aber aus dem Hinterausgang der Kneipe schimmert noch Licht.

Eine halb gerauchte Kippe qualmt aus dem Aschenbecher, hinter der Tür summt jemand vor sich hin. Fred.

Er schaut mich überrascht an, als ich die Tür aufstoße und hinter mir gleich wieder schließe. Dann stellt er das Bierfass ab, das er gerade von einem Regal gewuchtet hat, und fasst sich an den Kopf. »Du blutest.«

Ich fasse mir ebenfalls an den Kopf. Und habe rot leuchtende Finger danach.

»Nur ein Kratzer«, flüstere ich. »Kannst du mich vorne rauslassen? Bitte.«

Grummelnd schaut er mich an, klimpert mit seinem Schlüsselbund. Er will etwas sagen, doch er tut es nicht. Stattdessen schlurft er vor mir durch die gekachelte Diele.

Die Kneipe ist in Schatten getaucht. Nur die Lichterkette über dem Tresen brennt noch. Auf der Bank hinter den Tischen schnarcht einer der Stammkunden, die Nikolausmütze des Wirts über die Augen gezogen.

Fred nimmt eine Packung Taschentücher vom Tresen und drückt sie mir in die Hand, dann sperrt er die Tür vorne auf.

»Sag niemandem, dass ich hier war«, flüstere ich.

Er seufzt und nickt. »Pass ma uff dich uff, Lucy.«

Hinter mir schließt er die Tür.

Die Gasse vorne raus ist leer und still. Die Lichtkegel der

Laternen flirren, aber wahrscheinlich ist das nur mein Adrenalin.

Drei Straßen weiter springe ich am Leopoldplatz in die nächste U-Bahn. Egal wohin, Hauptsache weg.

Im Berliner Nahverkehr kann man fast ebenso gut verschwinden wie in der Kanalisation – nur dass es weniger stinkt. Zumindest ein klein bisschen weniger. Als die Türen sich schließen, kauere ich zwischen den Sitzreihen und atme in hastigen Stößen das Nachtparfum der BVG: Urin, Erbrochenes, der scharfe Dampf von Reinigungsmitteln.

Instinkt lässt mich hochschauen. Vor dem Fenster stehen zwei meiner Verfolger. Zumindest glaube ich das. Die Männer starren zu mir herein, Schweißtropfen perlen unter ihren Mützen hervor. Einer brüllt gegen das einsetzende Brummen der U-Bahn an, der andere schlägt die Faust gegen die Scheibe. Noch während die Bahn anfährt, zücken sie ihre Handys.

Erst als draußen das Dunkel des Tunnels vorbeirauscht, richte ich mich auf. Ein paar Nachtschwärmer ducken sich in ihre Sitze und ignorieren mich so demonstrativ, dass ich schon vorgewarnt bin, als ich mein Spiegelbild begutachte. Aus der reflektierenden Scheibe starren mich wilde, schwarze Augen an. Die Locken kleben auf meinem Kopf wie ein Helm aus Schweiß und Blut. Irgendwo darunter müssen sich Behrendts Zahnabdrücke befinden. Mein Schädel pocht, meine Stirn und Wangen sind rot verschmiert. Immerhin habe ich offenbar aufgehört zu bluten. Ich spucke auf eins von Freds Taschentüchern und rubble mir das Gesicht sauber. Die Anzeigetafel blinkt. Ich bin in der U6.

Nächste Station Seestraße. Noch fünf Haltestellen bis zur ZONE.

Wenn mir nichts mehr bleibt, hilft mir nur noch König Zufall. Das ist immer schon so gewesen. Er reist genauso inkognito und unberechenbar durch meine Stadt wie ich. Vielleicht ist er der Bruder von Glück und Pech oder der Cousin vom Schicksal. Und vielleicht bin ich auch die einzige wahre Abergläubige in einer Welt, in der die Wirklichkeit längst jeden Glauben überholt hat.

Ich schalte mein Handy aus und ziehe die Kapuze über. Bei jeder Haltestelle ducke ich mich, bereit, loszusprinten, wenn Polizeileute einsteigen. Doch niemand kommt.

Am Kurt-Schumacher-Platz schlucke ich Heimatgefühle hinunter, gewürzt mit dem salzigen Geschmack von Tränen und Wut. Ich hätte mir die letzte Mietzahlung fürs Büro sparen können.

Stattdessen fahre ich zur ZONE. Sie ist die Endstation der U6. Vor der Explosion war das anders, da fuhr die Bahn weiter bis Tegel. Aber Tegel gibt es nicht mehr. Und die ZONE ist auf allen Straßenkarten ein blinder Fleck, eine No-go-Area für die meisten Menschen und weder von der Müllabfuhr noch von der Heilsarmee frequentiert. Selbst die Polizei vermeidet es, die verworrenen Pfade des improvisierten Labyrinths zu betreten, das auf den Ruinen des Bombeneinschlags immer weiterwuchert, wie Algen auf einem umgekippten See. Dabei ist es dort weniger gefährlich als nachts im Görlitzer Park – wenn man ein paar Regeln beachtet.

Bevor die Bahn an der Endhaltestelle hält, eile ich bis zum Ende des Waggons. Der letzte Waggon ist orange und speziell ausgerüstet für Stifs, mit übergroßen Türen und Sitzen in fünf Normgrößen.

Der Bahnsteig der ZONE ist leer. Ich mische mich unter die Handvoll Übernatürlicher, die mit mir aussteigen, und halte mich mit gesenktem Gesicht in ihrer Mitte. Typisch Berliner tun sie so, als würden sie mich nicht bemerken, doch sie rücken beiläufig um mich zusammen, als wir über die letzte Treppenstufe ins Licht der Flutscheinwerfer treten. Zwei Polizeileute stehen am U-Bahn-Schild und mustern uns.

Eine Trollfrau legt einen Arm um meine Schulter und presst mich an sich. Ihr Haarpelz fällt wie ein Vorhang vor mein Gesicht, und sie lacht dröhnend, als hätte ich einen Witz gemacht. Ich sehe nur noch Schemen, aber ich glaube, die Polizeileute halten still.

Der Eingang der ZONE befindet sich dort, wo einst der Flughafen Tegel war. Obwohl die meisten Stifs wenig Schlaf brauchen, ist der Durchgang vom ehemaligen Terminal B um diese Zeit nahezu leer. Absperrband flattert im Wind zwischen den löchrigen Betonfassaden, und ein paar Wächterwesen halten die Stellung. Niemand wird gehindert, in die ZONE zu kommen – außer Stoupies und Touristen. Und von der Polizei Gesuchte.

Eins der Wesen stellt sich mir in den Weg. Nachtschwarze Augen mustern mich, eine Stimme säuselt: »Was will die Polizei von Euch, Menschin?«

Verdammt. Ich werfe einen Blick über die Schulter, auf die Polizeileute am U-Bahn-Abgang. Sie schauen zu uns.

»Das ist nur ein Missverständnis«, sage ich.

»Dann klärt das«, entgegnet das Wesen. »Nur weil die Polizei die ZONE nicht betritt, bedeutet das nicht, dass hier keine Gesetze gelten. Unsere Wohnstätte ist kein Auffanglager für Verbrecherinnen.«

Es hebt drohend die Arme, ich weiche zurück. Und pralle gegen die Trollfrau.

»Dit is doch Lucy Wayne«, brummt sie. »Die Privatdetektivin, die für Stifs arbeetet. War auf Youtube.«

Die Polizeileute setzen sich in Bewegung. Auf uns zu. Die nachtschwarzen Augen des Wächters blicken zwischen ihnen und mir hin und her.

»Nur eine Nacht«, flehe ich. »Ich muss ein paar Sachen klären.«

Das Säuseln des Wesens klingt wie ein Seufzen. »Zehn

Stunden. Dann verschwindet Ihr.« Es senkt die Nase und saugt tief meinen Geruch ein, als wolle es ihn sich einprägen. »Wenn nicht, finde ich Euch.«

Ich nicke kleinlaut.

Auf der anderen Seite des Eingangstunnels erwartet mich ein Heer aus tanzenden Lichtern. Die Trollfrau wendet sich ab, ehe ich mich bedanken kann. Ich bleibe stehen und atme tief durch. Ich bin hundemüde und verkatert, habe nichts gerettet außer meiner jämmerlichen Haut. Aber ich bin in Sicherheit. Zumindest für die nächsten zehn Stunden.

17

Das ehemalige Rollfeld des Flughafens ist Versammlungsplatz, Markt und Treffpunkt zugleich. Dank der ZONE ist Berlin – und nicht New York – weltweit die Stadt, die wirklich niemals schläft: Obwohl es halb sechs Uhr morgens ist, schlendern und hüpfen und schwirren Stifs aller Größen umher, treffen sich im funzeligen Licht der Laternen und Feuertonnen oder gehen irgendwelchen Gewerben nach, eingebettet in ein Gewirr aus Sprachen und Stimmlauten. Und über allem wogt der unglaublich vielfältige, summende Klang von Omega.

Ein grüner Mann mit Schwimmhäuten zwischen den Fingern drückt mir einen Flyer in die Hand. »Die Karabossa tritt in einer Stunde im Stardust in Sektor drei auf«, sagt er. »Hard-Jazz. Aber wasch vorher das Blut weg, das könnte sie irritieren.«

Die Trollfrau marschiert bereits Richtung Sektor drei, ebenso die meisten anderen Stifs, die mit uns durch den Eingangstunnel kamen. Offenbar hat die Karabossa musikalisch einiges auf dem Kasten. Doch ich habe keine Zeit. *Zehn Stunden.*

Ich gehe über das Rollfeld und betrete die improvisierte Stadt in der Stadt, deren Silhouette sich wie ein zertrümmertes Ungetüm vor dem Nachthimmel erhebt – ein Wust rostiger Container und fragiler Nester, zusammengezimmerter und organisch gewachsener Behausungen, aufeinandergestapelt auf Ruinen, in teilweise schwindelnden Höhen, um dann jäh abzusinken zu einer Grube, zum Flughafensee, oder zu einem dornigen Dickicht, aus dem gelbe Augen starren.

Als ich endlich den Dämonensektor erreiche, dämmert der Morgen. Meine nackten Füße sind wund gescheuert in den Schuhen. Obwohl ich meine Schotten geschlossen habe, wummert mein Kopf von der Omega-Strahlung. Von hier aus ist es nicht mehr weit zum Explosionsort der Bombe – der Ort, an dem mein Vater starb. Lieber nicht daran denken.

Der Dämonensektor umfasst das Ufergebiet am ehemaligen Tegeler See. Der See verdampfte bei der Explosion und ist heute nicht mehr als ein Morast, voller Schilf und Algen und Treibsand. Die Stifs haben Trümmer zu Dämmen aufgeschüttet und Stelzenhütten errichtet, dazu schwimmende Verschläge auf Pontons und Flößen, weil die Havel immer wieder schlagartig Wasserfluten ins Tal presst, die ebenso schnell wieder ablaufen.

Inka wohnt auf dem Festland. Freundliche Anwohnerinnen weisen mir den Weg durch die Ruinensiedlung. Von manchen Bungalows stehen nur noch Mauern, hinter denen ewige Feuer brennen, gefüttert von wummernden Benzingeneratoren. Manche Dämonen mögen eben Hitze, der Rest ist ihnen egal.

Andere Häuser wurden nahezu vollständig wiederaufgebaut – oder auf eigenwillige Weise umgebaut, zu windschiefen Burganlagen mit Schießscharten statt Fenstern, oder lauschig von Efeu umrankten Steinpavillons.

Endlich stehe ich vor etwas, das mal eine Kirche war. *Sankt Bernhard.* Ein klobig gerundetes Gebäude aus den Sechzigern, mit zugeklebten Bullaugen, die früher wahrscheinlich aus Buntglas waren. Ein rußgeschwärzter Glockenturm ragt hoch in die Luft.

»Dort oben«, sagt eine der drei schwarzhaarigen Frauen, die auf einer Plane hockend ihre langen, bleichen Glieder ineinander verknäult haben und gemeinsam an einer Wasserpfeife schmauchen. »Inka spielt wieder Rapunzel.«

Ein langer Fuchsschwanz schlängelt sich hinter ihr hervor und zieht den freien Wasserpfeifenschlauch zu ihr heran. Alle drei mustern mich so spöttisch, als wüssten sie, dass ich nur ein Mensch bin. Ich tippe mit den Fingern dankend an einen unsichtbaren Hut, schiebe die Lkw-Plane beiseite, die den Kircheneingang verdeckt, und steige die staubige Treppe hinauf.

Inka sitzt im offenen Glockenstuhl. Die Glocken sind längst abmontiert, dafür pfeift der Wind umso lauter um die Betonpfeiler, verfängt sich heulend im nackten Gebälk über uns. Es ist so kalt, dass ich sofort anfange zu zittern.

»Wayne.« Inka mustert mich ebenso spöttisch wie die Kitsune-Frauen vorhin, doch ihre Bewegungen wirken fahrig, die Adern auf ihren Wangen stechen hervor wie purpurne Flüsse. »Hab gehört, du arbeitest jetzt für die Gegenseite. Für die Sammlerin. Willst ihr die Artefakte wiederbeschaffen. Obwohl die bereits Raubgut sind, seit sie die selbst von Stifs gestohlen hat.« Sie spuckt aus. »Ich dachte echt, du hättest verstanden, was ich dir über unser Erbe erzählt habe, Wayne. Aber offenbar interessiert dich Moral einen Dreck.«

»Ich bin nicht wegen der Artefakte hier«, sage ich.

»Warum dann?«

Ich wickle mich in den Mantel, was die Kälte allerdings nicht beeindruckt. »Ich brauche einen Unterschlupf.«

»Ausgerechnet bei mir?« Sie stößt ein entgeistertes Lachen aus.

»Du hast von den Banküberfällen der Diebe gehört«, sage ich. »Die Polizei glaubt, ich stecke mit drin. Sie wollten mich verhaften.«

»Ha«, schnaubt sie. »Haben sie die schlaue Detektivin übers Ohr gehauen? Und jetzt kommst du zu mir, weil du glaubst, dass ich dir was schulde.«

»Ich habe dir Gordafarid besorgt.«

»Ich hätte auch selbst eine Anwältin aufgetrieben.«

»Aber nicht Gordafarid.«

»Stimmt«, gibt sie zu. »Trotzdem hat dich niemand gebeten, du Opportunistin. Glaubst du, du kannst auf allen Seiten mitspielen? Außerdem: Edles Menschenweib rettet arme Stifs – das ist selbst Hollywood inzwischen zu abgeschmackt.«

»Ich bin weder opportunistisch noch edel«, fauche ich. »Und ich werde nicht betteln. Ich brauche nur ein Bett für ein paar Stunden.«

Sie starrt mich an. Zumindest glaube ich das. Ihre pupillenlos schwarzen Augen verraten nie genau, wohin sie blickt. Es war ein Fehler, hierherzukommen. Ginge es mir nur um ein Bett, sollte ich jetzt zu Brigi und Gregorius gehen, meinen Freunden im Nachbarsektor. Brigi ist nicht nur laut Legende eine Heilige, sondern tatsächlich eine nimmermüde Wohltäterin. Doch mir geht es nicht nur um ein Bett.

»Okay.« Inka nickt. »Aber nur ein paar Stunden.«

So jäh steht sie auf, dass ihre Kutte bauscht, und streckt den Arm über die Brüstung.

»Ku-witt, ku-witt«, stößt sie aus. »Krrrr.«

Unter ihr wogen Rauchschwaden über den pockennarbigen Ruinen und schmutzigen Lichtern – und weit, weit weg erahne ich die Silhouette des Fernsehturms, wie aus einer anderen Welt.

»Krrrkrr«, macht Inka. »Ku-Witt.«

»Was hast du vor?«, frage ich bibbernd.

»Fjodor ins Bett bringen«, sagt sie. »Krrr.«

Im nächsten Augenblick ertönt Flügelschlag. Ein Vogel saust mit ausgebreiteten Schwingen heran und landet auf Inkas Arm. Eine Eule. Zärtlich streicht Inka ihr über das Gefieder, gibt gurrende Geräusche von sich.

»Klklkl.« Meine Lippen stoßen klappernd aufeinander.

»Äffst du mich nach?«, zischt sie.

»N-nein«, bibbere ich. »M-mir ist nur k-kalt.«

Die Kirche wurde entkernt und eine neue Zwischendecke eingezogen. Inka bewohnt einen Teil der oberen Hälfte. Sie hat tatsächlich eine Reihe der runden, bunten Kirchenfenster gerettet, die sich etwa auf Kniehöhe rund um ihr Zimmer ziehen, außerdem hat sie einen Teil der Decke mit alten Scheiben verglast. Mir gibt es das ungute Gefühl, beobachtet zu werden, doch so, wie Inka inmitten des Zimmers steht, die Eule auf ihrer Schulter und den Kopf in den Nacken gelegt, schätzt sie den freien Blick hinauf in die Nacht.

Nach einer Weile lässt sie Fjodor in ein Loch in der Gewölbewand trippeln und schiebt eine Schüssel mit Katzenfutter in einen zugedeckten Käfig. Als ich das Tuch anheben will, um hineinzulugen, schlägt sie es mir aus der Hand. »Die Igel überwintern hier. Und sie mögen keine Fremden.«

Ihre Miene ist noch finsterer als sonst. Obwohl sie mich hergebracht und mir sogar eine Flasche Wasser besorgt hat, macht sie keinen Hehl daraus, dass sie alles andere als erfreut über meinen Besuch ist. Also setze ich mich still auf ihre Pritsche und schaue mich auf den etwa dreißig Quadratmetern um, die mich an eine Studentenbude erinnern.

Nicht dass ich viele Studierende besucht habe, aber so stelle ich mir ihre Behausungen vor, mit verblichenen Metal-Postern, dazwischen ein neongelbes Plakat von der Oktober-Kundgebung, die so derbe aus dem Ruder lief. *30 Jahre Manifestation*, steht darauf. *Feiert mit uns das Leben. Wir fordern die Staatsbürgerrechte!* Mikrowelle, Wasserkocher und Plattenspieler balancieren auf einem Brett an der Wand, ein Stapel Bücher verrottet in einer feuchten Ecke. Keine Heizung.

Inka reicht mir einen Daunenschlafsack, der nach Vogelmist riecht.

»Danke.« Ich wickle mich hinein.

Sie verdreht die Augen. »Jetzt mal Klartext, Wayne. Du bist nicht bei mir, um Pyjamaparty zu spielen. Du willst wissen, was ich über Till Eulenspiegel weiß. Du willst ihn in die Finger kriegen.«

»Du nicht?«

Sie lässt sich im Schneidersitz neben den runden Fenstern nieder und fletscht ihre Zahnstummel. Irgendwo in der Wand tschilpt Fjodor.

»Ich will Till den Hals rumdrehen«, sagt Inka. »Gordafarid hat es mir allerdings verboten. Das Verfahren gegen mich läuft noch. Ich darf mir nichts zuschulden kommen lassen, sonst buchten sie mich sofort wieder ein.«

»Wie war es überhaupt im Gefängnis?«

Sie schaut zum Fenster hinaus. »Ich hätte nicht gedacht, dass die Zellen bei der ÜSG 9 so klein sind. Außerdem hasse ich abgesperrte Türen. Ich hab dann das Gefühl, keine Luft zu kriegen. Eine Drude mit Platzangst, wer hätte das gedacht?« Sie stößt ein zynisches Lachen aus. »Ernsthaft, Wayne. Der Teufel bringt mich eher in die Hölle als wieder in den Knast zurück.«

Eine Albtraumgestalt, die selbst etwas fürchtet. Ich wünschte, die Leute könnten hinter Inkas Fassade blicken wie ich gerade. Einfach, um zu erkennen, dass wir alle so viel mehr sind als unsere Abstammung und unser Äußeres.

Wenn du nicht brav bist, holen dich die Stif-Monster, sagen Eltern zu ihren Kindern, um ihnen Angst einzujagen. Dabei sind sie oft genug selbst die Monster, innen drin. Und während wir uns gegenseitig belauern, macht der juxende Narr Scherze auf unser aller Kosten.

»Ehrenwort, Inka«, sage ich und ziehe mir den Schlafsack bis zum Kragen hoch. »Ich werde nichts tun, was deine Bewährung gefährdet. Sag mir nur, was du über Till weißt. Und ich verspreche, ich dreh ihm für dich den Hals um.«

»Ich brauch keine menschliche Heldin, vergessen?«, schnaubt sie. »Ich hab meine Freunde schon auf ihn angesetzt. Die WAAP hat ein großes Netzwerk hier in der ZONE. Und ich bin 'ne große Nummer in der WAAP. Wenn jemand sich bei uns einschleicht und unsere Ziele verrät, ist das kein Spaß mehr. Till wird das zu spüren kriegen. Wenn er sich irgendwo in meinem Sektor blicken lässt, oder bei einem meiner Leute, ist er geliefert.«

»In welchem Sektor wohnt er überhaupt?«

»Keine Ahnung. Wahrscheinlich wohnt er gar nicht in der ZONE. Zumindest weiß niemand was davon. Ich kenne ihn vom RAW-Gelände. Dort trifft sich die WAAP manchmal mit Unterstützern. Übrigens auch Menschen.« Sie fletscht erneut die Zähne, wahrscheinlich, weil ich mich in der Politik eher rarmache. »Witti hat mir Till dort vor ein paar Monaten vorgestellt, da war er noch neu in der Stadt. Eigentlich hängt er ständig am Mitternachtszirkus ab. Ich wette, er hat dort seinen Unterschlupf.«

Das muss ich in meinem Schlafsack erst mal sacken lassen. Ich kauere mich tiefer in die Höhle aus Daunen und denke nach.

Das RAW-Gelände ist in Friedrichshain, auf der anderen Seite der Stadt. Ein brachliegendes Bahngelände, das vor zwanzig Jahren von Künstlerinnen und Aussteigern besetzt wurde, Menschen und Stifs. Sie verwandelten Lagerhallen, Gleisbett und verfallene Klinkerbauten nicht nur in eine Partymeile, sondern auch in eine Zuflucht für alternative Kulturprojekte, in einen Ort für Träume und Drogen.

Viele nennen das Gelände seither den Mitternachtszirkus. Immer noch ist dort jede und jeder zum Feiern willkommen. Das Management ist inzwischen jedoch in den Händen einer festen Gruppe. Gleich und gleich gesellt sich gern, das gilt auch für Stifs. Der berüchtigte Technoclub Berghain gehört den Faeries, die Neuköllner Hipsterkneipen werden von Kobolden betrieben – und über den Mitternachtszirkus gebieten die grimmschen Märchenfiguren.

Wenn sie Eulenspiegel Deckung geben, wird es für mich verdammt schwierig, an ihn heranzukommen. Zumindest, wenn ich allein bin.

Ich zögere. Ich brauche Inka. Aber was, wenn ihre Hilfe sie wieder ins Gefängnis bringt? Gordafarid würde mich hart dafür bezahlen lassen. Und ich selbst würde mich dafür eine ganze Weile hassen. Letzteres hat mich allerdings noch nie von etwas abhalten können.

»Inka, hör mal«, sage ich. »Wir sind vielleicht keine Freundinnen, aber wir haben mit Till den gleichen Feind. Nur deshalb hab ich doch den Auftrag der Sammlerin überhaupt angenommen: Um ihn zu schnappen. Ich bin ihm dicht auf den Fersen, und das weiß er. Deshalb hat er mir die Banküberfälle angehängt. Und dich hat er wegen der Fälschungsnummer in einer Zelle schmoren lassen. Er hat uns beide reingeritten. Um ihn zu kriegen, müssen wir zusammenarbeiten.«

Sie schweigt eine ganze Weile. Ihre Haare, die sich kringeln, wenn sie wütend ist, hängen ganz still. Vielleicht ist sie genauso erschöpft wie ich.

»Okay«, murmelt sie irgendwann.

»Okay?«, frage ich nach. Und hasse mich jetzt schon dafür.

»Ja, verdammt«, sagt sie grimmig. »Ich helfe dir. Auch wenn du dich selbst unterschätzt.« Sie springt auf, als hätte der Entschluss sie mit neuer Tatkraft erfüllt. »Till spielt nur mit dir, weil du es zulässt. Er schubst dich herum? Schubs zurück. Er hat dir eine Falle gestellt? Stell ihm auch eine.«

»Das hätte ich längst getan«, entgegne ich. »Aber dafür muss ich ihn erst finden.«

»Ach wirklich?« Sie hebt die Augenbrauen. »Schick ihm doch einfach eine Botschaft.« Sie holt aus dem Regal einen verschrammten Laptop, der über und über beklebt ist mit Gothic-Stickern. »Mach ein Video, poste es online, und ich sorge dafür, dass es genug Leute teilen. Er wird es sehen, auch ohne dass du seine Telefonnummer hast.«

Seine Telefonnummer. Ich schließe die Augen. Wie konnte ich das übersehen? Aber manchmal müssen uns erst andere Leute auf das Offensichtliche hinweisen.

»Einen Versuch ist es wert.« Ich starte mein Handy.

»Wen rufst du an?«, fragt Inka.

»Eine alte Frau mit einem Brotkrumen«, sage ich und drücke auf die Nummer von *W. Metz, Nibelungenstraße.*

Das Freizeichen tönt. Fünfzehn Mal, zwanzig Mal, das monotone Tuten schneidet in mein müdes Gehirn wie durch Butter. Ich hätte längst aufgelegt, wäre die Stille nicht noch schlimmer. Dann piepst es. Ein Anrufbeantworter.

Mein Triumph klaut mir die Stimme, aber nur für einen Augenblick. Immerhin trage ich Herz und Verstand auf der Zunge. Und deshalb hinterlasse ich Till Eulenspiegel eine gepfefferte Botschaft.

18

Am nächsten Mittag sitze ich in der S-Bahn Richtung Wannsee und pule die SIM-Karte aus meinem Handy, um sie aus dem Fensterschlitz in den grauen Himmel zu schleudern. Sicherheitshalber.

Ich bin müde. Wer auch immer sonst die S-Bahn-Wände mit Kugelschreiber bekritzelt, heute hat er keinen tröstenden Spruch für mich.

Ich blättere in dem zerfledderten Reclam-Büchlein, das ich von zu Hause gerettet habe, Wagners Nibelungenzyklus, und suche nach einem eigenen aufmunternden Zitat. Aber da ist nichts zu finden. Alle Heldinnen und Helden sterben.

Ich klappe es wieder zu.

Ein Albtraum hat mich in Inkas Fensterkammer viel zu früh hochschrecken lassen. Im Traum verfolgte mich eine versengte Barbiepuppe. Vielleicht war es auch Till. Oder Maeve.

Im Moment folgt mir niemand, glaube ich. Für eine öffentliche Fahndung bin ich nicht gefährlich genug. Und falls die Polizei am Tor auf mich gewartet hat, wartet sie immer noch. Die ZONE verfügt über mehr Ein- und Ausgänge, als die meisten Menschen wissen.

Die Wunde, die BKA-Behrendts Zähne in meinen Kopf geschlagen haben, ist zum Glück nicht tief. Inka hat mir einen hippen Filzhut mit breiter Krempe geliehen, unter der sie sonst ihr Gesicht verbirgt. Jetzt verstecke ich mich darunter. Der Hut riecht ein wenig muffig, aber er passt. Zusammen mit Akis Mantel sehe ich fast elegant aus. Und solange ich in Bewegung bleibe, fühle ich mich halbwegs sicher. Obwohl ich keine Sekunde sicher war, seit dieser verdammte Fall mein Leben umstülpt.

Heute Nacht hatte ich nicht genug Zeit, um darüber nachzudenken. Doch seit ich aufgestanden bin, denke ich ständig daran, dass mich meine Ex-Kollegen wahrscheinlich für schuldig halten. Bláinn und Tom, Bobo. Gestern glaubte ich noch, wir wären endlich wieder auf der gleichen Seite – und ein närrischer Trick hat alles geändert. Der Gedanke, dass ich ihre Achtung für immer verloren habe, ist unerträglich.

Ich muss mir meine Glaubwürdigkeit zurückholen. Ich muss beweisen, dass ich unschuldig bin!

Ein paar Lichtstrahlen gibt es am Horizont. Wenigstens Sascha scheint an mich zu glauben. Und Till ist in meine Falle getappt. Er hat mir aufs Handy Koordinaten geschickt. Für ein Treffen. Heute am frühen Abend. Da wird das Spiel in eine neue Runde gehen, und diesmal wird nicht er die Karten ausgeben, sondern ich. Ich muss das bessere Blatt haben. Das ist meine einzige Chance.

Inka wird mir helfen. Ehrlich gesagt ist sie so Feuer und Flamme für meinen Plan, dass ich kaum noch ein schlechtes Gewissen habe, sie einzuspannen. Cosima um Unterstützung zu bitten, steht auch auf meiner Liste.

Aber vorher muss ich noch einmal nach Schwanenwerder. Ja, ich weiß, Wagners Probleme sind im Moment meine geringste Sorge. Doch etwas zieht mich dorthin wie ein Magnet, und ich habe in meinem Job gelernt, dass solche Ziehkräfte einen Grund haben. Etwas ruft mich. Ein Hinweis, den ich übersehen habe, eine verschlossene Tür, die ich versäumt habe, aufzustoßen. Ich habe den Schatten gespürt, der hinter dieser Tür lauert, seit ich zum ersten Mal dort war. In der Villa liegt etwas gewaltig im Argen. Und ich wäre eine schlechte

Detektivin, wenn ich nicht herausfinden wollen würde, was es ist.

An der Bahnstation vor dem Wannsee steigen auch diesmal nur wenige Leute aus. Ich packe die *Nibelungen* in meine Tasche, drücke mir den Hut in die Stirn und stemme mich gegen den eisigen Wind, als ich eine einsame Gestalt erblicke, die auf der anderen Seite des Bahnsteigs auf die S-Bahn wartet.

In einem hellgrauen Daunenmantel steht Wagners Büroassistenz leicht gebeugt und so nah an der Kante, als warte das Stif auf die Windböe, die es ins Gleisbett pustet.

Auf meine Ansprache hin fährt Uhrd zusammen und tritt zum Glück ein Stück von der Kante zurück.

»Auf den Weg in die Stadt?«, frage ich.

Sie nickt so vage, dass das ein Ja oder Nein sein könnte.

»Wie bedauerlich«, sage ich. »Ich hätte mir gewünscht, wir könnten uns unterhalten.«

Ihrem Blick entnehme ich, dass dieser Wunsch einseitig ist.

»Konnten Sie mir aus dem Kalender von Aufseß wenigstens den Namen dieses Kunsthandwerkers heraussuchen?«, frage ich. »Der ihn am Vormittag seines Todestags besucht und die Artefakte begutachtet hat?«

»Der Kalender ist nicht mehr da«, sagt Uhrd leise.

»Und was ist mit der Liste von Aufseß' Artefakten?«

Sie senkt den Kopf.

»Ich habe es satt!«, rufe ich. »Jedem hinterherjagen zu müssen in diesem verfluchten Fall.«

Und gleichzeitig selbst gejagt zu werden.

»Tut mir leid«, sagt Uhrd, und vielleicht schnappt sie meine Gedanken auf, denn sie stockt. »Bevor Sie zur Villa gehen, müssen Sie etwas wissen. Die Polizei war heute morgen da.«

Ich weiche zurück. »Was wollte sie?«

»Sie haben Kubera mitgenommen. Sie haben seine Fingerabdrücke in Frau Wagners Safe gefunden.«

Ich stoße entgeistert die Luft aus. »Der Chauffeur?«

Sie waren nicht wegen mir da. Die Erleichterung jagt mir sofort Schuldgefühle ein. Dabei ist es einfach Überlebensinstinkt. Diesmal hat es ihn erwischt, nicht mich. Beim nächsten Mal ist es vielleicht andersherum. Nur dass es nichts an einer Tatsache ändert: Wir sind beide unschuldig.

»Das ist Humbug«, erwidere ich. »Sie haben den Falschen.«

Uhrd richtet sich auf und blickt mich zum ersten Mal direkt an. Mir fällt auf, dass ihre Augen nicht grau sind, sondern grünlich schimmern wie Moos auf Felsen. Und dass sie keineswegs so schwach ist, wie sie wirkt. »Sie glauben nicht, dass er schuldig ist?«

»Ich glaube gar nichts.«

»Sie lügen.« Sie durchschaut mich. »Jeder glaubt an etwas.«

»Ich konzentriere mich lieber auf Fakten. Die im Übrigen gegen Kubera sprechen.« Ich atme langsam aus. »Können Sie nicht umdrehen und mit mir zur Villa zurückkommen? Ich muss mich dringend mit Ihnen und Perchta unterhalten.«

»Das geht leider nicht.« Ihr Daunenmantel bauscht sich um ihre Beine wie eine silberne Wolke. Die S-Bahn fährt ein. »Passen Sie auf sich auf, Frau Wayne. Und glauben Sie besser daran, dass –« Das Rauschen reißt die letzten Worte von ihrem Mund.

»Warten Sie«, rufe ich. »Was haben Sie gesagt?«

Aber Uhrd ist schon im letzten Waggon verschwunden.

Ohne Chauffeur und ohne Cosimas Auto ist es müßig, danach zu fragen, wie ich zur Insel komme. Als eine Kolonne aus drei schwarzen BMWs auf der Landstraße vorbeirast, werfe ich mich vor Schreck ins Gebüsch. Danach ist meine Jeans völlig verdreckt, und der Wind pfeift ein Spottlied über mich in den Bäumen.

Der Aufpasser an der Schranke ist der gleiche wie vorgestern Nacht. Mit einem resignierten Kopfschütteln lässt er mich zu Fuß die Brücke passieren.

Vor Wagners Einfahrt parken Busse von Rundfunkanstalten, ein paar Leute lehnen am Gitter und müllen den Gehsteig mit Kippen voll. Ich schlage einen Bogen über das Nachbargrundstück und klettere über den Zaun.

Auf dem Kieshof stehen die drei BMWs von der Landstraße. Potsdamer Kennzeichen, viel zu teure Innenausstattung für den öffentlichen Dienst. Ich atme auf. Kein BKA.

Ich tappe ums Haus herum. Der Salon ist leer, doch ein Blick durchs Fenster von Albert Aufseß' Arbeitszimmer zeigt mir drei Herren unterschiedlichen Alters in identischen grauen Anzügen. Sie haben sich rund um den Schreibtisch positioniert, hinter ihnen guckt Albert arrogant aus seinem Trauerflor. Auch Frau Wagner ist da. Sie dreht dem Bild ihres Gatten den Rücken zu und kippt ein Glas Sekt in sich rein. Es wirkt, als stehe sie im Schatten, obwohl sie direkt unter der Lampe verweilt. Sie sollte sich wirklich noch mal nach Flüchen abchecken lassen.

Behandschuhte Krallen bohren sich in meine Schultern.

»Herrschaftszeiten, hab ich Ihnen ned gsagt, Sie solln sich ned so anschleichn?«, knurrt Perchta in mein Ohr.

»Wollte bloß testen, ob Sie noch da sind«, erwidere ich.

»Ich arbeit hier.«

»Ich auch.« Ich schiebe ihre Hand weg und trete vom Fenster zurück. »Bis ich den Fall gelöst habe.«

»Sie sind a lausigs Detektiverl.« Sie folgt mir. »Der Fall is doch schon glöst.«

»Glauben Sie wirklich, dass es Kubera war?«

Sie zögert. Im Zwielicht der Hecken wirkt ihre Haut noch fahler als sonst.

»Die gnä' Frau glaubts.« Sie nickt Richtung Fenster.

»Oder sie will es glauben.« Ich will es nicht. Ich denke daran, wie Kubera das Lenkrad tätschelte, als wäre es sein Baby. Wie verlegen er klang, als er von der Affenhorde in seinem Kopf berichtete und dass ihn die Leute für verrückt halten. Ich mochte ihn. Ich bin keine lausige Detektivin, sondern eine befangene.

Aber manchmal schärft es die Sinne, Partei zu ergreifen. Ich bemerke, dass Perchta gar nicht mich anschaut. Sie lugt auf den Boden zwischen den Thujahecken. Dort, wo die Erde unter Wurzeln und Geäst so trocken und tot ist, dass der Abdruck eines Stativs konserviert wurde. Sie weiß davon.

Wer die Kamera hier in der Hecke platzierte, um den Tresor zu filmen, hat Sorgfalt und Geduld bewiesen. Und würde niemals Fingerabdrücke am Tresor hinterlassen.

»Ich muss mit Frau Wagner reden«, sage ich. »Können Sie sie aus ihrem Termin holen?«

»Warum sollt ich Ihnen helfn?«

»Warum fragen das immer alle?« Ich hebe die Arme. »In den Geschichten ist Frau Holle eine liebenswerte Großmutter. Die würde mir helfen.«

»Gehn S' ma ned auf den Arsch, hören S'! Sie sind a wahre Plag«, knurrt Perchta. »Sie wissen nix von meiner Herkunft.« Immerhin sagt sie nicht Nein.

Als sie losstapft, folge ich ihr. Heute gibt es am Hauseingang zum Glück keine neuen Pantoffeln für mich. Ich hätte sie auch nicht angezogen. Für die Flucht sind sie nämlich äußerst ungeeignet.

Perchta marschiert schnurstracks durchs Foyer und zu den Bedienstetenbüros. Mein Schreibtisch ist immer noch leer. Doch am Nachbarplatz lümmelt Johann.

»Wie die Herrschaft befohln hat«, sagt Perchta zu ihm. »Des Detektiverl hat sich nur a bisserl verspätet.« Sie wirft mir einen grimmig zufriedenen Blick zu und rauscht davon.

»Ach was.« Ich lasse mich auf meinen Bürostuhl fallen. »Du hast auf mich gewartet?«

Er trägt die gleiche Kleidung wie gestern und hat einen Bluterguss an der Stirn. Außerdem grinst er. Je abgefuckter, desto attraktiver – das Motto gilt leider nur für Männer.

»Interessanter Hut«, sagt er. »Wo hast du den her?«

»Leihgabe einer Freundin.« Ich nehme ihn ab und werfe ihn auf den Schreibtisch, den Mantel lasse ich an. »Was willst du von mir?«

Er rollt mit dem Bürostuhl ganz nah zu mir heran. »Die Polizei hat vorhin angerufen«, raunt er in mein Ohr. »Sie sucht nach dir.«

Ich zucke zurück, mein Blick eilt zur Tür. Ist das eine Falle? Ruft Perchta gerade die Polizei?

»Keine Sorge«, sagt er. »Ich hab niemandem von dem Anruf erzählt.«

Verdutzt schaue ich ihn an. »Warum nicht?«

»Weil du das Interessanteste bist, das dieses Haus seit Wochen gesehen hat.« Er zwinkert mir zu und verwandelt sein Grinsen in etwas deutlich Anzüglicheres. Ich kaufe es ihm nicht ab. Was auch immer er von mir will, Sex ist es nicht. »Was hast du angestellt, dass sie hinter dir her sind?«, fragt er. Erhofft er sich etwa Tipps zur Ausführung eines Verbrechens?

Noch ehe ich etwas erwidern kann, öffnet sich die Tür ein weiteres Mal.

»Frau Wayne, da sind Sie ja endlich«, ruft Frau Wagner.

Mit einem Schwall Sektatem schafft sie es, Johann und mich auseinanderzutreiben wie zwei ertappte Kinder.

»Sie haben die Neuigkeiten schon gehört.« Die Düsternis um sie herum, die ich vorhin durchs Fenster gesehen habe, ist weg. Ihre Augen funkeln. »Mein Chauffeur war es. Er hat die Artefakte im Tresor ausgetauscht. Die Polizei geht außerdem davon aus, dass er in die Banküberfälle verwickelt ist. Sie haben sein Zimmer im Bootshaus durchsucht und ihn mitgenommen.« Sie verzieht den Mund, aber ihr Ärger ist nur aufgetragen. »Zur Presse ist es auch schon durchgesickert.«

»Fast zu schön, um wahr zu sein«, sage ich.

»Verschonen Sie mich mit solchen Phrasen«, erwidert sie ungehalten. »Kuberas Fingerabdrücke waren in meinem Safe.«

»Ebenso wie die Fahrzeugpapiere des Teslas, den Kubera für Sie fuhr«, sage ich. »Hat er sie in Ihrem Beisein mal in den Tresor gelegt? Oder herausgeholt, für den TÜV? Könnten so die Fingerabdrücke hineingekommen sein?«

Sie verengt die Augen. Ihre trinkselige Euphorie ist nur Fassade – jetzt bröckelt sie, und darunter kommt ihr wahrer Antrieb zum Vorschein. Angst.

»Kommen Sie mir nicht so, Frau Wayne«, schnaubt sie. »Gestern versprachen Sie, Informationen zu liefern, und haben sich nicht mehr gemeldet. Ich hasse unzuverlässiges Personal.«

»Ich war beschäftigt«, erwidere ich. *Und Sie lenken ab.*

»Meine Anwälte haben jetzt übernommen.« Sie verschränkt die Arme. »Sie werden mich als Nebenklägerin in dem Prozess installieren. Außerdem erarbeiten sie eine Kommunikationstrategie. Dazu gehört eine öffentliche Stellungnahme, um mich von Kubera zu distanzieren. Und dazu gehört auch, Sie von diesem Auftrag zu entbinden, Frau Wayne.«

Ich bin nicht überrascht. Sie hofft, endlich die Ordnung auf ihrer Insel wiederherzustellen. Da passe ich nicht ins Bild.

»So einfach können Sie mich nicht feuern«, sage ich. »Der Fall ist noch nicht aufgeklärt.«

»Das Kündigungsschreiben ist bereits in der Post«, erwidert sie. »Ausgestellt von meinen Anwälten. Wir überweisen Ihnen das ausstehende Honorar.«

Das wäre mal etwas Neues, dass jemand mich nach der Kündigung noch ausbezahlt. Ich zögere. Ich weiß, ich könnte jetzt einfach umdrehen und gehen. Doch die Detektivin in mir ist wie Goethes Hexenbesen. Wer ihre Dienste einmal hinzuzieht, kann ihr nicht einfach befehlen, wieder stillzustehen.

»Wenn Ihre gesamte Strategie auf Kuberas Schuld fußt«, sage ich. »Dann müssen Sie sich warm anziehen. Es wird sich nämlich herausstellen, dass er unschuldig ist.«

Sie schüttelt den Kopf. »Er wird im Gefängnis sitzen, bis er gesteht.«

»Das können Sie nicht wissen.«

»Ich kann dafür sorgen.«

Jetzt fällt ihre Fassade vollständig in sich zusammen. Ihr ängstlicher Blick irrt zu Johann, der auf seinem Stuhl lümmelt. Er klickt auf seinem Handy herum und tut so, als würde er sich nicht für unser Gespräch interessieren – doch seine Lippen sind so fest aufeinandergepresst, dass sie ganz blutleer sind. Er weiß genau, worum es hier geht.

Und ich habe keine Lust mehr auf Spielchen. Ich stehe auf. »Frau Wagner, Sie wissen, dass Kubera unschuldig ist. Aber gewisse Opfer müssen nun mal gebracht werden, um die Familie zu schützen, nicht wahr? Also kaufen Sie eine Lüge, um die Wahrheit zu vertuschen. Oder zumindest das zu vertuschen, was Sie für die Wahrheit halten.«

»Halten Sie den Mund«, schnappt sie.

»Nein, sie hat recht«, sagt Johann und legt sein Handy beiseite. »Mom, ernsthaft.« Sein Gesicht ist so bleich wie seine Lippen. »Du denkst, du musst mich schützen. Weil du mich für schuldig hältst.«

»So ein Unfug!«

»Ach ja? Das war doch der einzige Grund, warum du Lucy engagiert hast.« Er erhebt sich.

Jetzt stehen wir alle drei, nur dass ich plötzlich unsichtbar geworden bin. Mutter und Sohn starren sich an, mit identischem, verbissenem Gesichtsausdruck.

»Es dreht sich nicht alles nur um dich, Johann«, sagt sie. »Das hier geht dich nichts an.«

»Du gibst es nicht mal zu«, stößt er aus. »Weil es egal ist, was ich sage oder tue. Du wirst deine Meinung über mich niemals ändern. Ebenso wenig wie Vater. Ich war es nicht! Ich habe seine Schätze nicht geklaut. Wieso kannst du mir das nicht einfach glauben?«

Seine Miene verzerrt sich vor Bitterkeit, ihre ebenfalls. Aber sie lösen den Blick nicht voneinander – als wären sie aneinander festgekettet, als säßen sie beide auf einem rasenden Zug und könnten nicht abspringen.

»Wie könnte ich dir ein Wort glauben?«, entgegnet sie. »Du erzählst mir doch jeden Tag eine andere Geschichte. Nichts bekommst du aus eigener Kraft zustande. Du denkst, mein Geld würde das ändern? Du bist verwöhnt und nutzlos. Und jetzt willst du auch noch mein Land versilbern. Du hast deinen Vater immer gehasst. Aber in Wirklichkeit bist du genauso wie er.«

»Das ist nicht wahr!« Johann stößt einen Schrei aus, der ein Wutschrei sein könnte oder ein Schmerzensschrei. Und da ist er. Der lose Faden des Rätsels.

Ich schiebe mich unauffällig zur Tür. Als ich einen letzten Blick auf die beiden werfe – er die Hände zu Fäusten geballt, sie die Arme verschränkt, habe ich den Eindruck, eine weitere Person sei im Raum. Ein Schemen aus der Vergangenheit, die Erinnerung an einen Unsichtbaren, der selbstherrlich mit der Macht von Artefakten herumspielte und sich an der Blindheit der anderen ergötzte. Der verstorbene Vater. Er ist die Ursache. Um den Knoten zu lösen, muss ich dorthin zurück, wo die Fäden begannen, sich zu verwickeln.

Draußen im Flur atme ich durch.

Blut ist nicht dicker als Wasser, es ist dunkler. Es fließt aus Wunden, von denen dir ein Leben lang Narben zurückbleiben, und die, die dir am nächsten stehen, können dich am tiefsten verletzen. Deshalb meide ich Familiendramen wie die Pest.

Vom Foyer höre ich die Stimmen von Männern hinüberwehen, die ihre Langeweile mit Bilanzen und Zahlen füllen.

Ich folge dem Flur zu Alberts Arbeitszimmer. Hier ist es dämmrig, die Möbel werfen lange Schatten. Die Luft riecht nach Sekt und Rasierwasser. Ich schließe die Tür und schnappe mir das Festnetztelefon vom Schreibtisch.

»Lucy?«, meldet sich Cosima atemlos.

»Ja.«

»Puh«, stößt sie aus. »Wo bist du? Wie geht es dir? Meine Güte, ich hab letzte Nacht kein Auge mehr zugemacht. Die Polizei hat dein Zimmer völlig auf den Kopf gestellt, und der arme Professor kommt seitdem nicht mehr unter meinem Bett hervor.«

Es tut so gut, sie zu hören. Ich vermisse sie.

»Mir geht es gut«, sage ich.

»Das glaube ich dir nicht«, erwidert sie. »In den Nachrichten haben sie einen Fahndungsaufruf nach Till Eulenspiegel gesendet. Die Medien drehen völlig durch. Du musst dringend weiter untertauchen.«

»Wenn ich noch weiter abtauche, kriege ich keine Luft mehr«, sage ich. »Hast du etwas zu den Grundstücken herausgefunden?«

»Oh ja. Es ist tatsächlich ein riesiges Stück Land, das die Wagners besitzen. Der Großvater hat es 1939 der Stadt abgekauft. Die ganze östliche Uferlinie der Havel. Von Lindwerder bis hoch zum Pichelssee. Kein Bauland natürlich, sondern Forstgebiet. Aber falls dort Baugrundstücke ausgewiesen werden, wären die Begehrlichkeiten riesig.«

»Nicht erst dann …« Ich blicke hoch zu Alberts Foto, seiner blasierten Heldenpose.

»Leider hat das Amt erst morgen einen Termin frei, damit ich die Pläne kopieren kann«, sagt Cosima. »Aber das Beste kommt noch: Vor sieben Monaten war jemand anderes auf dem Amt. Jemand, der einen Gutachter dabeihatte, um den Wert des Grundstücks schätzen zu lassen. Rate, wer.«

»Albert von Aufseß«, sage ich. Er starrt finster auf mich herab. Als könnte ich ihm noch etwas anhaben, jetzt, da er tot ist. Obendrein können weiße, alte, reiche Männer so selbstsüchtig und exzentrisch sein, wie sie wollen – das unterstreicht lediglich ihren Status.

»Du bist gut, Lucy«, stößt Cosima aus.

»Ich weiß.« Ich strecke Albert die Zunge raus. »Schick mir alles, was du hast, per E-Mail. Ich besorge noch ein paar Kameraaufnahmen, die wir unbedingt ansehen müssen. Dann treffen wir uns.«

Noch während ich ihr die Koordinaten für heute Nachmittag durchgebe, weckt ein Kribbeln im Nacken meine Aufmerksamkeit. Perchta steht vor dem Fenster. Sie tut nicht mal mehr so, als verstecke sie sich. Ich beende das Telefonat, gehe zum Fenster und öffne es.

»Schleichn Sie sich«, sagt Perchta und bleckt ihre spitzen Zähne. »So langs Ihnen noch möglich ist.«

»Drohen Sie mir?«, frage ich.

Sie schüttelt den Kopf. »Haben S' die Klingel ned gehört? Vorn am Tor stehn die Kieberer. Die fragn nach Ihnen.«

»Die Polizei? Verdammt.« Ich fluche, was sie noch breiter grinsen lässt. »Sie haben mein Telefonat belauscht«, stelle ich fest. »Das ist nicht gerade die feine Großmutterart.«

»Ich bin genauso wenig fein wie Sie.« Sie klappert mit ihren Eisenkrallen. »Ich bin Perchta. Ich hüt das Haus. Und ich schlitz die Bäuche von frechen Bankerts und faulen Maderln auf.« Während ich angemessen zusammenzucke, hebt sie etwas vom Boden hoch, das ich als Inkas Hut identifiziere. »Also husch, husch, Frau Wayne. Seien S' ned faul, kommen S' raus.«

Verblüfft sehe ich sie an. Doch um Hilfe in der Not zu hinterfragen, fehlt mir die Zeit. Ich schwinge mich übers Fensterbrett, sie drückt mir den Hut in die Hand.

»Danke«, sage ich und setze ihn auf. Als ich aufschaue, ist Perchta verschwunden.

Im Schatten der Hecken umrunde ich das Gebäude, bis ich über den Kieshof spähen kann. In den Baumwipfeln über mir rauscht es verdächtig.

In der Toreinfahrt steht ein Streifenwagen, an dem ein Polizist lehnt. Und auf dem Kieshof parkt ein neues Auto: die Limousine des BKA. Davor stehen vier weitere Polizeileute, zwei in Uniform, zwei in Zivil, darunter BKA-Mann Behrendt.

Er redet mit Wagner, Johann und einem der Anwälte. Ich bin zu weit weg, um ihn zu verstehen. Aber was er sagt, lässt Frau Wagner die Hände an die Brust pressen und Johann zurückweichen. Es geht um mich.

Behrendt und ein Beamter folgen Wagner und Johann ins Haus. Die anderen beiden treten auf den Kieshof hinaus und nehmen das Gelände rundum in den Blick.

Ich knirsche mit den Zähnen. Durch das Tor komme ich nicht hinaus. Verdammt, ich komme nicht mal bis zum Zaun, das Parkgelände ist viel zu gut überblickbar. Entweder muss ich über den See schwimmen, oder mir fällt etwas ein, um sie abzulenken.

Der Anwalt zieht einen Autoschlüssel aus der Tasche und drückt auf den Knopf. Die Lichter eines BMWs blinken auf. Der Mann geht hinüber und öffnet die Autotür, doch dann verharrt er und ruft etwas zur Haustür. Ein zweiter Anwalt tritt heraus und lässt ebenfalls sein Auto blinken.

Vielleicht meine Chance. Ich schiebe mich näher.

»Fahren Sie den Streifenwagen weg!«, ruft der Anwalt den Polizeileuten zu.

»Gehn Se zurück ins Haus«, ruft ein Polizist ungehalten zurück. »Hier läuft eine Fahndung.«

»Das ist Ihr Problem«, erwidert der Anwalt. »Wir müssen zurück in die Stadt.«

Der Schatten zwischen Hecke und Haus gibt mir Schutz. Zwei Meter Sprint, und ich kauere hinter der Motorhaube des ersten Autos. Mein Herz pumpt. Geduckt schiebe ich mich weiter zum nächsten. Ich packe den Türgriff, ziehe daran. Die Tür geht auf. Ich will mich auf die Rückbank schieben, doch dann verharre ich. Neben mir parkt ein weiteres Auto. Und die Beifahrertür ist nur angelehnt.

Der Weg unserer Entscheidungen ist steinig. Manche Steine lassen uns nur stolpern, andere sind Klippen, von denen wir abspringen müssen, ohne zu wissen, in welchen Gewässern wir landen. Meine Hand tastet unwillkürlich zur Brust, aber da ist nichts, was mir Glück bringen könnte. Da ist nur mein Instinkt. Und der rät mir, zu springen.

Ich schiebe mich über den Sitz, kauere mich, so gut es geht, in den Fußraum und logge mich mit meinem Handy ins W-Lan ein. *Bin im Porsche,* tippe ich. *Bring mich hier raus.*

19

Zehn Minuten später brettert Johann hinter den Anwaltsautos aus der Einfahrt. Kurz darauf hebt er den Mantel hoch, mit dem er mich zugedeckt hat, und späht zu mir hinab.

»Woher wusstest du, dass ich dir helfe?«, fragt er.

Die Sportreifen des Porsche rattern über Kopfsteinpflaster. Wir sind immer noch auf der Insel.

»Ich wusste es nicht«, sage ich. »Ich hatte keine andere Wahl.«

»Klingt einleuchtend.«

Dabei ist es Unsinn. Man hat immer eine Wahl. Doch ich weiß, dass er sich etwas anderes einredet. Wahrscheinlich, weil er mit mehr Wahlmöglichkeiten geboren wurde als die meisten von uns – und es nicht schafft, etwas daraus zu machen.

»Mom hat gesagt, sie will dich verklagen. Weil du sie hintergangen hast, um sie zu bestehlen. Zusammen mit dem Chauffeur.«

»Sie schlägt um sich, weil sie Angst hat.«

»Verteidigst du sie etwa?«

»Ich verteidige niemanden. Mein Job ist es, nach Erklärungen zu suchen. Halte vorne am Pförtnerhaus. Dort musst du etwas für mich besorgen.«

Johann verbringt zwanzig Minuten mit dem Aufpasser in dem Häuschen, während ich unter dem Mantel kauere. Bald schmerzt mein Genick wie Hölle. Zweimal fährt ein Polizeiwagen vorbei, einmal lugt jemand durchs Autofenster. Sie suchen nach mir. Und ich bin auch noch so dumm, hierzubleiben. Oder so klug?

Als Johann endlich zurückkommt, wirkt er genervt. Er wirft den USB-Stick zu mir in den Fußraum und lässt den Motor aufheulen.

»Ist da alles drauf?«, frage ich.

»Ich denke schon.« Er fährt los. »Die Aufnahmen der Sicherheitskamera von der Brücke vom 11. Juni. Dem Todestag meines Vaters.« Er schüttelt sich, als wolle er eine unangenehme Erinnerung verdrängen. »Verrätst du mir, warum du seinen Tod untersuchst? Du hast doch echt andere Sorgen. Mom hat dir gekündigt, hast du das nicht mitgekriegt? Außerdem war Vaters Tod ein Unfall.«

Der Porsche gleitet sacht über die Brücke zum Festland.

»Ist nur so ein Gefühl«, sage ich. »Ein letzter Versuch. Außerdem geht es mir nicht um seinen Tod, sondern um einen Mann, der deinen Vater vor seinem Tod besucht hat. Der die Artefakte begutachtet und sich mit ihm gestritten hat. Ich will ihn auf diesen Videos finden.«

»Wie identifizierst du ihn?«, fragt er. »Jeden Tag fahren bestimmt fünfzig Autos nach Schwanenwerder.«

Fünfzig. Ich unterdrücke ein Augenrollen, während ich aus dem Fußraum auf die Sitzbank klettere. Berlin ist für diese Insel ein Kontinent am anderen Ende der Welt – und der Grunewald ist der Ozean dazwischen.

»Lass das meine Sorge sein«, sage ich.

Er schüttelt den Kopf. Vielleicht bereut er schon, mir geholfen zu haben. Früher oder später wird er es.

»Hängst du mit drin?«, fragt er beiläufig. »Bei den Banküberfällen?«

»Natürlich nicht. Ebenso wenig wie du.«

Wir rollen die Waldstraße bergauf, schon verschwindet die Insel hinter uns im Dunst.

»Ich hab schon auf dem Boot bezweifelt, dass du mit den Diebstählen was zu tun hast«, sage ich. »Außerdem hast du für den Banküberfall ein Alibi. So wie ich.«

»Ach echt?« Er linst zu mir herüber.

»Ich hab dich gesehen«, sage ich lässig. »Im *Fata Morgana.* Maeves Club. Ich kenn dein Geheimnis.«

»Oh Mann!« Er schreit auf und schlägt mit der Faust aufs Lenkrad. »Du hast mir nachspioniert!«

Er packt das Steuer so fest, dass seine Knöchel hervortreten. Für einen Moment glaube ich, er tritt auf die Bremse. Stattdessen tritt er aufs Gas. Der Porsche macht einen Satz über die Hügelkuppe und beschleunigt, mein Herz beschleunigt auch.

»Du blöde Kuh«, schreit er zu mir herüber. Draußen rasen die Bäume vorbei. »Ich hätte es wissen müssen! Was willst du? Mich erpressen?«

Ich will, dass du auf die Straße schaust.

»Ich will gar nichts«, rufe ich. Hundertvierzig, sagt der Tacho. Verdammt. Ich wollte Johann aus der Reserve locken, aber nicht so. Der Motor dröhnt, mein Herz wummert. »Ich sitz selbst in der Scheiße, schon vergessen?«

»Dann halt dich verdammt noch mal aus meinem Scheiß raus! Immerhin helfe ich dir gerade!«

»Ich weiß! Sorry.«

Unmerklich geht er vom Gas. Hundertzwanzig.

»Wie kamst du überhaupt ins *Fata Morgana?*«, murrt er. »Sie lassen doch nur den inneren Zirkel hinein. Sag bloß, du hast auch einen Deal mit ihr.«

Hundert. Seine Wut hängt wie eine Gewitterwolke zwischen uns. Draußen fliegt das Strandbad Wannsee vorbei, die leeren Parkbuchten wirken wie graue Sandbänke.

»Kann schon sein«, sage ich. »Was hat Maeve für dich getan, Johann, dass du ihr einen Gefallen schuldest?«

»Was denkst du denn?«, entgegnet er.

»Hat sie dir eine Muse für dein Kunstdiplom ausgeborgt? Durftest du mit ihren Popsternchen singen?«

Er stößt die Luft aus. »Du bist so scheißlustig, Lucy Wayne.« Die Tachonadel sinkt endlich auf achtzig. »Und so banal. Du weißt, dass ich nicht darüber reden darf. Ebenso wenig wie du.«

»Du hast recht. Ich kenne Maeve und ihre Deals. Und deshalb will ich dich warnen. Sie ist gefährlicher, als du dir vorstellen kannst. Sie kennt keine Skrupel, nur ihre eigenen Interessen. Was immer sie von dir verlangen wird, du wirst es bereuen.«

»Ach ja?« Er schaut mich an. Ich kenne diesen Blick, die Mischung aus Angst und Resignation. *Hilf mir,* sagt er. Und gleichzeitig: *Du kannst eh nichts tun.*

»Als ob du dir um mich Sorgen machst«, murmelt er und schaut nach vorn.

»Und wenn doch?«

Er stößt einen kleinen Laut aus, wie ein verletztes Reh, und packt erneut das Lenkrad mit beiden Händen. Ich mustere ihn, suche nach einer Luke, irgendeinem Fenster zu seinem Kopf, das mir verrät, was in ihm vorgeht. Aber er hat die Schotten dichtgemacht.

Noch ehe ich begreife, was er vorhat, tritt er erneut aufs Gas. Und macht die Augen zu.

Ich schreie, als wir aus dem Wald hinausbrettern, quer über eine Straßenkreuzung. Reifen kreischen, Autos hupen. Ich werfe mich über Johanns Schoß und packe das Lenkrad, reiße es unter seinen Händen nach rechts. Schulkinder spritzen an der Bushaltestelle auseinander. Ein Kombi schießt haarscharf an uns vorbei, die aufgerissenen Augen der Fahrerin sind Abgründe, aus denen der Tod mich anspringt.

Dann sind wir drüben.

»Brems!«, schreie ich.

Er steigt in die Eisen. Der Porsche schrammt mit quietschenden Reifen an der Gehsteigkante entlang. Für einen Augenblick balancieren wir auf zwei Reifen, dann setzt der Wagen wieder auf, rollt nur noch im Schritttempo. Endlich hält er an.

Mein Magen krampft, ich würge. Autos überholen uns hupend. Rechts von uns erstreckt sich die Betonbrüstung einer Brücke, darunter rauscht ungerührt die Autobahn.

»Du Mistkerl!« Ich gebe Johann eine Ohrfeige. Sie fällt schwach aus, eine ruckartige, unbeholfene Bewegung.

Er zuckt nicht mal. Seine Augen sind immer noch geschlossen.

»Da waren Kinder!«, schreie ich. »Wenn du dein Leben schon wegschmeißen willst, dann lass andere da raus.«

Erst als mein Gurt klickt, weil ich mich abschnalle, öffnet er die Augen. Die Kinder sind ihm egal. Aber er will nicht, dass ich gehe.

»Du hast recht«, sagt er mit kalkweißem Gesicht. »Mein Leben ist für den Arsch. Maeve hat bereits – sie will, dass ich –«

»Was?« Die zittrige Stimme klingt nicht wie meine eigene. »Was will sie von dir?« Obwohl ich nichts mehr will, als aus diesem Auto zu flüchten, warte ich. »Ich kann dir helfen, Jo. Wenn du mir vertraust.«

»Ach, vergiss es.« Er dreht sich weg. »Hau endlich ab.«

Ich steige aus. Ein paar Passanten starren mit Sicherheitsabstand zu uns herüber, ein Mann telefoniert bereits.

Ich kann entweder Johann retten oder meine eigene Haut. Und manchmal ist jede Entscheidung, die man trifft, falsch. Ich schlinge die Arme um mich und marschiere los, über die Autobahn Richtung Zehlendorf.

Bevor ich auf der anderen Seite in eine Seitenstraße einbiege, rollt Johanns Porsche an mir vorbei. Er sieht einsam aus, und er schaut nicht zu mir herüber. Ich atme auf, als er fort ist.

20

Wäre ich BKA-Beamter Behrendt, würde ich jemanden an der S-Bahn-Station Wannsee postieren, um nach mir Ausschau zu halten.

Deshalb wandere ich zwei Kilometer durchs Wohngebiet zu Fuß, bevor ich am Bahnsteig Schlachtensee in die Linie 1 steige.

Cosima wartet auf mich in den Hackeschen Höfen. Sie sind ein pittoreskes Gebäudeensemble, schmucke kleine Hinterhöfe mit Lädchen, Manufakturen und Cafés, in denen alles verspielt wirkt außer das Preisschild. Ich mag Berlins schroffe Seiten lieber. Doch Cosima hat den Treffpunkt vorgeschlagen.

Bevor ich hineingehe, luge ich durch die Scheibe. Es ist eins dieser Hipster-Cafés, in denen das gemütliche Brummen der italienischen Siebträgermaschinen ersetzt wurde durch kühles Kaffeewasser-Tröpfeln in Keramik-Handfiltern.

Cosimas Anblick ist wie ein Lichtstrahl im Gemüt. Sie trägt einen französischen Zopf zu einem Strickkleid, balanciert einen Laptop auf den Knien und eine Kaffeetasse in der Hand. Während sie mit dem bärtigen Barista plaudert, wuschelt sie ihm einmal durchs Haar, und das bestätigt meine Vermutung, dass sie öfter hier ist.

Die Gegend um Scheunenviertel und Alex sei ihr Lieblingskiez, hat sie mal gesagt. Wegen all der Galerien und Boutiquen, und weil der Anblick schöner Dinge sie einfach glücklich mache. *Ich bin eben ein bisschen oberflächlich,* gestand sie verlegen – dabei stimmt das gar nicht.

Als ich die Tür aufstoße, verschwindet ihr Lächeln hinter einem besorgten Gesichtsausdruck. Der Barista mustert meinen Hut und lässt anerkennend seine Hosenträger schnalzen, bevor er hinter die Theke abzieht.

»Wie geht's dir, Honey?« Cosima nimmt mich in den Arm und drückt mir einen Kuss auf die Wange.

»Jetzt schon besser«, flüstere ich. Was nicht stimmt. Aber ich will ihr nicht erzählen, warum ein Teil von mir immer noch zittert, als würde ich nie wieder aufhören zu frieren. Bei Cosima könnte ich mich aufwärmen. Ihr Duft ist so hinreißend, dass es mir schwerfällt, mich von ihr zu lösen. Ich setze mich neben sie, um die Tür im Blick zu haben. Mein Spiegelbild in der Scheibe sieht hundsmiserabel aus. Hätten mich Rettungskräfte aus einem Porsche kratzen müssen, wäre es allerdings noch schlimmer. Ich schaudere.

»Hast du alles dabei?«, frage ich.

Cosima nickt und deutet auf die Reisetasche zu ihren Füßen. »Das ganze Equipment aus deinem Büro. Und die neue SIM-Karte.« Sie drückt sie mir in die Hand. Dann lächelt sie. »Mir sind allerdings noch ein paar Sachen eingefallen, die du brauchen kannst.« Sie kramt in ihrer Tasche. Zwei Zigarettenschachteln und eine Packung Ibuprofen wandern hinüber in meinen Beutel, dazu zwei Zwanziger und zwei Fünfziger.

»Das ist zu viel«, murmele ich.

»Gibs mir einfach zurück, irgendwann.« Sie blinzelt mir zu.

Ich schlucke gegen den Kloß in meiner Kehle an, sie wendet sich ihrem Laptop zu.

»Über Aufseß' Artefaktesammlung hab ich in der Kürze der Zeit leider kaum etwas herausfinden können«, sagt sie.

»Das Internet liefert wenig, und diese Sammler von deiner Museumsliste sind verschwiegener als die Schweiz. Aber ich konnte mit Angestellten aus dem Lempertz plaudern. Albert von Aufseß kannten sie alle. Ein exzentrischer Kerl, ganz offensichtlich. Er war versessen auf alles, was mit der nordischen Mythologie zu tun hat.«

»Das passt zu den Büchern in seinem Arbeitszimmer. Lauter deutsche Heldensagen.«

Cosima rollt mit den Augen. »Vor zwei Jahren wollte er unbedingt Draupnir kaufen, Odins Ring, der auch Teil der Pergamonausstellung ist. Er bot bei der Auktion im Lempertz eine unglaubliche Summe. Doch alle wussten, dass seine Frau ihn finanziell kurzhielt. Deshalb kam der Deal nicht zustande. Außerdem hatte Aufseß Vereinbarungen mit diversen Auktionshäusern laufen – als Premiumkunde unterrichteten sie ihn immer als einen der Ersten, wenn germanische oder nordische Artefakte zum Verkauf standen. So kam er vor einigen Jahren an Thors Kraftgürtel und an die Tarnkappe.«

»Die Tarnkappe von Hades war für ihn nur zweite Wahl«, sage ich. »Er wollte eigentlich die Kappe von Zwergenkönig Alberich, aus der Nibelungensage. Das hat mir sein Sohn erzählt. Für Aufseß war alles, was mit den Nibelungen zu tun hatte, das Erbe der Familie Wagner. Er hielt es quasi für ihr Geburtsrecht, die entsprechenden Artefakte zu besitzen.«

»Nur dass die Schätze der Nibelungen nie auf dem Markt waren«, sagt Cosima. »Zumindest habe ich rein gar nichts im Netz über sie finden können. Vielleicht haben sie sich nie manifestiert. Oder sie sind verloren gegangen.«

Ich nicke. »Bestimmt hat es Aufseß wahnsinnig gemacht, dass er ausgerechnet sie nicht haben konnte. So wie es mich wahnsinnig macht, dass wir ständig im Nebel stochern.«

Gefrustet starre ich hinaus ins Schneetreiben. Draußen auf der Gasse zwischen den Jugendstilgebäuden drängen sich Touristinnen auf der Jagd nach Weihnachtsgeschenken. Und zwei Polizisten.

»Dreh dich weg«, zischt Cosima und zieht mich an sich heran.

Ihr Strickkleid an meinem Gesicht ist weich und warm. Ich schließe die Augen. Ich wünschte, ich könnte in ihren Armen Winterschlaf machen. Viel zu früh schiebt sie mich wieder von sich. Als sie mir ins Gesicht schaut, bekommt ihr Blick etwas Abweisendes.

»Die Polizisten haben gar nicht hergeschaut.« Sie streicht ihr Kleid glatt, seufzt tief. Und dann nimmt sie meine Hand. »Ach Honey, du bringst mich in die Bredouille.«

»Warum?«

»Weil du meine Freundin bist. Und weil du mich ansiehst, mich berührst, als ob du –« Sie stockt und wird rot. »Ach je. Ich bin gar nicht gut in Beziehungsreden, wenn's um mich selbst geht.«

Mein Herz schlägt auf einmal bis zum Hals. Ich habe Angst vor dem, was sie sagen will. Mir bleibt nur die Flucht nach vorne.

»Ich bin auch nicht gut darin«, gebe ich zu. Und dann streichle ich ihre Hand und spüre, wie ihre Finger unter meinen zittern. Nicht als ob sie weglaufen wollten. Sondern als ob sie mehr wollten. Wieder wird mir ein bisschen warm. »Ich denke, ich bin vielleicht ein bißchen scharf auf dich«, sage ich leise. »Macht dich das nervös?«

»Nein«, sagt sie und schluckt. Und dann hält sie meine streichelnden Finger fest, und die Wärme verschwindet. »Es macht mir Sorgen.«

So wie sie mich ansieht. Nicht wie eine Freundin, sondern wie eine besorgte, große Schwester. *Autsch.*

»Honey. Was auch immer du glaubst, für mich zu fühlen – du irrst dich.«

Ich ziehe die Hand zurück. Wenn sie mir ins Gesicht gespuckt hätte, hätte es mich nicht härter treffen können. »Wie willst du das beurteilen? Du weißt nichts über meine Gefühle.«

»Doch«, entgegnet sie. »Ich weiß, dass du ihn vermisst.

Und das tut mir so leid. Es muss höllisch wehtun, dass er sich einfach davonmacht, zu einem Zeitpunkt, da du ihn so dringend brauchst. Deshalb suchst du bei mir nach Trost. Oder vielleicht auch ein Ventil. Aber ich kann ihn nicht ersetzen.«

»Du meinst Aki?« Ich lache alarmiert. »Das ist doch Blödsinn. Er kam und ging schon immer, wie er wollte. Ich komm ohne ihn klar.«

»Das bezweifle ich nicht. Du bist stark. Du würdest auch allein auf einer einsamen Insel überleben. Und Berlin kann eine solche Insel sein, glaub mir, das weiß ich.«

Sie streckt die Hand aus, und obwohl ich sie wegstoßen will, tue ich es nicht. Sie streicht mir über die Wange.

»Ich bin es nicht, die du suchst, Honey. Und wenn du darüber nachdenkst, weißt du das selbst. Außerdem«, sie seufzt, »bist du einfach nicht mein Beuteschema.«

»Verdammt«, grummle ich. »Du stehst nicht auf Frauen?«

Sie zwinkert mir zu. »Leider nein. Ich bin total langweilig. Ich warte immer noch auf den Prinzen, der mich auf sein Pferd setzt, um mich in sein Schloss zu bringen.«

Sie will, dass ich lache. Wenn ich lache, ist alles halb so schlimm, ihre Abfuhr schon fast vergessen. Dann sind wir einfach weiter Freundinnen, als wäre nichts passiert.

Ich atme durch und tu ihr den Gefallen. Auch wenn ich nicht mehr als ein verkrüppeltes Grinsen zustande bringe.

»Ich kenne ein paar echte Märchenprinzen«, sage ich. »Aber keiner von denen kann sich ein Pferd leisten. Außerdem hätte ich nicht gedacht, dass du an Märchen glaubst.«

»Ich glaube an die große Liebe«, sagt sie und lacht erleichtert. »Und bis der Prinz kommt, verbringe ich die besten Stunden in Gesellschaft meiner Freundinnen.«

»Die besten Stunden? Das würdest du nicht sagen, wenn du wüsstest, was wir gleich tun.« Ich krame in meiner Tasche und drücke ihr Johanns USB-Stick in die Hand. »Wir werden jetzt nämlich stundenlang die ödesten Kameraaufnahmen der Welt sichten.«

Gute, alte Polizeiarbeit. Ein bewährtes Mittel, um vor unerfreulichen Gedanken zu flüchten.

Aufstehen, Krönchen richten, weitergehen, hätte Tante Greta gesagt. Ich atme tief durch. Ich kann das. Auch wenn es wehtut.

Abfuhren gehören nun mal zu den unerfreulichen Seiten des Beziehungslebens, genauso wie Seitensprünge oder die Pille danach. Und wahrscheinlich hat Cosima recht. Ich hab mir was eingebildet. Weil ich ein Talent dafür habe, Nähe mit Verknalltheit zu verwechseln. Mit Leuten ins Bett zu gehen, fällt mir leichter, als ihnen zu vertrauen.

Und immerhin hat Cosima soeben unsere Freundschaft gerettet. Im Gegensatz zu Aki, der mich einfach sitzen ließ.

Verdammt. Warum musste sie ausgerechnet ihn ansprechen? Warum fühlt sich sofort meine Brust taub an, darin ein knöcherner, dumpfer Schmerz, als hätte mein Herz einen Kater? Wahrscheinlich bin ich nur müde. Ich tu das, was ich bei Gefühlen am besten kann – ich weigere mich, darüber nachzudenken.

Während wir uns durch die Kameraaufzeichnungen vom 11. Juni klicken, trinke ich Kaffee, bis mir der Puls hinter der Stirn pocht, und esse ein geschmackloses veganes Sandwich.

Die Aufnahmen des Vormittags von Aufseß' Todestag zeigen nichts Brauchbares. Paketlieferwagen, Hausmeisterdienste, alte Paare in Mercedes-Coupés, noch ältere Leute hinter Chauffeursmützen. Kein Kunsthandwerker.

Kein neuer Ansatzpunkt.

Wir übersehen etwas. Weil mein Instinkt mich zwar zu den richtigen Aufnahmen geführt hat, aber mein Verstand uns am falschen Zeitpunkt suchen lässt. Vielleicht auch nach der falschen Person.

»Gib mal rüber.« Ich nehme Cosima den Laptop aus den Händen und klicke an den letzten Aufnahmen vorbei bis zum Abend des 11. Juni – an dem Albert von Aufseß die Treppe runterfiel.

Das Wasser unter der Brücke gleißt weiß in der Abendsonne, die Straße scheint noch ruhiger als sonst. Um neunzehn Uhr passiert ein Volvo die Brücke Richtung Insel. Der Fahrer hält und lässt die Scheibe herunter, redet kurz mit dem Aufpasser. Ich drücke die Stopptaste. Weißes Haar, Hornbrille.

»Mich laust der Affe«, sage ich. »Das ist Ludwigshof. Alberts alter Freund.«

»Der Museumsdirektor?«, fragt Cosima überrascht.

Ich nicke. »Er leitet einen Herrenclub von Sammlern und magisch Interessierten, die sich Artefaktisten nennen. Albert war auch dabei.«

»Dann haben sie vielleicht ein Clubtreffen abgehalten?«

»Zu zweit?« Stirnrunzelnd spule ich vor. Um 19.30 Uhr verlässt der Volvo schon wieder die Insel. »Das war aber ein kurzes Clubtreffen.«

Ich lasse das Band weiterlaufen. Um zwanzig Uhr verlässt ein weiteres Auto die Insel. Eine Frau lugt aus dem Fenster, hält mit dem Aufpasser einen kurzen Plausch. Das muss die damalige Haushälterin der Wagners sein.

Einundzwanzig Uhr. Ein einzelner Wagen braust viel zu schnell über die Brücke auf die Insel, ohne anzuhalten. Ich drücke die Stopptaste. Mein Herz macht einen einzelnen, harten Schlag.

»Wer ist das?«, fragt Cosima.

Ich antworte nicht. Was ich gefunden habe, sollte mich nicht so überraschen. Die Welt ist schließlich voller Rätsel. Manche verstecken sich, manche geraten in Vergessenheit, andere betteln darum, endlich gelöst zu werden. Ich folge nur den Hinweisen. Wohin sie mich führen, liegt nicht in meiner Hand.

21

Eine Stunde später stehe ich frisch geduscht und in Unterwäsche in einem Zimmer im Hotel Park Inn. Meine Locken glänzen und duften nach Jojobaöl.

»Guten Abend, Herr Direktor Ludwigshof«, sage ich in mein Telefon. Ich kann kaum glauben, dass er tatsächlich rangegangen ist. »Hier ist Lucy Wayne, Sie erinnern sich? Als ich bei Ihnen im Museum war, hatten Sie mich eingeladen, an einem der Treffen Ihrer Gruppe teilzunehmen. Dem Club der Artefaktisten. Steht das Angebot noch? Ich würde das sehr gerne tun. Die Welt der Artefakte ist wirklich faszinierend.«

»Das freut mich sehr«, ruft Ludwigshof. »Wir treffen uns einmal pro Woche, das nächste Mal morgen. Würden Sie es denn morgen Abend bereits schaffen? Um zwanzig Uhr im Museum?«

»Aber klar«, sage ich.

»Wunderbar. Ich gebe dem Sicherheitspersonal Bescheid. Meine Kollegen werden entzückt sein, Sie und Ihre Fähigkeiten kennenzulernen.« Er klingt so begierig, mich den Artefaktisten vorzuführen, als hätte er mich selbst bei einer archäologischen Ausgrabung ausgebuddelt.

Mich interessiert sein Club nicht. Mich interessiert nur Ludwigshof selbst und warum er seinen Kumpel Aufseß drei Stunden vor dessen Tod noch besucht hat. Und ich habe auch keine Ahnung, was morgen ist. Ob ich es zu dem Termin schaffe oder ob meine Welt bis dahin endgültig eingestürzt ist.

Aber ich muss einfach so viele Bälle wie möglich in der Luft halten. Detektivinnen, die nicht jonglieren können, haben den falschen Job.

»Ich werde da sein«, sage ich und beende das Gespräch.

»Wenn dich die Bullen nicht vorher einkassieren«, knurrt Inka hinter mir. »Vielleicht weiß der Direktor, dass sie nach dir fahnden. Vielleicht ruft er sie gerade an.«

»Ach was. Das BKA hat nicht die Kapazitäten, jeden meiner Kontakte über den Haftbefehl zu informieren.«

Ich hake Ludwigshof ab. Es ist Zeit, mich meinem dringendsten Anliegen zu widmen: meine Unschuld zu beweisen. Ich werde mir den Narrendieb Till Eulenspiegel schnappen, ich werde ihn dazu bringen, zuzugeben, dass er die Beweise gegen mich manipuliert hat – und dann werde ich ihn der ÜSG 9 ausliefern. Und sie werden mir dann endlich glauben. Meine Ex-Kollegen *müssen* mir glauben, einen anderen Gedanken kann ich nicht zulassen.

Und deshalb werde ich mich gleich mitten ins Weihnachtsgewühl stürzen. Ich trete zum Fenster und blicke voller Grusel auf den Alexanderplatz hinab.

Dort blinken Lichterketten in der Abenddämmerung, Menschen flanieren zwischen Glühweinbuden und Karussells. Acht Rentiere mit geschmückten Geweihen rennen quer durch die Lüfte und ziehen einen roten Schlitten über den Himmel, der mit kreischenden Fahrgästen gefüllt ist. Die großen Weihnachtsmärkte haben eine ganz eigene Verwendung für magische Artefakte gefunden.

Ich mache normalerweise einen großen Bogen um sie. Lebkuchen machen mir Sodbrennen, der Glühwein ist mir zu teuer, und überhaupt bin ich gegen Kitsch und Besinnlichkeit allergischer als der Grinch.

Allerdings will sich Till genau hier mit mir treffen. Er wählt die Öffentlichkeit als Versteck, ein schlauer Schachzug von ihm.

Ich schnappe mir das Fernglas, das Cosima mitgebracht hat, und schaue mir die Stelle an, die Till als Treffpunkt genannt hat. Eine Platane am Rand des Platzes, zwischen Saturn und Sparkasse. Der Baum ist mit Lichterketten behangen und eingekerkert von einer dieser runden Sitzbänke, auf der ein Dutzend Leute vom Shoppen pausieren können, ohne sich anschauen zu müssen. Im Augenblick halten sich mehrere Familien dort auf – ein Chaos aus Buggys, Kindern, Hunden und Zuckerwatte.

Till ist nicht zu sehen.

»Hier ist das Gewand«, sagt Inka in mein Ohr. Ich fahre herum, sie zeigt ihr Zahnstummelgrinsen und reicht mir eine grobe, tannengrüne Kutte. »Das wird dir ausgezeichnet stehen, Wayne.«

»Ein Kommentar zu meinem Aussehen, und ich lass euch die Rute spüren«, knurre ich.

Inka grinst noch breiter, doch Cosima lacht nicht. Sie kauert nervös auf dem Bett, die Strumpfhosenknie an die Brust gepresst.

Skeptisch hebe ich die Rute auf, die zum Kostüm gehört. Sie sieht aus, als wäre sie aus losen Weidenzweigen gebunden, doch sie wiegt schwerer als die massiven Holzkeulen des Varzesch-e Pahlavani, der iranischen Kampfkunst, die mich Aki als Jugendliche lehrte. Und mithilfe der er mich vertrimmte, bis ich lernte zu kontern. Ein Blick ins Innere von Inkas Rute verrät ihr Geheimnis: ein braun lackiertes Stahlrohr.

Ich pfeife durch die Zähne. »Sag bloß, du hast das selbst gebaut.«

»Negativ«, sagt Inka. »Die stammt von meinem Vorgänger bei der Sektor-Patrouille.« Da es in der ZONE keine Polizei gibt, kümmert sich dort eine Art Bürgerwehr um Müllprobleme, Ruhestörung, Nachbarschaftsstreits. »Im DIV-Sektor braucht es Härteres als Holz.«

»Ach was.« Ich nehme ihr nicht ab, dass sie damit Dämonen verprügelt. Inka ist ausgebufft, aber sie ist kein Raufbold. Im Gegensatz zu mir.

Ich lege den Knüppel beiseite und schlüpfe erst in warme Skiwäsche, dann in Jeans, Fleecejacke und meine DocMartens, die Cosima mir ebenfalls mitgebracht hat. In eine Umhängetasche kommen Geld, Handy und Zigaretten. Zum Schluss werfe ich mir die Kutte über. Sie riecht nach Mottenkugeln und Staub, die Schulterpolster fühlen sich schmierig an.

»Honey, warte.« Cosima springt auf und hilft mir, den schwarzen Bart in mein Gesicht zu kleben. Sie beißt sich auf die Lippen, ihre Finger zittern ein wenig.

Ihr habe ich das Hotelzimmer zu verdanken. Ihr Arbeitgeber hat im Park Inn mehrere Räume für VIP-Gäste reserviert. Cosima hat schon so oft betrunkene Promis in ein Taxi bugsiert und die zweihundert Meter hierherkutschieren lassen, dass das Hotel ihr was schuldig ist.

Trotzdem fühlt sie sich alles andere als wohl hier, das kann ich sehen. An Inkas Anblick hat sie sich nach ein paar Schreckminuten gewöhnt. Aber mein Plan gefällt ihr nicht. Sie hält das Treffen mit Till für eine Falle. Der kleine Teil von mir, der sich bemüht, nicht ihren Duft einzuatmen, freut sich, dass sie sich Sorgen um mich macht. Der andere Teil von mir macht sich ebenfalls Sorgen. Das hat mich allerdings noch nie von meinen Plänen abgehalten.

»Keine Bange«, sage ich. »Das wird ein Kinderspiel.«

Ich stecke mir meine Bluetooth-Kopfhörer ins Ohr. »Wir drei sind über die Handys verbunden. Und für Till habe ich das hier.« Ich ziehe eine Wanze aus der Reisetasche und montiere sie unter meinem Kragen. »Heißer Scheiß, dieses Ding. Hat mich ein Vermögen gekostet. Sie überträgt per Mobilfunk, und ihr könnt sie über eine App abhören. Der Akku hält vier Stunden. Sobald Till auftaucht, schalte ich sie ein. Ich werde ihm die Aussage entlocken, dass ich mit den Banküberfällen nichts zu tun habe. Cosima, du zeichnest alles auf, was er sagt, okay?«

Sie nickt.

»Ihr könnt über die Kopfhörer mit mir reden«, sage ich. »Wie Engelchen und Teufelchen, die auf meinen Schultern hocken und mir Ratschläge geben.«

»Ich bin das Engelchen.« Inka bleckt ihre graue Zunge.

Ich will als Antwort ebenfalls die Zunge rausstrecken, doch stattdessen spucke ich ein paar künstliche Bartflusen aus. Inka lacht.

»Du hältst hier die Stellung mit dem Fernglas«, sage ich zu Cosima. »Inka bleibt in meiner Nähe. Falls ich Unterstützung brauche.«

Cosima nickt. »Und wann rufe ich die ÜSG?«

»Nicht die ÜSG«, erwidere ich. »Nur Sascha. Er ist der Einzige, der dir zuhören wird.« Ich schlucke. »Ruf ihn erst an, wenn ich Till festgenagelt habe. Oder, wenn wir einen absoluten Notfall haben.«

»Woran erkenne ich den Notfall?«, fragt sie besorgt.

»Lasst uns dafür ein Codewort vereinbaren«, schlägt Inka vor. »Was haltet ihr von Kling, Glöckchen, Klingeling?«

Ich hebe meine Rute, und sie lacht schon wieder. So aufgedreht ist sie sicher auch, wenn sie die Aktionen der WAAP plant.

Jetzt schaut sie aus dem Fenster und kneift die Augen zusammen. »Santazwölf trudelt ein wie bestellt. Dieser Esel! Er will sich direkt auf die Bank setzen! Er sollte doch Abstand halten.«

»Na, dann werde ich ihm mal die Leviten lesen.« Ich werfe einen letzten Blick in den Spiegel. Kantige Schultern, eine spitze Kapuze, deren Krempe so tief ins Gesicht gezogen ist, dass darunter nur der Bart hervorlugt. Ein Schwarzer Weihnachtsmerlin. Ich wünschte, ich könnte wirklich zaubern. Ich mache mich auf den Weg.

Als ich aus dem Hinterausgang des Park Inn trete, stehe ich mitten in der glitzernden Weihnachtswelt. Der Duft von gebrannten Mandeln und Glühwein wabert vorbei. Ich richte meine Kutte und nutze die Rute als Gehstab, mühe mich einer würdigen Haltung und um einen gemessenen Schritt. Die meisten ignorieren mich, andere machen mir mit einer Mischung aus Ehrfurcht und Argwohn Platz.

Santazwölf ist nicht mehr bei der Platane, sondern balanciert zwanzig Meter weiter mit seinem wuchtigen Hintern auf einem Klappstuhl. Er kaut auf den Resten einer Currywurst herum, die er wahrscheinlich von der Bude nebenan hat, und hält ein Handy ans Ohr.

Sogar hier draußen stinkt er. Sein roter Mantel mit dem weißen Hermelinfell starrt an den Säumen vor Dreck, in seinem weißen Bart kleben Essensreste. Als ich mich auf den Klappstuhl neben ihn setze, wischt er sich über den Mund und packt das Handy weg.

»Eine Menschenfrau verkleidet als Knecht Ruprecht«, grummelt er. »Das nennt man kulturelle Aneignung.«

»Das mach ich nicht zum Spaß«, entgegne ich.

Er grunzt. »Kannst du wenigstens singen?«

»Das willst du lieber nicht erleben.« Ich klemme mir die Rute zwischen die Knie. »Hast du gerade mit Inka telefoniert?«

»Sie hält mich für 'n Anfänger«, schnaubt er. »Ich wollte vorn am Baum nur die Lage für dich prüfen. Sie hat mir nicht erzählt, warum ich dir Deckung geben soll. Aber hast du die Kameras gesehen?« Er macht eine Kopfbewegung Richtung Baum. »Eine am Eingang vom Saturn, zwei bei der Sparkasse. Wenn du dich dort mit jemandem triffst, ist Big Brother auf jeden Fall Teil der Verabredung.«

»Danke für die Info.« Ich lehne mich auf dem Stuhl zurück. Die Kameras hatte Cosima bereits für mich ausgespäht. Aber es ehrt Santazwölf, dass er helfen will.

»Ich bin übrigens Lucy Wayne«, sage ich und zünde mir eine Zigarette an. »Falls du mal eine Privatdetektivin brauchst.«

»*Die* Lucy Wayne?« Er pfeift durch die Zähne. »Inka hat interessante Freunde.«

Keine Ahnung, was er über mich gehört hat. Über ihn weiß ich nur, was sein Name mir verrät.

Ein großer Teil der Stifs ist auf die überbordende Fantasie einer Bevölkerungsgruppe zurückzuführen: der Kinder. Sie bescherten uns weltweit eine mindestens dreistellige Zahl Weihnachtsmänner und Christkinder. Letztere wurden mitsamt den meisten Engeln und Heiligen von den christlichen Kirchen einkassiert. Niemand hat sie seither wiedergesehen.

Die Weihnachtsmänner kamen mit den anderen Stifs zusammen in Auffanglager – in denen eine überforderte Bürokratie sie kurzerhand durchnummerierte.

In den letzten dreißig Jahren haben viele von ihnen den Behördenkampf auf sich genommen, ihre Namen zu ändern, doch manche haben sie behalten. Bei der Wirtschaftskriminalität der ÜSG 9 arbeitet zum Beispiel NoelDrei, und in Akis Online-Buchclub gibt es einen Sinterklaas25. Sie sind mehr als ihre Namen – das gilt für die Stifs noch viel mehr als für uns.

Santazwölf hat offenbar jedoch weder seine Legende noch sein Gewand in den letzten dreißig Jahren abgelegt. Er knüllt das Currywurstpapier zusammen, zieht seine rote Mütze vom Haupt und wirft sie vor uns in den Dreck. Eine alte Frau bleibt stehen, bückt sich schwerfällig und legt ein Eineurostück hinein.

»Wir zahlen dir doch schon dreißig, damit du mich deckst«, sage ich leise.

Er zuckt mit den Schultern. »Ist grad Hochsaison. Außerdem hilfts deiner Tarnung.«

Da hat er wahrscheinlich recht.

»Seid ihr da?«, murmele ich ins Mikro. Ein Summen ertönt. Die Telefonkonferenz steht.

»Hab dich voll im Blick, Wayne«, sagt Inka.

»Noch fünfzehn Minuten«, sagt Cosima. »Bisher ist Till nicht zu sehen.«

An der Wurstbude dudelt *Don't Shoot Me Santa* von den *Killers,* die Verkäuferin grinst zu uns herüber. Leute eilen mit Einkaufstüten vorbei, über uns am Himmel zieht der magische Schlitten mit den juchzenden Fahrgästen seine Bahnen.

»Seid ihr echt?« Ein Knirps ist vor uns stehen geblieben. Er knabbert an einem kandierten Apfel und schaut Santazwölf mit großen Augen an.

»Aber klar«, brummt Santazwölf und stemmt die Hände in die Seiten. »Hohoho, kleiner Mann, bist du brav gewesen?«

Er verzieht sein Gesicht zu einem breiten Schmunzeln – und für einen Augenblick leuchtet seine ganze Gestalt in einem Zauberglanz, innig und herzlich und warm, als säßen wir vorm geschmückten Kaminfeuer.

Der Knirps strahlt ihn an. Ich hebe meine Rute und stoße ein Knurren aus, und er rennt fort zu seiner Mutter.

»He, da wären sicher fünf Euro drin gewesen.« Santazwölf nimmt einen Schluck aus seinem Flachmann. Nach einem kurzen Zögern gibt er ihn mir. »Aber nicht leer machen.«

Während ich mich innerlich mit Schnaps wärme, schaue ich auf mein Handy. Noch fünf Minuten.

Als eine Gruppe Touristinnen vorbeischlendert, poltert Santazwölf ein paar Weihnachtslieder, ich klopfe mit dem Prügel im Takt dazu.

»Mach das Mikro aus«, stöhnt Inka.

»Da müsst ihr durch«, sage ich.

Münzen prasseln in Santazwölfs Mütze. Die Uhr tickt.

Till ist inzwischen zehn Minuten zu spät. Außerhalb von Santazwölfs gemütlichem Bass nehme ich keine Omega-Strahlung wahr.

»Seht ihr jemanden?«, frage ich.

»Nein«, antwortet Cosima bedrückt.

»Der taucht nicht mehr auf«, knurrt Inka.

Oder er lauert irgendwo und beobachtet den Baum, so wie wir. Wartet darauf, dass ich als Erste aus der Deckung komme.

»Ich zeige mich ihm.« Ich stehe auf.

Santazwölf stimmt ein neues Lied an, blinzelt mir dabei zu. Gemessenen Schritts marschiere ich durch den Kreis an Menschen, die stehen geblieben sind, um ihm zu lauschen.

Die Sitzbank um die Platane ist leer. Am EC-Automat vor der Sparkasse stehen ein paar Geldhungrige an, vorm Saturn jault ein festgebundener Hund. Die Kameras an der Fassade linsen zu mir herüber.

Ein Tag ohne Risiko ist ein verlorener Tag, sagte Tante Greta. Ich lege die Hände an die Kapuze, bereit, sie herunterzuziehen und mein Gesicht zu zeigen.

»Warte!«, sagt Inka in meinem Ohr. »Da ist was seltsam.«

Ich lasse die Hände sinken. »Was meinst du damit?«

»In der Sparkasse ist der Eingangsbereich dunkel. Aber im ersten Stock ist ein rotes Licht angegangen. Siehst du es, Cosima?«

»Ja.« Cosima klingt aufgeregt. »Dort blinkt etwas. Vielleicht ein Alarm? Wartet.« In der Leitung klappert es, wahrscheinlich justiert sie ihr Fernglas. Ich widerstehe dem Impuls, den Kopf in den Nacken zu legen und selbst nachzuschauen. »Ja«, sagt sie. »Da sind mehrere Personen. Jemand ist gerade am Fenster vorbeigerannt. Jetzt ist das Licht wieder weg.«

»Ich verschaff mir einen Überblick«, sage ich. »Bleibt auf euren Positionen.«

»Aye, aye, Chefin«, sagt Inka spöttisch.

Ich schreite zur Glastür der Sparkasse und ziehe am Griff. Ergebnislos.

»Auf dem Schild steht, eigentlich bis achtzehn Uhr geöffnet«, informiert mich die Frau am Geldautomat. »Bis dahin ist es noch eine Viertelstunde.« Sie wedelt mit ihrer EC-Karte. »Wegen Reichtum früher geschlossen, wa?«

Ich lege das Gesicht an die Scheibe. In der Schalterhalle brennt Licht, doch niemand ist zu sehen.

»Ich wette, du bist ein Voodoo-Schamane«, sagt die Frau.

»Und ich wette, du bist es nicht«, erwidere ich und klopfe mit meiner Rute auf den Boden, sodass sie zurückweicht, und gehe an der Fassade entlang. Sehr praktisch, so ein Stock.

»Oder bist du Radagast?«, ruft sie mir hinterher. »Ich hab *Herr der Ringe* gelesen.«

Der Hinterhof der Bank ist leer. Eine Kameralinse über vergitterten Fenstern beobachtet, wie ich am Griff der Stahltür ziehe. Ebenso verschlossen wie die Vordertür.

»Du musst weg da«, drängt Cosima in meinem Ohr – das Engelchen auf meiner rechten Schulter. »Da stimmt was nicht, Lucy. Das ist eine Falle.«

Sie spricht aus, was ich denke. Wut steigt in mir auf. Till hatte gar nicht die Absicht, mich zu treffen. Was, wenn er und seine Helfer gerade die Bank ausrauben und mich nur hergelotst haben, um mich noch mehr zu belasten?

Ich schlucke. All die Kameras rund um den Treffpunkt. Hätte ich die Kapuze abgenommen, hätte mich die Polizei auf den Aufnahmen gefunden. Am Tatort, zum Zeitpunkt des Verbrechens. Der Strick um meinen Hals hätte sich noch enger gezogen.

»Aber wenn Wayne sich jetzt zurückzieht, hat sie rein gar nichts erreicht«, sagt Inka. »Und Till hat 'ne Abreibung verdient, oder nicht?«

Sie ist das Teufelchen auf meiner linken Schulter. Ihre Stimme klingt dumpf, allerdings zu laut für den Kopfhörer. Ich fahre herum. Sie steht neben mir, ihr Gesicht von einem Schal verhüllt.

»Wie kommen wir rein?«, fragt sie.

»Du gar nicht«, entgegne ich. »Du hast schon einen Prozess wegen der Protestaktion am Hals. Gordafarid würde mich umbringen, wenn ich dir einen weiteren Hausfriedensbruch einbrocke.«

»Mein Prozess, meine Anwältin, meine Entscheidung«, sagt Inka mit der Arroganz des Sparkassen-Werbemanns. *Mein Haus, mein Auto, mein Boot.*

Ich grinse. »Na dann.«

Ich deute auf ein kleines Fenster, das als einziges nicht vergittert ist. »Sicherheitsglas. Vielleicht Alarmgesichert.«

»Lucy«, ruft Cosima. »Du solltest nicht –«

»Um den Alarm kümmern wir uns später«, sagt Inka. »Gib mir die Rute. Ich bin stärker als du.«

Was ich neidlos eingestehe. Ich trete einen Schritt zurück, während sie mit einem gezielten Hieb das Glas zertrümmert. Kein Alarm.

Mein Gefühl, dass etwas nicht stimmt, verstärkt sich. Ich helfe Inka durchs Fenster, wenige Sekunden später öffnet sie mir die Stahltür von innen.

»Wir sind drin«, raune ich.

Die Flure der Bank sind dunkel, kalt und still. Sollten hier nicht Angestellte unterwegs sein? Ich luge durch eine Glastür in die Schalterhalle. Wie ausgestorben.

Auch das Treppenhaus ist leer, doch immerhin brennt hier Licht. Während wir die Stufen hochschleichen, spüre ich in mich hinein. In dem Moment, da ich Tills Omega wahrnehme, höre ich auch schon seine Stimme.

»Ihr dummen, dummen Angestellten.« Er kichert von irgendwo. »Warum sagt ihr mir nicht, wo eure Chefs die Schätze horten? Das Geld gehört euch doch eh nicht.«

Schluchzen als Antwort.

Eine der Bürotüren im ersten Stock steht ein Stück offen. Ich luge durch den Spalt, Inka späht über meine Schulter.

»Zwanzigtausend sind doch ein Witz!«, brüllt Till auf. »Wo ist der Rest?«

Ich weiß, dass er es ist, obwohl er eine Strumpfmaske trägt, die nur Augen und Mund freilässt. Er steht in einem Großraumbüro. Was auch immer rot geblinkt hat, jetzt tut es das nicht mehr. Das einzige Licht geht von ein paar Schreibtischlampen aus. Till fuchtelt mit einer Pistole herum. Am Boden kauern Leute, wegen der Schatten fällt es mir schwer, sie zu zählen.

»Elf«, flüstert Inka, als hätte sie meine Gedanken gehört.

»Was denken Sie?«, ruft einer. »Wir sind keine Großbank, nur eine kleine Filiale. Auch bei den Schließfächern im Keller, wo Ihre Freunde hingegangen sind, lagern wir kaum Bargeld.«

Also ist die ganze Diebesbande hier. Wie nett. Ich packe die Rute fester.

»Wisst ihr was – ich glaub euch nicht.« Till fletscht die Zähne. Er hebt eine Tasche hoch und zieht etwas daraus hervor, etwas Rotes, Metallisches. »Seht ihr diese Kartusche? Was denkt ihr, was dadrin ist? Was passiert, wenn ich den Deckel aufdrehe?«

Ein paar Leute weinen auf, ich presse bestürzt die Lippen zusammen.

»Ruhe!«, schreit Till. Dann kichert er. »Ich verrate euch jetzt ein Geheimnis. Ich bin ein Stif. Ja, da schaut ihr dumm aus der Wäsche. Mir wird das Giftgas nichts anhaben. Aber euch schon.«

Mir wird eiskalt.

»Also spuckt es aus! Wo ist das Geld? Unter euren Schreibtischen? In euren Unterhosen?« Er kichert wieder.

»Kling Glöckchen«, raunt Inka. Sie hat recht.

»Cosima«, flüstere ich. »Ruf Sascha an. Banküberfall, mehrere Täter, mindestens elf Geiseln, vielleicht Giftgas. Sie sollen sofort ausrücken. Sag ihm, dass ich hier bin.«

»Mach ich«, bestätigt Cosima.

Und in dem Augenblick dreht sich Till zu uns um. Er hat uns gehört. Er hebt die Pistole, die Kartusche unterm Arm, und kommt auf uns zu.

Ich gebe Inka ein stummes Signal. Sie zieht sich hinter die Tür zurück.

Als Till die Tür aufstößt, steh nur ich da, mit Bart und Kutte.

»Wer zum Henker bist du?« Er macht einen Schritt auf mich zu. Inka schlägt die Tür mit voller Wucht gegen ihn. Er brüllt auf und stolpert zurück.

Ich springe ihm hinterher. *Nimm das, du Mistkerl!* Ich donnere die Rute auf seinen Schädel. Will ich zumindest.

Er lässt sich fallen, rollt mit einer Seitwärtsbewegung über den Boden. Verdammt, ist er flink. Schon schnellt er wieder in die Höhe und auf mich zu.

Ich weiche zurück. Seine Hände sind leer. Die Waffe und die Kartusche – er hat sie verloren. Ich hebe den Stock und wehre seinen Faustschlag ab, noch einen und noch einen. Seine Hiebe prasseln auf mich nieder, er tänzelt wie ein Boxer auf Speed. Und er ist stark, obwohl er so zart ist. Stif-Muskeln. Ohne meinen Stock hätte er mich schon erledigt. Keuchend schaue ich mich um. Leute schreien. Die Pistole liegt links von uns auf dem Boden. Einer der Angestellten krabbelt auf sie zu.

Till macht einen Ausfallschritt, weicht erneut mühelos meinem Stock aus, dann springt er zurück. Atempause. Seine Maske ist verrutscht. Blut strömt ihm aus Nase und Mund. Die Tür hat ihn vorhin ordentlich erwischt. Er spuckt ein oder zwei Zähne aus und verzieht sein Gesicht zu einem roten, deformierten Grinsen.

»Steckst du in dem Kostüm, Lucy? Hast du gedacht, du kannst mich reinlegen?« Für ihn ist das immer noch ein Spiel. In dem aber nur er lacht.

Ich sage nichts. Hinter ihm schimmert etwas Rotes auf dem Boden. Die Gaskartusche. Während ich noch überlege, wie ich an sie herankomme, stürzt Inka an mir vorbei, die Hände zu Fäusten geballt.

»Du mieser Verräter!« Sie schlägt auf Till ein, der ihren Angriff so beiläufig kontert, als wäre sie ein Kind. Inka ist furchtlos und stark, aber sie hat keine Ahnung vom Kämpfen. Und sie steht mir im Weg.

Ich hebe den Stock. Ich muss an die Kartusche, solange Inka seine Aufmerksamkeit in Schach hält.

»Aufhören!« Eine überschlagende Stimme links von mir. »Oder ich –«

Instinktiv lasse ich mich zu Boden fallen.

Es knallt.

Der Angestellte schwankt, sein Hemd ist bis zum Gürtel durchtränkt von Angstschweiß. Er hält die Pistole auf uns gerichtet. Er hat keine Ahnung, was er da tut. Das macht ihn gefährlicher als jeden geübten Schützen.

»Verschwindet einfach«, plärrt er. Und schießt noch einmal.

Der Knall hallt in meinem Kopf wider wie ein Donnerschlag. Von der Wand spritzt Mörtel und Putz.

Noch ein Schuss. Inka schreit auf. Ich schiebe mich über den Boden, auf die Kartusche zu.

Till ist schneller. Er versetzt mir einen Fußtritt in die Seite, setzt über mich hinweg. Schmerz schießt durch meinen Bauch, ich krümme mich. Strecke trotzdem die Hand aus. Doch Till schnappt mir die Kartusche vor der Nase weg. Er tritt erneut nach mir, ich reiße gerade noch den Kopf zur Seite, sehe nur schwarz. Verdammte Kapuze.

Als ich mich aufgerappelt habe, presst Till die Kartusche an seine Brust und ist bereits auf dem Weg zur Tür.

»Wenn du noch mal schießt, dreh ich das Gas auf!«, ruft er.

Der Angestellte lässt die Pistole sinken und wimmert.

Die anderen Geiseln kauern sich tiefer auf den Boden und stellen sich tot. Till stößt ein kreischendes Lachen aus. Dann ist er fort.

»Inka.« Schon bin ich bei ihr.

Sie kniet, den Kopf gesenkt, und hält ihren rechten Arm. »Geht schon«, knurrt sie. Blut sickert aus ihrem Ärmel. »Stifs sind wie Unkraut, schon vergessen? Schnappen wir ihn uns.«

Sie ist so verdammt entschlossen. Doch sie gegen Till antreten zu lassen, ist, als würde ein Monsterkätzchen einen Fuchs angreifen. Und ich bin die lahmende Ratte.

Inka springt auf, ich folge ihr ächzend. Feuer brennt in meinen Eingeweiden, dort, wo Till mich erwischt hat, doch das Adrenalin kickt stärker, sodass ich den Schmerz verdrängen kann. Inka hat recht. Wir müssen ihm hinterher.

»Ihr wartet hier«, rufe ich den Leuten zu. »Die Polizei ist unterwegs.«

Ich hasse Schusswaffen, jetzt hätte ich gern eine. Aber so, wie der Angestellte die Mündung in unsere Richtung schwenkt, bitte ich ihn lieber nicht darum.

Die Treppe ist leer. Wir eilen die Stufen hinunter.

In meinem Ohr klickt es. »Lucy!«, ruft Cosima. »Ich habe Sascha in der Leitung. Er will dich sprechen.«

»Nicht jetzt«, flüstere ich. »Er soll die Truppen mobilisieren.«

»Die sind schon unterwegs.« Ihre Stimme vibriert. »Ojemine, Lucy, mach keinen Unsinn, ja?« Dann klickt es erneut. Sie ist noch da, aber sie hat ihr Mikro wieder ausgeschaltet.

Noch fünf Stufen bis ins Erdgeschoss. Inka fasst mich am Arm, deutet über die Brüstung nach unten, Richtung Keller. Ihre Stif-Ohren sind besser als meine. Doch ich habe meinen Omega-Detektor.

Dort unten summt es. Till und die anderen sind noch da. Ich nicke und deute zum Hinterausgang. Ich will, dass sie dort die Stellung hält, außer Schussweite.

Gerade als sie den Kopf schüttelt, wird das Summen in der Luft stärker, wie ein Projektil, das direkt auf uns zukommt.

»Pass auf«, zische ich noch, als Inka schon in die Luft gehoben wird. Sie strampelt und greift ins Nichts, ihre schwarzen Augen weit aufgerissen. Im nächsten Moment kippt sie über die Brüstung.

Ich schreie und schlage mit dem Stock blind in die Luft. Und treffe auf Widerstand. Jemand jault auf.

Noch ein Schlag, dann wirble ich den Stock herum, dass ich ihn mit beiden Händen vor mir halte wie eine Barrikade. Ich springe vor, pralle gegen den unsichtbaren Körper und segle mit ihm die fünf Stufen hinunter.

Ein Teil von mir landet weich. Der Rest schlägt auf die Fliesen, ich kippe zur Seite und mit dem Rücken gegen die Wand. Es tut höllisch weh, doch ich rapple mich hoch, um sofort wieder nach vorne zu hechten.

Dorthin, wo jemand stöhnt. Da ist Stoff unter meinen Fingern. Warm und nass. Als ich die Finger zurückziehe, sind sie voll Blut. Ein Schlag trifft mich an der Schulter, jemand versucht, mir ins Gesicht zu kratzen. Mit abgewandtem Kopf packe ich noch mal zu. Haut, Haar, *Fell.* Die Kappe.

Ich reiße sie dem Unsichtbaren ab und stoße die Luft aus.

Er ist völlig durchschnittlich. Ein älterer, weißer Kerl, fünfundvierzig bis fünfzig. Aknenarben und ziemlich viel Blut. Offenbar bin ich heute gut im Nasenbrechen. Und so wie er keucht, haben auch die Rippen was abgekriegt.

Er richtet sich auf und schlägt nach mir, was ich mühelos pariere. »Gib mir meine Kappe, du bescheuerte –«

Im nächsten Moment ist Inka neben mir. Sie drückt ihm die Hand auf die Brust, ganz sachte, als wolle sie ihn beruhigen. Er verstummt und schnappt nach Luft, wird noch weißer, dann verdreht er die Augen und sackt zurück.

»Was hast du gemacht?«, stoße ich entgeistert aus.

»Ihm die Luft abgedrückt. Ich bin eine Drude.« Dann sieht sie meinen Blick und fletscht die Zähne. »Was denkst du von mir, Wayne? Nur ein Albtraum, dann wird er wieder wach.«

Ich habe keine Zeit, etwas zu erwidern. Hinter uns ertönen Schritte. Wir fahren herum. Und da sind sie; kommen vom Untergeschoss zu uns herauf. Till mit blutverschmiertem Grinsen und der Kartusche im Arm wie ein Baby, hinter ihm die beiden anderen Bankräuber. Mann und Frau. Sie tragen schwarze Overalls wie Till, Masken und Pistolen, der Mann einen Rucksack. Der Klang ihres vereinten Omegas ist so bedrohlich, dass sie nichts weiter tun müssen, als uns schweigend anzustarren, und ich mache mir fast in die Hose.

»Oh Mann«, flüstert Inka und weicht zurück.

Ich lasse die Kappe fallen und hebe die Hände. Hinter uns stöhnt der menschliche Dieb im Schlaf.

Ich wollte die Bande unbedingt erwischen. Jetzt haben sie mich erwischt.

Gemächlich kommen sie auf uns zu. Wer ist ihr Anführer? Till? Während ich krampfhaft nach einem Ausweg suche, ertönt ein Trappeln über uns. Als scharrten Mäuse auf der Treppe. Über die Brüstung lugen ein paar Angestellte zu uns herab, drei, vier Leute. Ausgerechnet jetzt. *Verschwindet!,* will ich rufen, aber ich krieg nur ein Krächzen heraus.

Der vermummte Mann reißt die Waffe hoch, die Menschen ziehen sich sofort wieder hinters Geländer zurück.

Statt zu schießen, schiebt er allerdings Till beiseite und

kommt zu mir. Er hat verdammt blaue, eiskalte Augen, ein Omega wie ein Schmiedehammer. Und die Mündung seiner Pistole ist ein schwarzes Loch, das immer größer wird, direkt vor meinem Gesicht.

»Wir können über alles reden«, setze ich an, als er ausholt und die Waffe gegen meine Stirn donnert.

Schmerz. So übermächtig, dass ich keine Luft mehr bekomme. Verdammt, warum muss es immer mein Kopf sein? Die Welt zerfasert an den Rändern. Inka schreit, jemand schubst mich, ich schlittere, die Fliesen so nah vor meinem Gesicht, dass ich Quarzkörner darin funkeln sehe, vielleicht sind es auch Sterne.

Etwas poltert, jemand hebt mich hoch. Oder schwebe ich? Ich sehe nichts mehr.

»Gas«, schreit jemand. »Gas!«

Erneut Mäusetrappeln, diesmal ganz dumpf. Etwas rumst mehrmals, so nah, dass mein Kopf dröhnt.

»Lucy!« Eine besorgte Stimme in meinem Ohr. Cosima.

Ich blinzle, als es plötzlich wieder hell wird.

»Wayne.« Inka rüttelt mich schreiend. »Komm schon!«

Benommen richte ich mich auf. Der Raum schwimmt ein wenig, Schmerz rast durch meinen Nacken wie flüssiges Feuer. Irgendwas ist in meinem Mund. Ich spucke aus. Bartflusen. Ich trage immer noch den künstlichen Bart.

Wir sind in einer winzigen Besenkammer.

»Sie haben uns eingesperrt!« Inka zieht mich raus auf den Flur. Ihre Stimme klingt hysterisch. »Sie haben die Tür mit deinem Stock verkeilt. Ich musste hundertmal dagegentreten, bis sie endlich aufging.«

Die Adern auf ihrer Stirn pulsieren violett, ihr Omega rauscht. Mir fällt wieder ein, wie sehr sie es hasst, eingeschlossen zu sein.

»Wie lange war ich weg?«, frage ich.

»Keine Ahnung.« Keuchend holt sie Luft. »Zwei Minuten vielleicht.«

Zwei Bankangestellte stolpern an uns vorbei Richtung Schalterhalle, Anzugträger mit panischem Keuchen. Die Nachhut.

Die Diebe sind weg. Selbst der Pockennarbige mit der Kappe. Aus Richtung des Hinterausgangs kommt ein kalter Luftzug. *Warum rennen die Geiseln nicht dorthin?*, frage ich mich und blinzle gegen den Kopfschmerz an. Dann sehe ich die Kartusche. Sie liegt mitten im Weg auf dem Flur. Verflucht. Was immer Till getan hat, das ist kein Spiel mehr. Die Verschlusskappe ist offen. Mit einem Zischen strömt das Gas aus. Auch Inka sieht sie, ihre schwarzen Augen werden noch weiter als vorher. »Wir müssen weg!«

Wieder reißt sie mich am Arm.

Alles in mir schreit nach Flucht. Hustenreiz steigt in mir hoch, ich keuche, meine, zu ersticken. Doch dann verharre ich. Was hatte ich gerade gedacht? Das sei kein Spiel mehr? Für Till ist alles ein Spiel.

Ich presse mir den Ärmel auf den Mund, eile zur Kartusche und stoße sie mit dem Fuß an. *Helium compressed,* steht klein gedruckt darauf. *140 Liter Partyspaß.* Ihr Zischen klingt, als würde sie lachen.

»Das ist kein Giftgas«, keuche ich. »Till hat uns reingelegt.«

Inka stößt einen tonlosen Fluch aus.

»Halleluja«, japst Cosima in meinem Ohr. Und dann, nach einer Pause: »Die ÜSG trifft gleich ein. Noch drei Minuten, sagt Sascha. Sie kommen nicht über den Alex, sie wollen kein Aufsehen. Sie kommen über den Hinterausgang rein.«

Inka und ich wechseln einen Blick – und eilen Richtung Schalterhalle. Ich ziehe mir die Kapuze über den schmerzenden Schädel.

An der geschlossenen Glastür stehen das Dutzend Angestellte, ein Pulk aus Schreien und Todesangst, die vordersten schlagen gegen die Scheiben. »Lasst uns raus! Wir werden vergiftet!«

Von draußen gaffen Passanten.

Falscher Alarm, will ich rufen, als ich um die Bankschalter biege. Doch mein Fuß bleibt an etwas hängen. An einem Bündel aus schwarzem Stoff. Ein Overall.

Ich gehe hinter dem Schalter in Deckung. Inka folgt mir. »Was –«

»Schscht.« Ich lege einen Finger auf die Lippen und luge nach vorne. Mein Kopf dröhnt, aber meine Gedanken sind glasklar. Einer von den Dieben ist noch hier.

Till, sagt mein erster Impuls. Aber ihn würden die Geiseln erkennen.

Mein Blick bleibt an einer Frau hängen. Blonde Hochsteckfrisur, Business-Kostüm. Ihre klobigen, schwarzen Sportschuhe verraten sie. Und dass sie einen Meter entfernt von den anderen steht. Unauffällig tastet sie den Fensterrahmen ab. Ein Knack – und der Rahmen hängt in den Angeln.

»Hier ist offen!«, ruft sie. »Schnell, kommt.«

Sie schiebt das Fenster auf, hilft erst ein paar Leuten hinaus, steigt dann inmitten des Tumults selbst über die Kante. Einen einzigen Blick wirft sie zurück, doch der genügt mir, sie zu erkennen.

Es ist Wagners Büroassistentin Uhrd.

22

Ich drücke mich in eine Ecke der S-Bahn, die quietschend den Bahnhof Alexanderplatz verlässt. Um mich herum drängen sich Weihnachtsmarkt-Heimkehrer, rote Wangen vom Glühwein und Weihnachtsgeschenke in ihren Tüten.

Ich schlottere vor Kälte. Das Kostüm habe ich am Treppenaufgang des Bahnhofs abgestreift. Um meine Schultern habe ich einen breiten Schal gewickelt, in die Stirn ziehe ich ein Käppi. Beides habe ich im Menschengewühl geklaut. Fertigkeiten aus der Gosse verlernt man nie, das ist aber kein Grund, stolz zu sein.

Die Verbindung zu Cosima und Inka ist abgebrochen, vielleicht habe ich auch aufgelegt. Ich brauche kurz Sendepause. Mein zäher Haudegen von Körper ist kurz davor, mich im Stich zu lassen. Der Kopf tut so weh, dass der Schmerz bis ins Rückgrat hinabzieht, meine Hände zittern vor Müdigkeit – und die zwei Ibuprofen, die ich geschluckt habe, liegen schwer und nutzlos wie Steine in meinem Magen.

Aber Uhrd ist einen Waggon weiter vorn. Wenn ich mich vorbeuge, kann ich ihre blonden Haare durch die Scheibe sehen. Die Assistentin von Frau Wagner. Sie ist die Diebin, die Wagners Tresor geknackt hat. Sie ist die Bankräuberin auf dem Video – die Frau, von der die Polizei glaubt, sie sei ich. Uhrd ist der lebende Beweis meiner Unschuld.

Sie steigt weder an der Station Jannowitzbrücke aus noch am Ostbahnhof. Ich glaube, ich weiß, wo sie hinwill. Zum

RAW-Gelände. Inka sagte letzte Nacht, dort hätte sie Till kennengelernt.

Die nächste Station ist Warschauer Straße. Ich stehe auf, auch wenn mein Rücken widerstrebend ächzt, und schiebe mich geduckt durch die Menge zur Waggontür. Von hier aus kann ich Uhrd nicht mehr sehen. Ich muss mich allein auf meinen Instinkt verlassen.

Ich steige aus. Und Uhrd auch.

Ich bin zu müde, um mich zu freuen.

Sie schreitet rasch aus. Ich gebe ihr ein Stück Vorsprung, dann humple ich ihr über die Brücke nach, so schnell ich kann. Über den Bahngleisen glitzert die Skyline der Stadt – kalte Leuchtpunkte vor dem stumpfen Anthrazit des Himmels.

Das RAW-Gelände befindet sich am Ende der Brücke rechts. Auch nachts ist es nicht zu übersehen. Projektionsscheinwerfer werfen Lichtkegel in die Nacht – tanzende, rote Nebelschwaden, in denen die Umrisse von Harpyien und Drachen kreisen. Keine echten Fabelwesen, sondern Schattenspiele, um Besucher anzulocken.

Obwohl die Nacht noch jung ist und die Schicht der Partygänger kaum begonnen hat, ist hier das Gedränge kaum weniger groß als auf dem Weihnachtsmarkt.

Jahrmarkt zum Julfest steht auf dem Plakat, das quer über dem Eingang gespannt ist. Und auf einem zweiten Plakat: *Party zur Wintersonnenwende.*

Verdammt, ist das heute? Ich kriege das Datum nicht mehr zusammen. Die Nacht vom 20. auf den 21. Dezember ist die längste Nacht des Jahres. Ein Fest, deutlich älter als Weihnachten. Letztes Jahr verbrachte ich sie tanzend mit Aki und Lore in den Clubs. Die Erinnerung tut weh.

Keine Zeit für Selbstmitleid. Ich spähe durch die Menge, halte nach Uhrd Ausschau.

Viele Gäste haben ihre Gesichter mit Fratzen bemalt, tragen Fellkrägen, Kutten oder irrwitzige Hüte, um sich das Märchenhafte dieses Ortes anzueignen. Beim Eingang sind die meisten von ihnen Menschen, doch die Stif-Dichte wird höher, je mehr ich mich durchs Gedränge schiebe.

Ein Harlekin jongliert mit brennenden Kugeln, ein anderer mit Messern. Zwerge balancieren johlend auf den Schultern von Riesen, ein kopfloser Ritter hoch zu Pferd prescht über die Wellblechdächer der Buden – und nur, wer genau hinschaut, merkt, dass er ein Gespenst ist.

An den Ständen wird Craftbier und Met ausgeschenkt und Kräutersuppe aus Kesseln geschöpft – je nach verstohlener Bestellung mit ein paar berauschenden Pilzen garniert.

Mistelzweige hängen von Dächern, oben auf dem höchsten Gebäude brennt ein Sonnenrad. Hier gibt es keine batteriebetriebenen Lichterketten, sondern Fackeln und Petroleumlaternen, deren Flackern die Graffiti-Fratzen auf den Ziegelmauern zum Leben erwecken. Statt Weihnachtspop erschallt Musik von Trommeln und Hörnern mit schrillen E-Gitarren, und all die Kreaturen, Geräusche und Lichter verbinden sich zu einem faszinierenden Tumult, der größer ist als seine Einzelteile.

Der *Mitternachtszirkus.* Ein abgehalfterter Ort der Nacht, in der Künste, Ekstase und Täuschung aufeinandertreffen – und wem es nicht schrill genug ist, der kann mit Drogen noch nachhelfen.

Uhrd marschiert an der Konzerthalle vorbei, hinter deren bunten Ziegelsteinen Bass und Schlagzeug dröhnen, und biegt in den Hinterhof Richtung Skaterhalle ein. Durch die offenen Tore erhasche ich einen Blick auf zwei Frauen mit hochgegürteten Röcken, die auf ihren Longboards ein paar Stunts hinlegen, dass mir ganz anders wird. Als der Hip-Hop der Skater leiser wird, höre ich meine Zähne klappern. Mir ist so kalt. Doch hier ist es ruhiger. Ich muss zu Uhrd etwas mehr Abstand lassen, damit sie mich nicht entdeckt.

Es fällt mir nicht schwer, langsamer zu gehen. Meine Beine protestieren ächzend gegen jeden Schritt.

Ich humple zwischen Grüppchen hindurch, die im Dunkel lose zusammentreffen, verharren und sich wieder lösen. Zigaretten glimmen, es riecht nach Patschuli und Gras. In den graffitibesprühten Klinkerruinen der ehemaligen Reichsbahn befinden sich die Treffpunkte von Künstlerinnen, kreative Tanz- und Theaterprojekte, aber auch politische Begegnungsstätten. Inka sagte, dass die WAAP sich hier mit menschlichen Unterstützern trifft, die sich nicht in die ZONE wagen. Das ist die Tagseite des Mitternachtszirkus – die die meisten Partygäste kaum interessiert.

»He!« Eine Frau schwankt mir aus dem Dunkel entgegen, ich fange sie auf, bevor sie zu Boden geht. Ballonrock und Federn im Haar, ein zierlicher Schnabel statt Nase. Kein Omega. Sie ist ein Mensch, der Schnabel nur aufgeklebt.

»Wo ist hier der Poetry Slam?«, gurrt sie. Ihr Blick aus tellergroßen Pupillen irrt über mein Gesicht, und sie grinst mit verkrampftem Kiefer. Ich bezweifle, dass sie mich wirklich wahrnimmt.

»Mach mal Pause, Vogel-Lady«, sage ich und lehne sie wie eine Puppe an die Wand. »Auf Drogen hast du doch nichts von Poesie.«

Sie kichert. »Poesie *ist* meine Droge. Willst du eine Prise davon?«

Ich halte inne, spüre in meinen müden, schmerzenden Körper hinein. »Hast du auch was anderes?«

»Aufputschen oder runterkommen?« Sie schwankt auf einem Bein wie eine balancierende Bachstelze, als sie in ihrer Tasche kramt.

»Aufputschen.«

Sie schiebt mir eine Pille zwischen die Finger, ich drücke ihr einen von Cosimas Scheinen in die Hand.

Als ich mich umdrehe, ist Uhrd weg. Verdammt! Ich stecke mir die Pille in den Mund und stolpere beinah über meine eigenen Füße, als ich lossprinten will.

»Was dir näher und am nächsten«, ruft die Vogel-Lady hinter mir her – offenbar gibts die Poesiedroge gratis dazu, »suchst du ferne und am fernsten.«

Am Ende des Hofs öffnet sich eine weitere Gasse, ausgeleuchtet von flirrenden bunten Discolasern. Der Eingang eines Nachtclubs. Noch ist er geschlossen, doch ein paar Wartende lungern bereits herum.

Keine Uhrd zu sehen. Fluchend verharre ich. Mir bleibt nur noch der Telefonjoker.

»Wayne, wo steckst du, verdammt noch mal?«, sagt Inka statt einer Begrüßung. »Die Bullen zerlegen die ganze Sparkasse. Cosima und ich sitzen im Hotel und fragten uns, ob du gekidnappt worden bist.«

»Ich bin Uhrd zum RAW-Gelände gefolgt«, antworte ich. »Aber hier hab ich sie verloren. Du kennst dich hier besser aus als ich. Wo hast du Till auf dem Gelände das erste Mal getroffen? Wo treibt er sich herum?«

»Puh.« Sie schnauft. »Bei diesen Möbelhallen, glaub ich, hinter dem Suicide Club. Da ist 'ne Schmiede und eine Werkstatt für Kunsthandwerk, wo sie altes Zeug restaurieren und verkaufen.«

Kunsthandwerk. Etwas klickt in meinem Kopf.

Bevor Inka noch etwas sagen kann, lege ich auf.

Hinter dem schwarz lackierten Clubgebäude ist es stockdunkel. Zwischen stillgelegten Gleisen erstrecken sich Pfützen, groß wie Teiche, ich stolpere über herumliegenden Müll, bis sich meine Augen ans Nachtlicht gewöhnt haben.

Es riecht nach Ruß. Ich sehe einen grob gemauerten Unterstand – kaum mehr als ein Rauchfang, darunter eine Esse, in der Kohlen glühen. Die Schmiede, von der Inka gesprochen hat. Dahinter erheben sich drei teleskopartige, rundliche Konstruktionen aus Blech und Stahlträgern, die wirken wie lang gezogene Wohnwagen. Raumerweiterungshallen, ehemaliges Ost-Militärmaterial, das irgendwer aufgetrieben und hier abgestellt hat.

Licht schimmert aus einem der Fenster. Ich luge hinein. Ein Sammelsurium alter Möbel gruppiert sich entlang der windschiefen Wände – Apothekerschränke und Büfetts, Kommoden und Schrankwände. Auf einem Rund aus Sesseln und Sofas sitzen Uhrd und Till. Sie schauen zu einem Mann auf. Er wendet mir den hünenhaft breiten Rücken zu, der in einen schmalen, austrainierten Po in schwarzer Lederhose mündet. Ein hellblonder Pferdeschwanz reicht ihm bis unter die Schulterblätter. Er sagt irgendwas, aber zu leise, als dass ich ihn verstehen könnte. Ich lehne das Ohr ans Fenster, als eine Windbö hinter mir rauscht.

Im nächsten Augenblick bohren sich Eisenkrallen in meine Schulter.

»Detektiverl«, sagt Perchta in tadelndem Tonfall. »Du schleichst ja scho wieder im Dunkeln rum.«

23

Zwei Minuten später sitze ich auf einem Sessel und verstecke meine zitternden Hände zwischen den Knien.

Der Unterschlupf der Diebesbande. Und ich bin wie eine Anfängerin mitten hineingetappt.

Mein Sessel trägt ein verblichenes Preisschild. *25 Euro*. Der Schriftzug wabert, und wenn ich die Augen zusammenkneife, neigt er sich nach links. Wenn ich nicht aufpasse, neigt sich mein ganzer Körper nach links. Ich hätte die Pille nicht schlucken sollen. Andererseits ist mein Kopfweh verpufft und mein Rückgrat wieder beweglich.

Die Diebe haben mich nicht gefesselt. Vielleicht wissen sie selbst noch nicht, was sie mit mir anstellen sollen. Erfreut wirken sie allerdings nicht.

»Du bist mir gefolgt«, sagt Uhrd vorwurfsvoll. »*Shit,* ich hätte es merken müssen.«

Sie sitzt neben Perchta und Till auf dem Sofa vor mir. Perchta guckt so grimmig wie immer, Till massiert seine derangierte Nase und schaut ebenfalls böse.

»Hier ist also euer Hauptquartier«, sage ich. »Hat eure Bande einen Namen? So was wie *The Artisans?* Oder *die übernatürlichen Langfinger?* Aber der Kerl mit der Hadeskappe ist ein Mensch. Wo steckt er? Zeig dich, Unsichtbarer!«

Ich plappere, wenn ich Angst habe.

»Er is ned da«, knurrt Perchta. »Er ruht sich aus von deiner Attacke. Ihr Menschen seid so zerbrechlich.«

Ach was. Ich schlucke.

Denk nach. Der Hüne ist bestimmt ihr Anführer. Gerade kommt er von einem der Schränke zu uns herüber. Ohne Maske sieht er aus wie eine Comic-Karikatur von Männlichkeit: eisblaue Augen und absolut ebenmäßige Züge, markante Wangenknochen und ein Kinn mit Grübchen. Dazu die Lederhose und eine wattierte Weste. Actionfigur oder nordischer Held, tippe ich. Er kommt mir irgendwie bekannt vor.

Was sagte Frau Wagner über den Kunsthandwerker, der Aufseß am Tag seines Todes besuchte? *Ein äußerst gut aussehender Mann.*

Jetzt setzt er sich auf den Sessel neben mir und nimmt dabei, ohne auch nur mit der Wimper zu zucken, sehr viel Raum ein. Er mustert mich, als wolle er sich jedes Detail von mir einprägen. Die anderen warten auf sein Wort. Selbst Till hält still, nur seine Finger zappeln auf seinem Schoß wie ein Schwarm Kaulquappen.

Ich will mitzappeln. Meine Gedanken rasen, was auch daran liegt, dass Amphetamine durch meine Nervenbahnen kicken wie eine zusätzliche Dosis Adrenalin.

In der Sparkasse hat der Chef der Diebe nicht geredet. Und jetzt will er, dass ich mit dem Reden den Anfang mache.

Pläne sind nichts. Er hat das alles ausbaldowert, von Anfang an. Zusammen mit Uhrd, Perchta, Kubera. Dem gesamten Personal von Frau Wagner. All die Monate haben sie nur in der Villa gearbeitet, um sie zu bestehlen. Fast tut Wagner mir leid. *Planung ist alles.*

»Einer kaputt, einer im Knast, bleiben vier«, plappere ich. Zugleich schiebe ich meine Finger in die Jackentasche. Dort schließen sie sich um ein kleines, schwarzes Rund. Die Wanze. Perchta hat mir mein Handy weggenommen, aber die Wanze übersehen. »Sind wir vollzählig?«, frage ich. »Oder warten wir noch auf jemanden?«

Der Blonde lächelt. Er durchschaut mich. Mein Herz pocht so laut, dass er es meterweit hören kann. Aber ich habe keine Wahl. Ich drücke den Knopf. Die Wanze beginnt unter meinen Fingern sachte zu vibrieren.

Und dann wende ich mich an Perchta. »Du hast bestimmt die Kamera vor Aufseß' Arbeitszimmer aufgestellt«, sage ich. »Von wegen Sicherheitsfrau des Grundstücks.«

Ein Lächeln huscht über das Gesicht der alten Frau, sie verbirgt es sofort wieder hinter Grimmigkeit.

»Ich wusste es!«, rufe ich. »Und während du den Tresorcode geknackt hast, hat Uhrd wahrscheinlich Frau Wagner ausspioniert.«

Uhrd zuckt mit keiner Wimper.

»Irgendwann in den letzten Monaten habt ihr still und heimlich die Artefakte ausgetauscht.« Ich rede zu schnell, aber es ist mir egal. »Trotzdem seid ihr bei Wagner geblieben. Wahrscheinlich weil sie sowieso meist zu angetrunken war, um mitzubekommen, was ihr so treibt. Eure Jobs waren die perfekte Tarnung. Bis zum großen Coup, den Raub der frisch gedruckten Fünfhunderteuroscheine. Kubera war euer Fluchtwagenfahrer, nicht wahr?«

Seine Hände, die das Lenkrad streicheln, sein unglaublich eleganter Fahrstil. Vielleicht denkt Perchta auch an ihn. Ein Schatten gleitet über ihr Gesicht. Er war ihr Komplize, doch sie haben ihn verloren. Oder sie macht sich Sorgen, dass er plaudert. Ich habe mich in ihm jedenfalls geirrt. Er war niemals unschuldig. Aber wer ist das schon?

»Alles wäre glattgegangen«, sage ich. »Wäre euch nicht die Ausstellung in die Quere gekommen.«

»Nicht die Ausstellung«, knurrt Perchta. »Sondern du.«

Sie nickt Uhrd zu. Und die löst ihre Hochsteckfrisur und schlüpft aus dem Business-Jackett. Darunter trägt sie Thors Gürtel umgeschnallt. Ich erkenne die silberne Schnalle mit den Runen wieder, das schwarze, abgegriffene Lederband, das um Uhrds Hüften passt, als wäre es für sie gemacht. Die Stif ist nämlich gar nicht schmal, sondern sehnig, und ihre Augen glühen in einem dunklen Violett.

Die scheue Assistentin Uhrd war nur Maskerade.

»Wer bist du?«, frage ich. »Dass Thors Gürtel bei dir funktioniert?«

»Ich bin Thrud Thorsdóttir«, sagt sie. »Eine Kriegerin und Thors einzige Tochter. Sein Gürtel ist mein Erbe. Ich habe ihn mir zurückgeholt.« Stolz blickt sie mich an.

»Und das Geld ist auch euer Erbe, oder wie?«

»Ach, das ist nur eine Entschädigung.« Till kichert. »Für uns andere, die nichts zu erben haben. Wie steht's mit dir, Lucy? Eins und zwei und drei und vier, komm nur her, ich teil mit dir.«

»Sei still, Till«, sagt der Hüne freundlich. Das erste Mal, dass er spricht.

Till zieht die Schultern ein, Perchta tätschelt ihm mit ihren Krallen den Kopf.

»Du bist schlau, Lucy Wayne«, fährt der Hüne fort, und seine Stimme ist wie ein Sommergewitter. »Vielleicht kommst du selbst darauf.«

Das Gesicht in die breiten Hände gestützt, sieht er mich mit einem Blick an, der wahrscheinlich viele Herzen höherschlagen lässt. Ich habe zu viel Angst vor ihm, um seinem archaischen Sex-Appeal zu verfallen. Meine einzige Chance ist, weiterzureden.

»Du hast die Artefakte am 11. Juni ausgespäht und danach die Kopien hergestellt«, sage ich. »Hier in dieser Werkstatt. Du bist der Kunsthandwerker.«

Er lächelt. »Hier nennen sie mich den Schmied.«

Perchta kichert. »Die Leut stehen ewig an, um seine Aufführung zu sehen, beim Mitternachtszirkus.«

Draußen am Feuer der Esse, nackter Oberkörper, den Schmiedehammer schwingend – klar, dass das einen bestimmten Typ von Berliner Gören anzieht. Die, die auch zu den Chippendales gehen. Wahrscheinlich hat er vor ihren lüsternen Augen die falsche Gürtelschnalle von Thor geschmiedet. *Der Schmied.* Das weckt eine Erinnerung.

Das ist wichtig, Lucy!

Aber ich kann den Gedanken nicht festhalten. Da sind viel zu viele von ihnen, die durch meinen Kopf rauschen. Ich war ein leeres Handy, das jemand an die Steckdose gehängt hat und das jetzt geflutet wird mit neuem Strom.

»Ganz sicher bist du kein einfacher Schmied«, sage ich. »Aber unsichtbar machen kannst du dich nicht. Deshalb würde mich eines interessieren: Wie bist du an dem Tag, als du die Artefakte bei Aufseß ausgespäht hast, auf die Insel gekommen? Die Kameras an der Brücke haben dich nicht aufgezeichnet.«

»Kameras?« Er lächelt noch breiter. Entweder ist er tatsächlich kein Mann vieler Worte, oder er will er mich beruhigen. Einlullen, bevor er zuschlägt.

»Schwanenwerder ist eine Insel«, sagt er. »Ich mag Wasser. Ich habe ein Boot gestohlen und bin hinübergerudert.«

Vielleicht ist er ein Wikinger.

»Aufseß hat dich rausgeworfen«, sage ich. »Worüber habt ihr gestritten? Womit hast du ihm einen solchen Schreck eingejagt, dass er sogar Ludwigshof kommen ließ, um die Echtheit der Artefakte zu prüfen?«

Er sagt nichts. Doch etwas in seinen Augen glimmt auf.

Perchta beugt sich vor. »Der Museumsdirektor war nach dem Schmied noch auf der Insel?«

Ich schließe den Mund. Offenbar habe ich gerade zu viel erzählt. Nur deshalb reden sie überhaupt mit mir. Sie wollen mich aushorchen.

»Unsere schlaue Detektivin«, kräht Till und hüpft auf dem

Sofa. »Glaubst du immer noch, dass du weißt, wie der Hase läuft? Du hast gar nichts erreicht.«

Wut brodelt in mir hoch. All die Angst der letzten Tage, die Strapazen, die Flucht – und jetzt das Adrenalin, das aus mir hinausdrängt ohne Ventil.

»Du Dreckskerl«, keife ich. »Du hast mir das alles eingebrockt!«

»Es war mir ein Vergnügen.« Er bleckt die Zähne. »Und jetzt sind sie hinter dir her, genauso wie hinter uns. Willkommen im Boot.«

Ich stürze mit geballten Fäusten vor.

Der Schmied packt mich und reißt mich zurück. Und sosehr ich mich auch gegen ihn wehre, sein Griff ist aus Stahl.

Till krümmt sich kichernd auf seinem Sessel. »Ein Pieks, und sie geht in die Luft.«

»Ich kapier es nicht«, keuche ich. Der Griff des Schmieds schnürt mir ziemlich die Luft ab. »Mich auszutricksen, mich zu betäuben und zu beklauen – klar, ihr seid Gauner, das ist euer Job. Aber meine Haare beim Banküberfall zu platzieren? Mich zum zweiten Tatort zu bestellen wie ein verdächtiges Paket? Warum wollt ihr mir eure Verbrechen anhängen?«

»Weil du lästig bist«, antwortet Till. »Und störrisch und laut und nicht ganz astrein. So wie wir. Weil du der perfekte Sündenbock bist.«

Ich kämpfe erfolglos gegen den Griff des Schmieds.

»Ärgere sie nicht so, Till«, sagt Thrud mahnend.

Perchta zwickt ihn in die Schläfen. »Trottel, depperta.«

Till faucht. Perchta hebt die Krallen, er zeigt seine Zähne.

Hinter mir grollt es. Der Schmied lacht. Schön, dass wenigstens einer sich amüsiert.

»Hört auf«, sagt er. Und dann hebt er mich einfach hoch und setzt mich zurück in den Sessel, als wäre ich eine Katze. »Sie hat eine Erklärung verdient.«

»Ja, das habe ich.« Ich ringe immer noch nach Luft. »Und eine Entschuldigung.«

Doch der Ausbruch hat mich wieder ein wenig runtergebracht.

Der Schmied schiebt seinen Sessel herum und setzt sich mir gegenüber. Er beugt sich vor, sodass wir uns fast berühren. Ich halte still. Das Schweigen hängt zwischen uns, verfestigt sich zu einer zähen Masse.

»In einem hat Till recht«, sagt er endlich. »Du *bist* der perfekte Sündenbock.« Sein Blick hat plötzlich fast etwas Mitleidiges.

»Weder a Familie noch a feste Arbeit und kein Geld«, sagt Perchta. »Deine magern Freunde haben ihre eigenen Probleme. Und deine Kollegen bei der Kibara, die hast du im Stich gelassn – und jetzt lassn sie dich im Stich. Für die Drecksarbeit warst du gut gnug, aber getraut haben sie dir nimmer. Weil du aus der Reihe hüpfst. Du bist zwar a Mensch, aber zugleich auch ned.« Ihre Stimme kann erstaunlich sanft sein, im Gegensatz zu ihrem grimmigen Gesicht. »Dich haut so schnell nix um, glaubst du. Aber die Welt zwingt di nieder. Weil du allweil alleinig gegen sie antretn musst.«

Ich sage nichts. Ich starre sie an, die Hände zu Fäusten geballt, die Schultern nach hinten gebogen und das Rückgrat ganz steif. Perchtas Worte fühlen sich an, als hätte sie mir ihre Krallen in die Rippen gerammt. Die Wahrheit über mich selbst tut unglaublich weh. Niemand will sie hören, am allerwenigsten ich. Weil Perchta recht hat. Aki hat mich hängen lassen, Cosima hat mir eine Abfuhr erteilt, und meine Ex-Kollegen halten mich für schuldig. Ich bin allein.

»Wir haben dich ausspioniert, Detektiverl«, sagt Perchta, und jedes Wort ist ein weiterer Dolch. »Seit du im Museum angfangn hast, uns zu suchen. Wir wusstn genau, was du tust.«

Ich keuche. »Der Peilsender an Cosimas Auto – der war gar

nicht von Maeve. Der war von dir. Du hast ihn angebracht, als ich vor Wagners Villa geparkt habe.«

Sie grinst.

»Du hast Mut bewiesen, Lucy«, sagt der Schmied. »Und Klugheit. Beeindruckend.« Als wolle er jetzt, da Perchtas Worte mir die Rippen aufgerissen haben, ein Pflaster draufkleben.

»Und weil ich so *beeindruckend* bin, habt ihr mich von allem isoliert, was mir wichtig ist?«

»Du warst doch vorher scho isoliert«, sagt Perchta. »Des wolltn wir dir vor Augen führn. Weil in der Verzweiflung liegt die Chance auf was Neues.«

»Wir entschuldigen uns nicht, Lucy«, sagt der Schmied. »Wir machen dir ein Angebot. Wir wollen, dass du dich uns anschließt.«

»Ihr … Was?« Ich kann es nicht fassen. Ich bin so geschockt, dass ich zu lachen anfange. Sie haben mich zu Boden gestoßen – nur, um mir jetzt die Hand zu reichen?

Immer weiter pruste ich, bis es sich anfühlt, als würde Schaum aus meinem Mund quillen. Till knirscht mit den Zähnen, aber Perchta und Thrud und der Schmied schauen mir einfach nur zu. Da ist keinerlei Feindseligkeit in ihren Blicken. Nur abwartende Neugier.

»Warum sollte ich mich darauf einlassen?«, sage ich, als ich mich endlich wieder gefangen habe. Wenn ich die Schotten ein bisschen öffne, höre ich ihr Omega schwingen. Ein vielfarbener Klang, doch harmonisch. Als hätten sie sich synchronisiert.

»Weil du wie wir bist«, sagt der Schmied.

»Du passt zu uns wie der Deckel aufn Topf, Maderl«, sagt Perchta und grinst. »A echte Goldmarie.«

»Wohl eher Pechmarie.« Ich schlinge die Arme um mich. Ich habe geschwitzt beim Lachen, jetzt ist mir kalt. »Ich habe nur Unglück, seit ihr aufgetaucht seid. Ihr habt schließlich meine Hasenpfote geklaut. Mein Erbe!«

Ich spucke ihnen das letzte Wort vor die Füße.

Im Schweigen der Stifs schwingt etwas Neues mit. Überraschung.

Perchta runzelt die Stirn. »Welche Hasenpfote?«

Die Bedeutung ihrer Frage dringt nur langsam zu mir durch. Vielleicht sind sie doch nicht so synchronisiert, wie ich dachte.

»Sag du es ihnen«, fordere ich von Till.

Er faucht. »Keine Ahnung, was du meinst.«

Ich strecke die Hand aus. »Du hast sie bei dir. Ich kann sie spüren.« Was eine Lüge ist. Die Pfote strahlt so schwach im Vergleich zu den Stifs; um sie wahrzunehmen, müsste ich meine Schotten ganz aufmachen.

Doch Till zuckt zusammen. Er hat sie tatsächlich.

»Herrschaftszeiten, Till«, knurrt Perchta. »Was hast du wieder ausgefressen?«

»Gib sie zurück«, befiehlt der Schmied. Seine Stimme klingt allerdings mehr amüsiert als streng.

Till seufzt, aber dann fummelt er die Hasenpfote aus seiner Hosentasche und reicht sie mir mit finsterem Blick. Ich widerstehe dem Impuls, sie an mein Herz zu drücken, und stecke sie in meine Tasche.

Niemand von ihnen wirkt irritiert von Tills Alleingang. Als sei es okay, dass er ihnen ab und zu auf der Nase herumtanzt, weil er das verzogene Nesthäkchen ist. Sie halten zusammen und vertrauen einander. Weil sie nicht nur eine zufällige Gruppe von Gaunern sind – sondern so was wie eine Familie. Der Gedanke erzeugt ein unerträgliches Gefühl bei mir: Neid.

Der Schmied, der mich gemustert hat, nickt, offensichtlich zufrieden, weil der Punkt mit der Hasenpfote ebenso sehr an ihn ging wie an mich.

Er steht auf und füllt mein komplettes Sichtfeld aus. »Kaffee?«

»Lieber Wasser«, sage ich.

Er geht zu einem der Schränke hinüber. Es ist ein verschrammtes Ungetüm ohne Griffe, das offenbar auch gar keine Griffe braucht, denn der Schmied tastet an der Seite des Möbels entlang und drückt irgendeinen Knopf. Lautlos gleiten die Türen zur Seite. Ein Bord aus Edelstahl kommt zum Vorschein, im LED-Schein der Schrankbeleuchtung glänzen ein Wasserkocher und eine moderne Kaffeemaschine, darunter ein Kühlschrank. Während der Schmied sich hinkniet und eine Wasserflasche herausholt, frage ich mich, was die anderen Schränke enthalten. Hightech-Computer vielleicht. Einbruchwerkzeuge, Waffen.

»Ihr müsst ein paar mehr Infos rausrücken«, sage ich. »Ich hab keine Ahnung, wer ihr seid, außer eine gesuchte Verbrecherbande.«

»Wir sind Freigeister«, behauptet Till, während der Schmied mir die Flasche in die Hand drückt. Ich schraube sie auf und kippe mir fast den ganzen Inhalt die Kehle hinunter.

»Du musst Folgendes wissen, Lucy«, sagt der Schmied. »Das war nicht unser erster Coup. Wir arbeiten seit Jahren als Team, mit wechselnden Partnern. Wir verfügen über ein internationales Netzwerk.«

»Der Schmied ist unser Muskel und unser Herz.« Till kichert. »Perchta ist unser Gehirn. Die organisiert alles und jeden. Kuberas Persönlichkeiten waren unsere Füße, die brachten uns überallhin und wieder raus.« Für einen Augenblick verschattet sich seine Miene, bevor sie sich wieder aufhellt. »Und ich bin die Finger. Ich lenke alle ab und sorge für den Schabernack.«

»Halt die Goschn«, knurrt Perchta.

Till hat Thrud nicht erwähnt. Welche Aufgabe hat sie?

»Letztes Jahr waren wir in Monaco«, sagt der Schmied und holt damit meine Aufmerksamkeit zurück. »Wir haben die *Blue Lady* der Fürstin gestohlen.«

»Das berühmte Juwelendiadem?« Ungläubig starre ich sie an. »Das wart ihr?«

»Und das Casino in Paris«, ergänzt Till. »Das waren wir auch.«

Der Schmied wirft ihm einen Blick zu, und Till schließt den Mund. Ich erinnere mich an den spektakulären Überfall aufs Casino. Vor zwei Jahren war er in den Schlagzeilen.

»Von wegen Freigeister«, sage ich. »In Paris habt ihr einen Polizisten umgebracht.«

»Das war ein Unfall.« Der Schmied schüttelt betrübt den Kopf. »Der Mann hatte einen Herzinfarkt.«

»Und der Schädelbruch des Sicherheitsmanns vorgestern?«

Perchta knirscht mit den Zähnen. »Des war der Peter. Der die Hadeskappe tragen hat. Den nehmen wir nimmer mit.«

»Und die Pistolen?«

»Schreckschusswaffen«, sagt der Schmied. »Das gehört zum Schauspiel. Je mehr Angst wir verbreiten, desto weniger Leute kommen zu Schaden.«

Ich schaue zu Till hinüber. Er nutzte Helium, um die Geiseln zu ängstigen. Er tötet vielleicht niemanden, aber ich mag ihn nicht. Weil er zu viel Spaß daran hat, Schrecken zu verbreiten. Er ist die Wildcard in diesem Spiel.

»Ihr habt Millionen in brandneuen Scheinen erbeutet«, sage ich. »Ihr könntet euch zur Ruhe setzen. Wofür braucht ihr mich überhaupt?«

Der Schmied und Perchta wechseln einen Blick.

»Ah, Geld«, knurrt Perchta. »Wir tuns doch ned für die Marie. Zumindest ned allein.«

»Für was dann?«

»Strizzi-Ehre«, antwortet Perchta trocken.

»Für den Kick«, sagt Till und legt einen Arm um Perchta. Sie klappert so lange mit ihren Krallen vor seiner Nase, bis er den Arm wieder wegnimmt.

»Um zurückzubekommen, was unseres ist«, sagt Thrud.

Der Schmied faltet die Hände. »Wir haben immer einen Teil des Gelds weitergegeben. An Leute, die es dringender brauchen als wir.«

»Na, dann ist es ja ganz was anderes«, sage ich. »Robin Hoods übernatürliche Erben, die im Auftrag der Armen stehlen.«

Für dumm verkaufen kann ich mich selbst. Wieder wechselt der Schmied einen Blick mit Perchta. Das Problem ist, dass die beiden mir tatsächlich nicht niederträchtig erscheinen, sondern sympathisch. Vielleicht sagen sie die Wahrheit. Vielleicht glaubt der Schmied, Gutes zu tun. Wenn auch mit den falschen Mitteln.

Aber bin ich besser als sie? Ich hatte noch nie Skrupel, zu lügen. Ich habe Leute verletzt, um meine Ermittlungen voranzutreiben. Ich bin heimlich in Häuser eingestiegen, um Beweise zu sichern, ich betrüge, und manchmal klaue ich auch. Ich bin kein guter Mensch. Und der Einzige, der jemals wirklich in mein Inneres geschaut hat und trotzdem bei mir blieb, ist fort.

Der Gedanke an Aki lässt mich innerlich zittern, als wäre meine Haut aus Papier und die Kälte dringe ungehindert in mich ein. Ich habe keinen Schutzpanzer mehr. Der Schmied hat recht. Ich bin auf mich gestellt.

Schließ dich uns an, sagt sein Blick. Und für einen Moment spiele ich mit dem Gedanken. So wenig habe ich zu verlieren, so viel zu gewinnen. Ein Abenteuertrip wie im Rausch, rund um die Welt. Ohne das Korsett von Gesetzen und Schubladen. Ohne Maeves Anspruch im Nacken. Ich wäre vogelfrei – in einer Gemeinschaft, die mich versteht. Einer Familie.

Der Schmied lächelt, als lese er meine Gedanken. Er glaubt, er hätte mich im Sack. Ich übersehe etwas.

»Berlin ist für euch kein normaler Coup«, sage ich. »Hier geht es um was Persönliches.«

Der Schmied erstarrt.

»Aufseß hat sich Thruds Gürtel doch schon vor Jahren unter den Nagel gerissen.« Mit Worten taste ich mich vor. »Warum habt ihr ihn ausgerechnet jetzt zurückgestohlen? Und warum so kompliziert? Irgendwas verbergt ihr vor mir.«

Der Schmied lächelt wieder. Fast, als wäre er erleichtert. Ich bin seinem Rätsel so nah gekommen, dass er für einen Augenblick Sorge hatte, ich wüsste es. Doch offensichtlich habe ich keine Ahnung. Ich beiße mir auf die Lippen. Was übersehe ich?

»Achtzehn Millionen Euro«, sagt er. »Deshalb hat es sich gelohnt, auf Thruds Gürtel zu warten. Neun Reisetaschen voll Geld.«

»Und du kriegst eine davon«, sagt Perchta. »Wenn du bei uns mitmachst.«

Ich schnappe nach Luft. So viel Geld auf einem Haufen habe ich noch nie gesehen, geschweige denn besessen.

Nicht lange nachdenken, sagt der gierige Teil von mir. *Greif zu, solange das Angebot gilt.* Und genau das wollen sie erreichen. Dass ich nicht nachdenke. Perchta flüstert dem Schmied was ins Ohr. Erwartungsvoll schauen sie mich an.

»Ich an eurer Stelle wär längst abgehauen mit dem Geld«, sage ich. »Stattdessen überfallt ihr 'ne Sparkasse. Hohes Risiko, ein Dutzend Geiseln – und kaum etwas zu holen. Ein völliger Reinfall. Es sei denn, es ging um was anderes.« Ich richte mich auf. »Ihr sucht etwas. Oder ihr müsst etwas zu Ende bringen. Nur deshalb seid ihr noch hier. Und was es auch ist – ihr braucht dafür mich.«

Till durchbohrt mich mit einem Blick, der ihn ertappt wirken lässt und zugleich verärgert. Auch der Schmied sieht alles andere als erfreut aus. Nur Perchta blinzelt mir zu. Fast, als wäre sie stolz auf mich.

»Vielleicht haben wir etwas verloren und müssen es wiedererlangen«, sagt der Schmied. »Vielleicht sind wir auch Toren und blieben allein wegen dir. Du musst verstehen, dass wir nicht alle Geheimnisse aufdecken können. Erst wenn du dich uns angeschlossen hast.«

»Wer zögert, verliert!« Till hüpft auf dem Sofa herum, als stecke in seinem Hintern eine Sprungfeder. »Hör endlich auf mit dem nervigen Palaver, Lucy. Bist du dabei oder nicht?«

»Schscht!« Perchta drückt ihn nach unten und zwinkert mir erneut zu. »Lass des Detektiverl in Ruh entscheiden.«

Ich senke den Kopf. Ein Teil von mir ist dank der Pille immer noch so aufgedreht, dass er mit Till auf dem Sofa hüpfen will. Aber der andere Teil, der nüchterne, will sich verstecken. Denn das Zittern von vorhin kommt zurück, ganz tief in mir drin. Angst. Es ist keine Frage, wie ich mich entscheiden werde. Das war es nie.

Mit ein paar Schlucken leere ich die Wasserflasche. Ziehe mit der anderen Hand zugleich die Abhörwanze aus der Tasche und schiebe sie in eine Sesselritze.

»Ihr müsst verstehen, dass ich keine Katze im Sack kaufen kann.« Ich drücke dem Schmied die Flasche in die Hand und spanne die Muskeln an, mache mich bereit für das, was unweigerlich kommen wird. »Vielen Dank für das Bewerbungsgespräch. Ich muss euer Angebot leider ablehnen.«

24

Immerhin haben sie mich nicht umgebracht. Doch gefesselt im nasskalten Keller zu sitzen, ist nicht viel besser. Irgendwo über mir wummert der Bass des Suicide Clubs.

Es ist stockdunkel. Sie haben meine Hände mit Kabelbindern fixiert, mich an einem Stahlpfeiler festgebunden und eine Decke über mich gelegt, sodass ich nur langsam erfriere. Der Knebel schmeckt nach Erbrochenem. Der Schmied hat ihn mir etwas zu grob hineingerammt. Er wirkte enttäuscht – als hätte er sich darauf gefreut, mich im Team zu haben.

Perchta dagegen wirkte ganz gelassen. Offenbar kennt sie mich besser, als ich dachte.

»Wirst uns eh nicht vermissn, Detektiverl.« Sie tätschelte meinen Kopf, was sich mit den Krallen nicht ganz so angenehm anfühlte, wie sie wohl dachte. »Halt bis morgen durch. Dann lässt dich einer raus.«

Aber warten war noch nie meine Stärke. Seit ungefähr einer halben Stunde liege ich hier und scheuere meine Plastikfesseln am Stahlpfeiler – mit dem einzigen Erfolg, dass mir Blut von den Handgelenken tropft. Hätte ich die Pille der Vogel-Lady nicht eingeworfen, könnte ich vielleicht schlafen. Stattdessen spielen meine Nerven verrückt und schießen Lichtblitze durch die Schwärze vor meinen Augen. Ich bin völlig fertig und gleichzeitig hellwach.

Gerade habe ich es endlich hinbekommen, die Lider zu schließen, als jemand an meiner Schulter rüttelt.

Licht blendet mich.

»Jetzt muss ich dich heute schon zum zweiten Mal befreien, Wayne«, sagt Inka. »Als Freundin bist du echt anstrengend.«

Ich dachte, wir wären keine Freundinnen, will ich sagen, doch der Knebel verwandelt meine Worte in ein Stöhnen.

Die Taschenlampe jagt verzerrte Schatten über Inkas Gesicht. Für den Rest der Menschheit sieht sie schauerlich aus, aber für mich ist sie der beste Anblick des Abends.

Sie knipst meine Fesseln durch, ich reiße den Knebel aus dem Mund und stehe auf. Meine Füße sind allerdings taub wie zwei Türpfosten, sodass ich taumelnd wieder zu Boden gehe.

»Vorsicht«, sagt Inka, und es schwingt tatsächlich Besorgnis in ihrer Stimme. »Ich helfe dir.« Sie packt mich am Arm. Vielleicht sind wir doch Freundinnen. Und vielleicht muss ich gleich losheulen wie ein Teenager.

»Schaff ich schon«, erwidere ich und blinzle den rührseligen Ausbruch weg. Inkas Lichtstrahl huscht über Bierkästen und die Umrisse einer Tür. Wankend steuere ich dorthin.

»Nichts zu danken«, knurrt Inka hinter mir. »Wir sind nach deinem Anruf ja nur so schnell hergerast, wie wir konnten. Ich kam gerade noch rechtzeitig, um zu sehen, wie zwei Gestalten dich in diesen Keller verfrachtet haben. Zur Hölle, ich hasse Keller.«

Sie schnauft, und weil ich nicht schnell genug wanke, schiebt sie mich vorwärts. Ich öffne die Tür und steige eine schmale Treppe hinauf. Oben wummert der Bass lauter. Noch mehr Bierkästen. Eine Abstellkammer, dahinter ein Flur, eine weitere Tür steht halb offen und zeigt den Nachthimmel.

Aufatmend stolpere ich hinaus, sauge die Winterluft in mich ein. Inka tut es mir gleich.

Ich schaue mich um. »Sind die Diebe noch in der Nähe?«

»Nee. Sie haben noch ewig in ihrem Container gelabert.

Dann sind sie abgehauen. Aber keine Sorge, wir wissen, wo sie hin sind.« Sie grinst.

»Die Wanze?«, frage ich.

Sie nickt.

Die Erleichterung lässt mich fast wieder taumeln. »Ich fass es nicht! Ihr habt mitgehört! Was haben sie gesagt? Was haben sie vor?«

»Erzähl ich dir nachher.« Sie blickt sich um. »Hier gibts zu viele Ohren.«

Wir sind im Hinterhof vom Suicide Club. Blaue Lichtstreifen wabern über dem Gebäude wie Polarlichter, und als wir um die Ecke biegen, erstreckt sich trotz der frühen Uhrzeit die Schlange der Wartenden bereits dreißig Meter weit. Ein Typ mit einem Bauchladen läuft die Reihe entlang und verkauft Bier, hinter ihm stakst die Vogel-Lady. Als sie mich sieht, blinzelt sie mir zu.

In einer Nebenstraße vor dem RAW-Gelände wartet ein Großraumtaxi auf uns. Die Scheiben sind so beschlagen, dass ich erst sehe, wer drinsitzt, als jemand von ihnen die Tür öffnet.

Cosima und Sascha.

Inka schiebt mich zu ihnen auf die Rückbank, bevor sie vorn auf der Beifahrerseite einsteigt. Cosima schließt mich in eine warme Umarmung, aus der ich mich erst befreie, als ihre Berührung beginnt, mir Nadelstiche ins Herz zu jagen.

Sascha nickt mir zu. Er hat den Kopf zwischen die Schultern geklemmt und seine überlangen Gliedmaßen so in die Ecke des Sitzes und um einen Laptop herumgefaltet, dass er sicher nie wieder rauskommt. Mit seinem Hiersein verstößt er gegen bestimmt hundert Vorschriften. Ich habe echt keinen guten Einfluss auf meine Freunde. Aber ich habe Freunde.

»Der Schmied weiß gar nichts über mich.« Meine Stimme zittert.

»Was!«, stoße ich aus, als sie schmunzeln. »Seit wann habt ihr mitgehört?«

»Von Anfang an.« Sascha tippt auf den Laptop. »Als die Polizei bestätigte, dass die Bande aus der Sparkasse geflohen war, ging ich zu Cosima ins Hotelzimmer. Ich habe die Empfänger-App auf meinen Rechner geladen, so konnte ich unterwegs alles mitschneiden. Die Aufzeichnung läuft immer noch. Aber es ist niemand mehr in der Möbelhalle.«

»Ihr habt alles auf Band«, flüstere ich. Erleichterung schwappt in mir hoch, sodass ich schon wieder heulen will. Ich hab es geschafft. Meine Nervenenden zittern, können es noch gar nicht ganz begreifen.

Ich wollte noch was fragen. Was war es bloß? Etwas lenkt mich ab. Der Taxifahrer beobachtet mich im Rückspiegel. Sein Taxameter klickt. Bei der Summe, die es anzeigt, wird mir schwindelig. Aber notfalls können wir immer noch wegrennen.

»Honey?« Cosima mustert mich argwöhnisch. »Warum atmest du so schnell? Hast du was eingeworfen?«

Empört schüttle ich den Kopf. *Konzentrier dich, Lucy.*

Da ist meine Frage wieder. »Wo sind die Diebe hin?«

»Sie planen einen letzten Überfall«, sagt Sascha. »Das haben sie besprochen. Heute Nacht um zweiundzwanzig Uhr dreißig. In der Berliner Landesbank in Charlottenburg. Es geht um fünf Millionen Euro.«

Kann es so einfach sein? Habe ich mit meiner Wanze geschafft, was die ganze Polizei nicht vermochte – die Diebesbande zu überlisten? Ich will es glauben, die Euphorie spült jeden Zweifel fort.

»Wahnsinn!«, schreie ich. »Wir haben sie!«

»Wayne, das ist dein Verdienst«, sagt Inka von vorne. »Wir holen ein paar meiner Kumpel als Verstärkung, und dann schnappen wir sie uns!«

Sie hält mir die Hand zum High Five hin. Ich schlage so fest zu, dass sie vor Freude aufkreischt und der Taxifahrer zusammenzuckt.

»Nein«, widerspricht Cosima. »Keine Alleingänge mehr. Sag es ihnen, Sascha.«

Sascha hebt den Blick von der Tastatur. Ich weiß, wie schwer es ihm fällt, mir direkt in die Augen zu schauen, doch er tut es. Und ich lese eine stumme Bitte in seinen Augen. Die Bitte, nicht wegzulaufen.

»Während Inka dich geholt hat, habe ich Bláinn informiert«, sagt er.

Mein Herz bleibt stehen. »Was sagt er?«, flüstere ich. »Ist er –«

»Er glaubt dir. Die ÜSG wartet zweihundert Meter vor der Bank auf uns.«

Inkas Jubilieren verstummt. »Ihr habt die Bullen gerufen? Ohne es mit Lucy und mir abzusprechen?« Ihre Augen verengen sich zu schwarzen Schlitzen. »Verflucht, dann bin ich raus!« Sie öffnet die Tür. »Ich geh nicht wieder in den Knast. Und Wayne auch nicht.«

Ich höre, wie ihr Omega rauscht. Sie hat Angst.

Ich bewege mich nicht.

»Was ist los?«, ruft sie. »Sie werden dich verhaften, wenn du hinfährst!«

Cosima legt eine Hand auf meinen Arm. »Bereit, dich zu stellen?«

Ich hole tief Luft. *Bláinn glaubt mir.* Ich muss nicht mehr weglaufen. Mein Körper kann es gar nicht fassen, doch in mir drin wird alles plötzlich ganz leicht. Und wütend. Verdammt, bin ich wütend, jetzt, da meine Angst sich legt. Die Diebe haben mir das alles eingebrockt. Haben sie wirklich geglaubt, ich würde mich ihnen zum Dank auch noch anschließen? Diese Esel! Ich will dabei sein, wenn die ÜSG 9 sie schnappt. Ich will ihre Gesichter sehen, wenn sie merken, dass sie sich mit der Falschen angelegt haben.

»Ich bin bereit«, sage ich. »Es tut mir leid, Inka. Ich fahre mit nach Charlottenburg.«

Grimmig starrt sie mich durch die Fensterscheibe an.

»Ach Fuck«, sagt sie. »Jetzt wo's anfing, Spaß zu machen. Tritt Till von mir in die Eier, klar, Wayne? Das hat er verdient. Und wehe, du gibst dieser Sammlerin die Artefakte zurück. Die gehören uns Stifs! Und denk daran: Du hast mir versprochen, mich bei der Polizei rauszuhalten.«

»Ich halte dich auf jeden Fall raus«, sage ich. »Und wenn alles vorbei ist, schulde ich dir ein Bier.«

»Ich hasse Bier.« Sie wendet sich ab und marschiert davon.

Charlottenburg gehört zum alten Westberlin. Der Stadtteil ist benannt nach Preußens erster Königin und allein deshalb schon zu weiß und zu teuer für mich. In Sophie Charlottes prächtigem Rokokoschloss, in das mich Tante Greta einst schleppte, hatte ich ständig Sorge, etwas kaputt zu machen. Für die Universitäten fehlt mir die Bildung, für die Oper und die Restaurants der Geschmack – und die Shoppingmeilen sind tagsüber eine Parade für italienische Sportwagen, echte Pelze und falsche Brüste, denen ich lieber nicht ins Gehege komme.

Nachts ist der Kiez dagegen recht still. Reichtum ist ein gutes Ruhekissen – und jene, die nicht schlafen können, feiern ihre Partys woanders.

Selbst auf der Bismarckstraße ist es ruhig. Die Berliner Landesbank liegt im Schatten von Bäumen am Rand eines lauschigen Platzes. Der Taxifahrer hat uns eine Querstraße entfernt abgesetzt, ich wurde von meinen Ex-Kollegen einkassiert und direkt in einen anthrazitfarbenen Van verfrachtet.

Fünf Mann hocken mit mir im Auto.

Am Steuer sitzt Bobo mit Kevlarweste und Jagdhundblick, seine Finger trommeln auf dem Lenkrad. Bláinn sitzt mir gegenüber und reibt so grimmig seine Grabschaufel-Hände, als überlege er, in welcher Ecke von Charlottenburg er mich verscharren kann.

Ich bin froh, dass Inka vorhin die Biege gemacht hat. Ebenso wie Cosima. Wobei Cosima nicht freiwillig ging. Am Alexanderplatz, ihrer alten Hood, habe ich sie gebeten, aus dem Taxi zu steigen. Ja, ich habe ein Händchen dafür, meine Freundinnen als Dank für ihre Hilfe vor den Kopf zu stoßen. Aber ich bin es ihnen schuldig, sie rauszuhalten. Immerhin stehen sie nicht mit halbem Fuß im Knast, so wie ich. Auch wenn ich jetzt mit jeder Faser hoffe, dass der Haftbefehl niemals vollstreckt wird.

Und Bláinns grimmiger Blick täuscht nicht darüber hinweg, dass er mir glaubt. »Nichts als Ärger hat man mit dir«, knurrt er. »Nichts als Ärger.«

»Gern geschehen«, sage ich.

»Deine Wanze ist als Beweismittel vor Gericht gar nichts wert«, sagt er. »Das weißt du. Aber immerhin reicht sie für Gefahr im Verzug.«

»Und mein Haftbefehl?«

»Den hat das BKA ausgegeben, nicht wir. Ich habe bisher keine Befugnis erhalten, dich festzunehmen.«

»Soll ich die Befugnis anfordern, Chef?«, fragt der Beamte auf dem Beifahrersitz und hebt sein Funkgerät.

»Ick gloob, meen Schwein pfeift!« Bobo wirft dem Beamten einen so strafenden Blick zu, dass der das Funkgerät direkt wieder weglegt. »Wir brauchen Lucy hier. Dit BKA kann sich hintanstellen.«

Die anderen Beamten, die hinter uns in der zweiten Reihe des Vans sitzen, prusten los. Bláinn grummelt etwas. Ich glaube, dass er unter seinem Bart grinst.

Ich will sie abknutschen. Alle. Ich habe es geschafft! Sie sind auf meiner Seite, wie in alten Zeiten. Nur eine kleine, nagende Stimme in mir fragt jäh, warum mir das so wichtig ist. Warum ich ihre Bestätigung so brauche, als wäre ich noch im Team. Aber ich stelle sie stumm.

»Wie lange noch?«, fragt Bláinn.

»Acht Minuten«, ertönt Saschas Stimme aus der Freisprechanlage.

Er sitzt in einem Van zwei Straßen weiter. Dort haben sie eine technische Zentrale eingerichtet, mit mehreren Bildschirmen und Satellitenempfang – und weil ich das Rauschen in der Leitung höre, hoffe ich, dass die Geräte festgeschraubt sind, um Saschas Böen beim Denken auszuhalten. Es gibt einen Grund, warum er selten auf Außeneinsätze geht.

»Team A?«, fragt Blainn.

In der Leitung knackt es bedenklich. »Auf Position.«

»Team B?«

»Gleich auf dem Dach.«

Innerhalb von dreißig Minuten hat Bláinn das gesamte Dezernat V hierhergeschafft, einen Plan entwickelt und mit drei Teams einen Hinterhalt aufgebaut. Die Diebesbande will die Wachablösung um zweiundzwanzig Uhr dreißig nutzen, um in die Bank einzudringen. Auch wenn die Stimmen der Diebesbande auf der Aufzeichnung gedämpft und manchmal unverständlich sind, diese Ansage des Schmieds war klar und deutlich auf Band. Und der Sicherheitsdienst hat die Uhrzeit des Schichtwechsels bestätigt – ebenso wie die fünf Millionen im Tresor.

Fünf Millionen. Warum wollen die Diebe noch mehr Geld stehlen? *Was ist schon Geld?*, sagte Perchta.

Sie ist das Gehirn, sagte Till. *Planung ist alles.*

Perchta kennt mich am besten von ihnen. Seit ich in der Villa aufgetaucht bin, hat sie mich ausspioniert. Sie hat mein

Telefonat mit Cosima abgehört, sie wusste, dass ich Till eine Falle stellen würde. Die Zahnräder in meinem Kopf rotieren. Sie *wollte,* dass ich Till die Falle stelle. Dass ich den Dieben folge, dass ich von ihr ertappt werde. Wusste sie auch, dass ich ihr Angebot ablehnen würde?

»Noch drei Minuten«, sagt Sascha im Lautsprecher.

Funkgeräte knacken, die menschlichen Beamten im Van überprüfen ihre Waffen und setzen die Helme und Nachtsichtgeräte auf. Bláinn und Toni, der ebenfalls ein Zwerg ist, warten reglos. Ihre Dickschädel sind genauso unverwüstlich wie ihre Fähigkeit, im Dunkeln zu sehen.

Ich hab erreicht, was ich wollte. Ich müsste euphorisch sein, voller Jagdfieber. Stattdessen bin ich plötzlich voller Zweifel.

»Was, wenn es gar nicht stimmt, was sie mir erzählt haben?«, sage ich. »Wenn sie uns erneut austricksen?«

Bláinn starrt mich an. »Wie kommst du darauf?«

»Team B auf dem Dach«, gibt Sascha durch. »Sie melden freie Bahn. Team C kann starten.«

»Wartet«, sage ich.

Bláinn zögert. Doch dann schüttelt er den Kopf und wendet sich ab von mir.

»Los, los!« Er stemmt die Schiebetür auf.

Der Wagen bebt, als ihre wuchtigen Stiefel auf den Asphalt poltern. Nebelschleier hängt zwischen den Häusern wie Rauch. Bobo steigt vorne aus.

Bláinn ist der Letzte.

»Seid vorsichtig«, sage ich. »Falls es ein Hinterhalt ist –«

»Du rührst dich nicht von der Stelle«, grollt er. »Gustav passt auf dich auf.«

Der Beamte vom Beifahrersitz, der vorhin das BKA anrufen wollte.

»Ich brauch keinen Aufpasser.«

Bláinn sieht das anders. Er beugt sich vor. »Du hast genug

in den Fall gesteckt«, grummelt er in mein Ohr. »Lass ab jetzt uns übernehmen.«

»Waidmannsheil!« Ich forme aus Daumen und Zeigefinger eine Pistole. »Schnappt sie euch, Jungs!«

Die Jagdhunde in Kevlar wippen auf ihren Zehenspitzen vor Adrenalin, für einen Augenblick grinsen sie mich an, als würde ich ihnen Glück bringen. Wie früher.

Dann rauscht die Schiebetür zu. Gustav steigt auf der Fahrerseite ein. Seine Augen im Rückspiegel schauen argwöhnisch. Als Einziger kennt er mich nicht von damals. Mir ist klar, dass Bláinn ihn nicht hiergelassen hat, um mich zu beschützen. Er soll darauf achten, dass ich nicht mehr dazwischenfunke.

Ich packe meine Hasenpfote und atme tief durch. In der Freisprechanlage knackt es.

»Team C auf dem Weg«, meldet Bláinn. »Noch zweihundert Meter bis zum Eingang. B, habt ihr Sichtkontakt zu uns?«

»Bestätigt«, meldet sich eine andere Stimme. »Alarmanlage ist ab jetzt off. Noch drei –«

Es knackt, die Stimme bricht ab. Gustav hat sein Headset in der Freisprechanlage eingesteckt.

»He«, rufe ich. »Ich will mithören!«

»Das ist gegen die Vorschriften.« Er startet den Motor. »Schnallen Sie sich bitte an.«

»Wo geht's hin?«

»Wir parken um«, sagt er. »Im Halteverbot sind wir zu auffällig.«

Da ich keine Fenster habe, bleibt mir nichts anderes übrig, als angespannt auf dem Sitz herumzurutschen. Tatsächlich hält er zwei Minuten später schon wieder an.

»Auf Position«, sagt er ins Mikro. »Hinterausgang, hundertfünfzig Meter nordwest.« Und dann schweigt er. Schweigt so lange, dass Spinnweben zwischen den Sitzen wachsen und mein Haar ergraut, nur der Puls tost in meinen Ohren.

»Darf ich wenigstens rauchen?«, frage ich.

Er schüttelt den Kopf. Ab und zu seufzt er auf. Und dann hält er inne und lauscht angespannt auf die Stimmen in seinem Headset. Ich schaue auf die Uhr des Vans. Zweiundzwanzig Uhr dreißig. Die Wachablöse.

Irgendwas läuft falsch.

»He, Gustav«, rufe ich. »Was geht dort draußen vor?«

Er hört mich nicht. Er reißt die Augen auf, während er in seine Kopfhörer lauscht.

Ich ziehe am Griff der Schiebetür. Abgeschlossen. Doch endlich habe ich wieder Gustavs Aufmerksamkeit. Im Rückspiegel starrt er mich an.

»Ja«, sagt er. »Ja, sie ist noch hier.«

»Was ist los, verdammt?« Mein Mund ist wie ausgetrocknet, der Kopfschmerz kehrt zurück.

»Setzen Sie sich wieder hin«, sagt er und schnallt sich ab.

»Nein.« Ich beuge mich zu ihm vor. »Sie sagen mir jetzt, was los ist!«

Plötzlich hat er seine Dienstwaffe in der Hand. Er schwitzt. Er hat Angst vor mir – und das macht mir ebenfalls Angst. »Hinsetzen«, befiehlt er. »Die Hände da, wo ich sie sehen kann.«

»Okay, okay.« Ich hebe die Hände und lasse mich in Zeitlupe wieder auf den Sitz nieder. In der Ferne höre ich eine Sirene jaulen. »Ich hab doch nichts verbrochen.«

Er schüttelt den Kopf, als hätte ich etwas besonders Dummes gesagt. »Ich brauche Unterstützung für die Festnahme«, sagt er ins Mikro. »Ja, verständigen Sie sie. Wir parken noch.«

»Bitte«, flüstere ich. »Was ist in der Bank los?«

»Gar nichts ist los in der Bank.« Gustavs wütender Blick nagelt mich im Rückspiegel fest. »Im Gegensatz zur Zentrale. Vier Mann sind gerade in den Zellentrakt der ÜSG 9 eingedrungen und haben einen Gefangenen entführt.«

Mein Herz rast. *Entführt oder befreit?*

»Oberkommissar Bláinn hat für diesen Einsatz jede verfügbare Kraft aus der Nachtschicht herbeordert«, sagt Gustav. »Und während wir alle hier sind, hatten sie im Dezernat leichtes Spiel.«

Die Diebe haben mich reingelegt. Erneut! Ich balle die Hände zu Fäusten, will gegen die Tür schlagen. Als Gustav seine Dienstwaffe hebt, senke ich sie wieder. Plötzlich fühle ich mich völlig kraftlos. Ich habe geglaubt, ich wäre eine gute Detektivin. Ich, mit meiner Abhörwanze, mit meinem erbärmlichen Plan. Hatte ich wirklich angenommen, die Diebe wollten, dass ich mich ihnen anschließe? Sie wollten mich nur benutzen. Die Karten waren von Anfang an gezinkt.

Als die Schiebetür aufgeht und BKA-Behrendt hereinschaut, bin ich nicht überrascht. Seine Lippe ist noch derangiert von meinem gestrigen Angriff, doch in seinen Augen lese ich weder Wut noch Triumph. Er tut nur seine Arbeit.

Aber hinter ihm steht Bobo. Und die Wut in seinem Gesicht ist mehr, als ich ertragen kann. Er wirkt, als hätte ich ihn aller Illusionen beraubt. Als denke er, dass ich den Sitz nicht wert bin, auf dem mein Hintern sich breitmacht.

»Lucy Wayne«, sagt Behrendt nüchtern. »Sie sind festgenommen.«

25

Ich träume davon, mit Aki in unserer Küche zu sitzen. Der Backofen brummt. Aki balanciert eine Tasse Earl Grey in seinen Schriftstellerfingern.

»Wer einen Dieb bestiehlt, ist selbst ein Dieb«, sagt er und lächelt. »Was hast du übersehen, Lucy?«

»Wo bist du?«, frage ich. »Kannst du nicht einfach zurückkommen? Ich vermisse dich.«

Er beugt sich vor und streckt eine Hand aus. Ich schmiege mein Gesicht hinein. In seine Wüstenwärme, das Schnurren seines Omegas.

»Dir ist etwas entgangen«, drängt er mich sanft. »Denk nach.«

Ich will nicht nachdenken. Ich will einfach nur hier sein und die Welt dort draußen vergessen.

»Du darfst mich nie mehr verlassen«, flüstere ich. »Ich brauche dich.«

»Weh! Weh!«, flüstert er zurück. »Du traurigste aller Getreuen! Gegen dich wütet in Waffen die Welt: und ich, dem du einzig vertraut, für den du ihr einzig getrotzt, mit meinem Schutz nicht soll ich dich schirmen.«

Ich weiß nicht, wovon er redet. Meine Gedanken schlüpfen davon wie glitschige Forellen, ehe ich sie fassen kann. Warum sieht er so traurig aus? Vielleicht strenge ich mich nicht genug an.

»Meinst du die verbrannte Puppe? Die unter deinem Bett liegt?«, frage ich. »Ist sie ein Hinweis?«

Er zuckt zurück, als hätte ich ihn geschlagen. »Nicht die

Puppe, Azizam. Du musst sie vergessen. Die Puppe ist mein Rätsel, nicht deines. Ich muss es nur rechtzeitig lösen.«

Auf einmal wirkt er besorgt. Er wippt auf den Fersen. Gleich wird er wieder fort sein, in Gedanken ist er es bereits.

Ich will nicht aufwachen. Ich will ihn festhalten. Doch als ich die Hand nach ihm ausstrecke, beginnt er, sich aufzulösen, ein Trugbild, flüchtig wie Schatten.

»Dein Rätsel ist der Schatz, Azizam.« Seine Stimme ist nur noch ein Windhauch. »Wer hat den Schatz? Wer ist der Dieb? Finde den Schatz, und bring es zu Ende.«

Als ich aus dem Schlaf auffahre, ringe ich nach Luft. Hier gibt es keinen Schatz. Nur zehn Quadratmeter Kälte, ein vergittertes Fenster und eine verschlossene Tür. Außerdem ist es viel zu still. Keinerlei Omega. Ich rolle vom Bett, krieche übers Linoleum zur Kloschüssel und übergebe mich.

Ich bin in der JVA Moabit. Keine Ahnung, wie lange schon.

Vor dem Fenster ist es immer noch dunkel, also können nicht mehr als fünf Stunden vergangen sein.

Behrendt hat mich stundenlang verhört. Doch ich habe ihm nicht gegeben, was er wollte. Kein Geständnis und keine Hinweise, die mich belasten könnten, nein Kollege, ich kenne die Tricks. Ich war lange genug eine von euch. Und nun haben sie mich hier eingesperrt.

Hier verbringe ich also die längste Nacht des Jahres. Selbst wenn die Sonne nie wieder aufgeht, ist es mir egal. Ich will die Welt sowieso nicht mehr sehen.

Die Energie der Pille ist erloschen, jetzt umschlingt mich die Erschöpfung der letzten Tage. Und ich kapituliere. Vor der Leere aller Rätsel und aller Verbrechen, meiner eigenen inklusive.

Ich habe das letzte Ass aus dem Ärmel gezogen, und es hat nicht gereicht. Ich habe meine Glaubwürdigkeit endgültig verloren und den Respekt meiner Ex-Kollegen, der mir so wichtig war.

Jetzt gibt es nichts mehr zu kämpfen. Die Diebe sind über alle Berge. Der Fall um die gefälschten Artefakte existiert nicht mehr. Und ich will auch nicht mehr existieren. Keine neuen Tricks, kein weiteres Scheitern.

Ich wische mir über den Mund und krieche zurück auf das Bett. Das Deckenlicht brennt, meine Augenlider sind schwer wie Kanaldeckel, und ich sehe keinen Grund, sie weiter offen zu halten.

Wieder dämmere ich fort – doch diesmal träume ich nichts.

Als die Tür aufgerissen wird, bleibe ich liegen.

»Frühstück«, sagt jemand. Etwas wird auf dem Boden abgestellt, die Tür geht wieder zu.

Ich blinzle. Mein Mund ist trocken. Immer noch ist mir kalt. Dämmerlicht streckt seine Spinnenfinger durch das Fenster zu mir herab.

Ich luge zu dem Tablett auf dem Boden, auf farbloses Brot, hingeklatschte Wurstscheiben und eine Plastikportion Marmelade. Mein Magen dreht sich um. Ich schlucke und schließe die Augen wieder.

»Aufwachen, mitkommen.« Diesmal ist die Stimme so unerbittlich, dass sie mich aufscheucht.

Zwei Wachbeamtinnen führen mich durch lange Gänge voll mitleidloser Helligkeit, entriegeln Türen und drücken Knöpfe an elektrisch summenden Schleusen: Barrikaden zwischen den Bösen und den Braven. Ich war schon ein paarmal hier, allerdings immer auf der anderen Seite.

»Hier lang.«

In einem Raum warten sie auf mich. Die Fenster sind auch hier vergittert, der Tisch wirkt festgeschraubt, die Aktenstapel darauf einschüchternd.

Eine Beamtin drückt mich auf den Stuhl und stellt sich

hinter mir auf, die andere positioniert sich neben der Tür. Sie werden mich nicht aus dem Auge lassen, die Schwerverbrecherin Wayne.

Zwei Männer im Anzug und eine Frau im Kostüm sitzen mit mir am Tisch. In der Ecke des Raums sitzt irgendjemand, um zu protokollieren. Alle sind Menschen, niemand von ihnen kommt mir bekannt vor.

»Da sind Sie ja.« Die Frau mustert mich desinteressiert über ihre Brille hinweg. »Ich bin Irina Iljin, die Ermittlungsrichterin. Das hier ist Herr Enderlin, zuständiger Staatsanwalt.«

Sie zeigt auf den Mann neben ihr, der in Akten blättert, ohne mich anzuschauen. An seinem Hemdkragen klebt etwas. Sieht aus wie Eigelb. Mein Magen rumort wieder los.

Das hier ist meine Haftprüfung. Niemand hat mich vorgewarnt, geschweige denn darauf vorbereitet – und das ist weder Absicht noch ein Versehen. Es ist einfach das professionelle Prozedere einer mitleidslosen Maschinerie, die Strafverfahren abwickelt. Zehn Stunden am Tag, ein Fall nach dem anderen, Nachsicht oder Atempausen sind nicht vorgesehen. Aber eine Sache haben sie doch vergessen.

»Ich habe das Recht zur Beiordnung eines Pflichtverteidigers.« Meine Stimme kratzt über den Tisch und verliert sich im Nirgendwo.

Die Richterin runzelt die Stirn. »Ihr Anwalt sitzt doch neben Ihnen.«

»Ach.« Überrumpelt fahre ich herum.

Der Mann nickt mir bedächtig zu. Er ist bereits älter und sehr distinguiert. Sein Gesicht strahlt etwas Väterliches aus, als überlege er, mir die Hand zu tätscheln. Er ist auf keinen Fall ein Pflichtverteidiger. Jemand hat ihn geschickt. Ich stoße ein Keuchen aus und krampfe die Hände vor der Brust zusammen.

»Stimmt etwas nicht, Herr Ziegler?«, fragt die Richterin den Anwalt.

»Alles in Ordnung, Frau Wayne?«, erkundigt der Anwalt sich freundlich blinzelnd bei mir.

Nichts ist in Ordnung. Doch von irgendwo unter all dem Schmerz und Selbstmitleid werde ich ganz ruhig. Ich hab alles verloren, um das ich so sehr gekämpft habe. Jetzt kann ich einen Scheiß auf sie alle geben und einfach nur zuschauen, wie sie sich abstrampeln. Das ist der einzige Vorteil, wenn man am absoluten Tiefpunkt angekommen ist: Man kann sich zurücklehnen, denn schlimmer wird es nicht mehr.

»Alles in Ordnung«, antworte ich.

»Dann fangen wir an.« Die Richterin schlägt die Akte auf und schiebt die Brille auf ihrer Nase hoch. »Ah, ich sehe, es wurde bereits ein Aktenzeichen vergeben. Sehr gut. Und da ist auch der bewilligte Haftbefehl. Tatvorwurf: Einbruch, Diebstahl und schwerer Raub nach Paragraf 242, 244 und 250 Strafgesetzbuch. Der dringende Tatverdacht ergibt sich aus folgender Beweislage ...« Sie befeuchtet ihre Finger, um zu blättern.

Ich presse die Hände auf meine Knie. Obwohl es hier um mich geht, blicken alle auf ihre Akten, niemand zu mir.

Ihre Lippen bewegen sich weiter. »Die Untersuchungshaft wird gemäß Paragraf 112 Absatz 2 Ziffer 1 und 2 der Strafprozessordnung angeordnet, weil die Verdächtigte sich der Strafverfolgung durch Flucht entzogen hat und weitere Fluchtgefahr besteht.«

»Wenn ich hier einhaken darf.« Mein Anwalt hebt den Finger, und seine Stimme ist so sanft wie sein Lächeln. »Meine Mandatin hat sich freiwillig der Polizei gestellt. Diese Entscheidung zeigt ihre Einsichtigkeit und dass sie keinerlei Interesse mehr an einer Flucht hat.«

Die Spiele haben begonnen.

Der Staatsanwalt beugt sich vor. »Die Verdächtigte hat einen Beamten tätlich angegriffen. Sie hat nach der Festnahme die

Aussage verweigert. Außerdem existieren keinerlei bekannte familiäre oder persönliche Bindungen, die sie von einem erneuten Fluchtversuch abhalten würden.«

Mein Anwalt schüttelt den Kopf. »Meine Mandatin ist nicht geflohen, um sich der Strafe zu entziehen. Sie hat es einzig getan, um weiteren Hinweisen nachzugehen. Sie ist Ermittlerin. Das war ihr Weg, um sich selbst zu entlasten. Und damit war sie um einiges erfolgreicher als die Staatsanwaltschaft.«

»Damit bestätigen Sie aber die Verdunkelungsgefahr«, entgegnet der Staatsanwalt. »Ehrenwerte Richterin, die Verdächtige hat versucht, Beweise verschwinden zu lassen.«

»Welche Beweise?« Mein Anwalt spitzt die Lippen. »Sie haben die lächerliche Liste an Vorwürfen gelesen, Frau Richterin, die die Staatsanwaltschaft gegen meine Mandatin vorbringt. Der Wert vor Gericht ist mehr als zweifelhaft.«

»Die DNS der Verdächtigen wurde am Tatort des Bankraubs gefunden«, entgegnet der Staatsanwalt.

Die Richterin nickt. »Was ist an dieser Beweislage zweifelhaft, Herr Ziegler?«

Er lächelt. »Dass der Beweis fingiert wurde. Der Bankraub sollte meiner Mandantin angehängt werden. Aber Frau Wayne war gar nicht dort.«

Ich zucke zusammen. Wie kann er das wissen, obwohl er nie mit mir geredet hat?

Er öffnet eine Mappe. »Ich habe hier Aufnahmen einer Kamera, die belegen, dass meine Mandatin zum Tatzeitpunkt woanders war. In einem Privatclub in Grunewald. Es gibt zahlreiche Zeuginnen und Zeugen, die das bestätigen können.«

Maeve. Ein Stein poltert durch meine Brust, schlägt mir in den Magen und gegen die Rippen. Die Feenkönigin hat den Anwalt geschickt. Ich habe es geahnt, und jetzt, da es bestätigt ist, fühle ich keine Erleichterung.

Die Stimme der Richterin verliert ihre Sachlichkeit. Der

Staatsanwalt wird laut. Tatsachenverdrehung, Verharmlosung und zwielichtige Nähe zu seinem Klientel wirft er meinem Anwalt vor, der mich aus der Untersuchungshaft herausboxen will, in die mich die Polizei so mühevoll hineingebracht hat.

Ich soll wohl keine Zeugin des Streits sein, denn die Richterin beordert mich hinaus, zurück in die zehn Quadratmeter Kälte. Doch diesmal lege ich mich nicht aufs Bett. Ich trinke aus dem rostigen Wasserhahn wie eine Verdurstende und dann durchmesse ich die Zelle mit hastigen Schritten. Sechs Schritte vor, sechs zurück.

Ich denke an Inka, und dass sie es zwei Tage in einer solchen Zelle ausgehalten hat, ohne kaputtzugehen, trotz ihrer Platzangst.

Und Maeve will mich rausholen. Nicht weil sie ein Herz hat, sondern weil ich im Gefängnis nicht von Wert für sie bin. Irgendwann wird mir schwindelig, also setze ich mich doch auf die Matratze.

Ich bin nicht mehr sicher, ob ich tatsächlich am Tiefpunkt angelangt bin. Oder immer noch im freien Fall.

Zwei, drei Stunden später wird die Tür wieder geöffnet. Eine Beamtin eskortiert mich, ohne meine Fragen zu beantworten, durch die gleichen Schleusen wie vorhin. Aber diesmal gehen wir bis zu einer weiteren Tür.

Draußen vor der Glasscheibe steht ein Snackautomat. Poster an den Wänden bombardieren Besuchende mit Ermahnungen, ein Mann herzt euphorisch ein Kleinkind.

Ich höre die Belehrung eines Beamten, bestätige, dass ich verstanden habe, unterschreibe, nicke, unterschreibe noch mal. Doch eigentlich starre ich nur durch das Glas nach draußen. Jemand drückt mir eine Plastiktüte und einen Zettel in die Hand, die Schleuse summt – und dann bin ich durch.

Schneeflocken taumeln vom Himmel. Herr Ziegler wartet auf mich am Gehsteig vor dem Ausgang.

»Nichts zu danken«, sagt er.

Äußerst zufrieden sieht er aus, als hätte er sich ein prächtiges Mittagessen verdient. Dabei schaut er mich gar nicht richtig an.

Ich bin ein Auftrag für ihn, nichts weiter. Eine Akte, die er erfolgreich schließen kann. Juristen pressen Leben in Sachverhalte, Einzelfälle in die Schemata der Gesetze, die sie sich zu eigen gemacht haben, als wären sie ihre Rüstung. Und das sind sie vielleicht auch. Wir Detektivinnen sind nämlich nicht besser, wenn wir unsere Fälle lösen. Nüchterne Fakten sind unsere Rüstung, die uns vor den Gefühlen unserer Klientinnen bewahrt.

Im Augenblick fühle ich mich so nackt, als hätte das Gefängnis meine Rüstung als Beweisstück einbehalten. Ich friere. Ich blicke auf meinen Handrücken hinab und sehe mehr, als ich fühle, wie dort eine Schneeflocke schmilzt.

»Haben Sie ihn gelesen?«, fragt der Anwalt.

Er denkt, ich schaue auf den Zettel in meiner Hand. Ich schüttle den Kopf.

»Tun Sie es«, sagt er. »Darauf steht, dass Ihr Ausweis einbehalten wurde. Dass Sie sich für weitere Verhöre jederzeit zur Verfügung halten müssen und alle drei Tage bei Ihrem örtlichen Polizeirevier zu melden haben. Und dass Sie Berlin bis zu Ihrer Gerichtsverhandlung nicht verlassen dürfen. Außerdem wurde eine Kaution für Sie hinterlegt.«

»Ich kann mir Ihr Honorar nicht leisten.«

Er lacht. »Das glaube ich auch.« Dann zwinkert er. »Wie gut, dass es bereits beglichen wurde.«

»Von Maeve.«

»Wer ist Maeve?«, fragt er. »Selbstverständlich hat mich Ihr Freund bezahlt. Ein netter junger Mann. Er stellte auch die Kaution.«

Mein Herz tuckert los wie ein altersschwacher Ofen. »Aki?«

Doch Herr Ziegler runzelt die Stirn, als hätte ich etwas Unpassendes gesagt. Er schaut an mir vorbei.

»Dort kommt er ja.« Er sieht erleichtert aus.

Ich drehe mich um.

Ein Porsche rollt auf der Fahrspur langsam auf uns zu. Am Steuer sitzt Johann Wagner.

26

Ich hatte mir geschworen, nie mehr bei Johann im Auto mitzufahren. Aber da er für mich die Gefängnis-frei-Karte gezogen hat, muss ich wohl oder übel einsteigen.

Als er ruckartig anfährt, gluckert es in meinem Bauch, und das liegt nicht nur an dem Liter Leitungswasser, den ich getrunken habe.

Johann sagt nichts. Er sieht unglücklich aus, und so, als hätte er die ganze Nacht nicht geschlafen. Ich sehe wahrscheinlich noch unglücklicher aus.

Falls der Anwalt uns noch hinterherblickt, sieht er das unglücklichste Pärchen der Welt.

Johann ordnet sich in den Verkehr ein, wir rollen die Alt-Moabiter Hauptstraße nach Westen.

»Wie wars im Knast?«, fragt er, als würde es ihn tatsächlich interessieren.

»Großartig«, sage ich. »Einzelzimmer, Toplage. Nur das Büfett war etwas lieblos.« Ich hole aus der Tüte meine Zigaretten heraus, Geldscheine und Münzen, das zerfledderte Nibelungen-Heft. Darunter liegt sie.

Hallo, Häschenpfote. Ich streichle über das abgegriffene Fell, dann hänge ich sie mir um den Hals, greife noch mal in die Tüte. Kein Handy. Mist. Der Entlassungsbeamte hatte doch gesagt, dass sie es in Verwahrung nehmen. Wahrscheinlich wird es gerade von BKA-Behrendts Leuten zerlegt.

Johann schaut mir aus den Augenwinkeln zu.

»Maeve hat dich beauftragt, mich rauszuholen, oder?«, frage ich.

»Nein, es war meine Idee. Ich war bei ihr im Club, als sie den Anruf kriegte, dass du verhaftet wurdest. Ich sagte ihr, dass du unschuldig bist. Und dass ich für dich alle Hebel in Bewegung setzen werde.«

Sein Gesichtsausdruck ist lässig und aufgeregt zugleich. Er ist stolz auf sich, und das ist ungewohntes Terrain für ihn. Ich seufze. Er glaubt tatsächlich, dass es seine Idee war. Weil Maeve es ihn glauben lässt.

»Danke«, sage ich. »Aber dieser Anwalt. Wirklich?«

»War Herr Ziegler nicht gut?«, fragt Johann. »Ich hab einfach den teuersten gebucht.«

»Das meine ich ja. Ich kann es dir nicht zurückzahlen.«

»Das ist okay. Geld spielt sowieso keine Rolle mehr.«

Etwas an seinem Tonfall beunruhigt mich. Ich denke daran, wie er gestern mit geschlossenen Augen über die Kreuzung gebrettert ist. Meine neuerlangte Freiheit reicht nur von mir bis zu seinem Fuß auf dem Gaspedal.

»Warum hast du mich noch mal rausgeholt?«, frage ich.

»Weil du unschuldig bist, hab ich doch gesagt.«

»Warum noch?«, bohre ich nach.

Er verzieht das Gesicht. »Vielleicht, weil wir beide zusammenhalten müssen? Du weißt, warum.«

»Wir, die Unglücksraben mit den verpfändeten Seelen?«, spotte ich.

Er senkt den Kopf.

Mir kommt in den Sinn, dass ich ziemlich arrogant bin. Vielleicht sollte ich ein bisschen dankbarer sein.

»Hast ja recht«, sage ich versöhnlich. »Wir sollten einen Club gründen.«

»Sollten wir wohl.« Er bemüht sich, zu grinsen. »Aber erst mal fahren wir nach Hause.«

Wir fahren über die Gleise des Westhafens, vorbei an den roten Klinkerbauten der Turbinenhalle, und über die Spree. Johann setzt den Blinker nach links.

Würden wir geradeaus fahren, wäre es nur ein Steinwurf bis zu meinem Kiez. Ich verspüre große Sehnsucht, mich in mein Bett zu verkriechen und die Tür zur Welt zu verriegeln. Wunden lecken und Kräfte sparen. Aber wofür? Für den nächsten Kampf, in dem ich scheitern werde?

Es gibt einen Grund, warum ich genau hier bin, in diesem Auto, und ich werde den Weg zu Ende gehen. Das bin ich Johann schuldig. Und wenn es nur ist, weil ich weiß, wie er sich fühlt. Er ist ebenso verloren wie ich, und für den Augenblick reicht das, um einander beizustehen.

Vielleicht ist es mein Unterbewusstsein, das will, dass ich den Grunewalder Forst nicht sehen muss, vielleicht ist es auch nur die Erschöpfung. Jedenfalls bin ich auf der Fahrt eingeschlafen.

Als ich mit einem Ruck aufwache, zeigt die Uhr des Porsche eine Stunde später an als vorher.

Johann steht draußen und raucht. Hinter ihm erhebt sich die Wagner'sche Villa. Trotz der Mittagszeit werfen die Bäume lange Schatten aufs Dach, verpassen dem Ganzen einen düsteren Anstrich. Ein Haus, gefüllt mit Angst.

Ich wünschte, ich müsste es nie mehr betreten, doch mir bleibt wohl nichts anderes übrig. Ich steige aus.

»Du warst echt weggetreten.« Johann reicht mir die Zigarette. »Und du hast im Schlaf gejammert.«

»Danke fürs Schlafenlassen«, sage ich. »Ich möchte gern telefonieren.«

»Später.« Er gähnt. »Komm erst mal mit.«

In der Villa ist es dunkel und still, keine Perchta, kein Omega. Auch in Johanns Loft brennt kein Licht. Im Dämmerlicht geht er in sein Bad hinüber, ich schaue mich ergebnislos nach einem Telefon um, dann trete ich ans Fenster.

Der Park ist leer, der Wannsee hinter den Bäumen wirkt so grau, dass er auch eine Nebelwand sein könnte, die die Welt von uns abschirmt. Am Bootshaus flattert Absperrband.

»Hat die Polizei die Wohnungen untersucht?«, frage ich Johann, als er neben mich tritt.

Er hat sein Shirt ausgezogen. Sein Oberkörper ist bleich, seine schmalen Muskeln sind eher die eines trainierten Läufers denn eines Gewichthebers. Er sieht gut aus, und das weiß er.

Er sehnt sich ebenso nach menschlicher Nähe wie ich. Je kälter die Welt, desto mehr wollen wir uns aneinander wärmen, das ist Naturgesetz. Doch ich bewege mich nicht.

Er hat mich nicht rausgeholt, weil er ein guter Mensch ist. Das ist er ebenso wenig wie ich. Er erhofft sich etwas von mir. Ich fürchte, er hofft, dass ich ihn rette. Vor Maeve, oder vor seiner Mutter. Vielleicht auch vor sich selbst.

Weil ich schweige, beginnt er zu reden.

»Als ich heute Nacht von Maeve heimkam, war die Polizei schon da. Mom hat sie die ganze Zeit beschimpft, hat ihre Anwälte aus dem Bett geholt und alle drangsaliert. Das war nicht zum Aushalten. Als hätten die Polizeileute nichts Besseres zu tun, als uns zu beklauen. Heute Vormittag sind sie dann zum Glück wieder abgezogen. Sie haben ziemlich viel mitgenommen, und Mom hat aufgepasst wie ein Luchs, dass alles katalogisiert wurde. Vor allem Elektronik. Aus der Wohnung dieser Schreckschraube Perchta. Ist das zu glauben? Die Köchin war so was wie eine Computerexpertin. Jetzt ist das Bootshaus abgesperrt, keiner darf rein.«

»Und wo ist deine Mutter jetzt?«, frage ich beunruhigt. Ich will ihr keinesfalls begegnen.

Er zuckt mit den Schultern. »Sie schläft. Sie hat sehr viel getrunken, sogar für ihre Verhältnisse.«

Sein Gesichtsausdruck ist hart und ein bisschen grausam. Wahrscheinlich würde er zurückschrecken, wenn er sich so im Spiegel sehen würde. Ich schrecke nicht zurück. Ehrlicher Hass ist mir lieber als Herumdrucksen. Dabei weiß er noch gar nicht, was seine Mutter getan hat.

»Gegen dich wütet in Waffen die Welt«, murmele ich.

Erstaunt blickt er auf. »Du hast die Nibelungen gelesen?«

»Klar«, sage ich. Doch den Vers hat Aki heute im Traum zu mir gesagt. »Ist auch egal.« Ich seufze. »Kein Mensch interessiert sich mehr für alte Legenden, das hast du selbst gesagt. Warum bin ich hier, Jo? Was willst du von mir?«

»Was ich von dir will?« Er grinst und hebt den Arm. Er will ihn um mich legen. Als ich den Kopf schüttle, schlingt er ihn jedoch lieber um seinen eigenen, nackten Bauch. So blickt er aus dem Fenster. »Ich weiß nicht mehr, was ich machen soll. Und ich kann mit niemandem darüber reden. Außer mit dir. Du verstehst mich. Du hast mir zugehört.«

Ich wurde dafür bezahlt, dich auszuhorchen, will ich sagen. Doch so grausam bin ausnahmsweise nicht mal ich.

»Maeve fordert ihren Gefallen von dir ein«, sage ich stattdessen. »Und ich weiß auch, wie er lautet. Sie will das Land.« Ich deute aus dem Fenster auf die Nebelwand über dem See. »Den Uferstreifen dort drüben, der ans Faerie-Territorium grenzt. Aber das Land gehört deiner Mutter. Und sie will es dir nicht geben.«

Er stößt ein Keuchen aus, bestürzt darüber, dass ich bereits weiß, was er mir selbst erzählen wollte.

»Du hast recht«, sagt er dann. »Ich hab nicht gewusst, worauf ich mich einlasse. Maeve und ihre Welt sind so abgefahren, das war wie eine Droge. Ich konnt es kaum glauben. Die Feenkönigin! Wer hat schon die Chance, in ihren Kreisen zu verkehren. Ich lernte sie bei einer Vernissage kennen. Danach lud sie mich zu ihren Partys ein. Und das tut sie immer noch.

Ich darf bei ihr ein und aus gehen. Sie stellt mir ständig geniale Künstler vor. Sie hat mir Kontakte gebahnt zu Typen, die von digitaler Kunst richtig Ahnung haben. Die mir helfen würden, mein Geschäft zu verwirklichen. Sie hat mir auch Geld geliehen. Nicht das ganze Startkapital, klar, aber genug, um schon mal die Programmierung der Plattform in Auftrag zu geben. Ich musste nur mit einem Fingerabdruck den Schuldschein bestätigen. Das war vor zwei Monaten. Nur ein kleiner Gefallen, hat sie damals gesagt. Und vorletzte Woche ist sie dann damit rausgerückt, worum es geht. Ich soll meine Mutter dazu bringen, ihr das Land am Seeufer zu verkaufen. Das Grundstück ist sowieso fast wertlos, sagt Maeve. Dort wird niemals gebaut werden. Weil sie es verhindern wird. Aber Mom weigert sich.«

»Und jetzt setzt Maeve dich unter Druck«, sage ich. »Droht sie dir?«

»Ja. Sie redet von Familie, von Verpflichtungen. Dann klingt sie fast wie meine Mutter.«

Er stößt ein schmerzliches Lachen aus. »Ich mag Maeve. Sehr. Kannst du dir das vorstellen? Obwohl sie jederzeit mein Todesurteil unterschreiben könnte. Dabei war ich so kurz davor, endlich meinen eigenen Weg zu gehen.«

»Rede mit deiner Mutter«, sage ich. »Sie liebt dich.«

Er schüttelt den Kopf. »Ich habe gestern noch mal mit ihr gesprochen. Es ist aussichtlos. Sie wird mich eher opfern, als nachzugeben.«

Ich lasse das für einen langen Augenblick sacken und merke, dass ich seiner Meinung bin.

»Willst du, dass ich mit Maeve spreche?«, frage ich. »Vielleicht gibt sie dir einen Aufschub.«

Er schaut auf. Seine Arme zittern, seine Augen sind aufgerissen, und er wirkt wie ein kleiner, ängstlicher Junge.

»Ja«, sagt er. »Das würde helfen.«

Er lügt. Er weiß genau wie ich, dass meine Worte nichts ändern werden. Wenn Maeve eine Forderung stellt, wird sie nicht einknicken. Sie ist die Feenkönigin, er ist nur ein Mensch. Johann war in dem Moment verloren, als er sich auf den Deal einließ. Ich bin nicht hier, weil ich ihn retten könnte. Ich bin nur hier, weil ich ihn verstehe. Dabei würde ich ihm helfen, wenn ich könnte.

Es tut mir leid, will ich sagen. Und zugleich ertrage ich seinen Anblick kaum. Weil er das Spiegelbild meiner eigenen Zukunft ist. Wenn ich bei Maeve an der Reihe bin, kann auch mich niemand mehr retten.

Als ob er wüsste, was in mir vorgeht, wendet Johann sich ab. Er lässt sich auf einen seiner übergroßen Sitzsäcke fallen, startet den Fernseher und zappt durch das Serienprogramm, bis er irgendeinen Krimi anklickt und ihn ohne Ton laufen lässt.

»Gott, bin ich fertig«, sagt er und zündet sich einen Joint an. »Willst du auch, Lucy?«

Ich sage nichts. Ich sollte wohl fürs Erste genug von Drogen haben, aber …

»Lucy?« Johanns Stimme hat so etwas Trauriges, dass ich mich doch neben ihn setze.

Ich zünde mir eine Zigarette an, damit meine Hände beschäftigt sind. Diesmal lasse ich zu, dass er den Arm um mich legt.

Es ist eine Weile her, dass ich jemanden so berührt habe. Ich habe es vermisst. Die Wärme, das Heben und Senken seiner Brust unter seinen Atemzügen. Wir sind nur Menschen. Zerbrechlich, sterblich. Jederzeit kann es für uns vorbei sein.

Johann legt den Joint weg, nimmt mir die Zigarette aus den nervösen Fingern und küsst mich. Ich küsse ihn ebenfalls. Mein Gott, fühlen sich seine Lippen gut an. Wie eine Zuflucht in der Dunkelheit, ein Weg, um für eine Weile die Welt hinter uns zu lassen. Unter seinen Händen erschauere ich – das erste Mal seit Wochen nicht vor Kälte.

Doch als er beginnt, meine Jeans auszuziehen, halte ich seine Hände fest. Er sagt nichts, doch er kämpft kurz, stößt einen beinah wütenden Laut aus.

»Hör auf«, sage ich. »Hör auf, verdammt.«

Er schluchzt, gibt nach.

Ich ziehe seinen Kopf an meine Brust und streichle über sein Haar, bis er eingeschlafen ist. Dann stehe ich auf, schnappe die Tüte mit meinen Habseligkeiten und schleiche hinaus.

Das Arbeitszimmer von Johanns Vater wirkt unbeeindruckt von den Geschehnissen. Aufseß starrt arrogant wie gestern aus seinem Trauerflor. Eine leere Scotchflasche steht vor ihm auf der Tischplatte, als hätte sie ihm jemand als Opfer dargebracht.

Eine Weile studiere ich das Gemälde, das noch mehr Geheimnisse als den Tresor verbirgt. *Siegfried der Drachentöter.* Ein blonder Recke auf dem Kriegszug gegen den Rest der Welt.

Sein Kampf ist nicht mehr mein Problem, denke ich. Der Schatten, den ich auf diesem Haus fühlte, seit ich es zum ersten Mal betrat, umso mehr.

Ich greife zum Telefon und wähle die Nummer meines Zuhauses. Cosima soll mich abholen, so schnell wie möglich. Doch während das Freizeichen ertönt, wird die Tür aufgerissen.

»Sie!« Elisabeth Wagner starrt mich mit wilden Augen an. »Was wollen Sie hier? Ich rufe die Polizei!«

Sie hat mich gefunden. Ich lasse den Hörer sinken.

Ich wollte mich auf und davon machen, bevor sie überhaupt mitbekam, dass ich hier bin. Aber dafür ist es zu spät.

Detektivinnen laufen nicht vor der Wahrheit davon. Wer hat das mal gesagt? Wahrscheinlich ich selbst.

»Hallo?«, ruft Cosimas Stimme weit entfernt durch das Telefon. »Lucy? Bist du das?«

Ich lege den Hörer auf und trete einen Schritt zurück. Wagners Atem riecht sauer. Ihr Haar ist zerwühlt, die Strickjacke schief geknöpft. Sie hat geschlafen, und sie ist immer noch leicht betrunken.

»Rufen Sie nicht die Polizei«, sage ich. »Ich bin als Gast hier. Ihr Sohn hat mich hergebracht. Er hat mich auf Kaution aus dem Gefängnis geholt.«

Sie stößt die Luft aus. »Wo ist er?«

»Er schläft.«

»So ist das also«, erwidert sie verächtlich. Natürlich denkt sie, dass ich mit ihm ins Bett gegangen bin. Fast wäre ich es ja. »Was wollen Sie hier? In Alberts Zimmer?«

Ich atme tief durch. Es ist Zeit, dass wir uns der Wahrheit stellen. »Sie haben Ihren Mann geliebt, nicht wahr? Trotz allem.«

»Was geht Sie das an?«

»Er hingegen liebte vor allem seine Artefakte. Und für die war er bereit, alles zu opfern. Ihren Ruf, Ihr gemeinsames Glück. Und Ihr Land. Er verstand sowieso nicht, warum Sie so daran hingen. Es war doch kaum einen Cent wert.«

Sie erstarrt.

»Darum ging es die ganze Zeit«, fahre ich fort. »Ein bißchen sumpfiges Uferland, ein paar Quadratkilometer Wald. Warum bedeutet Ihnen das so viel?«

Sie gibt sich alle Mühe, aufrecht zu stehen. Doch wieder spüre ich etwas Schattenhaftes um sie herum. Sie sieht krank aus. Nicht, als hätte sie eine Erkältung, sondern als fräße ein Leiden sie von innen auf.

»Erinnerungen«, sagt sie leise. »Sie sind das einzige Paradies, aus dem wir nicht vertrieben werden können, nicht wahr? Mein Vater nahm mich immer dorthin mit zum Fischen. Dort gäbe es die dicksten Barsche, sagte er. Wir machten ein Lagerfeuer am Strand und grillten die Fische. Dort war er glücklich. Und in einem Sommer brachte er mir am Ufer das Schwimmen bei. Im Winter darauf starb er.« Ihre Stimme klingt plötzlich dünn. »*Für meine kleine Elli, damit sie nur die guten Tage in Erinnerung behält.* Das schrieb er in sein Testament. Er vermachte mir das Land, mir allein.«

»Und Ihr Mann wollte es mitsamt den Erinnerungen einfach verscherbeln«, sage ich. »Deshalb haben Sie ihn umgebracht.«

27

Die meisten von uns scheuen davor zurück, sich Fremden nackt zu zeigen. Schamhaft verbergen wir uns vor anderen, seit sich Adam und Eva das erste Mal voreinander verhüllten. Weil Nacktheit uns bloßstellt. Niemand soll sehen, wie animalisch unsere Körper sind, wie fehlerhaft und banal unsere kurze Existenz.

Für unsere Wahrheit gilt das Gleiche. Wir kleiden sie in Feigenblätter aus Notlügen und Rechtfertigungen, retuschieren unsere Fehler, um sie aushalten zu können. Niemand will mit der nackten Wahrheit über sich selbst konfrontiert werden.

Auch Frau Wagner nicht.

»Wie können Sie es wagen!« Ihr Blick huscht über die Zimmerwände, desorientiert, panisch. »Ihre Beschuldigung ist infam!«

»Sie waren hier, als Ihr Mann starb.«

»Hören Sie auf!«, schreit sie. »Ich war bei einem Empfang. In Dahlem. Ich kam um Mitternacht nach Hause und fand ihn am Fuß der Treppe. In seinem Blut lag er. Tot.«

Sie schaudert so sehr, dass es wirkt wie ein Krampf.

»Sie haben den Empfang zwischendurch verlassen«, entgegne ich. »Um einundzwanzig Uhr trafen Sie hier auf der Insel ein. Eine halbe Stunde später fuhren Sie wieder weg. Die Kameras an der Brücke haben Sie aufgezeichnet.«

»Sie lügen!«

Sie weicht einen Schritt zur Tür zurück. Als wolle sie fliehen. Vor der Wahrheit, vor mir. Dann fällt ihr Blick auf Aufseß' Foto. Sie verharrt. Als sie mich wieder anschaut, sind ihre Lippen schmal geworden und ihr Blick wachsam.

»Sie können mir gar nichts«, sagt sie. »Ein paar Videos, auf denen mein Auto zu sehen ist, sind kein Beweis.«

»Trotzdem haben Sie ihn getötet.«

Sie kneift die Lippen noch fester zusammen, dann geht ein Ruck durch ihren Körper.

»Ja«, sagt sie. »Das habe ich.«

Sie starrt mich an, als wäre es ihr egal, was ich als Nächstes sage. Nacktheit kann befreiend sein. Wenn wir nichts mehr verbergen können, bleibt uns nichts anderes, als zu unseren Taten zu stehen.

»Erzählen Sie es mir«, sage ich.

Sie öffnet den Mund, schließt ihn wieder. Nicht weil sie sich sträubt. Sie sucht nur nach dem richtigen Anfang.

»Albert kam an dem Nachmittag zu mir«, sagt sie schließlich. »Das war nach dem Streit mit diesem Kunsthandwerker. Er war schon seit Tagen nervös gewesen, ängstlich geradezu. Aber jetzt war er völlig außer sich. Er bettelte mich an, ich müsse ihm sofort ein bestimmtes Grundstück überschreiben. Für mich kam das aus heiterem Himmel. Er hatte sich natürlich stets für mein Geld interessiert«, sie schnaubt, »Aber bisher nie für mein Land. Doch er sagte, er hätte sich auf ein Tauschgeschäft eingelassen.«

»Sagte Albert, mit wem er das Tauschgeschäft gemacht hatte?«

»Ich hab nicht gefragt.« Sie sieht mich gar nicht. Ihre Miene ist leer. Sie ist in ihre Erinnerungen abgetaucht. »Weil es mir egal war. Er war doch immer in irgendwelche halbseidenen Geschäfte verwickelt. Ständig auf der Suche nach Geldquellen, um neue Artefakte zu kaufen, dauernd im Austausch mit anderen Sammlern. Er war besessen. Letztes Jahr gab er sich dem Spott preis, als er im Lempertz eine hohe Summe für ein Artefakt bot und nachher das Geld dafür nicht aufbringen konnte.« Jetzt klingt sie wütend. »Damals sprang ich ein und beglich die Summe. Aber diesmal war es etwas anderes. Er hatte jemandem meinen Uferstreifen gegen irgendwelche Artefakte versprochen. Ausgerechnet dieses Grundstück! Er wusste doch, wie viel es mir bedeutet! Ich erteilte ihm eine Abfuhr. Weil er nicht aufhörte, mich zu bedrängen, floh ich in mein Potsdamer Büro. Und von dort aus fuhr ich abends direkt auf den Empfang. Eine Jubiläumsveranstaltung des Bankenverbands. Ich wollte den Anlass nutzen, um dort mit einigen Kreditgebern zu reden. Deshalb war auch einer meiner Anwälte dort. Weil mir der Streit mit Albert nicht aus dem Kopf ging, muss ich ihm gegenüber wohl etwas Dementsprechendes erwähnt haben. Mein Anwalt erzählte mir daraufhin, Albert hätte eine Woche zuvor den Grundstückswert des Uferstreifens schätzen lassen. Er hätte sogar in der Kanzlei vorgesprochen, um hinter meinem Rücken prüfen zu lassen, wie er sich das Land sichern konnte, notfalls auch ohne mein Einverständnis. Sie hatten ihn selbstverständlich abgewiesen, doch mir nichts davon erzählt.«

»Sie fuhren direkt nach Hause. Um Albert zur Rede zu stellen.«

»Ich fand ihn im Schlafzimmer. Völlig betrunken.« Ihre Erzählung wird nun schwerfällig, holprig. Sie sträubt sich gegen die Erinnerung. »Ich hab ihn beschimpft. Er wankte hinaus auf den Flur. Dort drohte er mir. Er sagte, entweder du oder ich, Elisabeth, du oder ich. Einer von uns kommt aus der Sache nicht lebend heraus. Oh Gott. Er war wie geistesgestört. Als er nach meiner Kehle griff, schubste ich ihn. Die Treppe hinunter. Dann war er tot. Ohne jeden Laut.« Ihre Schultern sacken nach unten. Sie schaut mich nicht an.

»Und Sie fuhren einfach zum Empfang zurück?«

»Es war doch ein Unfall!«, stößt sie aus. »Er war eindeutig wahnsinnig geworden. Ich musste mich schützen. Aber die Polizei hätte alles hier auf den Kopf gestellt. Diesen Skandal konnte ich mir nicht leisten.«

»Der Ruf muss gewahrt bleiben, um jeden Preis.«

Sie hebt den Blick. Ihre Lippen sind zusammengepresst, ihre Nasenflügel beben bei jedem Atemzug. Wieder erinnert sie mich an eine Kranke. Es ist ihre Angst, die sie krank macht. Die sie seit sechs Monaten von innen auffrisst. Die Angst, dass sie auffliegt, dass sie die Kontrolle verliert. Sie hat im Affekt gehandelt, doch seither entgleitet ihr alles. Ihr Sohn, ihre Firma. Sie betäubt die Angst mit Trinken, damit, dass sie sich an ihrem Besitz festklammert wie an einer Rettungsboje. Aber Angst ist unerbittlich. Wenn man sich ihr nicht stellt, wird sie jeden Tag größer.

»Sie können es nicht beweisen«, sagt sie. »Der Todeszeitpunkt wurde auf 21 bis 23.30 Uhr datiert, das ist äußerst ungenau. Und die meiste Zeit davon war ich auf dem Empfang. Ich werde aussagen, dass ich kurz hier war, um meine Herztabletten zu holen, und meinen Mann nicht gesehen habe. Ich habe meine Anwälte. Sie sind nur eine vorbestrafte Ex-Polizistin. Ich werde Ihren Ruf endgültig ruinieren.«

»Mein Ruf ist schon endgültig ruiniert«, sage ich. »Ich habe keine Angst vor Ihnen oder Ihren Anwälten.«

Sie mustert mich beunruhigt. »Dann wollen Sie Geld? Ich habe keins hier.«

»Kein Geld.«

Was wohl in ihr vorging, als ihr Sohn zu ihr kam, mit der gleichen Forderung wie sein Vater? Ein grausames Déjà-vu. Seither reagiert sie nur noch, ein Tier, das versucht, seinen einstürzenden Bau gegen einen unsichtbaren Feind zu verteidigen. Sie hat nicht mehr die Kraft, zu durchdringen, wie alles zusammenhängt.

Verhandeln ist allerdings eins ihrer letzten, sicheren Terrains. »Ich biete Ihnen etwas Besseres«, sagt sie. »Ein Artefakt. Sie haben freie Wahl. Die Liste liegt hier im Tresor. Sie war immer hier. Ich konnte sie Ihnen natürlich vorher nicht zeigen, wegen der obskuren Käufe meines Mannes. Aber jetzt. Suchen Sie sich ein Artefakt aus, wir fahren zu seinem Verwahrungsort und holen es.«

Sie beugt sich über den Schreibtisch.

Wagner kann sich Alberts Artefakte sonst wohin stecken, ich werde mich nicht von ihr kaufen lassen. Doch ich bleibe still, mäuschenstill, lausche nur meinem eigenen Atem. Alles hängt zusammen. Was hatte Aki gesagt? *Dein Rätsel ist der Schatz, Azizam. Finde ihn und bring es zu Ende.*

Frau Wagner drückt den Knopf an der Schreibtischplatte. Das Heldengemälde schwingt zur Seite und gibt den Blick frei auf den Tresor. Sie geht hinüber und gibt den Code ein. Mit einem leisen Klicken springt die Tresortür auf. Der Anblick ist der gleiche wie beim letzten Mal: eine lederne Dokumentenmappe, eine Schachtel, ein paar lose Papiere.

»Hier.« Sie zieht die Mappe heraus und reicht sie mir mit wachsamem Blick. »Suchen Sie sich eins aus.«

Ich will die Mappe öffnen und stelle fest, dass sie verschlossen ist. Mit einem kleinen Vorhängeschloss, wie bei einem Tagebuch.

Frau Wagner tritt zurück an den Tresor, greift in die Schachtel, die darin steht. Erst glaube ich, dass sie den Schlüssel herausholt. Doch als sie sich umdreht, weiß ich, dass ich einen Fehler gemacht habe. Einen verdammt großen.

Sie hält einen Revolver in der Hand.

Wie vom Donner gerührt starre ich sie an.

»Sie wollen mich nicht ernsthaft umbringen«, sage ich. »Das wird nämlich alles noch schlimmer machen.«

»Ach ja?« Sie zielt auf mein Gesicht. »Legen Sie die Mappe

auf den Schreibtisch. Langsam. Und dann nehmen Sie die Hände hoch.«

»Das wird nichts ändern.« Ich weiche einen Schritt zurück an die Schrankwand. Und suche mit den Blicken die Vitrinen ab. Bücher, Tabakpfeifen, Pokale. Leider hat Aufseß keine Dolche gesammelt. »Ich bin nicht die Einzige, die die Kameraaufnahmen gesehen hat.«

»Wer weiß es noch?«, faucht sie. »Wer?«

Sie hält die Waffe gerade, ihre Hand zittert nicht. Sie weiß, wie man mit einem Revolver umgeht. Kälte sickert mein Rückgrat hinab.

Die Tür schwingt auf.

»Mom?« Johann starrt sie an, bleich wie ein Gespenst. »Um Himmels willen, was hast du mit dem Revolver vor? Gib ihn mir!«

»Geh wieder raus!«, faucht sie. »Du hast hier nichts verloren.«

»Du kannst sie nicht einfach erschießen! Beruhige dich, Mom. Trink etwas. Wir können über alles reden.«

Sie zögert. Was als Nächstes passiert, dauert nur einen Augenblick. Johann macht einen Sprung nach vorne, sie reißt die Hand hoch, ich packe die Mappe und schleudere sie in ihr Gesicht.

Es knallt. Der Schuss hallt in meinen Ohren wie ein Donnerschlag. Ich hechte auf sie zu, bekomme sie an den Armen zu fassen. Johanns Ellbogen trifft mich an der Schläfe, in einem einzigen Tumult aus Gliedern und Schreien gehen wir zu Boden.

Als ich mich aufrichte, sind Frau Wagners Hände leer. Sie kniet und hält ihre Nase. Blut tropft zwischen ihren Fingern hindurch.

Johann kauert vor der Tür. Er hält den Revolver in seinen Händen, ohne ihn wirklich wahrzunehmen.

»Was hast du getan, Mom?« Der Kampf hat rote Flecken auf seine Wangen getrieben. »Du hast ihn umgebracht? Warum überrascht mich das nicht.« Seine Stimme ist zittrig, so bitter, dass sie zu einem wesentlich älteren Mann passt. »Vater war ein verdrehter, einsamer Mistkerl. Keiner auf der Welt vermisst ihn. Außer dir. Und du hast ihn – du …« Er bettet das Gesicht auf die Waffe.

»Johann.« Sie streckt die Hände zu ihm aus. »Das hast du falsch verstanden.«

»Von wegen.« Er blickt wieder auf. »Ich hab euch doch rumschreien gehört. Lucy und dich. Ist dir eigentlich klar, dass Vater in der gleichen Zwickmühle gesteckt haben muss wie ich? Dass die Faeries ihn auch erpresst haben? Bei ihm hast du es nicht gewusst. Hätte er es dir gesagt, hättest du ihm nicht zugehört. Aber bei mir weißt du es. Und es ist dir egal. Es ging dir immer nur um dich. Dich und dein verdammtes Land!«

Sie will etwas sagen, doch er hebt die Waffe.

»Ich weiß, was du sagen wirst«, sagt er. »Selbst schuld, Johann, du nutzloses Kind. Hättest du mir eben gehorcht, dann wär das alles nicht passiert. Du wirst mir das Land nicht geben. Obwohl du weißt, dass die Faeries mich deshalb töten werden. Du hast erst Vater wegen des Landes umgebracht und jetzt mich. Aber Gratulation, bei mir musst du wenigstens nicht den Abzug drücken.«

Er hält sich den Revolver an den Kopf.

»Nein!«, schreien Wagner und ich gleichzeitig.

Sie rappelt sich hoch und stürzt auf ihn zu.

Es knallt. Wagner erstarrt mitten in der Bewegung. Schon bin ich hinter ihr. Sie stößt einen gellenden Schrei aus. Dann knallt es ein zweites Mal. Noch ehe ich sehe, was passiert ist, ehe ich über ihre Schulter zu Johann blicken kann, stolpert sie mir rückwärts entgegen.

In meinen Armen sackt sie zusammen. In ihrer Strickjacke sind plötzlich zwei Löcher, aus denen Blut hervorpumpt.

Johann lässt die Waffe fallen. Sein Gesicht ist kalkweiß. Mit einem Jammerlaut rutscht er zu Boden.

Er hat sie erschossen. Mit Wagner im Arm falle ich ebenfalls auf die Knie. Ich angle nach dem Revolver und ziehe ihn von Johann weg. Er verbirgt das Gesicht in den Händen. Frau Wagner hängt schlaff in meinem Arm, ein schweres, warmes Bündel. Sie röchelt, Blut strömt jetzt schwallweise aus ihrem Mund.

Ich zittere. Drücke sie fester an mich.

»Ruf einen Krankenwagen!«, brülle ich Johann an. »Los, mach schon!«

Ich brülle, bis er sich aufrappelt und nach draußen rennt.

Endlich lasse ich die Waffe fallen. Ich denke nur kurz an Fingerabdrücke, an das Blut an meinen Händen. Dann wiege ich Frau Wagner. Sie atmet noch. Ein Mal, zwei Mal, Blutbläschen blubbern vor ihrem Mund. Was auch immer für ein Schatten auf ihr gelegen hat, jetzt ist er fort. Ihre Augen gehen weit auf, als erblicke sie irgendetwas hinter mir, ein Licht oder die Lösung aller Rätsel. Dann werden ihre Pupillen starr.

Nur zehn Minuten später kommen sie. Nicht mit Blaulicht und Sirene, sondern lautlos. Noch bevor ich sie sehe, spüre ich ihr Omega. Dann erblicke ich das silberne Schwirren von Flügeln draußen vor dem Fenster.

Johann hat nicht den Krankenwagen gerufen, sondern die Faeries.

Ein Dutzend grauer Gestalten landet auf dem Kieshof, vielleicht mehr. Maeves Leibgarde.

Eine Minute später sind sie bei mir. Betäubt starre ich sie an. Der Tod hat doch die Welt stillstehen lassen. Ich kann nicht begreifen, dass sie sich einfach weiterdreht.

Sie heben Frau Wagners Leiche von mir herunter, betten sie auf den Boden. Ich sehe noch, wie ein Faerie den Revolver nimmt, um ihn abzuwischen, dann hebe ich meine Plastiktüte und die Ledermappe auf und lasse mich von ihnen hinauseskortieren.

Johann sitzt auf der Treppe im Foyer. Sie haben ihm irgendein Beruhigungsmittel gegeben. Er wiegt sich vor und zurück.

»Selbstmord«, murmelt er mit stumpfer Miene. »Es war Selbstmord.«

Um uns herum eilen die Faeries, entfernen lautlos und effizient unsere Spuren.

Meine Hände umklammern Wagners Ledermappe und meine Tüte. Ein Faerie reicht mir ein Tuch und bedeutet mir, das Blut von mir abzuwischen. Ich schüttle den Kopf.

Als er mir zwei Tabletten und einen Becher mit Wasser reicht, schüttle ich wieder den Kopf. Diesmal hebt er die Oberlippe und zeigt mehrere Reihen feiner, nadelspitzer Zähne, wie ein Haifischgebiss. Ich schiebe mir die Tabletten seitlich in die Backe und trinke das Wasser.

Silbrig kalte Blicke durchbohren mich. Maeves Leibgarde muss nicht reden. Sie haben ihre eigene Art, um mit uns zu kommunizieren. Sobald sie hier aufgeräumt haben, werden sie mich mitnehmen. Die Erzählung wird umgeschrieben.

Frau Wagner hat Selbstmord begangen. Ihr Sohn wird sie finden und am Boden zerstört sein. Und ich werde nie hier gewesen sein.

Ich renne hinaus und spucke die beiden Tabletten in einen Busch, dann lege ich keuchend den Kopf in den Nacken.

Ein Vogelschwarm zieht über mich hinweg. Kormorane auf dem Weg zum See.

Ich lebe, atme. Die Welt dreht sich weiter.

Nur nicht mehr für Elisabeth Wagner. Im einen Moment hat sie mich noch angeschrien. Im nächsten Moment war sie fort. Der Tod hat sie aus dem Spiel genommen, mit einem Fingerschnipsen. Nur ihre Hülle ist geblieben, die Strickjacke immer noch falsch geknöpft.

Für den Tod sind wir gleich. Egal, welche Karten uns am Anfang ausgeteilt wurden, am Ende zockt er uns alle ab.

Ich weiß nicht mal, ob ich traurig bin oder nur wütend.

Zum Teufel, Wagner wollte mich erschießen! Trotzdem hätte ich sie retten müssen, irgendwie.

Orientierungslos laufe ich in den Park hinein. Unter den Bäumen scheint es schon wieder zu dämmern. Der kürzeste Tag des Jahres ist auch der dunkelste, zumindest hier auf dem Grundstück. Winterluft sticht mir in die Lungen, doch das Prickeln der Kälte macht meinen Kopf wieder klar.

Ich bin wahrscheinlich verdammt eigensüchtig, dass ich jetzt an mich denke. Aber genau das muss ich. Zumindest, wenn ich verhindern will, dass die Faeries mich gleich abtransportieren wie lebendes Gefahrgut. Zu Maeve.

Die Feenkönigin hat erreicht, was sie wollte. Das Land, das ihr Territorium erweitert bis zum See.

Sie hat all die Geschehnisse ausgelöst, und sie sind ihr egal. Zwei Leben ausgelöscht, zwei unliebsame menschliche Nachbarn weniger. Für sie wahrscheinlich ein hinnehmbarer Preis.

Den Triumph in ihren Augen kann ich keinesfalls ertragen.

Ich muss von hier verschwinden, mitsamt der Mappe, die ich immer noch an meine Brust presse.

Ich lausche in die Stille. Kein Omega-Klang. Offenbar haben mich die Faeries für einen Moment aus dem Blick verloren. Doch sicherlich nicht für lange. Sie werden erwarten, dass ich die Straße nehme, vielleicht ein Auto knacke. Spätestens am Nadelöhr der Brücke würden sie mich einholen.

Mein Blick fällt aufs Bootshaus. Keine Ahnung, wie eine Jacht gesteuert wird. Aber war da nicht ein kleines Ruderboot gewesen? Auf dem Wasser habe ich vielleicht eine Chance.

Ich eile über die Wiese hinab zum Bootshaus, reiße das Absperrband der Polizei durch und rüttle an der Tür. Abgeschlossen.

Fluchend trete ich gegen die Wand. Dann humple ich ans Ufer. Der Wannsee vor mir ist still wie ein Grab, der Uferstreifen, der uns das alles eingebrockt hat, ein unscheinbarer grauer Rand in der Ferne.

Jetzt bräuchte ich ein verdammtes Wunder. Ich fasse an meine Hasenpfote, die sich klamm anfühlt, tot.

Vergiss es, Lucy. Hat sie dir je wirklich Glück gebracht?

Ich schlottere vor Kälte. Wie ich diese Insel, diesen Winter hasse!

Doch als ich aufs Wasser blicke, sehe ich etwas. Ich kneife die Augen zusammen. Ein silberner Strich durchpflügt den See. Etwas kommt auf mich zu.

Ich halte die Luft an. Es ist ein Motorboot.

Am Steuer steht Aki.

28

Aki sieht älter aus und zugleich verwegen, wie er den Bug des Motorboots vor dem Steg herumzieht. Sein Mantel flattert, der Fahrtwind zerwühlt sein Haar.

»Wo warst du, du Schuft? Wo warst du die ganze Zeit?«

Ich flüstere es bloß. Ich weiß, dass er mich trotzdem hört. Er streckt die Hand aus und zieht mich an Bord. Einen ewigen Augenblick schauen wir uns nur an. Ich will ihn verprügeln und ihn umarmen. Mein Herz schlägt einen Salto nach dem anderen, und er blickt drein, als hätte er seine Zunge verschluckt. Da ist etwas an ihm, das ich nicht benennen kann. Irgendetwas hat ihn verändert – aber ich weiß nicht, ob zum Guten oder zum Schlechten. Er wirkt besorgt. Um mich? Jetzt will ich ihn nur noch umarmen.

Der Augenblick ist jedoch vorbei. Aki schaut über meine Schulter, und seine Miene wird finster. Ich drehe mich um. Zwischen den Bäumen der Villa bewegt sich ein silbriger Schatten.

»Sofort weg hier«, zische ich.

Aki fegt zum Lenkrad und reißt es herum. Ich klammere mich an der Reling fest. Wasser spritzt auf, der Motor dröhnt. Mit Hochgeschwindigkeit rasen wir über den See.

Wo hat Aki so fahren gelernt? Woher hat er das Boot? Ich kann ihn nicht fragen, weil ich vollauf damit beschäftigt bin, nicht über Bord zu gehen.

Er steuert den Hafen des Wassersportzentrums an. Die

Stege sind leer, nur wenige Boote dümpeln im Wasser, für den Winter eingemottet unter Persennings.

Obwohl ich vor Kälte schlottere, helfe ich Aki, das Boot zu vertäuen, dann eilen wir den Uferweg hinauf. Es ist höchste Zeit. Als ich einen Blick zurückwerfe, sehe ich zwei graue Silhouetten über den See fliegen. Es könnten Reiher sein, doch ich weiß es besser. Aki sieht sie auch. Wir rennen los.

An der Schranke hinter den Bootsschuppen wartet Cosimas rostgrüner Mini. Sie sitzt am Steuer, rauchend, und startet den Motor, als wir angehetzt kommen.

Keuchend falle ich auf die Rückbank, Aki gleitet auf der anderen Seite ins Auto. Cosima setzt mit quietschenden Reifen zurück. Durch die Frontscheibe sehe ich die Faeries heranrasen.

Der Mini holpert rückwärts über Randsteine, vorbei am Schild *Nur für Mitglieder*, dann reißt Cosima das Lenkrad herum.

Etwas klatscht gegen mein Fenster. Ein graues Gesicht, ein Haifischgebiss. Mit flatternden Flügeln weicht der Faerie zurück.

Wir schießen hinaus auf die Straße. Ein DHL-Transporter geht hupend in Vollbremsung, Cosima lenkt knapp vor ihm auf die Fahrbahn und sortiert sich in den Verkehr ein. Ich schaue nach hinten.

Über der Hafeneinfahrt hängen die Faeries mit flirrenden Flügeln in der Luft wie unschlüssige Libellen. Dann drehen sie ab. Nur der Transporter fährt weiterhin hupend hinter uns her. Der ausgestreckte Mittelfinger des Fahrers erscheint mir wie der netteste Gruß der Welt.

»Leute, ihr habt mich gerade noch rechtzeitig rausgeholt!« Ich lache auf, schrill und hysterisch.

»Oh mein Gott, du hast ja Blut überall!« Cosimas Augen im Rückspiegel sind aufgerissen.

»Nicht meines.« Mein Lachen geht in ein Zittern über, und ich kauere mich auf dem Sitz zusammen. Jetzt merke ich wieder, wie kalt mir ist. Als hätte der Wind auf dem See mir den letzten Rest Wärme entrissen, als würde ich nie wieder auftauen. »Ich war – ich muss erst –« Meine Stimme erlischt wie eine ausgepustete Kerzenflamme.

»Schsch.« Aki wickelt mich in seinen Mantel. Er reibt mir die Hände, rubbelt so fest, dass das fremde Blut abbröckelt und darunter mein eigenes wieder beginnt zu fließen. Ich kann nicht anders, als ihn anzustarren. Er ist wirklich hier! Er wirkt abgekämpft, als hätte er all die Tage noch Schlimmeres erlebt als ich. Aber er lächelt, und sein Omega schnurrt vertraut.

»Bald sind wir zu Hause«, sagt er.

Vielleicht bin ich schon zu Hause. Ich lehne mich an ihn, um möglichst viel von seiner Wüstenwärme zu schnorren.

Cosima beginnt zu reden, mit so behutsamer Stimme, als wäre ich eine ihrer zugekoksten Club-Kundinnen, die sie beruhigen muss.

Sie erzählt, dass Aki heute morgen nach Hause kam. Als ich von Aufseß' Arbeitszimmer aus anrief und gleich wieder auflegen musste, waren sie beide am anderen Ende der Leitung. Cosima erkannte die Festnetznummer, und sie machten sich sofort auf den Weg zu mir.

Als wir am Westkreuz auf die A100 auffahren und am Funkturm vorbei im Stau stehen, habe ich wieder genug Stimme, um zu reden.

Den Rest der Strecke erzähle ich. Stockend und schluchzend und ohne mich selbst zu schonen. Ich erzähle davon, wie die Diebe mich erneut ausgetrickst haben. Wie ich meinen Kollegen Pech und Schande brachte und dass sie mich jetzt endgültig verachten. Ich erzähle von meiner Nacht im Gefängnis, von dem Anwalt, von Johann. Und dann endlich erzähle ich von Frau Wagners Geständnis und wie sie erschossen wurde.

Cosima japst zwischendurch. Ihr Fahrstil ist holpriger als sonst. Meine Geschichte geht ihr gewaltig an die Nieren.

»Oh Honey«, sagt sie, und der Mini kommt stotternd an einer grünen Ampel zum Stehen. »Ich bin da für dich. Ich nehme mir die nächsten Tage frei. Wir fangen dich auf.«

Erst als die Autos hinter ihr hupen, fährt sie wieder an.

Aki bleibt während meiner Erzählung still. Nur einmal zuckt er zusammen: Als ich meinen Deal mit Maeve aufs Tapet bringe. Bisher hatte ich ihm verschwiegen, dass ich der Feenkönigin einen Gefallen schulde.

Ich hatte so viel Angst vor seiner Reaktion. Dass er mich verachten, dass ich den Keil zwischen uns noch tiefer treiben würde. Aber er sagt nichts. Er wirkt nicht mal sonderlich überrascht. Es ist ein Schlag ins Gesicht, als mir klar wird: Er hat von meiner Schuld bei Maeve bereits gewusst.

Warum sagt er nichts? Warum schaut er aus dem Fenster, statt zu mir? Doch auch mir fehlen die Worte oder der Mut, das Schweigen zu brechen. Also verstumme ich.

Die kleinen Dinge zählen. Immerhin halten mich seine Hände weiterhin fest. Und ich habe keine Geheimnisse mehr vor ihm. *Fast keine.*

Mir bleibt nichts anderes übrig, als den Augenblick zu nehmen, wie er ist. Für einen Moment ist das Auto ein sicherer Kokon, gesponnen aus der Wärme meiner Freunde. Endlich lasse ich zu, dass ein Teil meiner Anspannung abfällt.

Zu Hause dusche ich, bis das ganze warme Wasser vom Wedding aufgebraucht ist. Als ich in der Küche auftauche, ist der Himmel vor dem Fenster bleifarben, doch die Küchenlampe schimmert warm. Der Raum wirkt kleiner als in meiner Erinnerung, abgewohnter, aber unglaublich behaglich. Ein komisches Gefühl. Als wäre ich seit Ewigkeiten weg gewesen – dabei waren es nur zwei Nächte.

Professor rekelt sich auf Cosimas Stuhl, und als ich mich setze, springt er schnurrend auf meinen Schoß.

Cosima hat Döner besorgt, Aki hat Tee gekocht. Außerdem hat er das Blut von Wagners Ledermappe gewischt. Sie liegt auf dem Fensterbrett und wartet, dass ich aufhöre, sie zu ignorieren.

Wir essen. Das Fleisch ist kräftig gewürzt, die Joghurtsoße fettig, und das Fladenbrot kracht unter meinen Zähnen. Nicht so gut wie der Döner meines Kumpels Ali, aber fast. Als Cosima wegschaut, stecke ich Professor ein Stück Fleisch zu. Außerdem bekleckere ich ihn mit Joghurt, was ihn allerdings nicht stört.

Ich kaue und schlucke, und als ich fertig bin, mache ich mit Akis Döner weiter. Ich esse, so viel ich kann, als müsste ich Wintervorräte in meinem Körper anlegen. Weil ich noch mal davongekommen bin, ausgehungert, am Leben.

Als ich an Frau Wagner denke, verschwindet der Hunger genauso jäh, wie er kam. Ich lege die Dönerreste zurück auf den Teller und schlinge die Arme um mich.

Inzwischen ist bestimmt die Polizei in der Villa. Wagners Suizid wird fotografiert, protokolliert, ihre Leiche in die Gerichtsmedizin gebracht. Eine Polizeipsychologin stellt Johann Wagner unter eine weitere Dosis Beruhigungsmittel, dann fahren sie ab und lassen ihn allein in dieser dunklen, kalten Kulisse von Haus.

»Du kannst nichts dafür«, sagt Aki, der in meinem Gesicht liest wie in einem Buch. Er hindert Professor daran, den restlichen Döner auf meinem Teller zu zerlegen, und nimmt ihn zu sich auf den Schoß. »Du hättest ihren Tod nicht verhindern können.«

Cosima nickt. »Das Wichtigste ist, dass du mit heiler Haut dort rausgekommen bist.« Sie schaudert. »Der Junge hätte auch dich erschießen können.«

»Das hätte er nicht getan«, sage ich.

»Aber er ist ein Mörder«, erwidert sie. »Und er läuft einfach weiter frei herum.«

»Nicht alle Mörder sind böse«, sagt Aki leise.

Cosima seufzt. »Kann sein. Trotzdem haben wir Gesetze.«

»Oh ja, und ich liebe unsere Gesetze«, sage ich sarkastisch. »Vor allem die, die mich bald unschuldig in den Knast bringen werden.«

»Oh nein, Honey«, sagt Cosima empört. »Das wird nicht passieren! Wir besorgen dir einen ordentlichen Anwalt, und du wirst es vor Gericht allen so lange erklären, bis sie es kapieren.«

Mein Herz fließt plötzlich über vor Liebe. Ich schiebe meinen Stuhl zurück, und dann schlinge ich meine Arme ganz fest um Cosima. Ihre eckigen Schultern unter dem Kleid, ihr Haar, das nach Sommerblumen duftet. Für einen Augenblick fürchte ich, der alten Anziehung zu erliegen, aber mein Herz bleibt im Takt. Ich bin einfach glücklich, dass sie da ist, nicht mehr.

»Danke«, flüstere ich und küsse sie auf die Wange. »Danke, dass du immer noch an mich glaubst.«

Sie streicht mir über die Wange, ihre Augen leuchten hell. »Wie könnte ich nicht?«

»Na ja, der Rest der Welt tut es nicht mehr.« Ich richte mich auf. »Aber ihr wisst ja: Ist der Ruf erst ruiniert, lebt es sich ganz ungeniert.«

Sie lachen beide nicht. Weil sie wissen, dass ich auf mehr hinauswill.

»Mir ist im Gefängnis etwas klar geworden«, fahre ich fort. »Ich hab mich so abgestrampelt, um der Welt zu zeigen, wie taff ich bin. Was für eine tolle Ermittlerin.«

»Du *bist* eine tolle Ermittlerin«, sagt Cosima.

»Nein, bin ich nicht. Oder doch. Aber das ist nicht der Punkt.« Ich hole tief Luft. »Ich habe mich verrannt. In die Vorstellung, dass ich meinen Ex-Kollegen etwas beweisen muss. Als ob es in meinem Leben vor allem darum ginge, dass ich besser bin als sie. Ich bin wohl innerlich nie ganz ausgestiegen bei ihnen.«

Ich blicke zu Aki. Er nickt. Und niemand kennt mich besser als er.

»Und deshalb hab ich Fehler gemacht«, sage ich. »Weil ich so besessen davon war, das alles für sie zu lösen. Alle Bälle gleichzeitig in der Luft, das musste ja schiefgehen. Kein Wunder, dass ich in die Fallen der Diebe getappt bin. Ich hätte die Polizei ihre Arbeit machen lassen sollen.«

»Hättest du nicht«, entgegnet Aki. »Du hast vielleicht Fehler gemacht. Aber ohne dich hätte die Polizei gar nichts. Du hast die gefälschten Artefakte doch erst entdeckt. Du bist Metz auf die Spur gekommen und hast Till enttarnt. Du hast ihn auf dem Video des Banküberfalls identifiziert. Den Überfall der Diebe auf die Sparkasse beim Weihnachtsmarkt hast du allein platzen lassen. Und dank dir ist ihr Hauptquartier beim Mitternachtszirkus aufgeflogen.«

»Rede nicht so, als wärst du dabei gewesen«, sage ich.

Er senkt den Kopf. »Es tut mir leid. Ich wünschte, ich hätte da sein können.«

Seine Reue entwaffnet mich. Deshalb kann ich ihn nicht hassen. Aber vergeben kann ich ihm auch nicht.

Cosima seufzt in die Stille zwischen uns und räumt die Teller weg.

»Die Diebe haben dich ausgetrickst, Honey«, sagt sie von der Spüle aus. »Aber auf andere reinzufallen, gehört zum Leben dazu.« Sie lächelt. »Du hast jedes Recht, sauer auf sie zu sein. Aber sei doch nicht sauer auf dich selbst. Außerdem haben sie sicherlich ebenso über dich geflucht wie du über sie. Du kannst ganz schön unbequem sein.«

»Ein echter Quälgeist, das stimmt.« Aki lächelt ebenfalls wieder. »Was denkst du, wenn das Cosima oder mir passiert wäre? Würdest du uns dann ebenfalls so dafür verdammen wie dich gerade?«

»Würde ich nicht«, sage ich leise.

Jetzt, da ich es ausgesprochen habe, und weiß, dass sie mich verstehen, fällt etwas von mir ab. Ein Groll, eine Unsicherheit, die mir den Blick getrübt hatte. Ich dachte die ganze Zeit, dass letzte Nacht die Welt den Glauben an mich verloren hatte. Aber eigentlich hatte ich selbst den Glauben an mich verloren.

Jetzt weiß ich wieder, wer ich bin. Bei Ex-Cop liegt die Betonung ab jetzt auf Ex. Ich muss niemandem was beweisen. Ich bin eine Detektivin, und ich glaube verdammt noch mal ab jetzt wieder an mich selbst.

Denn selbst als ich Fehler gemacht habe, war ich auf der richtigen Spur. Selbst als ich dachte, dass alles vorbei war, habe ich nicht aufgehört, ihr zu folgen. Deshalb bin ich heute Vormittag auch in Johanns Auto gestiegen. Nicht, um zu fliehen. Nicht, um ihn zu retten. Sondern weil ich die verdammt beste Spürnase besitze, die eine Detektivin haben kann. Und weil ich wusste, dass es noch nicht vorbei war.

Und das ist es immer noch nicht.

Denn die Spur führt mich weiter – so lange, bis das Rätsel vollständig gelöst ist. Und neben allem, was heute passiert ist, habe ich den entscheidenden Hinweis gefunden. In der Villa, vor unser aller Augen, hat er darauf gewartet, dass ihn jemand erkennt.

»Wisst ihr was«, sage ich und stehe auf. »Pfeif auf die ÜSG 9. Pfeif auf sie alle. Ich hab mir den Arsch aufgerissen, um ihnen zu beweisen, wie schlau ich bin. Aber was ich jetzt tue, tu ich nur für mich.«

Ich gehe zum Fensterbrett. Draußen ist der Himmel inzwischen dunkel, die Scheibe zeigt nur ein spiegelndes Bild meiner selbst. Ich sehe verhärmt aus und zugleich fiebrig. Eine Schwarze Frau, in der ein Feuer brennt.

Ich nehme die Ledermappe vom Fensterbrett und bringe sie an den Tisch, dann bitte ich Cosima um ihren Laptop. Ohne Zögern reicht sie ihn zu mir hinüber.

Ich logge mich in meiner Cloud ein. Dort sind alle Fotos gespeichert, die ich mit meinen Handys gemacht habe. Auch die von Aufseß' Arbeitszimmer. Nur ein Bild davon ist wichtig. Das Gemälde vor dem Tresor.

»Hier«, sage ich und drehe den Bildschirm. »Seht ihr den kämpfenden Mann?«

Sie schauen das Gemälde an.

»Siegfried der Drachentöter?«, fragt Aki mit hochgezogenen Brauen.

»Das ist er«, sage ich. »Der Schmied. Der Anführer der Diebe ist Siegfried – ein Stif aus der Sage der Nibelungen.«

29

Manchmal frage ich mich, ob es unser Leben besser macht, zu wissen, wer wir sind. Ob das Festklammern an unseren Namen, unsere Herkunft und unserem Status nicht eher ein Schritt zurück ist als ein Schritt nach vorne.

Im Sommer saßen wir einmal am Landwehrkanal. Es war warm, die Luft flirrte im Abendlicht.

Unter uns glitzerte das Wasser und schoss in Fontänen hoch. Eine Nixe schlug Kapriolen, ihr Fischschwanz gleißte wie Perlmutt in den letzten Strahlen der Abendsonne. An beiden Ufern applaudierten die Leute zu ihren Kunststücken, ein Gnom rannte von Grüppchen zu Grüppchen und sammelte Münzen für sie ein.

Kurz hielt er auch bei uns und bekam seinen Obolus. Neben mir auf dem Gras fläzten Aki, Gordafarid und ihre Partnerin und ein ägyptischer Ifrit namens Nagib. Akis Freunde, doch ich war willkommen. Nagib erzählte Witze aus seinem Job als Kellner, die anderen lachten. Nachher würden wir noch auf ein Neuköllner Straßenfest gehen.

An diesem Tag liebte ich meine Stadt so sehr, dass es wehtat – ihr lebhaftes Vibrieren, ihre unglaublichen Farben. Ich wollte ihr Bild in meinem Kopf verwahren, als Erinnerung für die Wintertage.

Ich fütterte Spatzen. Ein paar Dutzend von ihnen tummelten sich im Gebüsch hinter mir, lautstark flatternd und zeternd. Ich warf Brotkrumen in die Luft, und sie stürzten sich darauf, manche erwischten sie sogar noch im Flug. Wie eifrig sie waren! Wie sie nach den Schätzen pickten, die ich ausstreute. Meine Hand war ihre Göttin. Ein Spatz landete sogar auf meinem Arm, übereifriger als die anderen. Seine Knopfaugen schauten mich an, ich lachte, und er flatterte davon. Aki zückte sein Handy und machte ein paar Fotos von mir.

Die Spatzen waren alle gleich, braun und zerzaust, ein bisschen schäbig. Doch es störte sie nicht. Konnten sie einander überhaupt unterscheiden? Am Flügelschlag? An ihrem Schimpfen? Vielleicht reichte es ihnen, dass sie das gleiche Gebüsch teilten, sich um die gleichen Krumen balgten. Vielleicht lernten sie einander jeden Tag neu kennen. Oder es interessierte sie einfach nicht. Während uns nichts anderes interessierte.

Meine Gedanken wanderten fort. Im Gegensatz zu den Spatzen unterschieden wir uns ständig und absichtlich voneinander, als könnten wir damit einen einzigartigen Platz gewinnen in einem System, das wir nicht beherrschten.

Aber je mehr wir uns unterschieden, desto größer wurde unsere Angst. Weil wir entdeckten, was die Spatzen längst wussten: Dass wir die Brotkrumen, um die wir uns balgten, jederzeit wieder verlieren konnten. Und vielleicht ahnten wir auch, dass wir etwas übersahen. Etwas Sinnreicheres als Brotkrumen. Etwas, das wir nur schäbig und zerzaust und gemeinsam hätten finden können.

»Ich werde verrückt.« Cosima reißt die Augen auf. »Der Anführer der Diebe ist *der* Siegfried? Aus Richard Wagners Oper?«

Ich nicke. Seine fast schon übertrieben männlich-kantigen Züge, das hellblonde lange Haar über den hünenhaften Schultern. Er war mir in der Möbelhalle schon bekannt vorgekommen.

»Das Gemälde, das ihn darstellt, ist weltweit bekannt«, sage ich. »Aufseß hat nur eine Kopie, das Original hängt im Louvre. Ich denke, deshalb sieht der Schmied ihm auch so ähnlich. Menschliche Fantasien sind nun mal so was wie die Gene der Stifs – und in seinem Fall sorgte das Gemälde für eine große, gemeinsame Fiktion von Wagners Held.«

Aki nickt. Auch von seiner Legendengestalt gibt es Abbilder: Miniaturzeichnungen in der Schāhnāme-Schrift, Wandgemälde in zoroastrischen Feuertempeln. Doch da sie uralt und stilisiert sind und die menschliche Fantasie in seinem Fall vielschichtiger, ähnelt er ihnen kaum.

»Auch in der Sage war Siegfried einst ein Schmied«, sagt er. »Er hat sich sein Schwert Nothung geschmiedet.«

»Noch ein Hinweis«, murmele ich. »Alles an diesem Fall hängt zusammen. Die Wagners, die Diebe, das Land – und ein Schatz. Wie in einer von Richard Wagners Opern. In der Möbelhalle sagte Siegfried zu mir, dass er etwas wiedererlangen müsse, was er verloren hätte. Er stieß mich mit der Nase darauf, und ich hab es nicht kapiert. Weil mein Gehirn Kurzschlüsse zündete wegen des blöden Trips.«

»Du hattest also doch was eingeworfen«, sagt Cosima.

»Nur, um wach zu bleiben.«

Sie schnaubt entrüstet, ich ignoriere es.

»Als ich ihn vorhin auf dem Gemälde erkannte, verstand ich es endlich.« Ich schüttle den Kopf. »*Finde den Schatz und bring es zu Ende.* Das hast du im Traum zu mir gesagt, Aki.«

»Ach was.« Er guckt ein bisschen beunruhigt. Vermutlich überlegt er, was ich sonst noch so träume.

»Ein Schatz?« Cosima runzelt die Stirn. »Das würde zu Aufseß passen. Er hat doch Schätze gehortet. Außerdem war er besessen von den Nibelungen und frustriert, dass es keine Artefakte aus der Sage gab.«

Ich nicke. »Hätte ihm irgendwer eines angeboten, hätte er das Blaue vom Himmel versprochen, um es zu bekommen.«

»Zum Beispiel das Land seiner Frau«, wirft Aki ein.

»Ganz genau«, sage ich. »Das war der Deal.«

Ich hole tief Luft. Es wird Zeit für meine Theorie. »Maeve hat Aufseß ein Artefakt aus den Nibelungen verschafft, und Aufseß sollte im Gegenzug das Land für sie klarmachen. Was sich allerdings als schwieriger als gedacht herausstellte, denn es gehörte ihm ja gar nicht. Und dann tauchte auch noch Siegfried in seiner Villa auf. Das Artefakt, das Maeve Aufseß gegeben hatte, war nämlich seines. Ich denke, Maeve hat es ihm gestohlen. Ein Dieb, der selbst beklaut wird. Siegfried war bestimmt wütend. Ich weiß nicht, ob er Aufseß direkt damit konfrontierte, dass er seinen Schatz zurückwollte, oder ob Aufseß ihn aufgrund des Gemäldes erkannt hat. Jedenfalls geriet er in Panik und warf Siegfried raus. Doch er wusste, der Stif würde wiederkommen. Vielleicht bat Aufseß Maeve um Hilfe. Aber sie bestand darauf, dass er erst seinen Teil des Deals einhalten müsse. Also bedrängte er seine Frau, ihm das Land zu geben, jetzt sofort. Natürlich weigerte sie sich empört. Die Situation spitzte sich zu, er bedrohte sie, das führte zu seinem Tod.«

»Und weil er tot war, konnte er nicht mehr verraten, wo er Siegfrieds Schatz aufbewahrte«, sagt Cosima, zündet zwei Zigaretten an und reicht mir eine davon.

Ich nehme einen tiefen Zug. »Vielleicht hat er es aufgeschrieben.« Ich klopfe auf die verschlossene Mappe. »Aufseß führte eine Liste über seine Sammlung. Aber weil viele seiner Schätze dubioser Herkunft sind, hat er die Liste in seinen Tresor gesperrt. Siegfrieds Diebesbande nistete sich in Wagners Haushalt ein. Sicherlich durchsuchten sie alles nach Siegfrieds Artefakt. Und als sie es nicht fanden, knackten sie den Tresor. Hadeskappe und Gürtel waren nur die Zugabe. Sie wollten diese Liste. Sie hofften, von ihr zu erfahren, wo Siegfrieds Artefakt versteckt ist.«

»Aber Thrud ist Thors Tochter.« Cosima pafft heftig. »Ihr ging es um den Gürtel – er ist ihr Erbe.«

»Ja, Thrud wollte den Gürtel«, gebe ich zu. »Und vielleicht war sie auch nur deshalb bei dem Coup dabei. Vielleicht hat Siegfried sie mit an Bord geholt, weil er wusste, sie würde deshalb mitmachen.«

Ich starre auf die Mappe hinab, das Schloss, das sie noch versperrt.

»Nun lasst sie uns schon aufknacken!«, ruft Cosima.

Aki springt wortlos auf und kommt mit unserem kleinen Bolzenschneider wieder. Er zwickt das Schloss durch, ich schlage die Mappe auf.

Ein dünnes DIN-A4-Heft fällt mir entgegen, die Seiten eng beschrieben mit einer hochgestochenen, altmodischen Schrift.

Cosima rutscht neben mich, Aki guckt über meine Schulter.

Mein Finger gleitet über die nummerierten Zeilen und Spalten. Dreiunddreißig Zeilen. Dreiunddreißig Artefakte.

Glücksbringer, Kristallkugeln, magische Messer, eine Dschinnlampe ohne Bewohner.

Aufseß hat akribisch Buch geführt. Wann er seine Schätze erhielt, für welchen Preis. Und wo er sie verwahrte.

Hadeskappe: Heimtresor.

Skarabäus: Deutsche Bank, Unter den Linden 15.

Mein Finger stockt.

»Das ist doch die Bank, in der die Diebe die neuen Scheine erbeutet haben!«, ruft Cosima.

»Und wo sie sich ewig bei den Schließfächern aufhielten«, füge ich grimmig hinzu. Auch die Sparkasse am Alex ist aufgelistet. »Deshalb haben sie die Artefakte gefälscht. Sie nutzten den Thorgürtel und die Kappe, um die Banken zu überfallen und die Tresore aufzustemmen. Die achtzehn Millionen waren eine geniale Ablenkung – und nebenbei natürlich ein guter

Lohn für die Diebe. Aber zumindest Siegfried ging es nicht ums Geld. Er hoffte, im Tresor sein Artefakt zu finden.«

»Auf Aufseß' Liste stehen noch zwei weitere Aufbewahrungsorte«, sagt Aki über meine Schulter und deutet mit seinem schmalen Finger auf die passende Spalte. »Zwei private Hochsicherheitsschließfachanlagen, eine am Kurfürstendamm, eine am Gesundbrunnen.«

»Dann müssen wir schleunigst rausfinden, ob die Diebe dort schon waren.« Ich bitte Cosima um ihr Handy und tippe Saschas Nummer. Er meldet sich fast sofort.

»*O moy bog,* Lucy«, sagt er, als er meine Stimme hört. »Oh je.« Und das ist für ihn der Gipfel der Aufgewühltheit.

»Tut mir leid«, sage ich. »Dass ich dir das eingebrockt habe. Du hast Ärger bekommen.«

»Eine Vorladung bei Tom und einen Vermerk in meiner Personalakte. Meinen ersten.« Er klingt sachlich, aber ich weiß, dass ihm das zu schaffen macht.

»Tut mir leid«, wiederhole ich.

»Sie haben dich entlassen.« Seine Tastatur rattert. Offenbar klickt er sich gerade durch meine Akte. »Heute vormittag. Gegen eine Kaution von zehntausend Euro. Gestellt von Johann Wagner. Seine Mutter hat sich heute umgebracht.«

»Hat sie nicht«, sage ich. »Sascha, kannst du zwei Adressen für mich überprüfen? Ob dort in den letzten Wochen Alarm ausgelöst wurde? Ein Einbruch gemeldet, Sachbeschädigung, irgendwas?«

Seine Tastatur stockt. »Ich darf es nicht«, sagt er leise. »Aber ich tu es. Wenn du mir sagst, welche Ermittlungen du durchführst.«

Ich widerstehe der Versuchung, dankbar das Handy zu küssen, und gebe ihm eine Kurzfassung unserer Erkenntnisse. Er kommentiert nichts, fragt nichts, doch durch die Leitung hindurch höre ich die Böen seines kristallscharfen Verstands. Als ich ihm die beiden Adressen von Aufseß' Liste durchgebe, bestätigt seine Datenbank meinen Verdacht. Bei beiden Schließfachanlagen, in denen Aufseß Artefakte verwahrte, gab es vor einigen Wochen Einbrüche.

»Aber es wurde nichts als gestohlen gemeldet«, sagt er.

Weil nicht dort war, was die Diebe suchten.

Mein Blick fällt wieder auf die eng beschriebenen Zeilen. Das letzte Artefakt, Nummer 33, wurde vor zwölf Monaten erworben. Danach kommt kein Eintrag mehr.

»Aufseß hat das Artefakt, das Maeve ihm gegeben hat, nicht aufgeschrieben«, sage ich. »Und er hat es nicht an den Orten der anderen gelagert.«

»Aber um welches Artefakt handelt es sich überhaupt?«, fragt Cosima. »Wenn wir das wüssten, würde es uns die Suche deutlich erleichtern.«

Sie hat recht.

»Sascha, du bist schneller im Tippen als wir«, sage ich. »Was steht in der Stif-Datenbank über Siegfried aus der Nibelungensage?«

»Es gab zwei Manifestationen.« Er klickt. »Ein Siegfried ist im Oktober 1989 bei den Unruhen in Bayreuth gestorben. Der andere Siegfried wurde am 13. 9. 1990 in Berlin registriert, doch seither gibt es keine Meldung mehr über ihn.«

»Hatte er einen Gegenstand mit Omega-Strahlung bei sich?«

»Es wurde nichts vermerkt.«

Ich seufze. Wäre auch zu einfach gewesen. »Sind denn überhaupt Artefakte katalogisiert, die aus der Nibelungensage stammen?«

So wie seine Tastatur in Schallgeschwindigkeit klickt und der Wind in der Leitung rauscht, durchforstet Sascha nicht nur die Datenbank, sondern das ganze Internet.

»Keine Nennung«, sagt er zwei Minuten später.

Ich schaue zu Aki hinüber, doch der blättert vertieft in meinem Büchlein zu den Nibelungen.

»Ist das nicht verdächtig?«, frage ich. »Eine der wichtigsten deutschen Sagen, und kein Artefakt aufzufinden?«

»Nein«, antwortet Sascha. »Wir haben nie alle Informationen. Erst vor drei Wochen hat sich im Amazonas eine kaum fingergroße Göttin erstmals der Öffentlichkeit gezeigt. Sie hat vorher dreißig Jahre im Verborgenen gelebt.«

»Stimmt. Aber was auch immer es ist: Es wird klein sein, so wie diese Göttin. Gut zu verstecken.«

Aki hebt den Blick und schaut mich an. Seine Finger klemmen in einer Seite des Reclam-Büchleins, und sein Gesicht ist blass, die Augenbrauen zusammengezogen. Ich weiß, was er denkt. Ich kann den Verdacht in seinen Augen lesen. Würde ich nicht sitzen, würde er mich von den Füßen reißen.

»Der Ring«, flüstere ich. »Verdammt! Du denkst an den Ring der Nibelungen. Der dem Opernzyklus seinen Namen gab.«

Aki nickt mit zusammengebissenen Zähnen. So wie er aussieht, reißt die Erkenntnis auch ihn von den Füßen.

Cosima blickt beunruhigt zwischen uns hin und her. »Was kann dieser Ring denn?«

Sascha räuspert sich. »In der Legende hat der Nibelung Alberich den Ring aus geraubtem Rheingold geschmiedet. Ein Gold, das angeblich die Macht hat, die Welt zu beherrschen. Aber der Ring wurde Alberich gestohlen. Und deshalb verfluchte er ihn.«

Aki senkt den Kopf und liest die Seite vor, die er aufgeschlagen hat.

»Verflucht sei dieser Ring!«

Seine Stimme ist warm und dunkel, und trotzdem fröstelt es mich.

»Gab sein Gold mir Macht ohne Maß,

nun zeug' sein Zauber Tod dem, der ihn trägt!«

Er stockt. Mir läuft ein weiterer Schauer den Rücken hinunter, Cosima sieht aus, als sähe sie einen Geist.

»Kein Froher soll seiner sich freun,
keinem Glücklichen lache sein lichter Glanz!
Wer ihn besitzt, den sehre Sorge,
und wer ihn nicht hat, den nage der Neid!
Jeder giere nach seinem Gut,
doch keiner genieße mit Nutzen sein!«

Aki schaut drein, als würde er einen Unheil verkündenden Zauberspruch aufsagen.

»Dem Tode verfallen, fessle den Feigen die Furcht;
So lang er lebt, sterb' er lechzend dahin,
des Ringes Herr als des Ringes Knecht.«

Er verstummt. Wir schauen uns an.

»Deshalb hab ich einen Schatten auf der Villa gespürt.« Ich schlinge die Arme um mich, als könnte ich damit die Kälte vertreiben. »Und auf Wagner. Ein ungutes Gefühl, die ganze Zeit. Das war der Fluch dieses Rings. Zum Teufel, in der Nibelungensage wird jeder, der den Ring besitzt, umgebracht. Ein einziges Gemetzel. Wisst ihr, was das heißt? Aufseß starb nicht, als er den Ring besaß, sondern *weil* er ihn besaß. Er hat ihn in Angst und Paranoia getrieben, und schließlich in den Tod. Und Elisabeth Wagner ebenfalls.«

»Oh mein Gott«, flüstert Cosima.

»Tod durch Fremdeinwirkung«, sagt Sascha. »Das schafft nur ein Artefakt Gefährdungsstufe vier. Wüssten die Behörden von dem Ring, stünde er längst auf dem Index.«

»Über welchen Hochmut verfügte dieser Mann«, murmelt Aki düster, »zu glauben, er könnte ein solch mächtiges Artefakt einfach besitzen?«

»Stattdessen hat es ihn besessen«, flüstert Cosima. »Aber der Ring ist nicht mehr im Haus.«

Ich nicke. »Sonst hätte ich seine Omega-Strahlung spüren müssen. Und nach Aufseß' Tod ist der Besitz des Rings an seine Ehefrau übergegangen.«

»Ob sie überhaupt von dem Ring wusste?«, fragt Aki.

»Keine Ahnung.« Ich hebe die Schultern. »Aber nach dem Tod ihres Mannes war ihr Leben kaputt. Ich hab es gespürt. Ihre Stärke war nur noch Fassade. Innerlich war sie zerfressen von Angst und Argwohn. Sie klammerte sich manisch an ihren Besitz. So sehr, dass sie bereit war, ihren Sohn dafür sterben zu lassen.«

»Wer ihn besitzt, den sehre Sorge«, sagt Aki. »Der Ring zerstörte sie, obwohl er nicht mal im Haus war. Und jetzt ist Johann als ihr Erbe als Nächstes an der Reihe?«

»Nicht wenn wir das verhindern können«, erwidere ich. »Wir müssen den Ring finden und den Fluch beenden. Aber wo zum Teufel hat Aufseß ihn damals versteckt?«

Wir schweigen. In Saschas Leitung rauscht es, doch auch er sagt nichts. Ich stehe auf und gehe zum Fenster. Professor reibt sich maunzend an meinen Beinen, und ich hebe ihn hoch. Gemeinsam schauen wir durch mein Spiegelbild hinaus in die Nacht.

Irgendwo da draußen ist der Ring. Ich wünschte, mein Sensor würde stark genug sein, sein Omega über Berlins Dächern aufzuspüren, eine brausende Fährte in der Dunkelheit, der ich folgen könnte. Doch da ist nichts außer Akis Omega-Schnurren – und Professors Schnurren. Ich schließe die Augen und berge mein Gesicht im warmen, behaglich zitternden Fell des Katers. Folge in meinem Kopf noch einmal allen Hinweisen, öffne noch einmal all jene Türen, die ich bereits aufgestoßen hatte, aber noch nicht wusste, was ich sah. Jetzt weiß ich es.

Ich drehe mich um.

»Aufseß hätte seinen liebsten Schatz niemals in einem Bankschließfach gelagert«, sage ich. »Er wollte ihn in seiner

Nähe haben. Und nach Siegfried besuchte an diesem Tag nur noch eine Person die Villa. Ein Freund von Aufseß, ein langjähriger Vertrauter.«

»Ludwigshof«, ruft Cosima. »Natürlich! Wir haben ihn auf den Kamerabildern gesehen.«

»Aufseß muss ihn an diesem Abend gebeten haben, den Ring für ihn zu verwahren«, sage ich. »Denn wo sonst könnte der Ring sicherer sein als im Tresor des Pergamonmuseums? Das immerhin über modernste Sicherheitstechnik verfügt.«

Und dann wird mir plötzlich ganz kalt. Ich lasse Professor los, der maunzend zu Boden springt, und balle die Hände zu Fäusten.

»Verdammt«, stoße ich aus. »Die Diebe wissen es auch! Auf dem RAW-Gelände habe ich ihnen von den Kameraaufnahmen erzählt. Ich dumme Kuh habe Ludwigshof erwähnt! Ich habe ihn in Gefahr gebracht.«

Die Stille zwischen uns ist weniger nachdenklich denn entsetzt. Selbst Saschas Tastaturklicken ist verstummt.

»Wir müssen die Polizei einschalten«, sage ich, als sich unser erster Schreck gelegt hat. Ich freu mich zwar nicht gerade, dass jemand anderes die Lorbeeren all unserer Erkenntnisse ernten wird, doch ich weiß, es ist die richtige Entscheidung. »Sie müssen Ludwigshof beschützen und den Ring in Gewahrsam nehmen. Wenn es noch nicht zu spät ist. Die Diebe müssen verhaftet werden. Ab jetzt ist es Sache der ÜSG 9, den Fall zu beenden.«

30

Von wegen. Ich habe versucht, der Polizei den Fall aufzudrücken. Ich schwöre es!

Und trotzdem stehe ich jetzt auf der Brücke vor dem Pergamonmuseum.

So wie Wagners Ringzyklus mit einem Goldraub am Rhein anfing und nach allen Opfern mit einer Rückgabe des Diebesguts an den Fluss endete, muss wohl auch dieser Fall an dem Ort enden, wo er für mich begann.

Die ÜSG hat uns abblitzen lassen. Wir haben es bei Tom versucht, bei Bláinn und bei der Staatsanwältin. Zum Zeitpunkt unseres Anrufs steckten sie unglücklicherweise alle drei mitten in einer richterlichen Überprüfung.

Ich kam weder dazu, den Ring zu erwähnen, noch unsere Theorie zu erläutern. Tom hat mich abgewürgt mit dem Hinweis, jede weitere Einmischung von mir würde gegen meine Auflagen verstoßen und mich direkt wieder zurück in die Untersuchungshaft befördern. Er hat nicht mal eingewilligt, kurz ein Zweierteam hinüberzuschicken, um den Museumstresor zu überprüfen. Dabei hätte es dafür keine richterliche Anordnung gebraucht.

Mit *Gefahr im Verzug* hatte Bláinn allerdings auch den Fehleinsatz letzte Nacht begründet. Und genau darum ging es bei ihrem Termin mit dem Richter: Dass es nicht sachgemäß gewesen sei, letzte Nacht ein halbes Dezernat in eine leere Bank einrücken zu lassen. Noch weniger sachgemäß war es natürlich gewesen, schon wieder einen Gefangenen zu verlieren. Der Minister will Köpfe rollen sehen, die Presse schreibt sich die Finger wund. Tom und Bláinn haben gewaltigen Ärger am Hals, und das ist meine Schuld.

Während Tom noch recht ruhig blieb, kann ich Bláinn deshalb nicht verübeln, dass er mich am Telefon anbrüllte. Seine Wut ist wie eine Steinlawine. Schwer in Bewegung zu setzen, doch dann nicht mehr zu stoppen. Mit ihm habe ich es vollends verkackt. Es tut mir leid, dass es so kommen musste. Gleichzeitig frage ich mich, warum ich so viel Kraft darauf verwendet habe, ihn zu beeindrucken. Oder all die anderen Leute in einer Behörde, die mehr darauf geben müssen, was ihr Vorgesetzter sagt, als auf die Beweise.

Sascha ist die Ausnahme. Er packte nach dem Gespräch seine Sachen und verließ das Büro noch vor Feierabend. Ich kann mir nicht vorstellen, wie viel Überwindung ihn das gekostet hat. Ihn, den zuverlässigsten Malocher der ganzen Behörde, der alle Vorschriften kennt. Doch seit er mich angerufen hat, um mich vor der Verhaftung zu warnen, ist etwas mit ihm passiert. Bei mir war es damals der Tod des Marlboro-Manns, der mich aus dem Polizeidienst aussteigen ließ, eine Mischung aus Schmerz und Schuldgefühlen und Wut. Ich bin nicht sicher, was Sascha fühlt. Ob er wirklich aussteigen wird. Ich weiß nicht einmal, wo er wohnt.

Dort sitzt er jetzt jedenfalls und ist per Funk mit mir verbunden. Unter dem Kragen meiner Bluse klebt das Mikrofon, und unter meinen Locken habe ich im linken Ohr den Funkknopf versteckt, in dem ich zwischendurch Saschas Böen rauschen höre.

Unser Windgott hat sich von zu Hause aus ins interne Netz des Museums gehackt. Für eine solch moderne Sicherheitsanlage hat es eine lausige Firewall, meint er. Nach dem Fall werde ich das der Sicherheitschefin Koralewski gerne ausrichten.

Sascha kann auf die Kameras zugreifen und die elektrischen Türschranken öffnen. Außerdem wissen wir dank ihm, dass sich der Tresorraum im Keller des Nordflügels befindet. Ein fünfzig Tonnen schwerer Stahlzylinder, das Fundament mehr als zehn Meter breit und mit den Museumsmauern verzahnt, um auf dem Sandboden nicht abzusacken. Von innen ist er mit Blei verkleidet, um die Strahlung der Artefakte zu unterdrücken. Für seine Tür braucht man allerdings einen achtstelligen Code.

Und die zentrale Alarmanlage des Gebäudes lässt sich nur manuell an- und abschalten, im Wachraum des Museums.

Für den Türcode brauchen wir Ludwigshof. Und für die Alarmanlage brauchen wir Cosima.

Wenn du die Diebe erwischst, beweist das doch deine Unschuld, Honey, sagte sie vorhin mit blitzenden Augen. Ich habe ihr die Schlüsselkarte gegeben, die ich vor gefühlten Urzeiten den Dämonen Assel und Beli beim Verhör in der DHL-Zustellbasis abgeknöpft habe. Damit kommt Cosima ins Museum. Sie war so aufgeregt, dass sie sich nicht davon abbringen ließ, ihren Revolver einzupacken. Jetzt wartet sie versteckt am Hintereingang, ebenfalls über Funk mit Sascha verbunden. Denn wir gehen davon aus, dass die erste Tat der Diebe sein wird, die Anlage zu deaktivieren – weil sie das bei ihren Überfällen bisher immer taten, um ungestört walten zu können. Cosima muss die Anlage wieder anschalten, denn nur dann kann Sascha Alarm auslösen.

Aki ist bei mir.

Dies ist die einzige Gelegenheit, dem Fluch ein Ende zu bereiten, sagte er vorhin. *Der Ring muss sichergestellt werden, bevor er erneut in die falschen Hände gerät.*

Ich hingegen sagte wenig. Es war mir vorgekommen, als hätten meine Freunde und ich die Rollen getauscht.

Denn das ist der verzweifelte Plan: Wir werden die Diebe kommen lassen, mit Ludwigshof als Köder. Sie werden ihn schnappen, da sie den Tresorcode von ihm brauchen. Er wird sie zum Tresorraum führen, die Tür für sie öffnen, dann einen Schwächeanfall vortäuschen, damit er nicht mit hineinmuss. Aki und ich werden den Dieben folgen, Ludwigshof retten und sie im Tresorraum einsperren. Je mehr von ihnen, desto besser. Sascha löst den Alarm aus. Damit zwingen wir die Polizei, anzurücken, ob sie will oder nicht – und servieren ihnen hoffentlich die Diebe auf einem Silbertablett.

Der Plan ist voller Stolpersteine. Und wenn einer von uns stolpert und stürzt, können wir nur hoffen, dass Sascha uns hilft. Er hat eine Standleitung zu jedem von uns, sieht alles auf den Kameras. Sascha ist unser Sicherheitsnetz.

Und ich? Ich bin der Joker. Und als solcher haben mein Assistent und ich um acht Uhr einen offiziellen Termin mit dem Club der Artefaktisten.

Jetzt ist es zwanzig vor acht. Unter der Brücke, auf der Aki und ich stehen, funkelt die Spree.

»Keine Auffälligkeiten«, sagt Sascha in meinem Ohr. »Die Alarmanlage ist noch an.«

Die Museumsinsel wirkt verlassen, keine Stifs, die ihre WAAP-Fahnen schwenken. Aber vielleicht sitzt Perchta in den Bäumen und beobachtet uns. Schatten wabern in den rauschenden Wipfeln, am Himmel spielen die Wolken Wilde Jagd. Heute ist die erste Raunacht – der Beginn jener dunkelsten Zeit des Winters, in der früher angeblich die Grenze zwischen unserer Welt und der Welt der Geister verwischte. Heute existiert diese Grenze nicht mehr.

Wir stemmen uns gegen den Wind und steigen die Freitreppe hoch. Ein leuchtender Schriftzug läuft auf der Infotafel über dem Haupteingang durch. *The Art of Artefacts. Eröffnung verschoben auf 23. Dezember.* Aki verzieht das Gesicht, als hätte er in einen sauren Apfel gebissen. *Ticketreservierungen weiterhin gültig.*

Unter dem Schriftzug wartet jemand. Eine Wachfrau mit Uniform und Ponyfransen. Vor ein paar Tagen hat sie mir weitergeholfen, und ich entsinne mich ihres Namens: Nicole.

Als sie mich sieht, grinst sie erfreut, und auch ich muss unwillkürlich grinsen. Es geht nichts über ein freundliches Gesicht in der Nacht.

»Lucy«, begrüßt sie mich. »Nich viel Glück jehabt mit den Dieben, wa?«

»Du wolltest mir doch die Daumen drücken«, sage ich.

»Hab ick ja.« Sie streckt ihre beiden dürren Daumen hoch. »Hättste sehen sollen, die waren janz blau.«

»Das hast du falsch verstanden. Es geht nicht darum, wie fest du zudrückst, sondern dass du an mich denkst.«

»So hübsch biste ooch wieda nich.« Sie feixt. »Aber nu heul nich rum. Immerhin hab ick jehört, dass se den Metz rausjeworfen haben, und den Anton habense wegen dir aus dem Urlaub jeholt zum Verhör. Jut jemacht.«

Während sie redet, mustert sie Aki mit dem Blick eines Cops. Gesicht, Statur, Kleidung – sie wird ihn nachher haarklein beschreiben können.

»Das ist mein Assistent«, sage ich. »Bist du heute ganz alleine im Dienst?«

»Fast. Die Kläffski sitzt noch in ihrem Büro, und Heinz hat die Nachtschicht im Wachraum. Den Rest macht der Computer, wa. Da brauchts uns nich mehr.« Sie seufzt. »Aber die vermaledeite Ausstellung wollnse übermorgen eröffnen. Dit jibt Doppelschichten für uns. Die Stifs haben schon wieder Aktionen anjekündigt. Wer will et ihnen verübeln.« Sie zuckt mit den Schultern. »Jetzt geht schon rin, bevor ihr erfriert.«

Sie schließt uns die Tür des Nebeneingangs auf, und auf meine Frage, ob sie uns scannen will, winkt sie ab. »Nich bei Direktors persönlichen Clubgästen. Dit sieht er nich so jerne.«

Sie will die Tür zuschieben und sich wieder auf ihren einsamen Posten stellen. Allein, nur mit einem Taser bewaffnet. Sie ist taff, aber gegen die Diebe wird sie nicht ankommen.

»Pass auf dich auf, Nicole«, entfährt es mir.

Sie dreht sich um. Ihre Augen sind zusammengekniffen. Mein Tonfall hat sie misstrauisch gemacht. »Wie meenste dit? Willste was loswerden, Lucy?«

Aki schüttelt sachte den Kopf, und ihr Blick wird noch argwöhnischer. Sie lässt sich nicht mit Andeutungen abspeisen, das hätte mir klar sein müssen. Doch das letzte Mal, als ich ihr vertraute, war es die richtige Entscheidung.

»Kann sein, dass die Diebe was planen«, sage ich.

»'nen Überfall uffs Museum?« Sie reißt so weit die Augen auf, dass ihre Augenbrauen unter ihrem Pony verschwinden. »Seid ihr deshalb hier? Weil de 'nen Tipp jekriegt hast?«

Ich nicke. »Aber sie kommen nicht durch den Vordereingang, denke ich.«

»Zumindest kommense nich an mir vorbei.« Sie klopft auf den Taser an ihrem Gürtel, dann starrt sie Aki an. »Du bist'n Bulle, wa?«

Er lächelt. »Ich bin nur der Assistent.«

»Du siehst aber haarjenauso aus wie'n Undercover-Bulle.«

Sein Lächeln verebbt. Ich runzle die Stirn.

»Die Polizei glaubt uns nicht«, sage ich. »Wir sind allein.«

»Auwacka.« Sie mustert mich kritisch. »Ick weeß nich, ob ick dir glooben kann, Lucy. Aber ick werd uffpassn. Und ihr ooch.«

Ich nicke. Sie tritt wieder hinaus in die Kälte und schließt die Tür.

»Das war so nicht abgesprochen«, sagt Sascha in meinem Ohr.

»Ich weiß«, flüstere ich.

»Ich versteh, warum du sie gewarnt hast.« Aki schaut durch die Glasscheibe zu Nicole hinaus. Ein Lächeln umspielt wieder seine Lippen. »Sie ist dir ähnlich.«

»Wie meinst du das?«

Sein Lächeln wird breiter. »Dreckiges Mundwerk, reine Gedanken.«

Meine Gedanken sind alles andere als rein.

»Du veräppelst mich.« Ich gebe ihm einen Schubs, er weicht aus, ich setze nach, er kontert und hält meine Arme fest. An der Stelle würde er mich sonst in den Schwitzkasten nehmen. Doch er lässt mich los, und wir weichen voreinander zurück. Wir sind beide nervös. Der Steinlöwe beobachtet uns im Dämmerlicht und wirft dabei einen langen Schatten auf den Betonboden.

Zum Glück kommt Ludwigshof, um uns abzuholen. Der alte Direktor geht mit gekrümmtem Rücken, sein Hemd ist zerknittert wie sein Gesicht, die Hornbrille sitzt schief. Er sieht noch gebrechlicher aus als vor ein paar Tagen.

Ich habe ihn am Telefon vorgewarnt. Als ich ihn damit konfrontierte, dass er den Ring für die Wagners aufbewahrt, leugnete er es zuerst entschieden. Für einen Moment fürchtete ich sogar, dass wir uns getäuscht hatten. Doch als ich ihm von Wagners Tod, von den Dieben und deren Vorhaben berichtete, wurde seine Stimme ganz dünn, sein Tonfall ängstlich. Ja, er verwahre den Ring, gab er zu. Und kaum hatte er es gestanden, begann er, sich alles von der Seele zu reden.

Aufseß hatte ihn an jenem Tag vor sechs Monaten tatsächlich zu sich gerufen und ihm den Ring anvertraut, um für ihn darauf aufzupassen. Und als Aufseß wenige Stunden später starb, hatte der arme Ludwigshof natürlich angenommen, dass Siegfried ihn umgebracht hatte. Er vertraute sich Elisabeth Wagner an, die ihm damals ausredete, zur Polizei zu gehen. Es gäbe keine Beweise, und er würde nur sich selbst in Gefahr bringen. Sie sah sich als Aufseß' rechtmäßige Erbin und beanspruchte den Ring als ihr Eigentum. Und wie ihr Mann bat sie Ludwigshof, das Artefakt noch eine Weile im Tresor für sie zu verwahren, bis niemand mehr danach suchen würde. Seither wachte er über den Ring, treu und ängstlich. Es war mir schwergefallen, Ludwigshof nicht reinen Wein über Aufseß' Todesursache einzuschenken, ebenso über Wagners. Aber was würde ihm die Wahrheit bringen außer noch mehr Schmerz?

Er hat immerhin nicht gleich nach meinem Anruf die Polizei gerufen. Was vor allem daran liegt, fürchte ich, dass er hofft, ich würde mich irren.

»Frau Wayne.« Sein Händedruck ist kalt und kraftlos. »Und Ihr Assistent.« Er schüttelt auch Aki die Hand, schaut ihn kaum an dabei.

»Haben Sie den Ring in Sicherheit gebracht?«, frage ich.

Er nickt. »Ich habe ihn aus dem Tresor genommen. Auch wenn ich immer noch nicht weiß –«

»Harald!« Der Ruf unterbricht ihn. Ich fahre herum.

Nicole hat einem älteren Mann mit Schnauzbart die Tür geöffnet. Er eilt so rasch auf uns zu, als habe er Sorge, wir würden ohne ihn anfangen, und knetet erst Ludwigshof, dann Aki und mir eifrig die Hand.

»Ich bin zu früh dran, ich weiß«, schnauft er. »Ich bin Professor Hafke, der Artefaktspezialist. Und Sie müssen Frau Wayne sein.« Seine Äuglein mustern mich wissensdurstig. »Die Frau mit dem biologischen Sensor. Sie haben mich am Sonntag vertreten, nicht wahr?« Er schüttelt sich. »Im Nachhinein bin ich froh, dass mir das Schauspiel erspart geblieben ist. Obwohl meine Magenverstimmung auch nicht angenehm war. Verdorbener Fisch im Restaurant, stellen Sie sich das vor.«

Er redet und redet, während Ludwigshof noch mehr in sich zusammensackt. Zu gern hätte ich noch ein Wort mit dem Direktor gewechselt, doch das wird nicht mehr möglich sein. Ich hoffe nur, dass er sich an unseren Plan hält. Zumindest an den Teil, in den ich ihn eingeweiht habe.

Nicole lässt einen weiteren Artefaktisten zu uns herein, einen Mann mit grauschwarzen Strähnen und eindringlichem Blick, der sich als Omega-Botaniker vorstellt und mich studiert, als wäre ich eine exotische Pflanze. Aki nutzt seine Fähigkeit, lautlos mit den Schatten zu verschmelzen, und hält sich im Hintergrund. Ich weiß, dass er aufmerksam lauscht. Ihren Worten – und ihren bösen Absichten, falls sie welche haben.

»Wir tagen heute Abend im Artefaktsaal«, sagt Ludwigshof hölzern in Hafkes Redefluss hinein. »Gehen wir doch schon mal vor. Die Sicherheitsfachkraft wird die anderen Clubmitglieder nachbringen.«

Wir machen uns auf den Weg. Hafke kaut mir keuchend ein Ohr ab, während wir die Antike und das Tor von Ischtar durchschreiten, den Pergamonaltar von hinten passieren, dann den Hellenistischen Saal mit den Statuen betreten, und endlich die Treppe hinauf zum Artefaktsaal steigen. Alle Räume sind halbdunkel, und die verlassen wirkenden Ausstellungsstücke geben mir ein mulmiges Gefühl – als führe das Museum nachts ein stilles Eigenleben, und wir wären die Eindringlinge. Doch mein Omega-Sensor bleibt ruhig.

Im Artefaktsaal sind alle Spuren des Tumults beseitigt. Keine roten Spritzer, keine Glasscherben mehr. Die Wände leuchten frisch gestrichen, der Boden ist gewienert und die Lüftungsdeckel im Gewölbe mit Alarmschlössern gesichert. Der Saal ist leer, bis auf ein Rund aus bequem wirkenden Stühlen, die sich um einen Tisch voller Dokumente gruppieren. Am Rand ist ein Büfett aufgebaut.

»Morgen werden die neuen Schaukästen geliefert«, sagt Ludwigshof. »Für die Wiedereröffnung der Ausstellung.«

»Und welche Artefakte dürfen wir heute studieren?«, fragt Hafke gierig.

Ludwigshof wirft mir einen gequälten Blick zu. »Ich habe ein paar ägyptische Schriften im Sinn«, sagt er. »Und wir haben einige neue Skarabäen erhalten.«

Hafke seufzt. »Nichts aus der Ausstellung?«

»Doch, doch«, beeilt sich Ludwigshof zu versichern. »Ich dachte an das Auge des Horus.«

»Oh.« Hafke spitzt entzückt den Mund. »Darf ich schon einen Blick darauf werfen?«

»Es ist noch im Tresor. Du weißt, Herbert, die üblichen Sicherheitsvorkehrungen.«

Hafke guckt enttäuscht, dann fragt er Aki, ob er aus Ägypten stamme, und verwickelt ihn trotz dessen Verneinung in ein Gespräch über die altägyptische Götterwelt. Ich trete an den Tisch. Tabletts biegen sich unter dem Gewicht von belegten Schrippen, Kanapees und süßen Blätterteigröllchen. Die Artefaktisten sind bei ihren Treffen keine Kostverächter. Leider ist mein Magen noch übervoll von den Dönern – und die Aussicht auf das Kommende raubt mir etwas den Appetit.

»Lage«, flüstere ich.

»Nichts Neues«, meldet sich Sascha in meinem Ohr. »Ein Wachmann im Computerraum. Und eine weitere Gästegruppe ist auf dem Weg zu euch. Die Sicherheitsfrau hat die Eingangstür abgeschlossen und begleitet sie. Offenbar seid ihr vollzählig.«

Ludwigshof tritt neben mich. »Haben Sie etwas gesagt?«

»Nein, nein.« Ich lächle. »Ich habe nur das Büfett bewundert.«

Er weiß nicht, dass Sascha sein Sicherheitssystem gehackt hat – das hätte ihn nur noch mehr verunsichert. Auch jetzt wirkt er schon, als zwinge ihn die Panik fast in die Knie. Und mich drückt mein schlechtes Gewissen. Hoffentlich hält er besser durch als letzten Sonntag. Ich nehme ein Glas Orangensaft vom Büfett und biete es ihm an, aber er winkt ab.

»Nein, danke«, sagt er. »Meinen Sie, die Diebe sind schon hier? Wird es funktionieren, sie in den Tresor zu locken? Nicht auszudenken, wenn sie den Ring –« Er unterbricht sich.

Die Neuankömmlinge haben den Saal betreten: Nicole in Begleitung von fünf Männern. Nicole blinzelt mir unauffällig und ein bisschen besorgt zu, dann verschwindet sie wieder.

Aki tritt neben mich. Ludwigshof beginnt, uns die Artefaktisten vorzustellen, doch mit ihren Brillen, Tweedjacketts und deutschen Namen ähneln sie einander so sehr, dass ihre Gesichter verschwimmen. Nur einer von ihnen ist jünger. Als er sich zu uns umdreht, rutscht mir das Glas vor Schreck aus den Händen. Aki fängt es lautlos auf, bevor es am Boden aufschlagen kann, und stellt es weg.

»Hoppla«, entfährt es Ludwigshof nervös. »Darf ich vorstellen?« Er deutet auf die letzten beiden Männer. »Anton Schubert. Er hat heute kurz entschlossen seinen Neffen Armin mitgebracht. Armin studiert offenbar Omega-Wissenschaften. Interessant, nicht wahr?«

»Ist mir eine Ehre, heute dabei zu sein«, nuschelt Armin. Er trägt eine Fliege und eine kleine, runde Brille, die seinem Gesicht etwas Einfältiges verleiht. Sein Haar ist hellbraun und flaumig wie Mäusefell. Von wegen Student. Sowohl an seinen Augen als auch seinem Omega habe ich ihn erkannt. Er ist Till Eulenspiegel.

Und unter seiner Tarnung wirkt er genauso überrumpelt wie ich. Er hat nicht mit mir gerechnet.

Doch schon fängt er sich wieder. Während die alten Männer palavern, deutet er auf sein Jackett, dann krümmt er die Finger zu einer Pistole. Er ist bewaffnet.

Aki spannt sich an.

»Nein«, flüstere ich. »Überlass ihm das Spielfeld.«

»Ist das Till?«, ruft Sascha, der uns durch die Kameras zuschaut.

Ich hebe die linke Hand und kratze mich an der Stirn, was *ja* bedeutet.

»Praklyaty!«, flucht Sascha.

Tills Blick durchbohrt mich. Er überlegt, was ich weiß. *Ob* ich was weiß. Diesmal bin ich der Joker, nicht er.

»Da passiert noch was«, sagt Sascha. »Drei Leute haben den Wachraum betreten. Gekleidet wie Sicherheitsleute. Sie –« Seine Stimme stockt. »Sie haben den Wachmann niedergeschlagen. Jetzt deaktivieren sie die Alarmanlage.«

Die Spiele werden ernst. Die Diebe sind hier.

Ludwigshof klopft an ein Glas. »Leider habe ich zu Beginn dieses Abends eine traurige Nachricht. Elisabeth Wagner ist heute gestorben. Die Witwe unseres geschätzten Alberts und langjährige Unterstützerin unserer Arbeit.« Seine Stimme zittert. »Es war ein Suizid.«

Die Artefaktisten äußern sich angemessen bestürzt, Till schiebt sich in meine Richtung. Aki weicht unauffällig ein paar Meter zurück. Er gibt Till genug Raum, um zu mir zu kommen.

»Der Diebstahl der Artefakte und all jene schrecklichen Ereignisse, die er ausgelöst hat – sie haben Elisabeth den Lebenswillen genommen.« Ludwigshofs Stimme vibriert vor Gram. »Es ist eine schlimme Zeit, für uns alle. Voller Unterstellungen und politischem Zank. Doch wir werden mit der neuen Ausstellung ein Zeichen dagegensetzen, auch in Elisabeths Gedenken.«

Till hält neben mir am Büfett. »Was machst du hier?«, raunt er, während Ludwigshof weiterspricht.

»Ich bin als Expertin geladen«, zische ich. »Ich muss schließlich Geld verdienen. Aber was zum Henker machst *du* hier?« Ich werfe einen Blick über die Schulter. »Sind die anderen auch da? Wollt ihr die Artefakte klauen? Ich werde die Polizei rufen.«

»Wirst du nicht«, flüstert er. »Weil ich sonst einen der alten Männer erschieße. Wenn du telefonierst, schieße ich, wenn du fliehst, schieße ich, und wenn du irgendwas versuchst, schieße ich auch.«

Ich täusche ein Schaudern vor. Ich glaube, er blufft. Aber vielleicht auch nicht.

»Ihr lieben Freunde, ich bitte euch nun zum Büfett«, sagt Ludwigshof. »Während ihr esst, werden mich Frau Wayne und ihr Assistent zum Tresorraum begleiten.«

Till kneift die Augen zusammen. Er will mich nicht gehen lassen.

Ich will auch nicht gehen. Verdammt, der Plan sah eigentlich vor, dass Aki und ich zunächst hierbleiben. Wir wollten Ludwigshof unauffällig folgen und dann die Diebe am Tresor überraschen. Aber offenbar hat der Direktor eigenmächtig den Plan geändert. Er lächelt mir etwas zittrig zu. »Ich habe Frau Wayne gebeten, als zertifizierte Omega-Sicherheitsberaterin noch einmal kurz ein Auge auf die Artefakte zu werfen. Anschließend wird sie mit mir gemeinsam die Überraschung des Abends präsentieren.«

»Das Auge des Horus«, ruft Hafke vorlaut.

Die Männer schmunzeln.

Aki tritt hinter mich. Ich nehme Ludwigshof am Arm. Als wir hinausgehen, ist mein Rücken steif vor Anspannung. Ich erwarte, dass Till seine Waffe zieht. Oder dass er uns folgt. Er tut keines von beidem. Er bleibt einfach zurück. Als ich mich umdrehe und auf das Display drücke, das die beiden Torflügel elektrisch öffnet und schließt, bewegt er die Lippen, eine Hand am Ohr. Er hat eine Funkverbindung zu seinen Leuten. Er warnt sie vor mir.

»Entschuldigen Sie, dass ich Sie bat, mitzukommen«, flüstert Ludwigshof. »Aber ich – ich schaffe das nicht alleine. Ich brauche Sie.«

»Schon gut«, murmele ich. »Ist sogar besser so. Die Diebe wissen schon, dass Aki und ich hier sind. Dieser angebliche Neffe ist einer von ihnen.«

»Was?« Entsetzt stolpert Ludwigshof zurück.

Ich fasse ihn an den Schultern, damit er nicht umfällt. »Ganz ruhig. Noch ist nichts verloren. Jetzt nehmen Sie Ihre Schlüsselkarte und sperren Sie die Tür ab.«

Er nestelt an seiner Jackettasche, hält seine Karte gegen das Display. Als es von grün auf rot schaltet und das Türschloss mit einem Klicken einschnappt, atme ich aus.

»Der erste Dieb ist gefangen«, sage ich. »Und jetzt gehen wir Richtung Ausgang. Als wollten wir fliehen.«

Wir gehen die Treppe hinunter zum Hellenistischen Saal. Ich habe Ludwigshof untergehakt. Er atmet schwer an meiner Seite, die griechischen Statuen sind reglose Gestalten in der Dunkelheit.

»Lucy!« Aki packt mich am Ärmel. Er starrt Ludwigshof an. »Etwas stimmt nicht mit ihm. Du kannst ihm nicht trauen.«

Ludwigshof reißt die Augen auf, schaut Aki verwirrt an. »Was meinen Sie damit?«

Doch Aki lässt mich los und weicht in den Schatten zurück. Und in dem Augenblick kommen sie schon. Perchta zuerst. Sie fegt durch die Luft wie eine Krähe, und noch ehe ich weiß, was geschieht, schubst sie Ludwigshof beiseite, bohrt ihre Krallen in meine Arme und drückt mich gegen den Sockel einer Statue.

»Du ausgschamtes Weibstück!« Ihre Kupferaugen glänzen erbost. »Hast du noch ned genug von uns?«

Ludwigshof schreit auf. Auch ich keuche vor Furcht, und das ist nicht mal gespielt. Wo ist Aki? Warum, verdammt, habe ich das Gefühl, dass hier alles komplett aus dem Ruder läuft? Wenigstens ich darf nicht aus meiner Rolle fallen.

»Seit ihr mir gefolgt?«, knurre ich deshalb Perchta an. »Ihr verdammten Ratten. Ihr wollt das Museum ausrauben, ausgerechnet heute. Und es wieder mir in die Schuhe schieben!«

Ich kämpfe vergebens gegen ihren Griff, ihre Eisenzähne klappern vor meinem Gesicht. Keine Ahnung, ob sie mir glaubt.

Ludwigshof schiebt sich rückwärts davon. Sein Gesicht wirkt wie auseinandergefallen, der einzige Ausdruck darin ist Panik. Er will fliehen. Doch da taucht hinter ihm Thrud auf und packt ihn.

Perchta klopft mich nach Waffen ab. Zieht mein Handy aus meiner Tasche, meine Zigaretten. Reißt das Mikro von meinem Kragen, und dann pult sie in meinem Ohr herum, bis ich schreie.

»Ich wussts doch!«, faucht sie und zermalmt den Funkknopf zwischen den Fingern. »Sie is verkabelt.«

Siegfried kommt vor uns zum Stehen. Und der ehemalige Chauffeur Kubera. Wie Thrud tragen sie die Uniform der Museumswachleute, original bis hin zum Logo von Alpha Security. Siegfried trägt außerdem ein Schwert um seine Hüfte gegurtet. Nothung, die Waffe, die er selbst geschmiedet hat.

»Mit wem hast du geredet?«, faucht Perchta mich an. »Mit wem?«

Ich presse die Lippen zusammen. Siegfried mustert mich mit so finsterem Blick, dass mir das Herz in den Bauch sackt. Thrud schüttelt den wimmernden Ludwigshof.

Kubera nimmt die Hand ans Ohr. »Bei der Polizei ist alles ruhig.« Offenbar hört er den Polizeifunk ab. »Auch hier im Museum kein Alarm. Till sagt, die Artefaktisten essen das Büfett leer. Alle zufrieden, kein Verdacht. Und er sagt, Frau Wayne hat einen Assistenten dabei.«

»Hast du mit deinem Assistenten telefoniert?« Perchta knabbert an meinem Kinn. »Wo steckt der?«

Ich zische vor Schmerz. »Ich sage gar nichts.«

»Wir bringen sie zu Till und den Geiseln«, sagt Siegfried. »Und einer von uns sucht diesen Kerl.«

»Wir müssen abhauen«, schimpft Thrud. »Der ruft bestimmt gerade die ÜSG 9.«

»Na.« Perchta beäugt mich. »Des is unsere letzte Chance

auf den Ring. Wir bleiben zusammen. Und nehmen sie mit. Ich will sie im Aug behaltn. Aber schnell müssma sein.« Sie dreht ihren Arm, um auf ihre Uhr zu schauen, was sich anfühlt, als drehe sie einen Schraubenzieher in meiner Schulter. Mein Schreien beeindruckt allerdings keinen.

»Dreizehn Minuten. So lang brauchen die Kieberer, um anzurücken. Also müssn wir in zwölf Minutn hier draußen sein. Till, du hältst uns weiter die Artefaktisten vom Leib. Gib Bescheid, wenn sich was tut.« Sie spricht in ihr Mikro, lauscht. Dann zerrt sie mich mit sich. »Komm jetzt. Und ka Ohrwaschl rührn. Sonst reiß ich dir den Bauch auf.«

Thrud wirft sich den japsenden Ludwigshof über die Schulter. Wir rennen los. Durch den Hellenistischen Saal weiter in den Nordflügel. Um uns herum alte Säulen und Gemäuer, sorgfältig restaurierte Reliefs mit Ornamenten. Sie erinnern mich an Bilder, die Aki mir aus seiner Heimat zeigte.

Was meinte er damit, dass wir Ludwigshof nicht trauen könnten? Was hat er in seinem Kopf gelesen? Was immer es war, jetzt wippt der alte Mann auf Thruds Schultern und wirkt beinah besinnungslos vor Angst.

Er ist meine geringste Sorge. Ich weiß, dass Aki mich nicht im Stich lassen wird, aber die Angst, dass er wieder fort ist, ist ein höhnisches Gespenst, dessen Fratze mir allzu vertraut ist. Ich keuche. Mein Kinn tut weh, und da, wo Perchtas Krallen in meiner Schulter stecken, brennt der Schmerz wie Feuer.

Jetzt würde ich gerne Sascha hören, irgendeinen Statusbericht. Doch mein Kontakt zur Außenwelt ist zermalmt worden.

Die Diebe sprinten wie geölte Blitze durch den letzten Saal, dann öffnen sie mit einer Schlüsselkarte eine Tür. *Nur für Personal.* Dahinter ein gesichtsloser Flur. Ich kann kaum mithalten. Erneut schreie ich auf vor Schmerz. Meine Füße heben fast vom Boden ab, als mich die vorwärtsschwebende Perchta mit ihren Krallen hochreißt.

»Ich renne nicht schneller, wenn du mich zerstückelst«, stoße ich aus.

»In Stücken würd ich di schneller ans Ziel kriegn«, entgegnet sie. »Husch, Detektiverl!«

»Dhattere kee«, trillert Kubera plötzlich neben mir. »Frau Wayne, was haben Sie sich eingebrockt?« Er blickt beinahe entschuldigend drein. Für seine Körpermasse bewegt er sich unglaublich behände, und die Pistole in seiner Hand hält er ruhig und fest. Welche Persönlichkeit auch immer gerade die Hoheit über ihn hat, von der Unsicherheit, mit der er in der Villa rang, ist nichts mehr zu spüren. Vielleicht war das auch alles nur Theater. Kubera, Gott des Reichtums, des Wohlstandes – und laut der Legenden ein Dieb. Ich hätte bei meinen Recherchen gründlicher sein sollen.

»Sie haben geholfen«, trillert er jetzt. »Mich zu befreien. Ich sollt Ihnen danken, Frau Wayne.«

»Fick dich«, keuche ich. »Mit der Aktion habt ihr mich ins Gefängnis gebracht.«

»Haan Yakeenan«, singt er fröhlich. »Wenn du der Welt etwas Gutes gibst, wird auch dein Karma gut werden.«

Weil mir nur Beschimpfungen einfallen, lass ich eine Erwiderung ausfallen. Wir poltern eine Treppe hinunter, und ich brauche meine Konzentration für die Stufen. Es geht einen weiteren Gang entlang, graue Wände, es wird kühl. Rechts und links Lagerräume. Ab und zu blinkt das Insektenauge einer Kamera. Sascha sieht uns, daran klammere ich mich fest.

Endlich halten wir an. Siegfried hält die Schlüsselkarte an eine weitere Tür. Sie schwingt auf, und wir treten in eine breite, niedrige Halle. Neonröhren flackern an der Decke auf.

Links und rechts stehen Regale voller fein säuberlich markierter Holzkisten, dahinter sind Schatten und weitere Gänge. Laut Sascha erstreckt sich ein riesiges Archiv unter den Museen der Insel, nach den Seiten hin begrenzt vom Flussbett der

Spree. Staub liegt in der Luft, es riecht nach Altertum und Holzwolle.

Ich mache meine Omega-Schotten ein klein wenig auf. Höre das vielstimmige Summen und Knistern der Diebe um mich herum, und da ist ein weiteres tiefes Brummen. Das ist nicht Aki. Vielleicht ist es ein Artefakt.

Die letzte Tür vor uns ist aus Stahl. Und ich weiß, dass auch die Wand hinter dem weißen Putz aus Stahl ist. Dort ist der Tresorraum. Die zentrale Alarmanlage des Museums mag deaktiviert sein, das Display an der Tresorluke leuchtet unbeeindruckt rot.

Siegfried stößt ein Grollen aus. »Endlich. Er ist hier!«

Perchta lässt mich los. In ihre Augen ist ein Ausdruck von Ehrfurcht getreten. Und da ist noch etwas. Sorge. Fürchtet sie den Ring genauso wie ich? Aber Ludwigshof hat ihn aus dem Tresor in Sicherheit gebracht. Das sagte er zumindest.

Thrud setzt Ludwigshof ab und stößt ihn Richtung Tür. »Der Code.«

Der Direktor schlägt die Hände vors Gesicht.

Siegfried packt ihn. »Öffne den Tresor! Und hol mir den Ring.«

»Welchen Ring?«, stottert er. Ich schiebe mich unauffällig zur Seite. Das fremde Omega-Brummen ist ganz in unserer Nähe.

»Du weißt, welchen Ring ich meine«, grollt Siegfried und hält ihm die Pistole ans Kinn. »Ich spüre ihn hier. Mach auf.«

Er kann ihn spüren? Ich halte die Luft an.

Der Direktor tippt wimmernd den Code ein. »Da ist kein Ring«, jammert er. Ein grauer Schatten liegt auf seinem Gesicht wie ein Leichentuch.

Als die Tresortür aufschwingt, sackt Ludwigshof daneben zusammen.

»Direktor!« Ich stürze auf ihn zu. Sein Zusammenbruch

war vorher abgesprochen, doch er wirkt so echt, dass ich Angst kriege. »Es geht ihm nicht gut!«

Schon kauere ich bei ihm. Sein gekrümmter Leib zittert.

Siegfried blickt verärgert zu uns herab. »Ich geh selbst rein«, knurrt er, senkt den Kopf und schlüpft durch die Tresortür.

Thrud folgt ihm.

»Bei allen Göttern«, dröhnt Siegfrieds Stimme. »Was für ein Chaos!« Es rumpelt.

»Ka Zeit für so a zache Partie«, faucht Perchta. Ihr Kittel streift mich, als sie über mich hinwegfegt. »Noch fünf Minutn. Kubera, pass auf sie auf.«

Kubera richtet die Waffe auf mich.

»Helfen Sie dem alten Mann«, sagt er sanft. »Sie müssen keine Angst haben, Frau Wayne.«

»Ihr werdet uns töten!« Ich stoße ein Wimmern aus und rutsche von Ludwigshof weg, Richtung Tresortür. Fünfzehn Zentimeter massiver Stahl. Ich muss sie zuschlagen. Auch wenn ich keine Ahnung habe, wie ich das anstellen soll.

»Halt, Frau Wayne«, sagt Kubera freundlich.

Und dann setzt sich Ludwigshof plötzlich auf und greift zum Regal. Das Brummen verdichtet sich, ein Schatten schnellt hinter den Kisten hervor.

Es knallt. Kubera sackt zu Boden. Seine Augen sind aufgerissen. Blut tritt aus einer Wunde an seiner Stirn.

Koralewski steht zwischen ihm und mir. Ludwigshofs Sicherheitschefin. Ausgerechnet sie.

Sie hält einen Revolver.

»Verdammte Stifs«, kreischt sie. »Aber Jesse James schießt nie daneben!«

Jetzt richtet sie die Waffe auf mich. Es ist tatsächlich Jesse James' Revolver. Das Artefakt aus der Ausstellung. »Und Sie sind auch eine von denen«, zischt sie. »Sie wollten den Direktor reinlegen. Damit er ohne Gegenwehr den Tresor öffnet.«

»Das stimmt nicht«, stottere ich.

Hinter mir spüre ich Perchta aus dem Tresor heranfegen. Jemand packt mich und reißt mich hoch. Ludwigshof. Seine Augen hinter der Hornbrille sind so weit aufgerissen, dass das Weiß seiner Augäpfel im Neonlicht leuchtet. Angst liegt in seinem Blick und ohnmächtige Wut.

Er schleudert mich wie eine Puppe in den Tresor, Perchta entgegen. Wir gehen zu Boden. Ein letztes Mal sehe ich Ludwigshof. Er steht aufrecht. In der Hand hält er ein Schwert. Excalibur. Und an der Hand steckt ein Ring. Dann wirft er die Tresortür zwischen uns zu.

Ich will mich hochrappeln, als Perchta mich schon von sich herunterschleudert, als wäre ich ein lästiges Kleidungsstück. Ich pralle gegen die Stahlwand.

Als ich endlich auf die Knie komme, pochen mein Rücken und meine Schulter. Mein Schmerzenslaut klingt dumpf, als wäre ich unter Wasser. Der Tresor ist kleiner, als ich dachte – ein quadratischer Raum von vielleicht zehn Schritt Kantenlänge. Leere Regale sind in kaltweißes Licht getaucht, auf dem Boden herrscht ein Chaos aus Kisten und Holzwolle. Siegfried nimmt den meisten Raum ein und starrt mich mit einem Blick an, bei dem ich mich gleich wieder in die Ecke kauern will. Perchta hält die Hand aufs Ohr und knurrt ergebnislos in ihr Mikro. Thrud rüttelt an der Tür.

»Dein Kraftgürtel hilft hier nicht«, murmele ich. »Die Wände sind mit Blei versiegelt, das die Omega-Strahlung absorbiert. Und Empfang gibts hier drin auch keinen.«

»Schlaubergerin«, faucht Perchta. Sie packt mich erneut mit ihren Krallen. »Die Frau hat auf Kubera geschossen. Kruzifix, du hast es gewusst, oder? Abgefeimtes Detektiverl. Ihr wolltet uns einkasteln.«

»Das war der Plan.« Ich atme keuchend ein. »Nur dass die

Koralewski kein Teil davon war. Niemand sollte schießen. Und ich sollte nicht hier drin sein. Nur ihr.«

»Irgendwas zischt hier«, sagt Thrud und reckt sich, um die Wand zu untersuchen. »Hört ihr das?«

Perchta schaut mich an. »Der Direktor und die Frau glauben, du gehörst zu uns.« Sie stößt ein Geräusch aus, das klingt wie das Kratzen von Krallen auf einer Tafel. Für ein Lachen ist es zu schrill. Sie sorgt sich.

»Ich weiß alles«, sage ich. Wenn es eine Chance gibt, reinen Tisch zu machen, dann jetzt. »Ich weiß vom Ring und seinem Fluch. Ich wollte verhindern, dass ihr ihn bekommt. Ich weiß, dass du Siegfried aus den Nibelungen bist.«

»Du weißt es?« Siegfried hockt sich vor mich. Das Blau seiner Augen ist tief und aufgewühlt wie der Ozean. »Du weißt gar nichts. Der Ring gehört zu mir.«

»Das sagen alle«, murmele ich.

Er wendet sich ab.

»Er hat sich des ned ausgsucht, Detektiverl«, faucht Perchta an seiner Stelle. »Er is mit ihm auf die Welt kommen! Und deshalb ist er der Einzige, der ihn unter Kontrolle hat.« Sie blickt zu Siegfried. »Sakrament! Der Direktor hat des Madl ned mit uns eingsperrt, weil er glaubt, dass sie eine von uns is. Er will den Ring nimmer hergeben. Weil die Wagner tot ist, reklamiert er ihn jetzt für sich. Und des Detektiverl hat ihn auch noch vor uns gwarnt!«

»Der Fluch!« Entsetzt schnappe ich nach Luft. »Er hat Ludwigshof in seinem Griff.«

»Natürlich hat er das«, knurrt Siegfried. Er wirkt als Einziger nicht überrascht. »Ludwigshof war der Versuchung des Rings viel zu lange ausgesetzt. Andere Menschen hätten ihn längst für sich beansprucht. Der Direktor hat immerhin bis Wagners Tod durchgehalten. Oder hast du geglaubt, der Ring verschont jemanden? Er verschont nicht mal mich.«

»Was heißt das?«, frage ich.

Perchta seufzt. »Wenn Siegfried ihn tragt, kämpft er jeden Tag, jede Nacht gegen den Fluch. Er bleibt immer in Bewegung, sucht des Brenzlige, den nächsten Coup. Drachenblut hat der Junge, sag ich. Das Adrenalin macht ihn stark.«

»Das Eisen immer heiß schmieden«, ergänzt Siegfried. »Das hält den Fluch von mir fern.«

»Erst seit der Ring ihm gstohln wurd, schläft er mal ruhig«, sagt Perchta. »Er könnt einfach drauf scheißn, weißt du. Frei sein. Aber er will ned zulassn, dass die Menschen dem Ring ausgliefert sind.«

Er nickt und seufzt gleichzeitig. »Perchta hat den Trupp zusammengetrommelt für mich, alte und neue Gesichter. Sie hat den Plan ausgeheckt und sogar Thrud aufgetrieben und überzeugt, mitzumachen.«

»Freilich.« Perchta blinzelt ihm zu. »Wofür hast sonst deine Spezl?«

»Warum hast du den Ring nicht zerstört?«, frage ich.

Er stößt ein freudloses Lachen aus. »Glaubst du, das habe ich nicht versucht? Er schmilzt nicht, zerspringt nicht.«

»Den Fluch aufhebn, des hättn nur die Rheintöchter gekonnt«, sagt Perchta grimmig. »Die Nixen vom Rhein. Die haben in der Nibelungengschicht den Ring befriedet, ganz am Schluss. Aber sie sind niedergemetzelt worden, vor dreißig Jahren, gleich nach der Manifestation. Wie so viele.«

Mein Atem geht viel zu hastig. Vielleicht liegt das daran, dass meine Gedanken so rasen. Denn auf einmal habe ich das Gefühl, Siegfried das erste Mal wirklich zu sehen. Nicht die abgedroschene Leier vom blonden Recken, sondern den einfachen Schmied – und den Dieb. Einer, der schmiedet und stiehlt, um die Welt zu beschützen. Nicht die Legende macht einen zum Helden, sondern das, was man tut.

Ich bin allerdings alles andere als eine Heldin. Und jetzt

hat Ludwigshof den Ring. Oder besser gesagt, der Ring hat ihn.

»Hier ist ein Lüftungsschlitz«, ruft Thrud. Wir beachten sie nicht.

»Der Direktor wird uns ned den Kieberern ausliefern«, sagt Perchta düster. »Mit Excalibur ist er übermenschlich stark, und die Lederscheid macht ihn unverwundbar. Der will uns wegputzn.«

»Aber er ist …« *so ein netter alter Mann,* will ich entgegnen. Dass er nichts dafürkann. Aber ich bin immer noch kurzatmig. Ich schaue zu Thrud. Sie hält die Hand an den Luftschlitz und runzelt die Stirn.

»Das ist keine Lüftung«, keuche ich entsetzt. »Das ist eine Brandschutzanlage. Sie pumpt Stickstoff herein, um den Sauerstoff zu reduzieren.«

Ich will mich aufrichten, doch meine Knie geben nach. Mein Atem geht pfeifend und schnell, und irgendwie habe ich das Gefühl, zu ertrinken. Was für ein Scheißgefühl. Und es wird mit jedem Luftholen schlimmer.

»Oh mei, oh mei.« Perchta kniet sich vor mich. »Krieg ned die Panik, Detektiverl.«

Sie sieht besorgt aus. Aber ich kann nicht langsamer atmen. Ich öffne den Mund weit, wie ein Fisch auf dem Trockenen, ringe nach Luft. In meinen Ohren rauscht es.

Leider bin ich kein Stif. Ich bin nur ein elend zerbrechlicher Mensch.

»Sie wird sterben.« Siegfried spricht es aus. Seine und Thruds Fäuste poltern ergebnislos gegen die Wände.

»Schsch.« Perchta hebt mich, drückt meinen Rücken durch. »Is ja gut, Detektiverl. Oh mei.« Ihre Kupferaugen sind plötzlich nass. Sie wird auch sterben, wenn die Anlage jeden Sauerstoff entzieht, wenn auch deutlich später als ich. Ich denke, das weiß sie. Doch ihre Tränen gelten mir.

Und obwohl meine Lungenflügel sich weiten, mein Herz rast und mein Mund schnappt, werden meine Lider schwer. Das Neonlicht trübt sich, meine Brust flattert wie ein Schmetterling. Jetzt ist es nicht mehr wie ertrinken, eher wie fliegen.

Es liegt etwas Tröstliches in dem Gedanken, dass ich sterbe. Ich dachte, es täte mehr weh. Aber das tut es gar nicht. Ich habe alles gegeben, gesucht, gekämpft, Dinge über mich selbst gelernt, und jetzt werde ich die Bühne verlassen. Ich wünschte mir nur, ich könnte Aki sagen, wie sehr ich ihn vermissen werde. Und dass ich sein Rätsel zu gern noch gelöst hätte. Aber ich glaube, er wird es wissen.

Ich schließe die Augen.

Ich falle.

Und dann ist da plötzlich ein Klappern. Warme, feste Lippen auf meinen, ein Luftstoß in meiner Kehle. Ich keuche mitten hinein in eine Böe, mein Brustkorb bäumt sich auf und saugt sich voll. Noch ein Luftstoß von diesen Lippen. Atem, kostbarer Atem.

Jemand hält mich. Und als ich die Augen aufreiße, ist es nicht Perchta, sondern Aki.

Er sagt etwas, aber ich verstehe ihn nicht. In meinen Ohren braust es. Seine Brauen schwanken besorgt auf und ab, nein, ich schwanke, Sterne tanzen vor meinen Augen, und mein Mund schnappt nach Luft. Als wäre ich einen Marathon gesprintet, mit dem Tod auf den Fersen. Doch ich bin ihm entkommen. Ich bin am Leben. Und nie hat sich Atmen besser angefühlt.

Das Brausen lässt nach und ich verstehe, was er sagt. Meinen Namen, immer wieder. Und dass ich langsamer Luft holen soll. Nicht hyperventilieren.

Wir sind wieder vor dem Tresor. Er hat mich rausgetragen. Dort drüben liegt Kubera. Siegfried, Thrud und Perchta knien bei ihm.

Nicole steht vor ihnen. Breitbeinig, in ihrer Uniform, und sie hat ihren Taser auf die Stifs gerichtet wie ein Lichtschwert. Ihre Miene wechselt zwischen Argwohn und Besorgnis, während sie zwischen ihnen und mir hin- und herschaut.

»Du«, krächze ich. Mein Hals fühlt sich rau an. »Du hast den Tresor geöffnet.«

»Deen Assistent hat mich zu Hilfe jeholt«, sagt sie. »Ick kenn den Code. Die Kläffski schreibt sich den immer auf so 'nen Zettel, und ick hab nu mal een Faible für Zahlen.«

Wir leben in einer Welt voller Magie, aber es geht nichts über das gute Zahlengedächtnis einer Frau. Ich stoße ein bellendes Geräusch aus, das ein Lachen sein soll.

»Beim Scheitan«, stößt Aki aus, sein Gesicht eine Grimasse der Wut und des Schuldgefühls. »Ich hab nicht gewusst, dass sie euch die Luft abdrehen wollen. Ludwigshofs Absichten waren wirr, seine Gedanken wie unter einem Schatten. Ich hab zu spät erkannt, dass er dir Böses will.«

»Der Ring«, sage ich. »Der Fluch.«

Er nickt. »Ich wollte dich warnen. Sascha sollte dir über Funk Bescheid sagen. Aber sie haben deinen Empfänger zerstört. Sascha hat gesehen, wie sie dich mit einsperrten. Und dass Ludwigshof den Brandschutz ausgelöst hat. Ich wollte ihn attackieren, trotz Excalibur, trotz Koralewskis Revolver.« Seine Hände zittern. »Aber Sascha hat den Überblick behalten. Er hat gesagt, ich soll Nicole holen. Dass sie als Leiterin der Wachschicht vielleicht den Code kennt. Das war unsere einzige Chance, dich rechtzeitig rauszuholen.«

Ich atme tief ein. Sascha. So wie er früher bei der ÜSG 9 mein Anker im Einsatz war, ist er es auch jetzt. Ich werfe eine Kusshand Richtung Kamera und weiß, dass er sie sieht, dann streiche ich Aki über die Wange. Endlich weicht das Schuldgefühl aus seinem Blick, seine Miene wird weich.

»He«, stößt Nicole plötzlich aus. »Unten bleiben!«

Die Diebe beachten sie nicht. Ihre Blicke sind finster. Thrud hebt Kubera hoch, Perchta hält seine Hand. Seine Finger in ihren sehen klein und schlaff aus, und Perchta wirkt zusammengesunken, wie ein hutzeliges Klageweib. Noch ehe sie es ausspricht, weiß ich es.

»Kubera is tot«, schreit sie mit hohler, klagender Stimme. »Herrgott, die Frau hat den Revolver mit Bleikugeln geladn. Sie hat ihn umbracht!«

Mich durchfährt der stechende Schmerz des Verlusts, das Gefühl einer plötzlichen Lautlosigkeit. Noch ein Leben ausgelöscht, noch ein Ton, der nie mehr erklingen wird.

»Es tut mir so leid.« Ich kann mir kaum vorstellen, was seine Leute empfinden. Er war ihr Freund, ihr Bruder. Doch sie haben anderes im Kopf, als auf mein gestammeltes Beileid zu warten. Sie marschieren Richtung Tür. Und wenn ich ihre kämpferische Haltung richtig deute, wollen sie nicht fliehen. Sie wollen Ludwigshof aufhalten.

»Wartet«, rufe ich und rapple mich hoch. »Wir helfen euch! Wir haben Zugriff auf die Kameras, wir wissen, wo Ludwigshof hin ist.«

Siegfried fährt herum. Er packt mich am Kragen, sein Blick lodert. »Dann sag es!«

»Lass sie los.« Aki verpasst ihm einen Handkantenschlag, der Siegfried tatsächlich dazu bringt, mich freizugeben und rückwärtszutaumeln. Mit einem Grollen zieht er sein Schwert. Aki stellt sich vor mich.

»Hörts auf damit!« Perchta fährt zwischen die Männer wie ein Besen. »Siegfried, zähm deine Wut. Des Detektiverl hat recht. Wenn wir das hier beenden wolln, müssma z'ammhelfn.«

31

Wir eilen durchs unterirdische Archiv.

Thrud hat uns verlassen. Sie bringt Kubera fort, durch die Kellergänge. Ich frage nicht, wohin sie geht, lasse sie mitsamt ihrem toten Kameraden und dem Kraftgürtel ihres Vaters ziehen. Im Moment weiß ich nicht mehr, was richtig und falsch ist. Ich weiß nur, dass wir Ludwigshof aufhalten müssen. Und eine brüchige Allianz ist im Moment besser als gar keine.

Aber Thruds Weggang hat mich auf einen Gedanken gebracht.

»Perchta.« Während wir die Treppe hinaufeilen, zupfe ich sie am Ärmel.

Ihre Nase zuckt herum wie ein Habichtsschnabel. »Was willst?«

»Gib mir die Kappe.«

Sie fletscht die Zähne. Sie tut so, als könnte sie mich noch einschüchtern, als hätten wir uns nicht längst gegenseitig durchschaut. Doch ich weiß, dass sie um ihre Fassung ringt. Die Trauer in ihren Augen verrät sie.

»Warum denkst du, ich hab die Kapp?«, faucht sie.

»Weil Schlauheit nun mal vor Schönheit geht«, sage ich, als könnte ich sie damit aufheitern. »Du bist die Anführerin, nicht Siegfried. Außerdem spüre ich an der Omega-Strahlung, dass du sie unter deinem Kittel versteckst.«

»Selbst wenn.« Ihr Blick flackert. »Wer sagt, dass ich dir trau?«

»Dass du mich nicht sterben lassen wolltest, sagt mir das. Gib sie schon her. Euch Stifs nützt sie nichts.«

Sie mustert mich. Dann greift sie unter ihren Kittel und zieht tatsächlich das verfilzte Teddyfell hervor. Ruckartig bleibt sie stehen, legt die Hand aufs Ohr. »Till?«

Sie hat wieder Empfang.

Wir verharren mitten auf den Stufen. Auch Aki murmelt ins Mikro. Er hat Funkverbindung zu Sascha. Angespannt knäule ich die Kappe in meinen Händen.

Während Perchta und Aki in ihre Kopfhörer lauschen, hält Siegfried den Kopf erhoben, die Hände zu Fäusten geballt. Seine Miene strahlt so viel heiligen Zorn aus, dass er wahrlich beeindruckend aussieht. Nicole hält Abstand zu ihm – und wachsam die Hand am Taser. Sie schlägt sich wacker.

»Till sagt, dass die Mannskerle im Saal alle umgfalln sind«, stößt Perchta aus. »Anscheinend war Betäubungsmittel im Essen. Das war der Direktor. Er wollt keine Zeugen haben. Und die Tür is verriegelt. Till kommt nicht raus.«

»Meine Schuld«, gestehe ich. »Ludwigshof hat Till auf mein Geheiß eingesperrt. Wo steckt der Direktor?«

»Vor Tills Tür«, sagt Aki bestürzt.

Wir rennen los.

Perchta fegt voran, Siegfried stürmt hinterher und zieht dabei sein Schwert, Aki gleitet lautlos dahin wie ein Panther.

Nicole und ich bleiben bald ein paar Schritte zurück.

»Meine Fresse, wat hab ick mir da einjebrockt«, schimpft sie. »Warum rufn wa nich endlich die Cops?«

»Weil die nicht wissen, womit sie es zu tun haben«, erwidere ich keuchend. »Du kannst abhauen. Oder versteck dich irgendwo. Du kennst dich hier aus.«

»Und der Chef rennt hier mit ’nem Artefakt rum, dit ihn zur Mördermaschine macht? Nee.« Sie keucht ebenfalls. »Ick wusste, dass die Artefakte uns Ärger machen. Ick wusste es!«

Die Saaltür kommt in Sicht.

»Sorry, Nicole«, sage ich und stülpe mir die Kappe über. »Ich hab auch eins von den Dingern.«

Ein Kribbeln geht durch meinen Körper, als marschierte ein Heer Ameisen mitten durch mich hindurch. Ich hebe die Hand. Ich sehe sie noch. Aber die Welt wirkt plötzlich grauer als vorhin, alle Farben wie abgetönt.

»Lucy? Lucy?« Verwirrt bleibt Nicole stehen und blickt um sich.

Ich lege ihr die Hand auf die Schulter, sie schreit auf. »Ich bin noch da, aber unsichtbar«, sage ich. »Halt dich im Hintergrund, ja?«

»Unsichtbar? Ernsthaft?« Sie drückt sich an die Wand, fuchtelt mit den Händen und schimpft wie ein Rohrspatz.

Ich eile weiter.

Aki steht vor der offenen Saaltür. Ich bin ihm so nah, er könnte die Hand ausstrecken und mich berühren. Stattdessen starrt er durch mich hindurch.

»Ich bin hier«, flüstere ich, und er zuckt zusammen. »Ich hab die Hadeskappe auf.«

Ich versteh nicht, was der alte Aufseß daran fand, Leuten damit einen Schrecken einzujagen.

»Warte«, wispert Aki. Doch ich habe schon einen Bogen um ihn geschlagen und betrete den Saal.

Auf dem Boden vor dem Büfett liegen die Artefaktisten. Gott, ich hoffe, sie sind wirklich nur betäubt und nicht tot. Jemand hat sie drapiert wie Puppen, paarweise aneinandergebunden in öbszön verrenkten Positionen. Während wir beinah draufgegangen sind, hat Till hier offenbar Spaß gehabt.

Jetzt hat er keinen mehr.

Ludwigshof presst ihm Excaliburs Klinge an die Kehle.

Ich erkenne den Direktor kaum noch. Seine Haut ist grau, seine Miene so verhärmt, als würde er jeden Moment zusammenbrechen. Da ist keine Wut in seinem Gesicht, nur Panik und Angst. Er wähnte uns im Tresor, unser Auftauchen hat ihn völlig überrumpelt.

Doch er hält das Schwert fest, oder das Schwert hält ihn. Die Schwertscheide ist um seine Hüfte gegürtet, und an seinem Finger blinkt golden der Ring.

Jetzt, da ich um den Fluch weiß, spüre ich den Schatten, der sich über Ludwigshof zusammenballt. Und unter all dem Omega-Klang höre ich den Ring. Er hat einen dunklen, erdigen Ton, wie ein Dröhnen unter der Erde. Ein verdammt mächtiger Sound, der mir Angst macht.

»Ich werde den Jungen töten!«, schreit Ludwigshof. »Wenn ihr mich nicht gehen lasst.«

Siegfried steht aufrecht, der Held mit seinem erhobenen Schwert. Er zögert. Perchta schwebt neben ihm einen Meter über dem Boden und faucht.

Vielleicht hätten sie sich trotzdem auf Ludwigshof gestürzt. Doch neben ihm steht Koralewksi. Sie hält Jesse James' Revolver. Sie muss nicht mal zielen – jede Kugel aus diesem Revolver wird ihr Ziel treffen. Ein Opfer hat er uns bereits gekostet. Wenn ich irgendwas tun kann, dann Koralewski ausschalten. Außerdem bin ich auf sie eh seit Tagen stinkwütend. Ich schleiche mich an sie heran.

Klein und bissig hab ich sie in Erinnerung, die Kläffski, aber jetzt wirkt sie völlig fertig. Ihr Seidenanzug ist schmutzig, ihr blondes Haar hängt ihr strähnig ins Gesicht. Sie nestelt mit der Hand in ihrem Jackett.

»Was machen wir hier noch?«, zischt sie zu Ludwigshof. »Wir sollten endlich die Polizei rufen.«

Er sagt nichts. Sie zieht ihr Handy hervor, und ich bin jetzt nah genug, um sie tippen zu sehen, als er ihr mit einer blitzartigen Bewegung das Handy aus der Hand schlägt. Ich mache gerade noch einen Schritt zur Seite, bevor das Gerät mich trifft.

»Direktor!« Die Kläffski starrt ihn an, doch er beachtet sie gar nicht. Er geht einen Schritt Richtung Tür, Till an sich gepresst.

»Der Direktor ist völlig meschugge«, ruft Nicole von dort. Offenbar hat sie sich wieder gefangen. Ihre Augen blitzen vor Zorn. »Frau Koralewski, er will niemanden hier an die Bullen abliefern. Er hat die Sauerstoffreduzierungsanlage im Tresor anjeschaltet.«

»Was?« Koralewski reißt die Augen auf.

»Er wollt die Diebe umbringen!« Nicole reckt die Faust. »Er trägt 'nen Ring, der ihn verhext. Ein Artefakt. Sehn Se ihn an! Um den Ring zu behalten, wird er Sie ooch umbringen.«

Koralewskis Meinung gerät ins Trudeln, das sehe ich. Ich strecke den Arm aus, um ihre Hand mit dem Revolver zu packen. Doch sie schwenkt ihn in der Luft herum, und ihr Finger zittert gefährlich nah über dem Abzug.

Da stößt Perchta ein Kreischen aus und steigt in die Höhe, zugleich stürmt Siegfried vorwärts. Auf Ludwigshof zu.

Der wirft Till von sich, mit so viel Kraft, dass der Narr in einem Bogen durch die Luft fliegt und Perchta aus der Luft wischt.

Koralewski drückt ab. Der Knall hämmert mir gegen die Trommelfelle, doch er hält mich nicht auf. Ich schlage ihr mit der Handkante aufs Handgelenk, trete ihr zugleich vors Knie. Sie schreit, der Revolver fällt herab. Mit einem Tritt befördere ich ihn über den Boden, dann packe ich sie und reiße sie mit mir zur Seite.

Kein Augenblick zu früh. Metall zischt durch die Luft. Hätten wir noch dagestanden, hätte Excalibur uns beide enthauptet.

Der Direktor steht frei, Excalibur erhoben.

Und Siegfried steht vor ihm, mit Nothung.

»Gib mir den Ring!« Seine Stimme ist ein Donnern, das

von den Wänden des Saals widerhallt. Auf seiner Stirn hat er einen schwarzen Fleck. Koralewskis Patrone ist dort abgeprallt.

Siegfried ist fast unverwundbar. Wie konnte ich das vergessen? Weil er in der Sage nackt in Drachenblut badete, das ihn seither schützt. Nur ein Lindenblatt klebte auf seiner Schulter, weshalb er dort verletzlich ist.

Siegfried sticht mit dem Schwert zu, trifft Ludwigshof direkt durch das Hemd am Bauch – und prallt ab. Ludwigshof pariert viel zu spät. Linkisch und taumelig, mit Armen wie dürre Zweige. Aber die Kraft des Schwerts trägt ihn, und der Ring treibt ihn vorwärts. Fast meine ich, Funken sprühen zu sehen, als die Schwerter aufeinanderstoßen.

Ein Fingernagel kratzt meine Wange. Koralewski. Sie ist immer noch halb unter mir begraben. Wimmernd und blindwütig schlägt sie um sich. Erst jetzt wird mir wieder bewusst, dass ich unsichtbar bin. Ich ziehe mir die Kappe herunter und stopfe sie in meine Tasche. Ihre Augen werden groß.

»Sie!« Sie reißt die Fäuste hoch. »Lassen Sie mich los! Sie ekelhafte –«

Ich gebe ihr einen Stoß vor die Brust, der ihr jede Bosheit von den Lippen reißt, die sie gerade ausspucken wollte. »Ich hab dir gerade das Leben gerettet«, fauche ich. »Und du hast Kubera erschossen!« Ich hole aus, um ihr ins Gesicht zu schlagen.

»Hör auf!« Aki packt meine Hand.

Koralewski geifert mich an. Und dann rauscht etwas auf sie herab. Ein knotiger weißer Fuß mit eisernen Nägeln. Er trifft sie frontal an der Stirn, donnert ihren Kopf auf den Boden. Koralewski verdreht die Augen und bleibt mit halb offenem Mund liegen.

»Mörderin, elende«, keift Perchta und steigt wieder hoch.

Als ich die Fassung wiedergewinne, taste ich unter mir nach Koralewskis Puls. »Sie lebt noch.«

Erleichterung in Akis Blick, und auch in Nicoles. Sie geht ebenfalls bei uns in die Hocke, James' Revolver in den Gürtel geklemmt. »Ach, du grüne Neune«, flüstert sie erschüttert. »Was solln wa jetzt tun?«

Statt einer Antwort bette ich Koralewski in die Seitenlage. Meine Wut auf sie ist mit Perchtas Attacke verraucht.

Siegfried und Ludwigshof dringen weiter aufeinander ein. Die Artefaktisten liegen immer noch bewusstlos auf dem Boden wie Puppen. Perchta schwebt bei Till, sie reden hastig. Till hat Brille und Perücke verloren, und offenbar hat ihm der Aufprall an der Wand ein paar Rippen gebrochen, denn er verzieht bei jeder Bewegung das Gesicht. Aber vielleicht ist es auch Kuberas Tod, der ihm zusetzt.

»Lucy«, sagt Aki leise. »Cosima hat die Alarmanlage angeschaltet. Sascha kann den Alarm jetzt auslösen. Das ist nicht mehr unser Kampf. Wir sollten Nicole und Koralewski hier rausschaffen.«

Bestimmt hat er recht. Doch ich zögere.

»Gib mir den Ring!«, brüllt Siegfried.

»Nein.« Ludwigshofs Stimme klingt wesentlich weniger fest. Immer noch kämpft er. Nicht, als steche er willentlich zu, sondern als führe das Schwert ihn. »Ich habe mehr Anspruch auf ihn als ihr!«, röchelt er. »Wer seid ihr schon, dass ihr glaubt, ihr könntet unser Erbe besitzen!«

»*Euer* Erbe?«, donnert Siegfried.

»Ja, unseres!«, ruft Ludwigshof. »Weil wir euch geschaffen haben.« Er pariert einen Schlag, indem er ihn mit schlenkerndem Arm einfach fortwischt, ein abgetrennter Jackettärmel segelt zu Boden. »Als Kind habe ich für die Sage der Nibelungen geschwärmt, wie alle meine Kameraden. Und als die Bombe euch hat auftauchen lassen und ihr alles ins Chaos gestürzt habt, war ich Professor für Alte Kulturgeschichte. Ich habe die Studenten all die großen Legenden gelehrt, die sich Menschen seit jeher erdacht und weitergetragen haben. Unser Kulturgut, unsere Geschichte. Ohne uns wäret ihr nichts! Aber undankbar wie ihr seid, beharrt ihr auf Rechten, die euch nicht zustehen.«

Erneut dringt Siegfried auf ihn ein, zornentbrannt jetzt, mit der Wucht eines Stiers.

»Und was wollt ihr überhaupt mit den Artefakten?«, ruft Ludwigshof. Erneut pariert er. Hemd und Unterhemd hängen nur noch in Fetzen von seiner knochigen Brust. »Ihr würdet doch gar nicht verstehen, welche Schätze das sind. Wie kostbar und kulturell einzigartig. Ihr würdet sie doch nur verkaufen, verspielen, verschludern. Sie müssen vor euch geschützt werden!«

Ich balle die Hände zu Fäusten. Das Schlimme ist, dass Ludwigshof glaubt, was er sagt. Sein Körper und Geist sind nur noch Hüllen, gelenkt von zwei der mächtigsten Artefakte der Welt. Aber die Worte stammen von ihm, dem Geschichtsprofessor. Der klug und kultiviert ist – und anmaßend. Weil er mit all seiner Bildung und seinen Privilegien bedenkenlos davon ausgeht, dass Moral und Recht immer auf seiner Seite waren.

»Wir müssen dem ein Ende bereiten.« Ich schnappe mir die Kappe. »Sonst kämpfen die beiden bis in alle Ewigkeit.«

Ehe mich Aki aufhalten kann, habe ich sie mir auf den Kopf gestülpt. Wie vorhin färbt sich die Welt grau.

Ich muss an Ludwigshof heran. Ihn aufhalten. Doch ich bin erst zwei Meter weit gekommen, als Perchta offensichtlich den gleichen Plan verfolgt. Mit einem Kreischen stürzt sie durch die Luft und saust auf Ludwigshof zu, schneller, als ich es jemals sein könnte.

»Die Schwertscheide«, schreit sie. Ihre Krallen fahren durch sein Gesicht, er sticht mit dem Schwert nach oben. Sie weicht aus. Doch Siegfried hat sie gehört. Er nutzt Ludwigshofs fehlende Deckung und stößt zu.

Sein präziser Schwerthieb trifft nicht Ludwigshofs Körper,

sondern den Hüftgurt. Das Leder reißt, und die Schwertscheide poltert zu Boden.

Aber Perchta kann das von oben nicht sehen. Schon rast sie erneut auf Ludwigshof nieder – und er hat das Schwert immer noch erhoben. Die Spitze dringt durch ihre Seite und spießt sie auf.

Er schleudert sie herum wie eine Puppe, katapultiert sie auf Siegfried zu. Beide gehen zu Boden.

Ich bemerke kaum, wie der Direktor durch die Tür rennt.

Mit wenigen Sprüngen bin ich bei Perchta und Siegfried, reiße mir die Kappe vom Kopf. Siegfried brüllt, als wäre er selbst verwundet, und hebt Perchta in seine mächtigen Arme. Sie stöhnt. Tränen rinnen über ihre faltigen Wangen, ihr Atem geht rasch. So viel Blut. Doch am Boden liegt die Lederscheide. Mit Perchtas Ablenkungsmanöver hat Siegfried es geschafft, sie Ludwigshof abzunehmen. Jetzt ist der Direktor verwundbar.

»Wir müssen das Gebäude abriegeln«, ruft Aki. »Ludwigshof darf es nicht mit dem Ring verlassen. Sascha, lös den Alarm aus, jetzt!«

Aki hat recht. Und Sascha tut es. Es ist wie ein verdammt schlechtes Déjà-vu, als das Schrillen losgeht. Gitterstäbe rasseln an den Fenstern nach unten, rotes Licht beginnt zu rotieren. Und wie beim letzten Mal schieben sich die Torflügel zu – langsam, unaufhaltsam.

Mein Herz poltert. »Raus hier!«

Siegfried stürmt voran, Perchta auf dem Arm, Aki hebt mühelos die kleine Koralewski hoch. Nicole sprintet an meine Seite. Als Letzter humpelt Till durch den Türspalt.

Der Flur ist leer, Ludwigshof nirgends zu sehen. Excalibur verleiht ihm genug Kraft, um zu rennen und zu kämpfen wie ein Stif. Aber die abgeriegelten Türen werden ihn hoffentlich bremsen.

Perchta windet sich auf Siegfrieds Arm.

»Fangt ihn«, faucht sie. »Siegfried, husch! Ihr habts immerhin noch zwölf Minuten, bis die Polizei da ist.«

Till humpelt heran. »Ich nehm sie.«

Siegfried drückt ihm Perchta in die Arme und stürmt los – und ich hinterdrein.

»Warte«, schreie ich. »Du weißt doch gar nicht, wo er hin ist!«

Er verharrt.

»Der Störsender blockiert meinen Funk zu Sascha«, gibt Aki zu bedenken.

»Ich glaube, ich finde auch so heraus, wohin er gegangen ist.« Ich schließe die Augen, öffne die Schotten, die ich so sorgsam bewache, und atme tief ein. Das dumpfe Dröhnen des Rings ist immer noch spürbar – und sein Omega-Klang zeigt mir die Richtung. Nicht nach unten, zu den Ausgängen, sondern nach links. Zum Bürotrakt.

»Er will in sein Büro«, rufe ich.

Ewige Momente vergehen, während wir erneut durch die dunklen Gänge eilen. Aki bleibt dicht hinter mir. Aus irgendeinem Grund schleppt er immer noch die bewusstlose Koralewski. Nach einiger Zeit erlischt der Alarm. Irgendwo in der Ferne meine ich, eine Sirene zu hören.

»Na, dat alles den Cops zu erklärn, da freu ick mir ja nich jerade druff«, stößt Nicole aus.

Ich stimme ihr zu. Doch darüber müssen wir uns nachher Gedanken machen.

Wir biegen in den Bürotrakt ein, am Wachraum vorbei, hetzen um die letzte Ecke.

Und dann kann ich es fühlen.

Das vielstimmige Brausen und Tosen vor uns stammt nicht nur vom Ring.

Ludwigshof hat behauptet, er hätte die Artefakte im Tresor gelagert. Von wegen. Er hat sie in seinem Büro.

»Stopp«, zische ich. Der Dreizack des Poseidon, der Bogen des Odysseus, was gab es noch alles? Ich habe die Schnauze voll von magischen Waffen.

Nicole und Aki verharren, doch Siegfried stürmt weiter. Er stößt die Tür zum Büro auf, tritt ein – und ich höre nichts. Kein Kampf, keinen Schrei.

Aki lädt Koralewski ab. Wir lugen mit angehaltenem Atem durch die Tür. Da steht Siegfried, sein Schwert gesenkt. Weil mir seine wuchtige Gestalt den Blick verstellt, schiebe ich mich um ihn herum.

Ludwigshof kauert vor seinem Schreibtisch. Gebeugt und zitternd wie ein Reh im Scheinwerferlicht, das Schwert liegt am Boden.

Cosima steht zwischen ihm und Excalibur. Aufrecht, mit flammendem Blick und rotem Gesicht. Sie hält ihren Revolver auf den Direktor gerichtet.

»Da seid ihr ja endlich«, japst sie. »Ich habe ihn erwischt, als er das Schwert weggelegt hat und gerade diese Stiefel anziehen wollte.« Sie deutet auf ein Paar Lederstiefel, die neben dem Schreibtisch auf dem Boden liegen. »Ich bin mir nicht sicher, aber ich glaube, die sind magisch.«

Ich stoße den Atem aus. »Die Siebenmeilenstiefel! Oh Mann, Cosima, mit denen hätte er abhauen können, wohin er will. Du hast ihn aufgehalten.«

»Mit mehr Glück als Verstand.« Sie senkt den Revolver. »Ich war noch im Wachraum und hab gehört, wie er vorbeirannte.«

Siegfried tritt auf Ludwigshof zu, packt harsch dessen Hand und reißt den Ring ab.

Der alte Mann schluchzt auf und greift nach ihm, kraftlos jetzt, und Siegfried stößt ihn zurück.

Voller Abscheu sieht er den Ring an. Schluckt hörbar. Dann steckt er ihn sich an den Finger.

Wenn ich es mir nicht einbilde, wird der Raum in diesem Augenblick heller, als zöge eine Gewitterwolke davon und lasse nur grauen Himmel zurück. Das Dröhnen des Rings ebbt ab zu einem sachten Brummen. Doch Siegfried krümmt die Schultern und wirkt nicht mehr ganz so wie der strahlende Held.

Er erwidert meinen Blick und lächelt gequält. »Wer braucht schon Schlaf?«

Ludwigshof schluchzt und krümmt sich hinter ihm zusammen. »Er war meins«, wimmert er. »Meins. Was hab ich getan?«

»Noch sieben Minuten, falls Perchta recht hat«, sagt Aki. »Wenn wir verschwinden wollen, bevor die Polizei uns sieht, müssen wir es bald tun.«

Siegfried nickt. »Wir gehen zurück ins Treppenhaus, runter in den Keller und durchs Archiv. Perchta hat dafür schon einen Plan.«

Natürlich hat sie das, denke ich noch.

In dem Moment richtet sich Ludwigshof hinter Siegfried auf und greift auf den Schreibtisch. Zum Brieföffner, dem ziselierten Dolch. Er packt ihn und zielt auf Siegfrieds Schulterblatt. Die einzige Stelle, an der der Held verwundbar ist.

Die Zeit dehnt sich zu einem Gummiband.

Ich schreie eine Warnung, stürze nach vorne. Siegfried dreht sich. Zu langsam. Dann knallt ein Schuss. Schmerz sticht durch meinen Arm wie ein Feuerpfeil.

Ludwigshof sackt zusammen, ich falle über ihn. Siegfried fängt mich auf.

Ich bin getroffen, will ich sagen, doch über meine Lippen kommt nur Stöhnen. Ich blicke auf meinen Arm. Der Dolch. Der verdammte Brieföffner steckt in meinem Ellenbogen.

Der Schuss galt Ludwigshof. Sein Gesicht ist vom Tod leer gewischt worden, nur Falten und Knorpel und Haut – eine Fassade, die sich endgültig selbst zerstört hat. Das Loch in der Mitte der Stirn ist sauber umrissen, tief und schroff und blutig.

Mit einem Schauder, der meinen ganzen Körper erfasst und der vielleicht nie wieder aufhören wird, schaue ich weg.

Nicole hält Jesse James' Revolver.

»Verdamm mich«, stößt sie aus. Tränen stürzen aus ihren Augen. »Er wollt einfach nich aufhörn, der alte Mann.«

Ihre Hände zittern, als Aki ihr den Revolver abnimmt. Cosima legt den Arm um Nicole, fängt deren Schluchzen in einer Umarmung auf.

Siegfried hält mich fest. Oder vielleicht hält er sich auch an mir fest. »Nun zeug' sein Zauber Tod dem – der ihn trägt!«, sagt er leise. »Nicht du hast ihn getötet, Wachfrau. Das war der Fluch.« Er lässt seinen Atem langsam entweichen, es klingt wie ein Klagelaut. »Aber jetzt müssen wir weg hier!«

Schon schiebt er mich zur Tür.

»Halt.« Akis Stimme klingt fremd. »Lucys Blut ist auf dem Teppich.«

Ich gucke zu Boden und presse die Lippen aufeinander. Tatsächlich, ich hab eine tropfende Spur hinter mir hergezogen. Und jetzt spüre ich auch den Schmerz, ein bohrendes, pochendes Brennen.

»Noch vier Minuten, um die Spuren zu beseitigen«, sagt Aki. Wie kann er so ruhig bleiben? »Das geht nur mit Feuer.«

Er eilt zu den Vitrinen, reißt Whiskyflaschen und andere Schnäpse heraus und zerschmettert sie auf dem Boden, streut Papiere darüber. »Nun helft schon!«, ruft er harsch.

Er hat das schon öfter gemacht, denke ich. *Feuer gelegt. Spuren beseitigt.*

Wer ist er? Und wie kann ich ausgerechnet jetzt Angst vor ihm bekommen, wo er alles für mich tut?

Siegfried lässt mich los und hilft ihm. Ich packe den Dolch an meinem Arm. Mit einem Schrei reiße ich ihn aus der Wunde. Der Schmerz jagt in einer Welle durch meinen Körper und lässt mich schwindeln. Dann ist Cosima da und hält mich. Sie wickelt ihre Jacke um meinen Arm, um das Blut am Fließen zu hindern. Wir werfen den Dolch auf den Scheiterhaufen.

Draußen heulen die Sirenen. Die Zeit ist fast abgelaufen.

»Die Artefakte«, rufe ich trotzdem. »Wir müssen sie mitnehmen.«

Während sich Aki ums Feuer kümmert, raffen wir zusammen, was wir finden können, auch Ludwigshofs Excalibur. Rauch tränt in meinen Augen. Aki lässt die Flammen hochlodern, bevor er als Letzter aus dem Büro herauskommt. Auf dem Flur hebt er die stöhnende Koralewski auf und legt sie sich über die Schulter.

»Sie weiß zu viel.« Er sagt es so sachlich, dass es mir kalt den Rücken hinunterrinnt.

Und dann rennen wir. Wir rennen, rennen, während hinter uns Qualm durch die Flure wabert und Stiefelschritte durch die Säle herantrappeln.

Im Kellerarchiv vor dem offenen Tresor warten Perchta und Till. Perchta steht gekrümmt, ihr faltiges Gesicht erzählt von Schmerz, der nur von eisernem Grimm unterdrückt wird.

Nicole lässt sich mit bleichem Gesicht zu Boden sinken, Cosima bebt, als wolle sie weiterrennen. Doch ein paar Minuten gestohlener Zeit haben wir, bis die Polizei den Weg hierherfindet.

Wir legen die Artefakte zwischen uns auf den Boden. Zum Schluss wirft Nicole Jesse James' Revolver dazu.

»Wir hätten sie alle verbrennen sollen.« Sie spricht ganz kühl, monoton. Sie steht unter Schock.

»Metall brennt aber nicht.« Till stößt mit dem Fuß an Poseidons Dreizack.

»Sie gehören den Stifs«, sagt Siegfried.

»Nein«, widerspreche ich. »Wir sind keine Diebe.«

Aber dann denke ich an seelenlose Schließfächer, die so viele leidvoll geraubte Prunkstücke hüten. An Ludwigshofs Rede über Kulturgüter. Und an Inka und ihren Kampf um die Identität ihres Volks.

»Okay«, lenke ich ein. »Aber keine Waffen.«

»Vor allem ned die.« Perchta kniet sich hin und rammt ihre Krallen in James' Revolver. Mit einem Knacken bricht er auseinander. Nicole seufzt auf.

Siegfried nimmt Excalibur und den Dreizack. »Ich kann sie einschmelzen«, sagt er. »Sie gehören niemandem mehr.«

»Ich kenne Horus«, sagt Till. »Ich kann ihm sein Auge zurückbringen. Ich schulde ihm eh noch was.« Er bückt sich und zieht das kleine Glasgefäß aus dem Haufen, in dem das Auge träge in einer Flüssigkeit herumschwappt.

Ich runzle die Stirn. Ich werde Till nie über den Weg trauen. Aber heute und hier gilt gleiches Recht für alle.

»Für die anderen Artefakte, deren einstige Besitzer noch am Leben sind«, sagt Aki, »hat Lucy eine Freundin, die sie verteilen könnte.«

Ich nicke.

»Und was ist mit ihr?« Till stößt Koralewski mit dem Fuß an. Sie zuckt stöhnend. »Die weiß von Siegfrieds Ring. Sie wird Ärger machen.«

Ich schaue Aki an. Und flehe innerlich, dass er nicht vorschlägt, was ich fürchte.

Stattdessen fängt er an zu grinsen. Er hebt die Siebenmeilenstiefel hoch. »Cosima, Lust auf einen Spaziergang? Du könntest die Dame an einen passenden Ort bringen.«

Cosima beginnt zu kichern. »Warum nicht?«

Und so verteilen wir die Schätze und planen. Für einen flüchtigen Moment hat uns der Kurs dieses Rätsels zu einer Allianz geschmiedet, ehe uns die nächste Biegung wieder auseinandertreibt.

»Sie werden euch all das anlasten«, sage ich am Ende zu Perchta. »Das Feuer, die Diebstähle. Ludwigshofs Tod.«

Sie zuckt mit den Schultern. »Ein Dieb is ein Dieb is ein Dieb. Da kommts auf eine Tat mehr oder weniger auch nimmer an.«

»So wie der Diebstahl des Rings?«

Ich schaue zu Siegfried hinüber. Der hat sich bereits zum Gehen gewandt, jetzt dreht er sich wieder um.

»Wüsste ich, wer Albert von Aufseß den Ring besorgt hat«, poltert er, »dann wär derjenige längst tot.«

Perchta zuckt zusammen. Der Blick ihrer Kupferaugen durchbohrt mich beschwörend.

Sie weiß, wer es war. Und sie will nicht, dass ich es ihm sage. Er hat den Ring zurück, jetzt muss er weiterziehen. Es ist ihm nicht erlaubt, Drachen zu töten in unserer Welt, aber es gibt genug andere Abenteuer, genug Coups, die sich Perchta für ihn und ihre Bande ausdenken wird.

Ein Krieg mit der Feenkönigin gehört nicht dazu.

Zumindest nicht für ihn.

Ich nicke.

»Viel Glück«, sage ich.

Perchta blinzelt mir zu, dann verschwinden die drei Diebe lautlos im Dunkel der Kellergänge.

Cosima schlüpft in die Stiefel. Dann packt sie mit einer Hand den Sack mit den Artefakten, mit der anderen umfasst sie Koralewskis schmale Hüfte.

»Bis nachher dann«, sagt sie beklommen. Sie nimmt einen tiefen, nervösen Atemzug, macht einen großen Schritt geradeaus – und ist weg.

Aki gestikuliert vor der Kamera. Eine Nachricht für Sascha, damit auch der weiß, was noch zu tun ist. Dann kommt Aki zu mir, und wir treten in den Tresor.

Nicole steht an der Tür. Immer noch ist sie bleich, ihre

Uniform verrutscht, ihre Ponyfransen ein strähniges Wirrwarr.

»Kriegst du das hin?«, frage ich.

Sie strafft die mageren Schultern. »Klar. Ick hab schon janz andere Dinge hinjekriegt.« Mit entschlossener Miene stemmt sie sich gegen die Tresortür, bis sie zufällt.

»Verdammt«, flüstere ich. »Ich hasse es hier drin.«

»Tief durchatmen«, sagt Aki. »Hier ist genug Luft.«

Im Neonlicht schauen wir uns an. Klar weiß ich, dass hier genug Luft ist. Trotzdem habe ich das Gefühl, dass mein Puls viel zu schnell pocht.

Wer bist du?, will ich ihn fragen. Und dann denke ich: *Weiß ich das nicht schon längst?*

Er ist pragmatischer. »Was macht dein Arm?«, fragt er und beugt sich über den provisorischen Verband.

»Geht schon.« *Tut verdammt weh,* sollte ich sagen.

»Setzen wir uns?«

Ich nicke und lasse mich inmitten von Kisten und Holzwolle nieder. Er setzt sich neben mich, nach kurzer Bedenkzeit legt er den Arm um mich.

»Macht es dir eigentlich etwas aus?«, fragt er. »Wie dieser Fall für dich ausgeht?«

»Was meinst du?« Ich lehne mich an ihn. Vorsichtig, abwartend.

»Du wolltest doch bestimmt als Heldin aus diesem Museum hinaustreten. Die Diebe der ÜSG 9 auf dem Silbertablett servieren, so hast du es genannt. Stattdessen sind die Diebe geflohen, du sitzt hier und musst dich von deinen Ex-Kollegen retten lassen.«

»Vielleicht verzichten sie ja aus Mitleid auf meine Anklage«, murmele ich. »Außerdem ist es mir inzwischen egal, was sie denken. Immerhin hab ich den Fall zu Ende gebracht.

Ich bin vielleicht kein guter Mensch, aber verdammt gut im Rätsel lösen. Darum geht es.«

Zufrieden mit meiner Ansprache schließe ich die Augen.

»Das behauptest du?« Er lacht leise auf. »Dass du das nur machst, weil du zufällig gut darin bist, Fälle zu lösen? Egal, was du von dir selbst glaubst, das ist Unsinn.« Er pustet mir ins Haar. »Gib es zu. Dein Gerede über Rätsel soll nur überdecken, dass sie nie dein stärkster Ansporn waren. Ich weiß das. Ich kann in dir lesen, vergessen? Du tust das alles vor allem aus einem Grund: Weil du ein guter Mensch bist, Azizam. Vielleicht der beste, denn ich je getroffen habe.«

»Ach wirklich.« In meinem Inneren poltert es sachte, als löse sich etwas von meinem Herzen ab. Etwas, das sich seit Ewigkeiten dort festklammerte, erhärtete und verkrustete, und jetzt endlich gehen darf.

Womöglich ist es gar nicht wichtig, dass ich alle Rätsel ergründe. Zumindest nicht heute. Vielleicht darf ich einfach nur da sein und bin für den Moment trotzdem genug.

Ich atme tief ein, sauge Akis Wärme in mich auf. Jetzt, da mein Herz leicht ist, ist es plötzlich einfach, ihm einen Ruck zu geben.

»Vorhin«, sage ich. »Als du mich aus dem Tresor gerettet hast. Da hast du mich Mund-zu-Mund beatmet. Kannst du das noch mal machen?«

32

Zwei Tage später schlafe ich allein. Ich meine, ich bin es gewöhnt, mein Bett für mich zu haben. Doch jetzt vermisse ich plötzlich etwas, das ich nie hatte, und das ist ein ziemlich frustrierendes Gefühl.

Aki hat mich im Tresor tatsächlich geküsst.

Sein Kuss war so zurückhaltend, als hätte er Angst vor mir – oder als erwöge er bis zuletzt, einen Rückzieher zu machen.

Dafür war es jedoch zu spät. Die sachte Berührung seiner Lippen reichte, dass ich in Flammen aufging. Als ich ihn mit meinem gesunden Arm umschlang, um ihm zu zeigen, was ich unter einem richtigen Kuss verstehe, hämmerte die Polizei von draußen gegen den Tresor.

Ab da war es vorbei mit der Zweisamkeit. Seither war ich keinen Augenblick allein mit ihm.

Das Leben ist kein Wunschkonzert, hätte meine Tante Greta mitleidslos kommentiert. *Wenn sie dein Lieblingslied spielen, folgt danach garantiert ein schlechter Schlager.*

Natürlich hätte sie recht behalten.

Die restliche Nacht hielt uns die ÜSG 9 in ihren Bleikellern fest und verhörte uns einzeln, wieder und wieder. Danach wurde ich zum BKA überstellt, um dort verhört zu werden, und schließlich fuhr mich ein Streifenwagen wieder zurück zur ÜSG 9.

Doch nachweisen konnten sie uns nichts. Die Geschichte, auf die Nicole und wir uns geeinigt hatten, scheint sich als robust genug zu erweisen, um zumindest nicht widerlegt zu werden. Außerdem müssen sie sich auf unser Wort verlassen.

Sascha hat alle Kameraaufzeichnungen des Abends gelöscht, genauso das Protokoll der Alarmsysteme. Digital gibt es keinerlei Spuren mehr von den Ereignissen.

Die Artefaktisten sind alle wieder aufgewacht, orientierungslos und verwirrt, die meisten blieben zur Beobachtung im Krankenhaus. Ihre Aussagen in dem Fall sind nichts wert. Der Artefaktist, den Till erpresst hatte, damit er ihn als seinen Neffen ausgab, erlitt aufgrund des Traumas einen Gedächtnisverlust – und hat genug Beziehungen, um mit dieser Nummer durchzukommen.

Immerhin waren wir alle unschuldige Opfer einer skrupellosen Diebesbande.

Offiziell lief der Abend so ab: Die Diebe setzten sowohl einen Wachmann als auch die Alarmanlage schachmatt. Vorher hatten sie sich bereits Zugang zur Museumsküche verschafft und K.-o.-Tropfen in die Getränke gemischt, um unliebsame Zeugen aus dem Weg zu räumen. Sie hatten es allein auf Ludwigshof abgesehen, um von ihm den Tresorcode zu erzwingen. Dass Aki und ich ebenfalls vor Ort waren, war reiner Zufall. Weil sie uns als Gefahr sahen, nahmen sie uns gemeinsam mit Ludwigshof als Geiseln. Dabei wurde ich am Arm verletzt.

Doch der Tresor war leer. Ludwigshof hatte die Artefakte in seinem Büro gelagert, die Gründe dafür sind bisher unklar. Die wütenden Diebe sperrten Aki und mich in den Tresor, ehe sie Ludwigshof zwangen, sie zu seinem Büro zu führen. Dort töteten sie ihn und nahmen die Artefakte an sich. Um ihre Spuren zu verwischen, legten sie ein Feuer und löschten die Kameraaufnahmen. Der wachhabenden Nicole, die heimlich einen Teil der Geschehnisse beobachtete, gelang es zwar, die Alarmanlage wieder zu aktivieren und auszulösen, aber es war zu spät. Die Diebe entkamen, mitsamt den wertvollsten Artefakten der Sammlung.

Diese Geschichte wiederholten wir unermüdlich, auch wenn ich irgendwann nur noch monoton brabbelte und Sterne über die Bleiwände tanzen sah. Doch es lohnte sich. Das BKA hat mir die Story offenbar voll und ganz abgekauft, der Beamte Behrendt wirkte zufrieden. Zumindest hat er mich nicht wieder in Untersuchungshaft gesteckt, auch wenn mein Verfahren noch läuft.

Die ÜSG 9 wirkte hinter den Kulissen weniger glücklich.

Bláinn und Tom wissen ganz genau, dass wir nicht zufällig im Museum waren. Sie wissen allerdings auch, dass sie es verbockt haben. Immerhin hatte ich vorher versucht, sie von meinem Verdacht zu informieren und einzubinden, und sie hatten mich abgewürgt. Bei jedem Verhör war Bláinn so zornig auf sich und mich zugleich, dass er sich fast an seinem eigenen Grollen verschluckte. Tom hingegen spielte den coolen, ironischen Bosskumpel, doch darunter war er wachsam und berechnend. Welche Gefühle auch immer er einmal für mich gehegt haben mag, er hat sie ausgedrückt wie eine Zigarette, die ihm nicht mehr schmeckt. Wenn es darauf ankam, stand er eben immer schon nur auf einer Seite: seiner eigenen.

Ohne es auszusprechen, trafen die beiden Männer und ich eine Vereinbarung: Sie bohren nicht weiter nach, was meine Motive angeht, und ich verschweige, dass ich sie vorher gewarnt habe.

Die Zeitungen spotten sowieso schon über das Versagen der Polizei, die Politik echauffiert sich über die gestohlenen Artefakte, und die Behörden und Versicherungen haben mehr als genug damit zu tun, Berichte zu tippen, Aussagen zu vergleichen, Beweise zu archivieren. Fünf verrückte Tage haben Papierkram für fünf Jahre erzeugt.

Das Wichtigste bleibt zum Glück undokumentiert. Der

Fluch des Rings ist unser Geheimnis, und das muss er bleiben.

Koralewski, die als einzige Außenstehende davon weiß, stellt keine Gefahr mehr dar. Cosima hat mithilfe der Siebenmeilenstiefel einen Gewaltmarsch hingelegt, von dem sie immer noch Muskelkater hat.

Koralewski ist am folgenden Nachmittag in einem queeren Nachtclub in Prag aufgewacht, völlig derangiert und mit einer ordentlichen Gehirnerschütterung, offenbar von einem Sturz auf den Hinterkopf. Die tschechische Polizei brachte sie erst ins Krankenhaus, dann zur deutschen Botschaft. Koralewskis Aussage dort war so wirr, dass niemand sie ernst nahm, und entweder aus Angst oder auf Anraten eines guten Anwalts zog sie innerhalb von wenigen Stunden jedes Wort wieder zurück.

Ich habe kein Mitleid mit ihr, im Gegenteil. Sie ist eine Mörderin, die nur ungestraft davonkommt, weil wir ihre Tat verschleiern mussten, um das Geheimnis des Rings zu schützen. Ich werde die Frau im Auge behalten.

Von den Dieben habe ich nichts mehr gehört. Die Möbelhalle im RAW-Gelände wird immer noch von der Polizei auseinandergenommen, bisher gibt es keine brauchbaren Spuren.

Die Bande ist abgetaucht. Ich werde sie nie wiedersehen, und das ist auch besser so. Doch ich werde sie noch lange nicht vergessen können. Die starke Thorstochter Thrud und der arme Kubera, dessen Persönlichkeiten ich nie wirklich kennenlernen konnte. Den närrischen Till mit seinen fiesen Späßen habe ich dagegen mehr als genug kennengelernt. Vermissen werde ich vielleicht die grimmige Perchta, die sich als kameradschaftliche Rädelsführerin der Bande entpuppte. Sie organisierte dies alles für ihren Freund Siegfried, der nur den Ring an sich binden wollte, um uns vor ihm zu beschützen.

In was für einer Welt leben wir, die solche Helden nötig hat?

Von dem Fluch und den Toten träume ich jede Nacht. Auch mein Körper ist noch mit Spuren überzogen – ein Muster aus Blutergüssen und Perchtas Krallenspuren. Meine Knochen fühlen sich an wie Blei. Kopfschmerzen plagen mich aufgrund der Schläge, die mein Schädel in den letzten Tagen einstecken musste. Außerdem piesackt mich mein Arm. Im Krankenhaus haben sie den Ellbogenbruch geschient, die tiefe Scharte zugenäht, die Ludwigshofs Dolch gerissen hat, und mir einen Gips verpasst, unter dem es pocht und juckt, als würde mein Ellbogen von Ameisen aufgefressen.

Aber ich will mich nicht beklagen. Es wird für uns alle eine Weile dauern, über die Ereignisse der letzten Tage hinwegzukommen.

Mit Nicole habe ich telefoniert. Sie hat geschimpft wie ein echter Berliner Rohrspatz, was nicht darüber hinwegtäuscht, wie sehr es ihr zu schaffen macht, dass sie Ludwigshof erschossen hat. Aber sie ist zäh. Sie wird es durchstehen und weitermachen. Wenn sich die Wogen etwas geglättet haben, werden wir uns in einer Eckkneipe auf ein Bier treffen. Ihr Schichtplan sieht für die nächsten Wochen sowieso ziemlich entspannt aus, da die Ausstellung endgültig geplatzt ist.

Cosima hat sich in ihrem Job über die Feiertage freigenommen und war ziemlich still. Sie hat jetzt den Crashkurs darin absolviert, was es heißt, meine Mitbewohnerin zu sein. Es ist gerade mal eine Woche her, seit sie bei uns eingezogen ist – und diese eine Woche bot schon so viel Spannung und Drama, dass die meisten Leute schreiend weggelaufen wären.

Vielleicht will Cosima deshalb die Siebenmeilenstiefel behalten. Ein bisschen verlegen kam sie gestern Abend damit um die Ecke.

»Nur ein paar Wochen«, sagte sie zu Inka. »Ich brauche mal ein bißchen Luftveränderung.« Als ich zusammenzuckte, versicherte sie sofort, dass es nur ein paar Tagesausflüge werden würden. »So schnell wirst du mich nicht los, Honey.«

Aber irgendwann wird sie endgültig das Weite suchen oder mich hassen, fürchte ich. Weil ich bisher jede Freundin früher oder später an den Punkt gebracht habe. Allerdings ist Cosima unter ihrer sanften Schale standfester als die meisten von uns. Vielleicht standfest genug, um zu bleiben.

Inka hat eingewilligt, ihr die Schuhe zu überlassen. Zumindest, bis sie geprüft hat, ob wirklich kein Oger aus dem Perrault-Märchen existiert, der auf die Stiefel Anspruch erhebt. Die Hadeskappe und die anderen Artefakte hat Inka eingepackt. Sie wird sie ihren wahren Erben zurückgeben.

»Steckt wohl doch 'ne Weltverbesserin in dir, Wayne«, hat sie zu mir gesagt, und ein größeres Kompliment werde ich von ihr wohl nie kriegen.

Typisch Stif hat sie über meinen Gips die Nase gerümpft. Dann hat sie ihn mit Filzstift bemalt, mit Igeln und Eulen und ein paar grinsenden Elchen, weil gestern zufällig der 24. Dezember war – Heiligabend.

Cosima hat Cocktails gemixt und Pizza bestellt, und wir drei Frauen hockten ein paar gemütliche Stunden in der Küche zusammen. Doch einer fehlte in unserer Runde.

Aki. Er verbrachte die Nacht auf einer der wilden Raunächte-Partys in der ZONE, bei der Menschen nicht zugelassen sind. Zumindest hat er heute Morgen gesagt, dass er dort gewesen war.

Ich würde ihm gern so vertrauen wie früher. Außerdem würde ich ihn gern erneut küssen. Und noch ganz andere Dinge mit ihm anstellen. Als hätte dieser einzelne, schüchterne Kuss einen Hunger in mir geweckt, den nur er stillen kann. Leider scheine ich die Einzige von uns beiden zu sein, die so fühlt. Zumindest hat Aki es seit zwei Tagen vermieden, mit mir allein zu sein.

Ich könnte gekränkt sein. Früher wäre ich es gewesen. Stattdessen mache ich mir Sorgen um ihn. Ehrlich gesagt treibt mich die Mischung aus Verlangen und Frust und Besorgnis fast in den Wahnsinn.

Gerade bin ich auf den Balkon gegangen, um zu rauchen, als ich im Hinterhof die verbrannte Barbiepuppe entdecke. Diese verdammte, aufgedonnerte Plastikbarbie, die in dem Versandpaket war, das der Dämon Assel statt meines Gesichts verkohlte, und die danach in Akis Zimmer auftauchte. Die mir so einen kindischen Schreck eingejagt hat, dass ich sie tief in dem Müllcontainer dort unten vergrub. Aber vielleicht war mein Schreck nur Instinkt gewesen.

Irgendjemand hat die Puppe aus dem Container geholt und breitbeinig auf einen Zaunpfahl gespießt, das verkohlte Gesicht Richtung Hoftor gerichtet. Unsere alten Hausbewohner sind es sicherlich nicht gewesen.

Mir ist plötzlich ein bisschen schlecht. Am liebsten würde ich dieses Ding sofort erneut im Container versenken. Der gleiche Instinkt, der mich vor dieser Puppe zurückschrecken ließ, hält mich jetzt jedoch davon ab. Ihr Anblick ist nicht für mich bestimmt. Ich drücke die Zigarette aus und trete zurück in die Küche.

Cosima blickt von ihrer Kaffeetasse auf. »Was ist los?«

»Nichts«, sage ich. »Warum?«

»Du siehst aus, als hättest du ein Gespenst gesehen.«

»Mir ist bloß kalt.« Ich schlinge den gesunden Arm um mich. »Das Nichtstun bekommt mir nicht.«

Ich hole den vollen Mülleimer unter der Spüle hervor. »Bin gleich wieder da.«

Draußen im Flur versuche ich, trotz des steifen Arms, meine Turnschuhe zu schnüren, und fluche so lange unterdrückt vor mich hin, bis Aki aus seinem Zimmer schaut.

»Lass mich das machen«, sagt er sofort.

Ich gebe ihm eine Minute Vorsprung, dann blicke ich aus meinem Zimmerfenster hinab in den Hinterhof.

Aki ist nicht zu sehen. Die Barbiepuppe ist fort.

Als Aki zurückkommt, verschwindet er zuerst kurz in seinem Zimmer, bevor er zu uns in die Küche kommt. Er wirkt gelassen wie immer. Aber während er den leeren Mülleimer zurück unter die Spüle stellt, zittern seine Finger. Ich erzittere auch. Ich erkenne eine Drohung, wenn ich sie sehe. Und ich erkenne, wenn meine Liebsten Angst haben.

Soll ich in sein Zimmer gehen und nachschauen, ob er die Puppe wieder unter seinem Bett versteckt hat? Soll ich ihn zur Rede stellen?

Während ich noch darüber nachdenke, klingelt Akis Handy. Er zuckt fast genauso zusammen wie ich. Bedächtig zieht er es aus seiner Jeanstasche. So wie er dreinschaut, will er den Anruf wegdrücken, doch er nimmt ihn an. Während er lauscht, wölben sich seine Augenbrauen zu zwei überraschten Bögen, dann streckt er das Telefon zu mir herüber.

»Ist für dich.«

»Lucy.« Die Stimme von Feenkönigin Maeve klingt schrill und kalt wie gefrorene Glöckchen. »Du solltest dich wirklich mal um ein neues Telefon kümmern.«

Zwei Stunden später sind wir zu dritt auf dem Weg zu einem neutralen Treffpunkt. Nun ja, mehr oder weniger neutral, denn die Feenkönigin weigerte sich ebenso sehr, Grunewald zu verlassen, wie ich mich weigerte, den Teufelsberg zu betreten.

Also treffen wir uns am Jagdschloss am Grunewaldsee.

Auf der A115 ist wenig Verkehr, wahrscheinlich genießen die meisten Menschen den Weihnachtsfeiertag zu Hause.

Die Sonne blinzelt hinter ein paar Wolken hervor, Reif überzuckert die Leitplanken.

Ich kuschle mich auf die Rückbank, in den weiten, roten

Daunenmantel, den Cosima mir geborgt hat, und der gerade noch über meinen Gips passt.

Cosima fährt und raucht und erzählt ein paar Anekdoten von den Weihnachtsfeiern in ihrem Club. Aki sitzt auf dem Beifahrersitz. Er atmet tief und entspannt, kommentiert Cosimas Geschichten und lacht in den richtigen Momenten. Nichts außer meinem Gefühl verrät mir, dass er in Gedanken ganz woanders ist.

Cosima und er haben beide darauf bestanden, mich zu begleiten. Ich liebe Cosima für ihre Hilfsbereitschaft. Aber ich hätte es bevorzugt, Aki hätte mich allein hingebracht. Es gibt kaum einen besseren Ort für ein klärendes Gespräch als eine Autofahrt – weil dabei niemand fliehen kann. Doch mit meinem Gips kann ich nicht fahren, und Aki hat keinen Führerschein.

Zumindest sagt er das. Vielleicht würde er ein Auto genauso souverän steuern wie vor zwei Tagen das Boot über den Wannsee. Oder so souverän, wie er Ludwigshofs Büro in Brand setzte und über die Zeugenbeseitigung von Koralewski nachdachte. So viele offene Fragen und noch keine Antworten in Sicht.

Das Detektivinnendasein besteht zu fünfzig Prozent aus Warten und Observieren. Das war immer schon die miesere Hälfte des Jobs, und jetzt, da es plötzlich nicht mehr um meinen Job geht, sondern um mein Beziehungsleben, hasse ich es umso mehr.

Cosima bremst auf dem Wanderparkplatz hundert Meter vor dem Schloss.

»Ich würde mir die Feenkönigin allzu gern mal aus der Nähe ansehen.« So wie sie auf einer nicht angezündeten Zigarette herumkaut, platzt sie fast vor Neugier.

»Vor ein paar Tagen hättest du dich nicht mal getraut, ein paar Pixies die Stirn zu bieten«, erwidere ich. »Wir haben einen schlechten Einfluss auf dich.«

»Offensichtlich.« Sie lächelt mir im Rückspiegel ein bisschen verunsichert zu. »Kann ich mitkommen?«

»Nein«, antworte ich. »Das ist keine gute Idee. Glaub mir, du willst niemals auf Maeves Radar auftauchen. Wenn sie dich interessant findet, kannst du ihr nicht mal mit den Siebenmeilenstiefeln entkommen.«

Ihr Lächeln erlischt. Ich beuge mich vor und drücke ihr einen Kuss auf die Wange.

»Bleib einfach hier, hör ein bißchen Radio, und steig nicht aus«, sage ich. »Wir sind in zwanzig Minuten wieder da.«

»Okay, Honey.« Sie zündet mit zitternden Fingern die Zigarette an. »Passt auf euch auf.«

Aki und ich steigen aus und gehen den Waldweg entlang. Er hält einen Meter Abstand zu mir. Splitt knirscht unter unseren Tritten, es ist so schweinekalt, dass ich meine Hände in den Manteltaschen vergrabe.

»Du hast ihr Angst eingejagt«, sagt er.

»Ich will sie nur beschützen.«

Er nickt.

»Manchmal kann zu viel Beschützerinstinkt aber auch schädlich sein«, füge ich hinzu. »Zum Beispiel, wenn man eigentlich dringend die Hilfe derer braucht, die man glaubt, beschützen zu müssen.«

Er schaut weg. Das Schweigen ist drückender, als es sein sollte – als belausche uns jemand. Als über uns in den Bäumen Omega rauscht und einer von Maeves Leibgardisten auf uns herabschaut, wirkt Aki beinah erleichtert.

Der Grunewaldsee ist kaum mehr als ein Waldtümpel, das Jagdschloss eher ein Schlösschen. *Restaurant geschlossen,* steht auf dem offenen Gatter, das rostige Schild hängt offensichtlich schon länger dort. Ein paar auf den ersten Blick menschliche Pärchen tummeln sich auf den Spazierwegen, ein paar Schwäne schlittern über die zugefrorene Eisfläche.

»Hast du hier Empfang?«, frage ich Aki.

Er schaut auf sein Handy und schüttelt den Kopf.

Die Herrscherin der Faeries sitzt so aufrecht auf einem der verwaisten Biergartenstühle, als wäre er ein Thron. Augenscheinlich ist sie allein, doch ich spüre das Omega-Rauschen ihrer Leibgarde rundum in den Bäumen.

Maeves Gesicht ist so ebenmäßig und berückend wie eine Statue, und ebenso zeitlos. Nur ihre Augen bewegen sich. Ihr Mantel besteht aus weißen Federn, über das ihr langes, silbrigweißes Haar fließt. Die Schwanenkönigin. Ich wette, die Schwäne auf dem Teich hat sie extra hier aussetzen lassen, um diesen Titel zu unterstreichen.

Ihr gegenüber warten zwei weitere Stühle, einer davon mit Decken ausgekleidet. Sie wusste bereits, dass Aki mich begleiten würde. Das wundert mich nicht.

Ich spüre ihre Macht. Unter der zarten, milchfarbenen Schönheit schwingt ein dunkler, metallischer Klang, wie eine uralte Kirchenglocke. Wie der Ring der Nibelungen ist Maeve eines der mächtigsten Phänomene, die die Manifestation erschaffen hat. Doch der Ring ist nur ein Werkzeug, und sie ist ein freies Lebewesen, das selbst entscheiden kann, wie sie ihre Macht einsetzt. Und das tut sie, so rücksichtslos wie niemand sonst.

Ihr Seufzen klingt allerdings fast mütterlich. »Da seid ihr ja endlich. Setzt euch.«

Ich hole tief Luft. Selbstverständlich habe ich Angst vor Maeve. Aber das bedeutet nicht, dass ich ihr hier allein das Sagen überlasse.

»Von wegen neutraler Treffpunkt«, sage ich und lasse mich auf dem Stuhl mit den Decken nieder. »Dieser See und dieses Schloss hier sind längst dein Terrain.«

Ich erwarte, dass Aki sich setzt. Stattdessen tritt er hinter mich – als wäre er mein Bodyguard. Maeve betrachtet mich mit mütterlicher Miene, offenbar gefällt sie sich in der Rolle. Dabei sieht sie jünger aus als ich, und das wird mit jedem Jahr deutlicher werden.

»Wie kommst du darauf, dass dies mein Terrain ist?«, fragt sie.

»Hier gibt es keinen Handyempfang.«

»Ach, eure menschliche Fixierung auf diese kleinen Spielzeuge.« Sie lacht, ein Klirren wie gefrorene Schneeglöckchen. »Ich verabscheue Handystrahlung. Ungesund für uns alle.«

»Von wegen.« Ich lehne mich auf dem Stuhl zurück und vergrabe meine eiskalten Hände unter der Decke. »Die Strahlung ist dir völlig egal. Du errichtest hier ein Land der Faeries, mitten in Berlin, in dem du alles kontrollieren willst, auch den Mobilfunk. Bis zum Wannsee soll dein Terrain gehen, und wer weiß, wie weit noch. Um dir die Wagner'schen Seegrundstücke zu sichern, hast du sogar den Ring von Siegfried stehlen lassen.«

»Bravo, Lucy.« Ihr Schmunzeln, als wäre sie stolz auf mich. Sie will zumindest, dass ich das glaube. »Das zu bewerkstelligen war gar nicht so einfach, das kannst du mir glauben. Niemand ist so wachsam wie ein Dieb. Über ein Jahr hat es gedauert, bis sich meinen Dienern die Gelegenheit bot.«

»Mit diesem Diebstahl hast du die ganze Tragödie ausgelöst«, sage ich. »Nur weil du ein Stück Land haben wolltest. Gab es dafür keine andere Lösung?«

»Hätte ich es erobern sollen? Meine Truppen dort aufmarschieren lassen?« So wie sie lächelt, hat sie darüber nachgedacht. »Nein, noch muss ich nach euren Regeln spielen. Geraubtes Land ist ein zu kontroverses Gut, zu schnell wieder zu verlieren. Ich muss es kaufen, notariell beglaubigt und ganz offiziell.«

»Und dafür mussten drei Menschen und ein Stif sterben.«

»Wegen mir hätte niemand sterben müssen.« Sie ringt ihre

Elfenbeinhände. »Ich habe nur die Gier eines Menschen ausgenutzt und die Verzweiflung eines anderen.« Sie beugt sich vor. »Manipulierst du niemals Leute, um zu erreichen, was du willst, Lucy? Wenn dir jemand einen Finger reicht, nimmst du niemals die ganze Hand?«

Ich verdrehe die Augen. »Es geht hier nicht um mich.«

»Und ob es um dich geht.« Sie reckt ihren Schwanenhals und mustert mich. »Du hast den Dieben nicht erzählt, dass ich hinter dem Diebstahl des Rings stecke. Hättest du es ihnen erzählt, hätte mir das unweigerlich einige Widrigkeiten beschert. Nichts, mit dem ich nicht zurechtgekommen wäre. Aber du hast darauf verzichtet. Warum? Was erhoffst du dir von mir im Gegenzug?« Sie verzieht den Mund. »Bei dem Gerichtsverfahren, das dich erwartet, kann ich gerne einige Strippen ziehen. Das Alibi für den Bankraub habe ich dir bereits verschafft. Aber du wirst hoffentlich nicht dem Irrtum aufgesessen sein, dass ich dir einfach so deine Schulden bei mir erlasse.«

Deshalb hat sie mich herbestellt. Um auszuloten, was ich vorhabe, welche Schlüsse ich aus dem ganzen Fall ziehe. Ihre Vorstellungskraft über das, was ich tun könnte, reicht nicht über das hinaus, was sie selbst tut: Machtspiele und Kalküle, in denen ein Gefallen gegen einen anderen gilt.

Schneeflocken taumeln vom Himmel. Ich strecke die Hand aus der Decke und wische mir eine schmelzende Flocke von der Nase. Die Flocken auf Maeves Gesicht bleiben einfach liegen. Wahrscheinlich ist ihre Körpertemperatur genauso arktisch wie ihr Herz.

Ich werde den Teufel tun, Maeve, und mich noch mehr in deine Schuld begeben.

»Mein Gerichtsverfahren kriege ich schon allein über die Bühne«, sage ich. »Außerdem hab ich bereits geahnt, dass du mir meine Schuldzettel hinterhertragen wirst, bis ich alt und klapprig bin. Aber lass dir nicht zu viel Zeit damit, immerhin bin ich schwach und sterblich und dazu noch ziemlich waghalsig.«

Sie lacht als Antwort ihr Glöckchengelächter. Nur Akis Schnurren hinter mir vibriert, als wäre er nicht einverstanden mit dem, was ich andeute. Ich beuge mich vor.

»Maeve, als ich Siegfried deine Rolle in dem Fall verschwieg, ging es mir nur um eines: Dass du ihn und die anderen ab jetzt in Ruhe lässt. Du wirst die Diebe weder als Gefahr betrachten noch sie erneut in deine Deals hineinziehen. Sie sind fort, das muss genügen. Und von Johann Wagner wirst du ab jetzt auch die Finger lassen.«

Ich denke an ihn, wie er wahrscheinlich in seiner düsteren Villa hockt, allein mit seinem Wissen und seiner Schuld. Er half mir zuerst, und dann bat er mich um Hilfe, die ich ihm nicht geben konnte. Und jetzt ist er ein Mörder.

»Er hat seinen Teil eurer Vereinbarung erfüllt«, sage ich. »Lass ihn sein Leben leben.«

Das Schneetreiben wird dichter, fast als ziehe ein Schleier zwischen Maeve und uns hindurch.

»Oh, ich lasse Johann sein Leben leben«, sagt sie. »Ich habe ihm nie ein Haar gekrümmt. Alles, was er tut, tut er aus freien Stücken. Frag ihn, er wird es bestätigen. Wärst du heute meiner Einladung in meinen Club gefolgt, statt um ein Treffen hier draußen zu bitten, hättest du ihn gesehen.« Ihr Lächeln bekommt etwas Süffisantes. »Ich kümmere mich gut um ihn. Ich würde mich auch um dich kümmern, wenn du es zulassen würdest. So wie sich deine anderen Freunde um dich kümmern.«

Sie blinzelt Aki zu. »Akaman war bei mir, weißt du das? Vor einiger Zeit schon. Er hat mir vorgeschlagen, dass er deine Schulden an deiner statt begleicht. Selbstlos wie immer. Und er hatte ein paar recht gute Argumente, muss ich zugeben.«

Akis Omega hinter mir hört sich an wie ein Fauchen.

»Willst du einen Keil zwischen uns treiben, Maeve?«, stoße ich aus. »Das wirst du nämlich nicht schaffen.«

Das schafft er ganz allein. Warum sagt er nichts? Was verdammt noch mal hat er getan?

Mir ist es so kalt, als schneie es tief in mir drin. Ich blicke durch den Vorhang aus Flocken auf den See, dessen Eis bald unter der weißen Decke verschwinden wird. Eine Gruppe von Schwänen watschelt am Ufer entlang und pickt nach den Brotkrumen, die ein Spaziergänger hinter sich herstreut.

Als ich mich endlich umdrehe und zu Aki hochblicke, schaut er nicht mich an, sondern Maeve. Dabei lächelt er so fremd und abschätzend, wie ich ihn noch nie lächeln gesehen habe. Das ist nicht der Aki, den ich kenne. Sondern der, den ich fürchte.

»Du weißt, dass ich es ernst meine, Maeve«, sagt er kalt. »Du kannst nicht weiter so tun, als wäre alles beim Alten. Je länger du es ignorierst, desto schlimmer wird es für dich werden.«

»Und du musst nicht Lucy oder mich beschützen, sondern dich selbst, Akaman Div«, erwidert sie ebenso kalt. »Dein Einflussbereich ist immer noch begrenzter als meiner.«

»Dein Einfluss wird dir aber nicht helfen bei dem, was kommt.«

Maeve verzieht ihr Gesicht zu einer eisigen Fratze.

»Jetzt geht's hier aber nicht mehr um mich«, murmele ich.

So wie sie sich über meinen Kopf hinweg anstarren, kennen sie sich. Vielleicht schon länger und besser, als ich sie kenne. Und vielleicht sitze ich hier nicht mit einem der mächtigsten Wesen Berlins zusammen, sondern mit zwei.

Schmerz sticht durch meinen Ellbogen, als ich mit einem Ruck aufstehe. Unter dem Mantel zittere ich weiter vor Kälte, doch ich balle die Hände zu Fäusten. Es reicht mir. Ich bin nur ein Mensch. Kein Spielball der Gezeiten oder von Stifs, die nichts davon halten, mich einzuweihen.

»Gibts sonst noch was?«, frage ich. »Sonst lass ich euch Turteltäubchen allein.«

Jetzt schauen sie mich doch an. Maeve kalt und reglos, doch in Akis Gesicht kehrt ein vertrauter Ausdruck zurück.

»Warte.« Er nimmt meine Hand. Noch während ich zurückweichen will, drückt er sie fest. »Ich komme mit dir.«

»Weil du denkst, du musst auf mich aufpassen? Nein, danke.«

»Nicht deshalb.« Er hebt die andere Hand und streicht mir über die Wange, wischt die Schneeflocken fort. »Weil du mir wichtig bist.«

»Ach was.«

Und dann ist da so viel Wärme in seinem Blick, dass mich trotz all der Kälte ein Stromstoß durchfährt. *Vertrau mir,* sagt sein Blick. *Vertrau mir.*

Hofft er wirklich, dass ich sein Spiel der Geheimnisse weiter mitspielen werde? Offensichtlich hat er keine Ahnung, wie viel er mir bedeutet. Und was ich für ihn zu tun bereit bin.

»Ihr zwei solltet endlich miteinander ins Bett gehen«, sagt Maeve schnippisch. »Die Spannung ist ja kaum mehr auszuhalten.« Sie hüpft von ihrem Stuhl auf, leichtfüßig wie eine Tänzerin. Der glitzernde Schneewirbel, der sie umgibt, hat plötzlich etwas Metallisches. »Ich denke, Lucy, es wird tatsächlich bald Zeit, den Gefallen, den du mir schuldest, einzufordern.«

Meint sie es ernst, oder rasselt sie nur mit der Kette, an der sie mich hält? Sie wirft einen Blick über die Schulter, über den Teich. Aki hat sie offenbar eingeschüchtert – und ich hätte nie geglaubt, dass das möglich ist.

Oder hatte sie vorher schon vor etwas Angst? Erneut spüre ich das Omega ihrer Leibgarde, die unsichtbar im Schneetreiben um uns lauert. Gibt es einen Grund, warum Maeve Grunewald nicht verlässt? Warum sie ihr Terrain erweitert, als baue sie eine Festung?

Jeder fürchtet sich vor etwas, das habe ich in den letzten Wochen gelernt. Und die Höchsten können am tiefsten fallen. Nur dass mir die Position der Feenkönigin im Moment schnuppe ist. Außerdem habe ich es satt, vor Teufelspakten Angst zu haben.

»Klar, überleg dir eine schöne Aufgabe für mich«, sage ich. »Aber nicht in den nächsten Wochen. Da habe ich schon etwas anderes vor.«

Sie lacht ungläubig auf, doch ich meine es ernst. Immerhin bin ich Lucy Wayne. Nur ein Mensch. Aber dafür Berlins einzige Detektivin für übernatürliche Fälle. Eine, die alles auf eine Karte setzt.

Ich drücke Akis Hand und lächle ihn an, und er lächelt erleichtert zurück. Er hat keine Ahnung, dass ich in diesem Augenblick schon damit begonnen habe, zu tun, was ich am besten kann: Spuren lesen, Brotkrumen aufpicken. Ich werde Akis Rätsel lösen – ob er will oder nicht.